AF274893

Claudia Cardozo

La melodía del silencio

~.~

Renacer entre brumas

Tiffany
TM

Editado por Harlequin Ibérica.
Una división de HarperCollins Ibérica, S.A.
Avenida de Burgos, 8B - Planta 18
28036 Madrid

© 2024 Harlequin Ibérica, una división de HarperCollins Ibérica, S.A.
N.º 168 - 3.4.24

© 2022 Claudia Fiorella Cardozo
La melodía del silencio

© 2022 Claudia Fiorella Cardozo
Renacer entre brumas
Publicados originalmente por Harlequin Enterprises, Ltd.
Estos títulos fueron publicados originalmente en español en 2022

I.S.B.N.: 978-84-1062-843-4
Depósito legal: M-4932-2024
Impreso en España por: BLACK PRINT
Fecha impresión Argentina: 30.9.24
Distribuidor para México: Distibuidora Intermex, S.A. de C.V.
Distribuidores para Argentina: Interior, DGP, S.A. Alvarado 2118. Cap. Fed./Buenos
Aires y Gran Buenos Aires, VACCARO HNOS.

MIXTO
Papel procedente de
fuentes responsables
FSC® C159065
FSC
www.fsc.org

ÍNDICE

LA MELODÍA DEL SILENCIO

CLAUDIA CARDOZO

Dice la esperanza: un día
la verás, si bien esperas.
Dice la desesperanza:
solo tu amargura es ella.
Late, corazón... No todo
se lo ha tragado la tierra.

Antonio Machado

PRÓLOGO

BALTIMORE

La vida de Morgan Reynolds podía dividirse en una serie de bloques demarcados por los acontecimientos que habían terminado por convertirlo en el hombre que era.

Nacer en un hogar sin un padre influyó en él lo suficiente como para que se esmerara por convertirse en un hombre tan presente en la vida de los suyos como le fue posible. Su madre, abuela, tías y algunas primas, podían dar fe de que, no importaba de qué se tratara o en qué circunstancias se dieran las cosas, Morgan estaría allí para ellas.

Luego, el ejército terminó por forjar su carácter. Él creía a pie juntillas que haber seguido los consejos de su madre respecto a que buscara una vacante en la universidad del Estado no habría marcado su vida como lo hizo el presentarse al ejército. Cierto que al inicio su futuro fue un poco incierto y era complicado pensar en lo que haría a lo largo de los años mientras estaba ocupado en esquivar balas; en especial cuando lo destacaron al Medio Oriente. Pero se las arregló para mantener el ánimo y no decaer a la primera.

Allí, sin embargo, tuvo un importante quiebre.

La fe. Él siempre se había considerado un hombre de fe, pero era prácticamente imposible no cuestionárselo todo cuando veías a gente morir, fuera por hambre o por inmolarse en nombre de las creencias manipuladas por quienes jugaban con ellos como si fueran piezas de recambio en un juego macabro.

Y Morgan fue responsable de la muerte de varios de ellos. No era algo por lo que se sintiera orgulloso, pero se consideraba un soldado, y el matar entraba dentro de la ecuación, lo cual no quería decir que se hiciera una idea romántica del asunto. No se creía por encima de nadie; simplemente cumplía con su deber porque alguien tenía que hacerlo y, en esa ruleta en que se convirtiera su vida, ese alguien era él.

Pero dudaba. Y eso lo volvía loco. Porque hasta entonces había conseguido resguardar cuando menos una pequeña pieza de su corazón intacta. Un lugar en que se permitía creer en que todo aquello tenía una razón de ser y que, con el tiempo, descubriría cuál era. Solo tenía que continuar con lo suyo lo mejor que podía, y esperar.

El tiempo pasó, sin embargo, y él empezó a sentirse un poco perdido. Las palabras de su madre respecto a la fe y a la naturaleza noble del ser humano dejaron de tener sentido y los días se le hicieron cada vez más amargos. Para cuando regresó a casa de permiso luego de su tercer servicio en Afganistán, estaba convencido de que la humanidad merecía irse a pique y que no había absolutamente nada en el mundo por lo que valiera la pena continuar luchando.

Entonces la conoció a ella.

Ángela era preciosa, inteligente y la mujer más adorable que había conocido. Se cruzaron un día cuando vagabundeaba por el centro comercial para esquivar las preguntas de su madre y no volvieron a separarse nunca. Ella lo hizo creer de nuevo. Quizás no en la bondad del ser humano, él estaba ya muy lejos de eso, pero le hizo creer en ellos y para Morgan eso fue suficiente.

Fue por ella por lo que decidió dejar el ejército y alejarse de todo lo que conociera hasta entonces. Conservó buenos amigos de esa época y también acumuló la suficiente experiencia como para ganarse la vida y forjarse un futuro haciendo lo único que había descubierto que disfrutaba realmente hacer: ayudar a la gente.

Tan solo un par de meses antes de que él y Ángela pasaran por el altar, consiguió un puesto en la policía de Baltimore como consultor. Era un empleo incierto en un inicio, pero con el tiempo logró hacerse de un lugar y, solo un par de años después, dirigía el lugar desde su puesto de civil y solo le rendía cuentas al mayor asignado al precinto y al gobernador en persona.

Consiguió resolver un sinnúmero de casos y no había una decisión acerca de la que no fuera consultado. Se convirtió en imprescindible, pero eso nunca le nubló el panorama; por el contrario, usó esa libertad y sus privilegios para formar un buen equipo que trabajara con su mismo código de ética. Se ganó el respeto de sus hombres y la consideración de sus superiores. Recibió medallas que pasaron a sumarse a las que obtuvo en el ejército y se convenció de que, al fin, había encontrado el equilibrio que llevaba tanto tiempo buscando.

Ángela se mantuvo a su lado durante cada segundo y no había un día en que no agradeciera despertar a su lado. Morgan creyó que no sería capaz de ser más feliz, sin importar lo que ocurriera. Pero entonces llegó Lucy y tuvo que replantearse eso también.

Como hijo de un padre ausente, siempre se preguntó si sería capaz de ejercer como figura paterna de alguien. Pero bastó con conocer a su hija, con verla por primera vez cuando Ángela la trajo al mundo, para saber que había nacido para eso. La bebé se convirtió en el sol de su vida y tanto él como su esposa eran meros satélites que orbitaban a su alrededor. Y para ellos eso estaba perfecto.

Para entonces, Morgan estaba convencido de que no había absolutamente nada que pudiera pedirle a la vida pero, de nuevo, entendió que quizás estaba cantando victoria demasiado pronto y que, tal vez, esa subida durante la que se permitió descansar durante todo ese tiempo no fue más que el preámbulo de una caída mortal que terminaría por sumirlo en un abismo del que quizá ya no pudiera salir.

Le habría gustado tener a quién culpar. Quizá hubiera conseguido acusar el golpe con menos amargura si el responsable hubiera sido un borracho imprudente en lugar de una viejecita que sufrió un leve infarto mientras conducía su coche luego de pasar a visitar a sus nietos. Al final el desenlace fue el mismo.

Ángela acababa de abandonar el banco en que había pensado solicitar un préstamo para abrir su propio bufete. Le encantaba su profesión de abogada, pero había tenido que dejarla aparcada durante un tiempo para hacerse cargo de la crianza de Lucy. Sin embargo, la niña estaba por cumplir tres años y, después de hablarlo con Morgan, acordaron que ya era tiempo de que volviera a la vida profesional. Se las arreglarían, solo era cosa de coordinar sus horarios; quizás él pudiera pedir vacaciones para que ella pudiera empezar con tranquilidad.

Pero no hubo nada de eso, claro. Ni una nueva oficina ni un regreso por todo lo alto o tareas conjuntas para mantener la casa a flote. Solo hubo un ruido terrible, un coche en llamas, y luego silencio. Mucho silencio. Morgan sintió como si un silencio pesado y atronador se hubiera asentado en su pecho desde el momento en que recibió la llamada. Y continuó allí en tanto se acercaba al hospital, mientras atendía al médico y se desmoronaba en la sala de espera con el mismo rostro que hubiera puesto un hombre al haber recibido un disparo en el corazón.

Para entonces había visto a muchos morir, pero nunca consiguió hacerse una idea de lo que se sentiría al pensar que todo había terminado. Lo sintió entonces y fue una sensación extraña porque a diferencia de ellos él aun respiraba; pero era un instinto mecánico y carente de sentido. Respiraba porque no tenía otra alternativa, no porque lo deseara.

El silencio permaneció allí haciéndose un hueco entre el eco de risas que hubiera atesorado hasta entonces. Había conseguido ponerse de pie y recordar que todavía tenía algo por lo qué continuar: Lucy. Y, aunque no hubo forma de hacerle entender que su madre no volvería, se prometió que haría todo lo que estuviera en sus manos para cuidar de ella.

Esa niña se convertiría en la razón de que abriera los ojos cada mañana y en lo que le mantendría cuerdo cuando creyera que estaba a punto de enloquecer por el dolor y el miedo a un futuro que ahora le parecía imposible.

Pero el silencio se mantuvo allí. Día a día. Todo el tiempo. Y Morgan estaba convencido de que se quedaría allí por siempre; tanto que, según fueron pasando los años, se hizo a la idea de que se había convertido en parte de él.

1

Tres años después

Morgan estudió el listado ante él y procuró que su irritación no fuera demasiado evidente. Hacía demasiado eso últimamente. Irritarse.

A ese paso terminaría por asustar a sus hombres; Dios era testigo de que empezaba a asustarse a sí mismo, reconoció al suspirar y llevarse una mano a los ojos cansados.

¿Hacía cuánto que no iba a casa? ¿Cuatro días? Ester iba a matarlo por dejar tanto tiempo a Lucy sin pasar a verla.

Parpadeó al oír un leve carraspeo proveniente de la silla ante él y se recordó donde se encontraba. En su oficina en el precinto de Parkville. Precisamente el último lugar en que se debería permitir pensar en lo mal padre que era y lo mucho que lo condenaba su familia por ello.

—¿Seguro de que no quieres ir a casa? ¿Cuándo fue la última vez que dormiste?

Morgan hizo como si no hubiera oído la pregunta de su amigo y detective Logan Spencer y carraspeó para aclarar su voz antes de señalarlo con un legajo que se suponía debería haber estudiado, en lugar de mirarlo con cara de idiota.

—Dormiré esta noche —descartó él procurando infundir un tono confiado a su voz–. En cuanto esto esté terminado.

–Pero lo está. Es lo que llevo todo este tiempo intentando decirte; solo tenemos que llenar los informes y nuestro trabajo habrá terminado. No tienes que quedarte, yo puedo ocuparme de eso.

Logan se ajustó los anteojos en el puente de la nariz y sus ojos preocupados recorrieron el rostro de su jefe. Morgan intentó recordarse que era uno de sus mejores amigos, además de su detective favorito, para no devolverle un gesto de malestar. Odiaba que la gente se le quedara viendo de esa forma.

–No hace falta. –Morgan desestimó la sugerencia con un gesto–. Terminaremos antes si lo hacemos juntos.

–Llevas varios días aquí. ¿No deberías ir a ver a Lucy?

–Ester la está cuidando; la veré más tarde.

–Pero...

Morgan elevó la mirada de golpe y sus ojos de un sorprendente tono azul se posaron en el rostro de Logan; los labios se unían en una línea apretada y otro hombre menos valiente que él se hubiera quedado callado. Pero Logan era valiente y nunca sabía cuándo callarse si estaba convencido de tener la razón.

–Mira, ¿por qué no dejas que me ocupe yo...?

–He dicho que no; para ya con eso. –Morgan lo cortó sin ser consciente de la forma en que su mano se aferraba a la lapicera–. Ponte a trabajar y podremos irnos ambos; tienes un hijo propio al cual ir a ver. No sé por qué te preocupas tanto por la mía.

Logan suspiró y mantuvo un semblante tranquilo, aunque Morgan advirtió que empezaba a enfadarse por sus malos modos. Bien. Quizás así se callara.

–Eric está con su madre. –Logan usó un tono amable pero firme al responder.

Morgan procuró que eso no doliera, aunque lo hizo. Mucho más de lo que le habría gustado reconocer porque le llevó a pensar que Lucy no tenía una madre que velara por ella en tanto él volvía a casa o que ella no conocería de nuevo la seguridad de contar con ambos padres a su lado.

–Y Lucy con su tía –replicó él tras someter al nudo en su garganta–. Estará bien. ¿Podemos trabajar ahora?

Logan cabeceó de mala gana, sin responder. En lugar de ello, miró la pila de documentos que componían el caso en que habían llevado trabajando el último trimestre y que consiguió cerrar sin mayores problemas un par de días antes. Tras contener un suspiro, empezó a rellenar la información que debía entregar para darlo por concluido por completo; pero eso no le impidió dirigir algunas miradas a su jefe, que parecía del todo concentrado en su propio trabajo.

Morgan debió de percibir la forma en que lo miraba, sin embargo, porque cada tanto atisbaba por encima de sus pestañas caídas y, una de esas veces, cuando pareció que su paciencia había llegado al límite, carraspeó y miró a su amigo con las cejas tan fruncidas que se unieron sobre su frente.

–Deja de hacer eso –masculló entre dientes.

Logan no fingió que no sabía a lo que se refería. Lo mismo que él, dejó caer la lapicera y sostuvo su mirada sin parpadear.

–¿Qué es exactamente lo que te molesta, Morgan? ¿Por qué no solo lo dices?

Los ojos de su jefe adquirieron una frialdad estremecedora antes de señalarlo con una cabezada.

–Estoy harto de que todo el mundo me trate como si fuera una bomba a punto de estallar –espetó él.

Logan se encogió de hombros sin parecer demasiado intimidado por su tono o por la forma en que lo miraba, como si deseara arrancar su cabeza de cuajo.

–Bueno, es que de eso se trata. *Eres* una bomba a punto de estallar –replicó él sin vacilar–. Llevas tres años haciendo cuenta atrás y creo que necesitas dejarlo ir ya o vas a reventar por dentro.

Morgan emitió un resoplido y sacudió la cabeza de un lado a otro. Pareció como si le hubiera gustado decir muchas cosas, pero consiguió contenerse y mantener un semblante relativamente calmado porque de otra forma quizás habría terminado por hacer lo que él sugería. Pero si estallaba, y eso lo había pensado más de una vez cuando estaba tentado a reconocer que no daba para más, ¿cómo demonios iba a reunir de vuelta todas las piezas? Se necesitaba entero. No por sí mismo. Por Lucy.

De modo que hizo lo que llevaba haciendo desde hacía tres años. Fingió. Eso se le daba tan bien como irritarse, tuvo que reconocer para sí.

–Estoy bien, Logan, en serio. –Morgan esbozó una sonrisa que pareció más una mueca, pero tendría que servir–. Nadie va a estallar. ¿Podemos, por favor, terminar con esto para ir a casa?

Su amigo dudó. Era evidente que le habría gustado protestar, pero debió de comprender que era una batalla perdida y que, al menos por ese momento, no tenía sentido insistir. De modo que cabeceó de mala gana y llevó la mirada a su trabajo antes de sumirse en el silencio.

Bien. Se dijo Morgan al comprender que no diría nada más; al menos nada referente a que mantuviera una pieza a punto de detonar en su interior. Acalló el sordo rumor de la desesperación bullendo en su pecho y que parecía haber despertado ante las palabras de Logan, y no recuperó la calma hasta que se sintió del todo inundado una vez más en el silencio compartido con su compañero.

No dijo una palabra durante el resto de la mañana; tan solo esbozó una despedida cortante cuando se encontró listo para ir a casa.

Podía decir una cosa a favor de Logan, reconoció poco después al conducir su coche rumbo al norte de la ciudad, donde se encontraba la casa que Ángela y él mismo habían elegido poco después de su boda. Su amigo tenía mucha paciencia. De encontrarse en su lugar, ya lo hubiera mandado al demonio.

–Perdón, ¿quién es usted y por qué entra como si esta fuera su casa?

Morgan cerró la puerta tras él y tiró la llave sobre la mesita del recibidor tras dirigir a su prima Ester una mirada de enfado.

–Ahora no, Ester; estoy muerto.

–¿Tú estás muerto? ¿Tú? ¿No yo que llevo noventa y seis horas batallando con una niña de cinco años que no parece cansarse nunca?

Morgan dejó su chaqueta sobre el perchero, se sacudió el cabello que había empezado a pegársele en las sienes debido al calor que avivaba los días en Baltimore y observó a su prima favorita con una expresión mucho más conciliadora.

Adoraba a Ester. La consideraba la hermana que nunca quiso pero que había aprendido a apreciar con el paso del tiempo. Tenían la misma edad, un carácter muy similar y era una de las pocas personas que podía hacerle frente cuando se encontraba de ese humor. O al menos a ella le gustaba pensar que así era. De allí que no dudara en plantarse ante él con las manos cruzadas a la altura del pecho y la misma expresión que hubiera usado ante una fiera sin dientes. Después de todo, eso era lo que pensaba que era Morgan: un león incapaz de hacer un daño real y que rugía más de lo que mordía.

–Lo siento –dijo él al comprender que ella no se quedaría tranquila con otra cosa–. Sé que también estás cansada, y lo lamento de verdad, pero tenía que terminar con el trabajo. Te lo dije...

–Sí, sí, sí. Me lo dijiste todas las veces que llamaste, que fueron solo cuatro, por cierto.

Ella fue tras él apartándose el pesado cabello castaño de la frente sin dejar de refunfuñar. Morgan le dio la espalda y no se detuvo hasta llegar a la cocina; sacó una botella del refrigerador y se bebió su contenido de dos sorbos.

–Llamé dos veces al día, eso quiere decir que fueron más de cuatro –corrigió él–. Por favor, Ester, de verdad. Te estoy muy agradecido, pero no estoy de humor para esto. Necesito dormir.

–¿Y por qué no viniste a dormir aquí cada noche como cualquier otra persona normal?

–No soy una persona normal –espetó él–. No hagas como si entendieras mi trabajo.

Su prima se llevó las manos al pecho y fingió una expresión de azoro.

–¡Ay, perdón! Pero qué estoy diciendo –exclamó ella–. ¿Qué sabe una pobre fotógrafa de los intrincados manejos de un hombre tan fuerte como tú que piensa que tiene que echarse el mundo al hombro y salvarlo y a quien no le da la cabeza para darse cuenta de que a quien necesita salvar es a sí mismo?

La voz de la mujer fue escalando en intensidad según hablaba y, al final, farfulló indignada al tiempo que su mirada y la de Morgan se enfrentaban en un duelo de voluntades. Sin embargo, él no replicó nada; como si se hiciera una idea de dónde venía aquella explosión y esperó con paciencia a verla recuperar el aire antes de poner una mano sobre su hombro.

–¿Mejor? –preguntó él.

Ester asintió de mala gana y le dirigió una mirada ceñuda.

–Mucho –masculló entre dientes.

Morgan sonrió. Una sonrisa de verdad, y poco habitual en los últimos tiempos, que pareció transformar su rostro. Las líneas que hasta entonces mantuviera tirantes se suavizaron y sus ojos recuperaron parte del brillo que parecía haberlos abandonado.

–¿Quieres quedarte a almorzar? –continuó él–, porque pienso pedir algo para mí y para Lucy.

Su prima sacudió la cabeza y le dio una palmadita

en la mano antes de alejarse de vuelta al salón. Morgan fue con ella y la observó reunir sus cosas con semblante pensativo.

–No, tengo que volver a casa; acordé una cita con un cliente esta tarde –dijo ella–. Lo dejaremos para la otra semana.

Morgan asintió y la detuvo antes de que se dirigiera hacia la puerta posando una mano sobre su brazo.

–Gracias –dijo él–. De verdad. Por todo.

Ester hizo una mueca antes de suspirar y esbozar una media sonrisa.

–No es nada –respondió ella–. Tienes suerte de que no tenga ni siquiera un gato que me eche de menos.

Morgan sonrió una vez más.

–¿Y qué pasó con el... pintor ese? –preguntó él.

Ella torció el gesto.

–Es escultor –corrigió con el ceño fruncido–. Y no nos estamos viendo más.

–¿Por qué?

–¿Estás preguntando por mi vida amorosa, Morgan? ¿Te sientes bien?

Él ahogó un suspiro y procuró no sentirse demasiado culpable por haber pasado los últimos tiempos compadeciéndose por su propia miseria sin prestar atención a los problemas de los demás.

–Es que apenas he dormido; estoy hablando tonterías –intentó bromear él–. Ya, en serio. ¿Qué ocurrió con él? ¿Debería ir a buscarlo...?

Su prima sacudió la cabeza incluso antes de que terminara de hablar.

–No, no, no. –Ella agitó un dedo ante sus ojos y frunció el ceño–. No tenemos quince años ya, por si no te has dado cuenta; soy perfectamente capaz de arreglar mis asuntos. En cuanto a Jerry, si tanta curiosidad sientes, te diré que piensa que soy demasiado exigente.

Morgan arqueó una ceja e intentó parecer sorprendido.

–¿De verdad? ¡Qué locura!

Ester suspiró y terminó de ponerse un jersey ligero sobre la blusa multicolor.

–Lo sé. No soy exigente; soy la persona más comprensiva del mundo –replicó ella como si se encontrara seriamente ofendida de que alguien hubiera llegado a semejante conclusión–. Es que no tuvimos tiempo de conocernos de verdad.

–Claro.

–¿Me estás siguiendo la corriente?

Morgan abrió mucho los ojos y se encogió de hombros.

–Desde luego que no. –Se apresuró a negar él ayudándole a ajustarse la mochila a la espalda–. Pero no puedes culpar al pobre hombre por eso. No sabe lo que se pierde.

Su prima lo miró con los ojos entrecerrados.

–Voy a tomarme eso como algo bueno...

–Lo es.

–Como sea –Ella, que oscilaba de un lado a otro como un pingüino por el peso, asentó los pies con semblante decidido y sostuvo el pomo de la puerta antes de observarlo con expresión pensativa–. No éramos el uno para el otro. Eso pasa. Quizás... no sé.

Morgan la vio vacilar, algo tan poco habitual en ella que la observó con mayor atención.

–¿Qué? –preguntó él.

–Bueno, tengo un colega que trabaja en una revista de modas. Me escribió hace unos días para invitarme a cenar –contó ella.

Morgan se dijo que, aun cuando Ester había intentado imprimir a su voz una cuidada indiferencia, parecía como si la idea en sí le pareciera demasiado emocionante como para conseguirlo del todo. Le preocupaba un poco ella, reconoció sin que la idea se trasluciera en su rostro. Su prima arrastraba un reguero de relaciones breves y con finales, cuando menos, catastróficos; pero él procuraba no involucrarse en su vida privada más allá de ofrecerse como un hombre en el cual llorar cuando las cosas iban mal.

–Bueno, si te interesa deberías aceptar –sugirió él porque sabía que eso era lo que quería oír–. Solo ten cuidado y si necesitas algo no dejes de avisarme.

Vio a Ester girar levemente el pomo y tirar de él para abrir la puerta, situándose al otro lado de ella antes de asentir y dirigirle una mirada tan inocente que Morgan se puso en alerta de inmediato.

–¿Qué? –preguntó él un poco inquieto.

–Bueno, es que no lo veo hace mucho y, aunque es un buen tipo, no sé si me sentiría cómoda saliendo con él así como si nada.

Morgan contuvo el deseo de recordarle que ambos sabían que había iniciado relaciones con mucho menos que eso.

–Entonces elige un lugar en que te sientas a gusto, o déjalo para otro momento –sugirió él sin saber muy bien qué podría ser exactamente lo que ella quería.

Ester vaciló nuevamente antes de responder y Morgan la vio retroceder un par de pasos hasta dar contra la acera. Parecía como si intentara asegurarse de poner cierta distancia entre ambos antes de decir lo que en verdad deseaba.

–Sí, bueno, acerca de eso... –Ella osciló un momento antes de recuperar el equilibrio y sostuvo los tirantes de su mochila con ambas manos–, me preguntaba... tal vez me sentiría más cómoda si no estuviéramos solos. Podría arreglar algo con alguna amiga, alguien de confianza. Y a lo mejor tú... como una reunión de amigos...

Sus palabras fueron muriendo según el rostro de su primo adquiría una frialdad que le obligó a tragar espeso antes de callar del todo.

Morgan suspiró y se frotó los ojos con la yema de los dedos; pareció como si le hubiera encantado arrancárselos.

–¿Por qué, Ester? –preguntó él– ¿Qué necesidad...?

Ester apretó los dientes y fue recuperando tanto el habla como el aplomo porque, aunque pareció un poco amedrentada al mirarlo, fue capaz de sostener su mirada y de mantener un tono inflexible en su voz.

–¿Sería tan malo? –preguntó ella.

–No voy a sostener esta conversación en medio de la calle –espetó él.

–¿Entonces quieres que vuelva a entrar para que lo hablemos?

Morgan suspiró y mantuvo la hoja de la puerta firmemente sujeta; no se movió ni un milímetro del umbral.

–Si se trata de lo que creo, no, no quiero hablar al respecto. Ni en la calle, ni dentro; ni ahora, ni nunca –Habló con los dientes apretados y un brillo de advertencia en la mirada que su prima pareció detectar de inmediato–. De verdad te estoy muy agradecido por todo, Ester, pero no digas nada por lo que nos vayamos a arrepentir. Ve a casa. Llama a tu amigo, no lo sé, cualquier cosa que te haga feliz y deja que yo haga lo mismo.

Más que sentirse ofendida, la mujer ante él pareció verdaderamente dolida. Y no por ella o por la brusquedad con la que Morgan descartara algo que obviamente le había costado mucho decir. Sino por él y por el sufrimiento que vio en sus ojos.

–Está bien. Lo siento –dijo ella en un susurro–. Fue solo una idea. Pero Morgan, vas a tener que dejar de huir en algún momento, y no solo por ti, sino también por Lucy.

Él suspiró y cerró los ojos un instante antes de posar una mirada vacía en el rostro de su prima.

–Ella está bien –aseguró él–. Ambos estamos bien. Ve a descansar, Ester, nos veremos pronto.

Su prima asintió e hizo un gesto de despedida antes de desaparecer calle abajo. Morgan la siguió con la mirada y una mueca de pena hasta que su figura se perdió del todo al doblar la calle y entró nuevamente a la casa, cerrando la puerta tras él.

Necesitaba ponerse en movimiento. Lucy iba a una guardería por las mañanas y el encargado de la escuela pasaría a dejarla pronto, se recordó al dar una mirada al reloj sobre la chimenea.

Mala idea, se dijo al toparse con la hilera de retratos que iban de extremo a extremo en la superficie del hogar. Sus pies lo llevaron hasta allí antes de que se diera cuenta de lo que hacía y fue pasando los dedos de uno a otro con la mirada perdida.

El rostro sonriente de Ángela parecía estar en absolutamente todos: en el del día de su boda; a punto de abandonar el hospital con Lucy en brazos; a su lado en la ceremonia que dieron en su honor en el ayuntamiento cuando le concedieron una medalla por sus servicios a la ciudad. Juntos en el último viaje que hicieron para visitar a sus padres en Nebraska...

Morgan cerró un puño con fuerza y lo dejó caer de golpe. Apartó la mirada y exhaló el aire contenido por entre los dientes, sintiendo cómo el desgarrón en su pecho empezaba a arder, como le ocurría siempre que se permitía pensar. Le habría gustado tomar todos esos retratos, meterlos en una caja y refundirlos en el desván, pero sabía que eso no era justo para Lucy. Ella apenas podía recordar el rostro de su madre y lo último que deseaba era que creciera con esa ausencia, sin hacer nada que le ayudara a hacerlo más llevadero.

Se dirigió a la cocina y, al rebuscar en la nevera, vio que tendría que ir de compras pronto. Pidió algo de comida italiana a un restaurante cercano y fue a darse un baño.

Estaba envejeciendo, se dijo al exhalar un hondo suspiro cuando sintió el agua caliente caer sobre sus músculos cansados. Dormir en el sofá del precinto le resultaba cada vez menos tentador, pero no había mentido al decir a Ester que era lo mejor. Y no porque huyera de los recuerdos, como lo acusara ella con frecuencia. ¿Realmente podía pensar alguien que dejaba de ir a casa porque eso le impedía pensar en lo que no encontraría al volver?

Como si fuera algo que se pudiera olvidar, resopló

al dejarse caer un momento sobre la cama luego de envolverse con una toalla y sacudir el cabello sobre la alfombra, una costumbre que su esposa había odiado.

Su ausencia punzaba sin importar dónde se encontrara y tenía claro que no era algo de lo que pudiera huir. Podía evitar hablar de ello, incluso forzarse a sí mismo a no pensarlo todo el tiempo sumergiéndose en el trabajo. Pero eso era todo.

El dolor estaba allí. Era parte de él. Y posiblemente se quedara allí por siempre.

2

Morgan se tomó todo el fin de semana para poner en orden la casa y pasar tiempo con Lucy. Fueron de compras al supermercado, algo que ella parecía disfrutar mucho más que él; la llevó al parque cercano a casa y a comer pastel de cangrejo, su favorito. Él rio al verla correr y jugar sin dejar de dar de gritos, porque por algún motivo su hija estaba en una etapa en la que necesitaba dejar asentada su posición a voz en cuello.

Se ocupó de poner la ropa a lavar y cocinó como para un batallón, llenando la heladera de comida congelada. Ester era un encanto y nunca le estaría lo bastante agradecido por pasar casi cada día de la semana para atender a Lucy por las tardes, pero también era cierto que su prima odiaba la cocina más allá de lo razonable y él procuraba que nunca faltara comida en casa. No quería que ni ella ni su hija murieran de inanición o se alimentaran de pizza recalentada cada día.

Lucy lo acompañó la mayor parte del tiempo; sonreía al verlo moverse por la cocina y salir corriendo al oír el pitido de la secadora.

Morgan se esmeró, como hacía siempre, porque ella se divirtiera a su lado, aunque con frecuencia sentía que no tenía idea de lo que estaba haciendo. Y aunque adoraba pasar el tiempo a su lado, fue casi un alivio empezar la semana para hacer lo que se le daba un poco mejor.

Despidió a su hija muy temprano el lunes luego de alistarla para la escuela y se puso en camino a la estación.

La encontró tan agitada como siempre, en especial luego de un domingo en el que, por alguna razón, la gente parecía tentada a hacer toda clase de idioteces. Revisó informes durante buena parte de la mañana, se quitó de encima a un borracho que se le escurrió a uno de sus hombres y sostuvo una reunión apresurada con el comandante que llevaba el mando de la estación.

Para el momento en que pudo tomarse siquiera diez minutos para mordisquear un emparedado de la máquina dispensadora, se sentía tan cansado como cuando intentaba seguir el ritmo de Lucy en sus correrías por el parque.

Necesitaba salir nuevamente a ejercitarse, se dijo cuando volvió a su oficina. Era algo que acostumbraba hacer antes, cuando contaba con tiempo libre para sí y se afanaba por mantenerse en forma.

No es que no lo estuviera en este momento, procuró convencerse al mirar su reflejo en el espejo del pequeño baño adosado a la oficina. Pero aun así... no se trataba de cómo se viera por fuera sino del estado físico.

Demasiado tiempo sentado ante un escritorio, supuso tras suspirar y prometerse que procuraría levantarse una hora antes para salir a dar un par de vueltas antes de despertar a Lucy los fines de semana.

Satisfecho de haber llegado a esa determinación, volvió a su oficina y pasó las siguientes horas revisando otra pila de informes acumulados en los últimos dos días. Habría continuado con lo mismo de no ser por la llegada de Logan, que entró luego de dar unos golpecitos a la puerta.

–¿Tienes un minuto? –preguntó.

Morgan asintió y procuró esbozar una sonrisa amistosa. Tenía un claro recuerdo de su última charla y de lo brusco que se había mostrado con él entonces y no deseaba repetir ese comportamiento. Apreciaba a Logan de verdad; era uno de sus pocos amigos cercanos y le estaba muy agradecido por lo considerado que se había mostrado en los últimos tiempos, además de que era una de las personas en las que más confiaba en el trabajo.

–¿Ha ocurrido algo?

Morgan lo observó con atención y supo que así era, incluso antes de que Logan abriera la boca. Y debía de tratarse de algo serio, además; era poco habitual verlo con semblante preocupado o con dificultad para ordenar sus ideas.

–Acaban de llamar –explicó él tras suspirar–. Un homicidio en Hampden.

Morgan apretó los labios y cabeceó con lentitud antes de ponerse de pie, haciendo un gesto a su amigo para que fuera con él. Y parecía que la semana no le deparaba nada interesante, se dijo echándose la cazadora al hombro en tanto atravesaba el corredor del precinto y oía el informe de Logan.

–Una mujer en los treinta; aún no tenemos una identificación. La hallaron en la piscina de un condominio; es posible que viviera allí, lo tendremos claro al llegar porque ya hay agentes interrogando a los vecinos. –Logan apresuró el paso para ir a la par de sus largas zancadas–. Tenía una herida en el abdomen y otra en el cuello; podría ser que se desangrara por la segunda si le cercenó una arteria... no hay signos de lucha, así que tal vez conociera al asesino.

–¿Huellas?

–Nada todavía. Los forenses están en eso. –Logan respondió a su pregunta tras hacer un gesto al oficial encargado de la recepción–. Estaba desnuda, además, pero a primera vista no parece que se trate de un ataque sexual. Igual, están tomando muestras para confirmarlo.

Morgan frunció el ceño y parpadeó cuando los rayos del sol le dieron de lleno en el rostro. Buscó su coche con la mirada entre los aparcados ante el precinto y se dirigió a él al reconocer el chasis gris.

–¿Quiénes están allá? –preguntó al ocupar el lugar ante el volante y una vez que Logan se sentó a su lado.

–Tres oficiales de la zona; fueron ellos quienes respondieron a la llamada de la mujer que encontró el cuerpo. Y también los forenses que respondieron al aviso.

–¿Y por qué llegaron ellos antes que nosotros? –inquirió en tono brusco poniendo el coche en marcha.

Logan se ajustó el cinturón de seguridad e hizo un gesto al caer despedido hacia atrás cuando Morgan apretó el acelerador.

–¿Te importaría reducir un poco la velocidad? Acabo de comer. –Su compañero chasqueó la lengua al notar que apenas aflojaba el pedal lo suficiente para sentir que no saldría despedido por el parabrisas–. Uno de los oficiales hizo las llamadas de reglamento, pero ellos estaban más cerca. Da igual.

–No. No da igual. Nosotros deberíamos de haber llegado primero.

–Dudo que a la asesinada le importe mucho eso, la verdad.

Morgan lo miró de reojo y se encontró con su mirada puesta en el camino. No tenía nada que responder a eso y se avergonzó un poco por haber permitido que un mal entendido sentido de competencia apartara su mente de lo que era importante.

–Está bien –reconoció de mala gana al cabo de un momento–. ¿En qué parte de Hampden exactamente...?

Logan revisó sus notas antes de responder.

–Al lado del hotel Wyatt, un par de calles más abajo de la librería Atomic. Un condominio de lujo, creo.

Morgan asintió y no dijo una palabra hasta poco después, cuando aparcó frente al edificio que su compañero señaló con un gesto para forzarlo a detenerse.

Considerar aquel lugar como un condominio de lujo era sin duda una definición razonable, aunque a

Morgan le pareció que incluso se quedaba un poco corta. No había muchos lugares como ese en Baltimore, observó una vez que él y Logan se apearon del coche y buscaron la entrada en la que se toparon con un par de oficiales que les señalaron el camino que debían tomar para llegar a la piscina.

Se trataba de un complejo de tres torres. Cada una de cuando menos seis pisos y una terraza, según consiguió calcular con una rápida mirada; un departamento por piso, como era habitual en esa clase de lugares. Imaginó que cada uno de ellos debía de tener varios metros cuadrados de extensión y, posiblemente, costaran por lo menos el triple de lo que él pagó por su casa.

Hicieron el camino arropados por un pesado silencio; la clase de silencio que no augura nada bueno y que parecía el telón de fondo apropiado para la escena que se encontraron una vez que consiguieron llegar a la piscina.

Un oficial resguardaba la escena y los saludó al reconocerlos; ni siquiera hizo falta que se identificaran para que les cediera el paso. Algo más allá, justo bajo el sol y en un área de unos cuantos metros, Morgan advirtió las siluetas de un par de personas acuclilladas ante un cuerpo. El brillo del agua cristalina de la piscina refulgía a su lado y no pudo evitar pensar en que le habría encantado darse un chapuzón.

Conocía a los forenses que levantaron la mirada al sentir el ruido de sus pasos, pero apenas les hizo un gesto de reconocimiento al toparse con sus miradas; se trataba de un par de hombres de mediana edad con los que ya había trabajado antes. Nunca perdía el tiempo con los saludos, sin embargo, y mucho menos en una situación como aquella. Casi toda su atención estaba puesta en la figura tendida y sobre la que parecían discutir algo antes de su llegada.

Tal y como Logan dijera, la mujer parecía tener unos treinta años, ciertamente, aunque a primera vista hubiera podido parecer que eran varios menos. Un examen más exhaustivo permitía advertir las casi imperceptibles arrugas a cada lado de los labios y junto a los ojos. Por lo demás, se trataba de una mujer muy atractiva con el cabello oscuro hasta un tono casi azulado, la piel de una tersura poco habitual y unos labios llenos. La habían cubierto con una manta, pero era obvio por las formas que se remarcaban bajo ella, que había sido dueña también de un cuerpo voluptuoso.

Morgan no pudo evitar sentir un acceso de lástima. Procuraba que esa clase de cosas no le afectaran, las había visto peores; sin embargo, nunca dejaría de sentirse impresionado al ver una vida segada en su punto más brillante. Quizás esa mujer tuviera una familia que de un día para otro tendría que hacerse a la idea de que no la vería más. Tal vez un esposo, hijos...

Percibió el movimiento sigiloso de Logan tras él y, al mirar sobre su hombro se topó con su ceño fruncido. Él también parecía someter aquel cuerpo a un análisis meticuloso, aunque su mirada se alternaba entre la mujer tendida ante ellos y los forenses que continuaban con su trabajo sin prestarles más atención de la necesaria.

–¿Tienen una identificación?

Fue Morgan quien hizo la pregunta adelantándose sin duda a lo que estaba por inquirir su compañero. Uno de los especialistas, el que si no recordaba mal llevaba un par de años más en el cuerpo, algo que allí confería de cierta autoridad, lo observó por encima de sus gafas caídas y masculló algo antes de suspirar.

–Estamos en eso –indicó él–. Hemos podido tomar unas buenas huellas; tendremos un resultado en cualquier momento. Si me lo preguntas, no será difícil identificarla, solo habrá que esperar lo que arroje el sistema; además de que, si vivía aquí, los vecinos podrán decirles su nombre. No han dejado de mirar por las ventanas desde que llegamos.

Morgan ya había notado eso último. Decenas de ojos fijos en ellos; todos ellos provenientes de las terrazas acristaladas en los pisos a su alrededor.

–¿No se ha acercado nadie? –preguntó él.

–Solo la mujer que la encontró, pero dijo que no la había visto antes. En realidad, no se trata de una vecina, empezó a trabajar aquí hace menos de un mes, así que no será la mejor fuente de información –respondió el otro–. Los demás se han quedado en sus casas, aunque no sería por voluntad propia. Los oficiales ordenaron que lo hicieran así por si tenían que hacerles algunas preguntas luego.

Morgan asintió antes de lanzar una nueva mirada al cuerpo.

–¿Y qué es lo que te molesta tanto?

El hombre se rascó la barbilla con el dorso de la muñeca e hizo un gesto a su compañero para que descubriera parte del cuerpo ante ellos. Luego, llamó la atención de Morgan al sacudir una mano frente a él señalando algunas partes con la lapicera que usara para rellenar sus informes.

–Es demasiado preciso; no me gusta. Mira esa limpieza. –El hombre delineó una franja a altura la del abdomen–. Yo no podría haberlo hecho mejor.

–¿Crees que lo hizo alguien con formación médica?

Fue Logan quien hizo la pregunta. Él había permanecido en silencio, atento al intercambio entre Morgan y el forense, pero en ese momento se encontraba agachado ante el cuerpo y lo estudiaba con gesto de profunda concentración.

El interpelado se encogió de hombros e hizo un gesto incierto.

–No necesariamente. Basta con cierto conocimiento, pero sin duda no es un neófito. Además, hace falta sangre fría... miren aquí. –El forense señaló la herida en el cuello de una extensión similar a la del abdomen, pero algo menos profunda–. No cualquier blandengue hubiera podido cortar en el lugar preciso y a la profundidad exacta para que se desangrara.

–¿Fue así como murió? –preguntó Logan.

–No lo tengo del todo seguro, necesito hacerle la autopsia, pero me atrevería a decir que sí –respondió el hombre.

Morgan cabeceó y dio una mirada alrededor. Salvo por algunas salpicaduras de sangre que consiguió distinguir junto a la piscina, no vio mayores muestras de violencia.

–Entonces no la asesinaron aquí –comentó él pensativo, tras dar una nueva mirada a las heridas–. Tuvo que perder mucha sangre y no veo nada de eso.

–Es posible que tengas razón –asintió el forense como si ya lo hubiera considerado–. Creo que en cuanto tenga la hora de la muerte y puedan cotejarla con la hora en que la encontraron podrán hacerse una idea más clara.

Morgan cruzó los brazos a la altura del pecho y entrecerró los ojos cuando un banco de nubes cubrió el sol en lo alto.

–¿No hay arma homicida? –preguntó.

–No, no hemos encontrado nada. Solo estaba ella. –El hombre señaló a la mujer tendida con cierta pena–. Creo que ya podemos levantarla, si te parece bien.

Morgan cabeceó, pero pareció recordar algo y lo detuvo con un gesto antes de que la cubriera nuevamente.

–¿Hay signos de actividad sexual? –inquirió él.

–Nada tampoco, aunque haré un examen más exhaustivo; espero tenerlo en tu escritorio mañana temprano –prometió el forense e hizo un ademán a su compañero–. Vamos, Barry, quiero ponerme con esto lo antes posible.

Morgan dio una última mirada al cuerpo y los dejó trabajar luego de hacer un gesto de despedida, alejándose de allí para dar un lento rodeo alrededor de la piscina. Sintió los pasos de Logan tras él y pudo imaginarlo tomando notas mentales de absolutamente todo lo que veía. Si a él se le pasaba algo, y esperaba que no fuera así, sabía que podría confiar en que su compañero lo notara y se lo hiciera ver en su momento.

–¿Estoy imaginando cosas o tienes en mente tomar este caso?

Su amigo se detuvo de golpe ante el extremo menos profundo de la piscina y Morgan abandonó su inspección de una porción de cerámica que le había parecido que se encontraba agrietada de una forma extraña.

–Claro que voy a tomarlo –respondió él.

Su amigo suspiró.

–Lo haces mucho últimamente –le recordó–. Antes preferías mantenerte en la oficina.

–No quiero oxidarme.

–No estás oxidado. –La voz de Logan sonó un tanto cortante–. Te has ganado tu puesto, deberías de aprovechar sus ventajas.

Morgan arqueó una ceja.

–¿Ventajas? –repitió él–. ¿Crees que permanecer tras un escritorio puede considerarse como una ventaja?

–Conlleva menos riesgo.

–No hay ningún riesgo.

Logan sacudió la cabeza.

–¿No recibiste una puñalada hace solo unos años? –recordó él.

–¿Y a ti no te dispararon poco después?

Morgan tuvo la satisfacción de ver a su compañero rezongar en tanto bajaba la mirada con gesto ceñudo.

–Bueno, de haber estado tras un escritorio no nos hubiera pasado nada de eso a ninguno de los dos –comentó él.

–¿Quieres estar tras un escritorio? –preguntó Morgan–. ¿Es todo esto algún tipo de excusa para que te pida un ascenso? Porque podría...

–Si lo haces, te mato.

Morgan rio al oír el tono horrorizado en la voz de Logan. Estaba seguro de que a su amigo jamás le gustaría hacer trabajo de escritorio sin importar los beneficios que muchos otros vieran en ello. Al igual que él, y por mucho que asumiera una actitud de madre preocupada al alentarlo a no asumir riesgos, la verdad era que no sabría vivir de otra forma.

–Mira, Logan, nadie saldrá herido esta vez. Si te ocurre algo, será Tara la que me mate. –El tono de Morgan adquirió un matiz divertido al referirse a la mujer de su amigo, a quien él sabía que adoraba–. ¿Podemos volver al trabajo ahora? Tenemos muchas preguntas por hacer.

Logan cabeceó y se encogió de hombros con poco entusiasmo, aunque Morgan estaba convencido de que aquello se debía más a lo poco que le gustaba esa parte del trabajo que al hecho de que aún continuara disgustado.

Dejaron la piscina tras ellos poco después tras asegurarse de que los forenses hubieran tomado muestras del agua y, por insistencia de Morgan, del borde de la piscina y de esa grieta que llamara su atención, y se dirigieron a la primera torre del complejo para entrevistar a los vecinos.

–¿Cuánto crees que cueste un piso aquí? –preguntó Morgan en cuanto entraron al ascensor.

–No estoy seguro, pero con seguridad más de lo que podría pagar la mayor parte de los habitantes de Baltimore. –Logan se encogió de hombros y apretó un número de la pantalla al azar–. A las inmobiliarias les encanta esta zona; pero a mí no termina de gustarme.

–¿Demasiado opulenta?

–Demasiado *hipster* –aclaró Logan tras poner los ojos en blanco con un gesto de fastidio–. Te apuesto lo que quieras a que el primero que nos abra la puerta tiene barba, un perro miniatura y es vegano.

Morgan lo pensó un segundo antes de asentir.

–Hecho.

Quince minutos después, Logan era diez dólares más rico y Morgan estaba convencido de que había hecho un pésimo negocio. Por si acaso, no aceptó las siguientes apuestas de su amigo; a diferencia suya, él no tenía dinero para derrochar.

Claro que luego se dijo que había hecho una tontería, porque no todos los vecinos que le atendieron luego hubieran podido ser considerados *hipsters, hippies,* o lo que significara eso exactamente. Se trataba de gente de todas las edades y estilos de vida; el mayor denominador común entre todos era que, sin duda, poseían los medios para pagar el vivir en un lugar como ese, fuera como propietarios o inquilinos.

Sin embargo, ninguno pudo reconocer a la mujer de la piscina. Más allá de hacer las preguntas lógicas en una situación como aquella, como de quién se trataba y en qué forma les afectaría el que encontraran su cadáver, fue poco lo que pudieron decir que les fuera de ayuda.

Abandonaron esa torre tras agotar las esperanzas allí y fueron por la siguiente con un resultado similar. Hasta que llegaron al cuarto piso.

Les atendió un hombre de mediana edad, contextura extremadamente delgada y una calva incipiente que parecía esperarlos y que les cedió el paso tan pronto como abrió la puerta. Ni Morgan ni Logan hicieron amago de entrar, sin embargo. Si hubieran atendido a las muestras de cortesía de toda aquella gente no terminarían nunca; de modo que prefirieron mantenerse al otro lado de la puerta e hicieron las preguntas de rigor antes de tender al hombre la fotografía que los forenses les habían facilitado.

No era agradable encontrarse con el rostro de un cadáver aun cuando se tratara del de una desconocida, de allí que Morgan hubiera preferido contar con algo más para facilitar la identificación, pero era lo único que tenía en ese momento. Se había ganado varias miradas horrorizadas de los otros vecinos, pero tuvo que reconocer que el hombre que tenía ante él pareció bastante menos perturbado que ellos al estudiar la imagen. Le impresionó, claro, pero se recompuso con rapidez antes de tendérsela de vuelta.

Morgan se preparó para que, lo mismo que los otros, sacudiera la cabeza y negara con pena antes de decir que no la había visto antes y que ellos tuvieran que despedirse, dejar su tarjeta para que les llamaran si recordaba algo y luego empezar con el siguiente piso.

De allí que ambos parecieran tan sorprendidos al verlo asentir con semblante pensativo.

–Estoy casi seguro de que la he visto antes –indicó él al cabo de unos segundos.

Morgan advirtió que Logan exhalaba con fuerza a su lado y entrecerró los ojos al fijarlos en el hombre que los veía a su vez casi sin parpadear. Reparó entonces en que lucía un traje un tanto estrafalario, con pantalones de un tono encendido de azul y una camisa tal vez demasiado entallada. ¿Pero qué diablos sabía él de lo que se ponía la gente a la que le importaba la moda?, se reprendió él luego. Casi todo su ropero estaba compuesto por trajes severos, jeans y montones de camisetas de equipos de fútbol.

–¿Aquí? ¿Era una de sus vecinas?

Morgan dio gracias mentalmente porque Logan se adelantara a él al preguntar y se concentró de nuevo en oír lo que el hombre tenía para decir.

–No sabría decirle –respondió él–. Aquí la gente es muy reservada, ¿sabe? Llevo cinco años viviendo aquí y no podría asegurar quién está en el piso de abajo. Hay personas mayores que apenas salen o que de plano no ven la calle; para eso tienen gente que se ocupa de lo que necesitan.

–Pero no serán todos así.

–No, claro que no. Hay otros más jóvenes que se hacen notar; pero aun así... –El hombre se encogió de hombros–. Son todos muy discretos. Yo también lo soy y creo que está bien, ¿no? A nadie le gusta que estén husmeando en su vida privada.

Morgan asintió porque, en el fondo, sí que se encontraba de acuerdo con eso último; pero en ese momento aquellas muestras de discreción solo entorpecían su trabajo.

–Pero la vio antes en este condominio –insistió él.

El hombre, que se había identificado como el señor Alcott, cabeceó una vez más y volvió a lanzar una rápida mirada a la fotografía que Logan sostenía entre los dedos.

–Sí, cada vez estoy más seguro. Ese pelo y esa piel no son muy comunes; en la foto no se ve, pero si es quien creo que es, tenía unos ojos azules preciosos. Muy parecidos a los suyos –dijo él.

Morgan carraspeó e hizo como si no hubiera oído el sonido de Logan atragantándose con la risa a su lado.

–Sí, bueno... –Él apretó los labios antes de continuar–. ¿Y en qué circunstancias la vio? ¿Sabe su nombre...?

El hombre sacudió la cabeza de un lado a otro y se llevó una mano al mentón.

–De eso no estoy seguro. La saludé porque la vi pasar por aquí algunas veces –indicó él–. Siempre iba arriba, al *penthouse*.

–¿Es posible que viviera allí?

–No lo sé. Lo dudo, en realidad. Porque allí vive Sophia y que yo sepa no tiene compañeros de apartamento; siempre creí que era una amiga cercana que pasaba a visitarla y a veces se quedaba con ella.

Morgan se aseguró de que Logan tomaba notas de todo lo que oían e inclinó el cuerpo un poco hacia adelante en dirección al hombre.

–¿Sophia? –repitió él–. ¿Quién es ella?

–Bueno, es una de las pocas vecinas que conozco, aunque no es que seamos grandes amigos. Digamos que es una de las que se hacen notar –explicó él–. Vive en el *penthouse*, como dije; se mudó hace unos... déjeme pensar –El hombre volvió a rascarse la barbilla– ¿Dos años? Algo así. Es bastante simpática.

–Ya. Y dice que esta mujer acostumbraba visitarla.

–La vi unas cuantas veces –repitió él–. Pero no sé su nombre, nunca hablé con ella salvo para saludarla, lo que harías con cualquiera que te cruces en el pasillo o el ascensor. Me pareció bastante agradable, si bien un poquito presumida, aunque suene mal hablar de esa forma de una muerta.

Morgan frunció el ceño.

–¿A qué se refiere con eso de presumida? –preguntó él.

El señor Alcott lo consideró un momento antes de responder.

–No sabría decirle con exactitud. Era una de esas mujeres muy conscientes de su atractivo, ¿me entiende? Las que se saben arrebatadoras y van por el mundo como si esperaran que todos se inclinaran ante ellas –intentó explicarse él–. No digo que esté mal, es lógico. Si yo tuviera ese pelo y esos ojos seguro que sería igual –intentó bromear antes de enseriar el semblante–. Pero como le dije, siempre fue muy cortés conmigo. Solo que llamó mi atención entonces y creí que debía mencionarlo.

Morgan se cuidó de decir que a él eso le pareció más bien un juicio un tanto superficial, pero como, lo mismo que todo el mundo, él también podía caer en eso con frecuencia, decidió dejarlo pasar.

–Hizo bien –dijo al respecto–. ¿Cree que podamos encontrar a esta Sophia ahora si subimos al *penthouse*?

El hombre negó un par de veces.

–Lo dudo. Hasta donde sé, trabaja hasta tarde –indicó él–. Pero pueden probar porque a veces no sale hasta media mañana y quizá todavía esté allí.

Morgan agradeció su ayuda y le dejó su tarjeta por si recordaba algo, tal y como hiciera con el resto de los vecinos. Luego, él y Logan subieron hasta el último piso pero, aunque llamaron varias veces nadie les atendió. Habría podido jurar que oyó un maullido al otro lado de la puerta, pero eso fue todo.

Tomó nota del número en la puerta y garabateó unas palabras en el dorso de una de sus tarjetas antes de pasarla por debajo.

–¿Podemos averiguar a quién pertenece este lugar? –preguntó a Logan una vez que dejaron atrás el piso–. No podemos esperar a que se decida a llamar.

Su compañero cabeceó.

–Me pondré con eso en cuanto lleguemos a la estación –prometió él–. Aunque tal vez no la necesitemos para identificar a la víctima; los forenses nos tendrán una respuesta para mañana, cuando mucho.

–Sí, pero es posible que necesitemos contar con el testimonio de esta Sophia para saber qué ocurrió con su amiga. La asesinaron cerca de su casa, después de todo.

–¿Crees que podría haber tenido algo que ver con eso?

Morgan se encogió de hombros.

–Creo que nada es imposible –respondió él.

Logan asintió para dar a entender que se encontraba de acuerdo y no volvieron a hablar hasta que se pusieron en camino de vuelta a la estación.

–Es un caso interesante –mencionó él entonces tras permanecer un buen rato sumergido en sus pensamientos.

Morgan giró en una curva y disminuyó la velocidad para lanzarle una mirada de reojo.

–Por lo pronto, misterioso –acotó él–. Pero tal vez resulte más sencillo de lo que pensamos. No sería la primera vez.

–Es posible que tengas razón –su amigo cabeceó–. Cuando menos, diría que has sacado algo importante de todo esto.

Morgan frunció el ceño.

–¿Sí? ¿Qué? –preguntó él.

Logan sonrió y lo miró un instante por el rabillo del ojo antes de fijar la vista en el camino.

–Bueno, te han dicho que tienes unos ojos preciosos –recordó él.

Morgan gruñó, sin responder, pero apretó las manos sobre el volante al oír a su amigo reír a carcajadas y, al final, no pudo evitar sonreír también. ¡Qué diablos! Nadie le había lanzado un halago similar en mucho tiempo. Podía vivir con eso.

3

Morgan no tuvo ninguna novedad respecto al caso hasta el día siguiente, a primera hora de la mañana, cuando Logan se presentó ante él tan fresco como si acabara de pasar una estupenda noche de sueño. Morgan lo odió un poco porque él apenas había pegado ojo.

Lucy se despertó a media noche por una pesadilla y él se quedó a su lado hasta que consiguió dormirse un par de horas después luego de que echara mano de todo su arsenal de cuentos. Sin embargo, no quiso dejarla sola y tuvo que intentar encoger su metro noventa en la cama minúscula, con lo que no hubo forma de conciliar el sueño. Se levantó, además, con un dolor horroroso en los hombros y el cuello que dudaba que fuera a desaparecer en lo que restaba del día.

–Tengo un par de nombres –anunció Logan, ajeno a sus pensamientos.

Morgan asintió y bebió lo que le quedaba del café antes de llenarse nuevamente la taza en la cafetera que tenía en su oficina. Luego, se dejó caer sobre la silla ante su escritorio con un suspiro e hizo un gesto a su amigo para que hiciera otro tanto.

–Identificamos a la víctima gracias a sus huellas. Por suerte estaban en el sistema –continuó Logan tras dar una mirada a su teléfono para revisar sus notas.

–¿Tenía antecedentes? –preguntó Morgan.

–Nada fuera de lo ordinario: un arresto a los dieci-
nueve por conducir sin licencia, lo que bastó para que
el sistema la reconociera.

Morgan asintió atento.

–Su nombre era Susan Green. Tenía treinta y dos recién cumplidos y, lo que supongo que confirma la impresión de ese hombre del edificio, fue modelo durante
varios años. –Logan se encogió de hombros y continuó
en tono práctico–. Si una modelo no es la clase de persona que actuaría como si fuera dueña del mundo, no
sé quién más lo haría.

–Modelo –repitió Morgan, pensativo–. ¿Qué más?

–Bueno, por lo que entiendo no era muy conocida.
Salió en un par de portadas, pero la mayor parte de su
trabajo estaba en los catálogos de diseñadores poco
relevantes –indicó–. De cualquier forma, es seguro
que eso le dio para vivir bien porque apenas acumuló
deudas, tenía un departamento y un buen coche a su
nombre.

–Pero no vivía en el edificio en que la encontraron.

–No. Por bien que ganara, no creo que hubiera podido pagar algo como eso –indicó Logan–. Además,
como dije, sus trabajos empezaron a escasear hace un
par de años. No sé si porque decidió retirarse o porque
dejaron de llamarla. El mundo del modelaje puede ser
muy cruel.

Morgan cabeceó y lanzó una mirada a su amigo,
en absoluto sorprendido de toparse con su semblante
de entendido. Además de detective, Logan era artista
aficionado, uno muy bueno. Él sabía que acostumbraba dedicar mucho tiempo a todo aquello cuando el
tiempo se lo permitía y que se las arreglaba también
para perfeccionar su técnica tomando cursos de vez en
cuando. Fue así, según sabía, como conoció a la madre
de su hijo, pero nunca habían profundizado mucho en
el asunto.

Con seguridad, Logan conocía del mundo del modelaje mucho más que él, aunque lo suyo estuviera más relacionado con el arte que con la moda.

–¿Y luego? –preguntó interesado.

–No estoy seguro. Es poco lo que se sabe de ella luego de eso; me refiero a lo que se podría encontrar de su trabajo en las revistas. El apartamento que tiene está en el norte, cerca de Bolton Hill; iré a dar una vuelta en un rato para entrevistar a sus vecinos, a ver qué pueden decirme de ella, de la última vez que la vieron y esas cosas.

Morgan asintió.

–¿Han confirmado la causa de la muerte?

–Sí, justo tengo el informe por aquí. –Logan revisó sus notas y levantó la mirada para fijarla en el rostro de su jefe–. Fue como nos adelantó el forense ayer. Hemorragia por herida en una arteria; su organismo colapsó al desangrar y fue eso lo que la mató. Pero lo habría hecho de cualquier forma porque la herida en el estómago era también mortal.

–El asesino sabía lo que hacía –comentó.

–Sí. Y fue muy escrupuloso, no hizo heridas innecesarias. Por cierto, como suponías, no la mataron allí; por eso la falta de sangre. Tuvieron que llevarla desde algún otro lugar.

–¿Tienes la hora de la muerte?

Logan cabeceó.

–Entre las diez de la noche anterior a que la encontraran y las cinco de la mañana de ese mismo día –indicó.

–Ya. –Morgan calculó el tiempo con los dedos, pensativo, antes de mirar nuevamente a su compañero–. ¿Hubo algún ataque sexual de por medio?

–No. Los forenses no encontraron nada al respecto –respondió.

Morgan cabeceó, un tanto aliviado, pero su rostro adquirió nuevamente una cierta tensión al recordar algo.

–Dijiste "nombres" –dijo él.

Logan lo observó sin que pareciera entender a lo que se refería.

–Al llegar, dijiste que tenías los nombres. En plural –recordó él–. ¿Cuál es el otro?

–Oh, eso. –El otro hombre hizo un gesto de comprensión–. Me refería a la mujer del *penthouse*, con la que su vecino dijo que había visto a la víctima.

–Sophia...

Logan completó el nombre tras asentir.

–Sophia Hawkins –confirmó él–. Y estuve haciendo algunas averiguaciones acerca de ella y creo que sé de dónde podría haber conocido a Susan.

–¿Sí?

–Ajá. –Logan dio una nueva mirada a sus notas antes de responder–. Sophia Hawkins es editora en una revista de moda bastante conocida en Baltimore: Imperio Bazar.

Morgan repitió el nombre para sí un par de veces, pero no le dijo nada.

–No me suena –indicó él.

–Qué sorpresa –comentó Logan con una sonrisa.

Su amigo lo señaló con un dedo y su anillo de bodas refulgió en el anular cuando un rayo de sol proveniente de la ventana entreabierta le dio de lleno.

–Disculpa, pero dudo de que tú seas precisamente un entendido en moda –señaló él.

No le faltaba razón. Logan le prestaba tanta atención a su aspecto como él mismo; es decir, más bien poca. Ambos eran escrupulosos con su higiene y aunque tenían estilos distintos, uno más del tipo académico contra otro algo más informal, nadie podría acusarlos de usar una prenda que no hubiera pasado antes por la tintorería. Pero eso era todo.

–Quizás. –Logan no pareció tener problemas en reconocer sus palabras con ademán relajado, aunque sonrió al continuar con cierta burla–. Pero yo no actúo como si hubiera pasado los últimos años viviendo bajo una piedra. Leo los diarios.

–También yo.

–Me refería a algo más que la sección de policiales.

Morgan rumió algo entre dientes.

–Bueno, da igual. –Decidió que era mejor no profundizar en esa conversación y continuó enfocado en lo que en verdad le importaba–. Continúa con lo que averiguaste de esa mujer.

–Como quieras. –Logan cabeceó–. Esta... señorita Hawkins, es editora de la revista que mencioné, Imperio Bazar. Es una publicación relativamente pequeña; no hay mucha prensa abocada enteramente a la moda en Baltimore, pero esta tiene cierto prestigio.

–¿Es de aquí? –preguntó Morgan–. El señor Alcott mencionó que se mudó al condominio hace un par de años.

–No nació en Baltimore. Es de Nueva York y trabajó en moda hasta que llegó para dirigir la revista –confirmó Logan–. Parece que está muy familiarizada con todo eso. Busqué su nombre en la red y ella misma modeló un par de años al dejar la escuela. Era bastante solicitada y, a diferencia de Susan Green, no le faltaba trabajo. Estuve viendo sus fotos y tiene el tipo que buscan en la alta costura.

Morgan se encogió de hombros, sin estar muy seguro de qué tipo sería ese. Imaginó a una mujer tan delgada que parecería como si hubiera pasado mucho tiempo desde que tuviera una buena comida y se estremeció.

–¿Es posible que esta señorita... Hawkins, trabajara con nuestra víctima y de allí que se frecuentaran? –preguntó él entonces.

–Supongo. No he investigado a profundidad todavía, así que no sé si Susan participó en alguna campaña de la revista, pero podría verlo –ofreció.

Morgan hizo un gesto vacilante.

–Tal vez no haga falta. Que nos lo diga ella –indicó.

Logan frunció el ceño.

–¿Quién? ¿Sophia Hawkins?

–Sí –asintió Morgan, más decidido de golpe–. Es nuestra pista principal hasta ahora. Encontraron a Susan en su edificio y tenemos un testigo que dice que eran amigas; o cuando menos conocidas, lo suficiente para que fuera a visitarla con cierta frecuencia. Algo me dice que será ella quien nos ayude a echar luces sobre este asunto.

Logan no pudo menos que mostrarse de acuerdo y asintió al cabo de un momento.

–¿Quieres que vaya a hablar con ella? –ofreció él.

Morgan lo pensó un momento antes de responder. Lo habitual hubiera sido que aceptara que Logan se ocupara de ello en tanto él se quedaba en el precinto reuniendo la información que fuera llegando, pero necesitaba ponerse en movimiento o terminaría dormitando sobre el escritorio.

De modo que, tras ahogar un bostezo, sacudió la cabeza en señal de negación y se bebió su cuarta taza de café de golpe antes de ponerse de pie con un ademán enérgico.

–No. Prefiero hacerlo yo –indicó él–. Tú ocúpate de ir a hablar con los vecinos de Susan Green en Bolton Hill y averigua todo lo que puedas acerca de ella. Si tenía familia, amigos cercanos...

–Enemigos –completó su amigo por él.

Morgan esbozó una sonrisa sesgada y tomó su chaqueta del respaldo de la silla para ponérsela sobre los hombros. A diferencia de Logan, él sí acostumbraba usar corbata en el trabajo, aunque más que hacerlo porque le gustara, se trataba de una deferencia al hecho de que debía reunirse con las autoridades con frecuencia.

–Exacto. Especialmente enemigos –coincidió él–. Nos veremos aquí por la tarde para ponernos al día.

Logan cabeceó e hizo un gesto de asentimiento antes de ponerse de pie. Salieron juntos de la oficina, pero mientras el primero se quedó allí hablando con el oficial a cargo de la recepción para obtener algunos datos que le faltaban, Morgan dejó el precinto con andar brioso.

Era agradable ver la calle, se dijo una vez que se encontró ante el volante y buscó la dirección de la revista que Logan mencionara. Lástima que estuviera a punto de dar una noticia que sin duda no sería nada agradable.

Cuando Morgan llegó a las oficinas de Imperio Bazar cerca del *downtown* de Baltimore, tuvo que reconocer que se trataba de un lugar bastante agradable a la vista. No había estado seguro de qué esperar, tratándose de la sede de una revista de moda, pero le pareció un ambiente sorprendentemente acogedor.

Ocupaba todo el último piso de un edificio en la zona empresarial y una elegante mujer de mediana edad vestida de negro de pies a cabeza ocupaba la recepción. Ella lo observó cruzar la puerta de cristal y en su semblante se dibujó una cortés sonrisa de bienvenida que no varió ni un ápice cuando Morgan le mostró su placa y pidió hablar con su jefa.

La mujer llamó a una joven que pareció salir de un panel detrás de la recepción como si viviera allí en espera de ser convocada y, luego de que esta repasara a Morgan con una rápida mirada de apreciación, la dejó encargada en tanto ella le hacía un gesto para que la siguiera.

Atravesaron un largo pasillo flanqueado por una hilera de puertas con elegantes placas doradas que no alcanzó a leer antes de llegar a una estancia amplia y abovedada que destellaba por la luz proveniente de los grandes ventanales a su alrededor. Vio unos sillones en medio del espacio, donde un par de mujeres que podrían haber estado participando en un desfile de alta costura, como Logan le llamara, hablaban en susurros en tanto un hombre giraba a su alrededor tomándoles algunas fotografías. Otra mujer, algo mayor y menos esplendorosa, anotaba lo que este le decía en una libreta que sostenía contra su pecho.

Su guía no se quedó allí, sin embargo, aunque se había detenido como si buscara a alguien. Morgan supuso que se trataba de su jefa, pero al no dar con ella dio un nuevo rodeo y a él no le quedó más alternativa que ir tras ella.

Las voces de las jóvenes se fueron apagando y se encontró otra vez en un corredor similar al que acababan de atravesar, pero en este solo contó tres puertas. La recepcionista se dirigió a la que se encontraba más alejada del pasillo y se detuvo de golpe antes de tocar un par de veces con suavidad.

Morgan creyó que la ausencia de respuesta significaba que no había nadie allí, pero para su sorpresa, su guía pareció tomarlo como lo contrario. Le hizo un gesto para que esperara y giró el pomo, entrando con pasos discretos; apenas dejó una rendija tras ella y Morgan no creyó que fuera buena idea atisbar por mucha curiosidad que sintiera.

Jamás había imaginado que la sede de una revista de moda pudiera transmitir tanto misterio. Había estado en escenas de crímenes que imponían menos, se dijo con el ceño fruncido.

La mujer volvió poco después y lo observó con la misma sonrisa milimétrica que mostrara hasta entonces.

—La señorita Hawkins lo recibirá; pero solo podrán ser unos minutos. Tiene una reunión impostergable a las once —indicó ella.

Morgan dio una mirada a su reloj y no le sorprendió comprobar que faltaba apenas un cuarto de hora para eso. Qué oportuno, se dijo sin tomárselo a mal. Era habitual que la gente inventara cualquier excusa para deshacerse lo antes posible de él. El problema para ellos era que eso solo sería posible si él así lo deseaba, pero se cuidó de mencionarlo entonces. Tal vez no hiciera falta que se quedara más tiempo.

—Estupendo —dijo.

La sonrisa de la mujer se acentuó tan solo un milímetro antes de hacer un gesto para que entrara y después cerró la puerta tras él. Morgan oyó el sonido de sus tacones alejándose por el corredor antes de enfocar con claridad para estudiar la estancia en la que acababa de entrar.

Era muy parecida a esa sala en que se hallaban las modelos, también iluminada por grandes ventanales y con un mobiliario elegante en una paleta de colores pastel; pero la oficina de la señorita Hawkins parecía un poco más grande y, le pareció, también algo menos carente de vida. Sin asomo de las risas que oyera o la actividad que viera antes.

No tuvo mucho tiempo para dedicar a un estudio detallado del lugar, sin embargo, porque su mirada se vio atraída casi de inmediato por la figura sentada ante el escritorio bajo el ventanal más amplio.

Era pequeña, se dijo en un inicio, aunque no pudo pensar en qué lo habría llevado a considerar lo contrario. ¿Se había hecho una idea de cuál sería el aspecto de Sophia Hawkins llevado tan solo por lo que Logan dijo de ella? Quizás el que la describiera como una ex modelo con el tipo requerido para alta costura lo llevó a hacerlo, de allí que le sorprendiera que no pareciera tan alta; pero eso no era importante, se recordó parpadeando tras dar unos pasos para acercarse a ella y extender una mano sobre el escritorio.

—Señorita Hawkins.

Ella lo observó un momento con unos ojos de un tono de gris que no recordaba haber visto antes y se echó un mechón de cabello rubio tras la oreja antes de devolver el saludo. Su mano se perdió en la suya, mucho más grande, antes de retirarla de golpe.

—Detective... ¿Reynolds? —Ella revisó su tarjeta y esperó a que asintiera antes de señalar el asiento ante su escritorio—. ¿En qué puedo ayudarle?

—En realidad no soy un detective. —Se apresuró a

aclarar Morgan antes de dejarse caer sobre un sillón asombrosamente cómodo-. Trabajo como consultor civil.

Ella hizo un gesto como para dar a indicar que no tenía idea de a qué se refería ni le importaba demasiado y Morgan hizo un esfuerzo porque no se le notara el malestar que aquello le provocó. No esperaba que la gente pareciera interesada en los sutiles matices de su profesión, pero, también pensó, no les mataría aparentar cierto respeto.

-Usted vive en un condominio en Hampden, ¿cierto? -preguntó él tras carraspear.

La vio arquear las cejas como si no hubiera esperado aquello.

-Sí -respondió ella.

-En el *penthouse*.

-Sí, pero...

-Y es amiga o conocida de una mujer llamada Susan Green -la interrumpió él con la mirada fija en su rostro para ver la reacción.

Ella apenas parpadeó, pero fue obvio que le desconcertaban sus preguntas, y no precisamente porque se sintiera culpable por algo.

-Respondería, pero no creo que haga falta. Parece como si usted ya lo supiera todo.

Morgan reparó entonces en el timbre suave y musical en su voz acentuado por la fina ironía que usó al hablar. Le pareció, cuando menos, curioso, pero no inesperado. Todo en ella parecía serlo. Suave. Delicada.

Tremenda farsa, se dijo al encontrarse con su mirada firme y su barbilla elevada hacia adelante en un gesto desafiante. Si esa mujer era suave y delicada él era uno de esos *hipsters* de los que habló Logan.

-Solo intento confirmar la información con la que cuento -explicó él usando su tono más conciliador; era muy pronto para enemistarse con una posible testigo por molesta que le pudiera parecer-. Entonces, ¿conocía a la señorita Green?

Los ojos de la mujer adquirieron un matiz receloso y a Morgan le recordaron a una humareda gris.

–¿Por qué habla en pasado? –inquirió ella.

–Conteste a mi pregunta.

–Preferiría que respondiera usted a la mía.

–Pero yo pregunté primero.

Morgan torció el gesto al darse cuenta de que se oyó como si tuviera seis años.

–Escuche, necesito saber si conocía a la señorita Green porque...

–¿Le ocurrió algo malo?

¡Demonios! ¿Es que no iba a dejar de interrumpirlo nunca?

–La señorita Green fue encontrada muerta la mañana de ayer –soltó él de golpe.

Tal y como esperara, la mujer se vio conmocionada al oírlo y la vio boquear un par de veces antes de tragar con dificultad. Reparó en que se llevaba una mano al pecho y que no llevaba anillos salvo por una pequeña sortija plateada en el pulgar. Tampoco tenía pulseras o collares; cuando mucho unos pendientes también de plata que relucieron cuando se apartó el cabello del rostro.

–¿Cómo...? ¿Qué le ocurrió?

Morgan suspiró, reprendiéndose por haber actuado con esa brusquedad. No había excusa para que perdiera el control de esa forma sin importar cuán insistente se mostrara ella. Intentó recomponer su actitud al hablar nuevamente con mayor tiento.

–Mire, señorita...

–No use ese tono conmigo.

Él entrecerró los ojos al verse interrumpido de esa forma y su postura adquirió una tensión que, empezaba a pensar, no desaparecería hasta que saliera de allí.

–¿Qué tono? –preguntó él–. Me parece que está...

–No me estoy imaginando cosas. Allí está de nuevo. Es indulgencia, y no me gusta. No tiene que ser indulgente conmigo; no me va dar un ataque de nervios. Dígame qué ocurrió con Susan y ya veremos luego si me pongo a gritar o no.

Morgan decidió que la prudencia no le serviría de nada allí porque al parecer esa mujer no respondía a la cortesía y hasta ese momento solo había obtenido una reacción al mostrarse brusco y poco considerado.

De modo que le dijo lo ocurrido con la señorita Green sin guardarse los detalles en que fue encontrada, aunque no develó nada de lo que sabían hasta entonces o de las hipótesis que su equipo empezaba a tejer para resolver el asesinato. No era tan imprudente.

Cuando terminó, aguardó a ver la reacción en el rostro de la mujer, pero parecía como si sus facciones hubieran sido talladas sobre mármol y no fue capaz de ver nada en ellas. Sus ojos eran otra historia, sin embargo, porque tal y como notó antes, le costaba esconder las emociones que transmitía en ellos. Él distinguió el horror, una buena cuota de miedo y, hubiera podido jurarlo, también algo de culpa.

Al darse cuenta de la forma en que la veía, ella apartó la mirada y se puso de pie con un movimiento brusco. Morgan reparó entonces en que no era tan pequeña como le había parecido, pero sin duda no pasaba del metro setenta y, considerando su propia altura, era lógico que cayera en ese error. Era también muy menuda, lo que acentuaba esa engañosa imagen de delicadeza que proyectaba. Y pese a ello notó, un tanto incómodo por haber reparado en algo como eso, que estaba lejos de lucir como si pasara hambre. Tenía una figura atlética y muy saludable, con curvas en los lugares precisos como para llamar la atención de cualquier hombre.

No la suya, desde luego, se reprendió luego apartando la mirada.

–¿Pero por qué...? ¿Quién haría algo así? ¿Y dice que la encontraron en la piscina del condominio? ¿Mi condominio?

Morgan fue asintiendo según ella lanzaba las preguntas como proyectiles. Había empezado a dar un tenso paseo de un lado a otro del ventanal y el bajo del vaporoso vestido de un tono verde que llevaba se enroscaba alrededor de sus piernas.

–Es extraño que no lo supiera hasta hoy –comentó él cuando ella calló–. El descubrimiento del cadáver provocó una conmoción entre los vecinos.

Ella hizo un gesto de desagrado al oír la palabra "cadáver", pero asintió un par de veces al comprender que su comentario contenía una sutil pregunta y que esperaba una respuesta.

–No he pasado por allí desde ayer –respondió, sucinta.

–¿Y dónde estaba?

Ella le lanzó una mirada airada.

–Eso no es asunto suyo –espetó.

–Se equivoca. Lo es cualquier cosa relacionada con este caso –respondió él sin alterarse.

–Pero yo no tengo nada que ver con eso.

Morgan suspiró y se armó de paciencia. Algo le dijo que con esa mujer de por medio tendría que echar mano de toda la que tenía.

–Muy bien. Dejemos eso para después –sugirió él–. ¿Por qué no me habla de su relación con la señorita Green?

Ella vaciló un momento y sostuvo su mirada en un gesto obcecado antes de cabecear de mala gana y volver a su asiento ante el escritorio. Una vez allí, unió sus manos sobre el tablero y empezó a juguetear con sus dedos largos y delgados. Manos de músico, las consideró Morgan de inmediato. Su madre había sido maestra de piano durante treinta años y él había perdido la cuenta de la cantidad de gente a la que vio en su casa cuando era niño y que poseía manos como esas.

–Conocí a Susan en Nueva York hace muchos años; diez o doce, cuando menos. Por entonces yo había empezado a trabajar... –Ella se detuvo y lo observó con el ceño fruncido–. Modelé durante un par de años antes de ir a la universidad.

Morgan asintió para dar a entender que ya lo sabía, lo que no pareció agradarle mucho; pero no dijo nada al respecto y continuó tras una pausa:

–Ella no era de la ciudad; acababa de llegar de Cincinnati o algo así, no estoy muy segura. A Susan no le gustaba hablar de eso. Ella se integró al ritmo de la ciudad casi de inmediato y consiguió buenos contratos. No es de extrañar, era preciosa –la mujer suspiró con pesar y siguió con su historia–. Fue así como nos conocimos, nos contrató el mismo diseñador para una sesión de fotos y nos hicimos amigas.

–¿Qué tan cercanas eran?

Ella parpadeó al oír su pregunta y lo pensó un momento antes de responder.

–En esa época no mucho, en realidad. Por un tiempo nos vimos con frecuencia, nos movíamos en el mismo círculo, nos invitaban a las mismas fiestas; esa clase de cosas. –Se encogió de hombros–. Pero ese mundo y a esa edad no parece muy real, ¿comprende? Es casi como un juego; todo es muy rápido, no hay tiempo para entablar relaciones demasiado profundas.

Morgan frunció levemente el ceño; la verdad era que no conseguía entenderlo del todo. Lo que ella decía le era tan ajeno que apenas podía hacerse una idea, pero cabeceó de cualquier forma para que no pensara que encontraba sus palabras tan extrañas como le parecían en verdad.

–¿Y luego? –preguntó él.

–Bueno, yo decidí dejarlo. No el mundo de la moda, como se habrá dado cuenta –ella hizo una mueca y señaló la oficina con un gesto de la mano–. Me refiero al modelaje. Entre a la universidad, tomé algunos cursos, viajé... por un tiempo estuve bastante alejada de todo esto.

–¿Su amistad con Susan sufrió un quiebre?

–Supongo que podría decirse de esa forma –ella asintió–. Recuerdo que le costó mucho entender por qué decidí hacer algo como eso precisamente entonces. Tenía buenos trabajos, una buena paga, pero yo quería... en fin, no importa lo que quería, pero ella nunca pudo comprenderlo. Dejamos de frecuentarnos por varios años hasta que volví a verla en Nueva York hace unos tres años, creo.

Morgan asumió una postura más cómoda sobre el sillón y contuvo un gemido de agrado. Esa cosa estaba haciendo maravillas por sus músculos adoloridos. ¿Cuánto costaría uno de esos?

–¿Y retomaron su amistad entonces? –preguntó él al reparar en que la mujer lo observaba con un leve rastro de curiosidad.

Ella apartó la mirada antes de responder.

–Sí, algo así. Como le dije antes, en realidad nunca fuimos demasiado cercanas y esa es la clase de cosas que se acentúan con la edad. Si antes no éramos de hacernos confidencias, menos lo fuimos entonces, pero me alegró verla y creo que a ella también le dio gusto saber que estaba bien. En esa época trabajaba como asistente del director en una revista de moda y ella estaba buscando un contacto allí.

–Y usted la ayudó.

–Lo intenté –reconoció ella tras hacer un gesto vacilante–. Verá, para entonces Susan ya estaba por cumplir treinta y en este mundo...

–Eso es como tener sesenta en años humanos, supongo.

La vio apretar los labios hasta formar una fina línea, aunque Morgan habría podido jurar que sus ojos relampaguearon por la risa antes de apagarse y retomar el aspecto de una mañana nubosa.

–¿Nos está comparando con perros, señor Reynolds?

Morgan sostuvo su mirada sin parpadear.

–Desde luego que no, señorita Hawkins; solo intento hacerme una idea –explicó él sin que pareciera alterado por la acusación–. Pero continúe, por favor. Usted y la señorita Green volvieron a verse hace unos tres años y aunque intentó ayudarle a prolongar su carrera entiendo que eso escapaba de sus manos.

Ella entrecerró los ojos y asintió, no sin antes dirigirle una mirada recelosa.

–Bueno, sí; pude conseguirle un par de contratos, pero eso fue todo y ella dijo entonces que había decidido dejarlo ya y marcharse de Nueva York.

–¿Fue entonces cuando se mudó a Baltimore?

–Sí. Me dijo que quería una vida más tranquila, que ya había trabajado mucho a un ritmo difícil y que deseaba un entorno calmado...

Morgan adivinó por su expresión que aquello debió de parecerle a ella sorprendente en su momento.

–¿Le pareció que mentía? –preguntó él.

Ella hizo un gesto indeciso.

–No exactamente. Pero fue difícil entenderlo en su momento porque Susan era... –suspiró y elevó las manos con las palmas hacia arriba antes de continuar–. Ella adoraba ese ritmo agitado. Vivía para esa clase de cosas. Desfiles, fiestas, el frenesí. He visto a pocas como ella que parecieran disfrutarlo tanto. Que decidiera dejarlo todo de golpe fue un poco raro.

–Pero usted lo hizo –recordó él.

–Sí, pero eso fue distinto. Yo era distinta. –Ella se encogió de hombros y posó su mirada en sus dedos entrelazados–. Bueno, eso no importa. El punto es que ella decidió renunciar y luego, un año después, más o menos, recibí la oferta de hacerme cargo de este lugar. No dudé en aceptar, pero por aquella época no sabía nada de Baltimore, estaba totalmente fuera de mi elemento, así que cuando me establecí aquí se me ocurrió llamarla. Pensé que sería agradable contar con una conocida cerca.

Morgan asintió, atento, y la instó a continuar con un gesto.

–Bueno, no hay mucho más que contar. Susan me atendió y fue muy amable; me dio algunos consejos, me mostró varios lugares para pasar el rato. –Ella empezó a juguetear con el aro en su pulgar, tirando de él y dándole vuelta entre los dedos–. Lo mismo que haría cualquier otra amiga. La invitaba a casa a veces; se quedó algún fin de semana.

–¿Y qué hacía ella aquí en Baltimore? ¿A qué se dedicaba? –preguntó él.

–Creo que participó en un par de desfiles y en algún catálogo, pero nada al nivel de Nueva York. Supongo que no pudo resistirse, aunque dijera que estaba harta de todo –reconoció ella con una ceja arqueada–. Pero nunca me dio la impresión de que lo hiciera por el dinero sino por la emoción.

–¿Y de qué vivía? –insistió él–. Entiendo que pudiera haber guardado algunos ahorros. Según los registros, tenía una casa y un coche a su nombre, y usted dice que apenas trabajaba.

La vio vacilar, sin decir nada, y Morgan juzgó que era un buen momento para presionar un poco. Hasta entonces, superada la desconfianza inicial, debía reconocer que se mostraba muy colaboradora; pero, aun así, no pudo evitar sentir que elegía sus palabras con demasiado cuidado como para sonar del todo sincera.

–Señorita Reynolds, ¿sabe si la señorita Green tenía algún tipo de relación? ¿Un novio? ¿Amante?

–¿No son amantes todos los novios? –inquirió ella a su vez con una mueca.

Morgan se permitió una pequeña sonrisa irónica.

–Pero no todos los novios son amantes –acotó él.

Ella apretó los labios, pero no le dio la impresión de que fuera a discutir eso último. Cuando mucho, hizo un movimiento elegante al arquear uno de sus hombros y le devolvió una mirada burlona.

–Eso no importa –dijo ella–. Respecto a Susan... sí, creo que había alguien. Y debió de ser una relación larga porque ella siempre hablaba del mismo hombre; pero no estoy segura de qué eran exactamente. Solo sé que se veían con frecuencia, aunque no eran exclusivos y no vivían juntos.

–¿Cree que él podría haber sido quien sufragaba sus gastos aquí en Baltimore?

–No puedo asegurar algo como eso.

–Ya – asintió Morgan–. ¿Conoce su nombre?

Ella arrugó en entrecejo, pensativa, como si rebuscara en su memoria.

–Larry –dijo al cabo de unos segundos–. Susan lo llamaba "Larry".

–¿Y su apellido?

–No lo sé. Ella nunca lo mencionó.

Morgan sacó el móvil y tecleó el nombre entre sus notas.

–De acuerdo –asintió él volviendo a verla con atención–. ¿Cuándo fue la última vez que vio a su amiga?

Él captó nuevamente el leve matiz en sus ojos que le llevaron a pensar en una incierta sensación de culpa.

–Creo... puede haber sido hace un par de semanas, no estoy segura –respondió ella poco después.

–¿En su casa?

–No. Fue aquí, en realidad –señaló el despacho con una cabezada–. Me dijo que había ido a almorzar por aquí cerca y que se le ocurrió pasar a saludar. Hablamos un rato, pero se fue pronto porque yo tenía una sesión ese día y no pude quedarme con ella. Quedamos en que nos veríamos luego, pero...

Morgan asintió, comprensivo. Y no tanto porque lo hiciera, a decir verdad; podía hacerse a la idea de lo extraño que puede ser que de un momento para otro debas enfrentar que no verás a alguien nunca más, que las promesas de rigor hechas para verse cualquier otro día de pronto se vean truncadas sin aviso. El problema era que había algo en esa mujer, en su mirada y en su propio instinto, que le decía que no estaba siendo del todo sincera. Y Morgan odiaba que le mintieran.

–Lo siento –dijo él como quien repite una frase aprendida y mil veces dicha, pero sonó algo menos mecánico al continuar–. ¿Entonces no volvió a hablar con ella desde entonces? ¿Ni una llamada telefónica...?

–No, nada. –Ella dudó antes de fruncir el ceño y Morgan advirtió que lanzaba una rápida mirada a su teléfono al otro extremo del escritorio–. Hace un par de días vi una llamada perdida suya, pero no pude atender y aunque me dije que la llamaría luego, no llegué a hacerlo.

Morgan asintió.

–Y no tiene idea de para qué podría haber querido hablar con usted –asumió él.

–No, para nada. Quizá solo quería recordarme que quedamos en salir a almorzar o algo así. No tengo cómo saberlo.

–¿No recuerda nada más que ocurriera antes o después de eso que le llevara a considerar que ella podría estar en algún tipo de peligro?

Ella dudó apenas un instante antes de sacudir la cabeza de un lado para otro.

Morgan hizo un gesto y le dirigió una larga mirada que ella sostuvo antes de bajar los párpados y esbozar una mueca de incomodidad. No pareció intimidada, sin embargo; podía concederle eso. No era de las que se asustaban con facilidad, pero tenía un genio vivo y poca paciencia y al parecer él acababa de agotarla por completo.

Aquello le dio algún tipo de satisfacción, sin embargo. Tal vez empezara a volverse uno de esos investigadores que disfrutaban incomodando a sus testigos, se dijo al ponerse de pie con movimientos calculados, lo que pareció sobresaltarla.

–Bueno, supongo que hemos terminado –dijo él en un tono afable que dudaba que fuera a engañarla–. Su secretaria mencionó que tiene una cita a... ¿las once? No me gustaría que se la perdiera por mi culpa.

Ella se incorporó con cierta rigidez y dio una mirada a su teléfono antes de cabecear.

–No se preocupe. Tengo el tiempo justo para no llegar tarde –indicó ella con cierto tono de mofa–. Lamento no haber podido serle de utilidad...

–Ah, no; pero me ha ayudado mucho –aseguró él dirigiéndose a ella para estrechar su mano nuevamente–. Y estoy seguro de que continuará haciéndolo.

Ella frunció el ceño y dejó caer su mano de golpe, alejándola de él como si le quemara. Un gesto curioso, juzgó Morgan, porque a él le provocó todo lo contrario. Sintió frío. Mucho frío.

–¿Que continuaré, dice? –preguntó ella un tanto confusa–. No sé cómo podría.

–Bueno, esto acaba de empezar –reconoció él retrocediendo para poner distancia entre ambos y dirigiéndose a la puerta con paso rígido–. Tal vez necesite hacerle otras preguntas después, según lo que descubramos.

–Pero...

–Lo importante es que atrapemos a los responsables de la muerte de su amiga, ¿cierto? –inquirió él tomando el pomo de la puerta.

Ella cabeceó y parpadeó un par de veces.

–Sí, claro –dijo al fin.

Morgan hizo como si no se hubiera dado cuenta de que en verdad no parecía muy emocionada con la idea y asintió tras abrir la puerta. Antes de marcharse, sin embargo, le dirigió una última mirada y sonrió con la misma tirante cordialidad que habría mostrado un predicador ante una audiencia poco amistosa.

–Su secretaria tiene mi tarjeta; puede llamarme en cualquier momento si recuerda algo que crea que pueda servirnos –indicó él–. Gracias por su tiempo, señorita Hawkins. Hablaremos de nuevo pronto.

Morgan cerró tras él, luego de dar una cabezada, y sus pasos resonaron en el pasillo hasta dejar tan solo un pesado silencio al desaparecer.

Pronto.

¿Qué diablos significaba pronto?, se preguntó Sophia luego de dar una tercera vuelta por su oficina. ¿Se refería a mañana? ¿Al día siguiente? ¿O era la clase de cosas que decían los policías para hacerse los interesantes?

Sophia ignoró el llamado del intercomunicador porque sabía que debía de tratarse de Maggie para recordarle que llegaba tarde a su reunión con el departamento de diseño. Se disculparía luego, decidió cuando el ruido cesó.

Maggie nunca iría a interrumpirla; cuando mucho la miraría luego con el ceño fruncido y ademán reprobador, pero el enfado nunca le duraba mucho. Podía arreglar una reunión para la tarde sin problemas; en ese momento tenía que ocuparse de algo más importante.

Con los nervios alterados luego de pasar tanto tiempo fingiendo una indiferencia que estaba lejos de sentir, tomó el teléfono y se dirigió al ventanal que le confería una vista sorprendente de la ciudad. Sin embargo, su mirada, en lugar de buscar el horizonte, oteó bajo este al escudriñar el estacionamiento ante el edificio del que apenas consiguió distinguir las formas de unos coches y unas figuras que iban y venían por la calle.

Pero imaginó que él debía de estar por allí, en algún lugar, y forzó su mirada para buscarlo. Él apareció en su rango de visión apenas unos minutos después al abandonar el edificio. Era demasiado alto e imponente como para pasarlo por alto; destacaba entre los demás como una cerilla encendida en la oscuridad.

Se fijó en la forma en que caminaba, con pasos rápidos y seguros antes de dirigirse a un coche gris aparcado al final de la fila. Lo vio ocupar el asiento del conductor y desaparecer poco después envuelto en una nube de humo por la velocidad con que puso el coche en marcha.

Sophia suspiró profundamente y se llevó una mano al pecho antes de dejarse caer sobre un sofá con el teléfono apretado con firmeza entre las manos. Parpadeó y aspiró un par de veces antes de marcar y, cuando al fin oyó el sonido de la voz al otro lado, sintió que todos sus miembros empezaban a temblar.

–Necesito hablar contigo –dijo de golpe una vez que recuperó el habla–. Ahora.

No se molestó en esperar respuesta. Colgó sin preámbulos y dejó caer el teléfono junto con su mano inerte; luego, cerró los ojos y se cubrió el rostro con la otra mano.

¿Cuándo demonios era *pronto*?, se preguntó de nuevo. Y aún más importante: ¿Le daría eso a ella suficiente tiempo?

4

Morgan estudió con ojo crítico las fotografías del archivo que acababa de abrir en el ordenador y frunció un poco el ceño al pasar una tras otra.

Logan le había hecho llegar un cargamento de información en las últimas horas. Registro de los bienes de Susan Green, las transcripciones de las conversaciones que sostuvo con sus vecinos, un horario estimado de sus idas y venidas según aquellos, y también el informe final de la autopsia redactado por los forenses. Además, y como colofón de todo lo que debía procesar, adjuntó también un archivo con algunos de sus trabajos como modelo.

No tenía claro por qué pensaba Logan que aquello le sería de utilidad, pero él se caracterizaba por ser meticuloso en su trabajo y Morgan lo era también, así que no dudó en estudiar las imágenes con curiosidad para intentar hacerse una idea de quién había sido esa mujer en vida.

Había fotografías de sus inicios como modelo, en todo su apogeo, y otras de cuando estaba a punto de retirarse. En todas aparecía con la misma aplastante seguridad de la que hablara el hombre del edificio en que hallaran su cadáver. Era como si se supiera hermosa y deseada, y sintiera la necesidad de recordar a quien la viera que eso se lo debía tan solo a sí misma y que era ella quien decidía qué hacer con eso.

Tenía unos ojos preciosos, reconoció él torciendo el gesto al recordar la broma de su amigo. Eran de un tono azul muy intenso, radiantes y llenos de vida. Tal vez los ojos de Morgan también hubieran sido así alguna vez, ya casi no podía recordarlo.

Él suspiró y abrió otra de las fotografías del archivo; la serie de portadas en revistas, cuando era joven y le llovían los contratos. Su mirada cobró interés al reparar en que, a diferencia de lo que viera en las otras, no se hallaba sola allí. Otra joven posaba a su lado y sonreía a la cámara devorando toda la atención. Susan se convirtió a sus ojos en una figura pálida y opaca que pareció fundirse con el fondo hasta desaparecer.

Reconoció a Sophia Hawkins de inmediato.

La fotografía debía de tener cuando menos diez años, juzgó él al mirarla con atención; ella no podía tener más de veinte entonces y le pareció tan sorprendente la forma en que la cámara consiguió captar su rostro a la perfección como la enorme sonrisa que esbozaba y que lo hizo boquear como si le hubieran quitado el aire de golpe.

Su cabello dorado flotaba enmarcando su rostro; lo llevaba algo más largo de lo que le viera el día anterior, consideró. En la imagen lo tenía hasta la mitad de la espalda, cuando menos, y no hasta los hombros. Lucía un vestido tan resplandeciente como su cabello, con una abertura que dejaba a la vista sus brazos desnudos y un escote profundo que, sin embargo, le pareció casi recatado en comparación con el de la mujer a su lado. Una cazadora de cuero oscura con tachas brillantes, que en otras circunstancias le habría parecido ridícula, le cubría los hombros dándole una apariencia divertida y al mismo tiempo peligrosa.

A Morgan le pareció que se veía preciosa. Quizás demasiado.

Con un gesto ceñudo, cerró el documento y apartó

el ordenador. Luego, buscó entre sus papeles el informe forense y lo estudió con semblante concentrado.

No había nada que no supiera ya; era un calco lleno de tecnicismos del informe que Logan le diera antes. Excepto la hora exacta de la muerte y las circunstancias en que ocurrió. Le pareció interesante descubrir que Susan Green había muerto junto a la piscina. Era un hecho curioso y un tanto perturbador porque eso quería decir que pese a toda la sangre que perdió por sus heridas, no perdió del todo la vida en el lugar en que fue asesinada. Lo hizo allí. Incluso, era posible que fuera ella quien provocara la grieta que a Morgan le llamó la atención en el borde de la piscina; quizá se sujetó con desesperación antes de que la lanzaran al agua y pereciera del todo.

Morgan suspiró y se frotó los ojos cansados. Necesitaba dormir, reconoció al dar una mirada al exterior y comprobar que ya había anochecido.

Reunió sus cosas y dejó la oficina después de dejar unas anotaciones para Logan por si llegaba al día siguiente antes que él; su amigo tenía esa tarde libre y supuso que debía de haberla aprovechado para pasar tiempo con su familia. Su novia pertenecía a la policía también, pero solo llevaba un par de años en el cuerpo y, por lo que Logan le contara, había empezado a llevar unos cursos de paramédico siguiendo un viejo interés por la medicina.

Con todas esas actividades y un niño que apenas se acercaba a los tres años, sin duda, tiempo era lo que menos les sobraba, pero no dudaba de que se las arreglaran.

Condujo en la oscuridad sin darse oportunidad de pestañear y no le extrañó encontrar las luces encendidas una vez que aparcó frente a su casa. Era una construcción pequeña pero acogedora, y lo bastante cómoda como para disponer de un espacio apropiado para lo necesario. Ángela se había enamorado de ella nada más verla y cuando Morgan consideró lo que costaría dejarla como ambos deseaban, no dudaron en hacer una oferta.

Se llevó cada centavo que habían conseguido ahorrar hasta entonces, pero valía cada centavo, se dijo al franquear la verja que separaba a la pequeña parcela de césped de la entrada y abrió la puerta con un suspiro de alivio.

Alivio que se disolvió casi de inmediato al sentir un golpe en el estómago luego de que un bólido fuera hacia él a toda velocidad.

–¡Papi!

Morgan hizo un gesto de dolor antes de levantar a su hija por la cintura hasta ponerla a altura de sus ojos.

–Hola, cariño –dijo él tras recuperar el aliento y sonreír a duras penas–. ¿Qué te he dicho de agarrar a papi desprevenido?

–¿Que te estás volviendo viejo?

Morgan puso los ojos en blanco y posó a su hija sobre el suelo con un suspiro luego de darle un abrazo apretado.

–Sí, eso también –reconoció de mala gana–. Pero te dije que debías de tener más cuidado, ¿recuerdas?

Su hija se encogió de hombros antes de salir corriendo por donde había venido y él se quedó mirándola un momento antes de ir tras ella.

Se parecía mucho a Ángela, advirtió como hacía siempre al mirarla con atención. Ella había llegado a la cocina, donde Ester se afanaba por sacar del horno una de las fuentes con comida preparada que Morgan dejara para la cena el último fin de semana.

–Hola. –Su prima lo saludó por encima del hombro–. ¿Qué tal tu día?

–Largo –respondió él.

Lucy abrió sus grandes ojos azules, quizás el rasgo más remarcado que había sacado de él, y tiró de una servilleta de tela que sin duda su tía debía de haberle dado para que la doblara.

–¿Muy largo? –preguntó ella.

–Bastante.

–¿Por qué?

Morgan se sirvió una bebida de la nevera y se encogió de hombros.

–Porque tuve mucho trabajo –respondió él.

–¿Por qué?

Esa era una pregunta que ella hacía mucho últimamente sin importar la hora o las circunstancias, se recordó él con un suspiro.

–Bueno, porque papi está trabajando en algo nuevo y siempre es así al comienzo –intentó responder.

–¿Por qué?

Morgan dirigió a Ester una mirada de auxilio y ella se compadeció de él tras dirigirle una sonrisa divertida. Luego de dejar la fuente humeante sobre la isla de la cocina, cogió otro montón de servilletas y las puso en las manos de la niña con una sonrisa.

–¿Por qué no las doblas en el comedor, cariño? –sugirió ella–. Intenta hacer esos cuadrados tan bonitos que vimos en la tele.

La niña apenas dudó antes de salir corriendo nuevamente en dirección a donde su tía le indicaba.

–Dios te bendiga. –Morgan la miró con expresión agradecida.

Ester rio y se encogió de hombros.

–Solo te estoy dando un respiro. Empezará otra vez con las preguntas tan pronto como me vaya –comentó ella.

A Morgan no le quedó más alternativa que reconocer que tenía razón antes de cabecear.

–Bueno, para entonces ya me habré quedado dormido –bromeó él tras ahogar un bostezo.

Ester lo miró y tomó unos platos de la alacena.

–Trabajas demasiado. Estoy segura de que si lo quisieras podrías venir más temprano a casa –comentó ella.

Morgan se abstuvo de decir que estaba en lo cierto; se pondría insoportable si le daba la razón.

–¿Cómo va todo contigo? –preguntó él desviando la

atención de ese tema–. ¿Tomaste esa asignación de la que hablaste el otro día?

Su prima le dirigió una mirada recelosa como si fuera totalmente consciente de lo que pretendía hacer, pero no discutió, tan solo asintió con una sonrisa complacida.

–Sí. Será una buena paga; tres semanas corridas por las mañanas –comentó ella–. Me dará tiempo para pasar un rato por las tardes para ver a Lucy.

Morgan frunció el ceño.

–Sabes que no tienes que hacerlo, ¿no? –preguntó él–. Me refiero a que puedo encontrar a alguien más para que la cuide.

–No te lo he pedido –replicó su prima de inmediato.

–Lo sé. Pero será mucho para ti; ir de un lado a otro en el trabajo y luego venir aquí a ver a una niña que no para nunca...

El trabajo como fotógrafa *free lance* de Ester le permitía contar con horarios flexibles, pero Morgan sabía que aun cuando eso a ella le encantaba, no siempre aseguraba una buena paga. Una asignación fija como la que acababa de conseguir le permitiría arreglar sus finanzas y continuar con el ritmo que le gustaba, pero era consciente de que no era justo sumar el cuidado de Lucy a todo eso.

–Oye, tampoco es como que haga mucho cuando estoy aquí –recordó ella tras dar un mordisco a una verdura que cayó de la fuente a la encimera–. Dejas la comida hecha, el lugar está siempre ordenado. Solo tengo que hacer compañía a Lucy y jugar con ella hasta que llegas. A cambio, paso tiempo con mi sobrina y como gratis. Es un gran negocio.

Morgan sonrió y le dirigió una sonrisa agradecida porque era consciente de que las cosas no eran exactamente así. Trataba de no cargarla de trabajo pero, aun así, no era sencillo lidiar con una niña tan activa como su hija. Sabía también que Ester agradecería que no insistiera, de modo que se encogió de hombros.

–De acuerdo –dijo él–. Pero sabes que si necesitas un respiro...

–Te lo diré.

Morgan asintió y, luego de llevar la fuente al comedor, donde Lucy terminaba de doblar las servilletas, las dejó para asearse y dejar su chaqueta en el perchero del vestíbulo. Luego se reunió nuevamente con ellas y respondió lo mejor que pudo a las incesantes preguntas de su hija en tanto Ester parloteaba para hablarle del trabajo que había conseguido y que la tenía tan emocionada.

Antes de que se diera cuenta, eran más de las ocho y, aunque propuso a su prima que se quedara a dormir o, en su defecto, llevarla a su apartamento a unas cuantas calles de distancia, ella desestimó su oferta al asegurar que prefería caminar un poco. De quedarse ni hablar, aseguró; tenía que levantarse muy temprano al día siguiente para preparar su equipo.

Morgan la acompañó a la puerta y se ocupó luego de poner los platos en el lavavajilla antes de llevar a Lucy a la cama. La esperó tras la puerta del baño para asegurarse de que se lavaba los dientes y no pudo evitar esbozar una sonrisa cuando la vio salir envuelta en un pijama de unicornio que se había convertido en su prenda favorita. Se la había comprado él en uno de sus paseos por las tiendas del mercado de Lexington y a Lucy le gustaba tanto que había tenido que sostener una serie conversación con ella para hacerla comprender que no podía llevarla puesta a la escuela.

La habitación de Lucy era pequeña y estaba compuesta por una cama con un dosel rosa y con luces enrolladas alrededor del tul que, cuando se encendían cada noche antes de que ella se durmiera, recordaban a Morgan un capullo brillante.

Esperó a que su hija se metiera en la cama, la arropó, aunque ella protestó un poco y ocupó una silla de madera junto a la cama para leerle un cuento. Era una tradición que se veía incapaz de romper cuando se encontraba en casa; no importaba cuán cansado se sintiera. Eso sí, escogió un cuento breve esa noche y sintió un gran alivio cuando Lucy empezó a cabecear cuando iba por la mitad.

La dejó durmiendo profundamente poco después, desconectó las luces del dosel y dejó encendida una lámpara de la mesa de noche. Le dio un beso en la frente con cuidado de no despertarla y, tras darle una última mirada por la puerta que dejó entornada, fue a su habitación para darse una ducha.

Pese al cansancio, sin embargo, no fue capaz de seguir el ejemplo de su hija y tardó cuando menos una hora en quedarse dormido hasta que al fin se metió en la cama. Le pasaba mucho en los últimos meses, reconoció al tomar un libro de la mesilla para mantener su mente ocupada en algo que no fuera pensar en el trabajo del día o en las cosas en las que simplemente prefería no pensar.

Era un hábito que se le pegara en su época en el ejército. Uno de sus compañeros entonces, que era también su mejor amigo en la actualidad, era un lector voraz. Colin fue el bicho raro del escuadrón hasta que se ganó el respeto de todos y también su amistad. Hasta entonces, a Morgan nunca le había llamado la atención la lectura más allá de lo normal, pero de tanto ver a su amigo con un libro entre las manos y escucharlo parlotear al respecto, empezó a desarrollar un nuevo interés y, ahora, le habría parecido raro no contar con alguno cerca con el que entretenerse en esos momentos.

El sueño se presentó al fin poco después y, tras suspirar, dejó el libro de vuelta sobre la mesilla y apagó la lámpara. Ocupaba todo el lado derecho de la cama y no había fuerza sobre la tierra que lo alentara a mover siquiera un centímetro más allá de la línea divisoria invisible que había trazado poco después de que Ángela se fuera.

Aferró su almohada dando la espalda al lado contrario y cerró los ojos, vaciando su mente para no permitir que se fuera por un camino que solo le haría daño. Poco después, estaba profundamente dormido.

Sophia dio una mirada a su reflejo en el elevador y resopló con fuerza, con lo que el flequillo salió disparado por encima de su frente. Debió usar las escaleras, se dijo al golpear el suelo con el tacón; si se mantenía en movimiento quizá consiguiera controlar sus nervios. El problema era que no quería toparse con nadie en el edificio; ya bastantes problemas había tenido para sortear a una anciana que, estaba segura, vivía en el primer piso y que jamás le había dirigido la palabra hasta ahora, cuando se la topó en la entrada y empezó a parlotear de la mujer a la que encontraran hacía unos días y de lo asustados que se encontraban todos.

Incluso había intentado tironear de ella para mostrarle el lugar exacto en que hallaron el cuerpo, pero Sophia se las arregló para urdir una excusa y la dejó atrás con un suspiro de alivio.

Las puertas se abrieron en el último piso y dio una mirada al pasillo para asegurarse de que no había nadie más allí. Empezaba a ponerse paranoica, refunfuñó al meter la llave en la cerradura. Ella era la única que vivía en ese piso.

Watson le salió al paso tan pronto como puso un pie en el vestíbulo, y ella acarició su lomo atigrado con una sonrisa antes de que el gato se alejara con el mismo sigilo con el que se había acercado.

La vista de Sophia se vio atraída por la ruma de papeles que encontrara en el piso la noche anterior al regresar a casa y que reuniera con descuido para dejarla sobre una mesita. Ni siquiera le había dado una mirada entonces, solo los sacó de su camino y esa mañana se levantó con tantas prisas que salió antes de poder estudiarlos.

En ese momento, sin embargo, y tras dejar su abrigo y el bolso en el sillón del salón, los llevó con ella a la cocina para ver de qué se trataba. Se sirvió una copa de vino y se preparó un emparedado de vegetales en tanto les daba una ojeada. Un par de facturas, una postal de su amiga Amanda que acababa de emprender lo que llamó un viaje de descubrimiento a la India, y una invitación a un evento de beneficencia para dentro de dos semanas. Nada fuera de lo habitual. Excepto...

Una tarjeta cayó entre sus dedos al hacer a un lado la postal y, al estudiar las palabras grabadas en el trozo de papel sintió que sus manos empezaban a temblar y que su respiración se aceleraba.

Bebió el resto de vino de un trago e hizo a un lado el plato con el emparedado con un gesto de desagrado. De pronto se le había quitado el apetito.

Morgan Reynolds, leyó con el ceño fruncido y los dedos apretados sobre el papel.

Morgan.

No creía haber conocido a un hombre con ese nombre; ni siquiera sabía que lo fuera, siempre creyó que era un apellido. Sin embargo, a él le sentaba, tuvo que reconocer de mala gana luego de dejar caer la tarjeta con un ademán enojado.

Al parecer, el detective, consultor, o lo que fuera, estaba determinado a mantener su presencia latente en su vida, se dijo al tirar los restos de emparedado antes de dirigirse al salón.

Tampoco era que tuviera que esforzarse tanto, no había podido dejar de pensar en él desde que fue a verla a su oficina. Y no por ningún motivo medianamente agradable, recordó con el ceño fruncido al hacer a un lado el ventanal que conducía a un pequeño balcón en cuya balaustrada se apoyó para admirar el atardecer.

El señor Reynolds no tenía cómo saberlo, pero su aparición había puesto su vida de cabeza y, si no hilaba fino y estudiaba con mucho cuidado los pasos que estaba a punto de dar, tal vez también la arruinara para siempre.

Sophia inhaló el aire de la noche que empezaba a

caer, con los ojos entrecerrados y las manos aferradas a la balaustrada. En cierto momento, su mirada se vio atraída por la piscina unos metros más allá a sus pies y un gesto de contrariedad y dolor afloró en sus rasgos.

No había ni una gota de agua en el estanque, era tan solo una silueta vacía y que parecía marcar el límite entre una torre y otra. Le pareció difícil imaginar lo que habría sentido la mujer que halló el cuerpo de Susan; los gritos, el caos. El miedo.

Sophia dejó caer la cabeza de golpe como una marioneta a la que hubieran cortado los hilos y su cabello echado hacia adelante le acarició las mejillas y la frente. ¿Cómo había terminado metida en semejante lío? ¿Qué era lo que debía hacer? Recordó la tarjeta del policía en su cocina y, solo por un instante, estuvo tentada a ir por ella y llamarlo. Algo le dijo que él podría ayudarle.

Pero entonces se dijo que eso era una tontería; nadie podía ayudarle. Mucho menos él.

Entró nuevamente y fue dejando caer su ropa tras ella según fue despojándose de ella al ir a su habitación. Oyó los pasos sedosos de Watson, que la siguió con la mirada en tanto se dejaba caer sobre la cama en ropa interior con un gemido de cansancio.

Sentía como si llevara días sin dormir, lo que en cierta medida era cierto; pero al mismo tiempo se sentía también mucho más alerta de lo normal. Rogó porque el vino le ayudara a conciliar el sueño al menos unas cuantas horas antes de enfrentar el día siguiente.

Él le había prometido que iría a verla el día siguiente. Al fin, luego de que pasara dos días llamándole sin cesar y tras dejarle los mensajes más amenazadores que se le ocurrieron, él le devolvió la llamada y aseguró que se reunirían, que no había nada por lo que debiera preocuparse, que él se ocuparía de que todo estuviera bien.

En el fondo, Sophia no creyó mucho en sus palabras. Él siempre decía esa clase de cosas hasta que todo le estallaba en la cara y, por lo general, era ella quien le ayudaba a solucionar sus desastres; pero nunca como hasta entonces deseó estar equivocada. Que tan solo por esa vez él estuviera en lo cierto y que fuera ella la que tuviera que tragarse sus palabras.

Musitó una plegaria antes de quedarse dormida. Ella, que no hubiera podido recordar cuándo fue la última vez que rezó o se encomendó a un ser mayor. Pero estaba así de desesperada, reconoció con lo último de su conciencia. Cualquier cosa que le ayudara a salir de esa pesadilla. Cualquier cosa.

Tenemos a Larry. Estaremos con él en quince minutos.

Morgan leyó el breve mensaje de Logan y esbozó una sonrisa satisfecha.

No lo dudó ni un segundo, se dijo al dirigirse a la sala de interrogatorios tras hablar un momento con un oficial al que le indicó en donde estaría para que se lo hiciera saber a Logan una vez que llegara.

No había sido sencillo, pero tras hacer algunas averiguaciones entre los vecinos de Susan Green y revisar su récord de viaje para conocer la identidad de sus acompañantes, el nombre de un tal Lawrence Roberts saltó en el sistema. Morgan asumió de inmediato que se trataba de ese "Larry" que mencionara Sophia Hawkins.

Morgan frunció el ceño al entrar a la sala en que acostumbraban tomar declaración a los detenidos y ocupó una pequeña mesa en el centro dejando caer una pila de carpetas ante él.

Después de todo, esa mujer sí que les había dicho algo que les fue de utilidad, tuvo que reconocer de mala gana, pero Morgan estaba convencido de que fue poco menos que un albur. Ella hubiera podido decir cualquier cosa para quitárselo de encima, que fue al fin y al cabo lo que hizo. Qué tanto supiera el tal Larry de la muerte de Susan Green... bueno, eso era otra historia.

Logan llegó unos diez minutos después con un hombre al que mantenía cerca en tanto le cedía el paso para que entrara primero a la sala. Morgan advirtió que este no se encontraba esposado, así que descartó de inmediato la posibilidad de que se hubiera dado una milagrosa confesión en el camino.

Casi nunca pasaba, se recordó con un suspiro. Por lo general tenían que avanzar un poco más y tender bien el cerco para que los involucrados en un caso como aquel empezaran a caer.

Morgan estudió el rostro del hombre que se dejó caer en la silla ante él y tuvo que reconocer que podía hacerse una idea de lo que había atraído a una mujer como Susan Green.

Larry era un poco más bajo que él, pero algo más musculoso. Tenía una cara de facciones tan bien cinceladas que le pareció casi antinatural; la barba cuidada hablaba de un buen rato frente al espejo cada mañana y tenía el cabello cortado de forma casi milimétrica. A Morgan le recordó a los juguetes con los que Lucy jugaba a casar con sus muñecas.

Nada de lo que pensaba se reflejó en su semblante, sin embargo, cuando dio una cabezada en dirección al hombre en señal de saludo y echó un vistazo de reojo a la expresión también inescrutable de Logan, que ocupó la silla a su lado.

–Señor Roberts. –Morgan posó sus ojos alerta en la mirada recelosa del hombre–. Gracias por venir.

Aunque era evidente que Larry habría preferido haberse encontrado en cualquier lugar que no fuera aquel, tuvo el acierto de forzar una sonrisa de dientes brillantes que estuvo a punto de deslumbrarlo.

–Encantado. –Su voz surgió mucho más aguda de lo que Morgan había supuesto que sería–. Bueno, no encantado. –Se corrigió él con semblante de pena–. Con lo de Susan... porque el detective Spencer dijo que estoy aquí por lo de Susan.

Morgan asintió y dirigió una rápida mirada a Logan, que hizo un gesto casi imperceptible al rodar los ojos. Pareció decir con aquello que más le valía ser muy claro al hablar porque el otro hombre no era precisamente de los que captaban las sutilezas al vuelo.

–Sí. Lamento su pérdida. –Morgan esbozó un gesto de comprensión antes de continuar–. Supongo que el detective Spencer lo ha puesto en conocimiento de lo que ocurrió.

–Me lo acaba de decir. No sabía nada; no tenía idea, de verdad. Hablé con ella hace poco y parecía estar bien.

Morgan tomó algunos apuntes y volvió su atención al hombre con el ceño levemente fruncido.

–¿Fue esa la última vez que la vio? –preguntó él.

–Sí. Pasamos la noche juntos y quedamos en que nos veríamos al día siguiente, pero me surgió algo y no pude reunirme con ella. La llamé hace un par de días para disculparme, pero no me contestó y creí que estaría disgustada conmigo, pero... –El hombre se interrumpió tras hacer una mueca de angustia–. Seguro que ella ya no... bueno, ya sabe.

Morgan cabeceó.

–Es posible que para entonces ella ya se encontrara muerta, sí. –Soltó de golpe atento a la reacción del hombre; pero este solo frunció los labios y tragó espeso–. ¿Hace cuánto que usted y la señorita Green se conocían?

Larry se llevó una mano al cuello y parpadeó como si estuviera considerando su pregunta.

–No estoy seguro. Cinco, seis años o algo así –respondió al fin.

–Eso es mucho tiempo.

–Supongo. Pero no fuimos muy cercanos al comienzo –explicó él–. La conocí en Nueva York en una fiesta a la que me invitaron unos amigos cuando estuve por allí. Me gustó de inmediato, ¿a quién no? ¿Ha visto sus fotos? –El hombre carraspeó al encontrarse con el gesto serio en el rostro de Morgan y se mostró algo menos entusiasmado al continuar–. Salimos un par de veces, pero entonces yo tuve que volver a la ciudad. Tengo... bueno, mi padre tiene una constructora y trabajo con él. La vi de nuevo al volver a Nueva York unos meses después, pero perdimos el contacto hasta que me llamó hace unos años para contarme que había decidido mudarse a Baltimore.

–¿Le dijo por qué?

–No exactamente. Solo que estaba aburrida de Nueva York. Yo no lo entendí entonces, porque ¿quién se aburriría de Nueva York? –Se preguntó él con un ademán de desconcierto–. Pero supongo que puede pasar y ella llevaba mucho tiempo allí. En fin, a mí me pareció genial. Que viniera a la ciudad, digo, así podría verla más seguido.

Morgan asintió y, tras intercambiar una mirada con Logan, releyó un expediente ante él antes de continuar con sus preguntas.

–Cosa que hizo –dijo él volviendo su atención al hombre que había empezado a frotarse los antebrazos con gesto inquieto–. Se vieron ininterrumpidamente todo este tiempo, ¿no?

–Algo así –reconoció él oscilando la cabeza de un lado a otro–. Nos veíamos de vez en cuando; pero no éramos exclusivos ni nada de eso.

¿Por qué parecía ser tan importante remarcar eso?, se preguntó Morgan con una mueca al acordarse de que también Sophia Hawkins lo había mencionado durante su conversación. Apartó el recuerdo como un obstáculo molesto y rebuscó entre sus notas nuevamente. La respiración acompasada de Logan a su lado le recordó su presencia; su amigo no había dicho una palabra y en parte agradeció que dejara el interrogatorio en sus manos porque eso le ayudaba a centrar sus ideas.

–Muy bien. Pero diría que le importaba, ¿cierto? Y que a ella le importaba usted –señaló él.

Larry hizo un gesto de confusión.

–Sí, claro. Mucho. Susan es... ella era... –El hombre carraspeó y se llevó una mano a la mejilla–. Susan era genial. Guapísima. Y muy divertida. Siempre sabía a dónde ir para pasarlo bien y no era nada problemática. Bueno, a veces discutíamos, pero eran tonterías.

–¿Qué clase de tonterías?

–Cosas. –Él se mostró un poco evasivo hasta que se topó con la mirada acerada de Morgan y comprendió que este esperaba una respuesta algo más elaborada–. Lo que pasa es que ella no sabía nunca cuándo parar, ¿entiende?

Morgan se cruzó de brazos y apoyó la espalda en el respaldar de la silla tras sacudir la cabeza de un lado a otro.

–La verdad es que no. No lo entiendo. ¿Por qué no me lo explica? –sugirió él.

Larry dudó un par de segundos antes de responder.

–Es que... me gusta la diversión tanto como a cualquiera, pero no puedo dedicarle todo el tiempo. Mi padre me mataría si no voy a trabajar y tengo que dormir también; además de que procuro ir al gimnasio cuando menos cuatro veces por semana...

–Ya. –Morgan lo interrumpió con un gesto–. Quiere decir entonces que no podía seguir el ritmo de Susan.

–Supongo que se puede decir así –reconoció el otro sin que pareciera que la idea le hiciera mucha gracia–. Pero nadie hubiera podido. Siempre había algo. Una fiesta, un almuerzo, otra fiesta en la mañana o en la noche, amigos que llegaban de viaje y a los que había que llevar a dar una vuelta. Podía ser agotador. De allí que nunca me convenciera de tener algo serio.

–Que es lo que ella deseaba.

–Quizás. A veces parecía que sí y otras me daba la impresión de que estaba tan bien como yo o incluso mejor porque le gustaba su libertad –comentó él–. La verdad es que es posible que ella tampoco lo tuviera muy claro. Cambiaba de idea bastante rápido.

Morgan asintió.

–Ha mencionado que no eran exclusivos –recordó él dando una mirada a sus dedos antes de verlo una vez más–. ¿Sabía de otros hombres a los que acostumbrara ver además de usted?

No pareció que a Larry le gustara pensar en aquello, pero debió de darse cuenta de que no era la clase de preguntas que podía esquivar y, al cabo de un momento, asintió un par de veces con semblante pensativo.

–Un par, quizá, pero no era nada serio. Yo también tenía amigas –comentó él con sencillez.

A Morgan le costó entender un poco ese tipo de relación, pero se recordó que no era nadie para juzgar. Después de todo, a veces actuaba como si tuviera sesenta años en lugar de treinta y cinco; a Ester le encantaba comentarlo. Además, la última mujer con la que salió fue Ángela y de eso habían pasado cuando menos diez años. Seguro que la forma de llevar una relación había variado mucho desde entonces.

–¿Podría darnos los nombres de esos hombres? – preguntó él un par de segundos después cuando apartó esa idea.

–Sí, claro, pero no creo que ellos puedan decirle nada; Susan solo los veía muy de vez en cuando –indicó Larry.

–Aun así. –Morgan cabeceó y continuó en un tono algo más serio al hacer la siguiente pregunta–: ¿Sabe de alguien que hubiera querido lastimar a Susan?

El hombre ante él sacudió ambas manos, incluso antes de que terminara de hablar.

–No. Para nada. Susan no era perfecta y a veces podía ponerse un poco pesada, pero todos los que la conocían la querían. Siempre parecía feliz. ¿Cómo no te va a gustar alguien así? –Él se encogió de hombros y pareció sincero al suspirar con expresión de congoja.

Morgan captó el movimiento de las manos de Logan en la superficie de la mesa. Su compañero señaló una línea del informe con un gesto y Morgan esbozó la sombra de una sonrisa. Estaba a punto de llegar a eso.

–Señor Roberts, ¿dónde estuvo la noche del último lunes? –preguntó él.

Larry carraspeó y frunció el ceño; Morgan casi pudo oír los engranajes de su mente correr a toda velocidad y se preguntó si se debía a que no podía recordarlo o que intentaba inventarse algo. Ellos lo descubrirían, cualquiera que fuera el caso, pero hubiera sido hipócrita de su parte no reconocer que esperaba que no les mintiera. Cuando creyó que el hombre se quedaría sin responder, exhaló un imperceptible suspiro de alivio al verlo asentir, pensativo.

–El lunes... –repitió él antes de continuar con voz más decidida–, estuve en la oficina casi todo el día y salí a las seis para ir al gimnasio. Me quedé hasta las nueve, creo.

–Ya veo. Supongo que va a uno de esos gimnasios en los que se registran las llegadas y salidas. –Morgan tomó nota con rapidez luego de verlo asentir–. ¿Y luego de eso?

–A ver... los lunes no acostumbro ir de fiesta y acababa de salir precisamente con Susan el último viernes. Estaba muerto. Así que me quedé en casa.

–¿Nada más?

–Sí, pedí comida y vi una película.

Morgan frunció los labios.

–¿Habló con alguien esa noche?

–No esa noche, pero llamé a mi padre como a las once porque recordé que no le había entregado un informe que me pidió y sabía que si no se lo explicaba me armaría un escándalo al día siguiente en la oficina. –Él puso los ojos en blanco y resopló–. Es uno de esos.

–Entonces no hay nadie que pueda confirmar que pasó la noche en su casa.

Susan Green fue asesinada entre la noche del lunes y la madrugada del martes, así que él iba a necesitar algo más sólido que eso, se dijo Morgan en espera de su respuesta. Lo vio hacer un gesto de fastidio antes de empezar a golpear la superficie de la mesa con la yema de los dedos.

–Quizá... –Él carraspeó y se inclinó un poco hacia

adelante como si estuviera a punto de hacer una confidencia–. Le hablé de una de esas amigas a las que veo a veces. Es posible que invitara a una...

–¿Es posible?

–De acuerdo. Invité a una y se quedó por lo menos hasta las cinco –reconoció el otro–. No quería mencionarlo porque.... verá, ella está con alguien y se supone que ellos sí son exclusivos.

Morgan contuvo una sonrisa. Sin duda estaba totalmente desactualizado respecto a cómo se llevaban las relaciones; pero no tenía ningún interés en ponerse al día, así que en realidad le daba igual.

–Entiendo –dijo tan solo en el mismo tono de confidencia que él había usado–. Pero supongo que considerando las circunstancias entenderá que debemos corroborarlo.

El hombre se encogió de hombros de mala gana.

–Claro –asintió–. Les daré su número.

–Perfecto.

Morgan sonrió y rebuscó entre sus notas, pero no vio nada más acerca de lo que podría preguntar. Las respuestas de aquel hombre habían sido sólidas y, si comprobaba que pasó la noche con la mujer que mencionó, podían irlo descartando de la lista de sospechosos. Al menos por el momento.

–Una última cosa –señaló al recordar algo–. El cuerpo de Susan fue encontrado en la piscina de un condominio en Hampden. ¿Tiene idea de qué podría haber estado haciendo ella allí?

El hombre no dudó en responder.

–Ella tenía una amiga que vivía allí. Sophie o algo así –dijo él con sencillez–. Nunca la conocí, pero Susan hablaba mucho de ella.

–¿Diría que eran muy cercanas?

–Sin duda. Susan se refería a ella como si fuera de su familia; decía que la conoció en Nueva York.

Morgan frunció el ceño al recordar su charla con Sophia Hawkins y cómo ella lo había hecho parecer como si ella y Susan hubieran sido solo meras conocidas que se veían de cuando en cuando.

–¿Y si eran tan cercanas como es que usted nunca la conoció? –inquirió él entonces en tono frío.

–No lo sé. Tal vez ella no la quisiera tanto como Susan a ella. A veces Susan podía ser demasiado efusiva y hacerse ideas que no eran del todo ciertas.

–Lo que para algunos puede ser un poco molesto.

El hombre acusó las palabras de Morgan con un gesto de desinterés.

–Supongo –aceptó él y miró su reloj con discreción–. Oiga, ¿cree que pueda irme ya? Si no llego a la oficina en media hora mi padre va a matarme. Tuve que inventarme algo para salir cuando su amigo fue a buscarme, pero va a coserme a preguntas cuando regrese.

Morgan miró un instante a Logan y, tras considerarlo, asintió.

–Puede irse ya. Solo deje esos nombres que mencionó; su amiga de la otra noche y los hombres con los que Susan acostumbraba verse –indicó él–. Si hace falta, lo llamaremos de nuevo.

Larry asintió y Morgan se despidió con una cabezada, dejándolo con Logan para que este anotara lo que le había pedido. Ya se ocuparía él de corroborar esa información.

Morgan, en tanto, se dijo que tal vez fuera momento de volver a hacer una visita a Sophia Hawkins y apretarle un poco más las tuercas. Había sido muy cauto durante su primera entrevista porque aún se encontraba un poco perdido respecto a qué podía esperar del caso, pero el panorama empezaba a aclararse y ya que su nombre había surgido nuevamente, esta vez de boca de Larry, bien podría usarlo como excusa para ir en su busca y hacer las preguntas que se había guardado la última vez.

Como, por ejemplo, dónde se encontraba la noche que asesinaron a Susan y por qué parecía tan culpable al hablar con él.

5

Cuando Maggie anunció la visita del señor Reynolds, Sophia acusó la novedad con algo más de frialdad que la última vez; pero solo un poco. Eso, desde luego, él no tenía por qué saberlo.

Por eso, cuando lo recibió en su despacho la tarde del viernes, forzó a su rostro a asumir la sonrisa que tenía reservada para lidiar con los clientes más difíciles y la que acostumbraba poner también cuando era más joven y se sentía un tanto sobrepasada por las circunstancias.

Su madre había dicho una vez que en esas ocasiones se ponía sencillamente insufrible, algo que entonces le hería un poco, pero en ese momento le pareció que ser tan molesta como para espantar a ese hombre era su mejor carta.

Esta vez se permitió estudiar con mayor atención al señor Reynolds cuando entró en la oficina precedido por Maggie, quien, lo supo con una sola mirada, empezaba a sentirse tan consternada como ella por esas visitas.

El oficial, consultor o lo que fuera, le dirigió una rápida mirada y la misma expresión que mostrara la última vez que estuvo allí: cortés, pero poco amistosa. Estupendo. Le agradaba tan poco como él a ella. Lo vio dirigir la mueca de una sonrisa a Maggie cuando esta se marchó y Sophia tuvo que reconocer que un gesto como aquel hacía maravillas por su rostro.

Un sujeto muy interesante, sin duda, comprobó ella al examinar las duras facciones y la postura confiada; exudaba masculinidad de una forma casi palpable. Habría provocado una revuelta entre varias mujeres que conocía. Lo curioso era que él no parecía ser muy consciente de ello.

Esos eran los hombres más peligrosos, se recordó ella con el ceño fruncido por haber considerado algo tan ridículo. ¿Qué más daba cuán atractivo pudiera ser? Lo que tenía que hacer era librarse de él lo antes posible.

–¿Qué puedo hacer esta vez por usted, señor Reynolds?

Sophia se forzó a asumir su actitud más segura e imprimió en su voz un frío malestar; hubiera sido imposible que él no lo notara. Y lo hizo, desde luego.

–Lamento interrumpirla nuevamente en el trabajo, señorita Hawkins, pero como le dije la última vez, tendré que hablar con usted hasta que hayamos resuelto el asesinato de su amiga y no puedo prometer que no me verá de nuevo –respondió él en un tono similar.

–Qué pena –musitó ella con una ceja arqueada–. Que no hayan resuelto el caso aún, digo.

Él hizo una mueca y Sophia sintió la infantil satisfacción de saber que lo había molestado.

–Pero estamos cerca de hacerlo –aseguró él al cabo de un par de segundos.

–¿Sí?

–Eso creo. Por lo pronto, hablamos con Larry y nos dijo algunas cosas muy interesantes.

Sophia parpadeó y apretó los labios, sin saber si aquello era bueno o malo. Qué más daba, se reprendió para sí. Últimamente sentía que era ignorante de todo.

–Eso es bueno, supongo –dijo ella al fin.

–Y se lo debemos a usted. Después de todo, fue quien nos dio su nombre –comentó él con una sonrisa agradecida que habría parecido más sincera si sus ojos no hubieran permanecido tan fríos–. ¿Ve cuán importante es que hablara con usted?

–Yo solo quiero ayudar.

¿Cuán falso sonó eso?, se preguntó Sophia desviando la mirada a sus manos. No tuvo tiempo de considerarlo demasiado, sin embargo, porque oyó al hombre carraspear y tuvo que levantar la mirada para posarla en su rostro inexpresivo.

–Y lo ha hecho –comentó él, continuando con una nueva profundidad en su voz–. Larry mencionó que Susan salía con otros hombres además de él. ¿Lo sabía?

Sophia sintió que su corazón se detenía un instante antes de reanudar el bombeo con un ritmo algo más rápido que hasta hacía unos minutos; pero se forzó a conservar la calma y responder con tanta sencillez como le fue posible.

–Bueno, supongo que no puedo decir que esté sorprendida. No es algo raro...

–¿No lo es?

–Claro que no.

–¿Y por qué no lo mencionó antes? –preguntó él echando el cuerpo hacia adelante.

Sophia reparó en ese momento en dos cosas que se le habían pasado por alto. En primer lugar, el hombre ante ella no se sentía tan confiado como le gustaba aparentar; o tal vez se tratara de que, solo entonces se dio cuenta, no confiaba en absoluto en ella. Lo otro fue la sortija que refulgía en su dedo anular y que atrajo su mirada como un imán a un trozo de hierro.

Casado.

Bueno, eso estaba bien, supuso parpadeando un tanto confusa porque, por algún motivo que no hubiera sabido explicar, sintió una opresión en el estómago; pero se deshizo de la sensación con rapidez y se concentró en lo más inquietante.

¿Por qué demonios no confiaba en ella? ¿Había visto algo...? ¿Acaso sabía...?

–¿Señorita Hawkins?

Sophia exhaló el aire que no sabía que hubiera estado conteniendo y fijó su mirada vacía en la suya tras esbozar una seca sonrisa.

–Lo siento. Intentaba recordar –mintió ella–. Supongo que no lo mencioné antes porque no creía que fuera importante. Le hablé de Larry porque creo que fue una presencia constante en la vida de Susan, pero en cuanto a los otros... –Se encogió de hombros en un ademán estudiado–. No se trataba de nada serio y no creo que tengan nada que ver con lo ocurrido.

Notó que él estudiaba su rostro como si intentara leer en él y se forzó a mantener un semblante hermético.

–Tal vez deba considerar que no es usted quien tiene que llegar a esa conclusión –indicó él en un tono suave que le erizó la piel de los brazos–. Se supone que ese es mi trabajo.

Sophia arqueó una ceja y sacudió la cabeza con brusquedad. Ese día se había sujeto el cabello en una coleta floja y un par de mechones se deslizaron por su mejilla.

–¿No puedo pensar? –inquirió ella en tono afilado.

Para su sorpresa, pareció como si él siguiera el movimiento de su cabello y tardó un momento en desviar la mirada de la curva de su cuello a sus ojos.

–Nadie ha dicho eso –replicó él–. Todo lo contrario. Espero que piense mucho en esto y que colabore tanto como sea posible, pero asumir cosas sin conocer el panorama completo puede ser muy peligroso. Necesito que me diga todo lo que sabe para que pueda unirlo a lo demás y obtener las respuestas que necesito. No puede solo decir lo que le parezca de acuerdo a su conveniencia.

Sophia se echó hacia atrás como si la hubiera atacado.

–¿Conveniencia? –repitió ella con la boca seca– ¿Qué beneficio puedo yo buscar en todo esto?

–Eso no lo sé; supongo que ninguno –Él habló con suavidad y sin que se le alterara ni un músculo del rostro.

–Exacto. Ninguno –espetó ella.

Él elevó las manos con las palmas hacia arriba en un ademán conciliador y le dirigió una media sonrisa.

–Tal vez elegí mal mis palabras. Lo siento.

Ella no le creyó. No le creyó nada. Ni que hubiera elegido mal sus palabras, ni tampoco que lo sintiera.

Sophia sintió que sus manos iban a romperse por la tensión con la que sostenía una contra la otra e intentó relajarse lo suficiente para recuperar el control.

–¿Tiene alguna otra pregunta para mí? –preguntó ella entonces.

No pareció como si su pregunta lo cogiera por sorpresa porque lo vio suspirar antes de encogerse de hombros y dar una mirada al teléfono que sacó de su chaqueta con movimientos lentos y calculados.

–No me dijo el otro día dónde pasó la noche en que asesinaron a Susan –comentó él al cabo de un momento.

Sophia frunció el ceño.

–¿La noche en que...? –Ella se forzó a recordar, dar con una respuesta apropiada–. Pero sí que le di una respuesta entonces. Le dije que no era de su incumbencia.

Los ojos del hombre destellaron y Sophia se dijo no por primera vez que eran sorprendentes. Azules como un mar encrespado. En ese momento, le pareció un océano especialmente furioso. Con ella.

–Normalmente tendría razón –reconoció él al cabo de un momento de silencio–; pero debe reconocer que no nos encontramos en una situación normal. Por favor, señorita Hawkins, no haga que lo pregunte de nuevo.

Sophia suspiró y procuró asumir un semblante más conciliador. Por mucho que la alterara, no tenía mayor interés en reforzar la animadversión entre ambos; no le convenía en absoluto. De modo que eligió bien sus palabras luego de preguntarse qué tanto podía decir sin comprometerse. Al final, decidió que lo mejor era ser tan sincera como fuera posible.

–Pasé esa noche y también la siguiente en casa de

un amigo –dijo ella abriendo las manos con gesto confiado–. No lo mencioné entonces porque realmente no creí que mi vida personal tuviera nada que ver con esto, pero ya que insistes...

Lo vio asentir sin que se presentara ninguna alteración en su semblante.

–Ya veo –dijo él–. ¿Se quedó todo el tiempo allí?

–Tal vez salí la mañana del lunes para comprar algunas cosas, pero eso fue todo.

–Y este amigo puede confirmar su versión.

Sophia dudó solo una milésima de segundo antes de responder.

–Podría. Si se encontrara en la ciudad –indicó ella al fin y procuró teñir su voz de un tinte de pena que estaba lejos de sentir–. Pero no lo está y no sé cuándo volverá.

–Qué lástima.

Ella hizo como si no hubiera detectado la fina ironía en su respuesta.

–Lo sé. A mí también me apena –respondió ella sin parpadear–; pero no hay nada que pueda hacer al respecto.

El consultor cabeceó y sostuvo su mirada por lo que le pareció mucho tiempo. Su corazón empezó a recuperar su ritmo habitual y se sintió hipnotizada por la forma en que sus ojos asumieron una silenciosa contemplación de su rostro. Como si lo acariciara.

–Larry mencionó algo más. –Él reanudó la charla luego de carraspear y esquivar la mirada–. Dijo que usted y Susan eran muy cercanas; incluso más de lo que había supuesto luego de nuestra primera conversación. Él está convencido de que la consideraba casi un miembro de su familia.

Sophia intentó acallar el sonido de su estómago retorciéndose al oír aquello y se forzó a sonreír aun cuando estaba segura que, cuando mucho, consiguió esbozar una mueca temblorosa.

–La quería –dijo ella, satisfecha de que su voz sonara sincera–. Era una buena amiga. A veces... no siempre estábamos de acuerdo, pero estoy segura de que me quería también. Susan podía ser un poco complicada.

–Larry mencionó algo similar.

Sophia suspiró y, por primera vez, se preguntó cómo diablos había terminado envuelta en ese asunto tan horroroso.

–Ella... en el fondo éramos muy distintas, ¿comprende? Mientras vivimos en Nueva York y trabajamos juntas esas diferencias no fueron tan notorias. Pero luego me di cuenta de que había muchas cosas en ella que no calzaban con lo que quería para mi vida. –Sophia intentó explicarse aun cuando no le agradara del todo la idea de hacer esas confidencias precisamente ante aquel hombre–. Y ella lo sabía. Quizás en el fondo lo resintiera, no lo sé. Pero siempre me importó e intenté ser tan buena amiga como pude.

–¿Es por eso por lo que Susan la visitaba en su casa y se quedaba a dormir a veces? –inquirió él en un tono algo más suave de lo que había usado hasta entonces.

Ella cabeceó. Esa no era la única razón, claro, pero quería pensar que era una de ellas, la única que podía reconocer ante él.

–Sí. Eso creo –asintió ella–. Era agradable pasar el tiempo con ella; era muy divertida, siempre se las arreglaba para hacerme reír.

Sophia se sorprendió sonriendo, pero sonriendo en serio. Sin rastros de burla o hipocresía. Porque era cierto. Susan la hacía reír y eso no era precisamente una constante en su vida en los últimos tiempos. De allí que se sintiera abrumada de golpe por los recuerdos y por la sensación de pérdida que no se había permitido sentir hasta entonces. Había estado tan preocupada por protegerse a sí misma y a otros que inconscientemente decidió contener todas esas emociones; pero allí estaban, atacándola sin piedad.

La sonrisa se borró de su rostro y percibió una humedad traicionera en sus mejillas, por lo que empezó a parpadear como un búho para despejar las lágrimas.

Bajó la mirada y aspiró una y otra vez para calmarse, avergonzada de haberse puesto en evidencia de esa forma. Se suponía que tenía que incomodar a aquel hombre, hacer que deseara irse lo antes posible, no provocarle lástima.

Sin embargo, en tanto se reprochaba por comportarse como una idiota, cayó en la cuenta de que una mano bronceada entraba en su campo de visión y, al levantar la mirada, se topó con el rostro del señor Reynolds, que sostenía ante ella la cajita con pañuelos desechables que tenía sobre el escritorio.

Sophia dudó un momento, pero tomó uno con cuidado de no rozar su mano y se enjugó las lágrimas sin mirarlo. Cuando se sintió un poco mejor, tragó espeso y sacudió la cabeza de un lado a otro sin poder disimular su vergüenza del todo.

–Lo siento –ella carraspeó para aclarar su voz–. No sé por qué...

–Está conmocionada.

La voz del hombre le pareció más seductora que nunca y se descubrió elevando el rostro para mirarlo. Él se mantenía inclinado hacia ella, pero había dejado la caja con pañuelos a un lado y en ese momento sus manos se encontraban unidas sobre el escritorio en ademán relajado.

–No dudo de que esto sea duro para usted, señorita Hawkins, y le agradezco que hable conmigo –continuó él ante su silencio–. No tengo interés en incomodarla...

–Lo sé. –Sophia lo interrumpió antes de que pudiera continuar–. Solo intenta cumplir con su deber, ¿no?

Lo vio sonreír, esta vez sin mayor afectación. No pretendía mofarse ni era una reacción cínica a sus palabras. Era sincero. Y por algún motivo, eso le dolió porque ella no lo era del todo.

–¿Oyó eso en alguna película policial? –preguntó él.

–Eso creo. ¿No es cierto?

–La verdad es que sí. –Su sonrisa se ensanchó antes de que emitiera un suave suspiro y echara el cuerpo hacia atrás, poniendo distancia entre ambos.

Sophia sintió el ridículo impulso de sujetarlo. Tomar su mano y atraerlo hacia ella; pedirle que continuara cerca para mirarlo mejor. El aroma de su perfume, una fragancia casi imperceptible a madera y humo le provocó un estremecimiento y tuvo que parpadear para recuperar el control.

–Ya lo imaginaba –dijo ella, asintiendo y con la voz entrecortada–. Es muy lógico después de todo.

Él cabeceó también y le pareció que se vio un tanto incómodo antes de suspirar y ponerse de pie, esquivando su mirada.

–Tal vez tengamos que insistir en que confirme su coartada más adelante, señorita Hawkins –indicó en un tono más firme poco después, aun sin mirarla–; pero creo que hemos terminado por hoy. Si la necesitara...

Sophia se incorporó también, pero se mantuvo tras la seguridad que le daba el escritorio. Asentó las palmas sudorosas de sus manos en la superficie de cristal ahumado antes de responder.

–Me buscará –completó ella por él–. Bueno, ya sabe dónde encontrarme.

Lo vio dar una cabezada antes de dirigirse a la puerta. Tal vez habría sido cortés que fuera con él, pero sentía sus pies fijos sobre la alfombra como si le pesaran una tonelada y tuvo que batallar con la contradictoria sensación de desear permanecer allí por siempre e ir hacia él.

–Si recordara cualquier cosa...

–Entonces seré yo quien lo busque.

Él pareció apreciar la respuesta y, tras hacer un gesto de despedida, se marchó cerrando la puerta tras él. Tan pronto como se supo a solas, Sophia se dejó caer sobre el sillón y apoyó la frente sobre el cristal frío con un suspiro; sus rodillas temblaban y sus hombros empezaron a agitarse según dejaba salir toda la tensión acumulada.

¿Qué iba a hacer? ¿Qué demonios iba a hacer?

Morgan condujo el coche fuera del estacionamiento y se alejó del edificio que acababa de abandonar con mucha más velocidad de la permitida; pero no vacilo un instante en apretar el acelerador a la primera oportunidad y si no se pasó todas las luces rojas que le salieron al paso fue tan solo porque el hombre de ley que vivía en él logró imponerse a duras penas.

Sentía una acuciante necesidad de escapar aun cuando no estuviera seguro de qué. Lo único que tenía del todo claro era que necesitaba poner tanta distancia entre ese maldito edificio y él; o para ser más precisos, entre él y la mujer que acababa de ver.

No le daba vergüenza reconocer que se sentía un poco sobrepasado. No era para menos, supuso. Hacía mucho tiempo que no se sentía tan atraído por una mujer, como le estaba ocurriendo con Sophia Hawkins. Lo que era en absoluto profesional, incómodo y también un poco doloroso.

Pero ella era...

Morgan aparcó el coche con un movimiento brusco en la primera salida que encontró y golpeó el volante con furia.

Era preciosa y seductora, incluso cuando actuaba como si no soportara encontrarse en la misma habitación que él. No quería ni pensar en el efecto que podría tener sobre él si se esmerara en lo contrario.

Pero no se trataba tan solo de lo evidente, se dijo al recordar todos los detalles que había conseguido reunir al observarla. Sophia Hawkins era menos altanera de lo que le gustaba aparentar; se sentía extremadamente insegura al ser objeto de sus preguntas y, no tenía sentido hacer como si no se hubiera dado cuenta, se sentía tan atraída por él como le ocurría a Morgan.

Ah, sí. Y también le mentía con una sangre fría impresionante.

Morgan aspiró con fuerza y sacudió la cabeza de un lado a otro para recuperar el sentido común; sintió como si hasta entonces se hubiera encontrado bajo un trance. Puso nuevamente el coche en marcha con un gesto exasperado y rememoró todas las cosas que le habían llevado a esa conclusión.

En defensa de la señorita Hawkins, podía decir que era obvio que se había esmerado porque no fuera notoria la forma en que rebuscaba en su mente para urdir alguna mentira que lo distrajera de esa verdad que por algún motivo se esforzaba tanto por ocultar. Como acerca de dónde había pasado esas noches que no se encontró en su apartamento o sus verdaderos sentimientos por Susan Green.

Morgan no dudaba de que hubiera sido sincera al decir que la apreciaba y que lamentaba su muerte; pero también consiguió advertir un leve matiz de resentimiento en su voz al referirse a su vieja amiga. ¿Qué podría haberle hecho para que ella le guardara ese rencor? ¿Una deuda? ¿Habría un hombre de por medio? ¿O simplemente llegó a la conclusión de que no le gustaba su estilo de vida?

Giró el volante en el siguiente cruce y disminuyó la velocidad al mínimo un segundo para dar una mirada al teléfono. Tenía una llamada perdida de Logan, pero no intentó llamarlo de vuelta; estaba cerca de la estación y al llegar hablaría con él.

Reanudó el viaje y frunció el ceño al recordar la forma en que se le había tensado el pecho al acercarse a Sophia para tenderle los pañuelos. No solo se sintió embriagado por su aroma, que lo golpeó como un puñetazo en el estómago, sino que también sintió el irreprimible deseo de ser quien usara sus manos para secar sus lágrimas; le habría gustado envolverla entre sus brazos y protegerla de cualquiera que intentara lastimarla, incluso de sí mismo.

Lo que, desde luego, era una absoluta ridiculez.

Morgan exhaló un hondo suspiro y sacudió la cabeza de un lado a otro. No tenía idea de dónde había salido todo aquello y lo ponía nervioso su imposibilidad de reprimir sus reflexiones.

No era un santo ni mucho menos. No era la primera vez desde la muerte de Ángela que se topaba con una mujer atractiva y se le agitaban las hormonas. Pero entonces no había tenido problemas para mantener a raya esa atracción. Poco después lo había olvidado por completo y se sentía un poco tonto por ello porque en el fondo sabía que no era más que una reacción física totalmente normal.

Pero lo que le pasaba con Sophia era otra cosa. No solo se había preguntado lo que sentiría si la tocaba o si sus labios serían tan suaves como parecían a simple vista. No. Se había cuestionado también cómo sería el sonido de su risa y si su voz cobraría nuevamente esa sedosa tonalidad musical que le oyó tan solo una vez al referirse a los recuerdos que evocaba de su amistad con Susan Green. Y si la usaría al hablarle a él. ¿Cómo sonaría su nombre en su boca?

Ester tenía razón, tuvo que reconocer Morgan al aparcar ante la estación poco después. Necesitaba vacaciones y salir un poco más.

Sintió un profundo alivio al entrar al precinto e ir en busca de Logan porque sabía que no iba a tener tiempo en el resto del día para dedicarlo a pensar en Sophia Hawkins, pero tampoco fue un buen consuelo. Porque se conocía lo suficiente para saber que, una vez que se encontrara en casa y estuviera tendido sobre su cama, después de acostar a Lucy, tendría que enfrentarse nuevamente a aquello, no tendría cómo escapar.

Sophia forzó una sonrisa al pasar por el lado de Freddy, el vecino de abajo, e hizo un gesto de disculpa cuando él intentó decir algo para señalar las bolsas que llevaba entre las manos. Se subió al elevador tan rápido como le dieron los pies y pulsó el botón con el codo, aliviada cuando las puertas se cerraron y vio al hombre dirigirle un gesto de despedida que se apresuró a corresponder a medias.

Se apresuró a dirigirse a su apartamento tan pronto como el elevador se detuvo y, tras maniobrar con las llaves, abrió la puerta y dejó caer las bolsas sobre una mesa para cerrar tras ella.

Debería de conseguirse un perro, se dijo lanzando una mirada de pena en dirección a donde Watson la veía con esa expresión lánguida que indicaba que acababa de comer y que no tenía ningún interés en prestarle mayor atención.

Era más sencillo evitar a la gente cuando un animal tiraba de ti en dirección contraria, supuso luego de tomar nuevamente las bolsas para llevarlas a su habitación y dejarlas sobre la cama.

Parecía que el hallazgo del cuerpo de Ángela hubiera despertado en sus vecinos una incesante necesidad de charlar. No había día en que no llegara y no se viera abordada por alguno de ellos para comentar el tema.

¿No era esa mujer amiga suya? ¿No sabía nada de lo ocurrido? ¿Estaba segura? Pero ya habría hablado con la policía, claro; ellos resolverían ese asunto pronto. Era *imposible sentirse seguro con la posibilidad de que quien fuera capaz de hacer algo tan terrible se encontrara cerca.*

Sophia rebuscó entre las bolsas luego de cambiar su vestido por unos pantalones cómodos y una camiseta holgada y frunció el ceño hasta dar con el traje que acababa de recoger para ir a la ceremonia en el ayuntamiento el siguiente fin de semana.

Nada le apetecía menos que ir, pero no podía dejar pasar un evento como aquel. La revista de moda que dirigía era la más importante de la ciudad, pero eso no solo se debía a la calidad de su trabajo sino a que también, y no le gustaba mucho reconocerlo, no tenían mucha competencia.

La moda no ocupaba un gran lugar en Baltimore y era importante que reforzara los lazos con sus contactos para mantener el nombre de Imperio Bazar en la palestra. Asistir a esa clase de fiestas era parte fundamental de aquello. El alcalde estaría allí, lo mismo que el gobernador, el comisionado y cualquier persona que deseara ver y ser visto.

Y Sophia necesitaba que la vieran. No solo eso, reconoció estudiando el vestido de seda y gasa gris que había elegido para usar ese día; quería también que la admiraran.

Bueno, se dijo tras guardarlo en su closet haciendo nota mental de buscar después unos zapatos que fueran a juego; seguro que no tendría problemas para conseguirlo, siempre y cuando sus nervios resistieran la espera, porque no estaba segura de llegar al siguiente fin de semana sin perder la razón.

Había pasado los últimos días llamando a Bill, pero él seguía sin tomar sus llamadas y estaba a punto de coger un avión e ir en su búsqueda. Necesitaba hablar con él con desesperación y lo único que conseguía en respuesta era un silencio que empezaba a ponerla muy nerviosa.

Tomó un poco de sopa fría que, estaba segura, le había sabido un poco mejor la noche anterior cuando se la llevó el chico de reparto del restaurante al que la pidió, y se llevó un par de revistas con ella al balcón para estudiar a la competencia. Sin embargo, le costó mucho concentrarse; a lo sumo hizo un par de anotaciones en los márgenes y más de una vez tuvo que volver las páginas porque se le había perdido algún detalle importante.

¡Valiente editora estaba hecha!, se dijo con un resoplido de enojo tras cerrar la revista y ponerse de pie para volver al salón. Watson salió a su encuentro y se enroscó en sus piernas para que lo alzara; nunca se sabía cuándo iba a encontrarse en un estado afectuoso, así que Sophia no se lo pensó mucho al llevarlo a sus brazos y sentarse con él sobre su regazo en el sofá.

Estaba agotada, y eso no se debía tan solo a que últimamente tenía mucho por hacer o a que había pasado la última semana en reuniones con la agencia que trabajaba en su última campaña.

Ese agotamiento tenía una causa que no tenía nada que ver con la revista. Provenía de la preocupación y de su necesidad de poner distancia entre todo lo que le angustiaba y ella. Tenía que resolver ese problema, se dijo al pasar el dorso de la mano por el lomo sedoso de Watson, que empezó a ronronear y ladear la carita para frotarla contra su hombro. Y tenía que hacerlo pronto.

Llamaría a Bill de nuevo una y otra vez hasta que aceptara hablar con ella. Y si no lo hacía, entonces se presentaría ante su puerta; y ya quería ver si continuaba evadiéndola entonces, decidió con una mirada de determinación. Estaba harta de lidiar con sus desastres; era hora de que se hiciera responsable de sus actos y dejara de arrastrarla con sus problemas. Ella había hecho suficiente.

Si el agente Reynolds se presentaba una vez más en su oficina, no sería capaz de mentirle de nuevo. Lo tenía asumido. Tanto como que era más peligroso de lo que parecía y que, en el fondo, posiblemente nunca hubiera conseguido engañarlo del todo.

Sophia hundió el rostro en el suave pelaje del gato y exhaló un suspiro.

6

Cuando Morgan llegó a casa el último viernes tras pasar el día en una reunión con el comisionado en el ayuntamiento, se dijo que no había nada que deseara más que abrazar a Lucy, comer una cena sencilla, dejarse caer en el sillón y dormitar mientras veía el partido de fútbol de esa tarde que dejara grabando.

Sin embargo, cuando llegó, no solo no recibió un solo saludo, sino que, por más que olfateó, ni un aroma agradable llegó a su nariz. Y como si eso no fuera suficiente, descubrió que iba a tener que descartar a su sillón favorito como una posibilidad para esa noche porque, al ir al salón, descubrió que Ester había decidido empapelarlo con sus trabajos. Y no era el único mueble que no se había salvado.

Vio montones de fotografías, multicolores y en blanco y negro, prácticamente cubriendo cada superficie del salón, pero antes de que pudiera abrir siquiera la boca, la cabeza de su hija asomó de debajo de la mesa de centro. Llevaba su pijama de unicornio como si estuviera a punto de irse a la cama y mantenía una revista contra su pecho en tanto lo veía parpadeando con un búho.

—Hola, papi.

Morgan sonrió e hincó una rodilla para ponerse a

su altura. Le dio un beso en la frente y el cuerno de felpa estuvo a punto de arrancarle un ojo cuando la niña dio un bote para pasarle las manos alrededor de su cuello en un abrazo apretado.

–Hola, cariño.

Morgan dio un paso hacia atrás y contempló a su hija con los ojos entrecerrados. Lucy parpadeó nuevamente; una, dos veces, y él advirtió que ahogaba un profundo bostezo. Comprobó la hora en su reloj y vio que era un poco más tarde de lo que había calculado.

–¿Has cenado ya? –preguntó él.

–Sí. La tía Ester pidió pizza.

Morgan apretó los labios y se cuidó de decir que la tía Ester tenía estrictamente prohibido pedir esa clase de comida cuando tenía la heladera repleta de opciones más saludables; pero consideró que, ya que era viernes y, visto el desastre en su salón, su prima debía de estar hasta el cuello de trabajo, no hubiera estado bien de su parte quejarse.

De modo que sonrió y, tras sacudir la porción de cabello que la cabeza de unicornio dejaba a la vista, le tendió una mano.

–¿Quieres que te lleve a la cama? –sugirió él.

Lucy asintió y Morgan la tomó en brazos; la niña dejó caer la revista que sostenía sobre la alfombra y él le dio un vistazo con el ceño fruncido antes de dirigirse a las escaleras. Se topó con Ester en el piso de arriba y le hizo un gesto para que guardara silencio porque la niña había empezado a dormitar. La metió en la cama y, luego de hacerle una caricia en la mejilla, dejó la puerta de la habitación entornada y bajó con pasos suaves para no despertarla.

Su prima también había bajado tras él dando saltitos que ella debía de jurar que era lo mismo que andar de puntillas y Morgan se dijo que era una suerte que Lucy tuviera el sueño tan pesado porque con su tía por allí no podría dormir si fuera de otra forma.

Una vez en el salón, dio una mirada al caos reinante

allí, pero antes de que pudiera decir una palabra, Ester se le adelantó uniendo las manos ante él con expresión arrepentida.

–Lo siento. Lo siento mucho –dijo ella–. Traje algo de trabajo conmigo y pensé que podría terminarlo y levantar todo antes de que me marchara, pero las cosas se me fueron de las manos.

–Ya me di cuenta. –Morgan sonrió e hizo un gesto para restar importancia al asunto–. Parece que Lucy ha querido echarte una mano.

Morgan señaló la revista que se apresuró a levantar y estudió el título con el ceño levemente fruncido. Imperio Bazar. El nombre le trajo una andanada de recuerdos y sensaciones, todos ellos relacionados con la mujer que dirigía el lugar que le daba el nombre.

Ester, que debió de considerar que su reacción se debía a la molestia por encontrar toda la casa en ese estado, tomó la revista de las manos y la dejó sobre un montón en que Morgan no había reparado antes, pero que ocupaba buena parte de la mesita del recibidor.

–Esa niña es incansable; me recuerda a ti. ¿Recuerdas cuando éramos niños y tía Mary decía que le alegraba que fueras hijo único?

El rostro de Morgan adquirió una expresión más relajada al oír el comentario de su prima.

–Pobre mamá –dijo él asintiendo–. No le puse las cosas fáciles, ¿no?

–No. Pero estoy segura de que en el fondo agradecía que la mantuvieras entretenida.

Morgan se encogió de hombros y empezó a ayudar a su prima que había empezado a reunir las fotografías dispuestas de aquí allá. Al mirarlas con mayor atención, reparó en que en muchas de ellas aparecían distintos grupos de jóvenes con un vestuario extravagante y en distintas locaciones. Reconoció el parque Hill, desde cuyas laderas acostumbraba lanzarse Lucy cuando la llevaba de paseo por allí, y también las puertas del teatro Charles.

–¿Es esto en lo que has estado trabajando? –preguntó él.

Ester lo miró de reojo y continuó reuniendo su trabajo.

–Bonitas, ¿no? –comentó ella con una sonrisa confiada–. Aún tengo mucho por hacer, pero me gusta como está quedando.

–¿Es para... esa revista?

Morgan señaló la revista que su prima dejara por encima de las otras e intentó que su voz no sonara tan ansiosa como se sintió él al considerar la posibilidad de que Ester trabajara para Sophia Hawkins.

–No exactamente. –Cuando Ester respondió no pareció que hubiera captado la diferencia en su expresión–. Me contrató la agencia que trabaja para ellos; pero supongo que en cierta forma eso significa que yo también lo hago. Están en busca de nuevas ideas para lanzar una nueva e importante campaña publicitaria. Si les gusta lo que presento, es posible que veas mi trabajo en cada afiche de la ciudad.

Su prima procuró que no se notara demasiado la emoción en su voz pero Morgan, que la conocía bien, sabía que debajo de toda esa indiferencia estaba dando saltos por dentro. Y la entendió, desde luego. Aun cuando él no poseía ninguna inclinación artística, algo que su madre siempre lamentó, podía imaginar cuán importante era para ella que la gente viera su trabajo.

–Estoy seguro de que les gustará –comentó él con un ademán confiado al señalar las fotografías que tenía entre las manos–. Me refiero a que... ¡mira estos colores! Y haber elegido esas locaciones, además. No he visto otras fotos como estas.

Ester rio y lo observó con una mano en la cadera.

–Eso es porque nunca has abierto en tu vida una revista de moda –replicó ella.

–Eso no es cierto –negó él antes de encontrarse con su expresión burlona–. Bueno, tal vez sea cierto; pero me he cruzado con varias y he visto informes en la televisión... y no digas que miento porque no es verdad que solo vea las noticias –la atajó él señalándola con un dedo cuando le vio abrir la boca para negar eso último.

A su prima no le quedó otra alternativa que dirigirle otra mirada de recelo antes de asentir de mala gana.

–Bueno, eso no importa. Pero la verdad es que sí me siento muy segura, ¿sabes? En especial por eso que mencionaste de las locaciones. Por lo general se eligen esos lugares bonitos en que todo es perfecto, o estudios en que se montan escenarios para que todo combine. –Ester se encogió de hombros e hizo un gesto de reprobación–. Baltimore es más que eso. Es una ciudad complicada, pero también es bonita, y hay lugares que significan mucho para su gente. La idea de la campaña es acercar la moda al ciudadano de a pie y creo que esa es la mejor forma. Si la gente de esa revista no puede verlo es porque son tontos.

A Morgan le habría gustado tranquilizarla diciéndole que conocía a la mujer que dirigía la revista y que, aun cuando tenía muchas cosas que decir acerca de ella, y no todas eran buenas, le podía asegurar que nadie podría acusarla de ser tonta. Sin embargo, se cuidó mucho de mencionarlo, y no solo porque acostumbrara ser muy cauto en lo que compartía en casa respecto a su trabajo, sino porque sabía que Ester empezaría a hacer preguntas acerca de Sophia Hawkins y no se creía capaz de hablar de ella sin que su prima advirtiera la profunda impresión que dejara en él.

De modo que optó por asentir para dar a entender que estaba de acuerdo con ella y buscó un tema menos peligroso que tratar. Al final, recordó algo que el comisionado mencionara esa mañana y el gesto relajado que mantuviera hasta entonces se alteró hasta asumir una tensión algo menos agradable.

–Oye, ¿conoces de alguna tintorería en la que dejar mi traje mañana y que puedan entregármelo para la noche?

Ester frunció el ceño al oírlo, pero no dejó lo que hacía y continuó reuniendo las fotografías hasta que tuvo una pila que dejó sobre la mesita de centro.

–El viejo Tang en la calle Erdman –dijo ella tras considerarlo un par de minutos–. Te cobrará más, claro, pero seguro que puede. Y es muy cumplido.

Morgan asintió.

–Gracias, no lo recordaba. Iré mañana.

No dijo más, pero casi pudo oír los engranajes en la mente de su prima funcionando a toda su capacidad y no le sorprendió que ella hablara poco después sin disimular su curiosidad.

–Cuando dices tu traje... ¿te refieres a tu traje-traje? –preguntó ella.

–¿Mi traje-traje? –inquirió él a su vez con una ceja arqueada.

Al comprender que se burlaba de ella, Ester hizo un gesto de fastidio y lo señaló con una de las fotografías.

–Sabes lo que quiero decir –indicó ella–. Te refieres al traje que usas para ocasiones especiales, no los que te pones para ir a trabajar.

Morgan asintió.

–Claro. ¿Qué otro?

–Bueno, ¿y por qué vas a llevarlo a la tintorería?

–Porque lo necesito limpio –indicó él.

Ester frunció el ceño y le dirigió una mirada intrigada.

–¿Vas a ponértelo?

–Por lo general es por eso que uno manda su ropa a la tintorería, Ester. Para ponérsela.

Su prima fue lo bastante lista para no dejar que su tono la enfadara y se centró en lo importante.

–¿Y para qué piensas ponerte el traje?

Morgan resopló.

–¡Dios! Estás como Lucy –rumió él–; aunque ella hace menos preguntas.

–No has respondido.

Morgan recogió las últimas fotografías y las puso en manos de su prima con una mirada de advertencia.

–Hay una fiesta el sábado por la noche en el ayuntamiento y el comisionado insistió en que fuera –reconoció él de mala gana.

Su prima chasqueó la lengua y elevó las cejas. Una sonrisa se dibujó en sus labios llenos al mirar a Morgan con diversión.

–Es como cuando éramos niños y la tía Lucy te obligaba a ir a las fiestas de tus amigos en la escuela –recordó ella sin disimular la risa–. Ay, Morgan. Espero que no te pases la noche sentado en un rincón refunfuñando como lo hacías entonces.

–Yo no refunfuñaba –negó él con voz tensa–, y no pienso hacerlo ahora. Es solo que no me gusta que me obliguen a hacer algo que no quiero. Y no tengo ningún interés en ir a una fiesta.

Ester se encogió de hombros y asumió una actitud de entendida.

–Bueno, a veces tenemos que hacer cosas que no deseamos. Se llama adultez; pensé que a estas alturas ya estarías familiarizado con eso –replicó ella–. Además, tal vez no sea tan malo. Quizá te diviertas.

–Lo dudo.

–Nunca digas nunca. –Su prima tarareó el dicho con una tonadilla aguda antes de dirigirle una mirada analítica–. ¿Vas a cortarte el cabello?

Morgan frunció el ceño y se llevó una mano a su cabello espeso que llevaba bien recortado sobre la nuca.

–Claro que no –respondió al fin.

–No es que esté largo, pero podrías probar con un estilo más moderno.

–No.

Ester puso los ojos en blanco.

–Al menos podrías hacer algo por la barba. Te queda bien –se apresuró a aclarar ella cuando él lanzó una mirada de enojo–. En serio. Y está muy de moda; pero siempre podrías probar con algo nuevo, rebajarla un poquito en la barbilla...

La mujer calló hasta que su voz se apagó del todo

ante el tenso silencio proveniente de Morgan, que pareció tener la capacidad de amedrentarla más que cualquier cosa que hubiera podido decir.

–Está bien, está bien. Era solo una idea –se disculpó ella al cabo de un momento–. La verdad es que no hace falta que te hagas nada; te verás estupendo con el traje.

Morgan gruñó como si la idea le molestara más que parecerle un halago, pero no dijo nada y terminaron de poner orden en el lugar sin hacer más alusiones respecto a la fiesta. Ella se marchó poco después tras disculparse por no poder quedarse a acompañarlo a cenar y él dedicó las siguientes dos horas a ver el partido de fútbol que había esperado con tantas ansias en tanto devoraba los restos de pizza que encontró en el refrigerador.

No era una mala forma de terminar la semana, reconoció cuando apagó el televisor luego de disfrutar de la victoria de su equipo. De no haber sido por la fiesta del día siguiente, hubiera podido decir que el fin de semana se presentaba con unas perspectivas estupendas; pero no quiso permitir que el recordatorio de que debía asistir al evento del gobernador le arruinara la noche.

Después de todo, no era la primera vez que se veía obligado a asistir a esa clase de eventos. En su posición, no era raro que lo invitaran, pero casi siempre se las arreglaba para urdir alguna excusa de última hora. En esa ocasión, sin embargo, el comisionado había sido muy claro.

El gobernador estaba en plena campaña por la reelección y quería en su fiesta de beneficencia a todos y cada uno de los funcionarios que servían en su gestión. Desde luego, esperaba que los altos mandos de la policía se encontraran en primera línea.

Morgan se recordó que tal vez no fuera tan malo; era posible que Ester tuviera razón. Haría lo que hacía siempre en esos casos: llegaría cuando la celebración ya hubiera comenzado, lo que le evitaría tener que saludar a medio mundo; se aseguraría de que el comisionado y el gobernador lo vieran, les palmearía la espalda luego de felicitarlos por la fiesta, y luego, sí, y en eso su prima tenía razón, aunque estaba determinado a que ella no lo supiera, se mantendría en un rincón apartado y procuraría pasar desapercibido.

Pero no iba a refunfuñar, se dijo con satisfacción un tanto infantil al dirigirse a su habitación después de dejar todo ordenado en el piso de abajo. Tal vez fuera un poco distante y poco sociable, pero eso no era una inmadurez, después de todo, y dudaba de que alguien se ofendiera por ello. Nadie esperaba otra cosa de un funcionario de rango medio que estaba allí solo para engrosar la lista de invitados.

Con esa idea un tanto agridulce porque, después de todo, aquello no le permitiría salvarse de cumplir con el compromiso, Morgan se ocupó de buscar su traje-traje.

–No puedo creer que lleves semanas evitándome y que decidieras aparecer precisamente ahora.

Sophia habló por entre los dientes apretados, pero fue tan sutil y su voz surgió en un tono tan bajo, que nadie que la viera de pie en medio del vestíbulo de la residencia del gobernador con una gran sonrisa en el rostro habría podido adivinar que hervía de furia por dentro.

Había hecho bien en elegir ese vestido, se dijo luego de asentir en señal de saludo cuando su mirada se topó con la figura de un par banqueros con los que tratara de vez en cuando. La tela vaporosa se ajustaba a su pecho con un escote que dejaba a la vista sus hombros y el cuello y caía hasta media pierna en un lío de faldas que recordaba al traje de una bailarina. Le gustaba mucho, y habría disfrutado un poco más el llevarlo y la admiración que suscitaba a su paso, si no se encontrara tan enfadada.

–¿Podrías dejar de clavarme las uñas? Voy a dejar un reguero de sangre por el pasillo como no te tranquilices.

Sophia dirigió una mirada airada al hombre a su lado, pero aflojó la mano que mantenía apoyada sobre su brazo. Seguro que nadie habría notado la fuerza con la que lo hacía; quienes los vieran pensarían que no podía mantenerse lejos de su acompañante, supuso con un gesto de desagrado. A ella le daba igual lo que pensaran, claro, pero ese no era el momento ni el lugar para montar una escena.

Tal vez Bill hubiera elegido presentarse entonces precisamente por eso, consideró con una mirada de reojo al hombre alto y espigado que sonreía con naturalidad de un lado a otro según avanzaban entre la multitud. Era propio de él manipular las circunstancias a su conveniencia.

Sophia ahogó un suspiro e intentó acallar la sensación de incomodidad y angustia que la sacudió al verlo aparecer ante su puerta poco menos de una hora antes vestido de punta en blanco para acompañarla a la fiesta. Se había vestido en el hotel en que se hospedaba, le dijo con una sonrisa y actuando como un torbellino mientras daba vueltas a su alrededor luego de halagar su apariencia. Era una suerte que siempre viajara con un traje decente, aseguró, sumiéndola en la confusión.

Ella intentó hacerle algunas preguntas, reclamarle que la hubiera evitado de la forma en que lo hizo y que se presentara luego como si no hubiera ocurrido nada; pero Bill evadió sus preguntas y la apresuró a salir diciéndole que llegarían tarde y que luego respondería todo.

Desde luego, esa fue una mentira, porque no dijo una palabra en el coche ni tampoco mientras se apeaban en la entrada de la residencia, y mucho menos una vez que pusieron un pie en el vestíbulo. Y Sophia no podía preguntar más. No allí donde cualquiera podría oírlos. Era un tema demasiado delicado, demasiado peligroso.

Si alguien oía lo que ella tenía para decir...

-¿Te has hecho algo en el cabello? Te queda estupendo.

Sophia entrecerró los ojos y sacudió su melena dorada que caía con sencillez a ambos lados de su rostro antes de dirigir a su acompañante una tensa sonrisa.

-Está como siempre -respondió ella.

-Es decir, precioso.

Bill no sabía medirse con los halagos, reconoció Sophia luego de encogerse de hombros. Era uno de sus triquiñuelas habituales cuando quería librarse de entablar conversaciones que le incomodaban; pero aun él debía de saber que no hacía falta que se esmerara tanto; ella no pensaba hacer una sola mención al motivo por el que llevaba tanto tiempo intentando hablar con él. No allí.

En lugar de ello, lo observó con semblante pensativo intentando descubrir si algo en su semblante lo delataba de sentir siquiera una parte de la angustia que a ella no dejaba de carcomerla, pero no pudo ver nada fuera de lo habitual.

Él tenía el sedoso cabello de un rubio cenizo cortado de forma impecable, como siempre; sus facciones distinguidas se mantenían imperturbables en su rostro recién afeitado y sus ojos, de un verde grisáceo refulgían con el mismo destellante desenfado de siempre.

Era el mismo Bill de siempre, y aunque para Sophia eso había sido más que suficiente, en ese momento deseó ver algo más. Cualquier cosa que le dijera que estaba equivocada, que él la quería tanto como ella a él y que no tenía...

-¡Sophia!

Ella ensanchó la sonrisa y dio un ligero apretón al brazo de Bill antes de girar para atender el llamado.

-¡Harold!

Sophia alargó las manos en dirección al hombre que acababa de llegar a su lado. Esbozó una amplia sonrisa y ladeó el rostro para que besara sus mejillas. Conocía a Harold Craven desde su llegada a Baltimore y sentía verdadero aprecio por él. Al comienzo no lo había tenido tan claro, reconoció al recordar el recelo que le causara ese hombre, quizá demasiado efusivo, que se mostró tan interesado en su labor en la revista de moda.

¿Qué interés podría tener un banquero en algo como aquello? Pero luego él le confesó que era un fotógrafo frustrado y que nada le emocionaba más que conocer los tejes y manejes de su negocio. Aun así, Sophia no confió en él de inmediato; pero cuando él le mostró su colección de revistas de moda y vio algunos de sus trabajos, comprendió que no se trataba de palabras vacías. Desde entonces se habían convertido en buenos amigos y no era extraño que quedaran para comer de vez en cuando y ella le hablara de sus planes para Imperio.

–Estás deslumbrante. –Harold sostuvo sus manos ante él y recorrió su figura con una sonrisa–. El salón se iluminó con tu llegada.

Sophia se encogió de hombros sin ocultar lo mucho que la complacían sus halagos. Harold era un encanto, sin duda. Y también muy atractivo con ese cabello oscuro y sus ojos marrón, siempre chispeantes, se dijo no por primera vez. Era una lástima que aun cuando él había dado más de una muestra de que estaría encantado de ir un paso más allá en su amistad, ella no encontrara muy tentadora la idea.

Por ejemplo, en ese momento tenía sus manos entre las suyas y no sintió nada que no fuera la misma agradable calidez que habría experimentado de tratarse de su padre.

Sophia hizo un mohín porque le pareció que ese último era un pensamiento, cuando menos, perturbador, y se deshizo del agarre con naturalidad para señalar a Bill a su lado. Los dos hombres se conocían porque ella los presentó durante una de las visitas de Bill y dejó que charlaran un momento en tanto daba una mirada al salón con discreción.

Distinguió la corpulenta figura del alcalde y se recordó que debía acercarse a hablar con él en algún momento de la noche para recordarle una conversación anterior en que ella le había pedido que estudiara una solicitud para organizar un desfile en el ayuntamiento. No pensaba en los pequeños eventos que se hacían de cuando en cuando en la ciudad y de los que ya había formado parte más de una vez. No. Sophia quería algo grande. Organizar una semana de la moda como las que se veían en Nueva York y otras grandes ciudades del mundo, y estaba determinada a conseguirlo, aunque fuera lo último que hiciera.

El gobernador se mantenía muy cerca del alcalde, advirtió luego de dar otra rápida mirada en su dirección, y recordó que estaban en año de elecciones. Era posible que el pobre hombre intentara asegurarse tanto apoyo como fuera posible. Al pensar en sus últimos logros, Sophia tuvo que reconocer que la idea no le parecía mala; le vendría bien tener la oportunidad de un nuevo periodo para continuar con su trabajo.

Había muchos rostros conocidos, advirtió al hacer un discreto gesto a Bill y Harold para dar a entender que deseaba recorrer el salón y dejarse ver entre los invitados. Habló con varios de ellos, rechazó algunas cuantas invitaciones a bailar con la excusa de que se encontraba un poco cansada y, poco después, se internó en el segundo salón en que habían ubicado a la banda de músicos contratados para la ocasión.

Era un grupo talentoso, advirtió tras aguzar el oído y dejarse envolver por la melodía. La luz de los candelabros se reflejaba en los espejos que revestían las paredes y tuvo que admitir que el ambiente comenzaba a ayudarle a desvanecer el enojo con el que llegara. Aun debía sostener una seria conversación con Bill, pero ya no se sentía tan tentada a dejar que el enfado la dominara. Quizá las cosas no fueran tan terribles como las imaginara. Quizás había imaginado todo. Quizás...

Sophia contuvo el aliento al percibir una sensación un poco extraña en la nuca; la clase de cosas que se experimentan cuando alguien te observa. No era algo que no hubiera sentido antes, claro; estaba acostumbrada a ser objeto de las miradas, pero había algo diferente en aquello. Se trataba de una mirada demasiado intensa, no de las que se le dirige a alguien al verla de refilón porque llamó tu atención. Había algo más.

Y no se trataba solo de eso. Fue su reacción lo que más le extrañó. Se le erizó la piel de los brazos y un calor furioso recorrió su espalda; habría podido jurar que su rostro debía de encontrarse ruborizado. Una no se sonrojaba por la mirada de un extraño al que ni siquiera había visto, se reprendió con un poco de vergüenza por una reacción tan infantil.

Estuvo tentada a dar media vuelta y marcharse para huir de esa sensación tan extraña, pero le ganó el orgullo y decidió que ella no tenía por qué escapar de nadie y menos de alguien que se mostraba tan impertinente al mirarla de esa forma. De modo que esbozó una sonrisa arrogante y elevó el mentón antes de girar de lado para buscar entre la multitud.

No lo vio de inmediato; tuvo que recorrer cuando menos medio salón esquivando a las parejas que bailaban y a algunos grupos de gente que se aglutinaban allí donde mirara. Se las arregló para ignorar algunos llamados, preguntándose si no actuaba como una lunática al ir en busca de alguien solo para... ¿para decirle que no la viera de esa forma? ¿Para satisfacer su curiosidad y descubrir quién había sido capaz de alterarla a ese grado?

Tal vez sí que estuviera demente, se dijo al detenerse de golpe y a punto de seguir a su primer instinto y dar media vuelta para marcharse; pero la sensación la asaltó nuevamente, esta vez incluso con mayor poderío. Se le secó la garganta y el aliento permaneció a medio camino entre su estómago y su boca.

¡Qué cosa más tonta!, se dijo parpadeando y con los hombros agitados por el esfuerzo para respirar con normalidad.

Reanudó el paso, esta vez con mayor determinación, y cuando una pareja dio un giro un tanto dramático al compás de un vals, su campo de visión se abrió lo suficiente para descubrir, al fin, al culpable de estar a punto de provocarle un colapso nervioso con solo unas cuantas miradas.

Él.

Sophia lamentó no haber aceptado la copa de champaña que un camarero puso bajo sus narices hacía unos minutos porque sintió como si acabara de tragar un puñado de arena. Sus ojos y los del consultor Reynolds se encontraron de golpe y se odió por ser ella quien desviara la mirada. Sin embargo, se forzó a recomponerse porque ya había hecho bastante el ridículo al ir en su búsqueda sin saber de quién se trataba.

Forzó una sonrisa tan tensa que le dolieron las mejillas y se dirigió a él con paso seguro. Antes de llegar a su lado, sin embargo, se permitió mirarlo de la misma forma en que lo hacía él en una muestra de desafío; pero se arrepintió casi de inmediato.

Se veía demasiado bien para su gusto, o mejor dicho, demasiado peligroso. El traje le sentaba como un guante y él parecía tan indiferente a aquello, tan confiado con ese aire de haber deseado encontrarse en cualquier otro lugar, que le hacía parecer aún más atractivo. Y no provocaba esa reacción solo en ella, descubrió Sophia al advertir que varias miradas se posaban en él.

Cuando finalmente se encontró ante él, lo miró con una ceja arqueada y rogó porque no pudiera oír el sordo latido de su corazón contra su pecho.

–Señor Reynolds –saludó ella.

–Señorita Hawkins.

Su voz le sonó más grave de lo que recordaba, pero no fue un sonido en absoluto desagradable. Calzaba perfectamente con él.

–Espero que no le ofenda si le digo que este es el último lugar donde esperaba encontrarlo.

Intentó imprimir a su voz un tono gracioso y le

alegró verlo sonreír porque eso le ayudó a relajarse un poco. De no haberse tratado de él, tal vez se hubiera mostrado un poco insolente, pero descubrir que, después de todo, no había sido un absoluto extraño quien la había estado viendo con tanto interés, le alivió un poco.

Muy poco.

–Está bien, no me ofende para nada; yo tampoco tengo idea de qué hago aquí –respondió él con desenfado–. Pero es parte del deber.

Ella asintió al comprender. Al parecer, lo mismo que ella, no se encontraba allí por gusto sino por la necesidad de cumplir con sus obligaciones. Tal vez fuera la primera cosa que tenían en común, se descubrió pensando con cierta sorpresa.

–Ya veo. Supongo que estará ansioso por irse.

Él le dirigió una mirada de reojo y Sophia sintió cómo se desvanecía cualquier rastro de alivio que hubiera podido sentir hacía un momento.

–Ahora un poco menos –replicó él con una entonación enigmática en la voz–. ¿Y usted?

Ella parpadeó y se forzó a conservar el control. Actuaba como una chiquilla impresionada por un muchacho guapo. *¡Espabila, tonta!*, se reprendió con enojo.

–No tanto. A decir verdad, acabo de llegar y todavía no he saludado a nuestro anfitrión.

–Ya. En todo caso, supongo que usted se sentirá mucho más cómoda que yo aquí.

Sophia frunció el ceño.

–¿Eso piensa? –preguntó ella.

–Por supuesto. Está claramente en su elemento –indicó él sin vacilar.

Sophia dio una mirada alrededor y no le sorprendió toparse con unos cuantos ojos sobre ellos; pero estaba segura de que no se debía tan solo a ella.

–Quizá –reconoció ella volviendo su atención al hombre a su lado–. Pero se equivoca si piensa que usted no lo está también.

Él sacudió la cabeza y entonces ella reparó en que sostenía una copa con un líquido ambarino.

–Apariencias. Se me da bien fingir; pero eso no significa que me encuentre cómodo. Usted, en cambio...

–¿Sí?

–A usted le gusta todo esto, ¿no? El brillo, la gente, la admiración. –Él hizo un gesto conciliador al toparse con su expresión recelosa–. No es una crítica; por el contrario, creo que es genial que se halle tan a gusto. Todos deberíamos ser capaces de eso, ¿no? Hacer lo que nos gusta y sentirnos cómodos con ello.

Sophia ladeó el rostro y lo observó con las pestañas veladas.

–Como le ocurre a usted en su trabajo, por ejemplo –adivinó ella, y le alegró verlo asentir, por lo que continuó con más confianza–. ¿Siempre quiso ser policía?

–Bueno, no soy...

–Lo que sea.

Él sonrió y asintió.

–Sí, tiene razón, me gusta ser un "lo que sea". –Se encogió de hombros y entornó los párpados al toparse con su expresión risueña–. Es la clase de cosas que se me dan bien.

–Proteger.

–Y servir.

Sophia cabeceó y lo vio beber el resto de lo que le quedaba de la bebida de un trago antes de hacer una señal a un camarero para que se llevara con él la copa vacía. No tomó una segunda y a ella le agradó eso; siempre se ponía en alerta cuando veía a alguien tomando un vaso tras otro, algo que era difícil de detectar en una reunión como aquella. Su madre era una artista en esa clase de cosas; uno nunca reparaba en ello hasta que ya era muy tarde.

Sacudió la cabeza de un lado a otro para apartar ese recuerdo y volvió su atención al hombre que la veía como si se hiciera una idea de lo que pensaba.

–Pero no trabajó para la policía siempre, ¿no? –preguntó ella al cabo de un momento para llenar el silencio–. Porque de haberlo hecho tendría un cargo oficial.

Él pareció extrañado de que hubiera reparado en ello y Sophia sintió una satisfacción ridícula por haber conseguido sorprenderlo.

–Tiene razón –dijo él–. Estuve en el ejército antes de eso.

Ella arqueó las cejas y le dirigió una mirada analítica. Bien pensado, tenía sentido, decidió al cabo de un momento. Había algo en su postura, en el tono de su voz y en su actitud que le dijo que se trataba de un hombre acostumbrado, no solo a seguir las reglas, sino también a encargarse de que los otros las cumplieran. En circunstancias normales tal vez habría encontrado intimidante algo como aquello, pero también vio otras cosas en él.

Una mirada amable y sorprendentemente cálida, por ejemplo. Había algo en ese hombre que inspiraba confianza, incluso simpatía, decidió sin saber si eso era bueno o malo para ella. Tal vez ni siquiera fuera buena idea considerarlo, se dijo cuando sus miradas se encontraron una vez más y ella desvió la suya para posarla sobre su hombro.

–Cuénteme un poco de eso –pidió ella poco después.

Él parpadeó como si eso fuera lo último que había esperado.

–¿Del ejército?

Sophia asintió y volvió a fijar sus ojos sobre su rostro. Él le dirigió un gesto extrañado, pero no se hizo de rogar; carraspeó y, de pronto, ella sintió que las voces a su alrededor perdían intensidad, incluso la música pareció desvanecerse y se dejó arrullar por sus palabras mucho antes de que él hubiera terminado de pronunciar la primera frase.

Ciertamente se portaba de una forma ridícula.

–Fue un poco raro volver a la vida de civil luego de todo eso. No es que esté mal, claro; pero luego de pasar tantos años de servicio alejado de la vida diaria... no sé, es un poco difícil de explicar. La mayor parte del tiempo me sentía como si no supiera en dónde estaba y quería montarme en el primer avión que encontrara para rogar a mi comandante que me dejara volver. Pero eso es solo al principio. Después... te vas adaptando.

Morgan oyó el sonido de su propia voz y le sorprendió lo normal y fluida que parecía. Por lo general era muy cauto al hablar de sus días en el ejército y siempre procuraba decir solo lo necesario, lo que creía que los otros deseaban oír. Cuán orgulloso se sentía de haber servido a su país y lo satisfecho que se encontraba en el presente por haberse reintegrado también a la sociedad civil. Sin traumas. Sin dudas ni temores. Aun cuando eso no fuera cierto.

Porque la verdad era la que acababa de decir a esa mujer que lo oía con atención. No era un proceso sencillo y sin duda no había visto cosas bonitas durante su servicio. Y pese a ello, lo echaba de menos con frecuencia porque era difícil desconectar un estilo de vida como aquel. Más sencillo. Menos incierto.

No podía recordar cuándo fue la última vez que habló de aquello con tal confianza, a excepción de sus eventuales charlas con Colin cuando se encontraban para recordar su tiempo de servicio.

Era la clase de cosas que compartías con la gente que había pasado por lo mismo, que sabías que iba a entenderte y que jamás te culparía. No con una mujer que era prácticamente una extraña. Y, a pesar de eso, Morgan no sintió ni la más leve brizna de incomodidad al hablar con ella.

Tal vez se debiera a que Sophia Hawkins actuaba como si en verdad le importara. No como si le entendiera del todo; eso hubiera sido una hipocresía de su parte y él se habría dado cuenta de inmediato. No. Ella lo comprendía solo en parte y posiblemente incluso le pareciera todo un poco raro y ajeno a su realidad, pero era cortés y se mostraba atenta y respetuosa porque era obvio que era una parte trascendental de la vida del hombre que se hallaba ante ella.

Eso él no lo había esperado. Y no supo si sentirse complacido o, quizás, un poco asustado.

–Parece difícil –comentó ella con semblante pensativo al cabo de un momento, ajena a sus pensamientos–. No puedo imaginar lo que debe sentirse pasar de un mundo a otro tan distinto de un día para otro.

Morgan encontró divertida la forma en que fruncía la nariz y elevaba las manos con las palmas abiertas ante ella para dar énfasis a sus palabras.

–Bueno, los cambios son parte de la vida –replicó él–. Usted también habrá conocido algunos. Como eso de dejar de modelar y dedicarse a otras cosas.

–Sí, pero no es lo mismo; en cierta forma hago parte del mismo mundo –refutó ella con naturalidad–. Además, no hay punto de comparación. Estoy segura de que la moda y el ejército son cosas muy distintas. Allí salvan al mundo en tanto que nosotros...

–Estoy seguro de que, a su modo, hacen el mundo un poco mejor. Verá, señorita Hawkins, no tendría sentido intentar mantener a salvo a la humanidad si lo único que va a esperarnos luego es un mundo vacío, ¿comprende a lo que me refiero? Necesitamos todo lo demás. –Morgan chasqueó la lengua porque no encontró la forma de explicarse con claridad.

–Como el arte.

Él asintió, complacido de que lo entendiera, aun cuando no se sintió demasiado sorprendido por ello. De alguna forma, lo había esperado.

–Exacto. ¿Qué sería del mundo sin escritores o músicos?

–¿Sin ropa bonita? –inquirió ella con una sonrisa pícara.

A Morgan le encantó esa sonrisa. Le hizo pensar en un duendecillo travieso y se vio guardándola con celo en el fondo de su mente para recordarla luego.

–También eso –asintió él un poco avergonzado por

haber pensado en eso último; sonaba un poco idiota–. Me refiero a que es la clase de cosas que hacen que la vida valga la pena. Si no sería solo... bueno, no habría nada. Solo... vacío.

La vio asentir, pensativa, antes de batir sus pestañas y tomar un mechón de cabello dorado entre sus dedos para acomodarlo tras la oreja.

–Supongo que tiene razón. Visto así, es una idea agradable –comentó ella.

Morgan asintió y dio una mirada al gran reloj de péndulo bajo el arco de entrada al salón. Había calculado irse precisamente a esa hora. Lo habían visto lo suficiente; podía pasar un momento a despedirse del comisionado para asegurarle que había pasado una noche estupenda y luego desaparecer sin que nadie le hiciera un reproche.

Sin embargo, de pronto la idea de irse lo tentó un poco menos y no tenía sentido hacer como si no supiera cuál era la razón del cambio.

La tenía ante él. Y era preciosa.

Carraspeó, preguntándose por qué se sometía a una tortura como aquella y, al mirar a Sophia nuevamente, cayó en la cuenta de que había empezado a llevar el compás de la música con uno de los pies y que sus dedos se movían en el aire como si tocaran sobre un teclado imaginario. Sus hombros desnudos se mecían en un suave vaivén y el movimiento hacía que las capas de su falda oscilaran a su alrededor como un banco de nubes.

Morgan abrió la boca para decir algo que la distrajera de la música porque era evidente que lo correcto habría sido invitarla a bailar. Solo por cortesía, claro.

No podía quedarse allí de pie como un idiota indiferente cuando era obvio que ella se habría encontrado feliz de unirse al grupo de gente que danzaba al compás de la música. Si tenía suerte, ella diría que no y él lo tomaría como una señal de que ya habían tenido suficiente de conversación. Que podía marcharse y dejarla para que hablara con alguien con quien pudiera sentirse más a gusto, que calzara un poco mejor en ese mundo que a él no dejaba de resultarle ajeno.

Pero no pudo. Y tampoco logró pensar en algún tema de conversación que no resultara forzado luego de la charla tan agradable y sincera que acababan de sostener.

En lugar de ello, se sorprendió extendiendo una mano ante ella y, cuando lo miró con una ceja arqueada y un gesto interrogativo en sus ojos grises, se dijo que él tampoco tenía idea de qué estaba haciendo, pero las palabras salieron de sus labios de cualquier forma y supo que era lo único que podía decir.

–¿Quiere... le gustaría bailar?

Morgan contuvo el aliento y no volvió a respirar hasta que la vio asentir con una pequeña sonrisa que le provocó un calor agradable en la boca del estómago. Por suerte, la banda inició una nueva melodía en ese momento y aquello le dio la excusa para retirar la mirada de su rostro; pero la sensación permaneció fija en él e incluso se acentuó al sentir su mano sobre su brazo. Tiró de ella con suavidad hasta que se encontraron confundidos entre otras parejas, pero se esmeró por mantener cierta distancia entre ambos, la suficiente para rodear su cintura con un brazo y que ella pudiera tomar su mano y posar la otra sobre su hombro.

¿Hacia cuánto que no bailaba con una mujer? Se preguntó Morgan poco después al empezar a moverse con suavidad, llevando el compás tras reconocer la melodía como una de las favoritas de su madre.

Seguro que el brincar junto a Lucy cuando ella le pedía que la acompañara a seguir las coreografías de sus cantantes favoritos no cataloga como baile propiamente dicho, supuso con una mueca al considerar cuál era el límite del ridículo al que estaba dispuesto a llegar un hombre por amor a sus hijos.

–No está mal.

Morgan parpadeó y fijó la mirada en el rostro de la

mujer que se mecía entre sus brazos y que lo veía a su vez con una mirada curiosa.

–¿Esperaba que la pisara? –preguntó él al comprender a qué podría referirse– ¿Tan poca fe me tenía?

Sophia sacudió la cabeza e hizo un gesto con el hombro, atrayendo su mirada a la piel descubierta que a él le pareció resplandeciente bajo la luz de los candelabros. Apretó su cintura sobre la vaporosa tela del vestido y se lamentó de no poder sentir la piel bajo ella como le habría gustado. La vio humedecerse los labios antes de responder.

–¿La verdad? –preguntó ella a su vez–. No parece del tipo que baila.

–¿No?

–No. Pero acaba de decirlo hace un momento, ¿recuerda? Son solo apariencias. La gente nos sorprende todo el tiempo.

Morgan asintió y sonrió. No tenía cómo negar aquello.

Los dedos de Sophia temblaron ligeramente entre los suyos cuando se acercó a él para evitar chocar con una pareja que iba dando tumbos. Sintió su pecho rozar el suyo y el aroma de su perfume le dio de lleno en el rostro. Habría cerrado los ojos para aspirarlo a profundidad de no haber temido parecer un chiflado.

–¿Toca algún instrumento? –Morgan se aclaró la garganta tras buscar algo que decir y recordó la impresión que le causaran sus manos la primera vez que la viera.

Advirtió que una expresión de sorpresa afloraba a su rostro y le complació haber dado en el clavo.

–Un poco de piano –asintió ella con una sonrisa–. Tomé lecciones de pequeña, pero hace mucho que no toco.

–¿Por qué no?

–No estoy segura. Creo que porque nunca quise tomar lecciones en primer lugar –reconoció ella con una mueca–. Mi madre insistió y aunque, en el fondo me gustaba, creo que me resistía a disfrutarlo en serio porque no quería darle el gusto.

Morgan sonrió también al recordar lo que dijera Ester respecto a lo poco que le gustaba a él hacer algo por obligación. Al parecer, la señorita Hawkins y él tenían eso en común. Eran rebeldes. ¡Quién lo hubiera dicho!

–Bueno, pero ahora no es una niña. Puede disfrutarlo sin sentir que lo hace para complacer a otros –comentó él al cabo de un minuto.

Ella se encogió de hombros.

–Supongo que tiene razón –reconoció antes de dirigirle una mirada alegre–. Tal vez un día toque para usted.

–Me gustaría –asintió él–. Le tomaré la palabra.

–Recuerde que dije "tal vez".

Morgan deslizó uno de sus dedos por el dorso de su mano y sintió un cosquilleo en la piel. No solo eso. Su respiración se agitó y tuvo que carraspear para aclarar su garganta; parecía como si tuviera algo atragantado en ella. Probablemente su propio corazón.

–Ya veremos –comentó él intentando sonar desenfadado.

La pieza estaba por terminar y se preguntó qué hacer entonces. Darle las gracias y despedirse le pareció lo más inteligente; pero claro, él no estaba dando muchas muestras de buen juicio esa noche, se recordó al reparar en que a pesar de que había hecho grandes esfuerzos por mantener una distancia prudente entre él y Sophia, para esas alturas no podrían encontrarse más cerca. Su cabello le rozaba la barbilla porque ella había empezado a inclinarse hacia él hasta apoyar su frente sobre su hombro y su mano alrededor de su cintura había ido deslizándose hacia arriba hasta abarcar su espalda desnuda. Y era tan suave y tersa como había imaginado que sería.

Por suerte, o no, dependía de cómo se viera, la música cesó hasta que las últimas notas empezaron a resonar en el salón y, con un suspiro de resignación, se apartó pero no la soltó del todo. Sus miradas se encontraron y no le extrañó advertir un leve rubor en sus mejillas cuando ella notó el abandono con el que se había dejado caer entre sus brazos.

En cierta forma, consideró, era una suerte que él no fuera el único que no tenía idea de qué estaba haciendo.

Cuando Sophia se apartó también, llevada por algún tipo de azoro, supuso él, dio un paso hacia atrás y le sonrió con la intención de parecer indiferente a lo que acababa de percibir entre ambos. Un anhelo que le recordó de golpe cuán inapropiado era lo que acababa de hacer.

¿Qué hacía él bailando con esa mujer? Era parte de su investigación; apenas la conocía y en las únicas ocasiones en las que la había visto antes había intentado sonsacarle información. Además, no olvidaba que su instinto le decía que ella le había mentido más de una vez. Y su instinto nunca se equivocaba. De modo que no era absurdo considerar que las cosas iban a ponerse feas entre ambos en el futuro como continuara ocultándole algo que él necesitaba saber.

La soltó del todo entonces y dio un par de pasos más hacia atrás con la esperanza de que ella se diera cuenta también de lo inadecuado de todo aquello; y así pareció ser porque la vio parpadear como si, lo mismo que él, necesitara despejar su mente para actuar con sensatez. Entonces ella apretó los labios y miró de un lado a otro como si temiera que alguien más hubiera advertido ese intercambio entre ellos.

Quizás le avergonzara o creyera que podía dar una impresión equivocada; eso él no tenía cómo saberlo, aunque hubiera sido hipócrita de su parte no reconocer que se sintió un poco ofendido por la idea. Una cosa era que intentara mantenerse a salvo, y también a ella, porque al fin y al cabo tenía claro que esa atracción no podía llevarlos a nada bueno, pero de allí a avergonzarse por ello había un abismo.

Pero eso no podía ni mencionarlo, claro, porque habría sido poner en palabras algo que intentaba ignorar con todas sus fuerzas. Además, reparó en algo que ocurrió entonces, algo que lo perturbó lo suficiente como para pensar con claridad.

Los ojos de Sophia adquirieron una oscuridad que no se había encontrado allí antes y le dirigió una mirada asustada antes de mirar sobre su hombro una vez más. Ella intentó que no lo advirtiera, fue extremadamente rápida al volver el rostro lejos de allí pero, aunque tal vez Morgan tuviera algunos defectos, el ser fácil de engañar no era uno de ellos.

Se trataba de un hombre alto y distinguido que se encontraba a unos metros de donde ellos permanecían de pie. Él los veía también y, a diferencia de Sophia, era bastante descarado al estudiarlos con una sonrisa petulante que le hizo fruncir el ceño. ¿Sería su acompañante?, se preguntó él entonces. ¿Podría ser ese amigo con el que pasó esas noches por las que él le preguntara, como ella mencionó entonces? ¿Era por eso por lo que se veía tan incómoda?

Le habría gustado preguntar, pero supo que no era el lugar y posiblemente tampoco tuviera el derecho a hacerlo. No en realidad. Porque sabía que su interés estaba menos basado en su curiosidad profesional que en la necesidad de saber qué lazo la unía a ese hombre. Eso no era asunto suyo.

La banda inició una nueva melodía, pero ni a él se le ocurrió pedirle que se quedara a su lado ni pareció como si ella lo deseara. Sophia continuaba lanzando unas cuantas miradas tras ella en dirección a aquel hombre y Morgan lo tomó como una señal de que era un buen momento para poner punto final a ese encuentro.

—Tengo... ha sido muy amable al hacerme compañía, pero tengo que marcharme.

Ella sacudió la cabeza como si su mente se encontrara muy lejos de allí y su voz la obligara a volver al presente. Lo observó con el ceño fruncido y solo entonces pareció reparar en que continuaban en medio de la pista sin hacer un movimiento y que él la observaba con curiosidad.

–Lo siento. Estaba distraída. –Sophia le dirigió una sonrisa temblorosa y Morgan reparó en que sus hombros temblaban, y no de la forma en que lo hicieran antes cuando la acarició–. Sí, entiendo que tiene que marcharse, claro; lo esperarán en casa.

La sonrisa en su rostro se esfumó al posarla en la mano que él mantenía extendida ante ella y Morgan reparó en que veía su aro de bodas con el ceño fruncido.

Nunca se lo quitaba. No podía ni había sentido ningún interés en hacerlo desde la muerte de Ángela. Ella no se encontraba ya con él, cierto, pero en cierta forma era lo único que le recordaba el tiempo que pasaron juntos, al menos de una forma tangible. Además de Lucy, claro. Pero su hija era un ente propio aun cuando formara parte de ambos; lo que los unió en primer lugar, el amor que sintió por ella... eso era distinto y la alianza era un símbolo de aquello.

Pero eso no podía explicárselo a la mujer ante él porque no hubiera sabido cómo hacerlo. No quería escarbar en el dolor porque entonces el silencio volvería a inundarlo y a pesar de la forma en que habían terminado las cosas entre ambos hacía un minuto, había pasado un momento muy agradable a su lado y no quería arruinarlo. Además, y eso tampoco lo dijo porque ni siquiera era capaz de reconocerlo para sí mismo, ese anillo era una especie de escudo que lo mantenía a salvo de sentir de nuevo, porque para hacerlo habría tenido que enfrentar muchas cosas y dejar ir también otras y no creía encontrarse listo para eso.

Abrió la boca un par de veces sin dejar salir ningún sonido, pero no hizo falta que se molestara porque Sophia asintió, pensativa, como si hubiera llegado a sus propias conclusiones y estas la decepcionaran. Tal vez creyera que era uno más de esos hombres casados que coqueteaban en las fiestas para pasar el rato. Quizá lo despreciara y eso fuera lo mejor para ambos.

–A mí también me esperan –ella hizo un gesto incierto al encogerse de hombros.

–Claro.

Morgan dejó caer la mano que ella parecía determinada a no tomar y cabeceó en señal de despedida sin atinar siquiera a ofrecerse a acompañarla lejos de la pista. Sus pies se movieron antes de que atinara a hacer nada que no fuera intentar poner tanta distancia entre ambos como fuera posible.

Ni siquiera se despidió del comisionado ni lo recordó hasta mucho después cuando ya estaba camino a casa. Seguro que eso a él no le haría ninguna gracia, pero Morgan se dijo que, visto cómo había ido la noche, ese era el menor de sus problemas.

7

—Maggie, prueba a llamar nuevamente al señor Stewart a su hotel.

—Pero lo hice dos veces ya...

—Que sean tres.

Sophia hizo como si no hubiera notado el gesto reprobador en el rostro de la que llevaba siendo su asistente los últimos tres años, pero apretó los dientes y esbozó una mueca de arrepentimiento tan pronto como la puerta se cerró tras ella al abandonar su oficina.

El muy maldito se lo había hecho de nuevo.

Luego de que ella y Bill regresaran a su apartamento, en las primeras horas de la madrugada luego de pasar buena parte de la noche en la fiesta, socializando con los otros invitados y asegurándose de arrancarle al gobernador la promesa de que estudiaría su propuesta para organizar el desfile de modas, Sophia creyó que finalmente podrían hablar.

Sin embargo, apenas acababa de poner un pie en el piso cuando él se disculpó con la excusa de que había bebido demasiado y que apenas se tenía en pie. Que se verían a la mañana siguiente para conversar. Pero él no respondió sus llamadas cuando ella lo llamó para recordárselo, ni fue a buscarla, como secretamente había esperado.

De modo que allí estaba, iniciando una nueva semana, furiosa más allá de lo que se había sentido en mucho tiempo. Bill mantenía el móvil apagado y por eso le había pedido a Maggie que se ocupara de intentar contactarlo en su hotel. Pero a Sophia no le habría sorprendido saber que se había subido a un avión y que se encontraba ya de vuelta en Nueva York

Sophia golpeó el escritorio con la palma abierta y se la llevó casi de inmediato a la frente. ¿A qué estaba jugando él? ¿Para qué fue a verla el fin de semana si pensaba luego desaparecer de nuevo? Si no lo conociera bien, pensaría que solo intentaba molestarla. Bien dicho, tal vez y precisamente porque lo conocía bien, podía llegar a esa conclusión.

Necesitaba hacer algo más útil que morirse de preocupación y de enojo, se dijo poco después al ponerse de pie con aire cansado y abandonar su oficina tras dar una mirada a su agenda. Tenía una reunión de trabajo con la agencia encargada de la nueva campaña. Iba a estudiar algunas de sus ideas para dar el visto bueno o sugerir algún cambio.

Por lo general era lo segundo, se recordó con una mueca al dirigirse a la sala en que había pedido a Maggie que los llevara. Era extremadamente exigente en el trabajo y eso le había permitido llevar a Imperio Bazar a la cima entre las revistas de moda de la región. Si su reunión con el gobernador daba sus frutos, iría un poco más allá. Quería estar entre las mejores del país y el desfile que planeaba le aseguraría conseguirlo.

Al recordar su conversación con el gobernador, no pudo evitar rememorar también otros acontecimientos de esa noche. Como su encuentro con el consultor Reynolds y lo que sintiera al bailar con él, por ejemplo. El hacerlo, sin embargo, le llevó a perder el paso y estuvo a punto de trastabillar cuando su tacón se enredó con el borde de la alfombra. Masculló una palabra mal sonante y reinició el paso con el ceño fruncido luego de asegurarse de que su distracción había pasado inadvertida.

Solo vio a un par de las chicas de diseño cruzando tras ella y le hicieron un gesto de saludo que ella correspondió con una tensa sonrisa. Seguro que tenía cosas mucho más importantes en las que pensar que no fuera que había estado a punto de hacer el ridículo en brazos de un hombre comprometido, se reprendió con furia. Tenía mil razones por las que arrepentirse de la forma en que se había portado entonces, pero no era el momento para ello y se obligó a centrarse en lo que debía hacer.

Consultó la hora en su reloj y el eco de unas voces llegó a sus oídos según se acercaba a la sala de reuniones donde acostumbraban recibir a los grupos más grandes. Estaba justo al lado del ambiente que usaban para las sesiones de foto y donde se reunían ella y el equipo de la revista para planear los artículos que incluirían en los siguientes números. Era su lugar favorito.

Las voces callaron de golpe cuando ella atravesó la puerta de cristal y dio una mirada alrededor, sonriendo al encontrarse con la figura menuda del representante de la agencia de publicidad. El señor Valdez era un hombre de lo más agradable, recordó al toparse con sus grandes ojos oscuros y el rostro bronceado surcado de unas profundas arrugas; él se apresuró a levantarse para tenderle una mano. Había llevado con él a su asistente, un chico que parecía recién salido de la facultad y que se afanaba por cumplir con todo lo que le pedía a una rapidez asombrosa, y también reconoció a un par de sus creativas, dos jóvenes risueñas y habladoras que le agradaron tan pronto como las conoció; una mujer y un hombre que no había visto completaban su equipo y Sophia atendió a las presentaciones con calidez.

De su parte, se encontraban su mano derecha, Carol Thorton, que trabajaba con ella desde su primer día en la revista; un par de chicos del área de publicidad y la omnipresente Maggie, que parecía todavía algo resentida por su brusquedad de hacía un rato. Sophia le dirigió una sonrisa discreta de disculpa y eso parecía ayudar a aplacarla; tanto, que cuando le llevó un café poco después de que iniciaran la reunión, comprobó aliviada que le había puesto la cantidad precisa de azúcar que le gustaba.

Sophia atendió con interés las propuestas que Valdez llevó para que las estudiara; pero no vio nada al comienzo que llamara su atención. Era evidente que él y su equipo habían intentado seguir las directrices que ella les dio al llamarlos hacía unas semanas, pero aun así no logró convencerla del todo. Eran buenas ideas, todas muy apropiadas para lo que tenía en mente, pero faltaba algo...

–¿Y qué pasa con estas fotografías? ¿Cuál es la historia que va con ellas?

Sophia sostuvo ante ella un par de imágenes que atrajeron su atención de inmediato, pero como se encontraban sueltas y no formaban parte de ninguna de las ideas que le presentaron hasta entonces, había aguardado a que alguien dijera algo. El tiempo pasaba, sin embargo, y empezaba a perder la paciencia, de modo que dirigió al señor Valdez una mirada de curiosidad para enfocarse en lo que le pareció más prometedor y dejar de perder el tiempo con conceptos manidos.

–Bueno... –Él hombre carraspeó antes de llevarse una mano a la nuca–. ¿Cuáles son?

Ella se las tendió con un gesto resuelto y él las estudio unos segundos antes de dirigir una mirada a la mujer sentada varios asientos más allá. ¿Cómo se llamaba ella?, se preguntó Sophia al analizar su rostro. Elise o algo así.

–Este es el trabajo de Ester. –El señor Valdez la corrigió sin saberlo al señalar a su acompañante con una sonrisa estudiada–. Aún no hemos trabajado en un concepto porque no estamos seguros de que calce con la idea general que nos pidieron –dijo suavizando lo que hubiera podido parecer una crítica con un gesto conciliador–. Son estupendas, claro; Ester es una estupenda fotógrafa, pero creo que estas fotografías califican más para una editorial urbana que para Imperio.

Sophia frunció el ceño e hizo un ademán para que el hombre volviera a tenderle las fotografías; después las observó una por una con semblante concentrado y alternó la mirada de ellas a la mujer que las había tomado y que permanecía en silencio aun cuando era evidente que hervía de ansias por hablar.

–Usted tiene una idea, ¿no? –preguntó dirigiéndose a ella–. Porque yo veo un concepto bastante claro.

La mujer, Ester, exhaló un suave suspiro y se vio encantada al oírla.

–¡Exacto! Es bastante evidente, ¿no? Cualquiera debería de verlo. –Ella sonrió luego de dirigir una mirada sesgada al grupo que la acompañaba–. Sé que no es muy habitual en esta clase de trabajos, aunque tampoco es tan tirado de los pelos. La idea es acercar la moda a la gente usando espacios urbanos que son familiares para ellos. Los parques de la ciudad, los monumentos conocidos por todos, esos lugares en los que uno compra o come...

–¿Has vivido siempre aquí?

Ester asintió ante la pregunta de Sophia y se llevó una mano al pecho al continuar.

–Baltimore es parte de mi vida. Adoro la ciudad y sus lugares –reconoció ella con entusiasmo antes de fruncir un poco el ceño–. Sé que no todo es bueno, que tenemos nuestros defectos y que tal vez haya lugares que no sea buena idea visitar, pero en general es un lugar fantástico y creo que todos deberían verlo. Si la gente de la ciudad ve que usamos los espacios que para ellos son tan familiares, se sentirán encantados; la revista dejaría de ser considerada algo ajeno a la mayoría, formará parte de nosotros.

Sophia caviló, pensativa, y dio una nueva mirada a las imágenes. Después sonrió a la mujer que permanecía expectante a su respuesta y reparó en que había algo en su rostro que se le antojó familiar, quizá sus ojos... pero como estaba segura de que no la había visto antes, apartó el pensamiento y se concentró en llegar a una decisión.

–Me gusta la idea. Es lo que tenía en mente al buscarlos. –Sophia se dirigió al señor Valdez, que había seguido el breve intercambio en silencio, y dio unos golpecitos a una de las fotografías con expresión determinada–. Quiero que desarrollen este concepto; que aparquen lo demás y trabajen solo en este. Tomen más fotografías, armen una historia creíble, sondeen la reacción del público... lo que sea que haga falta y vuelvan en una semana con algo más concreto para estudiarlo.

–¿Una semana?

Sophia esbozó una dulce sonrisa al dirigirse al hombre que la veía con el ceño fruncido.

–Si fuera antes sería estupendo –acotó ella con amabilidad–; pero no quiero parecer exigente.

Hubiera podido jurar que oyó un resoplido tras ella de parte de Maggie, que no había dejado de tomar notas en su tableta durante toda la reunión, y su mirada se encontró un segundo con la de la fotógrafa que, hubiera podido jurarlo, le había guiñado un ojo luego de sacarle la lengua a su jefe.

Sophia no hizo comentarios al respecto, de cualquier forma, porque no tenía ningún interés en sembrar cizaña en el equipo del señor Valdez. Sabía que el mundo de la publicidad era tan competitivo como el de la moda y sus egos, igual de frágiles. Tal vez él no hubiera profundizado en la idea de Ester porque, después de todo y por lo que había conseguido entender, ella no formaba parte de su equipo, solo la habían contratado para esa campaña. Eso no era asunto suyo, de cualquier forma; solo deseaba obtener lo que había pedido. Ellos tendrían que encontrar una manera para dárselo y Sophia estaba segura de que, si la agencia se mostraba un poco menos celosa y tomaba la idea de la fotógrafa, podría entregarle algo interesante en su siguiente reunión.

Se despidió de todos y cada uno de ellos estrechando sus manos, pero fue algo más distendida con Ester porque le habría sido imposible que fuera de otra forma; le pareció una mujer tan agradable que despertó su simpatía de inmediato.

Bueno, tal vez el día no fuera tan mal como había pensado que ocurriría, se dijo Sophia poco después al volver a su oficina. Si dejaba de lado su frustrada charla con Bill, había que reconocer que empezaba con buen pie; pero se forzó a recordar que el asunto con él era mucho más importante.

No podía hacer nada, sin embargo; aceptó de mala gana al considerarlo. Dios sabía que no había dejado de esforzarse por mantenerlos fuera de peligro, pero si él no ponía de su parte... ¿qué más podía hacer ella?

–Tengo que reconocer que me dejó impresionada; no lo esperé para nada. Nunca había visto a nadie manejar a Valdez con tanta inteligencia y seguridad; creí que él iba a lanzarse a sus pies para besárselos mientras ella lo veía como una reina. En serio. Recuérdame no volver a subestimar a una mujer del mundo de la moda; parecen muy frágiles, pero en el fondo son despiadadas.

Morgan apretó el teléfono contra su oído ayudándose con el hombro porque tenía las manos ocupadas pasando unas páginas del informe que intentaba estudiar en tanto Ester no dejaba de parlotear a voz en cuello al otro lado de la línea.

Le había llamado poco después del almuerzo para contarle cómo le había ido en su reunión en la revista de moda con el resto del grupo enviado por la agencia de publicidad. Y al parecer y por lo que Morgan escuchaba, sin que su prima le diera oportunidad de opinar, las cosas habían resultado mejor de lo que esperaba.

Ester era impetuosa y se había quejado durante toda

la semana porque el encargado de la campaña no tomó sus ideas con mucho entusiasmo. Amaron sus fotografías, pero, según él, no tenía cómo hacerlas calzar con los conceptos que manejaba pese a que Ester se había esforzado mucho por dejar su idea en claro. Al final, acordaron mostrar su trabajo junto al resto de propuestas para ver qué opinaban en la revista y si se encontraban interesados en darle una oportunidad.

Y así había sido, según Ester. Todo, además, gracias a su directora, por quien su prima pareció desarrollar una fascinación inmediata.

¿Quién podría culparla?, se preguntó Morgan de mala gana en tanta la escuchaba volcar su admiración por Sophia durante varios minutos. A él no le sorprendió mucho enterarse de que era buena en lo suyo; no habría llegado a su puesto de no serlo y además le bastó hablar con ella unas cuantas veces para darse cuenta de que se trataba de una mujer muy segura de sí misma y extremadamente inteligente.

Desde luego, no lo mencionó a su prima. Estaba seguro de que si ella se enteraba de que la conocía no lo dejaría en paz. No importaba que intentara explicarle que solo la había visto algunas veces y siempre por su trabajo; Ester descubriría a la larga que su interés tal vez no estuviera del todo relacionado con el papel de testigo que ella pudiera tener en su caso. Y entonces él estaría perdido.

Así que, para salvaguardar la poca dignidad que aún conservaba y también su salud mental, dejó a su prima hablar hasta que se le secó la voz y luego aprovechó ese pequeño margen que le dio para felicitarla. Le prometió invitarla a almorzar un día de esos con Lucy para celebrar, y aunque ella intentó explicar que aún no había nada por lo que cantar victoria, Morgan le aseguró que el hecho de que su trabajo fuera bien considerado ya era algo por lo qué festejar.

Cuando colgó, Ester parecía dispuesta a despacharse de nuevo con otra andanada de halagos dirigida a

Sophia pero Morgan se las arregló para cortar con la excusa de que estaba a punto de entrar a una reunión. Quedaron en hablar por la noche en cuanto llegara a casa, algo que él ya pensaba cómo evitar.

No deseaba hablar de Sophia y de lo grandiosa que era. Ya bastante tenía con sus propios pensamientos, contra los que llevaba todo el fin de semana luchando como para tener que oír a alguien más enumerando los muchos motivos por lo que alguien no podía conocer a esa mujer y permanecer impasible a sus encantos.

Tenía que ocuparse de otras cosas, se recordó entonces cuando al fin pudo hacer a un lado la conversación con su prima y concentrarse en su trabajo. Las letras del informe que había estado estudiando danzaron ante sus ojos y frunció el ceño al reparar en un nombre que se repetía con frecuencia.

William Stewart.

No le sonaba de nada, pero el nombre surgió un par de veces durante la charla entre Logan y los vecinos de Susan Green; además, al acceder al reporte migratorio de esta última, descubrieron que había hecho algunos viajes en su compañía en el transcurso de los últimos meses. Viajes importantes y extremadamente costosos. París. Las Bahamas. Roma.

Todo un paseo, se dijo Morgan con expresión concentrada. De ese descubrimiento apenas habían transcurrido un par de días y ya tenía a su equipo trabajando en descubrir cuál era el vínculo exacto que uniera a Susan con ese hombre.

Morgan tenía la sospecha de que se trataba de un amante, pero no se trataba de nadie que Larry hubiera mencionado cuando les dio el nombre de los hombres con los que Susan se veía de vez en cuando. Tal vez él no lo supiera, lo que le pareció aún más interesante. Si ella hacía esos viajes a su lado con cierta frecuencia, era posible que sostuvieran una relación de algún modo estable; y si lo ocultó del hombre con el que llevaba saliendo desde hacía años, por poco exclusivos que fueran, quería decir que había algo allí que le convenía mantener en secreto.

Y los secretos eran, por lo general, el motivo perfecto para cometer un crimen, se recordó al tomar su lapicera y subrayar el nombre una y otra vez.

Logan llegó un rato después; iba de pasada y, tras atisbar para asegurarse de que se encontrara allí, entró un momento sin aceptar su invitación a sentarse.

–Es solo un segundo, tengo que ir a hacer un reporte.

Su amigo esbozó una sonrisa torcida antes de ajustarse las gafas en el puente de la nariz; se veía agotado y Morgan le dirigió una mirada intrigada.

–Eric ha empezado el preescolar y Tara apenas llega a prepararlo para que yo vaya a dejarlo antes de venir para acá... –Logan respondió a su muda pregunta con un suspiro–. ¿Sabes cuán absorbente es un preescolar? Son solo niños. ¿No debería de bastar con leerles algunos cuentos o algo así? Él nunca había hablado tanto y lo peor es que apenas le entiendo...

Morgan sonrió e intentó recordar cuando Lucy había pasado por eso hacía un par de años. No, se recordó con un estremecimiento. Mejor no recordarlo.

–Se le pasará –intentó consolarlo él aun cuando con seguridad ambos sabían que mentía–. Intenta dormir tanto como puedas.

Logan hizo un gesto de desespero y apoyó una mano sobre el escritorio.

–Creo que no duermo una noche entera desde hace casi tres años –reconoció él tras encogerse de hombros.

–Pero no lo cambiarías por nada –acotó Morgan con una sonrisa.

Logan asintió sin vacilar.

–No. Desde luego que no –reconoció él imitando su sonrisa y sacudió la cabeza como si pretendiera despejarse antes de continuar–. En fin, a lo que vine. Recibí una llamada de Sophia Hawkins esta mañana.

El semblante risueño abandonó el rostro de Morgan de inmediato ante la mención de la mujer en quien había estado pensando hasta hacía solo unos minutos y observó a su compañero con el ceño fruncido.

–¿Te llamó a ti? –Procuró que la decepción no fuera demasiado evidente en su voz al preguntar–. ¿Por qué?

–No estoy seguro.

–¿Recordó algo que no me hubiera dicho?

Logan sacudió la cabeza y le dirigió una mirada intrigada. Tal vez debería esforzarse un poco más, se dijo Morgan con cierto enfado dirigido a sí mismo.

–No. No es nada de eso –negó su amigo–. No se trata del caso; bueno, no exactamente. Llamó para hablar con alguien que pudiera informarle de qué se haría con el cuerpo de Susan Green cuando la investigación hubiera acabado. Parece que le preocupaba si habría alguien que se ocupara de eso. Dijo que no estaba segura de que tuviera familia y si, en todo caso, alguno de ellos estuviera dispuesto a encargarse de los papeleos y esas cosas.

Morgan cabeceó al comprender, pero no dijo nada y Logan tomó su silencio como una invitación a continuar.

–Le dije la verdad, claro; lo que hemos descubierto hasta ahora al respecto. Que Susan no tenía más que un par de tías en Missouri y que no parece como si hubieran sido nunca muy cercanas. Ya te lo conté en su momento; apenas pareció que les impresionara mucho la noticia de su muerte cuando les llamé para informarles al respecto. Ninguna mencionó lo que se haría después ni me dio la impresión de que estuvieran interesadas en venir a Baltimore para ocuparse de nada. –Logan hizo un gesto de desagrado–. En realidad, reconozco que es algo en lo que no me había detenido a pensar. Vemos tantas cosas que a veces olvidamos eso. Pero me alegra que la señorita Hawkins se ofreciera a encargarse de eso. Le di las señas de la gente con la que tendrá que hablar en su momento y le dije que le avisaría entonces. Ella prometió que estaría atenta.

Morgan carraspeó antes de hablar.

–Ya. ¿Eso es todo? –preguntó él forzándose a sonar despreocupado y dio una mirada a sus manos sobre el escritorio–. ¿No dijo nada respecto al caso en sí?

–No. No mencionó ni una palabra de eso.

–Qué sorpresa. –Morgan utilizó un tono levemente mordaz y volvió la atención a su amigo–. ¿Hay algo más?

Logan negó con la cabeza y lo observó con curiosidad.

–No. Solo pensé que te gustaría saberlo por si vuelves a hablar con ella y el tema surge. Podría servirte para conducir tus preguntas; es obvio que ella sentía verdadero aprecio por la víctima, ¿no? No se preocuparía de todo este asunto de no ser así.

A Morgan se le ocurrió que tal vez no fuera solo el afecto lo que llevara a Sophia Hawkins a tener un gesto como aquel. Quizás hubiera algo de culpa también allí, pero como le pareció que mencionarlo hubiera sonado demasiado cínico incluso para él, asintió con un gesto brusco.

–Sí, claro.

–Bueno, voy a ver lo otro de lo que te hablé y tal vez me escape en un rato a la sala de interrogatorios para dormir.

Morgan sonrió ante la inflexión resignada en la voz de su amigo y lo despidió con un gesto; pero su rostro se enserió tan pronto como él se marchó.

Había sido un buen gesto de parte de Sophia el preocuparse por lo que ocurriría con el cuerpo de su amiga cuando la investigación concluyera, reconoció sintiéndose un poco avergonzado de haber considerado lo contrario al hablarlo con Logan. Pero no quería pensar en lo agradable que parecía ser esa mujer o si tenía buenos sentimientos debajo de esa fachada de fría indiferencia; algo de lo que, le gustara admitirlo o no, ya había tenido un vistazo.

Él no había tratado a muchas personas que se mostraran tan consideradas cuando les hablaba de sí mismo y de su pasado en el ejército; al menos no cuando se permitía contar los detalles escabrosos. Y lo había hecho con ella. Tal vez pretendiera espantarla un poco, o quizá, tan solo no pudo evitarlo porque había algo en ella que invitaba a la confidencia. Como fuera, lo hizo, y solo encontró comprensión e interés en su rostro y en sus palabras.

Sí, tal vez fuera una buena persona después de todo; pero como lo último que él necesitaba era un recordatorio de algo que llevaba todo el fin de semana intentando olvidar, prefirió hacer la idea a un lado de golpe y volver con lo suyo, que sin duda era mucho menos peligroso que cualquier cosa relacionada con esa mujer.

Sophia organizó un rápido viaje a Nueva York poco después de sostener la segunda reunión con la agencia de publicidad. Tal y como ella pidió, trabajaron en el concepto que le llamó la atención y tan pronto como lo vio hecho y listo para llevarlo a la práctica, supo que eso era lo que quería.

La fotógrafa, Ester, se encontró presente también y fue evidente para Sophia que se encontraba tan satisfecha como ella. Quizá su idea no hubiera recibido tanta atención de no ser porque fue, al fin y al cabo, la que a Sophia pareció más apropiada para lo que tenía en mente. Tuvo oportunidad de hablar un poco más con ella entonces luego de dar el visto bueno y acordar que se organizaran algunas sesiones de fotos en las próximas semanas, esta vez con las modelos que trabajaban para la revista y con los trajes que Sophia elegiría personalmente para la campaña.

Le pareció una mujer muy interesante, y sin duda encantadora, aunque tuviera un sentido del humor peculiar y pareciera que nunca paraba de hablar. Ella le habló de sus anteriores trabajos y de lo difícil que era para un trabajador *free lance* hacerse un lugar en su profesión. Sophia no lo mencionó entonces porque no le gustaba adelantarse a los acontecimientos, pero si la campaña resultaba el éxito que esperaba, pensaba proponerle que trabajara para ellos de forma directa.

En verdad era talentosa, se dijo poco después de que ella y el resto del grupo de la agencia se marcharan. Su voz entusiasta aun martilleaba en sus oídos y no pudo menos que sonreír al recordar cómo le había contado su vida con pelos y señales aun cuando era apenas la segunda vez que se veían. Desde su decepcionante vida amorosa al cálido ambiente familiar en que se había criado; amén de la relación tan cercana que mantenía con uno de sus primos y la hija de este. El pobre hombre había perdido a su esposa y Ester se había convertido en una especie de pilar en lo que quedaba de su hogar.

Al considerar aquello, Sophia no pudo evitar preguntarse qué se sentiría formar parte de una familia dispuesta a tenderse una mano y que se amaba tanto. Ella nunca había conocido mucho de eso, recordó con una mueca al imaginar lo que su madre diría si ella le pidiera que hiciera a un lado sus muchas actividades para ayudarla. Y de su padre ni hablar, reconoció con cierta tristeza; él tampoco se mostraría muy dispuesto a algo como eso. Siempre y cuando consiguiera encontrarlo para preguntárselo, claro.

El viaje a Nueva York fue corto, estresante y con el desastroso resultado que en el fondo había esperado. No solo no pudo hablar con Bill en privado; él se encargó de que así fuera, y para ello se las arregló para informar a su madre de que ella se encontraba en la ciudad. Si había una forma de mantener a Sophia a raya y frustrar sus planes, esa era poner a la señora Hawkins en el mapa.

¿Quién podría batallar contra su madre cuando esta se mostraba determinada a respirar sobre su cuello y no dejarle un segundo en paz?, se preguntó Sophia más de una vez desde su llegada a la ciudad cuando se topó con el chofer, que trabajaba para la señora Hawkins, esperando por ella en el aeropuerto. Desde allí, todo fue un carrusel de reuniones innecesarias, visitas aburridas y las molestas preguntas de su madre respecto a cuándo pensaba abandonar esa ciudad horrorosa en la que había decidido esconderse para volver al lugar al que pertenecía.

Sophia nunca contestaba directamente a esa clase de preguntas porque de haberlo hecho hubiera tenido que reconocer ante su madre que aun cuando no tenía muy claro el lugar al que pertenecía, tal y como ella lo dijera, estaba segura de que no era Nueva York. Y con seguridad, no a su lado.

De modo que cuando regresó a Baltimore, un par de días antes de lo que había calculado, se encontraba frustrada, molesta y un tanto deprimida. La visita a su familia siempre provocaba esos sentimientos en ella, se recordó con un suspiro al descender del avión y buscar un taxi que la llevara de vuelta a casa.

El afectuoso recibimiento de Watson y la calidez que encontró en su apartamento le llevaron a considerar que, si tenía un hogar en el mundo, sin duda era ese. El interés del gato decayó pronto, sin embargo, y Sophia se ocupó entonces de vaciar su equipaje y revisar los mensajes, así como de dar una mirada al correo que dejara sobre la chimenea la mujer que iba a limpiar el apartamento y a dar una mirada a Watson.

No vio nada fuera de lo normal y se metió a la ducha para deshacerse del cansancio que la tenía aun un poco embotada del viaje. Se puso una bata de felpa al salir y se dejó caer sobre la cama con un suspiro de alivio; ni siquiera se secó el cabello. Era mediodía, el sol estaba en lo alto, y la luz que irradiaba se colaba por entre las ventanas entreabiertas. Inhaló con fuerza y se estiró con cuan larga era, satisfecha de haber dejado atrás a su madre y la tensa incomodidad que la asaltaba siempre que se encontraba a su lado.

Por un rato, se permitió disfrutar de ese momento

con la mente tranquila y el cuerpo relajado. Apartó el recuerdo de la señora Hawkins y sus reprimendas; de la frustración por el comportamiento de Bill y del caos de Nueva York que ahora apenas conseguía tolerar.

Era solo ella, la brisa sobre su cuerpo y el cálido reflejo del sol inundando su habitación. Ya podría ocuparse de todo lo demás después, se dijo poco antes de quedarse dormida.

—El escenario es este: una mujer en sus treintas que está un poco harta de todo conoce a un hombre rico que empieza a mostrar interés en ella, la colma de regalos y la lleva de viaje alrededor del mundo. No es nada formal, o al menos no parece que él quiera que lo sea, pero ella no puede evitar hacerse ideas. Aun así, es lo bastante discreta para mantener esa relación oculta y ninguno de los otros hombres con los que acostumbra salir saben acerca de él. ¿Me sigues?

Morgan asintió y se mantuvo atento a las palabras de Logan en tanto este iba de un lado a otro de la oficina sin dejar de gesticular, una señal inconfundible de que estaba entusiasmado por la conclusión a la que había llegado.

—Según lo que comentaron los vecinos de Susan y el récord migratorio, es posible que esta relación durara casi un año. Una mujer que vive en el apartamento contiguo dijo que la visitaba con frecuencia, cuando menos una vez cada par de semanas, pero que lo vio más bien poco los últimos dos meses.

—Parece que la señora estaba muy atenta a los movimientos de Susan.

—Sí, bueno, todos tenemos una vecina como esa. —Logan restó importancia al asunto con un gesto—. Es un poco molesto, pero en este caso nos conviene. ¿En qué iba?

Morgan unió sus manos a la altura del pecho y se inclinó hacia atrás en el respaldar del sillón.

–Parece que la relación entre Susan y este hombre empezaba a enfriarse –comentó él.

–Sí, claro. La vecina dijo que hace unas semanas se encontró con ella en el elevador y que Susan no reaccionó muy bien cuando se lo comentó.

–¡No me digas!

–Ajá. Me contó que pareció furiosa cuando ella insinuó que hacía mucho que no lo veía y que tal vez Susan debería de pensar en dejarlo estar, porque si él había dejado de mostrar interés no tenía sentido esperar por él.

Morgan hizo una mueca.

–Creo que esa mujer llegó a un nuevo nivel de arpía.

Logan sonrió y se encogió de hombros.

–Absolutamente –asintió él–. Pero en este caso...

–Nos conviene –completó Morgan con un bufido–. Bueno, ¿y qué más?

–Nada en especial, salvo lo que ya te he dicho, ¿pero no te parece que tiene todos los elementos para suponer que este hombre podría estar relacionado con la muerte de Susan? Tal vez ella se puso demasiado insistente y él quiso librarse de ella.

Morgan cabeceó, pensativo. Intentaba seguir la línea de pensamientos de su compañero, pero no lo tenía del todo claro aún.

–¿Y Larry? –preguntó él entonces–. ¿Qué papel juega Larry en todo esto? Todavía me cuesta creer que no supiera nada de este hombre.

–Bueno, él ya dijo que él y Susan no eran...

–Ya. No eran exclusivos, lo tengo claro. –Morgan hizo un gesto de malestar antes de continuar–. Pero aun así... ¿si tú salieras con una mujer y descubrieras que al mismo tiempo se ve con otro hombre, no te molestaría?

Logan chasqueó la lengua antes de detener su paseo y apoyar una mano sobre el escritorio de Morgan.

–Supongo –reconoció aun cuando no pareciera muy convencido–. ¿Pero recuerdas la forma en que habló cuando lo interrogaste? ¿La tranquilidad con que mencionó a los otros hombres de los que sí sabía? No me dio la impresión de que le afectara demasiado. Para mí está claro que le importaba ella, pero de allí a quererla... no lo sé, no me parece que dé con el tipo de amante despechado.

–Nada es lo que parece –musitó Morgan al considerarlo–. No podemos descartarlo del todo.

Logan se encogió de hombros, sin responder, y su amigo tomó ese silencio como una señal de que empezaban a acabársele las ideas y de que ya no se encontraba tan seguro de sus hipótesis como se mostrara hacía un momento.

–En todo caso, creo que tenemos claro lo que debemos hacer ahora, ¿no? –Morgan retomó la charla al cabo de un momento con un tono algo más seguro.

Logan cabeceó como si fuera lo que había estado esperando que dijera.

–Ya es hora de que hablemos con este William Stewart –afirmó él con un brillo en la mirada.

Morgan asintió también. Su amigo estaba en lo cierto y le alegró que ambos hubieran llegado a la misma conclusión con tanta rapidez. Además, aun cuando no pudiera asegurar nada respecto al papel de aquel hombre en el asesinato de Susan Green, su instinto le dijo que estaba en el camino correcto.

8

Sophia se llevó las manos a la cintura y dio una mirada alrededor con expresión satisfecha.

Un trío de sus mejores modelos se hallaba arremolinado ante un pequeño grupo conformado por dos estilistas, una maquilladora y el encargado del vestuario que usarían durante la sesión de ese día.

No resultó sencillo conseguirlo, pero Sophia había logrado obtener el permiso para trabajar en algunos rincones simbólicos de la ciudad. Esa era su primera sesión y se llevaría a cabo en el Visionary Museum, un ícono del arte en Baltimore.

Un arte muy raro, tuvo que reconocer Sophia al casi darse de bruces con un modelo de un robot a escala real que presidía el salón de arte moderno en que tomarían las primeras fotografías.

Había otros museos en la ciudad, claro, la mayoría más tradicionales, pero luego de comentarlo con Ester, habían llegado a la conclusión de que el Visionary era el mejor para empezar.

Tenía algo que lo hacía único, algo de lo que los habitantes de Baltimore se sentían orgullosos porque era sabido que era un referente en el país. Si querías ver arte que se salía de lo habitual, donde artistas independientes y con poca exposición podían mostrar sus obras, que iban desde autómatas hasta esculturas de Divine, ese era tu lugar.

Con todo, el edificio era bastante sencillo y calzaba perfectamente con lo que la campaña quería mostrar al público. Espacios comunes y cercanos en la ciudad, donde ellos imprimirían el toque de Imperio. Un asalto de la moda. O un contubernio, como lo llamara Ester.

Sophia buscó a la fotógrafa con la mirada, pero no vio rastros de ella y frunció el ceño luego de dar un vistazo a su reloj. Debían empezar pronto para terminar en el tiempo estimado porque el museo había sido muy claro respecto a que no permitirían ninguna demora. Que aceptaran cerrar toda esa ala del edificio para una sesión de fotos era, cuando menos, extraordinario, y lo último que deseaba era enemistarse con las autoridades del patronato.

Cuando estaba a punto de ir en busca de Valdez para preguntarle por el paradero de su fotógrafa, esta apareció en su campo de visión al atravesar el vestíbulo a toda velocidad con el estuche de su cámara colgando del hombro, una mochila descomunal a la espalda y una extraña criatura que llevaba de la mano y que trotaba unos pasos tras ella.

Sophia tuvo que parpadear un par de veces para convencerse de que no tenía visiones.

No, se dijo luego de confirmarlo. Ester no iba sola; un pequeño dinosaurio le hacía compañía.

Esperó a que la fotógrafa llegara a su altura y antes de que pudiera siquiera abrir la boca para disculparse por la demora, señaló a su acompañante con una ceja arqueada.

–¿Qué es eso? –preguntó.

La pequeña figura no les prestaba atención; se había detenido unos pasos antes y en ese momento movía su cabeza de un lado a otro con los ojos muy abiertos. O al menos eso creyó Sophia que hacía, porque era poco lo que podía ver debajo de la cabeza de felpa puntiaguda.

–*Eso* es mi sobrina. –Ester la señaló con una sonrisa.

Sophia hizo un gesto de vergüenza. No había pretendido referirse de esa forma a la niña, pero lo último que esperaba era ver llegar a la mujer con una criatura y, mucho menos, con una vestida de esa forma.

–Lo siento –se disculpó ella.

La fotógrafa se encogió de hombros en ademán despreocupado y llamó a la niña con la mano.

–No. Está bien. A veces parece un *eso* –comentó ella en voz baja antes de acercar a la pequeña posando una mano sobre su hombro–. Esta es Lucy. Tal vez debería explicar que Lucy está pasando una etapa en que no quiere deshacerse de su pijama de unicornio.

Unicornio, repitió Sophia para sí. ¿No se suponía que los unicornios tenían un cuerno? Porque el pijama de la niña tenía dos, o tal vez tres, no podría asegurarlo porque era difícil verlo desde ese ángulo. Además, era púrpura. ¿Había unicornios púrpura?

No, con seguridad no, pero tampoco los había de cualquier otro color, así que no tenía sentido criticar, se dijo antes de fijar su mira en el rostro de la pequeña, que la veía a su vez con una profundidad que le pareció sorprendente en una niña tan pequeña.

–Hola, Lucy –saludó inclinándose un poco hacia ella para dirigirle una amplia sonrisa–. Gusto en conocerte. Mi nombre es Sophia.

La niña asintió y a Sophia le pareció encantadora la forma en que sus ojos de un azul resplandeciente se achicaron para recorrer su rostro.

–Hola –saludó ella también llevando la mirada a su vestido floreado que llegaba hasta sus tobillos y dejaba al descubierto sus brazos bronceados y la línea de su cuello–. Eres bonita.

–Gracias.

La niña asintió y dirigió a su tía una astuta sonrisa.

–¿Ya tengo que dejar de hablar? –preguntó ella.

Ester hizo un mohín y se encogió de hombros tras mirar a Sophia con una sonrisa de circunstancias.

–Le he pedido que diga solo lo indispensable para

no entorpecer la sesión –explicó ella con cierta vergüenza–. Lamento haberla traído conmigo, pero no
tuve otra opción. Se suponía que iría a la escuela hoy,
pero la maestra enfermó y no tenía con quién dejarla.
Su padre no llega hasta el anochecer y...

Sophia negó con la cabeza e hizo un gesto amable
luego de lanzar una nueva mirada a la niña, que parecía
muy entretenida contemplando la figura de un robot
gigante.

–Descuida. Son cosas que pasan. Solo... ¿crees que
podrá quedarse en un solo lugar mientras trabajas? No
es que me moleste, pero me preocupa que pueda lastimarse con los equipos.

–Oh no, se quedará donde le diga; es muy obediente
cuando debe –aseguró la fotógrafa con una sonrisa aliviada; tal vez temiera meterse en problemas–. Solo deja
que arregle mis cosas y dé una mirada al programa.

–De acuerdo.

Sophia vio a Ester ir hacia la niña y susurrarle unas
palabras antes de ir con ella para dejarla sentada en
una plataforma sobre la que acostumbraban dejar
las piezas en exhibición pero que en ese momento se
encontraba despejada. Dejó su enorme mochila a sus
pies y le dio un beso en la frente para correr luego en
dirección al resto del equipo. Para su sorpresa, la niña
no movió un músculo y hubiera podido pasar por una
figura más del museo. Un dinosaurio multicolor que,
curiosamente, parecía calzar bien con el estilo del espacio.

Un unicornio, no un dinosaurio, se recordó Sophia
con una sonrisa, después de lanzar otra mirada a la pequeña antes de reunirse con Valdez para acordar algunos detalles finales. Supervisó los trajes de las modelos
poco después e hizo algunas sugerencias a los estilistas
para que suavizaran el impacto del maquillaje. Quería
un estilo limpio y tan minimalista como fuera posible.
Solo debían resaltar la ropa y el lugar. Era una de las
premisas de la campaña.

El tiempo transcurrió con cierta rapidez, como pasaba siempre que trabajaba, comprobó Sophia al ponerse tras el hombro de Ester para estudiar en la pantalla de su cámara las tomas que no había descartado entre los cambios de vestuario.

Eran buenas, consideró al pasar una tras otra ante el silencio expectante de la fotógrafa. Algo interesante saldría de allí, de eso estaba segura.

Dio una palmada al hombro de la mujer con una sonrisa satisfecha, lo que a ella pareció aliviarla, y asintió para dar a entender que podían continuar. En tanto ella se ponía con eso y, tras dar una mirada sobre su hombro para comprobar que la niña continuaba donde la había dejado su tía, se dirigió a ella con la idea de hacerle compañía.

Entendía que Ester no había tenido otra salida que llevarla con ella, y admiraba el hecho de que se esforzara tanto por cumplir con su trabajo sin abandonar sus obligaciones para con su sobrina, pero no pudo menos que sentir un poco de lástima porque la niña debiera pasar todo ese tiempo en un lugar que debía de encontrar un poco aburrido.

Sin embargo, cuando llegó a su lado y vio la forma en que estudiaba a los adultos ante ella, con esa expresión concentrada que continuaba sorprendiéndola, tuvo que reconocer que no parecía como si se encontrara precisamente aburrida.

La niña se había echado la cabeza del pijama hacia atrás y Sophia pudo apreciar su cabello oscuro sujeto en una trenza suelta y sus mofletes regordetes que en ese momento se veían un poco abultados porque estaba masticando una barrita de cereales que sostenía en una mano sobre su regazo.

–¿Qué opinas?

Lucy recibió su pregunta con los labios fruncidos y no dijo hasta que hubo tragado el trozo de dulce.

–Hay muchos colores.

Ella señaló a las modelos que iban cambiando de

postura según los pedidos de Ester y cuyos trajes contrastaban con las paredes de un blanco apagado.

–Cierto. Esa es la idea. Que haya muchos colores –asintió Sophia con una mirada de interés; no le pareció un mal momento para hacer un pequeño sondeo entre el público–. ¿Te gusta?

La niña asintió sin vacilar y ella exhaló el aliento. No se había dado cuenta de lo mucho que necesitaba que alguien apreciara todo eso. Aun cuando ese alguien fuera una niña que no podía tener más de cinco años y que parecía tan encariñada con un traje de significado aun un poco incierto.

–Luego iremos al parque que está aquí cerca, ¿lo conoces? –inquirió ella.

–Hill Park. –Lucy pronunció el nombre con un poco de trabajo, pero fue obvio que le agradó la mención a él–. Papi siempre me lleva allí. Una vez se cayó por la ladera por recoger mi cometa.

Sophia frunció el ceño y sintió un poco de lástima por el padre de la niña. Era una ladera muy empinada.

–Ya veo. Parece que tu padre te quiere mucho, ¿no?

–Sí.

–Es lindo que salgan juntos.

Sophia se sintió un poco tonta según hablaba. No estaba acostumbrada a tratar con niños; en realidad, no podía pensar en la última vez que estuvo cerca de uno. No había habido niños en su familia en mucho tiempo e incluso cuando los hubo ella siempre se mantuvo un tanto apartada. Los hijos de sus primos eran tan educados como cabía esperar considerando lo formales que eran sus padres, con quienes Sophia nunca había intimado demasiado.

Los veía de vez en cuando durante las festividades en que visitaba a su madre, pero eso era todo. Ni eran afectuosos con ella ni Sophia lo lamentó nunca. Simplemente no parecían encajar y nunca vio nada de malo en ello. Pero en ese momento le habría gustado tener un poco más de experiencia en el trato con los pequeños porque entonces no se hubiera sentido tan tonta al intentar comunicarse con la pequeña que la observaba como si no dijera nada más que obviedades y empezara a resultarle un poco molesta.

–Me gusta tu pijama –comentó al cabo de un minuto en silencio para buscar un tema que la entusiasmara un poco más.

Para su inmenso alivio, la niña pareció encantada con el halago y sostuvo una mano ante ella para que pudiera apreciar el suave pelo que recubría el traje.

–¿Sí? Me lo compró papi. Tengo tres –dijo ella–; pero este es mi favorito. Cuando estoy en casa papi deja que me suba a su espalda y me lleva por la casa. Es divertido.

Sophia asintió e intentó hacerse una imagen mental de cómo debía de verse algo como aquello, pero le costó conseguirlo. Un hombre haciendo de corcel para una niña vestida como un dinosaurio convencido de ser un unicornio era algo difícil de imaginar.

–Seguro que a tu padre le gusta mucho –comentó por decir algo.

La niña dio un nuevo mordisco a la barra y masticó con rapidez antes de responder.

–Ya está viejo para eso, pero él no se queja.

Sophia contuvo una carcajada.

–Bueno, eso es muy considerado de su parte –dijo ella, y dio una mirada al grupo que continuaba inmerso en la sesión–. Tengo que ir allí, pero me gustó charlar contigo, Lucy. Si necesitas algo no dejes de pedirlo, ¿sí? Tal vez podamos encontrar algo para que te distraigas.

La niña asintió sin responder y fijó su mirada en sus ojos un segundo. A Sophia le recordó algo o alguien que en ese momento no supo definir; pero desechó la idea con rapidez y, tras obsequiarle con una gran sonrisa, se dirigió una vez más al grupo para dar algunas indicaciones y estudiar las tomas que llevaban hasta ese momento.

La sesión en el museo terminó un par de horas después, pero no pudieron continuar en el parque como tenían pensado porque Sophia recibió una llamada del ayuntamiento para informarle que había habido una descoordinación y en ese momento se realizaba un torneo de fútbol cerca del lugar donde debían trabajar.

La secretaria del alcalde se disculpó durante al menos cinco minutos antes de que Sophia le asegurara que no pasaba nada y que podrían arreglar una nueva sesión para unos días después. Desde luego, sí que se sentía disgustada, y le habría encantado mostrarse algo menos comprensiva con ella, pero era consciente de que no le convenía enemistarse con ellos y, además, estaba tan satisfecha por cómo habían ido las cosas en el museo que decidió tomarlo con calma.

Hizo algunas coordinaciones con los encargados de la agencia y decidieron dejarlo para el siguiente lunes, cuando había poca gente en el parque y podrían trabajar en calma. Nadie se quejó por el cambio; aún más, Ester se vio aliviada por la noticia porque así podría marcharse con Lucy, que aun cuando se había portado de una forma admirable, llevaba media hora sin parar de bostezar.

Sophia se despidió de la niña con una sonrisa y un gesto y le enterneció cuando ella levantó una mano en señal de despedida antes de que su tía se la colgara al hombro junto a su mochila. La cola de su traje se mecía tras ella y, de nuevo, se preguntó qué tan tonto podía ser su padre como para confundir a un dinosaurio con un unicornio.

Morgan tomó aire y se sumergió en la piscina antes de salir a la superficie para empezar a bracear con un ritmo moderado de un extremo a otro y sin dejar de respirar a todo pulmón.

Era la tercera semana en que intentaba cumplir con la promesa que se hizo de tomarse las mañanas de los sábados para hacer un poco de ejercicio. El gimnasio del departamento de policía era el lugar perfecto para ello porque, no solo tenía una buena sala de máquinas, sino que también contaba con una piscina en la que podía nadar antes de volver a casa. Había dejado a Lucy durmiendo y aún tenía un par de horas antes de que despertara; en realidad, su hija sería capaz de pasarse el día en la cama si él no la persuadía de salir.

Pensaba usar la mañana para hablar con ella acerca de cómo iban las cosas en la escuela y tal vez pudiera llevarla al cine por la tarde para ver una de las nuevas películas en cartelera. De modo que tenía tiempo para dar unas cuantas vueltas más en la piscina y aún podría ponerse con los pendientes en casa antes de dedicar el día a algo menos tedioso.

Sin embargo, cuando dejó un momento el agua para tomarse un respiro y dio una mirada a su móvil, que había dejado sobre una banca junto a su toalla, advirtió que tenía un par de llamadas perdidas de Logan y frunció el ceño. Era muy extraño que su amigo le llamara durante el fin de semana, en especial tan temprano.

Morgan no dudó en devolverle la llamada y apenas tuvo que esperar un par de timbradas antes de obtener respuesta.

—Hola. Oye, disculpa que te llame hoy...

Morgan cortó cualquier explicación con un chasquido.

—Descuida —dijo él—. ¿Qué ocurrió?

—Es que averigüé algo... —Logan carraspeó antes de continuar—. Anoche me quedé hasta tarde armando el expediente de ese hombre, William Stewart. ¿Recuerdas? El escurridizo amante de Susan Green.

Morgan puso los ojos en blanco y tomó la toalla para secarse el cabello con la mano libre.

—Claro que lo recuerdo. ¿Y qué descubriste?

—Mucho más de lo que esperaba. Su nombre me sonaba de algo, pero nunca hice la relación. El punto es que, cuando empecé a atar cabos y la información fue apareciendo, las cosas empezaron a cobrar sentido.

–¿A qué te refieres?

–William Stewart pertenece a una familia muy reconocida en Nueva York –indicó Logan con un suspiro–. El hombre no solo nada en dinero, sino que tiene contactos entre industriales, políticos... cualquier esfera del poder que puedas imaginar. Incluso se dijo hace unos años que pensaba tentar la alcaldía.

Morgan frunció el ceño, pero no logró recordar haber oído el nombre antes de que lo relacionaran con su víctima. ¿Pero qué sabía él?, se dijo con un resoplido. Él solo leía las páginas policiales.

–Bueno, supongo que es algo sorpresivo, pero da igual –respondió al cabo de un momento en tono desenfadado–. Tenemos que hablar con él de cualquier forma. No me importa cuánto dinero tenga o quiénes sean sus amigos; necesitamos respuestas y tendrá que dárnoslas.

–Sí, claro. –Pudo imaginar a su amigo asintiendo–. Me pondré con eso. No tengo idea de si se encuentra en Baltimore o en Nueva York, pero hablaré con migraciones y le haré llegar una citación tan pronto como lo sepa.

Morgan oyó un profundo suspiro al otro lado de la línea y algo le dijo que Logan aún no terminaba.

–Hay algo más.

Morgan sintió su cuerpo tensarse y apoyó una rodilla sobre la banca, expectante.

–¿De qué se trata? –preguntó él.

–Descubrí otra cosa al preguntar a los vecinos de Susan y a alguna gente con la que alternaba en sus trabajos y en algunos eventos sociales... es acerca de cómo se conocieron ella y este Bill. –Logan carraspeó y su voz adquirió un tono algo más bajo al continuar–. No vas a adivinar quién los presentó.

Morgan cerró los ojos de forma inconsciente y su mano se cerró alrededor de la toalla hasta que sus nudillos se pusieron blancos. Desde luego que podía adivinarlo.

***

Sophia oyó el timbre de la puerta y enterró la cabeza en la almohada con un gemido, decidida a ignorar el sonido; pero la llamada se repitió un minuto después y abrió los ojos de mala gana para dirigir una rápida mirada al despertador sobre la mesita de noche.

Eran apenas las siete y media. ¿Quién demonios llamaba a la puerta un sábado a esa hora? Sus ojos se encontraron con la figura de Watson, que dormitaba sobre una butaca al otro lado del dormitorio y no pudo evitar emitir un resoplido cuando el gato le devolvió una mirada indiferente.

–Debería de haber adoptado un perro –masculló Sophia haciendo las mantas a un lado–. Uno grande. Seguro que él no habría dudado en salir y asustar a quien sea que esté allí afuera. Así podría seguir durmiendo...

Ella continuó maldiciendo entre dientes luego de ponerse una bata sobre el camisón descubierto y apenas se pasó una mano por el cabello revuelto al dirigirse a la puerta. Iba descalza y sus pies se hundieron en la tupida alfombra. Se detuvo un momento antes de acercarse a la mirilla para ajustarse bien el cinturón y solo entonces se puso en puntas de pie para atisbar en el exterior.

Su corazón empezó a bombear con rapidez al reconocer al hombre al otro lado de la puerta y estuvo a punto de regresar corriendo a su dormitorio, pero logró contenerse a duras penas. Pegó una mano a la puerta, sin atinar a abrir y dio un leve brinco al oír el sonido del timbre una vez más.

¿Y si hacía como si no se encontrara allí? Él no tenía cómo saberlo; podía llamarlo luego y decirle que un vecino lo había visto y se lo contó. No se creyó capaz de enfrentarlo en ese momento, no cuando se sentía tan vulnerable. Su mirada se encontró con el espejo del recibidor y sacudió la cabeza con horror al toparse con su reflejo. Parecía que acabara de arrasarla un tornado: tenía el cabello revuelto, el rostro lavado y con las huellas del sueño; la bata solo la cubría hasta debajo de las rodillas y sus pies descalzos le parecieron los de una niña.

Una asustada, se dijo al dar un paso hacia atrás. Seguro que se cansaría de esperar, lo llamaría luego...

—¿Señorita Hawkins? Sé que está allí dentro; necesito hablar con usted.

Él no alzó la voz. Habló con el mismo tono que hubiera usado de haberse encontrado ante ella; era posible que supiera que, si exceptuaba la puerta entre ellos, así era. ¿Pero cómo iba a saberlo? ¿Tenía un oído súper desarrollado o algo así? ¿Podía olerla?

Sophia cerró los ojos un segundo antes de abrirlos nuevamente con una expresión determinada en el rostro. Enderezó los hombros y se humedeció los labios antes de extender una mano a la puerta; destrabó los cerrojos y tiró del pomo con un gesto áspero.

Tuvo la satisfacción de que aquella rudeza pareciera sorprender un poco al hombre ante ella; eso y que, posiblemente, no esperaba que le abriera en esas fachas. Lo vio recorrer su figura con una rápida mirada antes de posar los ojos sobre su rostro; pero Sophia hubiera podido jurar que soltaba el aire entre los dientes con brusquedad.

Muy bien, se dijo conteniendo el estremecimiento que la asaltó al considerarlo. Ella no tenía por qué ser la única que se sintiera incómoda.

Él tardó lo que le pareció una eternidad en hablar, aun cuando tal vez hubieran sido tan solo unos segundos.

—¿Puedo pasar? —preguntó.

Sophia vaciló un instante antes de asentir con un gesto brusco y hacerse a un lado para cederle el paso; eso le permitió estudiarlo de reojo en tanto demoraba más de lo necesario en cerrar la puerta.

Le pareció que se veía más atractivo de lo habitual con los pantalones de deporte y la camiseta sin mangas que dejaba a la vista sus brazos bronceados y de músculos bien definidos. Su cabello estaba húmedo y se preguntó de dónde vendría; pero no se le ocurrió comentarlo, en especial al reparar en que él la observaba a su vez con el ceño fruncido y una expresión que la puso en alerta de inmediato.

–No tenía idea de que la policía trabajara a estas horas.

Sophia habló intentando imprimir un tono indiferente a su voz, incluso un poco burlón; pero se dio cuenta de inmediato de que en realidad había surgido un poco tembloroso y se odió por no ser capaz de ocultar su temor.

–¿No lo ha oído? Nosotros nunca descansamos.

Aunque hubiera podido sonar como una respuesta divertida, le bastó con ver el rostro de Morgan para descubrir que él estaba muy lejos de querer bromear.

–¿Quiere...?

Él ignoró su mano extendida en dirección al sillón y se mantuvo de pie ante ella con las manos en las caderas.

–Estoy bien –dijo él.

Sophia asintió y cruzó los brazos a la altura del pecho.

Era una mañana cálida, pero de pronto sintió mucho frío y el vello de sus piernas desnudas se erizó bajo su mirada.

–De acuerdo. –Ella se forzó a hablar con naturalidad–. ¿Y de qué deseaba hablarme? Debe de ser muy importante para que haya venido a buscarme a casa y no pudiera esperar hasta el lunes. En realidad, me pregunto si es siquiera legal...

–¿Por qué no nos habló de la relación entre Susan y William Stewart?

Una vez, cuando Sophia era pequeña y su padre aún le prestaba algo de atención, había salido a pasear en bicicleta con él, pero estaba tan entusiasmada que perdió el control y se dio de bruces contra el suelo; no solo se hizo un cardenal en la mejilla, sino que perdió el aire de golpe y creyó que se moriría allí mismo. En ese momento sintió una sensación muy parecida.

Carraspeó porque no se creyó capaz de hablar con naturalidad; además, eso le dio tiempo que usó para dar con una respuesta apropiada. Hubiera podido negarlo, pero le bastó toparse con la mirada acerada del hombre ante ella para saber que esa no era una opción. Y tampoco lo era preguntar cómo lo había descubierto; después de todo, ese era su trabajo y fue siempre una posibilidad latente.

–No pensé... no quise involucrarlo en todo esto.

Al final, solo se le ocurrió decir la verdad, o al menos buena parte de ella.

–¿Involucrarlo? –Morgan repitió sus palabras como si le costara creer que la había oído bien–. No es usted quien toma esas decisiones y, según lo que parece, él ya se encuentra involucrado hasta el cuello.

–Pero...

–¿Por qué me mintió?

Sophia intentó convencerse de que no era decepción lo que veía en su rostro; que con seguridad se sentía furioso de la misma forma en que se hubiera sentido cualquier otro en su lugar. Eso era todo.

–No le mentí. Solo...

–Me ocultó cosas.

Sabía que él pretendía burlarse, pero ella se vio aferrándose a esa suposición infantil porque no pudo pensar en otra cosa.

–Sí. Algo así.

Lo vio suspirar y llevarse una mano al cabello humedecido antes de posar sus ojos azules sobre ella.

–¿Por qué? Nos ha hecho andar en círculos y perder tiempo valioso –espetó él–. ¿Y con qué fin? ¿Solo para proteger a este hombre? ¿Para protegerse a sí misma?

–No necesito que nadie me proteja –replicó ella de inmediato sintiendo bullir su genio.

Morgan dio un paso en su dirección y Sophia se forzó a mantenerse donde se encontraba, aunque su primer instinto fue retroceder.

–¿No? –preguntó él–. Estupendo, porque en este momento no puedo pensar en nada que se merezca menos. Ahora, ¿por qué no me cuenta la verdad de una buena vez? Porque voy a ir tras ese hombre y no me importa quién sea, lo haré hablar. Le convendría más decirme lo que sabe ahora o terminará metida en grandes problemas.

–No intente amenazarme.

–No es una amenaza –negó él con un brillo burlón en la mirada–. Solo es una advertencia.

Sophia apretó los labios y le dirigió un gesto de enojo.

–Bill no tiene nada que ver con la muerte de Susan –dijo ella al fin–. Si no le hablé de él fue porque en verdad creo que no hay nada de lo que pueda acusarlo.

Morgan resopló.

–¿Él se lo dijo? –preguntó–. ¿Lo interrogó al respecto y el buen Bill le dijo que no había nada por lo que debiera preocuparse?

Sophia frunció el ceño y le dirigió una mirada de enfado.

–No, pero...

–Entonces, ¿cómo lo sabe?

–Porque lo conozco –espetó ella–. Él nunca... no le hubiera hecho daño a Susan. Jamás.

Morgan estuvo lejos de parecer convencido.

–Tendrá que disculparme, pero elegiré no mostrar tanta fe en ese hombre como la que le tiene usted –replicó él sin mayor inflexión en la voz que no fuera para continuar dejando en claro su desconfianza–. Ahora cuénteme la verdad, señorita Hawkins.

Sophia suspiró y se dijo que le habría gustado sentarse, pero para eso habría tenido que pasar por su lado y no se vio capaz de acercarse tanto. Ese hombre le provocaba un recelo extraño y hasta entonces desconocido que no parecía estar basado tanto en él propiamente dicho como en el efecto que tenía sobre ella.

De modo que se mantuvo allí de pie y empezó a pasar el peso de un pie a otro, pero no intentó esquivar su mirada.

–Fui yo quien los presentó –empezó ella al fin tras carraspear con suavidad–. De eso han pasado años, poco después de que llegara a vivir a Baltimore. Bill me acompañó a instalarme y un día que Susan vino a verme lo encontró aquí. Parecieron congeniar de inmediato; a Bill siempre le han gustado las mujeres como Susan –suspiró y parpadeó un par de veces antes de continuar–. No le di demasiada importancia entonces porque no creí que hubiera nada de lo que debiera preocuparme; pero poco después me enteré de que se habían vuelto a ver varias veces. Susan me lo dijo y Bill no lo negó cuando se lo pregunté. Él dijo...

Sophia vaciló, bajó la mirada y se humedeció los labios.

Al erguir la cabeza reparó en que los ojos de Morgan habían seguido el movimiento y que había dado otro paso hacia ella; fue un movimiento casi imperceptible, pero sintió sus rodillas temblar un poco y las apretó bajo el camisón.

–Él dijo que no era nada serio, que no tenía que armar un escándalo por eso. –Sophia reanudó su historia, pero el tono de su voz había cambiado; ahora tenía una entonación apagada–. Y al comienzo tampoco me pareció que Susan se lo tomara muy en serio. Ella salía con otros, en especial con ese Larry del que les hablé. Creí que Bill era solo uno más y, como él ni siquiera vivía en la ciudad, para ambos no era más que una diversión ocasional.

–Pero luego se dio cuenta de que ella había cambiado de opinión.

Nunca como hasta entonces la voz de Morgan le había parecido tan grave y capaz de despertar todas sus terminaciones nerviosas. Tragó espeso y asintió sin despegar la mirada de su rostro.

–Sí. Al menos eso me pareció. Susan empezó a visitarme con más frecuencia de lo habitual y me hablaba todo el tiempo de él.

–Y a usted eso le molestó.

Sophia frunció el ceño y sacudió la cabeza.

–Me preocupó –corrigió ella–, porque conozco a Bill y sé que no había posibilidades de que sintiera lo mismo. No quería que Susan sufriera.

–Y estaba celosa.

–¿Quién? ¿Yo?

El ceño de Sophia se acentuó y observó al hombre ante ella con gesto serio, en espera de una respuesta, pero no la obtuvo hasta unos segundos después.

–¿Quiere hacerme creer que no le incomodó que una de sus mejores amigas entablara una relación con un hombre que evidentemente es tan importante para usted?

–Bueno, yo no lo diría así –negó ella–. Si las cosas hubieran sido distintas... si él la hubiera querido... no, creo que no. Siempre querré que él sea feliz, pero Susan no era la persona indicada para él. Y él tampoco hubiera sido bueno para ella.

Pareció como si sus palabras lo hubieran impresionado. Cuando menos lo suficiente para que parte de su actitud belicosa pareciera disolverse, aunque la expresión desconfiada no abandonó su rostro.

–Pero lo quiere.

Sophia tardó un momento en comprender a qué se refería.

–¿A Bill? Claro que lo quiero –aseguró ella sin vacilar–. Mucho.

Un brillo azulado destelló en los ojos de Morgan al mirarla.

–Por eso intentó protegerlo –dijo él.

–Eso creo –Ella suspiró, observándolo con expresión inquieta–. Él... no creo que él pudiera sobrellevar muy bien una situación como esta. Y hablo en serio cuando le digo que nada ni nadie podrán convencerme de que Bill tiene algo que ver con la muerte de Susan.

Reconozco que hice mal al no hablarle de él, pero eso no cambia el hecho de que estoy segura de que no le hizo daño.

Las comisuras de los labios de Morgan se elevaron unos centímetros en el esbozo de una sonrisa burlona.

–Y yo le repito que no es usted quien debe llegar a esa conclusión –recordó él.

–Pero...

Sophia hizo un gesto de impotencia y comprendió que no tenía sentido insistir. Bien pensado, ¿por qué iba él a confiar en su palabra?

–¿Y ahora qué? –preguntó ella ante su silencio y sin poder soportar más que la viera de la forma en que lo hacía–. ¿Qué ocurre ahora?

Morgan suspiró y empezó a tamborilear sobre su pierna con las puntas de los dedos. Luego, pareció llegar a una determinación y la observó con gesto ceñudo.

–Ahora hablaré con él para corroborar que me ha dicho la verdad –respondió él.

Sophia sintió que una nueva oleada de furia despertaba en su pecho.

–No le he mentido –aseguró ella mordiendo las palabras.

–Bueno, supongo que eso lo descubriré pronto.

Se entabló una batalla silenciosa entre ambos y ninguno pareció tentado a darse por vencido.

–¿Por qué...?

Ella dejó la pregunta a medias y dio un leve golpe a la alfombra con el pie descalzo. Era una actitud un poco infantil, lo sabía; pero no podía recordar la última vez que sintió una frustración de esa naturaleza. Quería gritar y pegarle en el pecho hasta que él dijera que le creía.

Morgan, que pareció ser consciente de lo que sentía, aun cuando quizá no se hiciera una idea del todo clara de lo que pensaba, se acercó una vez más, pero ahora no se contentó con dar unos cuantos pasos cautelosos sino que no se detuvo hasta que se encontró con el pecho casi pegado al suyo y Sophia se sorprendió retrocediendo en un torpe tambaleo hasta que su espalda dio contra algo que la obligó a detenerse y, al mirar en esa dirección, se topó con el pequeño piano de cola que en su momento le pareció una adición preciosa a la decoración del departamento pero que en ese momento odió porque le impidió seguir huyendo.

¿Cómo diablos había llegado a ese punto?, se preguntó un poco atontada al sentir el vaho del aliento de Morgan sobre su rostro porque él no dudó en ir tras ella y, de nuevo, se encontró atrapada bajo su mirada y el calor que despedía su cuerpo; se hallaban tan cerca el uno del otro que le habría bastado con elevar una mano para posarla sobre su rostro. Huyendo en su propia casa.

La mirada de Morgan la abandonó un instante y se posó en el piano. Sophia hubiera podido jurar que estuvo a punto de sonreír y el nudo en su estómago pareció retorcerse por el anhelo. Quería verlo sonreír. Aún más, quería que le sonriera a ella. Pero cuando la vio nuevamente, cualquier rastro de alegría había desaparecido de su mirada; solo pudo distinguir el recelo que parecía destinar solo para ella y también algo más.

¿Deseo?, se preguntó con la garganta seca y las manos temblorosas a cada lado de su cuerpo. ¿Sería posible que él la deseara también o lo que veía era solo un reflejo de su propia necesidad?

–No sé por qué me sorprendió tanto saber que me había mentido –musitó él cuando ella creyó que no diría nada.

Sophia se dijo que habría preferido que continuara así porque sin duda eso le habría dolido menos que oírlo reconocer algo que, por alguna razón, le lastimaba de una forma inexplicable. ¿Qué más daba lo que pensara de ella? ¿Por qué le importaba?

–Yo no... –Apenas pudo oír su propia voz y tuvo que carraspear un par de veces para que surgiera en un tono cuando menos comprensible–. Nunca quise mentirle.

No pareció como si él la oyera. Parecía que parte de su mente se encontrara muy lejos de allí y Sophia sufrió un pequeño sobresalto al sentir el roce de sus dedos contra los suyos. Él la había tocado antes mientras bailaban, pero eso fue distinto. Ella lo había esperado entonces, era así como debía ser, y además se encontraban rodeados de gente y la música le impedía pensar de más.

Pero en ese momento no había nadie más allí. Solo estaban ellos, el silencio y esa dolorosa sensación de anhelo que parecía fijada a su pecho. Sophia se sorprendió inclinando el torso hacia él y se puso de puntillas para mirarlo directamente a los ojos como si se encontrara en trance.

Hacía mal, de eso estaba segura, pero no se permitió siquiera considerarlo. De haberlo hecho habría... daba igual lo que hubiera ocurrido de haber seguido a su sentido común. Le pareció como si eso fuera lo único que había hecho hasta entonces en lo referente a ese hombre y decidió que necesitaba acallarlo cuando menos una vez porque no creyó que pudiera resistir por más tiempo la necesidad de tocarlo.

Pero hacerlo en serio. No poner una mano sobre su hombro o rozar sus dedos en medio de una pista de baile, sino recorrer la piel de su rostro como se permitió hacer en ese momento.

Morgan entrecerró los ojos al sentir sus dedos, pero no hizo amago de apartarse; por el contrario, sostuvo su mirada sin parpadear y a Sophia le pareció que había dejado de respirar. ¿Qué haría él si...?

Asustada y curiosa a partes iguales, posó los labios sobre los suyos y lo sintió exhalar un suspiro entrecortado, como si sintiera algún tipo de dolor. Le pareció extraño y al mismo tiempo sintió el deseo de consolarlo de cualquier forma que pudiera. Sin pensar, rodeó su nuca con las manos y lo atrajo hacia ella, profundizando el beso hasta sentirlo corresponder. ¡Y de qué forma lo hizo!

Las manos de Morgan rodearon su cintura y enterró los dedos con tanta fuerza que Sophia sintió su calor incluso bajo las delgadas capas de tela que la cubrían. Gimió bajo sus labios cuando él buscó su lengua y su piel ardió ante el contacto áspero de su barba contra sus mejillas.

No podía recordar cuándo fue la última vez que alguien la besó de esa forma. Su mente dejó de pensar y se convirtió en un torbellino de ideas inconexas que le llevaron a preguntarse por qué había esperado tanto tiempo para ceder a ese momento. Los labios de Morgan abandonaron su boca luego de mordisquear sus labios con suavidad y lo sintió recorrer la curva de su barbilla y descender por su cuello; lamió la piel expuesta y las piernas de Sophia se doblaron ante sus caricias. Habría caído a sus pies si él no la mantuviera sujeta contra sus caderas.

Jamás se sintió tan pequeña como cuando Morgan la alzó para sentarla sobre la superficie del piano, ocupando el lugar entre sus piernas que oscilaban con un leve temblor. Él llevó las manos al frente de su bata y deshizo el nudo con movimientos bruscos en tanto Sophia buscaba nuevamente sus labios sin dejar de emitir unos suspiros entrecortados que parecieron avivarlo más.

Su camisón era de un tejido fino y sedoso que Morgan recorrió con suavidad del borde de su pecho hasta sus muslos, deteniéndose un instante en la curva de su cadera. Continuó sus caricias sobre la piel desnuda de sus rodillas y las pantorrillas; Sophia hizo un gesto de desespero al intentar deshacerse de la bata por los brazos con cierta torpeza. El trozo de tela terminó oscilando tras ella antes de caer sobre la tapa del piano.

Sin detenerse un instante, llevó las manos al borde de la camiseta de Morgan y tiró de ella hacia arriba recorriendo el suave vello sobre su pecho. Él jadeó al sentir el tacto de sus palmas y el suave rasguñar de sus uñas y, sin titubear, le ayudó a deshacerse de la prenda y cerró los ojos exhalando entre los dientes apretados un instante cuando Sophia apoyó las palmas sobre su piel desnuda. El sordo latir de su corazón la golpeó y sintió que era un eco del suyo, que parecía a punto de explotar.

Las manos de Morgan recorrieron sus piernas, de las pantorrillas a lo alto de los muslos y se perdieron bajo el camisón, apretando sus caderas; tiró de ella con un movimiento áspero y Sophia lo sintió entre sus piernas, tenso y ansioso; ella fue tras sus labios una vez más y acunó su rostro entre las manos; una bola de fuego ardía en su vientre y creyó que moriría si él no le ayudaba a encontrar alivio a su propia desesperación. Sin embargo, entre todo aquel calor sintió también un casi imperceptible acceso de frío cuando una de sus manos subió a su cintura. Entonces recordó.

¿Qué demonios estaba haciendo?

Furiosa y asustada, lo empujó con todas sus fuerzas. Él no pareció entender lo que ocurría y sintió que cerraba una de sus manos alrededor de su pecho; por un instante, estuvo tentada a dejarlo seguir, pero logró sobreponerse al deseo e intentó apartarlo de nuevo separando sus labios.

Morgan se detuvo de golpe y sus manos resbalaron por su piel hasta posarse sobre sus rodillas. Levantó la mirada de golpe y sus ojos nublados por la pasión se encontraron con los suyos. Él se veía confundido y Sophia aprovechó su desconcierto para alejarlo con mayor ímpetu y poner los pies sobre el suelo, procurando poner cierta distancia entre ambos. No atinó a tomar su bata nuevamente, pero tiró del borde del camisón lo más que pudo y cruzó los brazos a la altura del pecho, como había hecho antes. Ahora, sin embargo, no pretendía ponerse a la defensiva sino protegerse de sí misma; sintió su piel sensible bajo sus dedos y estuvo a punto de gemir por la necesidad. Había estado tan cerca...

Transcurrieron unos segundos en los que ninguno

dijo una palabra, tan solo se vieron con similares muestras de frustración y miedo hasta que Morgan exhaló un hondo suspiro y se agachó para tomar la camiseta que había caído sobre la alfombra. Sophia apartó la mirada cuando los músculos de su pecho se tensaron al ponérsela con movimientos contenidos e intentó no pensar en lo que había sentido al tocarlo.

Ella carraspeó para aclarar su garganta y dio unos cuantos pasos para apartarse de la puerta cuando advirtió que él se dirigía hacia allí. Lo miró de reojo, pero Morgan parecía determinado a esquivar su rostro; aun así, hubiera podido jurar que estuvo a punto de hablarle, pero ella sacudió la cabeza de un lado a otro y debió de comprender que no obtendría una palabra de su parte, no en ese momento.

Tras pasarse una mano por el cabello revuelto, Morgan hizo un gesto de desaliento y abandonó el apartamento cerrando la puerta tras él con suavidad, pero Sophia sintió como si la hubiera azotado contra su rostro. Entonces sus piernas parecieron rendirse y se vio deslizándose sobre la alfombra como si fuera una marioneta a la que le hubieran cortado los hilos.

No se trataba tan solo de lo mal que estuviera que se involucrara con él por su papel en lo ocurrido con Susan o que pretendiera ir por Bill, tal y como asegurara. Le avergonzaba un poco reconocerlo, pero eso era lo último en lo que había pensado hacía unos minutos y no habría dudado en seguir sin pensar en las consecuencias hasta que fuera muy tarde.

Lo que en verdad le había forzado a detenerse, reconoció hundiendo el rostro entre las manos, fue sentir el frío de su alianza contra su piel. ¿Cómo había podido olvidarlo siquiera un segundo? Ella nunca... no importaba cuánto lo deseara, jamás se permitiría cruzar esa línea.

Angustiada de una forma que no creía haber sentido jamás, se sorprendió al sentir la humedad de las lágrimas corriendo por entre sus dedos; se permitió llorar, porque sintió como si llevara una eternidad conteniendo sus sentimientos y fuera incapaz de hacerlo un segundo más.

Lloró por la tensión contenida en las últimas semanas. Por Susan y su horrible fin; por Bill y su egoísmo; pero en especial lloró por ella, por Morgan, y por lo que no podría ser.

9

En opinión de Morgan, había pocos hombres en el departamento dueños de una percepción tan desarrollada como la de Logan Spencer. Tal vez fuera un sujeto de pocas palabras, pero entendía las cosas de una forma más profunda que la mayoría y sabía perfectamente cuándo era un buen momento para dar su opinión y cuándo era mejor que mantuviera la boca cerrada.

Morgan nunca se sintió más agradecido por ese rasgo de su carácter como cuando pasó toda una semana tolerando su parquedad y su mal humor sin decir una palabra al respecto, aunque para él fue obvio que se moría por preguntar qué era lo que le ocurría, cómo había pasado de su tranquilidad habitual a actuar como si estuviera tentado a destrozar lo que le saliera al paso.

Cuando menos la mitad de su gente en la estación se hacía a un lado al verlo pasar y cada vez que uno de los oficiales se presentaba en su oficina temblaba como si estuviera a punto de enfrentarse a un león hambriento.

Morgan se habría sentido avergonzado de haber reparado en ello porque jamás le había gustado inspirar miedo; era un firme defensor de la importancia de ganarse el respeto de sus subordinados. Sin embargo, en aquel tiempo se encontraba muy lejos de reparar en el efecto de su carácter en quienes le rodeaban.

Tan solo se esforzaba por mantener controlado su mal humor cuando se hallaba en compañía de Lucy. Con ella todo eran risas, paciencia y dulzura; pero el resto del tiempo... incluso Ester había empezado a verlo mal cada vez que él cortaba cualquier intento de conversación que ella procuraba entablar cuando llegaba a casa. Morgan esperaba que lo mandara al diablo en cualquier momento y tenía clarísimo que lo tendría bien merecido. Eso y mucho más.

¿Cómo había podido ser tan idiota?, se preguntó más de una vez en el transcurso de esa semana. Nunca debió dejarse llevar de esa forma con Sophia; y no tenía sentido usar la excusa de que se sintió engañado y furioso al descubrir que ella le había ocultado información relevante para el caso.

Lo que ocurrió entre ellos no tuvo nada que ver con eso. Era algo que solo les pertenecía a los dos y que se había mantenido latente desde la primera vez que se vieron. Su discusión fue solo el detonante preciso para que mandaran al diablo la cordura e hicieran lo que llevaban tanto tiempo deseando.

Lo peor de todo, consideró él después, cuando logró recuperar la capacidad de pensar, fue que, si ella no lo hubiera detenido, él no habría sido capaz de hacerlo. Hubiera seguido hasta el final porque incluso entonces no creyó poder encontrar la paz que sentía que le habían robado y que seguiría buscando mientras no pudiera tenerla.

Aún no tenía idea de qué fue lo que persuadió a Sophia de detenerse, pero supuso que en lugar de sentirse frustrado debería estar agradecido por ello. El problema era que, en el fondo, habría deseado que no lo hiciera.

Lo que no solo lo convertía en un inconsciente y egoísta sino también en una vergüenza para su institución, tuvo que reconocer cada vez que se permitió pensar en ello. ¡Haber estado a punto de acostarse con un testigo!

Un ligero carraspeo le obligó a recordar en dónde se

encontraba y por qué hasta hacía unos minutos se había sentido inclinado a agradecer la discreción de Logan aun cuando en ese momento, al abandonar la contemplación del trozo de estacionamiento que se veía desde su ventana y llevar su atención al rostro de su amigo, se dijo que tal vez él no estuviera dispuesto a mostrarse tan comprensivo durante más tiempo.

–¿Quieres que te deje solo?

Morgan contuvo el impulso de poner los ojos en blanco y apretó los dientes, un poco avergonzado de haber sido pillado en esa situación. Lo peor era haberse permitido evadirse de esa forma incluso sabiendo que no se encontraba a solas.

–Lo siento –se disculpó con brusquedad antes de mirar a su amigo con una ceja arqueada que pareció indicar que no estaba dispuesto a tolerar su sarcasmo–. ¿En qué estábamos?

Logan carraspeó y sostuvo su mirada sin parpadear; Morgan dudaba de que fuera capaz de amedrentarlo, pero él debió de ver algo más debajo de su hosquedad que le indicó que mostrarse ofendido hubiera sido una tontería.

–Bueno, en realidad no estábamos en nada; acabo de llegar –le recordó él señalando su oficina con un ademán y una casi imperceptible sonrisa en el rostro–. Pareces un poco distraído.

Morgan se encogió de hombros y apoyó las caderas en el antepecho de la ventana al tiempo que se cruzaba de brazos. El movimiento atrajo la mirada de Logan y sus ojos adquirieron un brillo curioso al reparar en que no llevaba su anillo de bodas, pero no hizo comentarios al respecto si bien fue un poco más animado al continuar una vez que se dio cuenta de que su amigo no pensaba decir nada.

–En fin, solo vine a decirte que hablé con Jim, mi amigo en Nueva York.

–El que trabaja con el comisionado.

Logan asintió y pareció aliviado tanto de que Morgan recordara ese detalle como de que decidiera participar en la charla para algo más que no fuera esquivar sus preguntas.

–Sí, lo acaban de nombrar –recordó él–. Es un buen tipo y está muy bien relacionado; pero aun así dijo que no habrá forma de que William Stewart hable con nosotros a menos que así lo quiera.

–¿Por qué?

–Sabes por qué. El crimen de Susan Green ocurrió aquí y Stewart tiene su residencia en Nueva York; no podemos simplemente forzarlo a venir y contestar a nuestras preguntas.

Morgan masculló una maldición.

–Yo podría –replicó él en un tono helado.

Logan sonrió sin humor.

–No lo dudo. Pero eso no sería legal –acotó él–. Además, no creo que sea buena idea mostrarnos demasiado exigentes, no cuando se trata de este tipo. Su familia tiene demasiado poder.

–¿Eso debería asustarnos?

–Yo no he dicho eso. –Logan arqueó una ceja y enserió el semblante–. Solo digo que deberíamos actuar con más prudencia, solo eso. Me sorprende que tenga que decírtelo; eres un hombre astuto la mayor parte del tiempo, sabes cómo funciona nuestro trabajo; por eso estás en este puesto. Se supone que el atolondrado soy yo.

Morgan bufó y sacudió la cabeza de un lado a otro sin disimular que eso último le había afectado un poco. Desde luego que era prudente. Y astuto. Aunque nadie lo diría, de verlo últimamente, reconoció de mala gana.

Al reparar en que Logan lo veía con atención, en espera de una respuesta, cabeceó y lo señaló con un ademán desenfadado.

–No eres tan malo –replicó él–. Tal vez nos vendría bien un poco de tu imprudencia ahora.

–Jamás creí que te oiría decir algo como eso.

–Escucha, quiero acabar con esto pronto. Lo antes

posible. –Morgan habló en un tono quizás demasiado ansioso.

Logan entrecerró los ojos.

–Eso es lo que queremos todos; pero no siempre...

–¿Crees que puedas hablar de nuevo con tu amigo en Nueva York? –Morgan lo interrumpió antes de que pudiera continuar–. Pídele que vuelva a probar con Stewart, pero tienes razón en que no tiene sentido mostrarse demasiado insistente. Que intente persuadirlo para que colabore; dile que agradeceremos su ayuda; no puedo creer que un hombre en su posición desafíe abiertamente a la policía, no importa de qué Estado sea. Él tiene que venir y responder a nuestras preguntas, aun cuando sea tan solo por conservar las apariencias.

Logan lo oyó, pensativo, y no tuvo más alternativa que asentir para mostrarse de acuerdo, aun cuando Morgan notó que en el fondo aún conservaba sus dudas.

–Supongo que podríamos intentarlo. La gente como Stewart da mucha importancia a esas cosas; siempre y cuando no sea un absoluto idiota, claro, porque en ese caso se ocultará tras su apellido y no podremos sacarle una palabra a menos que consigamos una orden federal –dijo su amigo al cabo de un momento.

Morgan esbozó una media sonrisa, como si ya hubiera considerado esa última posibilidad.

–Y, ¿qué ocurre si se hace correr la voz de que está involucrado en un asesinato y se niega a colaborar con la policía –comentó él como quien habla del clima–. Entonces incluso su familia le pondrá un cuchillo al cuello para que hable y aleje de ellos esa clase de atención.

Logan resopló y lo observó con cierta sorpresa.

–¿Quieres que le diga a mi amigo que vaya por allí propagando chismes para forzar a Stewart a salir? –preguntó él.

Morgan asintió sin dudar.

–Precisamente –respondió él–. ¿Tienes algún problema con eso?

Logan se encogió de hombros.

–Para nada –aseguró con una sonrisa divertida–. Me pondré con eso de inmediato.

–Bien. Mantenme informado.

Su amigo se puso de pie y se encaminó a la puerta, pero cuando ya se había marchado, volvió sobre sus pasos y lo miró desde el dintel.

–Por cierto, hablé con el forense y me dijo que ya habían terminado con los exámenes del cuerpo de Susan Green; pensé que podríamos avisar a la señorita Hawkins para que se ocupe del funeral y eso –comentó él.

El cuerpo de Morgan se puso en tensión de inmediato ante la referencia a Sophia y le costó todo un minuto dar con una respuesta apropiada.

–Ya. Deberías avisarle entonces –indicó él.

–¿No quieres hacerlo tú?

Morgan dirigió a su amigo una mirada ceñuda.

–¿Y por qué tendría que hacerlo? –preguntó retomando su tono cortante.

–Porque eres tú quien ha tratado con ella...

–Pero no fue a mí a quien llamó para averiguar acerca de este asunto en particular, ¿cierto?

Logan vaciló un segundo antes de responder.

–Bueno, no, pero...

–Ocúpate tú de eso, Logan, y luego ponte con las llamadas a Nueva York. –Más que un pedido, aquello fue una orden muy clara, y Morgan continuó antes de que su amigo tuviera tiempo de protestar–: Avísame si necesitas algo.

Al detective no le quedó otra alternativa que asentir de mala gana, aunque por la mirada que le lanzó antes de marcharse, a Morgan le quedó claro que no le había sentado nada bien su brusquedad. Tendría que disculparse luego, se dijo una vez que volvió a situarse ante la ventana y su mirada se perdió en la franja de hormigón gris a sus pies.

Lo hacía bastante últimamente, reconoció con un gesto amargo. Disculparse. Con Logan, Ester, y a veces incluso consigo mismo. El mayor problema era que no

estaba seguro de durante cuánto tiempo lo aguanta-
rían ellos, y también él. Apenas se sentía cómodo en su
propia piel en los últimos días y aun cuando le habría
gustado convencerse de que era solo una mala racha
y que pasaría pronto, en el fondo sabía que eso no era
verdad.

Morgan tuvo que prácticamente desdoblarse durante la siguiente semana porque Ester estaba tan desbor-
dada de trabajo que apenas podía pasar unas cuantas
horas durante las tardes para darle una mirada a Lucy.

Había una chica recomendada por Logan que iba
a ocuparse de su hijo cuando él y Tara no conseguían
hacer calzar sus horarios y ocuparse a tiempo completo del niño, y a quien Morgan llamaba de cuando en
cuando si se veía imposibilitado de cubrir a Ester; pero
procuraba que no ocurriera con mucha frecuencia. No
le gustaba la idea de que su hija creciera con una desconocida; ya bastante tenía con adaptarse a la ausencia
de su madre.

De modo que no le quedó más alternativa que inge-
niárselas para trabajar algunas horas desde casa y, por
primera vez en meses, se tomó un día libre para llevar a
Lucy a la escuela y esperarla cuando volvió a casa.

Para cuando terminó la semana estaba exhausto,
pero curiosamente, se sentía de mejor humor. Al pensar en ello, llegó a la conclusión de que tal vez eso se
debiera a que había estado demasiado ocupado como
para pensar en lo que le molestaba. Es decir, Sophia.

Sin embargo, era posible que eso cambiara pronto
porque le había prometido, tanto a Ester como a Lucy,
que llevaría a la niña a Hill Park para que viera la sesión de fotos en la que su tía participaba. Había sido
una idiotez de su parte aceptar porque sabía que era
posible que Sophia se encontrara allí, aun cuando no
estaba seguro de qué tanto se involucrarían los editores
de revistas en esa clase de cosas.

Tal vez tuviera suerte y Sophia fuera una de esas jefas que preferían delegar el trabajo en sus empleados y prefería esperar a que le llevaran los resultados, pero en el fondo lo dudaba mucho. Aun así, Lucy estaba tan emocionada por ver a su tía después de varios días de encuentros apurados y, de paso, visitar uno de sus lugares favoritos, que no tuvo corazón para negarse.

Llegaron al parque al mediodía, cuando el sol ya se encontraba en lo alto. Habían acordonado el área central, pero Morgan reconoció a uno de los oficiales de policía que se encontraban allí y, luego de explicarle que iban a ver a un familiar que participaba en la sesión, los dejó pasar sin mayores problemas.

Al ver al grupo de gente ante la pérgola que se hallaba a solo unos metros de la fuente, comprendió por qué Lucy no había dejado de hablar de los colores que tanto la impresionaron el día que Ester la llevó a la primera sesión en el museo. Vio a varias jóvenes espigadas y sonrientes envueltas en capas de seda que simulaban un arcoíris en un contraste curioso con el gris de los edificios y el verde opaco del gras descuidado que cubría buena parte del parque.

En deferencia a la ocasión, su hija había insistido en dejar su pijama de unicornio en casa e insistió en ponerse su vestido azul favorito. Morgan había pasado media hora intentando hacerle una trenza con un tutorial que Ester le recomendó, pero el resultado estaba lejos de ser el mejor. La trenza colgaba poco ajustada sobre su espalda y algunos cabellos se le enroscaban a la frente, pero a Lucy parecía gustarle y Morgan se dijo que tal vez debería practicar un poco más.

Mantuvieron cierta distancia para no interrumpir la sesión porque era evidente que llevaba un buen rato de iniciada; encontraron una banca bajo un árbol que los cobijó bajo su sombra y desde allí pudieron ver a Ester corretear de un lado a otro con la cámara al hombro gritando indicaciones que las modelos se apresuraban a obedecer. De cuando en cuando paraban para que unos asistentes se acercaran corriendo para ajustar un vestido, arreglar un peinado o retocar el maquillaje. A Morgan le pareció un trabajo monótono y poco emocionante, pero supuso que el resultado valdría la pena. Además, y como todos quienes lo conocían mencionaban con frecuencia: ¿qué sabía él de moda?

Aunque habrían tenido que torturarlo para que lo reconociera, buscó a Sophia con la mirada en más de una ocasión, pero no consiguió verla por ninguna parte. Tal vez no se encontrara allí, se dijo poco después intentando hacer como si la idea no le decepcionara. Quizás fuera lo mejor.

Lucy empezó a aburrirse y dijo que quería acercarse para ver bien los colores, pero antes de que él tuviera que repetir que no podían interrumpir el trabajo de su tía, oyó que uno de los asistentes gritaba que se tomarían un descanso y exhaló un suspiro de alivio. La niña se puso de pie al mismo tiempo que él y tomó su mano para encaminarse en dirección al grupo con cuidado de mantener cierta distancia aun porque no sabía si Ester se encontraría del todo libre aún.

Entonces reparó en un par de cosas que no había notado antes. En primer lugar, que había una gran carpa de lona bajo la que se habían dispuesto una hilera de sillas y donde el equipo parecía mantener a buen recaudo sus cosas, como la ropa que las modelos irían cambiando y algunos juegos de luces y viento. Lo segundo le sorprendió un poco más porque, al dirigirse hacia allí cuando Ester lo vio y le hizo un gesto para que se acercara, su mirada se encontró con el rostro de Sophia, que lo vio a su vez como si pensara que se encontraba ante un espejismo.

Ella debió de estar allí todo el tiempo, supuso él asumiendo un semblante inexpresivo al saludar a su prima y observar en tanto esta abrazaba a la niña y alababa su peinado en medio de risas. Sin embargo, era evidente que no había notado su presencia, igual que le había ocurrido a él, lo que le extrañó un poco. Hasta entonces, hubiera podido jurar que era imposible que se encontraran en un radio de un kilómetro y él no fuera capaz de sentirlo.

Empezaba a pensar tonterías, se dijo con los labios apretados en una extraña sonrisa, cuando su prima le dirigió una mirada confusa al notar su tensión.

–¿Todo bien? ¿Por qué parece como si hubieras tragado una anguila?

Ester tenía el cabello tan alborotado como su sobrina, pero se veía exultante y Morgan supuso que se debía a lo mucho que estaba disfrutando de su trabajo.

–¿Una anguila? –repitió él en tono burlón apartando sus pensamientos–. ¿Cómo diablos iba a...?

–Oye, no blasfemes frente a mi jefa.

–No pasa nada. Estoy segura de que el señor Reynolds puede decir cosas peores.

La sonrisa de Morgan se esfumó al notar la presencia de Sophia a su lado. Ella se había acercado casi sin que lo notara y no pudo menos que preguntarse adónde habían ido a parar los instintos de los que siempre se había sentido tan orgulloso.

–Señorita Hawkins.

Morgan rogó porque su tono hubiera sonado algo más cortés de lo que se sintió al decirlo. Pero no tuvo mucho tiempo para considerarlo porque advirtió en que Ester miraba de un lado a otro con la confusión pintada en el rostro.

–Vaya. Estaba a punto de presentarlos, pero al parecer creo que no hará falta –comentó ella con una ceja arqueada.

Para su suerte, era obvio que a Sophia se le daba bien fingir; cuando menos, mucho mejor que a él, porque ella apenas vaciló antes de esbozar una sonrisa y encogerse de hombros en un ademán desenfadado.

–El señor Reynolds es un viejo conocido; he colaborado con uno de sus trabajos en las últimas semanas. Un asunto un poco triste, me temo –explicó ella exhalando un suspiro de pena, pero su sonrisa se amplió al mirar a Ester–. Pero no tenía idea de que fuera ese primo del que hablas tanto. Es una sorpresa, aunque ahora veo el parecido.

Ester se recuperó de la sorpresa con rapidez y le devolvió la sonrisa de inmediato. Tenía una de las manos alrededor del brazo de Lucy y esta dirigía unas cuantas miradas ansiosas a la mujer ante ella. La niña parecía fascinada por Sophia y Morgan no pudo culparla. Nunca le había parecido más hermosa. Hasta entonces, y a excepción de cómo la vio la última vez que fue a buscarla a su apartamento, siempre la había visto con ropas un tanto austeras; elegantes y sin duda muy costosas, pero era como si se esmerara por proyectar una imagen de profesional inflexible.

En ese momento, en cambio, le pareció más joven y despreocupada, con unos jeans gastados hasta la cintura y una camiseta de manga corta que se ajustaba a su silueta de forma muy sentadora. Llevaba el cabello suelto sobre los hombros y apenas advirtió un brillo sutil en sus labios. Los recuerdos de su último encuentro lo golpearon sin piedad y no pudo evitar evocar lo que sintió al tocarla de la forma en que lo hizo entonces. La suavidad de su piel bajo sus dedos y el sabor de su boca.

Morgan apartó la mirada porque temió que ella pudiera darse cuenta de lo que pensaba y fijó su atención en el grupo de modelos que parloteaban unos metros más allá. Un par de ellas lo vieron entonces y le hicieron un gesto de saludo que correspondió sin mucho entusiasmo.

–... Este no es para nada su elemento, como habrás notado ya, pero ha sido genial que trajera a Lucy; hace días que no nos vemos, ¿cierto, cariño?

Morgan parpadeó y miró a Ester con el ceño fruncido. No estaba del todo seguro de haberlo oído bien, pero algo le dijo que ella había dicho algo respecto a su imposibilidad de encajar en medio de toda esa locura. Se habría ofendido gravemente de no ser porque sabía que era verdad. De cualquier forma, no le prestó atención durante mucho tiempo porque su mirada se vio atraída por la voz de Sophia, que en ese momento se dirigía a Lucy con una sonrisa que no le había visto antes y que le provocó un calor abrasador en el pecho.

–Me encanta tu vestido, Lucy, y tu peinado. ¿Sabías que las trenzas están de moda?

–Me ha quedado un poco floja...

Morgan oyó su voz un tanto indecisa, pero no pareció como si los demás lo notaran porque Ester empezó a reír y Sophia le dirigió una mirada curiosa antes de desviar su atención al rostro alegre de la niña.

–Bueno, tienes suerte porque los peinados rígidos están fuera de temporada –apuntó ella fijando un par de mechones sueltos en el peinado con manos hábiles.

Morgan no supo qué responder a eso, en especial porque notó cierta familiaridad en su voz, lo que lo desconcertó, pero comprendió que era de esperar. ¿Cómo podrían volver a la formalidad luego de lo ocurrido entre ambos?

–Hemos parado un rato para que las chicas estiren las piernas y que nosotros podamos tomar un poco de aire. –Ester habló una vez más señalando los grupos que empezaban a dispersarse alrededor del parque y, tras titubear un segundo, se dirigió a Lucy con una brillante sonrisa–. ¿Quieres ver esos vestidos bonitos que usaremos en la sesión?

La niña empezó a aplaudir antes de que su tía hubiera terminado de hablar y, de no ser porque esta la mantenía asida de la mano, habría salido corriendo en dirección a la carpa.

–Tranquila. Un segundo. –Ester dirigió a Sophia una mirada de disculpa–. No hay problema, ¿no?

–Claro que no. –Ella se encogió de hombros y sonrió a la niña–. Tal vez puedas pedir a uno de los estilistas que te pongan unas de las flores que usan las chicas en esa trenza tan bonita.

Después de eso ya no hubo forma de detenerla. Lucy tiró de su tía y esta hizo una mueca de resignación antes de correr tras ella. Sin embargo, a Morgan no se le pasó que antes de marcharse le dirigió una mirada interrogante que pareció indicar cuán intrigada estaba porque conociera a Sophia y no hubiera hecho antes ningún comentario al respecto.

Le esperaba un largo interrogatorio, se dijo él con un suspiro de incomodidad. Una sensación que se incrementó al reparar en que de pronto se encontraban a solas, o tanto como puede estarse en medio de un parque y rodeados por un grupo de personas. Pero la verdad era que, tal y como ya había notado antes, cuando se hallaba al lado de Sophia el resto del mundo parecía desaparecer. Al menos en parte.

–¿Podrías...? ¿Te importaría caminar conmigo? Solo un momento –dijo ella.

Morgan parpadeó y fijó su mirada en el rostro de Sophia, pero se arrepintió tan pronto como lo hizo. Ella lo miraba un tanto indecisa, pero él percibió, más que vio, la decisión en su mirada gris y en la forma en que apretaba los puños a cada lado del cuerpo. De modo que asintió y empezó a andar para dar una vuelta a la fuente en el centro del parque; era un lugar un tanto apartado, pero no tanto como para que llamaran la atención. Oyó la risa de Lucy proveniente de la carpa y se alegró de que estuviera entretenida.

–Quería... –Sophia habló una vez más en cuanto se encontraron lo bastante lejos de oídos indiscretos–. Tengo que disculparme contigo.

Morgan arqueó una ceja e hizo un gesto de incredulidad.

–¿Tú quieres disculparte conmigo? –preguntó él–. Tienes que estar bromeando.

–No estoy...

Él continuó como si no la hubiera oído:

–Porque si alguien tiene que disculparse, ese soy yo. Lo que hice... –Morgan resopló y se frotó los párpados con los dedos–. Ni siquiera sé qué decir.

Sophia llevó las manos a los bolsillos como si necesitara mantenerlas quietas y se encogió de hombros antes de dirigirle una mirada nerviosa.

–En eso estamos de acuerdo –replicó ella–. Pero no es por eso por lo que quería disculparme.

Morgan arrugó el ceño.

–¿No?

–No exactamente –indicó ella–. No es que estuviera bien... no digo que estuviera mal, es que...

Sophia exhaló un par de veces antes de dirigirle una mirada de reojo.

–Te estoy confundiendo.

Morgan sonrió sin gracia.

–Por eso no te preocupes; ya me sentía bastante confundido antes de hablar contigo.

–Es que... pensé que... –Ella carraspeó antes de continuar–. Creí que estabas casado. Por tu anillo. No podía creer que hubiera permitido que llegáramos tan lejos cuando ya me había dado cuenta antes.

Morgan se detuvo de golpe e hizo un gesto para que ella lo hiciera también. Tras dejar la fuente tras ellos, habían llegado al inicio de la ladera en que él y Lucy acostumbraban pasear. Normalmente habría dedicado una mirada al punto más bajo, donde había caído más de una vez por seguir sus juegos, pero en ese momento solo pudo buscar el rostro de la mujer ante él con el entrecejo tan fruncido que fue un milagro que pudiera enfocar con claridad.

–No estoy casado –dijo él.

–Ya lo sé ahora...

–Nunca te hubiera tocado de estarlo –continuó él, demasiado indignado como para que sus palabras penetraran en su mente con nitidez–. No soy esa clase de hombre; no tengo por costumbre ir por allí asaltando mujeres...

Sophia dio un leve golpe al césped bajo sus pies como si esa fuera la única forma de llamar su atención y en parte así fue porque el movimiento desconcertó a Morgan lo suficiente para que callara de golpe y ella exhaló un hondo suspiro al verlo de nuevo con expresión torturada.

–Lo sé. –Sophia repitió la frase con los dientes apretados–. Pero entonces... no tenía idea. Creí que tú... lo peor es que estuve a punto de olvidarlo y me he sentido miserable por eso. Ester me habló de ti, ¿sabes? Lo hace mucho; siempre está hablando de su primo y de su sobrina, de cómo cree que nunca podrás superar la pérdida de tu esposa y lo duro que es todo para ustedes. Pero nunca imaginé que se tratara de ti. De haberlo sabido...

Morgan siguió el movimiento de su lengua cuando se humedeció los labios y exhaló el aire contenido con un ruido sordo.

–No tenías cómo saberlo –dijo él al fin–. Y preferiría que Ester no fuera por allí contándole mi vida a todo el mundo.

Sophia sacudió la cabeza de un lado a otro y le dirigió una mirada serena; a él le dio la impresión de que luego de decir lo que le daba vueltas en la cabeza se sentía mucho más tranquila, lo bastante para mostrar toda la comprensión que él habría apreciado de no sentirse como si tuviera la necesidad de echar a correr. Porque de no hacerlo...

–Me lo dijo porque creo que confía en mí –explicó ella al advertir su molestia–. Hemos simpatizado en estas semanas y es obvio que se preocupa mucho por ustedes. Son su familia. Los quiere.

Sus palabras parecieron apaciguar el ánimo de Morgan, pero estaba lejos aún de haber recuperado la calma del todo. Aun así, cabeceó con brusquedad para dar por zanjado el tema de las indiscreciones de Ester y volvió a observarla con los párpados caídos porque pensó que tal vez así ella no pudiera ver del todo lo que sentía.

–Debí decírtelo entonces, pero no es un tema que surge así como así, ¿entiendes? Además, tú y yo... la forma en que nos conocimos no es precisamente normal. Sigue sin serlo –recordó él–. Independientemente de lo que pueda querer, lo que hice fue incorrecto. Aún más, es posible que sea ilegal. –Él hizo una mueca que delató lo incómodo que se sentía al recordar lo que consideraba una grave falta.

Los ojos de Sophia relampaguearon, pero no porque se encontrara enfadada, advirtió él, era posible que la hubiera herido al decir todo aquello, pero no supo cómo arreglarlo. O tal vez sí. Hubiera podido decir que pese a que estaba convencido de que tenía razón, que era cuando menos poco profesional e irresponsable que se hubiera dejado llevar por la atracción que sentía hacia ella, también era cierto que de encontrarse en la misma posición hubiera hecho exactamente lo mismo. Porque la deseaba más allá de las palabras y eso no había variado ni un ápice desde su último encuentro. Era posible incluso que la necesidad que sentía por ella no hiciera más que incrementarse con el paso del tiempo.

Pero no dijo nada de eso porque no se sintió lo bastante seguro para desnudar de esa forma sus sentimientos. Y, además, aunque se había esmerado mucho por ignorar lo que ella dijera respecto a su conversación con Ester acerca de su imposibilidad de superar la pérdida de Ángela, sabía que era un tema latente y espinoso que no podía siquiera empezar a rozar. No allí. No en ese momento.

–No quiero lastimarte. No quise hacerlo entonces y te prometo que no quiero hacerlo ahora. –Morgan aclaró su garganta y rogó porque ella fuera capaz de percibir la sinceridad en su voz–. Pero las cosas son demasiado complicadas. Hice mal al dejarme llevar de la forma en que lo hice sin considerar todas las razones... ¿podrías perdonarme?

La vio vacilar un segundo antes de asentir; su mirada no se desvió ni un segundo de su rostro y Morgan se sorprendió de haber pensado alguna vez que se trataba de una mujer frágil. Era, sin asomo de dudas, una de las más fuertes que había conocido.

–Solo si tú puedes perdonarme también –replicó Sophia poco después–. Por haber pensado tan mal de ti.

Morgan esbozó la sombra de una sonrisa y cabeceó antes de reemprender la marcha. Él dirigió sus pasos de vuelta adonde se encontraba el grupo y atisbó un remolino de color azul saltando alrededor de una enorme cámara y supo que en cualquier momento empezarían a oír los gritos de Ester.

–Parece que no hemos hecho más que juzgarnos mal, ¿no? –musitó él ladeando el rostro hacia ella para que nadie más pudiera oírlo.

Sophia se encogió de hombros.

–Tú lo dijiste. Empezamos con mal pie –recordó ella.

Morgan estuvo tentado a decir que eso no era tan terrible, que podrían corregirlo por el camino; pero no se atrevió a hacerlo. Porque no estaba seguro de que hubiera uno para ellos; aún más, no tenía idea de si lo deseaba. Era demasiado complicado, y hasta entonces él había conseguido acostumbrarse a la dura sencillez de su monótona vida y a sentirse miserable sin que aquello lo hundiera del todo.

La presencia de Sophia, su solo existencia, había conseguido replantear todo eso, y de una forma tan imprevista, que no sabía cómo manejarlo. Era como un rayo de luz que había surgido de la nada, cegándolo, y aun cuando intentara tomarlo para impedir que desapareciera se le escurría entre los dedos dejándole la piel en carne viva.

–¿Podríamos...? –Él cogió aire de golpe y miró al frente porque dudaba de ser capaz de actuar con sensatez si la veía a los ojos–. Dejemos eso atrás.

Ella solo tardó un par de segundos en responder, y cuando lo hizo, su voz surgió muy queda y al mismo tiempo tan segura que Morgan sintió que se asentaba en su pecho.

–Supongo que podríamos hacer eso. Si es lo que quieres.

A Morgan le habría encantado decir que no, que eso no era en absoluto lo que quería. Que podían dejar atrás cualquier confusión que había surgido entre ambos, eso estaba bien; ni ella era una mentirosa, tal y como él la acusó antes, ni él era un sinvergüenza capaz de cualquier cosa para meterse entre sus faldas. Pero lo otro... lo que le inspiraba ella, lo mucho que la deseaba y todo lo que había despertado en él después de tanto tiempo... eso no.

Para su suerte, o tal vez no, en ese momento sus predicciones se vieron cumplidas porque la voz de Ester irrumpió entre ellos sobresaltándolos y forzándolos a andar con más rapidez para reunirse con el grupo.

Morgan vio a su prima correr y agitar los brazos con tanto ímpetu que varios de los miembros del equipo se hacían a un lado entre risas al verla pasar y algunas bandadas de aves abandonaron los árboles en que se posaban para buscar un refugio más tranquilo. Lucy lo saludó desde unos metros más allá; corría para alejarse de su tía envuelta en un lío de colores; había tomado algunas de las cintas que las modelos usaban en el cabello y las alzaba tras ella sin dejar de reír.

Alguien le había atado unos lazos en el peinado y Morgan sintió que buena parte de lo que le angustiara hasta entonces se disolvía dejando un poso algo más sereno en el fondo de su pecho. Y, sin embargo, al ladear el rostro a un lado se topó con la mirada de Sophia, que contemplaba la escena con una suave sonrisa; entonces se sorprendió sonriendo también y algo le dijo que, sin importar lo que hubieran aclarado hacía unos minutos o lo que hubiera conseguido reconocer siquiera para sí mismo respecto a lo que sentía por ella, sus problemas estaban muy lejos de haber terminado.

10

Logan recibió una llamada de su amigo en Nueva York a media semana en la que le informaba que, luego de haber seguido sus indicaciones y de haber corrido la voz respecto al posible papel de William Stewart en la muerte de una conocida modelo en Baltimore, este se había comunicado con él para decirle que había considerado su conversación anterior y que estaba dispuesto a reunirse con la policía para ayudar en su investigación.

Solo lo hacía en bien del proceso y en su afán de ser un ciudadano responsable, desde luego, tal y como aseguró; pero tanto a Logan como a su amigo aquella excusa tan manida les dio igual. Y Morgan estuvo completamente de acuerdo una vez que se enteró.

De inmediato acordaron un encuentro y, a primera hora del viernes, tuvieron al señor Stewart sentado en la sala de interrogatorios de la estación de Baltimore. Al verlo llegar, vestido con un traje que debía de costar el salario de un policía promedio y con una expresión entre aburrida y arrogante, Morgan se dijo que le esperaba una charla de lo más interesante.

En deferencia a que había sido Logan quien hizo los mayores esfuerzos por conseguir ese encuentro, Morgan permitió que iniciara el interrogatorio luego de tomar sus señas. Él se mantuvo en un segundo plano, sentado al lado de su amigo y muy atento al hombre ante él. Estudió su rostro afilado y su postura rígida, así como la forma en que mantenía sus manos entrelazadas y veía de uno a otro con una desconfianza casi palpable.

Atisbó también algo en sus ojos claros que se le antojó conocido, pero no supo de dónde y prestó atención a las palabras de Logan, que recitaba sus preguntas en un tono monótono que Morgan conocía bien. Pretendía mostrarse aburrido con el fin de que el interrogado bajara la guardia.

–Ya lo he dicho dos veces. Conocí a Susan hace varios años y fuimos buenos amigos. ¿Cuántas veces voy a tener que repetirlo?

William Stewart tenía una voz agradable y bien modulada, pero chirriaba un poco cuando se encontraba en tensión, algo que sin duda le ocurría en ese momento. A Logan aquello no pareció molestarlo; por el contrario, se vio muy tranquilo al repasar sus notas y dirigirse a él nuevamente poco después.

–Eso lo tenemos claro, señor Stewart; pero mi pregunta fue respecto a la naturaleza de esa amistad y qué tan cercanos diría que eran ambos –aclaró él sin vacilar–. Según las evidencias, se veían con cierta frecuencia cuando usted venía a Baltimore e hicieron varios viajes juntos. Además, los vecinos de la señorita Green dijeron que se quedaba en su apartamento durante días y que ella se refería a usted como algo más que un amigo.

–Gente que no tiene nada mejor que hacer...

Morgan esbozó una media sonrisa al oír los gruñidos del hombre y creyó atisbar un brillo de enojo en sus ojos; pero se recompuso con rapidez y devolvió a Logan una mirada de suficiencia.

–¿Y desde cuándo es un crimen mantener una relación con alguien? –espetó él.

–Entonces reconoce que lo suyo con Susan no era solo una amistad; tenían una relación... romántica.

Morgan estuvo tentado a poner los ojos en blanco al oír el término de Logan y no le extrañó que Stewart bufara con un gesto de desagrado.

–¿Romántica? –repitió él–. Yo no la llamaría así.

–¿Y cómo la llamaría entonces?

–Me acostaba con ella –explicó el otro con cierta rudeza, pero suavizó la voz al continuar–. Mire, todos somos adultos aquí y no hace falta andarse con rodeos. Susan y yo nos veíamos de cuando en cuando, cada vez que venía a la ciudad y lo pasábamos muy bien juntos. Salíamos, la invité a algunos viajes y ella agradecía esos regalos como mejor sabía. Pero eso era todo. No había nada... romántico entre nosotros.

Logan frunció el ceño y Morgan advirtió que no le hizo mucha gracia que el hombre se refiriera con tanto desprecio en sus palabras. En el fondo, estaba convencido de que su amigo era un alma sensible y de allí que utilizara ese término. De haberse encontrado a solas se habría burlado de él sin piedad; tal vez lo hiciera luego, se dijo prestando atención a la charla de nuevo.

–Bueno, entonces eran amantes. –Logan reencauzó la charla tras un breve titubeo–. ¿Continuaban siéndolo hasta el día de su muerte?

Stewart carraspeó y desvió la mirada un instante antes de responder.

–Supongo que podría decirse que sí. No estoy seguro... –El hombre abrió las manos ante él con un mohín–. Verá, como en toda relación de ese tipo, no siempre estábamos en la mejor sintonía, ¿comprende? A veces discutíamos y dejábamos de vernos por semanas. Considere que no vivo aquí y nuestros encuentros eran muy intermitentes.

–¿Habían discutido luego de su última visita?

–No estoy seguro.

El hombre vaciló una vez más y Morgan advirtió que empezaba a ponerse nervioso. Sus pómulos se tensaron al bajar la mirada a sus manos caídas sobre la mesa y empezó a frotar una bien cuidada uña contra la otra.

¿Qué habría visto Sophia en él?, se preguntó sin poder evitar que sus pensamientos siguieran ese sendero. Era un hombre apuesto, sin duda, pero no solo debía de sacarle una década, sino que también le pareció demasiado blando tras esa falsa apariencia arrogante. Le costaba creer que ella pudiera sentirse atraída por un hombre como él.

La voz de Logan le obligó a volver al presente y a prestar atención a sus preguntas.

–¿Por qué no se esfuerza un poco? No ocurrió hace mucho –recordó el detective abandonando al fin su tono aburrido y asumiendo uno algo más demandante–. ¿De qué hablaron? ¿Qué le dijo ella? ¿Quedaron en verse de nuevo?

–No sabría decirlo con exactitud. –Stewart suspiró–. Es posible que ella dijera algo... ya le dije que a veces discutíamos.

–¿Lo hicieron entonces?

–Yo no. –El tono del hombre surgió seguro al responder–. Pero es posible que ella sí.

–¿Qué significa eso?

–Susan era así. ¿Ha oído eso de que se necesitan dos para mantener una discusión? –Stewart esperó al asentimiento de Logan para continuar–: Bueno, eso no se aplicaba para ella. Susan podía mantener una discusión estupenda sin que nadie le siguiera el juego. Era capaz de acusar y responderse a sí misma en un parpadeo y al final uno terminaba sintiéndose como si acabara de sacudirlo un tornado. Muchas veces me fui con la sensación de que acababa de decir algo terrible aun cuando ni siquiera hubiera abierto la boca.

Logan frunció el ceño como si intentara comprenderlo y Morgan tuvo que reconocer que él sí que podía hacerse una idea de lo que el hombre había intentado decir.

Había tratado a varias personas de ese tipo durante su tiempo en el ejército; por lo general superiores muy convencidos de su propia importancia que sabían desquiciar a alguien de un rango menor y que disfrutaban de usar ese poder con frecuencia.

Lo que había oído de Susan Green calzaba con eso, comprendió haciendo algunas anotaciones rápidas en su libreta. Todos quienes la trataron coincidieron en que era una mujer de un temperamento explosivo y a quien le gustaba dejar su posición en claro. Además, le bastó con una nueva mirada al semblante incómodo de Stewart para confirmar que no era tan enérgico como le gustaba aparentar. El simple hecho de que se encontrara allí, obligado posiblemente por la presión de su familia, le dijo que en el fondo debía de ser un hombre fácil de manipular.

–¿Qué fue lo que dijo ella entonces?

Logan retomó la charla al cabo de un minuto y el hombre tardó cuando menos otro en pensar su respuesta.

–No estoy del todo seguro, supongo que lo mismo de siempre. –Stewart cogió aire antes de continuar–. Últimamente solo hablaba de una cosa: quería que lo nuestro fuera un poco más serio. No dijo nada de bodas, no me refiero a eso; pero para mí era evidente que quería algo más de lo que habíamos tenido hasta entonces.

–Comprendo. –Logan cabeceó–. Pero a usted no le entusiasmaba la idea.

–La verdad es que no. Pero, aunque Susan nunca me creyó, no tenía nada que ver con ella –aseguró él–. Es solo que esas cosas no son para mí. Me gusta tomarme las cosas con calma y hasta entonces estaba seguro de que teníamos algo perfecto.

–Qué lástima que ella no estuviera de acuerdo.

El hombre captó la ironía en la voz de Logan y torció el gesto.

–Sí, una verdadera lástima –asintió–. La última vez que nos vimos ella había empezado a hacer algunos comentarios al respecto y yo le pedí que lo dejara porque nunca íbamos a ponernos de acuerdo. Incluso le sugerí que podríamos dejarlo si eso era lo que quería porque no podría prometerle que dejara de ver las cosas de la forma en que lo hacía, pero ella se puso furiosa y empezó a gritar. En fin, ya podrán hacerse una idea. A mí no me gustan las discusiones, así que me fui con la idea de que se calmaría sola y que todo volvería a la normalidad la próxima vez que nos viéramos. Desde luego, no fue así porque no la vi más.

Logan hizo algunas anotaciones antes de volver su atención al hombre ante él.

—¿Cómo se enteró de la noticia de su muerte? —preguntó él entonces.

Los ojos de Morgan relampaguearon al advertir que el hombre desviaba la mirada y parpadeaba como si no hubiera esperado la pregunta y no estuviera seguro de qué responder.

—No lo recuerdo con exactitud... —comentó al cabo de un momento y sin sonar convencido—. Es posible que lo leyera en el diario o me lo comentara Jim cuando me pidió que viniera a hablar con ustedes.

—Según el registro del hotel en que se hospedó la última vez que vino a Baltimore, usted se fue un par de días después de la muerte de Susan. ¿No se habrá enterado entonces? —sugirió Logan.

—No. No lo creo. ¿Cómo iba a hacerlo? —masculló él—. A menos que saliera en las noticias de aquí; quizá lo viera en uno de esos programas matutinos, no podría asegurarlo.

—¿No?

—No. Mire, usted parece asumir que mi vida giraba alrededor de Susan, pero está equivocado. Ya le he explicado cómo eran las cosas entre nosotros. Una vez que volvía a Nueva York podíamos pasar semanas sin hablar y esperaba encontrarla a mi regreso, sí, pero no era como si estuviéramos muy al pendiente el uno del otro. Yo tengo una vida en casa y siempre supe que ella se veía con otros en mi ausencia. —Stewart se encogió de hombros—. Nunca me molestó ni le reclamé nada, de la misma forma en que ella jamás se disculpó por eso. Ambos teníamos claro lo que queríamos y hubiera sido una tontería arruinar lo que teníamos por eso.

Morgan juzgó que era el momento apropiado para intervenir. Stewart había asumido nuevamente su actitud altanera y temió que Logan hubiera llegado al límite. De modo que le hizo un gesto a su amigo para que se mantuviera al margen y se dirigió al hombre en un tono sedoso y cuidado.

–Creí entender que usted estaba convencido de que Susan había cambiado de opinión. Tal vez usted tuviera claro lo que esperaba de esa relación, pero ella parecía interesada en hacer algunos cambios.

El hombre frunció el ceño y se encogió un poco en sí mismo al devolverle la mirada; fue un movimiento casi imperceptible, pero Morgan lo notó y echó el cuerpo hacia adelante por encima de la mesa con los ojos puestos en su rostro.

–¿Y bien? –insistió él ante la ausencia de respuesta.

Stewart carraspeó y desvió la mirada antes de asentir de mala gana.

–Eso no fue responsabilidad mía –dijo él, sonando un poco a la defensiva–. Lo que ella pudiera pensar, digo, yo no tenía la culpa de eso; nunca hice o dije nada que la llevara a imaginarse esa clase de cosas.

–Pero lo hizo. Y tal vez eso le molestara.

–¿A quién?

–A usted, claro.

El hombre frunció el ceño.

–Bueno, no negaré que era un poco incómodo; considere que venía a la ciudad para verla y pasar un buen rato, no para verme involucrado en discusiones que ni siquiera había iniciado –indicó él.

–Entonces le disgustaba. Se sentía furioso con ella por hacerle perder el tiempo de esa forma.

–Supongo que a veces me desesperaba un poco...

–¿Tanto como para hacerle daño?

Stewart abrió los ojos al máximo y le dirigió una mirada de espanto al entender lo que Morgan pretendía implicar.

–¿Qué? ¡No! ¡De ninguna manera! –El hombre alternó la mirada de Morgan a Logan y empezó a boquear como un pez antes de volver a hablar–. No pueden realmente pensar que haría daño a Susan. Yo nunca... jamás...

Morgan no lo dejó terminar. Apoyó el mentón en la palma de la mano con semblante aburrido y esbozó una pequeña sonrisa irónica al sostener su mirada.

–¿En dónde estaba la noche en que Susan fue asesinada? –preguntó él.

Stewart tardó un momento en responder, pero cuando lo hizo, su voz surgió en un tono sorprendentemente seguro.

–En mi hotel –indicó él–. Estuve allí todo el tiempo.

–¿Solo?

–No. No exactamente. –El tono del hombre descendió un par de octavas al pronunciar la última frase.

Morgan arqueó una ceja y su sonrisa se acentuó, pero nadie habría pensado que se estaba divirtiendo.

–No exactamente –repitió él–. Vamos a necesitar que aclare un poco eso.

Stewart cabeceó.

–Claro. Alguien se quedó conmigo durante todo ese tiempo; incluso un poco más, creo. Déjeme ver... –El hombre dudó un instante antes de continuar, como si estuviera intentado recordar algo–. Si no estoy mal, ella llegó la tarde del lunes y no se fue hasta la del martes. Algo así, no estoy del todo seguro, pero debió ser por allí, más o menos.

–¿Ella?

–Sí, la persona que estuvo conmigo entonces.

Una extraña sensación inundó a Morgan entonces. Por un lado, se moría por preguntar; era la clase de cosas que un hombre en su posición hacía en momentos como ese, preguntar e insistir hasta dar con una respuesta que le satisficiera. Pero, por otra parte, temió lo que ese hombre estuviera a punto de decir si lo presionaba un poco más porque, en el fondo, ya lo sabía.

Logan le dirigió una mirada de extrañeza, como si encontrara extraño su silencio y, tras esperar durante todo un minuto a que abriera la boca, hizo un gesto de malestar antes de adelantarse para preguntar por él.

–¿Cuál es el nombre de la mujer que estuvo con usted entonces, señor Stewart? –inquirió él.

El interpelado se miró las uñas un segundo, pero su voz surgió muy tranquila al responder.

–Sophia Hawkins –dijo él–. Estoy seguro de que ella no tendrá ningún problema en confirmarlo.

Morgan oyó la suave exhalación de Logan a su lado; era obvio que, a diferencia de él, eso no lo había visto venir. Ojalá y a él le ocurriera lo mismo, se dijo sintiendo cómo la roca asentada en su pecho parecía cobrar un nuevo peso y empezaba a oprimirlo algo más de lo habitual.

–Desde luego, les dije que yo no tendría problema en confirmar que estuve contigo todo el tiempo. Supongo que te buscarán y, antes de que digas nada, sabes que no deseaba llegar a este punto, pero no me dejaron alternativa.

Sophia no dijo nada de inmediato; en su lugar, dirigió a Bill una mirada pensativa y exhaló un suspiro al toparse con su expresión de disculpa.

Él le había llamado tan pronto como llegó a su hotel, luego de abandonar la estación de policía. Después de poner en antecedentes a Sophia, que hasta entonces no tenía idea de que él se encontraba en la ciudad y, menos aún, que hubiera decidido responder al llamado para el interrogatorio, le rogó que se reuniera con él.

Ella no dudó un instante en hacer lo que le pedía. Tres cuartos de hora después, se encontraba ante la habitación de su hotel y apenas había llamado a la puerta cuando Bill le abrió con semblante pálido. Desde entonces, Sophia apenas abrió la boca; lo dejó hablar, cosa que solo dejó de hacer cuando se detenía de cuando en cuando para dar unos tragos de la bebida que tenía con él cuando llegó.

Había también una botella, advirtió Sophia al dar una mirada a la habitación, que parecía más bien un pequeño apartamento. Era la misma que acostumbraba reservar Bill siempre que se aparecía en Baltimore, aunque ella nunca la vio tan desordenada en las ocasiones en que se reunió con él allí. Él siempre había sido bastante escrupuloso con el orden, pero en ese momento vio un par de trajes caídos sobre la alfombra, una corbata colgando de un sillón y las ventanas corridas de extremo a extremo, como si las hubiera hecho a un lado con furia.

–Si me hacen preguntas contestaré con la verdad, claro –respondió ella al reparar en que él la veía con expresión expectante–. No tienes que preocuparte por eso.

–Entonces dirás que estuviste conmigo todo el tiempo –insistió él.

–No estuve contigo todo el tiempo, Bill, y acabo de decir que diré la verdad.

Sophia pronunció las palabras con un gesto de malestar al reparar en que la botella que Bill sostenía entre las manos para llenar su vaso una vez más se encontraba ya por la mitad.

–Pero no puedes decir eso a la policía. –Él dejó caer la botella con fuerza sobre la mesa ante la que se encontraba sentado–. Será lo mismo que nada.

Sophia suspiró y dobló las piernas bajo la butaca junto a la ventana que había elegido para sentarse; era cómoda y tenía un tapizado muy bonito de anclas y estrellas de mar que recorrió con la yema de un dedo al tiempo que observaba a Bill con los ojos entrecerrados.

–Eso no es cierto. Confirmará lo que dijiste de que te encontrabas aquí cuando Susan... –Ella carraspeó y se encogió de hombros–. Será suficiente para aclarar ese asunto.

Bill emitió un sonido que bien pudo ser un bufido o una imprecación y la señaló con su copa con pulso un poco tembloroso.

–¿Por qué tienes que decir eso de que no estuve todo el tiempo contigo? –preguntó él–. Sabes que lo estuve.

–Saliste, Bill, ¿recuerdas? No estabas aquí por la noche...

Él hizo un gesto para restar importancia a sus palabras.

–Fue solo un rato; tenía que comprar unas cosas, te lo dije entonces.

–Y supongo que también se lo mencionaste a la policía.

Bill soltó una risotada.

–Desde luego que no –respondió él–. Les dije que estuve todo el tiempo aquí contigo; acabo de explicártelo.

Sophia se pasó una mano por la frente y apretó los labios.

–No debiste mentir –dijo ella–. A estas alturas, con todo lo que ellos ya saben... lo único que puedes decir ahora es la verdad.

–Y es lo que intenté hacer –recordó él–. Pero no podías esperar realmente que les dijera que salí un momento precisamente la noche en que mataron a Susan. Eso hubiera parecido muy sospechoso.

–¡Porque lo es! –Sophia carraspeó y dirigió al hombre una mirada de angustia–. Bill, por favor, necesito que me asegures...

Él hizo un gesto de desagrado y se puso de pie de golpe; se tambaleó un poco al asentar los pies sobre la alfombra y solo entonces Sophia reparó en que se encontraba descalzo. Cuando fue hacia ella, sin embargo, lo hizo andando con mayor seguridad y casi no se inclinó al ponerse en cuclillas ante ella y tomar sus manos entre las suyas.

–Sophie, ya te lo he dicho antes. Te juro... –Bill carraspeó y su mirada vidriosa pareció empañarse un poco al sostener la suya–. No tuve nada que ver con lo que le ocurrió a Susan.

Ella apretó sus dedos e inclinó el cuerpo hacia adelante; tenía los labios apretados y lo veía como si quisiera meterse en su mente y ver incluso lo que él mantenía bien oculto en su interior.

–¿Y por qué saliste esa noche? Y no me digas que tenías que comprar algo; nunca has salido de un hotel para algo como eso: adoras el servicio a la habitación –recordó ella en tono acerado–. ¿Qué fue exactamente lo que hiciste, Bill?

Lo vio dudar y abrir la boca como si se encontrara a punto de responder; y vio también que sus ojos se apagaban un poco, sumidos en algo parecido a la pena, aunque bien podría haber sido tan solo el enojo provocado por su insistencia. Sin importar cuál fuera el caso, él pareció recuperar parte del aplomo de golpe porque sacudió la cabeza de un lado a otro y se dejó caer de golpe sobre la alfombra, soltando sus manos en el proceso.

–Da igual –dijo él con un gesto de hastío antes de mirarla una vez más–. Me ayudarás con esto, ¿no? Por favor. Los demás... sabes que no puedo meterme en un problema como este; eres la única que puede sacarme de esto.

Sophia lo miró a los ojos y se encontró con un miedo tan profundo en ellos que no pudo evitar sentir un aguijón en el pecho provocado por la lástima. Rendida y apenada a partes iguales, cabeceó antes de desviar la mirada.

Bill pareció tomar aquel gesto como una respuesta afirmativa a su pedido porque cerró los ojos y dejó caer el mentón sobre su pecho en tanto ella se preguntaba qué acababa de prometer exactamente y si sería capaz de cumplirlo de cualquier forma.

Como fuera, supuso que lo averiguaría pronto.

11

Morgan tomó una bocanada de aire tan pronto como llegó al rellano del penúltimo piso del condominio en que vivía Sophia. Hubiera podido usar el elevador para ir directamente al piso en que se encontraba su apartamento, pero ni siquiera lo consideró en su momento; al contrario, fue directamente a las escaleras.

Aunque hubiera podido intentar engañarse a sí mismo diciendo que era un excelente ejercicio, la verdad era que, en el fondo, sabía que tan solo intentaba retrasar el encuentro con Sophia. No habían vuelto a verse desde aquella mañana en el parque y aunque había pensado mucho en ella últimamente, se sentía también un poco perturbado ante la posibilidad de verla una vez más.

Lo deseaba tanto como lo temía, no tenía sentido negarlo; pero era importante que hablara con ella y aun cuando hubiera podido encargar a Logan que se ocupara de ello y que incluso fuera él quien la entrevistara en la estación, no dudó en arrogarse esa responsabilidad tan pronto como surgió.

Lo que provocara aquel encuentro, bueno, ya se había resignado a que las cosas se le fueran un poco de las manos cuando ella estaba de por medio.

Acababa de atravesar el pasillo para subir el último

tramo de escaleras cuando oyó un ruido tras él y, al mirar sobre su hombro, se topó con el hombre que hablara con él y Logan el día en que encontraron el cuerpo de Susan y que fue, finalmente, quien los puso en la pista correcta para identificarla y descubrir su relación con Sophia.

–Agente. Hola.

Morgan apretó los labios y forzó una sonrisa al girar para saludar al hombre que le hacía unos gestos un tanto exagerados con una mano en tanto usaba la otra para tirar de una correa que mantenía sujeto a un perro diminuto.

–Señor... Alcott. –Morgan agradeció que hubiera sido siempre bueno con los nombres antes de asentir–. ¿Todo bien?

Señaló al animal con un gesto porque era evidente que, pese a su tamaño, el hombre tenía problemas para contenerlo.

–Perfecto. Es que Henry... tiene un genio terrible y siempre se pone un poco arisco cuando ve a un extraño. –El señor Alcott frunció el ceño y tiró con más fuerza de la correa; luego, esbozó una sonrisa serena y le dirigió una mirada curiosa–. Supongo que ha venido a hablar con Sophia.

–Sí.

El hombre pareció decepcionado por la cortedad de su respuesta.

–Ya veo. Todavía no se ha resuelto el asunto de esa pobre chica, ¿no? Qué cosa más terrible –continuó él con semblante contrito–. La gente sigue conmocionada por aquí, no se habla de otra cosa.

–Creí que sus vecinos no eran muy sociables –recordó Morgan con una entonación sarcástica.

–Y no lo son. Pero parece como si este asunto hubiera soltado la lengua a varios–bromeó el otro sin que pareciera resentir sus palabras–. Mientras que a otros se les ha dado por hablar todavía menos de lo normal.

Morgan entrecerró los ojos.

–¿Sí? ¿Cómo a quienes, por ejemplo? –preguntó él, atento.

El señor Alcott se inclinó un poco hacia él antes de responder y para ello tuvo que tirar nuevamente del perro, que gruñó al sentirse empujado de esa forma.

–Bueno, entre otros, la misma Sophia –musitó él–. Ella ha sido siempre muy sociable pero últimamente apenas la veo y cuando pasa por aquí se muestra un poco parca, ¿entiende? Claro que es posible que se deba a la conmoción por lo que ha ocurrido; si al resto de nosotros nos impresionó tanto, imagino lo que ha de sentir ella considerando que la chica que encontraron era su amiga.

Morgan parpadeó y, al cabo de un momento, asintió bruscamente.

–Eso tiene sentido –dijo él en tono carente de entonación–. Supongo que es lógico que le afectara.

–Sí, sí, por supuesto, es eso a lo que me refiero –comentó él pareciendo aliviado de que Morgan le hubiera entendido–. Pero se recuperará, seguro, será cosa de dejar que pase el tiempo. Yo me ofrecí a ayudarla con cualquier cosa que necesite y sé que cuenta con varios amigos que deben de intentar animarla también.

Morgan frunció el ceño.

–No lo dudo.

–Precisamente he visto estos días que venía a visitarla uno de ellos –El hombre continuó como si apenas le hubiera escuchado–. Es uno que viene con cierta frecuencia, aunque hace un tiempo ya que no se le veía. Son muy cercanos; es más, ahora que lo menciono, me parece recordar que lo vi un par de veces con esa amiga suya también. A lo mejor y fue ella quien los presentó. No estoy seguro, pero...

Morgan carraspeó para llamar su atención y el hombre calló de golpe al encontrarse con su expresión irritada.

–Señor Alcott, tengo poco tiempo y aun debo ir a hablar con la señorita Hawkins. ¿Hay algo en particular que desee decirme? –preguntó él sin molestarse en disimular su molestia.

El hombre parpadeó un par de veces y reculó dando un par de pasos hacia atrás, con lo que estuvo a punto de caer sobre el perro, que gruñó nuevamente, esta vez con un sonido más amenazador.

–No, no lo creo. Solo quería comentar... creí que podía ser importante –musitó él.

Morgan se armó de paciencia e intentó suavizar su semblante. Ese no era el primer vecino chismoso que creía poder ejercer la labor de detective para impresionar a la policía, y sin duda, tampoco el más molesto con el que se había visto obligado a tratar. Pero ya había notado que se ponía demasiado susceptible cuando Sophia se encontraba de por medio y no le había sentado nada bien la mención a su cercanía con William Stewart porque estaba seguro de que era a él a quien Alcott se refería al hablar de ese hombre que la visitaba con frecuencia y que, sin duda, debía de haber pasado los últimos días con ella.

–Todo detalle es útil –dijo él procurando hacer a un lado cualquier enojo que pudiera sentir–. Mire, tengo que marcharme ahora, pero si recuerda algo que considere importante no dude en llamarme. Conserva mi tarjeta, ¿no?

El hombre asintió tras parpadear, como si el cambio en su rostro le hubiera desconcertado.

–Sí, claro.

–Bien. Entonces estaré atento. Que tenga buen día.

Morgan cabeceó y le dio la espalda antes de que el hombre pudiera decir una palabra. Subió el último tramo de escaleras y se detuvo un momento ante la puerta del apartamento de Sophia antes de golpear. Solo entonces se le ocurrió que ella podría no encontrarse a solas; quizá Stewart estuviera con ella.

En ese caso, se dijo intentando ignorar el hecho de que sintiera retorcerse su estómago ante la posibilidad de que así fuera, se marcharía y arreglaría otro encuentro para el día siguiente. Pero ella tenía que responder sus preguntas, y pronto.

Sophia tardó apenas un par de minutos en abrir la puerta y, cuando lo hizo, Morgan sintió que el aire escapaba de sus pulmones y se vio sonriendo como un idiota al toparse con su rostro sonrojado.

Ella no pareció del todo sorprendida al verlo, pero fue obvio que tampoco fue algo que le molestara. Incluso, le devolvió la sonrisa al hacerse a un lado para franquearle el paso.

No había podido apreciar el lugar la última vez que estuvo allí; se había sentido demasiado enojado como para hacerlo, lo único en lo que había pensado entonces fue en enfrentar a Sophia por las cosas que había ocultado de la investigación, pero en ese momento se permitió dar una lenta mirada alrededor y debió de reconocer que era un espacio muy agradable.

Algo más pequeño de lo que parecía desde fuera, lo que en un lugar de esas dimensiones no era decir mucho, el apartamento se componía de un pequeño vestíbulo, un amplio salón y un comedor que daba a un balcón que ocupaba un espacio lo bastante grande como para usarlo como terraza. Distinguió un largo corredor que debía de conducir a las habitaciones, pero apenas reparó en ello apartó la mirada porque sin duda no era un pensamiento por el que quisiera seguir, no con Sophia cerca.

Sin embargo, tal vez hubiera sido mejor para él que continuara con su inspección del lugar porque, al apartar la mirada y fijarla en la mujer ante él, reparó también en el piano que llamara su atención la primera vez que estuvo allí y recordó la forma en que la había apresado contra él y la sensación de su cuerpo contra el suyo; sus piernas rodeándolo y el sonido de sus dedos arañando la madera.

—... Me gustaría decir que es una sorpresa, pero supuse que te vería pronto.

Morgan parpadeó y apretó los puños a los lados

hasta provocarse un dolor punzante; tal vez eso le ayudara a centrarse y comportarse como un hombre en lugar de un simio, se dijo al forzar su rostro a asumir una expresión calmada y a oírla para entender lo que decía.

–Sí. Eso creí. –Morgan carraspeó antes de responder y continuó al toparse con su ceño fruncido–. Imaginaba que el señor Stewart hablaría contigo de nuestra entrevista.

–Sí, claro.

Ella pareció vagamente decepcionada, o al menos esa impresión le dio antes de que se apartara la mirada y empezara a andar en dirección a un cómodo sillón bajo una chimenea labrada.

–Tal vez debamos sentarnos –sugirió ella, y continuó sin esperar respuesta–: ¿Quieres algo? ¿Un café?

–No, estoy bien así.

Sophia se dejó caer sobre el sillón y le hizo un gesto para que él hiciera otro tanto. Morgan dudó, tentado a ignorar la invitación y ocupar una silla cercana, pero al final sus pies decidieron por él y se vio cayendo a su lado con las manos sobre las rodillas y semblante concentrado.

–De modo que cuando hablamos la primera vez y dijiste que habías pasado la noche fuera con un amigo te referías a él.

Sophia parpadeó antes de asentir. Tal vez no esperaba que Morgan se mostrara tan directo, pero debió de considerar que eso era lo mejor porque él creyó detectar un leve brillo de alivio en sus ojos.

–Sí, bueno, lamento no haberlo dicho entonces, pero como sabes estaba un poco reacia a mencionarlo. Solo quería...

–Protegerlo –completó él por ella.

Sophia asintió una vez más.

–¿Por qué no me lo cuentas todo? –pidió él.

Ella tomó aire antes de hablar y Morgan reparó en que intentaba poner en orden sus pensamientos.

–En realidad no hay mucho que decir –empezó ella–.

Supongo que debería de dejar en claro que no fue Bill quien me pidió que me reuniera con él entonces; fui yo quien se presentó en su hotel sin avisar. Había tenido un disgusto. –Sophia suspiró y se llevó un mechón de cabello tras la oreja–. No importa eso ahora; pero digamos que necesitaba hablar con alguien. Estaba molesta y solo se me ocurrió ir con Bill porque sabía que todavía se encontraba en la ciudad. Lo encontré en su apartamento y hablamos un rato.

–Entiendo que fue bastante más que un rato, ¿cierto? Te quedaste con él todo ese día y parte del siguiente –acotó Morgan.

Le habría gustado que su voz no sonara acusadora; nada más lejos de sus intenciones. Se suponía que ese no era su trabajo; él hacía las preguntas necesarias para esclarecer el caso y de ser necesario era un fiscal quien se ocupaba de acusar y un juez de considerar. Él debía ser tan imparcial como fuera posible.

Pero con Sophia aquello era improbable; no había forma de que lograra mantener la ecuanimidad con ella y la idea de que pasara todo ese tiempo con ese hombre le pareció intolerable. Y aquello no tenía absolutamente nada que ver con el caso.

Pese a ello, procuró que sus pensamientos no fueran demasiado evidentes y aguardó con semblante impenetrable a que ella respondiera, lo que hizo poco después tras fruncir el ceño y cabecear de mala gana.

–Sí. Como dije, me sentía muy alterada y Bill sugirió que me quedara con él. No era la primera vez; él me conoce bien y sabe qué decir en momentos como ese. Me pareció una buena idea, no quería estar sola, así que acepté. –Ella se encogió de hombros con un ademán desenfadado–. Hablamos, dormí allí, y al día siguiente desayunamos y almorzamos juntos. Luego nos despedimos porque él tenía que tomar un avión y yo volví a mi apartamento. No me enteré de lo de Susan hasta poco después, cuando fuiste a la oficina.

Morgan asintió al recordar. En verdad le había parecido que la noticia la había descolocado por completo; las emociones que vio en su rostro entonces no eran algo que se pudiera fingir.

–¿Y no se separaron en ningún momento? –preguntó él entonces–. Creo que mencionaste que habías salido a comprar algo esa noche.

–Solo bajé a la recepción para buscar una revista; no me ausenté por más de diez minutos –respondió ella tras vacilar un segundo–. Luego volví y no dejé la habitación hasta el día siguiente.

Morgan suspiró y ladeó el rostro para dirigirle una mirada penetrante.

–¿Y él? –inquirió–. ¿Se ausentó en algún momento?

Sophia parpadeó y él se inclinó hacia ella sin apartar los ojos de su rostro. Cuando ella respondió, al cabo de un par de minutos, le pareció como si acabara de sostener una difícil batalla en su interior y no se encontrara muy satisfecha con el resultado.

–No lo creo –dijo al fin.

–¿No lo crees? –repitió él–. Estaban en la habitación de un hotel, Sophia, no era como si pudiera salir sin que te dieras cuenta.

Ella suspiró y llevó la mirada a sus manos, sin decir nada.

–Sophia... –Morgan suspiró y su tono surgió mucho más suave del que había usado hasta entonces–. Puedes decirme cualquier cosa. No creas que acusaré a tu amigo solo porque se marchara en algún momento de esa noche; pero necesito saber la verdad para actuar de acuerdo a eso. No puedo avanzar si continúas obstruyendo mi camino.

–No es eso lo que intento hacer. –Ella levantó la cabeza de golpe y sostuvo su mirada con el ceño fruncido–. Es solo que...

–¿Solo qué? –insistió él–. Me ocultaste algo antes, ¿recuerdas? Y lo supe. Si intentas hacerlo de nuevo, lo sabré también. Y no pretendo acusarte, pero tendré que hacerlo si no eres sincera conmigo.

A Morgan le costó hablar con tanta sinceridad, pero aun cuando sus sentimientos por Sophia le jugaran en contra la mayor parte del tiempo, no estaba dispuesto a permitir que entorpecieran su trabajo. Y no se trataba de un mal entendido orgullo profesional; tenía un deber con Susan Green y no iba a descansar hasta dar con su asesino. Fuera el tal Bill o cualquier otro, y si tenía que enfrentarse a Sophia para ello, bueno, estaba dispuesto a hacerlo.

–¿Y bien?

Él insistió al comprender que ella estaba reacia a responder, pero cuando se encontraba a punto de hablar nuevamente, Sophia lo sorprendió al asentir tras exhalar un hondo suspiro.

–Él salió poco después de que oscureció –dijo ella al fin con una entonación cansada que le provocó el deseo de abrazarla y acariciar su cabello para reconfortarla, pero mantuvo sus manos bien quietas sobre sus rodillas–. Fueron solo un par de horas y estoy segura de que no se trató de nada relacionado con Susan. Necesitaba salir, dar un paseo; yo había estado diciéndole muchas cosas que debieron de afectarle. Pero volvió luego y ya no se movió de mi lado.

Morgan cabeceó. No era nada que no hubiera esperado oír; en cierta forma ya lo sospechaba, era algo que ocurría con cierta frecuencia en casos como ese. Sin embargo, no pudo menos que sentirse un poco aliviado. No solo porque aquello abría un abanico de posibilidades en las que podría profundizar en su investigación, sino que era una señal de que Sophia confiaba lo suficiente en él como para no mantener esa mentira.

–Está bien –respondió él quebrando el silencio que cayó ante ellos luego de su confesión–. ¿Y por qué crees que él no nos lo dijo?

Sophia se irguió en el asiento como si acabara de sacarse un gran peso de encima y le devolvió una mirada interrogante.

—¿No es obvio? –preguntó ella a su vez–. Está asustado; teme que lo acusen de lo ocurrido a Susan. Tienes que entender... sé que Bill puede parecer muy seguro de sí mismo y a veces es un poco arrogante también, pero en el fondo no es muy bueno manejando situaciones como esta. Se le da mejor evadirlas.

—Y pese a ello estás dispuesta a defenderlo.

—Alguien tiene que hacerlo –respondió ella con aspereza–. Ya has visto cómo reaccionó el resto de la familia a este problema. Él nunca hubiera venido si ellos no lo obligan; y no digo que no debiera hacerlo, estoy de acuerdo contigo en que era importante que diera la cara. Pero uno esperaría que su familia lo apoyara en lugar de echarlo a los leones solo para mantener las apariencias y que no les salpique ni una gota del escándalo, ¿verdad?

Morgan no respondió. No solo porque se sintiera impresionado por la ardorosa defensa que ella hizo de aquel hombre o porque pareciera tan furiosa al referirse a la forma en que su familia se había portado con él. Eso podía entenderlo.

No. Fue algo más lo que lo desconcertó lo suficiente como para dejarlo sin habla. Pero cuando al fin consiguió reponerse de la sorpresa, la observó con expresión de desconcierto y se dirigió a ella sin dejar de parpadear.

—¿El resto de la familia? –repitió él– ¿A qué te has referido exactamente con eso?

Fue Sophia quien pareció confundida entonces y lo miró como si no entendiera a qué se refería.

—Bueno, a los demás, claro –respondió ella alzando las manos para hacer un gesto que pareció dejar en claro que lo veía un poco lento–. La tía Louise, mi madre...

—¿Tu madre?

—Sí, mi madre. –Sophia frunció el ceño.

Morgan sacudió la cabeza como si con ello intentara aclarar sus pensamientos. ¿Su madre?

—A ver, ¿podrías explicármelo desde el principio?

-pidió él-. ¿Qué tiene que ver William Stewart con tu madre?

-¿No lo sabes?

-Es evidente que no.

Su tono surgió algo más áspero de lo que le habría gustado, pero ella pareció entender su confusión y una pequeña sonrisa afloró a sus labios, lo que solo contribuyó a que se sintiera un poco más tonto.

-Bill es hermano de mi madre -explicó ella-. Creí que lo sabías.

Sophia dejó que las palabras se asentaran entre ellos antes de continuar.

-Mi segundo apellido es Stewart -continuó ella-. Bill es mi tío favorito. Sé que es un poco joven para eso, pero es el menor de todos y en cierta forma crecimos juntos. O al menos lo intentamos. -Sophia torció el gesto-. No venimos de una familia muy amorosa; ya puedes hacerte una idea al ver la forma en que se están portando con él ahora. Y estoy segura de que si yo estuviera en su lugar harían lo mismo conmigo. Lo único que les importa es que nadie relacione su apellido con un asunto tan macabro como este.

Morgan cabeceó como si la comprendiera, y en cierta forma lo hacía, pero en ese momento no le pareció lo más importante. No para él. Lo que ocupaba casi toda su mente y avivó la llama que ardía en su pecho fue el saber que había estado equivocado.

-Creí... -Morgan se aclaró la garganta-. No tenía idea de que fueran parientes.

Sophia frunció el ceño.

-¿Y qué pensaste...? -Ella se cortó de golpe al comprender y sonrió con cierta timidez al devolverle la mirada-. Eso. Claro. Supongo que es un error comprensible, no es la primera vez, pero... no.

-Sí. Ya entiendo.

-¿Y entiendes también por qué es tan importante para mí ayudarlo? -preguntó ella-. Él ha estado para mí durante cada momento de mi vida. Es un buen hombre, Morgan, aunque cueste apreciarlo sin conocerlo a fondo. Si él dice que no lastimó a Susan entonces es la verdad.

Morgan suspiró. Era la primera vez que ella lo llamaba por su nombre de pila y aquello lo alteró un poco; tanto como el hecho de que pareciera tan convencida al defender la inocencia de su tío.

Su tío. Increíble.

–No dudo de que creas que tienes razón y estás en tu derecho de pensar de esa forma, pero tienes que entender que eso no es suficiente –respondió él poco después–. Si él dice la verdad, sin embargo, nosotros lo confirmaremos, y entonces estará libre de toda sospecha. Pero mientras tanto...

Morgan dejó la frase en el aire y le alivió verla cabecear como si no tuviera otra alternativa que aceptarlo; pero algo le dijo que tampoco estaba dispuesta a bajar la guardia y que si tenía que luchar por defender la inocencia de Stewart lo haría con uñas y dientes. Aun cuando tuviera que enfrentarse a él.

Sin embargo, no quiso pensar en ello en ese momento; había habido tantos desencuentros entre ambos, tantos malentendidos y palabras no dichas, que lo único en lo que pudo pensar, lo único que deseó de todo corazón, fue hablar de algo que los mantuviera en un terreno más seguro. Ya tenía la información por la que fue allí en primer lugar; podía darse por satisfecho en ese sentido. Ahora quería algo más.

Abrió la boca para hablar, pero la cerró de inmediato porque no pudo pensar en qué decir, y no porque le faltaran ideas; sentía las palabras bullir en su garganta. Algunas inofensivas, otras tan peligrosas que sintió pánico tan solo ante la posibilidad de dejarlas salir porque entonces se encontraría en un punto del que no podría salir. Entonces su mirada se vio atraída por el piano en el salón y, tras aclarar su garganta y vacilar un minuto, volvió su atención a Sophia y lo señaló con una cabezada.

–¿Será un mal momento para pedirte que cumplas con tu promesa? –preguntó él.

Ella pareció desconcertada por el pedido, pero fue cosa de un segundo; el entendimiento asomó a su rostro poco después y despertó una sonrisa insegura.

–No lo sé. Hace mucho que no toco. –La vio mordisquearse el labio inferior antes de llevar sus manos al pecho con gesto nervioso–. Sonará horrible.

Morgan se encogió de hombros con ademán despreocupado.

–Lo dudo –dijo él–. Y aun cuando así fuera, no soy un gran entendido; seguro que ni siquiera me daré cuenta.

Una suave risa brotó de la garganta de Sophia y se puso de pie con semblante decidido, dirigiéndose al piano. Él fue tras ella, pero se mantuvo unos pasos detrás. Su risa lo había sorprendido; le pareció un sonido hermoso y se dijo que, sin importar su forma de tocar, sería ese el que se llevaría con él. Nada hubiera podido igualarlo.

Pese a sus palabras, la verdad era que Morgan sabía un par de cosas de piano; no habría podido ser de otra forma habiéndose criado con su madre; por eso pudo apreciar la elegancia del instrumento una vez que se encontró lo bastante cerca para examinarlo. Era de los costosos y, aun cuando Sophia asegurara que hacía mucho que no lo tocaba, era evidente que se esmeraba por mantenerlo en un excelente estado.

La madera brillaba y la superficie se sintió sedosa bajo sus dedos cuando posó una mano por el borde. Su mirada y la de Sophia se encontraron un instante y sus mejillas se tiñeron de un rojo subido antes de que ella desviara la vista. Tal vez, lo mismo que él, recordara lo ocurrido entre ambos la última vez que se encontraron tan cerca de ese instrumento.

Sin embargo, ella se recompuso con rapidez y ocupó la banqueta ante el piano con el entrecejo fruncido; Morgan no intentó sentarse a su lado, dudaba de poder soportar esa cercanía; en su lugar, se mantuvo de pie con una cadera apoyada contra el instrumento y los brazos caídos a los lados, atento.

Sophia levantó la tapa del teclado y rozó las teclas con delicadeza antes de empezar a tocar. No había partituras a la vista, así que lo hizo de memoria; una melodía sencilla que a Morgan le recordó a las tardes en casa cuando era pequeño y su madre lo mantenía apartado del salón en que daba clases con unas galletas recién horneadas. Él era obediente, o al menos intentaba serlo porque sabía que era importante para ella, de modo que procuraba no interrumpir, pero casi nunca permanecía quieto durante demasiado tiempo. En lugar de ello, se sentaba en las escaleras y metía la cabeza por entre los barrotes para oír al alumno de turno sin que su presencia fuera advertida.

El sonido que arrancaron los dedos de Sophia al teclado le recordó todo aquello y también la sonrisa de su madre cuando veía a sus alumnos con expresión orgullosa. Hacía mucho que no pensaba en su infancia y se vio asaltado por una sensación tan cálida, se sintió arropado por los recuerdos de tal forma, que estuvo a punto de rogar a Sophia que no dejara de tocar nunca.

No se dio cuenta de que había cerrado los ojos hasta que las notas fueron apagándose a su alrededor y se sorprendió parpadeando para abrirlos. Le costó enfocar la mirada antes de posarla sobre la mujer sentada al piano que lo veía a su vez con expresión indecisa; casi como si se encontrara ansiosa por conocer lo que le había parecido y al mismo tiempo temiera que no le hubiera gustado.

Morgan sonrió entonces y aquello pareció dejar bastante en claro lo que pensaba porque ella le devolvió la sonrisa y suspiró luego de deslizar los dedos sobre el teclado.

–Gracias.

Él frunció el ceño y le dirigió una mirada confusa.

–Creo que soy yo quien debería agradecértelo –comentó él.

–No. Me refiero a que no recordaba lo mucho que lo extrañaba –explicó ella–. No puedes imaginar durante cuánto tiempo intenté convencerme de que lo odiaba.

Morgan cabeceó porque sí que la entendía y, tras dudar un segundo, diciéndose que posiblemente estuviera cometiendo un gran error, le hizo un gesto para que le hiciera un lugar a su lado. Ella se movió y lo miró de reojo cuando se sentó en el taburete; era tan corpulento que apenas cabían ambos en el asiento y sus brazos y rodillas se rozaban, pero ninguno hizo amago de apartarse.

–Puedo hacerme una idea. –Morgan retomó la charla al cabo de un momento en silencio–. Es la clase de cosas que hago también cuando intentan obligarme a hacer algo.

–¿Sí?

–Ajá. No importa que en el fondo me muera por hacerlo, basta que alguien lo convierta en una obligación para convencerme de que lo odio. –Él hizo una mueca–. Y me temo que Lucy es igual.

Sophia sonrió al oírlo. Él no tenía cómo saberlo, pero su rostro adquirió una expresión conmovedora cuando hablaba de su hija; incluso su voz se oía distinta, más cálida.

–Bueno, dicen que lo que se hereda no se hurta, ¿no?

–Cierto. El problema es que ella ha heredado muchos de mis defectos –declaró él–. Como ese, por ejemplo. Si quieres que haga algo, lo peor que puedes hacer es intentar obligarla. Como cuando le rogaba que no saliera a la calle con su pijama...

–El de dinosaurio.

Morgan frunció el ceño y la observó con expresión sorprendida.

–¿Lo has visto? –preguntó él.

–Lo llevaba la primera vez que la vi.

–Bueno, supongo que no debería sorprenderme –rumió él–, pero no es un dinosaurio sino un unicornio. En fin...

Morgan calló al ver que sus hombros empezaban a sacudirse y que se llevaba una mano al rostro.

–¿He dicho algo gracioso? –preguntó él.

Sophia sacudió la cabeza de un lado a otro sin dejar de reír.

–No. Nada –respondió ella con un resuello–. Continúa.

Morgan le dirigió una mirada cargada de sospecha, pero entonces reparó en que ella había apoyado una mano sobre su rodilla y sintió que perdía el aire. Hubiera deseado... sería tan fácil...

Él se humedeció los labios y posó su mirada sobre su rostro transformado por la risa, y le pareció tan alegre, por primera vez del todo relajada a su lado, siendo tan solo ella misma, que no quiso hacer nada que arruinara ese momento. Tragó espeso y la tensión pareció disolverse en su pecho, reemplazada por una agradable sensación de paz. De pronto el silencio se hizo un poco menos pesado, su corazón se sintió algo más ligero, y se sorprendió hablando con una soltura que no creía haber experimentado en mucho tiempo.

–Está consentida, no tiene sentido negarlo; y en parte es culpa mía, cierto. Pero no solo se trata de mí. Solo tienes que verla con Ester. Y cuando está con mi madre... ¡Dios! Es una suerte que viva tan lejos porque de otra forma mi hija estaría arruinada.

Sophia rio y escuchó atenta a las palabras de Morgan sin dejar de mirarlo. Seguro que era algo raro y que él debía de encontrarlo un poco perturbador, pero no podía dejar de observarlo; se encontraba casi hipnotizada por la forma en que él gesticulaba según hablaba, las emociones que iban aflorando a su rostro y cómo el timbre de su voz cambiaba de un momento a otro. Hasta entonces nunca hubiera podido imaginar que fuera un hombre tan expresivo; antes de eso le había parecido la clase de persona que apenas dejaba ver a los otros sus emociones.

Pero eso era porque apenas lo conocía. En ese instante le pareció como si en apenas un par de encuentros, luego de que dejaran a un lado algunas de sus diferencias y de que ambos aceptaran de forma tácita la atracción que bullía entre ellos, hubieran dado un salto enorme. En cierta forma, y aunque no lo diría ni de broma en voz alta, sentía como si llevara una eternidad conociéndolo.

Luego de ese breve momento ante el piano, en que ella lo tocó y lo sintió tensarse bajo sus dedos, lo que le llevó a preguntarse si no habría arruinado todo, en espera de que esa complicidad que sintiera surgir entre ambos desapareciera, él se recompuso con rapidez y vio algo en su mirada que le dijo que había estado equivocada, que haría falta mucho más que eso para ello. Y continuó hablando como si no pasara nada; como si sentir sus manos sobre él fuera algo totalmente natural; tanto como la forma en que él la veía y la entonación que cobraba su voz al hablarle.

Había sido lógico ofrecerle que la acompañara a comer algo después de eso, tanto como que él aceptara y sugiriera ir al balcón para compartir la comida china que pidió. Y allí se encontraban ambos entonces. Uno al lado del otro apoyados en la barandilla y con los restos de la comida sobre una mesilla en tanto Watson daba vueltas alrededor alternando la mirada de uno a otro como si pensara que había algo muy raro allí.

Sophia no podía culparlo; ella pensaba exactamente lo mismo. Pero nunca se había topado con algo que le pareciera extraño y al mismo tiempo tan tentador.

–Debe ser agradable formar parte de una familia como la tuya –habló ella con la mirada puesta en el cielo sobre ellos y una fina arruga ensombreció su semblante al considerarlo–. Todos ustedes parecen quererse mucho.

–Bueno, por eso somos familia –respondió él con rapidez, pero entonces pareció advertir la rigidez en su rostro y la observó con mayor atención –. Pero no todas las familias son iguales, claro.

–No, no lo son.

–¿Quieres hablarme de la tuya?

Sophia suspiró y se reprendió por haber permitido que él notara la amargura en su voz. Odiaba inspirar lástima en la gente, y mucho menos habría podido tolerar que esa compasión proviniera de él, pero entonces reparó en que no había nada de eso en su voz y tampoco en su rostro; al mirarlo, tan solo detectó la misma natural curiosidad que había sentido ella al hacerle algunas preguntas. Aquello le dio cierta tranquilidad para responder.

–No hay mucho que decir; somos bastante corrientes. –Ella sonrió al toparse con su rostro burlón–. De acuerdo. Tal vez no tanto.

–Ya lo decía.

–Es solo que... mi madre es todo un personaje. No digo que haya nada de malo en ella, pero no es del tipo maternal, ¿entiendes lo que quiero decir? –Sophia esperó a verlo asentir antes de continuar–: No dudo de que me quiera, pero nunca ha sido muy propensa a demostrarlo... lo hago sonar horrible, ¿no?

Morgan suspiró y rozó uno de sus dedos sobre la balaustrada desatando una andanada de sensaciones a su paso. Pero no se trató tan solo del deseo que sentía cada vez que se encontraban juntos y que se incrementaba cuando la tocaba; en ese momento también se sintió asaltada por una sensación muy agradable, la misma que habría sentido sin duda si él la hubiera abrazado. Le dio confianza, paz, y la certeza de que no importaba lo que dijera, él la entendería.

–Bueno, las cosas son así. –Ella se aclaró la garganta e intentó explicarse sin dar muchos rodeos–: Mis padres se casaron muy jóvenes y dudo de que estuvieran enamorados cuando lo hicieron; supongo que les pareció que eran el adecuado el uno para el otro y sus familias estuvieron encantadas con la idea así que ¿para qué resistirse? Yo nací poco después, pero cuando tenía unos cinco se dieron cuenta de que no eran el uno para el otro y decidieron divorciarse. Yo me quedé con mi madre y él se dedicó a viajar; todavía lo hace, apenas lo veo una vez al año o algo así. –Sophia se encogió de hombros–. Lo curioso es que aun cuando mi padre se apartó tan rápido como pudo, en el fondo siempre he pensado que hubiera preferido que me llevara con él. No lo sé, creo que tenemos más cosas en común de las que tengo con mi madre.

Morgan no dijo nada, pero la alentó a continuar con un gesto; Sophia apretó sus dedos con suavidad sin ser muy consciente de lo que hacía. ¿Sabían acaso los marineros que se mantenían a salvo aferrados al ancla que los sujetaba al lecho del mar en medio de una tormenta?

–No fue fácil crecer con mamá; siempre ha tenido demasiadas reglas y eran difíciles de comprender para una niña. Una de sus hermanas vive con ella, estuvo con nosotras durante toda mi infancia. La tía Louise. –Sophia pronunció el nombre con un resoplido–. Son iguales, supongo; ambas difíciles de complacer. Tal vez si yo fuera distinta, si hubiera estado más dispuesta a amoldarme, a hacer lo que esperaban de mí. –Ella se encogió de hombros y una expresión traviesa asomó a su rostro–. No les puse las cosas fáciles; es posible, incluso, que me portara un poco mal solo para molestarlas. Ahora sé que fue una tontería, pero entonces me hizo pensar que cuando menos dejaba en claro que no permitiría que me manejaran a su antojo.

–Sabía que eras una rebelde –masculló Morgan entre dientes tras dirigirle una sonrisa divertida–. Aún lo eres.

Sophia pareció encantada con eso; en el fondo, le pareció un halago.

–Me alegra que lo pienses –dijo ella con una risita que se apagó al continuar–: Pero entonces no fue tan sencillo, ¿sabes? Era divertido hacerlas enojar, pero luego me sentía horrible no solo porque las enfadaba sino también porque sentía que eso me alejaba cada vez más. Hubiera sido peor de no haber tenido a Bill, claro. Mi madre y tía Louise lo criaron como un hijo tras la muerte de sus padres, supongo que con la intención de que terminara por parecerse a ellas, pero fue todo lo contrario. Si piensas que soy una rebelde, tendrías que saber todas las cosas que ha hecho él.

Morgan torció el gesto.

–Hay distintos tipos de rebeldía –señaló él, no muy convencido de que le agradara ese Bill por mucho que ella se esmerara en ensalzarlo–; pero entiendo que debió de ser un consuelo para ti tener a alguien en que te vieras reflejada.

–Supongo que es una forma de verlo. –Sophia frunció el ceño y se encogió de hombros–; pero fue mucho más que eso. Bill fue mi amigo y me alentó a hacer lo que quería. Fue él quien me animó a modelar cuando empecé a sentir interés por ese mundo, y quien me aconsejó entonces. Desde luego, mi madre puso el grito en el cielo cuando le hablé por primera vez de eso, aunque tengo que decir que cambió de opinión en cuanto se dio cuenta de que a sus amigas les parecía genial que su hija pasara así su tiempo libre, codeándose con famosos y yendo a las fiestas que a ella tanto le han gustado.

–Pero para ti no era solo un entretenimiento –adivinó Morgan tras lanzarle una profunda mirada.

Sophia lo miró de reojo y sacudió la cabeza de un lado a otro; los mechones de cabello caían a ambos lados de su rostro y sus labios esbozaron una sonrisa divertida.

–Lo fue por un tiempo, al menos todo lo relacionado con el modelaje; pero luego me di cuenta de que lo que en verdad me gustaba era todo lo demás: organizar los desfiles, planear las colecciones, trabajar con los diseñadores, todo eso. Y quería hacerlo en serio.

–Supongo que eso a tu madre le gustó todavía menos.

–Supones bien –rio ella–. Ella y tía Louise estuvieron a punto de volverme loca en esa época; fue entonces cuando decidí dejar el modelaje y empezar a estudiar. Pero no me quedé allí, fui a buscar a mi padre y le pedí que me dejara quedarme con él.

Ella calló un minuto y desvió la vista; toda expresión de alegría que mostrara hasta entonces desapareció reemplazada por una seriedad teñida de dolor.

–A él no le gustó la idea. –Sophia retomó la charla con una mueca–. Dijo que no tenía problemas con que fuera a visitarlo, pero que no podía hacerse responsable de mí. Lo gracioso es que yo nunca se lo pedí; tenía veinte años por esa época, solo quería estar con él. –Ella apretó los labios–. Supongo que en el fondo solo quería dejar en claro que no estaba dispuesto a tolerarme cerca durante mucho tiempo.

Morgan no dijo nada, pero su mano se cerró sobre la suya con mayor firmeza y Sophia llevó la mirada hacia allí, reconfortada por la sensación de su piel tibia y el efecto de sus dedos aferrados a los suyos.

–Bueno, para resumir: me fui poco después y empecé a viajar durante un tiempo; luego me inscribí a algunos cursos, finanzas, administración, y esas cosas. Cuando sentí que tenía una base con la que defenderme, me contacté con la gente con la que había trabajado de modelo y ellos me recibieron muy bien. Empecé de abajo y ascendí rápido. Luego vino la propuesta para encargarme de Imperio y estoy muy satisfecha de haber aceptado.

–A mí también me alegra que lo hicieras.

La voz de Morgan adquirió un matiz grave que le erizó la piel y ella se puso de lado para mirarlo a los ojos con curiosidad.

–¿Seguro? –preguntó ella en un tono desenfadado que con seguridad no engañó a ninguno–. Porque hasta hace poco me parecía como si me encontraras un poco molesta.

Él rio y apoyó un brazo sobre la balaustrada; su mano permanecía asida a la suya y empezó a juguetear con sus dedos en un ademán distraído.

–¿Esa fue la impresión que te di? –inquirió él a su vez.

–La verdad es que sí.

–Bueno, tal vez tengas razón –reconoció él al cabo de un par de segundos tras parpadear sin apartar la mirada de su rostro–. Pero no era que me parecieras molesta.

–¿Ah, no? ¿Entonces qué?

–Peligrosa. Pensé que eras peligrosa; para ser sincero, continúo pensándolo.

Sophia consideró sus palabras y exhaló el aire contenido. Se preguntó entonces qué era lo que debía hacer; si forzar cualquier comentario intrascendente o incluso bromear para quitarle importancia al asunto. Era la clase de cosas que ella hacía: se burlaba para ocultar sus emociones; lo hacía desde que podía recordarlo, no hubiera sobrevivido a la vida con su madre de otra forma.

Pero no estaba ante su madre en ese momento. Era Morgan quien la veía y lo que halló en sus ojos le pareció tan real que creyó que hubiera sido un crimen hacer cualquier cosa que no fuera decir la verdad y actuar de acuerdo a ella.

Por eso, no dudó en ponerse de puntillas y posó una de sus manos sobre su mejilla; sus ojos buscaron los de él y advirtió un brillo de recelo en su mirada.

–¿Me tienes miedo? –preguntó ella en un susurro.

Morgan esbozó una sonrisa torcida, pero no hizo amago de alejarse; por el contrario, dio un paso hacia ella y deslizó sus dedos por su brazo desatando una revolución en sus terminaciones nerviosas que estuvo a punto de hacerla jadear.

–Un poco –reconoció él sin que pareciera que la idea lo preocupara del todo–. ¿Y tú?

Sophia sacudió la cabeza de un lado a otro e intentó parecer más segura de lo que se sentía en verdad.

–No. No te tengo ningún miedo –aseguró ella.

–¿No?

–No.

Morgan usó la mano libre para atraerla hacia sí y ciñó su cintura con firmeza cuando ella emitió un pequeño gemido al sentir el contacto de su piel firme bajo sus dedos al apoyarse contra su pecho para mantener el equilibrio.

–Tal vez deberías –susurró él acercando el rostro hasta hablar sobre sus labios–. Haría las cosas más fáciles.

–¿Para ti o para mí? –Sophia se obligó a disipar su mente de la maraña en que se convertía cada vez que se encontraban así de acerca–. Porque nunca me han gustado las cosas fáciles.

–¿Y cómo las prefieres? ¿Complicadas?

Las pupilas de Sophia destellaron al toparse con la mirada incierta de Morgan.

–Por lo general son las que valen la pena –dijo ella–. Tú y yo... nunca he estado en una situación como esta, pero no quiero huir. Si tú quieres hacerlo no intentaré detenerte; tal vez seas más listo que yo y nos hagas un favor a ambos.

–¿Y si no quiero ser listo? –replicó él con voz quebrada.

Sophia sonrió.

–Entonces sé tonto conmigo –sugirió ella.

–¿Aunque terminemos metidos en un gran problema? ¿Sabes todas las reglas que podríamos romper?

–Bueno, ya lo has dicho antes: soy una rebelde, me encanta meterme en problemas, y nunca había tenido tantas ganas de romper las reglas como ahora.

Ella advirtió un resquicio de indecisión en sus ojos y sintió su corazón retorcerse por la ansiedad. No había mentido al decir que tal vez él les haría un favor al usar el sentido común y detener esa locura; pero no quería que lo hiciera. Todo en su interior se rebelaba a la idea de separarse, de dejar que se marchara y quedar una vez más ahogados en la frustración.

Hubiera podido hacer algo para convencerlo, lo sabía; habría bastado con una caricia, que musitara algunas palabras que lo hicieran rendirse, pero no era eso lo que deseaba. Quería que el quedarse a su lado fuera una decisión consciente, no solo un arranque de lujuria.

Por eso, cuando le pareció que el tiempo se había detenido y que podrían permanecer así por siempre sin que ninguno atinara a hacer algo, exhaló un suave suspiro e hizo amago de retirarse, pero bastó con que hiciera ese leve movimiento para que él pareciera despertar del ensueño en que se encontrara hasta entonces y la firmeza de sus manos se intensificó sobre su piel. Ella lo observó parpadeando y se encontró con su mirada clara y despejada; la veía de una forma en que no había hecho antes, como si quisiera grabar su rostro en su mente. Nadie la había mirado nunca así.

Sophia empezó a revolverse incómoda, preguntándose donde se había ido la seguridad que sintiera hasta hacía un par de minutos. De pronto se sintió pequeña y frágil entre sus brazos y creyó que se derretiría allí mismo bajo el calor de su mirada. Tal vez él tuviera razón después de todo, se dijo con el aliento entrecortado. Quizá sí debería temerle.

No pudo pensar más, sin embargo, porque entonces Morgan suspiró sobre sus labios y al sentir el vaho de su aliento los entreabrió en un gesto instintivo como si así pretendiera hacerlo suyo. Él aprovechó aquello para tomar su boca por asalto luego de emitir un casi imperceptible gemido de rendición.

Después de eso... después de eso todo fue un torbellino y cualquier asomo de pensamiento simplemente desapareció.

Morgan recorrió sus labios con desesperación y Sophia se aferró al cuello de su camisa en su desespero por corresponderle haciéndolo tambalear; habrían caído contra la mampara de la terraza si él no la hubiera sujetado de la forma en que lo hacía. Entraron de vuelta al apartamento con paso inseguro y Watson dio un maullido cuando el pie de Morgan estuvo a punto de pisarlo.

El gato se alejó con expresión ofendida, perdiéndose en dirección a la cocina, pero ellos apenas lo notaron. Sophia hubiera deseado llevarlo a su habitación, pero no fue capaz; tenía los pensamientos embotados y cuando Morgan se detuvo en medio del salón y llevó las manos a su espalda para bajar el cierre del vestido corto que llevaba apenas atinó a tirar de las mangas sacudiendo las caderas para deshacerse de él como si la tela hubiera empezado a quemarle.

Jadeó al contacto de las manos de Morgan sobre su piel desnuda y lo ayudó a deshacerse de la chaqueta del traje y de la camisa con dedos torpes. Su pecho ardía también bajo sus dedos cuando los deslizó por todo lo largo hasta llegar al cinturón que sujetaba sus pantalones. Ni siquiera dudó, y él tampoco lo hizo. Se deshizo de ellos con el mismo apremio y no se detuvo hasta que se encontró casi tan desnudo como ella.

Sus pies descalzos se hundieron en la alfombra y la sensación le recordó que sabía dónde se encontraban, aunque estaba lejos de pensar con claridad; ni siquiera podía recordar el momento en que se quitó los zapatos. Luego, Morgan la tocó de nuevo y volvió a olvidarlo todo.

La besó hasta quitarle el aliento y apenas le dio un momento de respiro para volver a cargar sus pulmones cuando enterró el rostro en el pliegue de su cuello para lamer la piel sensible tras su oído, descendiendo hasta dejar un reguero de besos y suaves mordiscos a su paso. Sus manos tiraron de los broches del sujetador y se deshizo de la prenda con un movimiento brusco; en un segundo, tenía sus dedos cerrados alrededor de sus pechos y habría gritado por el placer de no ser porque él se apresuró a asaltar nuevamente sus labios.

Sophia se frotó contra él y llevó las manos a su espalda, aferrándose a él con todas sus fuerzas; le faltaba el aire y su corazón parecía estar a punto de estallar. Apenas se dio cuenta del momento en que Morgan la tendió sobre el sillón o fue capaz de advertir que permanecía sobre ella con las rodillas apoyadas a cada lado de sus caderas. Lo sostuvo por los hombros e intentó que se tendiera sobre ella, pero él permaneció allí sin moverse. Solo mirándola. Se sintió expuesta como no le había ocurrido jamás y cerró los ojos, asustada de golpe por lo que él pudiera ver en ellos si se lo permitiera.

Morgan acunó sus pechos entre las manos y se inclinó para cubrir su vientre de besos; fue una caricia tan apasionada y al mismo tiempo tan tierna que Sophia sintió que sus ojos se llenaban de lágrimas. Él descendió con suavidad y se detuvo entre sus piernas sin que sus dedos dejaran de juguetear con sus pezones; ella elevó las caderas para ayudarle a deshacerse de esa última barrera y se estremeció cuando sintió su aliento caliente. Elevó las caderas y entreabrió las piernas sin ser consciente de ello, desesperada por sentirlo de una forma que no habría sabido explicar.

Las manos de Morgan abandonaron su pecho y descendieron hasta posarse en sus caderas, acariciando la piel con dedos hábiles. Sophia dio un respingo al sentir uno de ellos hurgando en su interior y su espalda se arqueó cuando llegó al punto preciso para provocar una oleada de placer. Apretó los párpados y emitió un suspiro tras otro cuando Morgan reemplazó sus dedos con su boca. Creyó que moriría y al mismo tiempo nunca se sintió tan viva. Sus manos se aferraron a sus hombros y su espalda se arqueó en un ángulo imposible.

Entonces el mundo a su alrededor estalló en un reguero de luces tintineantes y habría deseado apresarlas entre los dedos porque algo le dijo que era lo que debía hacer; atesorar ese momento y hacerlo suyo de cualquier forma para no olvidarlo jamás. Fue una idea extraña y en cierta forma le alegró que Morgan la arrancara de ella al sentirlo tenderse finalmente sobre ella. No hubiera podido decir cuánto tiempo tardó en hacerlo; quizás fuera mucho, quizás apenas tardara un minuto en deshacerse de los bóxers y buscar protección al hurgar entre sus pantalones. En realidad, daba igual.

Lo único que le importó fue ese breve instante de expectación que la asaltó al sentirlo ubicarse entre sus piernas; consiguió deshacerse de la bruma que inundara su mente y abrió los ojos de golpe buscando los suyos. Lo miró sin parpadear cuando se sumergió en su interior; fue un movimiento un tanto brusco, una sola embestida que le arrancó un grito apagado, pero se amoldó a su intrusión casi de inmediato; en cierta forma, le pareció que encajaban de una forma perfecta y elevó las caderas para alentarlo a moverse.

Los músculos de su abdomen se tensaron al sentirlo retirarse, pero la asaltó de nuevo una y otra vez hasta que ella consiguió adecuarse a su ritmo en una danza urgente e intensa que estuvo a punto de quebrarla en pedazos. Sin embargo, no retiró la mirada de su rostro ni un segundo y sintió una maravillosa sensación de seguridad al reparar en que él hacía lo mismo. La veía a cada momento y sus pupilas se dilataron al oírla gemir bajo sus embistes; la mantenía aferrada por las caderas con sus dedos enterrados sobre su piel y Sophia lo envolvió con las piernas en tanto sus brazos rodearon sus hombros. Su necesidad por él le llevaba a desear sentirlo más allá de lo físicamente posible; lo habría devorado de haber podido hacerlo.

Morgan aumentó la intensidad de sus embestidas y Sophia se dejó ir al sentir un fuego estallando en su interior; apretó los párpados y dejó de verlo, rendida por completo a ese cúmulo de sensaciones que la dejaron sobrepasada hasta el punto de que apenas fue consciente de que Morgan continuaba moviéndose sobre ella y que no había dejado de observarla. Apenas unos segundos después lo sintió estremecerse y emitir un sonido que pareció brotar desde lo más hondo de su pecho; un rugido que reverberó en el salón y que le arrancó una sonrisa.

Luego él se tendió sobre ella y sus hombros temblaron sobre su pecho; sintió su piel sudorosa y ardiente contra la suya y el ritmo acelerado de su corazón latiendo en una armonía desenfrenada con el suyo.

No tenía miedo, se dijo Sophia, sin saber de dónde había llegado un pensamiento como aquel. Estaba bien. Estaba a salvo. Estaba justo donde debía estar. Se abrazó a Morgan con las pocas fuerzas que aún le quedaban y suspiró, rendida por lo que acababa de ocurrir entre ambos. Habría deseado decir algo y también que lo hiciera él; pero comprendió que quizás eso hubiera sido pedir demasiado. Las palabras le parecieron entonces escasas; dudaba de que existiera una que expresara lo que sentía.

Por eso prefirió callar. No se estaba mal en silencio, supuso poco después sin hacer el más mínimo intento de alejarse. No, si lo compartía con él.

12

Morgan aparcó el coche ante la puerta de su casa y se quedó allí durante varios minutos con la mirada perdida en la nada; sus manos aferraban el volante con todas sus fuerzas hasta arrancarle un chirrido que le obligó a aflojar el agarre. Si quería destrozar algo, tal vez podría probar son su propio corazón, se dijo al cerrar los ojos y exhalar un hondo suspiro.

Era una pena que ya se encontrara deshecho, comprendió luego al considerarlo. Llevaba mucho tiempo estándolo pese a que en ese momento latía en un ritmo regular; al llevar la mano hacia allí se sorprendió porque, curiosamente, había dejado de doler. O, cuando menos, lo hacía mucho menos de lo que recordaba.

Sacudió la cabeza y la apoyó sobre el respaldar del asiento con un gesto de frustración. Se sentía muy extraño y no lograba concentrarse lo suficiente para pensar.

Lo ocurrido con Sophia... no podía recordar cuándo fue la última vez que experimentó algo así. Tal vez hubiera pasado demasiado tiempo. Tal vez no le hubiera pasado nunca antes.

Sin embargo, ninguno había intentado poner nada de eso en palabras. Tan solo permanecieron el uno al lado del otro en silencio. Un silencio que los acompañó incluso cuando al fin se separaron luego de hacer el amor de esa forma tan apasionada y Morgan se permitió contemplarla entonces con el corazón encogido. Le pareció tan hermosa que le quitó el aliento, pero no se trataba tan solo de su belleza física, lo que le llamó la atención la primera vez que la vio. Había mucho más.

Su sonrisa. La forma en que nunca esquivaba su mirada y la fragilidad que se desprendía de esa seguridad que se esmeraba tanto por proyectar. Era fuerte, pero también vulnerable y él se sintió afortunado de haber podido ver lo bastante hondo en ella para advertir esa ambivalencia que le provocaba apoyarse en ella y al mismo tiempo protegerla de cualquier cosa.

Él se marchó poco después. No habría tenido sentido quedarse porque era obvio que ambos se sentían demasiado tocados por la experiencia como para hablar en ese momento. Necesitaban su espacio. Y tiempo; cuando menos el suficiente para aclarar sus ideas.

Y allí estaba él. Intentando hacer eso último, pero había fallado vergonzosamente porque fue incapaz de encontrar un sentido a lo que sentía.

Su deseo por Sophia no había disminuido ni un ápice, tal y como creyó que ocurriría si se permitían llegar a ese punto. Por el contrario, la ansiaba más que nunca. Y ya no solo eso. También quería estar a su lado de formas que no tenían nada que ver con el sexo.

Morgan suspiró y apoyó las manos nuevamente sobre el volante luego de dar una mirada a la puerta de su casa. Estaba seguro de que, de haberse esforzado, habría podido oír el eco de la risa de Lucy y los gritos de Ester.

Ese era su hogar y, al mismo tiempo, se dijo al descender del coche al fin y dirigirse a la entrada, lo era un poco menos en ese momento porque Sophia no se encontraba allí. Y ese era un pensamiento aterrador.

Logan pareció un poco sorprendido cuando Morgan le pidió que fuera a su oficina a primera hora del día siguiente; pero cuando su amigo le pidió además que cerrara la puerta tras él al entrar y lo recibió con una expresión más adusta de lo habitual, frunció el ceño hasta que el puente de las gafas se incrustó en su nariz.

–¿Qué ha ocurrido?

Morgan recibió la pregunta con semblante impenetrable, lo que solo pareció confundir a Logan un poco más; pero le había costado mucho tomar la decisión que estaba a punto de compartir y no quiso dar más vueltas de las necesarias.

–Necesito que tomes el caso de Susan Green –indicó él.

Logan parpadeó, sin comprender.

–Es precisamente eso lo que he hecho desde el principio –dijo él.

–Me refiero a que no puedo continuar supervisándote.

–¿Por qué no? Te encanta supervisarme.

Morgan puso los ojos en blanco.

–Hablo en serio –dijo él.

Logan se encogió de hombros y habló con un asomo de risa en la voz.

–Yo también. Te encanta supervisarme –repitió él–. Y también criticarme.

–Logan, escucha. No puedo continuar involucrado en este caso.

–¿Por qué?

Morgan carraspeó y llevó la mirada a sus manos unidas sobre el escritorio; le parecieron desnudas sin el anillo de bodas que permanecía en el cajón de la mesilla de noche desde hacía varios días. Se forzó a no pensar en ello y sacudió la cabeza para centrar su atención en el rostro desconcertado de su amigo.

–Eso no importa; solo no puedo –indicó él.

Dudaba de que una declaración como aquella bastara para saciar la curiosidad de Logan, por eso no le extrañó que este le dirigiera una mirada obstinada.

–Vas a tener que ser un poco más claro que eso –exigió él.

Morgan suspiró y se llevó una mano a la nuca; no podía recordar cuándo fue la última vez que pasó todo un día sin sentir que acababan de apalearlo.

–Está bien –aceptó él de mala gana al comprender que no tenía otra alternativa que mostrarse algo más sincero–. Siéntate.

Logan hizo lo que le pidió sin poner ninguna pega y luego lo observó con los antebrazos apoyados sobre las rodillas, tan atento como si estuviera a punto de asistir a una clase particularmente interesante.

Morgan se aclaró la garganta antes de hablar.

–No puedo seguir con este caso porque si lo hiciera podría arruinarlo –dijo él al fin.

–¿A qué te refieres?

–Es que... me he implicado de una forma un poco personal en él, ¿comprendes? Y sería irresponsable y poco profesional que continuara llevándolo. Por eso lo mejor es que te ocupes tú solo. Si necesitas ayuda puedo designar a cualquier otro de los detectives para que te dé una mano.

Logan frunció el ceño y pareció incluso más confuso que antes.

–Insisto en que vas a tener que ser más claro que eso. Cuando dices que te has implicado de una forma personal... no entiendo. ¿Personal con quién? ¿En qué sentido?

–Acabo de decírtelo. Es personal.

–Y yo te he dicho que espero una mejor explicación que esa. –El tono de Logan surgió un tanto exaltado al continuar–. Tú y yo hemos llevado este caso desde el principio y ahora me vas a dejar para que me ocupe de todo yo solo. Creo que merezco que lo aclares un poco mejor.

Morgan suspiró y sostuvo la mirada de su amigo con expresión concentrada antes de asentir, consciente de que él tenía razón.

Se lo contó todo. O casi todo porque fue muy reacio a entrar en detalles, pero dudaba de que hiciera falta; Logan era lo bastante perceptivo para llenar cualquier hueco que se hubiera podido dejar.

En lo que sí fue muy claro fue en que, visto lo ocurrido entre él y Sophia, no hubiera estado bien de su parte continuar en el caso. No cuando ella era una testigo tan importante y su tío estaba implicado en un grado tan profundo. Morgan aún no lo había descartado como principal sospechoso del asesinato y no dudaba de que Logan estuviera de acuerdo con él.

Cuando terminó, aguardó con paciencia a que su amigo asimilara toda esa información y casi fue capaz de oír los engranajes de su mente intentando encajar todas las piezas en el rompecabezas en que se había convertido Morgan desde hacía tanto tiempo.

–Entiendo. –Logan habló con una expresión que dejaba en claro que en realidad no entendía nada–. De modo que tú y la señorita Hawkins...

–Sí.

–Ya. ¿Pero cómo...? ¿Por qué? ¿Tú? –Logan se atropelló con las palabras y terminó por llevarse una mano a la frente con expresión consternada.

Morgan se encontró dividido entre reír por la respuesta de su amigo o, de plano, mostrarse un poco ofendido porque creyera tan sorprendente que se hubiera dejado llevar de esa forma.

–Sí, yo –asintió él decantándose por un punto medio–. Mira, no es nada acerca de lo que quiera o necesite hablar; pero comprenderás por qué tengo que retirarme del caso.

–Claro; y a pesar de lo que acabo de decir, sabes que soy perfectamente capaz de llevarlo sin tu ayuda. Sin ofender –se apresuró a aclarar él–. Siempre disfruto trabajar contigo, pero en este caso y a estas alturas, creo que podré terminar con lo que resta solo.

–Pero si necesitaras ayuda...

–Te lo haré saber de inmediato –aseguró él en tono

solemne, pero este se relajó un poco al continuar y Morgan captó un leve atisbo de burla en su rostro al observarlo con atención–. Tú y la señorita Hawkins. ¿Quién lo hubiera dicho?

No yo, sin duda, le habría gustado responder a Morgan, pero se tragó las palabras porque no había estado bromeando al decir a Logan que no deseaba hablar acerca de eso, y no porque no confiara en él; era una de las pocas personas en el mundo por las que sentía una confianza absoluta, sino porque no era capaz de aclarar lo que sentía ni siquiera a sí mismo. ¿Qué iba a decirle a él?

–Es un poco complicado –dijo tan solo.

Su amigo arqueó una ceja y sonrió.

–No lo dudo –respondió viéndose divertido ante la posibilidad de que así fuera–; pero me alegro por ti.

–No hay nada por lo que debas alegrarte.

El tono de Morgan surgió más áspero de lo que le habría gustado y se ganó una mirada de extrañeza en respuesta.

–Me refiero a que... –dudó antes de continuar, consciente de que era posible que solo terminara por enredarse si intentaba explicarlo–. No tengo idea de lo que estoy haciendo, ¿de acuerdo? Y no creo que sea algo para celebrar.

Logan permaneció un momento en silencio y luego cabeceó, pensativo.

–Bueno, pero cuando menos estás viviendo –señaló en tono cauto, y continuó al toparse con su mirada de confusión–: Antes de esto... parecía como si solo sobrevivieras.

Morgan parpadeó, sin saber qué decir, y su amigo pareció tomar aquello como una señal de que podría continuar sin que le saltara al cuello, como habría ocurrido hacía solo unas semanas.

–Quiero decir que te ves distinto. No lo había notado antes, o tal vez sí, pero no me había detenido a pensar en lo que habría podido ocurrir, creí que solo estabas durmiendo un poco mejor –indicó él con una sonrisa de disculpa por haber llegado a una suposición tan simplona–. Ahora que me has dicho lo que pasa, sin embargo...

–Es que no sé qué pasa.

Morgan descargó su frustración sin poder contenerse; pero aquello no pareció impresionar a Logan porque su sonrisa se acentuó al responder.

–A mí me parece que en el fondo sí que lo sabes – musitó él en un tono de voz confiada–. Nunca habrías llegado a este punto si no fuera así.

–Te aseguro que no merezco tu fe.

–Bueno, eso no lo decides tú, así que disculpa que no te tome muy en cuenta. –Logan se encogió de hombros–. De cualquier forma, insisto en que me alegra por ti y no voy a discutir eso contigo; debes de ser el único hombre que conozco que le tiene pánico a ser feliz.

–Yo no siento pánico...

Logan extendió una mano para acallar sus quejas y se puso de pie con un ademán resuelto.

–Tengo que conocer a la señorita Hawkins –dijo él, pensativo–. Quizá cuando todo esto acabe podamos arreglar algo con Tara.

–No involucres a tu mujer en esto.

–¿Involucrarla? Será ella quien empezará a organizar cosas tan pronto como se lo cuente.

–Cosa que no vas a hacer. –Morgan apretó los labios.

Logan hizo un gesto vago con una mano como para dar a entender que eso estaba más allá de su poder y Morgan no dudó de que así fuera; dudaba de que hubiera algo que su amigo no compartiera con Tara. Siempre había admirado eso de su relación, pero en ese momento le pareció algo molesto.

–¿Sabes qué? –espetó él un poco molesto–. Deberías volver a trabajar.

Logan recibió la orden con una amplia sonrisa.

–Sí, señor –respondió él, divertido–. Te avisaré si descubro algo interesante.

Morgan cabeceó, sin responder, y dejó ir el aire que había estado conteniendo tan pronto como se quedó a solas. Luego, se miró las manos con el ceño fruncido y cerró los ojos, concentrándose en el latido regular de su corazón.

¿Había tenido razón Logan al decir que apenas sobrevivía antes de conocer a Sophia? Sintió la sangre correr a través de sus venas con mayor rapidez al pensar en ella y una expresión de descubrimiento iluminó sus facciones.

Tal vez hubiera algo de verdad en eso, se dijo poco después sin estar seguro de que la idea le agradara del todo porque eso solo podía decir que tal vez terminara por volver a lo mismo si elegía alejarse de ella, algo en lo que había pensado más de una vez en los últimos días.

Su mundo hasta entonces había girado alrededor de Lucy. Tal vez solo sobreviviera, como dijera Logan, pero lo hacía por ella, y creyó que podría pasar el resto de su vida haciéndolo sin echar de menos algo más. Ahora, en cambio, la presencia de Sophia teñía el horizonte de un sinfín de posibilidades que no se sentía capaz de abarcar.

El recuerdo de Ángela permanecía asentado en su mente, pero empezaba a difuminarse de una forma extraña, como si estuviera aferrándose a él y al mismo tiempo se hiciera a un lado arañando cada superficie que tocaba. Le provocaba un dolor lacerante y, sin embargo, la sentía por primera vez como una herida limpia y no un corte ponzoñoso que lo envenenaba todo a su paso.

Morgan suspiró y se frotó los ojos, cansado como si llevara horas allí y no acabara de empezar su turno. Cuando apartó las manos de su rostro, algunas luces titilaron ante él y sacudió la cabeza de un lado a otro para aclarar su mente.

Tenía muchas preguntas y muy pocas respuestas, pero supuso que las descubriría en el futuro. En ese momento, no obstante, tenía otras cosas de las que ocuparse, como de qué forma iba a excusarse con sus superiores por haber decidido dejar el caso, recordó con una mueca de desagrado.

–No pude decirles la verdad, claro, pero fueron más comprensivos de lo que esperaba. Claro que si las cosas salen mal me culparán a mí, pero supongo que es lo justo, no quiero que Logan cargue con esa responsabilidad.

Sophia oyó con atención las palabras de Morgan. Lo primero que dijo él al reunirse con ella en su apartamento fue que había decidido apartarse de la investigación del asesinato de Susan. Según él, y ella no pudo evitar estar de acuerdo, no era correcto que continuara participando activamente en ella luego de lo ocurrido entre ambos.

Aquello le produjo cierta esperanza que intentó acallar, pero aun así esta permaneció latente en su pecho. Si él había dado un paso como aquel cabía pensar que tomaba lo suyo con mucha más seriedad de lo que había pensado. Aun cuando no hubiera podido definir lo que pasaba entre ellos, estaba claro que no lo consideraba tan solo una aventura con la que llenar las horas vacías. Y a ella le alegró que así fuera porque lo sentía exactamente igual.

Tal vez lo que le atrajera de Morgan en un inicio fuera su atractivo, no tenía sentido negarlo, pero con el paso del tiempo, luego de conocerlo un poco más y descubrir lo que ocultaba bajo su semblante siempre reservado y un poco adusto, había llegado a la conclusión de que las cosas se habían vuelto un poco más complicadas.

Le gustaba. Le gustaba mucho. Quizás incluso lo quisiera, se dijo al lanzarle una mirada de reojo y encontrándose con que él la veía a su vez de una forma muy similar, a lo mejor desconcertado de que no dijera nada.

Luego de hablarle de su charla con Logan y con sus superiores en el precinto, la había llevado a la cama sin que ella hiciera ni el más mínimo intento de protestar. Era como si no pudiera mantener sus manos alejadas de ella y a Sophia le ocurría algo muy similar. Era verlo y desearlo una y otra vez; dudaba de que pudiera cansarse alguna vez de la sensación de sus manos sobre su piel y de la forma en que la veía al hacerle el amor.

Habían alcanzado una afinidad tan profunda en un espacio de tiempo tan corto que le daba un poco de miedo; pero no lo habría cambiado por nada en el mundo.

–Creo que es lo mejor –dijo ella al fin buscando una de sus manos tras forzar una sonrisa desenfadada que despejara la seriedad con la que él la había atrapado observándolo–. Lo de alejarte del caso, digo; y me alegra que el detective Spencer lo comprendiera.

Morgan resopló y envolvió sus dedos entre los suyos. Se encontraban en su cama, él apoyado en el respaldar con una sábana cubriendo sus caderas desnudas en tanto ella permanecía tendida sobre sus rodillas sin más abrigo que una vieja camiseta que encontró en el fondo del closet y que él parecía determinado a quitarle una y otra vez.

–Ese es el problema con Logan –comentó Morgan con una sonrisa divertida–. Él está convencido de que lo entiende todo.

Sophia sonrió también y arqueó una ceja.

–Tal vez lo haga –comentó ella.

–Por favor, si alguna vez lo conoces, no se te ocurra decírselo –pidió él–. Se pondría insoportable.

–De acuerdo. –Sophia se abstuvo de preguntarle si acaso creía que continuaran juntos el tiempo suficiente para ello y suspiró sobre su piel–. Lo tendré presente.

Morgan pareció satisfecho con aquello y llevó una de sus manos a su cabello, deslizando las hebras doradas entre sus dedos con expresión pensativa.

–Te gustaría él, y seguro a él también le gustarías tú. Tiene buen ojo para la gente, pero tampoco le digas nunca eso –comentó él al cabo de un momento–. ¿Te he contado que se enamoró de su mujer la primera vez que la vio?

Sophia sonrió y negó suavemente con la cabeza.

–¿En serio? Creí que esas cosas no pasaban.

–Y así es. Por lo menos no a la gente normal, pero Logan no lo es, y en el fondo creo que Tara tampoco. –El afecto teñía la voz de Morgan al hablar y quitaba cualquier rastro de crítica a sus palabras–. Fue un flechazo en toda regla; y se metieron en muchos problemas entonces, pero creo que ambos te dirían que valió la pena. Tienen una hermosa familia.

Sophia se humedeció los labios y dudó un par de segundos antes de esbozar la pregunta que se moría por hacer.

–¿Y tú? –Ella continuó al toparse con su expresión de desconcierto–. Me refiero a ti y a Ángela. ¿El tuyo no fue un amor a primera vista?

Lo vio contener el aliento y apartar la mirada, pero no fue una reacción inesperada; lo que temía en verdad era que decidiera no responder porque eso hubiese sido una señal de que no confiaba en ella lo suficiente para hablarle de la que había sido su esposa. Sin embargo, luego de que transcurriera un rato en que permaneció en silencio y con expresión ausente, volvió a mirarla al rostro y tragó espeso antes de hablar.

–No. No creo que haya sido así para nosotros –dijo él al fin–. Ángela y yo... la conocí en uno de mis permisos, antes de pedir mi baja del ejército. Pasaba por una época difícil entonces, había visto demasiadas cosas... estaba un poco perdido.

Sophia lo escuchaba, atenta, y lo alentó a continuar con una suave sonrisa.

–El conocerla fue lo mejor que pudo pasarme entonces; no sé qué habría sido de mí si no hubiera entrado en mi vida. Ella... Ángela siempre tuvo claro lo que estaba bien y lo que no, sabía lo que quería y yo la admiraba por eso. Me ayudó a encontrarme de nuevo a mí mismo, a darme cuenta de que había una salida sin importar cuán mal parezcan ir las cosas. Fue por eso por lo que decidí dejar el ejército; allí ya no había nada para mí.

–Entonces se casaron –susurró ella.

Morgan cabeceó; sus dedos apresaron los suyos con algo más de fuerza, pero sus ojos reflejaban una ternura que la conmovió al punto de que empezó a acariciar la piel de sus rodillas en un gesto de consuelo.

–Sí, poco después. Y luego vino Lucy, claro, y por un tiempo todo pareció ir bien. –Morgan suspiró–. No pretendo saber por qué ocurren las cosas como lo hacen, Sophia, nunca he podido entenderlo y dudo de que vaya a hacerlo ahora. El que Ángela se fuera... que nos la quitaran... no puedo hacer nada para que deje de doler de la forma en que lo hace, ¿lo entiendes? Quisiera, pero...

El rostro de Sophia adquirió una nueva expresión y se incorporó a medias para mirarlo con mayor profundidad.

–No espero que deje de doler –aseguró ella– o que dejes de amarla. –Su voz se quebró de forma casi imperceptible al continuar–: Puedo entender eso; sé que no puede ser de otra forma. Esa clase de amor... no puede solo desaparecer, pero...

A ella le habría gustado decir también que aun cuando era sincera al decir que podía comprender aquello, necesitaba saber si había lugar también para ella en su corazón, si lo que ocurría entre ambos era lo bastante real y fuerte para convertirse en un amor que mereciera ser vivido de la forma en que lo había hecho él antes. En eso Morgan le llevaba una gran ventaja; ella nunca había amado a alguien a ese punto.

Pero no dijo nada de eso, se cortó sin siquiera considerar ponerlo en palabras y dejó caer la cabeza sobre sus muslos con los ojos cerrados. Tal vez algo estuviera mal si era necesario que ella preguntara, ¿no era acaso la clase de cosas que debía decir él? Se sintió un poco tonta y avergonzada por haber estado a punto delatar su necesidad de esa forma ante él; no podría soportar que le tuviera lástima o dijera lo que esperaba oír sin sentirlo de verdad.

Morgan pareció meditar sus palabras en un obstinado silencio que ella no se sintió capaz de quebrar. Cuando creyó que no diría nada, sin embargo, sintió una de sus manos sobre su hombro y, al levantar la mirada hacia él, se topó con sus ojos fijos en su rostro.

–Ángela no es un fantasma, Sophia; no está penando en las esquinas ni me impediría jamás sentir de nuevo. Es algo en lo que he pensado mucho últimamente –musitó él en un tono grave y levemente quebrado que le provocó un retortijón en el estómago–. Pero alguna vez la amé y es posible que una parte de mí lo haga por siempre y no sé cómo...

Ella comprendió que hubiera sido una crueldad insistir en que escarbara de esa forma en su interior. No quería que la complaciera o que batallara consigo mismo solo porque pensaba que era lo que tenía que hacer. Deseaba que lo sintiera de verdad y que buscara esas respuestas por sí mismo porque las necesitaba tanto como ella. Y algo le dijo que en su momento lo haría. El problema, supuso, era que quizás entonces fuera ya tarde o esas respuestas terminaran por hacerla sufrir más de lo que lo hacía su negativa a buscarlas.

De cualquier forma, decidió al cabo de un momento, no tenía sentido torturarse con aquello. No entonces. No cuando las cosas finalmente parecían transcurrir con cierta normalidad entre ellos. Morgan estaba con ella porque así lo deseaba y eso debía de bastar por el momento. Luego... bueno, eso lo descubriría cuando tuviera que hacerlo.

Convencida de que no había nada más que pudiera hacer al respecto, y un tanto aliviada de haber llegado a esa conclusión por dolorosa que pudiera resultar a la larga, Sophia suspiró y obsequió a Morgan con una suave sonrisa que pareció ayudarlo a relajarse también. Quizás él tampoco tuviera muy claro qué decir o hacer; aún menos, qué esperar, pero fue evidente que se encontraba tan a gusto a su lado como le ocurría a ella.

–Esta no es precisamente la conversación más animada para un momento como este, ¿no? –preguntó él con una mueca.

Sophia suavizó su semblante y se encogió de hombros.

–Supongo que no –reconoció ella–; pero no quiero que dejemos de hablar de esta clase de cosas solo porque pensemos que pueden disgustar al otro. Quizás no tengamos que hacerlo ahora, pero luego...

Él asintió.

–Lo sé. –Morgan esbozó una pequeña sonrisa–. Después.

Sophia cabeceó, aliviada de que él no intentara evadirse del todo de aquello y sacudió su cabeza de un lado a otro para aliviar parte de la tensión que la atenazara hasta entonces; su cabello flotó como un halo alrededor de su rostro y su mirada se topó con la de Morgan, que seguía sus movimientos con los ojos entrecerrados.

Él tiró de su brazo para llevarla a su pecho y ella se recostó contra él; con un gesto decidido tomó el borde de la sábana que lo cubría y la dejó caer a un lado. Luego buscó sus labios, respirando sobre ellos, y acomodó las caderas hasta sentirlo asentado entre sus piernas. Morgan exhaló con fuerza ante el contacto de la suave piel contra la suya y llevó las manos a su cintura para afirmarla sobre él; sus dedos separaron sus muslos y se perdieron en su interior, hurgando y tirando con suavidad hasta hacerla gemir.

Sophia cerró los ojos y se abandonó a esa sensación, jadeando cada vez con mayor intensidad según sus caricias se iban volviendo más veloces y soltó una imprecación cuando él retiró sus dedos de golpe. Al mirarlo, se topó con su rostro sonriente y estuvo a punto de reclamarle por arrebatarle el placer de esa forma cuando lo sintió apresar su cintura con mayor fuerza y levantarla un poco para acomodarla sobre su erección.

La dejó caer sin mayores ceremonias y Sophia emitió un grito ahogado al sentirlo hundirse en su interior. Llevó las manos para asentarlas sobre su pecho en busca de equilibrio y se balanceó sobre él, subiendo y bajando en un ritmo lento al inicio que fue cobrando velocidad según su respiración fue acelerándose también. El sudor corrió por su espalda y el cabello se le pegó en las sienes, pero lo despejó con un resoplido. Sus ojos se encontraron con los de Morgan y sonrió antes de echar la cabeza hacia atrás para prorrumpir en un sinfín de suspiros cuando se sintió estallar y él la siguió poco después con un gemido de satisfacción que se fijó en lo más hondo de su pecho.

13

Sophia se sorprendió canturreando una melodía al entrar en el elevador, pero esta murió tan pronto como se detuvo en el siguiente piso y un nuevo ocupante se apresuró a cruzar las puertas para situarse a su lado.

Y el día había empezado tan bien, se dijo con un seco suspiro al forzar una sonrisa para corresponder al saludo de Freddy Alcott, el vecino de abajo.

Le agradaba Freddy, se recordó con la mirada puesta en su reflejo en la puerta de acero. Era simpático la mayor parte del tiempo y había sido muy comedido con ella desde que se mudó, pero a veces podía ser demasiado entrometido, aun cuando se esforzara siempre por remarcar que era la discreción personificada.

Su rostro se dibujó a su lado como si lo hubiera conjurado y advirtió entonces que iba sin su perro, lo que era un poco raro; parecía que no ponía un pie fuera de su apartamento sin él. Freddy pareció notar su extrañeza y adivinar el motivo de la misma porque exhaló un suspiro pesaroso.

—Las orejas —dijo él tan solo.

Sophia frunció el ceño, sin comprender.

—Me refiero a Henry. Te extrañará que no vaya conmigo, pero precisamente voy a verlo; tuve que dejarlo anoche internado porque tenía un espantoso dolor de oídos. Otitis, dijo el veterinario –explicó él.

–Lo siento. –Ella esbozó un gesto preocupado–. Espero que no sea nada de cuidado.

–No lo creo. El pobre ya tiene una edad; el veterinario dijo que es normal que estas cosas pasen, pero creo que podré traerlo de vuelta hoy.

–Qué bueno. Si necesitas algo...

Freddy agradeció sus palabras con una sonrisa, pero no dijo nada de inmediato y Sophia se preguntó por qué el ascensor se movía con tanta lentitud; en especial cuando reparó en que él la veía con una inconfundible expresión de curiosidad.

–Espero que no te moleste que lo diga, pero te ves muy bien –dijo él de golpe.

Sophia parpadeó y le devolvió una sonrisa sorprendida.

–Gracias.

–Últimamente me parecía que estabas un poco... ¿Cómo decirlo? ¿Apagada? –él se apresuró a continuar antes de que ella pudiera interrumpirlo–: Supongo que se debería a la muerte de tu amiga; no es para menos, debió de ser un impacto tremendo para ti. Pero me alegra ver que te encuentras mejor; aún más, diría que te ves incluso mejor que antes. Radiante.

Ella no supo qué decir y estuvo a punto de llorar de alivio cuando el elevador se detuvo y las puertas empezaron a abrirse. Para su mala suerte, Freddy no era muy perceptivo, de modo que no pareció entender el gesto que le hizo en señal de despedida y fue tras ella en dirección al vestíbulo.

–Por cierto, ya que hablábamos de lo ocurrido con tu amiga, no he podido evitar notar que el detective... ¿Reynolds, podría ser? Sí, creo que sí. –Él amoldó el paso al suyo sin mayor esfuerzo–. Bueno, me lo he cruzado un par de veces esta semana en el edificio. ¿Será posible que hayan dado ya con el asesino? ¿Te ha dicho algo de eso?

Sophia suspiró y se detuvo de golpe en medio del vestíbulo, con lo que Freddy tuvo que detenerse también. Él abrió la boca como si estuviera a punto de decir algo, pero ella lo detuvo con un gesto; tenía los labios apretados y sus ojos irradiaban un brillo de advertencia.

–No puedo ni quiero hablar de ese tema, Freddy – señaló ella–, y te agradecería que no lo menciones.

Él parpadeó un par de veces y, al cabo de un segundo, cabeceó inseguro.

–No pretendía molestarte; fue solo un comentario… –balbuceó él–. Es solo que me pareció un poco raro ver al detective con tanta frecuencia.

–Bueno, en ese caso tal vez deberías preguntárselo a él.

–¡Lo intenté! Pero puede ser muy cortante. –El hombre se llevó una mano al cuello y frunció el ceño–. Por cierto que, solo entre nosotros, creo que podría esforzarse un poco por mostrarse más amable. Después de todo, no es como si le hablara para ninguna tontería. Precisamente ayer que estuvo aquí recordé algo que vi la noche en que murió tu amiga y pensé que sería bueno que se lo comentara, pero ni siquiera me dio tiempo de decírselo.

Sophia frunció el ceño. No podía decirle que Morgan ya no estaba frente a la investigación y mucho menos el verdadero motivo de su presencia en el edificio. No era nada que debiera permanecer en secreto, no en realidad, ella y Morgan eran libres de hacer lo que desearan ahora que se había alejado del caso de Susan, pero aun así no creyó que fuera buena idea comentarlo con Freddy.

No solo no era su amigo o alguien en quien se sintiera cómoda haciendo una confesión como esa, sino que además no dudaba de que haría algunos comentarios indiscretos y antes de que terminara la semana todo el edificio estaría enterado de que la mujer del *penthouse* se acostaba con el policía que hasta solo un par de semanas antes llevaba la investigación del homicidio de su amiga.

–Bueno, si se trata de algo importante tal vez fuera buena idea que llames directamente a la policía –sugirió ella ansiosa por librarse de él.

–Pero él es la policía –comentó Freddy con un resoplido–. De cualquier forma, no creo que sea tan importante. Además, podría meter en problemas a alguien... bien pensado, creo que tiene más sentido mencionártelo a ti que a ellos. –Él le dirigió una mirada curiosa.

Sophia carraspeó, un poco incómoda por su expresión y se preguntó cómo una mañana que había empezado tan luminosa había podido oscurecerse con tanta rapidez.

–¿De qué se trata?

Una desagradable sensación de incomodidad se asentó en su pecho al hacer la pregunta, pero eso no fue nada con lo que sintió cuando Freddy respondió en un tono muy bajo y tras inclinarse un poco hacia ella.

–Bueno... el otro día estuve pensando en lo ocurrido a tu amiga y recordé algo que vi la noche en que se supone que murió –empezó él–. Acababa de volver de dar un paseo con Henry; casi siempre evito la entrada trasera porque no quiero que se tropiece con el caniche de la señora Phillips, pero esa noche estaba muy inquieto y jaloneó de la correa para que lo llevara por allí. Cuando estábamos por entrar a la torre, vi a un hombre bajando por las escaleras como si lo persiguiera el diablo. No le di mucha importancia entonces, casi lo olvidé por completo, pero como te digo, el otro día... no sé por qué el recuerdo me vino de pronto y creí que era algo que debía comentar con alguien.

Sophia parpadeó sin estar muy segura de entender por qué él había decidido que ella debía de ser ese alguien, pero entonces recordó lo que le dijo: que aquella inesperada información podría serle más útil a ella que a la policía.

–¿Pudiste ver de quién se trataba? –Sophia oyó la pregunta como si la hubiera hecho alguien más.

Freddy asintió de inmediato y un rictus de pena se fijó en sus labios al responder.

–Ese conocido tuyo; el que viene de vez en cuando y que era también muy cercano a tu amiga –indicó él–. Quise saludarlo entonces, como hacía siempre que me topaba con él por aquí, pero parecía que llevaba mucha prisa.

El hombre dejó que las palabras se colaran en su mente y aguardó en silencio a que Sophia dijera algo, pero Sophia sintió como si acabara de recibir un puñetazo en el estómago y apenas fue capaz de recuperar el habla poco después. Entonces, lo observó con la expresión más indiferente que pudo fingir y forzó a su voz a adquirir un tono desenfadado.

–¿En serio? –preguntó ella arqueando las cejas con extrañeza–. Bueno, es un poco extraño, pero si se trata de quien creo, habrá venido a verme. Esa noche no estuve aquí, así que supongo que se habrá marchado un poco decepcionado por no encontrarme. Tenías razón en comentarlo conmigo; dudo de que a la policía le interese algo como eso.

Los ojos de Freddy se entrecerraron tras las gafas y le dirigió una breve sonrisa antes de cabecear.

–Eso pensé –dijo él.

Sophia rogó porque aquello que detectó en su voz fuera más una señal de que estaba dispuesto a mantener la boca cerrada respecto a ese tema y no tanto de que le encantaba haber sido capaz de desconcertarla a ese punto. Cualquiera fuera el caso, no podía detenerse a pensarlo en ese momento.

–En fin, estoy segura de que ellos ya deben de tener las cosas más claras a estas alturas; darán con el responsable en cualquier momento –dijo ella, procurando sonar confiada–. Tengo que irme ahora, voy un poco tarde para una reunión. Espero que puedas traer a Henry pronto; no olvides buscarme si necesitas ayuda.

Sin esperar respuesta y tras hacer un gesto brusco de despedida, Sophia se alejó con paso apurado; pero tan pronto como llegó al estacionamiento se dejó caer contra uno de los pilares que le salieron al paso y se llevó una mano al pecho. Su corazón latía a toda velocidad y sintió que le faltaba el aire.

Tenía que hablar con Bill, se dijo una vez que consiguió calmarse unos minutos después y pudo reiniciar la marcha. Y pobre de él como se atreviera a intentar evitarla, resolvió tan pronto como halló su coche y lo puso en marcha; ya había tenido bastante de sus tonterías. Por primera vez desde que todo eso empezó no pensó tan solo en sacarlo de sus problemas sino también en lo mucho que sus actos podrían afectar su propia vida.

Porque si Morgan se enteraba de lo que le dijera Freddy y descubría que ella no había ido de inmediato a decírselo o, al menos a ponerlo en conocimiento del detective Spencer y los otros detectives que se ocupaban del caso de Susan...

No quiso ni siquiera considerarlo, ya tenía bastante por lo que preocuparse, se dijo con el corazón encogido por la preocupación antes de enrumbar a la oficina. Ya hablarían ella y Bill, y más le valía a él contestar a sus preguntas entonces.

Por lo general, Morgan siempre había admirado la capacidad de Ester para percibir lo que ocurría a su alrededor. A veces ambos bromeaban diciendo que debían de poseer algún gen detectivesco que se había saltado unas cuantas generaciones en la familia, que en su mayoría eran algo más despistados.

Sin embargo, no había odiado esa desarrollada percepción de su prima como cuando la descubría observándolo como si fuera un bicho que estuviera a punto de diseccionar.

—¿Qué?

Ester apartó la mirada y fingió estar muy interesada en el montón de ropa limpia que acababa de sacar de la lavadora y que fue apilando en un cesto con expresión concentrada en tanto él hurgaba en los armarios de la lavandería en busca de una corbata que juraría que había dejado allí la semana anterior.

–¿Qué de qué? –repitió ella con un retintín infantil que a él le habría hecho gracia en otras circunstancias.

Morgan suspiró y abandonó su búsqueda al tiempo que giraba para mirarla con los brazos a la altura del pecho.

–Suéltalo.

–No sé de qué hablas.

Morgan extendió un brazo para arrancar de sus manos uno de los vestidos de Lucy que empezaba a doblar por tercera vez.

–Sabes de qué hablo –señaló él dejando caer la prenda sobre el ordenado montón–. Vamos, dilo ya o vas a explotar.

Ester vaciló un instante, pero fue obvio para ambos que él había dado en el clavo respecto a que había algo que se moría por decir. Sin embargo, no dijo nada de inmediato, sino que se dirigió a la puerta de la lavandería y, después de asomar la cabeza al pasillo para asegurarse de que Lucy no se encontraba por allí, sino que el eco de su voz siguiendo la música de su programa favorito puesto en el piso de arriba se oía con cierta claridad, entornó la puerta hasta dejarla casi cerrada del todo y solo entonces se sintió lo bastante segura para hablar con claridad.

–¿Quién es ella? –preguntó ella en tono bajo y acercándose a su primo sin dejar de contemplarlo con curiosidad.

Morgan suspiró. Ya que era él al fin y al cabo quien la enfrentara para que dejara salir aquello, no habría tenido sentido que se molestara en negarlo; de modo que se encogió de hombros y sostuvo la mirada de Ester sin parpadear.

–Eso no importa...

–¡Claro que importa! –Su prima hizo un gesto de exasperación, aunque también fue evidente que le alivió que no intentara mandarla al desvío–. Si vas a empezar a verte a escondidas con una mujer, cuando menos me gustaría saber de quién se trata.

—No me estoy viendo a escondidas con nadie —replicó él, un poco ofendido.

Ester puso los ojos en blanco y bufó en señal de burla.

—¡Ah!, ¿no? ¿Y cómo se le dice entonces a que desaparezcas un día sí y otro también y que luego des las excusas más idiotas para explicar dónde has estado? Porque estás loco si piensas que voy a creer que tiene algo que ver con tu trabajo. Tal vez seas un poco fanático, pero incluso tú tienes tus límites —remarcó ella—. Y quizá Lucy sea una niña, pero ella también se ha dado cuenta de que te ocurre algo raro. No pasas tanto tiempo...

Morgan la interrumpió antes de que pudiera continuar.

—Alto ahí. Ni se te ocurra insinuar que descuido a mi hija —advirtió él señalándola con un dedo.

Su prima tomó un calcetín de la cesta y se lo lanzó a la cara; pero apenas le rozó el hombro antes de caer sobre el suelo de linóleo.

—No he dicho eso —acotó ella empezando a lucir tan enfadada como él—. Pero tienes que reconocer que incluso cuando estás aquí pareces un poco distraído; como si estuvieras pensando en otra cosa. O en alguien más. —Ester se adelantó antes de que pudiera interrumpirla de nuevo—. Y no pretendo decir que haya nada de malo con eso; me alegra por ti. Lo que no entiendo es cómo pasamos de que estuvieras a punto de arrancar mi cabeza cada vez que sugería que podrías empezar a salir con alguien a actuar como un imbécil enamorado. ¿Cuánto ha pasado entre una cosa y otra? ¿Dos meses?

Morgan contuvo el aliento y la observó como si pensara que le había salido otra cabeza; su rostro demudado habría sido gracioso si no se sintiera tan consternado. Empezó a farfullar una respuesta, pero entonces comprendió que en realidad no sabía qué decir; de modo que se agachó para recoger el calcetín en una búsqueda desesperada de tiempo.

Tiempo que, desde luego, Ester no estaba dispuesta a darle.

–Morgan... –Su prima se dirigió a él en un tono algo más amable–. Vamos, sabes que puedes confiar en mí. ¿Quién es ella?

Morgan apretó los labios antes de exhalar un hondo suspiro de resignación. ¡Qué diablos! Podía decírselo. Tal vez, se planteó en tanto se dejaba caer sobre un banco junto al cesto, aquello le ayudaría un poco. Dios sabía que necesitaba hablarlo con alguien.

–No me lo vas a creer –dijo él al cabo de un momento.

–¿Por qué no? –Su prima fue hacia él y se apoyó sobre la tabla de planchar con las manos extendidas sobre la superficie–. ¿Tiene algo de malo?

–No exactamente.

Morgan esbozó una seca sonrisa al toparse con su mirada intrigada.

–Promete que no dirás una palabra hasta que te lo haya contado todo –pidió él.

–Claro que...

–Nada de interrumpirme.

Ester se llevó la mano a los labios e hizo un gesto para entender que lo había entendido y Morgan asintió tras dirigirle una última mirada de recelo. Pero no se lo pidió de nuevo; dudaba de que hiciera alguna diferencia.

Más deseoso de lo que hubiera imaginado por dejar salir todo aquello que no dejaba de ahogarle, explicó a grandes rasgos lo que había ocurrido con Sophia en las últimas semanas, pero a diferencia de lo escueto que se mostró con Logan cuando habló con él al respecto para explicar por qué no podía continuar en el caso de Susan Green, con Ester se permitió ir un poco más allá. Aunque no entró en detalles, le habló acerca de sus dudas y de los sentimientos tan confusos que Sophia despertaba en él.

No le tomó mucho tiempo, cuando menos unos cuantos minutos; pero cuando terminó de hablar sintió como si acabara de arrancarse una bandita de una herida. Lo embargó una sensación de alivio teñido de un dolor lacerante que le provocó un casi imperceptible temblor en la punta de los dedos. Y Ester, a quien hasta hacía un rato había pensado que tendría que amordazar para que mantuviera la boca cerrada, lo veía en ese momento con expresión sorprendida, los labios entreabiertos y sin atinar a decir una sola palabra.

Cuando Morgan creyó que el tiempo se hacía muy pesado y que tendría que decir algo, cualquier cosa que los liberara de esa situación tan incómoda, su prima lo sorprendió al echar el rostro hacia adelante y llevar las manos a sus mejillas; sus hombros se sacudían con suavidad y, cuando Morgan la observó con mayor atención, un poco preocupado por su reacción, se dio cuenta de que había empezado a reír.

–¿Qué diablos...?

–No lo puedo creer.

Ester emitió un gorjeo e hizo un gesto como si hubiera estado a punto de atragantarse con él; tuvo que aclararse la garganta antes de continuar.

–Lo siento. Te juro que no me estoy riendo de ti –se apresuró a aclarar ella señalándolo con un dedo–. Es solo que... no puedo creer que hables en serio. ¿Tú y Sophia? ¿Sophia Hawkins? ¿Esa Sophia?

Morgan sacudió la cabeza y le lanzó una mirada de enfado.

–¿Puede saberse por qué es tan difícil de creer? –preguntó él.

Ester se limpió una lágrima del rabillo del ojo y sacudió la cabeza de un lado a otro.

–No digo que lo sea, solo que es, no sé, un poco raro. Nunca los hubiera imaginado juntos, parecen tan distintos... –Su prima lo observó con gesto algo más serio al continuar–. Pero supongo que esa es una de las cosas que tiene el amor: nunca se sabe a quiénes va a unir. –Ella sonrió y pareció conmovida al toparse con su expresión inquieta–. Estás aterrado, ¿no?

A Morgan le habría encantado decir que no, que nada más lejos de la verdad, pero antes de que pudiera siquiera abrir la boca, se sorprendió asintiendo con gravedad.

–Un poco –reconoció él tras suspirar–. ¿Qué puedo hacer, Ester?

–Disfrutarlo, claro, ¿qué otra cosa ibas a hacer? –Su prima respondió con desenfado–. Morgan, no hay nada de malo con que te hayas enamorado de ella; Sophia es una mujer genial.

–Lo sé, pero yo no estoy...

Ester lo interrumpió con un ademán.

–No te molestes en negarlo; o al menos no lo hagas conmigo, sabes que no te voy a creer y luego podría pasarme horas echándote a la cara todas las razones por las que creo que sí lo estás –indicó ella en tono práctico–. No digo que la idea me moleste, podría ser divertido; pero tengo que entregar el portafolio final de la sesión de fotos y voy con retraso. ¿Qué te parece si nos ahorramos un poco de tiempo y lo dejamos en que yo tengo razón?

Morgan esbozó una sonrisa torcida.

–No es tan fácil, Ester.

Ella suspiró y se incorporó para ir hacia él; cuando estuvo a su lado apoyó una mano sobre su hombro y le dio un suave empujón. Morgan apenas se movió, aunque en defensa de Ester habría sido justo señalar que cuando menos lo sorprendió.

–Nadie dijo que lo fuera –señaló ella–; pero eso no quiere decir que vas a rendirte por eso. Morgan, solo piénsalo: has pasado tanto tiempo perdido y viviendo a medias; nunca te había visto sonreír como estas últimas semanas. No tienes por qué renunciar a eso.

Él bajó la mirada y la posó en sus manos caídas sobre sus rodillas.

–Me siento... es todo tan raro; creí que nunca volvería a sentir algo como esto –musitó él–. Desde... no puedo evitar pensar que es como si en cierta forma la estuviera traicionando. Se suponía que no debería de sentirme así de nuevo, no sin ella.

No hizo falta que Morgan pronunciara su nombre, ambos sabían que se refería a Ángela. Tras hacer un gesto de entendimiento, Ester suspiró y se acuclilló ante él con un gemido de malestar. Debería de hacer un poco más de ejercicio, se dijo apoyando las manos sobre sus rodillas y mirando a su primo con semblante comprensivo pero firme.

–Morgan, no estás traicionando a nadie. Ni a Ángela ni al recuerdo que tengas de ella; pero te traicionarías a ti mismo si dejaras pasar esta oportunidad de ser feliz con una excusa como esa. Ella ya no está aquí, y sé que por mucho que te duela es algo que ya has aprendido a aceptar –indicó ella sin dudar un segundo y sin dejar de sostener su mirada con gesto serio–. Pero tú sí lo estás, lo mismo que Lucy. Y sé que te has esforzado mucho por ser un buen padre y porque ella sea feliz; pero ya es hora de que tú lo seas también. No sé si encontrarás esa felicidad con Sophia; me cae bien, así que espero que sí, pero eso solo podrás decidirlo tú. Lo que sí puedo decirte es que serías un absoluto idiota si perdieras la oportunidad de descubrirlo.

El rostro de Morgan adquirió una expresión concentrada y no dijo una palabra; Ester tampoco insistió en que lo hiciera. En su lugar, se puso de pie apoyándose en su brazo con una exhalación ahogada y le dio una palmadita en el hombro, riendo entre dientes.

–Y esa ha sido la última emisión del programa "Pregúntale a tía Ester" –bromeó ella pareciendo muy satisfecha de sí misma–. Ahora te dejo para que pienses un poco; algo me dice que no importa lo que pueda decir, tú lo harás de cualquier forma. Lucy merendó hace media hora, así que no le des golosinas hasta el almuerzo. Ah, y si vas a dejar la comida para la semana hecha, ¿podrías preparar algo de lasaña? Solo un poco, no quiero entusiasmarme; tengo una cita el viernes y necesito entrar en mi vestido de la suerte.

Morgan sonrió y asintió, observándola en tanto se dirigía a la puerta, pero la detuvo con un gesto cuando estaba a punto de marcharse.

–Gracias –dijo él.

Su prima cabeceó como si fuera algo que hubiera estado esperando y se marchó tras hacer un gesto de despedida.

Morgan se quedó allí durante casi una hora y posiblemente no se hubiera movido de no ser porque oyó la voz de Lucy llamándolo para que la acompañara a ver su programa favorito.

Mientras abandonaba la habitación y poco después, al subir las escaleras dio una mirada alrededor con semblante pensativo y se detuvo un segundo en el rellano para contemplar los objetos dispuestos aquí y allá. Había tantos recuerdos en ellos; tantas historias que hasta hacía poco tiempo lo acechaban cada vez que posaba su mirada en ellos.

En ese momento, sin embargo, no sintió nada de eso y por mucho que rebuscó en su interior no halló nada que no fuera una callada nostalgia, la clase de cosas en las que piensas cuando evocas un recuerdo agradable. No había dolor o ira. Y aun cuando el silencio permanecía allí, pudo captar también el suave eco de una melodía que le recordó a una que ya había oído antes pero que en ese momento no supo reconocer.

Era dulce y cálida, y lo reconfortó como por arte de magia.

El llamado de su hija se repitió arrancándolo de su ensoñación y suspiró antes de reemprender el camino; pero sus pasos se sucedieron con más rapidez al ir hacia ella; de pronto se sintió más ligero de lo que se había sentido en mucho tiempo.

14

Jamás una jornada de trabajo se le había hecho tan larga, masculló Sophia para sí una vez que dejó las oficinas de la revista luego de dejar algunas indicaciones para el día siguiente que dejó a Maggie sobre su escritorio.

Su asistente se había marchado una hora antes, igual que buena parte de los otros empleados, pero ella había tenido que quedarse para atender una llamada del gobernador, que al fin parecía interesado en oír su pedido de que aceptara apoyar la idea del desfile que llevaba meses intentando organizar; y también habló con el director de la agencia de publicidad para acordar una fecha para la entrega del proyecto final. Si le gustaba lo que le mostraran, podría lanzar la campaña para la próxima primavera.

Cuando salió, se sentía agotada pero presa también de una agitación que la obligó a andar muy rápido; incluso condujo con más prisa de lo habitual y llegó al hotel de Bill en tiempo récord. Al dirigirse a recepción fue musitando una plegaria entre dientes, rogando por encontrarlo, porque si el muy canalla había regresado ya a Nueva York solo le haría las cosas más difíciles. Aunque tenía algo claro: si tenía que escarbar hasta el fin del mundo para hablar con él, lo haría sin dudarlo un segundo.

El cielo pareció compadecerse de ella, sin embargo, porque le informaron de que el señor Stewart se encontraba en su habitación de costumbre y Sophia se apresuró a ir hacia allí. Llamó a la puerta con tanta fuerza que cuando el rostro de Bill apareció por una rendija lucía una expresión de desconcierto que solo se acentuó al verla pasar por su lado tras darle un empujón.

–¿Pero qué clase de modales son estos? ¿Debería de decirle a tu madre que empiezan a pegársete las maneras de Baltimore?

Bill intentó bromear, pero le bastó encontrarse con su rostro ceñudo y sus brazos cruzados para borrar la sonrisa de su rostro y cerrar la puerta tras él con un ademán inseguro.

Sophia, en tanto, permaneció de pie en medio de la habitación luego de dar una mirada alrededor; sus ojos relampaguearon al toparse con la maleta abierta sobre la cama y un par de botellas vacías en el antepecho de la ventana.

–Me mentiste. –Ella no esperó a que dijera ni una palabra; en su lugar, lo señaló con un dedo que temblaba debido a la furia–. Fuiste a mi casa la noche que Susan murió; me habías dicho que llevabas varios días sin verla y que no te enteraste de lo que le ocurrió hasta que yo te lo dije.

–No sé...

–Y no se te ocurra intentar mentirme de nuevo porque alguien te vio en el edificio esa noche. –Ella lo interrumpió con un gesto brusco–. Tienes suerte de que me lo dijera a mí y no a la policía; pero seré yo quien lo haga como no me des una buena explicación.

Sophia tuvo la pequeña satisfacción de ver a Bill palidecer; en otras circunstancias hubiera sentido lástima por él, pero en ese momento quería que sufriera siquiera una ínfima parte de lo que lo había hecho ella cuando Freddy le habló de aquello y del miedo que sintió entonces.

El hombre se dejó caer sobre la cama tras hacer a

un lado la maleta y la observó a su vez con el ceño fruncido.

–No tienes que hablarme como si fuera un criminal –espetó él de mala gana.

Sophia sostuvo su mirada sin parpadear.

–Entonces deja de actuar como uno –replicó ella–. No has hecho más que mentir y huir desde que todo esto empezó; ya es hora de que le plantes cara a tus problemas y dejes de actuar como un niño asustado.

–¿Pero de dónde ha salido esto? ¿Por qué me hablas de esa forma?

Sophia exhaló un hondo suspiro y se armó de paciencia antes de continuar; era obvio para ella que Bill no alcanzaba a comprender la seriedad de lo que había hecho y de cómo todo aquello le afectaba a ella. Sin embargo, no se vio capaz de hablarle de lo suyo con Morgan porque eso solo los habría alejado del motivo de su presencia allí.

Si conocía bien a Bill, y vaya que lo hacía, estaba segura de que se aferraría a eso para intentar distraerla; además de que sin duda haría un montón de comentarios ridículos acerca de cómo había sido capaz de enamorarse en tan poco tiempo luego de años de gritar a los cuatro vientos que nunca encontraría a un hombre que valiera la pena.

De modo que prefirió enfocarse en lo que le pareció más primordial en ese momento.

–Te hablo como te lo mereces –refunfuñó ella al cabo de un momento antes de dejarse caer en una butaca ante él sin dejar de observarlo con resquemor–. ¿Y bien? ¿Vas a contarme la verdad?

Sophia casi pudo oír la batalla en el interior de Bill que se debatía entre hacer lo que le pedía y mantener su mentira; por suerte, al cabo de un momento, comprendió que él optaría por lo segundo. Quizá lo supiera antes que él; supuso al ver la forma en que echaba los hombros hacia adelante y carraspeaba una y otra vez. Un leve sudor empañaba su frente y llevó una de sus manos al broche de sus gemelos que de pronto parecían apretarle demasiado.

–Es que no hay una verdad. –La voz de Bill se oyó muy baja y Sophia tuvo que echar el cuerpo hacia adelante para entender lo que decía–. Al menos ninguna como la que pareces querer implicar.

–¿Y qué sería eso?

–Yo no maté a Susan, Sophia; eso puedo jurártelo por lo que me pidas –dijo él al fin y ella tuvo que reconocer que no solo se oyó sincero, sino que también fue capaz de sostener su mirada sin desviarla un segundo, como acostumbraba hacer cuando ocultaba algo–. Lo juraría por ti y por lo mucho que te quiero. Si le hubiera hecho daño... te aseguro que si la hubiera lastimado de cualquier forma habría sido el primero en acusarme. Me conoces; no sería capaz de hacer algo como eso y quedarme tan tranquilo; la culpa me mataría.

Sophia no dijo nada; tan solo lo observó a profundidad, esforzándose por ver la verdad en su rostro o, en su lugar, la falta de ella; pero solo fue capaz de notar que de pronto él se veía muy cansado y las líneas de su rostro se acentuaban delatando su edad y las huellas de su vida disipada. Dejó de verlo entonces como el que había sido su mejor amigo y cómplice invencible durante buena parte de su vida y comprendió que el tiempo pasaba también para él; que los años y las malas decisiones le cobraban factura como lo hacían con todos.

Suspiró entonces y sacudió la cabeza de un lado a otro.

–¿Qué fuiste a hacer esa noche en mi apartamento, Bill?

Él vaciló un segundo antes de responder y sacudió la cabeza de un lado a otro; unos mechones cenizos cayeron sobre su frente y él los apartó con un ademán fastidiado.

–Susan me llamó –dijo él luego de tragar espeso y dirigirle una rápida mirada–. Parecía un poco alterada; dijo que necesitaba hablar conmigo y aunque intenté decirle que yo no tenía ganas de verla, además de que estaba contigo en ese momento, ella no dejó de insistir. Dijo que tenía un problema, que me necesitaba... ya sabes cómo se ponía cuando perdía los nervios.

Sophia asintió de mala gana. Sí, recordaba eso; Susan podía ser increíblemente insistente cuando deseaba algo.

–¿Qué le había ocurrido? –preguntó ella.

–No lo sé. No me lo quiso decir; solo dijo que era importante que hablara conmigo y que debía ser esa noche –respondió él–. Hablé con ella mientras estabas en el baño; no sé si lo recuerdas, habías estado llorando y dijiste que no soportabas ver tu rostro hinchado.

Eso era algo que Sophia también podía recordar, así como qué le había llevado a ese estado, lo que fue, al fin y al cabo, el motivo de que se encontrara esa noche con Bill. Había recibido una llamada de su madre; estaba un poco ebria y había empezado a increparle lo mal que se veía que su única hija hubiera decidido largarse a ese lugar perdido de la mano de Dios, como ella acostumbraba llamar a Baltimore, y abandonarla para que no tuviera a nadie que la ayudara cuando lo necesitara.

Sophia se abstuvo entonces de recordarle que ni Baltimore estaba al otro lado del mundo ni ella tenía la obligación o el deseo de convertirse en alguien a quien pudiera manipular y usar a su antojo. Su madre ni siquiera lo necesitaba; ella y tía Louise tenían un ejército de sirvientes a sus órdenes que cumplían todos sus caprichos. Lo que la señora Hawkins deseaba era tenerla cerca para controlarla, pero Sophia ya había tenido suficiente de eso en toda su niñez y adolescencia.

Para cuando cortó la llamada, sin embargo, luego de dejar a su madre gritar durante varios minutos, se sentía tan alterada que solo pudo pensar en buscar a alguien que pudiera comprenderla, y como Bill aún se encontraba en la ciudad por entonces, no dudó en ir a verlo. Lloró a mares con él, como había hecho en más de una ocasión y lo oyó despotricar de su hermana por un rato, lo que siempre ayudaba a que se sintiera mejor.

–Recuerdo que te fuiste poco después de eso –comentó ella una vez que ordenó sus pensamientos–. Dijiste que necesitabas dar una vuelta.

Él suspiró y asintió, al parecer un poco más aliviado de que ella lo hubiera dejado de observarlo con enfado.

–Tengo que reconocer que eso sí fue una mentira –aceptó él–. Pero no quise hablarte de eso porque ya estabas lo bastante alterada. No creí que hiciera falta; pensé que era otra de las locuras de Susan.

–Pero no lo fue.

–Bueno, yo no tenía cómo saberlo entonces –replicó él en tono afilado, pero lo suavizó al continuar con un gesto de disculpa–. Perdona. Es que no puedo dejar de preguntarme si debí hacer las cosas de forma distinta, si de haberme negado a verla esa noche ella no se habría puesto en peligro...

–¿Qué pasó esa noche, Bill? ¿Por qué estaba Susan en mi edificio? Eso es algo que no entiendo...

El hombre hizo un gesto para interrumpirla y carraspeó, luciendo un poco incómodo antes de responder.

–Fue idea mía –confesó él con gesto contrito–. No podía decirle que viniera aquí porque ella quería que habláramos a solas, e ir a su apartamento tampoco era una opción porque Susan dijo que no se sentía a salvo allí.

–¿A salvo de qué?

–De quién –corrigió él–. Ella no me dijo mucho por teléfono, solo que él no la dejaba en paz y que empezaba a temer que pudiera hacerle algo.

Sophia frunció el ceño.

–¿Y no te dijo a quién se refería?

–No, para nada. Solo entendí que se trataba de un hombre, quizá alguno de esos con los que se veía cuando yo no estaba en la ciudad. –Bill se encogió de hombros-. Supuse que me lo diría cuando pudiéramos hablar con tranquilidad; pero eso no fue posible, claro.

-¿Fuiste tú quien la citó en mi edificio? -preguntó ella entonces.

Bill hizo una mueca y se encogió de hombros.

-Fue lo único que se me ocurrió -reconoció él-. Me diste una llave de tu apartamento por si necesitaba quedarme algún día, ¿recuerdas? Bueno, creí que no te molestaría que le dijera a Susan que nos viéramos allí.

Sophia apretó los labios y se contuvo a duras penas de responder que desde luego que le molestaba que hubiera arreglado un encuentro en *su* apartamento. Ese no era momento para enumerar los límites que no debía cruzar, por mucha confianza que hubiera entre ambos.

-Está bien -indicó ella mordiendo un poco las palabras-. Entonces la citaste en mi apartamento. ¿Luego qué?

-Llegué algo más tarde de lo que había calculado -continuó él con aire pensativo-. El taxi tardó demasiado, había mucho tráfico... en fin, le pedí a Susan que me esperara en la entrada de tu apartamento, pero cuando llegué ella no estaba allí y cuando intenté llamarla no respondió al móvil. Esperé casi un cuarto de hora, pero no había señales de ella y estaba a punto de volver cuando oí algo que me llamó la atención. Un chapoteo o algo así; me pareció raro que alguien se bañara a esa hora, así que me asomé a la barandilla del descansillo, ese que está entre los pisos de arriba. -Bill esperó a que ella asintiera antes de continuar-: Entonces la vi. No me di cuenta de inmediato de que se trataba de ella; solo vi una silueta junto a la piscina, pero entonces reconocí su cabello; lo tenía desperdigado y su rostro estaba tan blanco, con una expresión tan rara...

El hombre calló de golpe y Sophia estuvo a punto de extender una mano para tomar la suya, pero supo que aún debía de tener algo más por decir; dudaba de que

Bill fuera capaz de continuar hasta el final si empezaba a mostrarse piadosa con él.

–¿Qué pasó luego? –preguntó ella.

Bill se llevó una mano a la mejilla y parpadeó como si se encontrara perdido en sus recuerdos y le costara entender su pregunta.

–Bill...

–Sí, sí, ya te escuché –replicó él sonando un poco consternado–. En realidad no hay mucho más que decir. En cuanto me di cuenta de que se trataba de Susan bajé lo más rápido que pude, pero me topé con ese vecino tuyo. El del perro –explicó con cierta molestia–. Entonces no supe qué hacer; se me ocurrió de golpe que él podría pensar que yo había tenido algo que ver con eso, que me acusaría porque estaba allí...

Sophia suspiró.

–Así que simplemente te fuiste –adivinó ella.

Él asintió y Sophia advirtió que sus manos habían empezado a temblar.

–¿Qué otra cosa hubiera podido hacer? –intentó defenderse él con voz débil–. Fui la última persona con la que habló, estaba allí porque yo le dije que fuera. Tienes que entender que estaba en una posición terrible.

Sophia quiso decirle que eso no era del todo cierto; que de hablar en ese momento se habría librado de un enorme problema y posiblemente la hubiera librado a ella también. Pero dudó de que Bill fuera capaz de entenderlo y lo último que deseaba era intentar explicárselo.

–Es posible que lo estés ahora –dijo ella tan solo–. Porque ahora tendrás que ir con la policía y contarles todo lo que me has dicho a mí; pero dudo que ellos estén dispuestos a confiar en ti luego de haberles ocultado tantas cosas y durante tanto tiempo.

–¿La policía? ¿Pero por qué...? –Bill detuvo su imprecación horrorizada para lanzarle una mirada de sorpresa–. Espera. ¿Me crees?

Sophia exhaló un hondo suspiro y cabeceó apesadumbrada.

–Desde luego que te creo, Bill, aunque no lo mereces –respondió ella en tono frío–; pero no importa cuántos defectos puedas tener: no eres un asesino y sé que nunca le hubieras hecho daño a Susan.

Pareció como si sus palabras supusieran un enorme alivio para él y extendió las manos para tomar las suyas, pero Sophia las apartó con un ademán que dejaba muy en claro que el reconocer que le creía no quería decir que se encontrara menos disgustada con él.

–¿Hablarás con la policía? –inquirió ella sin variar su tono–. Porque no estaba bromeando cuando dije que lo haré yo en tu lugar si hace falta. No seguiré encubriéndote.

Él permaneció en silencio durante lo que le pareció una eternidad; pero luego de frotarse el rostro con las manos y encogerse un poco en sí mismo, le dirigió una mirada cargada de tristeza y asintió muy despacio; casi como si alguien le obligara a hacerlo. Sophia quiso pensar que era su conciencia la que le obligaba a hacer lo correcto y no tan solo su amenaza.

–De acuerdo –dijo él en tono tembloroso–. Pero, ¿qué pasa si no me creen?

–Bueno, ya veremos qué hacer entonces –respondió Sophia con una seguridad que estaba lejos de sentir.

–¿Vendrás conmigo?

Ella vaciló solo un segundo antes de responder. En realidad, no lo hizo, no con palabras; en su lugar, suspiró con pena y, tras un leve titubeo, tomó la mano que Bill le tendía y asintió con gesto serio.

Morgan iba a matarla.

Morgan acababa de volver de almorzar cuando oyó una leve conmoción fuera de la oficina. Nada fuera de lo habitual, en realidad: pasos que se movían con más rapidez, conversaciones ahogadas, el sonido de un par de puertas al cerrarse con brusquedad.

Sin embargo, algo en su interior le atrajo a acercarse para descubrir el origen de todo aquello y se dirigió a la recepción. Vio un pequeño grupo apelotonado ante la recepción; además del oficial de guardia había otro más allí y distinguió también la figura de Logan, que se encontraba inclinado sobre un legajo de documentos con el ceño fruncido; su amigo lanzaba unas cuantas miradas tras él y su entrecejo iba acentuándose según tomaba unas notas. La atención de Morgan se vio atraída en esa dirección y tuvo que exhalar con fuerza cuando sus ojos se encontraron con los de Sophia, que miraba en su dirección como si hubiera notado su llegada antes que los otros.

Ella estaba sentada ante un escritorio y Morgan reparó en que se veía más nerviosa de lo que le había parecido nunca, aunque se esmeraba mucho porque aquello no fuera evidente. Pero él lo notó de inmediato y si bien su primer instinto fue ir hacia ella, no había dado ni un paso cuando reparó en que no se encontraba a solas. Bill Stewart ocupaba una silla a su lado y si Sophia le había parecido un poco alterada, él lucía como si se encontrara a puertas de un ataque de nervios.

Su cerebro ató cabos mucho antes de que su conciencia lo advirtiera y le bastó intercambiar una rápida mirada con Logan, que en ese momento veía en su dirección y le dirigió una mirada de advertencia, para hacerse una idea de cuál era la razón de que se encontraran allí.

Hubiera deseado preguntar, tomar el mando de la situación y mantener a Sophia a salvo de lo que fuera que le hubiese llevado a ese estado aun cuando sabía que habría sido una estupidez y que con ello solo los hubiera puesto a los dos en evidencia; pero entonces cayó en la cuenta de que ella buscaba su mirada y, al encontrarse, una vez más, vio en sus ojos una muda súplica con la que parecía querer pedirle que se mantuviera al margen.

Y fue eso lo que hizo. No sin antes acercarse a Logan y murmurarle unas indicaciones. Luego, sin volver a mirar a Sophia y a su tío, volvió a su oficina haciendo como que no sentía el peso que se le había asentado en el pecho y la desagradable sensación de que estaba a punto de saber algo que hubiera deseado continuar ignorando.

Sophia llegó a su apartamento muy entrada la noche; sentía como si acabara de correr una maratón y apenas tuvo fuerzas para cerrar la puerta tras ella, dejar un poco de comida para Watson y tenderse sobre la cama con un lamento. No tuvo tiempo para pensar en los acontecimientos o lamentarse porque probablemente acabara de arruinar cualquier posibilidad que ella y Morgan hubieran podido tener; se durmió de inmediato y cayó en un sueño inquieto hasta la mañana siguiente.

Solo entonces, al despertar con un dolor de cabeza punzante y una desagradable sensación en la boca, se permitió recordar lo ocurrido el día anterior en el precinto. Ella y Bill sostuvieron un tenso encuentro con el detective Spencer, por quien preguntaron tan pronto como pusieron un pie en la estación. Sophia confiaba en la rectitud de aquel hombre pese a que no lo había visto nunca en persona; pero Morgan siempre hablaba de él con tanto afecto y respeto que supuso que podría confiar en que fuera justo.

Y en gran medida había tenido razón.

Tan pronto como se reunió con ellos y después de que explicaran a grandes rasgos el motivo por el que se encontraban allí, él los hizo esperar un momento en tanto reunía unos documentos antes de tomar su declaración. No se mostró reprobador porque Bill se presentara por su propio pie a esas alturas o porque Sophia le pidiera que le permitiera permanecer a su lado y juntos rendir declaración. Algo por lo que ella supuso que debía de sentirse muy agradecida.

Fue entonces cuando vio a Morgan. Se le cortó el aliento y su corazón aceleró su latir hasta alcanzar un ritmo sordo que le taladró las sienes; no supo entonces si se trató de una reacción nacida del miedo o del anhelo. Hubiera deseado ir hacia él, pero se contuvo a duras penas y rogó con todas sus fuerzas porque él fuera capaz de leer en su expresión que necesitaba que le dejara hacer eso por su cuenta; que si intentaba ayudarla solo haría las cosas peor y que ambos terminarían metiéndose en más problemas de los que ya tenían.

Para su inmenso alivio, Morgan pareció entenderlo de inmediato y, tras dirigirle tan solo una nueva mirada en la que no pudo descifrar absolutamente nada lo que sentía, intercambió algunas palabras con Logan y desapareció de la misma forma en que había aparecido.

Después de eso, el detective Spencer los llevó a una sala en la que instó a Bill a explicar al detalle todo lo que le había dicho a ella unas horas antes. Él, sin embargo, no se mostró tan comprensivo y amable como Sophia; hizo una pregunta tras otra, interrumpiendo a Bill sin mayores ceremonias instándolo incluso a equivocarse como si lo sometiera a una prueba tras otra.

Para cuando el interrogatorio estaba a punto de terminar, el hombre se veía exhausto y como si acabara de golpearlo un tornado. Y el detective no se detuvo con eso; luego cifró su atención en ella y le hizo todo tipo de preguntas respecto a la noche de la muerte de Susan; el tiempo exacto que pasó con Bill, a qué hora se fue él y cuándo volvió; hizo que repitiera todo lo que él le había contado sin permitir ninguna interrupción como si buscara cualquier cosa que le llevara a considerar que pudiera cambiar su declaración de acuerdo a con quién hablara.

Sophia se mostró más paciente de lo que había sido nunca y no dudó en responder a sus preguntas sin vacilar, consciente de que cualquier error podría ser fatal para salvaguardar la inocencia de Bill.

Al final de la tarde, el detective Spencer dio sus preguntas por terminadas y se ausentó un rato, dejándolos en un silencio incómodo y ominoso. Ninguno sabía qué esperar; en el fondo y aun cuando no había discutido la posibilidad con Bill, era evidente que ambos temían que decidieran retenerlo en la estación hasta que todo se resolviera.

Cuando el detective volvió, sin embargo, les dijo que ante la imposibilidad de acusar formalmente a Bill hasta que carecieran de alguna prueba determinante, habían decidido dejarlo marchar pero que estaba prohibido dejar la ciudad y que tendría que acercarse a la estación tantas veces como fuera requerido. De incumplir esas órdenes, pedirían su detención ante un fiscal y, sin importar sus conexiones, tendría que esperar a que culminara la investigación en una de sus celdas.

Bill pareció demasiado aliviado como para protestar por la amenaza y tanto él como Sophia se marcharon luego de firmar su declaración. Ella no vio a Morgan de nuevo en ningún momento y acompañó a Bill a su hotel, desdeñando su oferta de que se quedara con él; lo único que ella deseaba era volver a casa y dormir.

Y allí estaba a la mañana siguiente, inquieta y temerosa por lo que el día le tenía deparado. Era un sábado soleado, advirtió al asomar al balcón del salón después de darse un baño y ponerse un vestido holgado; se sujetó el cabello húmedo con un pasador y se dirigió entonces al piano con semblante pensativo. Acarició la superficie de madera, sin dejar de pensar en lo que haría cuando ella y Morgan se encontraran de nuevo o si, y aquello le produjo un dolor lacerante en el pecho, él querría siquiera verla luego de lo ocurrido la tarde anterior.

Le provocaba terror pensar que él pudiera creer que había sabido lo que Bill hizo la noche de la muerte de Susan y que había decidido ocultárselo.

Como si lo hubiera convocado, el timbre de la puerta sonó poco después y Sophia supo que se trataba de él. No dudó un segundo en ir a abrir y, cuando su mirada y la de Morgan se encontraron, se preguntó cómo era posible que ese hombre fuera tan bueno ocultando sus emociones. Porque no fue capaz de ver nada en su rostro que delatara lo que pensaba.

¿Estaba enojado? ¿Triste? ¿Decepcionado? No hubiera podido asegurarlo. Lo único que supo sin asomo de duda fue que, cuando menos, parecía dispuesto a oírla. Eso le indicó el hecho de que recibiera la sonrisa temblorosa que le dirigió con un leve asentimiento y que, tras dar una mirada sobre su hombro, tal vez suponiendo que Bill podría encontrarse allí, hiciera un gesto hacia el corredor y, tras vacilar, la mirara a los ojos con expresión pensativa.

–¿Te gustaría dar un paseo? –sugirió él.

Sophia cabeceó y tomó su bolso que dejara la noche anterior sobre una mesita del recibidor; luego, fue con él y no intercambiaron ni una palabra en el elevador o durante el breve camino entre el vestíbulo del edificio y la calle. A ella le hubiera gustado preguntar a dónde iban, pero luego consideró que en realidad no tenía mayor importancia.

Anduvieron un par de calles, aun sumidos en ese parco silencio, hasta que llegaron a The Avenue, la calle principal del barrio, una arteria interminable flanqueada por tiendas de segunda mano, cafés y algunos teatros. Morgan dio un rodeo en una esquina y Sophia distinguió un parque circular por el que había pasado un par de veces, pero al que nunca prestó mayor atención. Al acercarse a él guiada por Morgan, sin embargo, reparó en que había un pequeño estanque en el centro rodeado por unas vigas que mantenían a los visitantes apartados de algunos patos que flotaban sobre la superficie.

Morgan se apoyó sobre una de las estacas y carraspeó con suavidad antes de dirigirle una profunda mirada, pero Sophia se le adelantó al hablar porque no creyó ser capaz de callar por más tiempo y temía lo que él estuviera a punto de decir si no la oía primero.

–No lo sabía –dijo ella–. No tenía idea de lo que Bill hizo esa noche. De haberlo sabido...

Morgan cabeceó e hizo un gesto para que se detuviera; una mueca un tanto apenada asomó en sus labios y Sophia se sorprendió al advertir la calidez en su mirada.

–No tienes que explicarlo; te creo –indicó él–. Cuando Logan me explicó lo que Stewart le había dicho... no dudé un segundo de que así fuera.

Ella esbozó un gesto de asombro.

–¿Por qué?

–Porque confío en ti –confesó él con un corto suspiro–. Pero no me preguntes por qué; eso no podría responderlo.

Sophia no supo qué decir; pero sintió que el peso asentado en su pecho se disolvía con la misma rapidez con la que se extendiera antes. Estaba lejos de sentirse tranquila, sin embargo; no solo porque se hallaba preocupada por el destino de Bill, sino también porque era consciente de que el hecho de que Morgan confiara en ella no hacía una gran diferencia respecto a la incertidumbre de lo que ocurría entre ambos. Y, sin embargo, no se atrevió a mencionar aquello; en su lugar, prefirió abordar un tema menos espinoso y para el que posiblemente recibiera una respuesta menos deprimente.

–¿Qué va a pasar con Bill ahora? –preguntó ella.

Morgan se aclaró la garganta antes de responder.

–No sabría decírtelo, y tal vez no sea bueno que hablemos de eso –indicó él–. Logan ya debe habérselos explicado, de cualquier forma: tu tío continuará obligado a declarar cada vez que se lo requieran y no puede dejar la ciudad; si surge alguna pista que lo conecte directamente al asesinato de Susan, entonces tendrán que detenerlo y se le acusará ante un juzgado.

El tono de Morgan surgió entre pesaroso y monótono, como si repitiera algo que ya había dicho muchas veces antes pero que por primera vez lamentara en verdad. Sophia apreció que pareciera preocupado por lo que todo aquello pudiera afectarle, pero no era eso lo más importante para ella, no en ese momento.

–¿Y qué ocurre con ese hombre? –inquirió ella poco después.

–¿Qué hombre?

–El que mencionó Susan cuando habló con Bill; ese al que temía y que según ella no la dejó en paz –recordó en tono apurado–. ¿No van a buscarlo?

–Claro que sí. Logan ya está en eso –indicó él–; pero tienes que aceptar que podría no significar nada.

–O tal vez haga toda la diferencia del mundo.

–Es posible que tengas razón –reconoció Morgan con una cabezada–. Pero no es algo que se encuentre ahora en nuestras manos.

Sophia hizo un gesto de abatimiento antes de asentir, como si una mano invisible la obligara. Con un suspiro, dirigió a Morgan una mirada de reojo y él debió de adivinar lo que sentía porque, tras titubear un instante, extendió una mano hacia ella y Sophia se encontró de pronto arropada entre sus brazos.

Debía de ser uno de los abrazos más agradables que había dado y recibido en su vida, pensó ella al cerrar los ojos e inhalar el aroma de su perfume, una esencia que en cierta medida había pasado a formar parte de ella. Era tan real como las huellas de sus dedos y el aliento que escapaba por sus labios. Se preguntó si Morgan sentiría lo mismo y si, de no ser así, ella podría ser capaz de resistirlo.

Porque en ese momento supo que lo quería como no había querido nunca a nadie y que su corazón se rompería en un millón de piezas si él no la quería también.

–Nunca he estado tan frustrado en mi vida; siento como si tuviera algo frente a mis ojos que no puedo ver y que sin importar lo que haga continuará así hasta que me golpee en la cara.

–Eso es porque siempre has sido un poco lento.

Logan dirigió a Morgan una mirada ceñuda.

–Es bueno saber que has recuperado tu sentido del humor –masculló él–. Aunque sea a mi costa.

Morgan sonrió, pero no dijo una palabra; no habría podido ni siquiera de haberlo deseado, estaba más concentrado en seguir con la vista el blanco de tiro que oscilaba a la distancia y que llevaba varios minutos intentando alcanzar.

Él y Logan habían coincidido en el campo de prácticas del complejo policial en las afueras de la ciudad. Tenían que practicar de cuando en cuando para cumplir con los exámenes a los que eran sometidos cada pocos meses con el fin de comprobar que estaban aptos para cumplir con su labor. En el caso de Morgan, sin embargo, y a diferencia de lo que le comentara su amigo al encontrarlo allí, le faltaban todavía unas cuantas semanas para que estuviera en la obligación de tomar las pruebas. En realidad, había ido porque necesitaba tomarse un tiempo alejado de todo y enfocarse en algo que le ayudara a aclarar su mente.

Lo que no había considerado era que encontraría a Logan allí y como era incapaz de mandar a su amigo a paseo por mucho que le tentara la idea, llevaba un buen rato oyéndolo despotricar de sus escasos avances en el caso de Susan Green.

–En serio, Morgan; estoy harto. –Logan retomó la charla una vez que hizo un par de disparos; se sacó los protectores de los oídos y habló en un tono más alto de lo normal al continuar–. Creí que con la declaración de Stewart las cosas serían más sencillas, pero la verdad es que solo las ha complicado.

Morgan suspiró y bajó el arma con un gesto de frustración. Mientras Logan no dejara de hablar, y de ese tema, además, no podría darle a un venado aunque lo tuviera a medio metro.

–Muy bien –dijo él entonces–. ¿Qué ocurre con el hombre que Stewart mencionó?

No fue consciente de ello en ese momento, pero había hecho la misma pregunta que hiciera Sophia al hablar con él unos días antes.

–Ah, el hombre –replicó Logan con un gesto torcido–. Bueno, en el caso de que siquiera exista, no tengo idea de quién pueda tratarse.

–¿Crees que Stewart mintió?

–No puedo asegurarlo; de la misma forma en que no puedo afirmar que dijera la verdad –indicó él en tono práctico–. Simplemente no puedo señalar a un sospechoso con seguridad si no cuento con más datos.

Morgan asintió porque sabía que decía la verdad, pero no creía, y estaba seguro de que Logan debía de pensar lo mismo, que aquello fuera suficiente para que se diera por vencido.

–¿Has vuelto a interrogar a alguno de los otros hombres con lo que Susan salía? –preguntó él entonces–. Podría tratarse de uno de ellos.

Logan cabeceó.

–Lo he considerado –dijo él–. Arreglé un par de citas con ellos.

–Bien. Y vuelve a hablar con esa vecina de Susan, la chismosa –sugirió Morgan tras permanecer un momento en silencio–. Tal vez haya recordado algo o se le ocurra cualquier cosa que no te hubiera dicho antes. Menciona a Bill Stewart y a los otros hombres, no te guardes nada; dile también que crees que es posible que uno de ellos la acosara y que Susan le temiera; que se sienta confiada para hablar. Deja que teja sus propias teorías. ¿Quién sabe? Tal vez termine diciéndote algo que te sea útil.

Logan lo consideró, pensativo, un par de minutos antes de asentir, y le dirigió una pequeña sonrisa entre aprobadora y exasperada.

–Creí que ya no deseabas involucrarte en este caso –recordó él con una inflexión burlona en la voz.

Morgan apretó los labios y acarició el cañón de su arma; luego, se encogió de hombros y dio un par de pasos para alejarse de su amigo ocupando una vez más su posición ante el blanco.

–Y no quiero. Ni puedo –respondió él sin mirarlo–. Así que date prisa y resuélvelo para que pueda ocuparme nuevamente de mi vida.

Logan hizo una mueca, pero no pareció como si encontrara sus palabras molestas; por el contrario, una suave risa escapó de sus labios poco después al cubrirse nuevamente los oídos con los cascos de protección y volver a sus ejercicios. Morgan esperaba haber sido capaz de echar un poco de luz en la penumbra en la que se hallaba en lo que al caso se refería, pero esperaba no tener que intervenir nuevamente o terminaría involucrándolo en sus problemas y ambos ya tenían bastante de eso.

Morgan se despidió poco después porque, luego de errar el blanco una y otra vez no le quedó más alternativa que reconocer que estaba perdiendo el tiempo. Ni conseguía distraerse ni hacía nada remotamente útil, por lo que decidió volver a casa y esperar a Lucy al llegar de la escuela; Ester agradecería la ayuda y la niña estaría encantada con la sorpresa.

No tenía que volver a la estación hasta la mañana siguiente, así que contaba con tiempo para pasarlo con su hija y cenar en casa. Quizás incluso pudiera reunirse con Sophia por la noche si Ester consentía en quedarse a dormir para hacer compañía a Lucy.

La echaba de menos.

Lo que era, cuando menos, raro y un poco patético porque la había visto la tarde anterior; pero debió de reconocer que era algo que le ocurría con frecuencia en lo que a ella se refería. Pensaba en Sophia casi todo el tiempo; ella había cobrado una importancia sorprendente en su vida en poco tiempo, pero no era algo que lamentara en absoluto.

Aunque a Ester le sorprendería saberlo, no era tan idiota ni obcecado como para no reconocer que en el fondo tenía suerte de que ella hubiera llegado a su vida.

El miedo que sus sentimientos por Sophia despertó en él en un inicio, había ido disolviéndose hasta dejar una agradable y cálida certeza a su paso.

No hubiera podido asegurar que la amaba, no con la atolondrada seguridad con la que lo hiciera su prima, pero sabía que era importante para él. Mucho. Tanto que le costaba imaginar un momento en que ella no se encontrara cerca o en que no pudiera oír su voz y tocarla. Sophia se había hecho de un lugar seguro en su corazón y no estaba dispuesto a hacer nada que pusiera aquello en riesgo.

Aunque tuviera que enfrentarse a cualquier cosa para conservarla. Incluso a sí mismo.

15

Sophia hizo unos cuantos cálculos mentales antes de firmar las facturas que Maggie había dejado algo más temprano sobre su escritorio.

El costo del desfile se había elevado algo más de lo que estimó al armar el presupuesto, pero esperó que los auspiciadores aceptaran incrementar su inversión cuando menos en un pequeño porcentaje; de hacer falta, estaba dispuesta a arriesgar su propio patrimonio para que todo se hiciera tal y como deseaba. Si las cosas salían bien, todos recuperarían su inversión con la venta de las entradas y los ingresos por publicidad que recibirían con el paso de los meses.

Era una apuesta arriesgada y nada aseguraba que despertara el interés que necesitaban para que fuera un éxito, pero estaba dispuesta a jugar todas sus cartas. Si perdía... bueno, ya se preocuparía luego por eso.

Después de firmar las facturas y enviar unos cuantos correos a sus contactos en Nueva York para asegurarse de contar con su apoyo en el desfile, lo que le daría el realce que necesitaba para atraer la atención, exhaló un hondo suspiro y se llevó las manos a los ojos cansados.

Necesitaba vacaciones.

Tal vez se tomara unas después del desfile, consideró al apagar el ordenador y reunir sus cosas, dando una mirada alrededor de la oficina para asegurarse de que no olvidaba nada.

Una playa, soñó despierta. Mucho sol, una tumbona, la arena entre sus dedos y el regusto salado del mar sobre sus labios, anheló después de abandonar el edificio.

Se preguntó qué pensaría Morgan de eso. ¿Querría acompañarla? Incluso consideró la posibilidad de que Lucy fuera con ellos; eso sería agradable y podrían conocerse mejor, se dijo antes de caer en la cuenta de que, tal vez, a Morgan no le entusiasmara mucho esa idea.

En realidad él no había dado muestras de que estuviera interesado en una relación lo bastante seria como para incluir a su hija en ella. Cierto que hablaba de Lucy con frecuencia y que había hecho mención más de una vez a las cosas de ella que a Sophia podrían gustarle y lo que la niña le había dicho respecto a ella después de su encuentro en el parque durante la sesión de fotos. Pero eso había sido todo.

¿Querría mantener las cosas apartadas? ¿Llevar lo suyo en una línea paralela a su vida familiar? Aunque la idea en sí era un poco deprimente, Sophia tuvo que reconocer que no podía culparlo de ser así. Morgan no había hecho ninguna promesa, lo mismo que ella; y por bien que lo pasaran juntos, era un poco iluso esperar que él deseara cambiar algo de eso.

Y ella tampoco debería, se dijo intentando convencerse de que la idea no le dolía tanto como en verdad lo hacía.

Detuvo el coche de golpe porque reparó en que se había pasado unos cuantos metros de la entrada del edificio y retrocedió con el ceño fruncido; tuvo suerte de no terminar estrellada contra los contenedores de la basura, se reprendió al aparcar. Al mirar en dirección a los botes, le pareció atisbar una figura entre las sombras, pero, cuando miró con más atención, esta había desaparecido.

Sí. Sin duda necesitaba vacaciones con desesperación, se repitió al cruzar la entrada del condominio y dirigirse al elevador con paso cansado; le pesaba el bolso y sus pies se sentían de plomo con cada paso.

Quizá no pudiera ir al Caribe tan pronto como le gustaría, pero un baño de burbujas tendría que servir por el momento, decidió al andar con mayor rapidez al distinguir el rostro de Freddy a punto de tomar el elevador que se cerraba. Ella hizo un gesto de disculpa sin intentar detenerlo, lo que sin duda le reportaría unos cuantos créditos en el purgatorio, supuso sin sentir mayor remordimiento. Al menos no mucho. No estaba de humor para oír a Freddy esparcir habladurías o hacer preguntas indiscretas. Aunque agradecía que le contara acerca de la visita de Bill, tenía claro que solo lo hizo porque Morgan no aceptó hablar antes con él: lo único que deseó entonces era una audiencia dispuesta a oírlo.

Las puertas del elevador se abrieron en su piso y entró a su apartamento ahogando un bostezo. Atendió a Watson un par de minutos en tanto llenaba la bañera y, cuando pudo finalmente hundirse en ella poco después, exhaló un hondo suspiro de alivio.

No habló con Morgan ese día, pero era posible que se reuniera con ella más tarde, pensó al cerrar los ojos y dejarse envolver por la música del reproductor que dejó encendido en la habitación.

Eso estaría muy bien, se dijo poco después, adormilada por el aroma de las sales y el alivio que supuso el agua caliente para sus músculos cansados.

Muy, muy bien.

Morgan colgó su traje y luego fue con Lucy para leerle un cuento antes de que se durmiera. Había pasado la última hora pegado al canal de Nickelodeon y sabía por experiencia que le iba a tomar un buen rato deshacerse de la música que ahora tenía incrustada en el cerebro. No le extrañaría que soñara con princesas, dragones y dinosaurios púrpura; desafortunadamente, no era algo a lo que no se encontrara acostumbrado.

Ester había aceptado quedarse a pasar la noche, de modo que él pudiera ir con Sophia; pero le pareció que aún era temprano, así que decidió revisar parte del trabajo que se llevó a casa y dejar ordenadas algunas cosas para la semana antes de salir.

Podía oír a su prima canturreando por lo bajo mientras leía unas revistas en el salón; según le había contado ella, acababa de entregar el portafolio final de su trabajo para la agencia de publicidad y pensaba tomarse un respiro en tanto no recibiera una respuesta para saber si la revista de Sophia aprobaba el proyecto y lo lanzaban al público, cosa que esperaba fuera así. Ella recibiría su paga de cualquier forma, lo que le permitiría hacer una pausa tras todas esas semanas de duro trabajo y, si las cosas no salían tal y como esperaba, contaría con dinero en el banco y la posibilidad de retomar su trabajo como fotógrafa independiente, tal y como había hecho hasta entonces.

Morgan no se lo dijo entonces, pero estaba convencido de que obtendrían la comisión, y no porque Sophia le hubiera adelantado nada al respecto, era bastante discreta cuando hablaba de su trabajo, lo mismo que él; pero lo que sí acostumbraba hacer era poner el talento de Ester por las nubes cada vez que su nombre surgía en una conversación. Sin embargo, no deseaba despertar falsas esperanzas en su prima hasta que no recibiera una respuesta formal.

Se llevó unas cuantas carpetas y el ordenador a la mesa de la cocina y, para cuando levantó la vista nuevamente y comprobó la hora en el reloj sobre la encimera, se sorprendió al ver que eran casi las nueve. Apenas había sentido el tiempo pasar. Consideró que tal vez fuera ya muy tarde para ir con Sophia; tal vez estuviera en la cama ya y lo mejor era que lo dejaran para el día siguiente, pero sus ansias por verla le ganaron la partida y decidió que no perdería nada con llamarla para preguntar si le parecía bien que pasara por su apartamento.

El teléfono timbró cuando menos seis veces antes de que colgara, sin embargo, y frunció el ceño, un poco extrañado. Ella jamás había dejado de responder a una de sus llamadas; el móvil parecía una extensión del brazo de Sophia y siempre estaba atenta a él. Morgan se había burlado de ella más de una vez por eso y ella le había respondido entonces que solo porque él fuera un hombre arcaico y poco habituado a sacar provecho de la tecnología no tenía derecho a criticarla.

Por eso le pareció tan extraño que no respondiera. Llamó nuevamente y tampoco obtuvo respuesta, lo que reforzó su decisión de pasar a verla un momento. Tal vez lo hubiera perdido o estuviera enferma y no podía responder...

Intentó acallar a la voz en su interior que empezó a esbozar un escenario más oscuro que el otro y se obligó a mantener la calma. Había mil motivos totalmente razonables por lo que Sophia no contestara el teléfono. Quizá se hubiera quedado dormida, por ejemplo. O que no deseara hablar con él, lo que no era precisamente un alivio, pero lo prefería a considerar que le hubiera podido ocurrir algo malo.

Tomó su chaqueta y avisó a Ester de que iría con Sophia después de todo; le pidió que no dudara en llamarlo si hacía falta y su prima lo despidió con un gesto distraído. Tenía la televisión encendida y apenas pareció oírlo antes de volver su atención a la pantalla.

Marcó el número de Sophia una vez más antes de poner el coche en marcha, pero fue en vano; ella no respondió y terminó dejando un mensaje en el buzón de voz para pedirle que le hablara tan pronto como pudiera, que él estaba en camino a su apartamento. La preocupación había ido incrementándose con el correr de los minutos y aunque procuró convencerse de que exageraba, algo en su interior le dijo que hacía bien en inquietarse; no habría sabido explicar qué era, supuso que era su instinto tomando el mando de su mente.

Había recorrido la mitad del camino y llevaba cuando menos cinco minutos detenido por una espantosa congestión en el centro de la ciudad cuando su teléfono timbró y lo sostuvo ante sus ojos con una desesperación un poco torpe; pero debió exhalar un suspiro de decepción al reconocer el nombre de Logan en la pantalla. Consideró no contestar; era tarde y podrían hablar al día siguiente en la estación, pero no era habitual que su amigo lo llamara a esa hora; de modo que puso el manos libres y respondió tras maniobrar para esquivar un par de coches y tomar un desvío para reanudar el camino.

–¿Morgan?

–Sí, dime.

La voz de Logan le llegó con cierta interferencia y aguzó el oído para escucharlo con claridad.

–Es importante... él dijo... buena hora para recordar algo así.

–¿Qué? Logan, no te entiendo, empieza de nuevo –pidió él.

–... esa noche. Larry... ¿dónde estás?

Morgan emitió un bufido y, tras dar una rápida mirada al frente, giró el volante con habilidad y condujo el coche a una salida para aparcarlo bajo una valla que anunciaba a los mejores sándwiches de Baltimore. Luego, desconectó el manos libres y se llevó el teléfono al oído.

–Repítelo todo de nuevo. ¿Qué ha ocurrido?

Logan recibió su pregunta con un suspiro de alivio.

–Gracias al cielo. No podía entenderte una palabra. –Su voz adquirió un tono de apremio al continuar–. Escucha, ¿dónde estás? ¿Has ido al apartamento de Sophia hoy?

Morgan frunció el ceño.

–No. Estaba camino hacia allá, ¿por qué?

–Escucha: ¿recuerdas que sugeriste que hablara con los hombres con los que Susan salía? Larry y los otros. –Logan respondió antes de que Morgan pudiera responder–. Bueno, cité a un par de ellos para mañana, como te dije, pero tuve algunos problemas para dar con Larry; parece que estuvo en Chicago o algo así. En fin, eso no importa; pude comunicarme al fin con él esta tarde y lo cité en el edificio en que vivió Susan; se me ocurrió que, si lo ponía en el mismo lugar en que ella vivió, tal vez dijera algo que nos pudiera servir.

–¿Y fue así?

Morgan no necesitó oír la respuesta de Logan; él no le habría llamado a esa hora y con esa urgencia de no haber sido así.

–Sí. Precisamente acabo de dejarlo, voy en camino... –Morgan reparó entonces en que Logan también se encontraba conduciendo, pero no parecía como si se encontrara en un área tan congestionada como la suya–. Escucha, Morgan; Larry mencionó algo que me llamó la atención.

–¿Qué?

–Fue respecto a ese hombre que parecía perseguir a Susan –indicó Logan–. Me dijo que no lo había mencionado la primera vez que hablamos porque no creyó que fuera importante; que Susan llamaba mucho la atención y que si hubiera desconfiado de cualquier extraño que se acercaba a ella en la calle no terminaría de contarlos nunca.

–Idiota.

–Exacto. –Morgan pudo imaginar a su amigo asintiendo con semblante de enojo antes de reanudar su explicación–. Pero eso no importa ahora. El punto es que él lo mencionó luego de que yo sacara el tema y dijo que Susan le había hablado de ese asunto más de una vez, pero que él le dijo que imaginaba cosas. Entonces la vecina... ¿te acuerdas de la vecina? la chismosa que sugeriste que fuera a ver –recordó Logan–. Bueno, ella estaba allí en tanto hablaba con él e intervino para decir que no se trataba de ninguna tontería porque una vez había visto a Susan entrar muy asustada al edificio y le dijo que creía que alguien la estaba siguiendo. Cuando la vecina, que se llama Martha, por cierto, le preguntó si se trataba de alguien a quien conociera, le dijo que no estaba segura; que había pensado por un segundo que lo había visto antes, pero que no lo tenía muy claro porque estaba muy oscuro y este hombre se esmeraba mucho por no ser reconocido.

Morgan comprobó la hora en su reloj y advirtió que llevaba diez minutos aparcado.

—¿Y qué más? —preguntó él entonces sin disimular su inquietud.

—Esta vecina, Martha, dijo que esto se repitió un par de veces y que sugirió a Susan que lo reportara a la policía, pero ella le dijo que no habría tenido sentido porque aún no estaba segura de no estarse imaginándolo; y cuando esta mujer mencionó que podría hablarlo con su novio... por cierto que por entonces ella estaba convencida de que lo suyo con Larry era serio, Susan le dijo que él pensaba que estaba loca y que no confiaba en que fuera a tomarla en serio. Pero que si las cosas continuaban así lo hablaría con alguien que sí podría ayudarla.

—Supongo que se refería a Bill.

—Sí, eso creo también; y calza con su declaración, ¿no? Él dijo que Susan le pidió que se reunieran para hablar porque necesitaba su ayuda. Tal vez se trataba de esto.

Morgan intentó recordar cada palabra que leyó de la transcripción de la declaración de Bill.

—Ella dijo que no deseaba que se vieran en su casa porque no se sentía segura allí; si había sentido que la siguieron más de una vez a ese lugar, supongo que tiene sentido —mencionó él tras considerarlo—. Pero en realidad, si no sabía de quién se trataba, no había un lugar seguro para ella. Ese hombre podría ser cualquiera, estar en cualquier lugar. Podría ser uno de los amigos que frecuentaba, un vecino, alguien con quien se topara en la cafetería...

—Claro. Hemos visto muchos otros casos como este antes. —Logan carraspeó y chasqueó la lengua como si intentara evocar algún recuerdo–. Una vez atendí el llamado de una mujer que empezó a ser acosada por su instructor de yoga. Y otra, poco después, a quien el chico que le llevaba las bolsas del supermercado decidió un día que era el amor de su vida. El mundo está lleno de locos.

Morgan asintió, pensativo.

–¿Y Larry o la vecina de Susan no pudieron decirte nada más al respecto? Algo que te acorte la búsqueda –preguntó él.

Oyó el suspiro de Logan al otro lado de la línea.

–No. Y esto solo hace todo más difícil; el acosador podría ser cualquiera; precisamente estaba a punto de hacer una lista de los lugares que acostumbraba visitar. He ido a algunos pero dejé pasar otros porque en su momento no me parecieron muy importantes, pero ya no estoy tan seguro; temo que se me pueda haber pasado algo...

–Tal vez no sea para tanto. –Morgan intentó animarlo–. No es un caso sencillo, Logan; considera que hemos ido a ciegas y ya lo dijiste, Susan tenía tantos conocidos que eso no hace más que incrementar la búsqueda.

–Bueno, no es un crimen llevar una vida social agitada –comentó Logan con un resoplido–. No pretendo cuestionarla, pero una mujer con su atractivo debía de tener una horda de admiradores. ¿Has visto sus fotografías? Era arrebatadora y ella lo sabía.

Morgan torció el gesto, sin responder, porque no se le ocurrió nada que decir en ese momento. De pronto, sin embargo, una idea empezó a martillear en su cerebro al considerar las palabras de Logan.

Susan fue ciertamente una mujer muy atractiva y muy consciente de ello; no fue eso lo que llamó su atención sino la palabra que usó: arrebatadora. ¿Dónde la había escuchado antes? Y dicha en un contexto muy similar, además. La diferencia fue que en tanto su amigo lo comentó como quien cita un hecho demostrado y que le resultaba más un obstáculo que algo que debiera resaltar, a él le recordó a otra voz, en otras circunstancias, y con una inflexión muy distinta.

Ella era de las que se saben arrebatadoras y van por el mundo como si esperaran que todos se inclinaran ante ellas.

Sintió un dolor punzante en la sien y su corazón empezó a latir con más rapidez. ¿Quién dijo eso? Vamos, Morgan recuerda, se exigió con los dientes apretados.

No le llevó demasiado tiempo recordarlo, apenas unos cuantos segundos, y cuando al fin consiguió hacerlo, sintió como si alguien le hubiera pegado un golpe en el estómago y sus manos se aferraron al volante hasta que sus nudillos se pusieron blancos.

–¿Morgan? ¿Estás allí?

Morgan tragó espeso y sintió el sabor de la bilis en la lengua; pero logró contener la sensación y enviar de vuelta a su estómago la bola de espanto que había empezado a trepar por su garganta.

–¿Logan? –carraspeó y se humedeció los labios resecos–. ¿Dónde estás?

–A punto de llegar a casa –indicó él y Morgan pudo oír una bocina a lo lejos–. Mi suegro va a quedarse con el niño esta noche para que Tara y yo podamos ir a cenar. No salimos desde...

–Logan, escucha, necesito que te reúnas conmigo en casa de Sophia.

Un tenso silencio se oyó al otro lado de la línea antes de que su amigo respondiera en un tono que delataba su confusión.

–¿Ahora? ¿Por qué?

Morgan puso el coche en marcha y se llevó el teléfono al oído, apoyándolo entre el hombro y la oreja; no podía arriesgarse a poner otra vez el manos libres y que Logan no pudiera oírlo, y tampoco podía permanecer aparcado. Tenía que darse prisa.

–No tengo tiempo... –Morgan apretó el acelerador y dejó atrás varios coches; sus ocupantes tocaron las bocinas con furia, pero él los ignoró–. Reúnete conmigo lo antes que puedas. Creo... estoy casi seguro de que sé quién es el acosador de Susan y es posible que Sophia se encuentre en peligro, ¿me entiendes? Te lo explicaré todo allí.

Logan no pareció necesitar más; un par de segundos después, Morgan oyó el chirrido de los neumáticos de su coche al dar media vuelta y aumentar la velocidad.

–De acuerdo; te veo allí. –Su amigo elevó la voz–. Y Morgan, no hagas ninguna tontería.

Colgó antes de que pudiera responder, lo que tal vez hubiera sido una suerte porque no creía que pudiera hacerle esa promesa.

Sophia se desperezó en la bañera e hizo un mohín de disgusto al sentir el agua fría; se había quedado dormida durante casi una hora, comprobó al mirar el reloj y salir para envolverse en una bata con los dientes castañeando.

Valiente relajo, se dijo con una mueca de disgusto. Pero había estado tan cansada que perdió la noción del tiempo y, en tanto quitaba el tapón de la bañera y se sujetaba el cabello en lo alto de la cabeza con un alfiler, consideró que en realidad no había sido tan malo. Estaba helada y como no se cubriera con algo más abrigador posiblemente terminara por desarrollar una pulmonía, pero también se sentía mucho más relajada y su cabeza había dejado de doler.

Dejó el baño y fue a su habitación para ponerse un camisón; no había rastro de Watson y supuso que se encontraría en el salón. Le gustaba quedarse ante la chimenea en los días fríos, algo por lo que Sophia no hubiera podido culparlo; de pronto le dieron ganas de hacerle compañía.

Fue hacia allí, pero tampoco vio señales del gato y estaba a punto de asomarse a la ventana a llamarlo cuando su mirada se vio atraída por el teléfono que dejara sobre la mesilla auxiliar del salón al llegar. Debía de haber roto un récord por pasar tanto tiempo sin darle una mirada, se dijo con una mueca de burla dirigida a sí misma al tomarlo para revisar las llamadas y los mensajes.

Frunció el ceño al reparar en que tenía tres... no, cuando menos, cinco llamadas perdidas de Morgan.

Quizás la llamara para preguntarle si ya había llegado a casa, supuso con una molesta sensación de inquietud al considerar que decidiera no ir ante su falta de respuesta. Estaba a punto de marcar su número cuando oyó un llamado a la puerta y se mordió el labio, pensativa. ¿Sería él? No podía pensar en nadie que fuera a verla a esa hora, y menos sin anunciarse.

Quizás Bill... pero no, descartó la idea de inmediato al considerar que posiblemente él se encontrara aun confinado en su hotel y que si quisiera hablar con ella le habría llamado para que fuera Sophia quien se reuniera con él.

Intrigada, fue hacia la puerta y se puso en puntillas para atisbar por la mirilla. Al reconocer el rostro al otro lado del cristal, su ceño se acentuó un poco más y estuvo a punto de no abrir, pero se dijo que era una niñería; una cosa era evitar a alguien en el pasillo y otra muy distinta negarse a abrir la puerta cuando él quizás necesitara algo importante. ¿No le había dicho ella acaso que no dudara en ir con ella si necesitaba su ayuda?

Se ajustó el frente de la bata con firmeza y, tras inhalar con fuerza para armarse de paciencia, abrió la puerta con una sonrisa forzada.

–Lo último que quería era molestarte, pero como dijiste que podría pedirte una mano de necesitarlo... tienes un piano precioso. ¿es un Steinway?

Sophia exhaló un casi imperceptible suspiro y observó el rostro curioso de Freddy con una tensa sonrisa.

–Sí –respondió ella buscando su mirada para llamar su atención–. ¿Dijiste que habías tenido un problema con Henry? ¿Cómo puedo ayudarte?

–Es muy bonito. Tu piano, quiero decir. –El hombre señaló el instrumento con una cabezada y la observó con los párpados caídos–. ¿No te parece curioso que llevemos siendo vecinos durante tanto tiempo y nunca hubiera entrado a tu apartamento?

Sophia cabeceó e intentó hacer como si no encontrara molesto el comentario. De alguna forma, él lo había hecho sonar como si ella fuera una vecina huraña y poco hospitalaria.

–Sí, bueno, supongo que no se habían dado las circunstancias. –Sophia se encogió de hombros–. ¿Qué me decías de Henry?

–Ah, sí. Es que... vengo del veterinario; me llamó esta mañana para decir que necesitaba hablarme. No sé si te habrás dado cuenta, pero no me permitieron traerlo el otro día, dijeron que tenían que hacerle más exámenes.

Sophia asintió, instándolo a continuar con un gesto.

–El veterinario dijo... no cree que vaya a lograrlo. –Freddy suspiró y se llevó una mano al pecho con semblante apesadumbrado–. No se trata solo del oído; ese es el menor de sus problemas, parece que tiene también algún tipo de tumor y es tan mayor que una operación no es una opción. Ellos no creen...

La voz del hombre se quebró y Sophia esbozó una expresión de lástima. Le pareció que Freddy estaba a punto de echarse a llorar; sus anteojos se empañaron y él se los quitó con un gesto de enojo para secarlos con los bajos de su camisa a cuadros.

–Comprendo. –Ella vaciló un segundo antes de hacerle un gesto para que ocupara una butaca en el salón–. Lo siento mucho.

Freddy no dijo una palabra hasta que se encontró sentado con los codos apoyados sobre las rodillas y sus grandes ojos la observaron con las pupilas muy dilatadas.

–Es mi mejor amigo –indicó él con voz entrecortada–. No tengo más familia que él.

Sophia buscó algo que decir. Sentía compasión por

él, pero no conseguía sentirse cómoda a su lado; la verdad era que nunca había podido hacerlo. Aun así, hizo un esfuerzo para dar con las palabras apropiadas en una ocasión como esa.

–Bueno, entiendo que no sea lo más agradable para oír ahora, pero estoy segura de que Henry debe de sentirse muy agradecido por todo el amor que le has dado y que, tal vez con el tiempo, y cuando él ya no esté aquí, puedas encontrar a otro amigo al que cuidar.

Se sintió un poco tonta por hablar de esa forma, en especial porque su voz se oyó tan cautelosa que pareció poco sincera; pero al toparse con la expresión de Freddy le pareció que había dicho lo correcto porque lo vio esbozar una pequeña sonrisa.

–Lo sé –dijo él–. Pero aun así... no lo esperaba... sé que encontraré a alguien más. Estoy acostumbrado a eso. He perdido a mucha gente que me importaba, pero siempre he conseguido encontrar a otros.

Sophia contuvo el impulso de fruncir el ceño.

–Supongo que eso es bueno –dijo ella–. Que tengas esa capacidad de recuperación, digo, es muy valiente...

–Es como con las mujeres –la interrumpió él–. Te extrañará que no tenga a alguien, supongo; cuando menos a nadie estable.

Sophia arqueó una ceja, en absoluto segura de cómo habían llegado a ese giro en la conversación, pero como nada le apetecía menos que hablar con ese hombre acerca de su vida amorosa, hizo un gesto de incomodidad y se replegó en su asiento.

–No creo... eso es algo muy personal, Freddy –dijo ella.

–Lo sé. Y no lo trataría con cualquiera, pero tú siempre me has inspirado mucha confianza, por eso vine a hablar contigo de Henry.

–Te lo agradezco, pero...

–Y ahora voy a perderlo. –El hombre extendió las manos ante él como si no la hubiera oído–. Como las he perdido a todas ellas.

¿Por qué no dejaba de repetir esa palabra?, se preguntó Sophia llevando los dedos al nudo de su bata para ceñirlo con fuerza. *Ellas* sonaba un poco raro. Y eso de que las había perdido... ¿perdido cómo?

–Mira, Freddy, creo que necesitas descansar un poco; ha sido un día duro y pareces un poco consternado aún. ¿No preferirías que habláramos mañana?

Hasta entonces, Sophia jamás hubiese pensado en ese hombre como alguien desequilibrado. Excéntrico y demasiado curioso para su gusto, sí; pero no desequilibrado. Sin embargo, al advertir la forma en que la veía, con los ojos saltones fijos en su rostro y al reparar en sus manos hechas puños ante él, no pudo evitar sentir un escalofrío de inquietud.

–¿Quieres echarme? –preguntó él.

Sophia respiró profundamente para calmarse.

–Claro que no –negó ella asumiendo un tono suave–. Pero creo que no es el mejor momento para hablar; es un poco tarde... si necesitaras algo mañana, puedes pedírmelo.

El hombre no dijo nada entonces, pero Sophia lo oyó murmurar algo unos segundos después; fue una retahíla de palabras que no entendió de inmediato pero, ya que él empezó a repetirlas una tras otra sin parar, logró hacerlo luego. Le hubiera gustado no haberlo hecho.

–Cualquier cosa –musitó él elevando apenas la voz al mirarla con ojos brillantes–. Dijiste que podía pedirte cualquier cosa.

Sophia unió sus manos y se movió con mucha lentitud al otro lado del sillón para acercarse tanto como fuera posible a la puerta sin llamar su atención. ¿No era eso acaso lo que debía hacer una cuando se encontraba en una situación como esa? No es que ella tuviera mucha experiencia; hasta entonces había tenido que enfrentarse a algunos hombres que intentaron pasarse de listos, pero ninguno le había provocado una sensación tan visceral como la que sentía en ese momento. Nunca se había sentido tan expuesta. Y en un peligro real.

–Fue solo una manera de hablar, pero si lo que necesitas ahora es ayuda con Henry, no tendré problema en hacerlo, estaré encantada de darte una mano con él si eso es lo que quieres. –Sophia se forzó a mantener la calma y a hablar con normalidad.

Freddy hizo un gesto para restar importancia a su oferta y se incorporó a medias sobre la butaca.

–¿Por qué actúan así las mujeres como tú? –Hizo la pregunta como si estuviera dirigida más a sí mismo que a ella–. Hacen promesas y dejan que los hombres creamos que tenemos una oportunidad, que podemos confiar en ustedes; pero no son más que mentiras. Quieren saber que estamos allí, todo el tiempo, para cuando les podamos servir, pero luego nos hacen a un lado como si fuéramos basura.

Sophia frunció el ceño y sintió que se le secaba la garganta, pero no permitió que el miedo que había empezado a inundarla se le notara demasiado.

–No sé a qué te refieres, Freddy –dijo ella tras dar una rápida mirada de reojo en dirección a la puerta–. Lamento si alguien te hizo pasar por algo como eso, pero...

–Ella me sonreía todo el tiempo; parecía como si le hiciera gracia encontrarse conmigo, pero era siempre tan amable que no me pareció que se estuviera burlando. –Él habló como si ni siquiera la hubiera oído; usó un tono soñador y lejano que solo la inquietó más–. Era un poco petulante, es verdad; pero tenía por qué, ¿no? Tú también puedes ser así; la verdad es que ambas se parecen mucho. Supongo que fue por eso por lo que ella llamó mi atención en primer lugar; creí que como tú estabas decidida a hacerme las cosas tan difíciles tal vez ella hubiera llegado a mi vida para apreciarme de verdad.

Sophia sintió un frío helado en los miembros que no tenía nada que ver con el baño o la ventana abierta; era una sensación nacida de lo más hondo de su pecho y que fue infundiéndosele en cada resquicio de su cuerpo hasta que empezó a tiritar. Una horrorosa sospecha se abrió paso en su mente y el aire escapó de entre sus labios con una lentitud antinatural.

–Cuando dices ella... –Sophia carraspeó para aclarar su voz, que le sonó extraña y ahogada–. ¿Te refieres a Susan?

Freddy tuvo una reacción inesperada al oír su nombre. Se puso de pie de golpe y Sophia se encogió en el asiento al notar que iba hacia ella; solo se detuvo al encontrarse a un palmo de distancia con las manos apoyadas a cada lado de sus hombros.

–¡Claro que me refiero a Susan! –No había rastros de la voz lastimera que él usara hasta entonces; su aliento le golpeó el rostro–. A ella y a todas las demás. A estas alturas da lo mismo.

Sophia no se atrevió a indagar por las que se había referido como "las demás"; aún no conseguía asimilar la sospecha del papel que habría jugado ese hombre en la suerte de su amiga. Las otras... no, no podía, no en ese momento.

–¿Tuviste algo que ver con la muerte de Susan, Freddy? –Ella se forzó a hacer la pregunta luego de reunir todo el valor que aún le quedaba–. ¿Fuiste tú...?

El hombre llevó una de las manos y se secó el sudor que había empezado a descender por su frente despejada. Sophia se vio asaltada por un pensamiento ridículo: ¿cómo podía él sentir calor y sudar cuando ella no podía dejar de temblar?

–Ella me engañó. Lo hizo durante meses y meses; pero yo creí que podía confiar en ella. –El hombre habló como si se encontrara muy lejos de allí–. Cada vez que pasaba por el corredor me sonreía y preguntaba por mi día; acariciaba a Henry y me decía que debíamos salir cualquier día, pero cuando proponía algo se reía en mi cara y me decía que lo dejáramos para luego. Ah, pero cuando necesitaba algo...

Sophia contuvo el aliento cuando advirtió que las pupilas del hombre adquirían un tono oscuro y la mano que aún permanecía como una barrera a su lado se tensaba hasta que sus venas resaltaron sobre su piel pálida.

–¿Sabías que era a mí a quien le preguntaba acerca de ese hombre que te visitaba? Apenas acababas de mudarte y Susan ya lo quería para ella, aunque entonces no sabía que se trataba de tu tío. Si hubiera sido tu amante te lo habría arrancado de las manos sin parpadear –espetó él–. Ella era así. Usaba a la gente hasta que dejaba de serle útil y entonces... Pero yo no iba a permitírselo –continuó él con mayores bríos al toparse con su mirada de horror–. Fui a buscarla para obligarla a cumplir su promesa e incluso entonces no quiso hablar conmigo; dijo que llamaría a la policía, pero yo no le di tiempo de eso.

Una mueca cruel asomó a sus labios. Cruel y perturbada, se dijo Sophia con el corazón bombeando a toda velocidad; sin embargo, se forzó a mantener la calma y contuvo el impulso de echar a correr.

–¿Y cómo conseguiste impedírselo? –preguntó ella entonces.

Aguardó lo que le pareció mucho tiempo antes de que él asintiera con brusquedad.

–De la única forma que pude –musitó él

La mente de Sophia empezó a funcionar a toda velocidad y unió un cabo tras otro hasta que todas las piezas del rompecabezas empezaron a encajar. Recordó la forma en que Freddy sonreía cada vez que se encontraban en el pasillo; la forma en que había preguntado más de una vez por su guapa amiga y esa ocasión que ya casi había olvidado en que Susan se refirió a él como ese "vecino rarito" para luego romper a reír a carcajadas.

–Freddy, ¿qué fue lo que hiciste? –musitó ella aún demasiado consternada como para hablar con normalidad–. ¿La lastimaste...?

Él no respondió, pero esbozó una sonrisa horrible y Sophia advirtió que llevaba una de sus manos a su hombro. Intentó deshacerse del agarre, pero sus dedos se cerraron alrededor de su piel sobre la bata como si fueran garras.

–Ella nunca me tomó en serio. Creyó que era un loco del que se podía deshacer a su gusto; me despreciaba tanto que incluso se citó aquí con ese hombre sabiendo que yo podría verlos –espetó él–. ¿Qué creyó que ocurriría? ¿Que ese tío tuyo la rescataría como un príncipe azul? ¡Él ni siquiera la quería! Todo el mundo podía verlo, menos ella.

Sophia se obligó a conservar la calma y midió sus opciones. Ella no era especialmente fuerte, pero Freddy tampoco parecía serlo; tan solo le llevaba unos centímetros y tenía una contextura delgada y en apariencia frágil. Sin embargo, no permitió que eso la engañara del todo: si había conseguido vencer la resistencia de Susan y de asesinarla de la forma en que lo hizo, debía de ser más fuerte de lo que aparentaba.

De modo que fue moviéndose con muchísimo cuidado; primero asentó sus pies descalzos sobre la alfombra para asegurar su equilibrio y luego fue deslizando una mano hasta situarla en una posición que le permitiera levantarla hacia él sin darle tiempo de reaccionar.

Freddy no pareció advertir sus movimientos, permanecía con la mirada clavada en sus ojos de una forma que le revolvió el estómago; su pecho oscilaba y mantenía sus rodillas clavadas entre sus piernas.

–Tú siempre me gustaste mucho más –dijo él entonces en un tono suave y casi dulce; a Sophia le provocó arcadas, pero consiguió contener el mareo que sintió entonces–. Pero has sido siempre tan distante... y entonces llegó Susan y creí que lo nuestro no podría ser nunca. Me resigné pensando en que ella sería suficiente, pero me equivoqué.

Sophia apartó el rostro cuando Freddy llevó la nariz a su sien; sintió un nudo en la garganta y apretó la mano con fuerza, arqueando los dedos como si se preparara para atacar. Necesitaba que se acercara un poco más, solo un poco...

–Luego ella se fue y creí que tú y yo tendríamos otra oportunidad. –Los ojos del hombre relampaguearon antes de adquirir un tinte de enfado–. ¿Recuerdas lo amable que fuiste entonces? No habías sido tan cercana a mí como entonces.

A Sophia le habría encantado decir que eso no era verdad; que en las escasas ocasiones en que aceptó hablar con él entonces fue porque no tuvo otra alternativa y que estaba loco si pensaba que él y ella podrían ser cercanos nunca. Pero eso hubiese sido una estupidez; lo último que quería era enfadarlo más. Por eso calló y sostuvo su mirada sin poder ocultar un brillo desafiante en sus ojos; fue más fuerte que ella y él pareció verlo porque la sostuvo del hombre con mayor ímpetu, tanto que a duras penas logró contener un gemido de dolor.

–Pero ahora has decidido cambiar de opinión, ¿no? Como lo hizo tu amiga antes –la acusó él–. Tal vez, igual que ella, piensas que has encontrado a alguien mejor.

Sophia apretó los dientes, sin responder, pero no hizo falta que lo hiciera; Freddy parecía muy cómodo con su monólogo, preguntándose y respondiéndose casi sin respirar.

–¿Crees que no me he dado cuenta de lo que te traes con ese policía? –continuó él–. ¿Que no lo he visto entrar a tu apartamento y quedarse aquí por horas? ¿Vas a decirme que te estaba tomando la declaración? –Soltó una seca carcajada contra su mejilla–. Subí una vez y pegué el oído a la puerta, solo para asegurarme, ¿no te diste cuenta entonces? Y vaya que los escuché.

Ella entrecerró los ojos; asqueada y furiosa a partes iguales. No podía creer que ese hombre la hubiera espiado a ese punto y ella no se hubiera dado cuenta nunca. ¿Cómo había podido ser tan estúpida?

–Entonces creí que solo te estabas dando un gusto, que no tenía por qué criticarte, ¿no intenté yo hacer lo mismo con Susan? Es un hombre muy atractivo, puedo entenderlo –continuó en un tono algo más apagado, aunque la llama de furia continuaba viva en sus ojos–.

Pero no tenías que ir tan lejos. No tenías que quererlo. ¿Por qué hiciste eso?

Sophia creyó oír un chirrido en la calle, el ruido que haría un coche patinando en la acera; ladeó el rostro en dirección a la ventana que daba al balcón como si le sorprendiera, pero tan pronto como Freddy siguió su mirada y aflojó el agarre, aprovechó para llevar la mano a su rostro y clavó las uñas en su mejilla; luego, sin darle tiempo a reaccionar, empujó la rodilla contra su entrepierna con todas sus fuerzas y lo empujó a un lado.

Corrió lo más rápido que pudo en dirección a la puerta y salió al corredor sin mirar atrás. Solo vaciló un segundo al encontrarse ante el elevador porque vio que se encontraba en movimiento y no podía quedarse a esperar que subiera; en su lugar, corrió a las escaleras, rogando porque pudiera llegar al piso siguiente al de Freddy y tocar alguna puerta para pedir ayuda.

Sus pies resbalaron en el piso recién encerado y tuvo que agarrarse a la balaustrada para recuperar el equilibrio. En ese momento oyó unas pisadas tras ella y al mirar hacia arriba se topó con el rostro de Freddy teñido por la furia; un reguero de sangre le corría por la mejilla, pero no se detuvo ni un segundo en su carrera; lo tenía demasiado cerca y no pudo evitar preguntarse si Susan no se habría encontrado en una posición similar hacía solo unos meses.

¿Ella también corrió antes de que la alcanzara? ¿Le esperaba su mismo destino? ¿Iba a asesinarla antes de que pudiera pedir ayuda y dejaría su cuerpo en cualquier rincón del edificio como si fuera una muñeca rota?

Sophia apretó los labios y se dijo que no, que no iba a permitir que eso le ocurriera a ella; no sin luchar. Aceleró hasta llegar al descansillo del piso en que se encontraba el apartamento de Freddy. Solo uno más y podría pedir ayuda. Tenía que haber alguien.

Las pisadas tras ella resonaban cada vez más cerca,

pero se obligó a no mirar. La esperaba solo un tramo de escaleras y estuvo a punto de alcanzar el borde de la balaustrada para impulsarse al descanso del siguiente piso cuando sintió un tirón en el cabello y tuvo que detenerse de golpe, trastabillando para no salir rodando por los peldaños. El agarre se incrementó hasta sentir un sordo dolor en el cráneo y pegó un chillido tirando del codo hacia atrás en un gesto instintivo; sintió el impacto de algo duro contra su piel y le pareció oír un jadeo seguido de una imprecación en respuesta.

Se liberó de la mano que la mantenía sujeta a duras penas, pero no consiguió alejarse mucho; apenas acababa de dar un par de pasos más cuando la mano la ciñó nuevamente; esta vez la tomó del hombro y tiró de ella con brusquedad por lo que no le quedó más alternativa que girar y, al hacerlo, se topó con dos cosas que le provocaron una seguidilla de emociones que estuvieron a punto de hacerla gritar.

Por una parte, tenía el rostro de Freddy muy cerca del suyo; los ojos del hombre parecían poseídos por un delirio animal y sus dedos se enterraban en sus brazos al sacudirla con furia. Sin embargo, cuando Sophia miró por encima de su hombro en su desesperación por encontrar una vía de escape, cualquier oportunidad de dejarlo atrás una vez más, advirtió una figura que se movía con rapidez en su dirección y estuvo a punto de llorar de alivio al reconocer el rostro de Morgan.

Sus ojos se encontraron un segundo antes de que él le hiciera un gesto para instarla a retroceder. Sophia ni siquiera lo pensó; con lo último de sus fuerzas, apoyó las manos sobre el pecho de Freddy y lo empujó con los ojos apretados. Luego, al sentir sus manos caer a los lados, soltándola por la sorpresa, corrió hasta el descansillo y, tras dar un traspié, se dejó caer sobre el suelo con un resuello. Su pie le latía; debió doblárselo en la carrera, supuso haciendo un gesto de dolor.

Pegó la espalda contra la pared y miró hacia arriba. Vio a Morgan caer sobre Freddy y a este emitir una mal-

dición al ser lanzado contra la balaustrada; en circunstancias normales no habría sido rival para un hombre
como Morgan, pero parecía como si su furia lo hubiera
dotado de una fuerza sobrenatural y fue hacia él embis-
tiendo su abdomen con la cabeza sin dejar de farfullar.

Morgan acusó el golpe con un quejido y lo sostuvo por la cintura con los brazos, rodeándolo como un
fardo antes de lanzarlo a lo lejos; pero Freddy volvió a
intentar atacarlo y Sophia distinguió el brillo de un cuchillo en una de sus manos. Soltó un chillido para avisar a Morgan, pero fue innecesario; él también lo había
visto y elevó un brazo para cubrirse. Pese a ello, logró
cortar su antebrazo porque unas cuantas gotas carme-
síes cayeron sobre el suelo.

No pareció como si él se hubiera dado cuenta de
que acababan de herirlo, sin embargo, porque Sophia
no lo vio titubear al pegar al otro hombre una patada
en la rodilla, obligándolo a doblarse. Después, lo sujetó
por los antebrazos y Freddy trastabilló andando hacia
atrás hasta que su espalda pegó contra la balaustrada.
Elevó una pierna para intentar golpear a Morgan, pero
este lo mantenía inmóvil; entonces dejó de luchar y él
aflojó su agarre, pero apenas acababa de disminuir la
presión cuando el otro aprovechó aquello para ir hacia
él nuevamente con el cuchillo en alto.

Morgan resopló al sentir el filo de la hoja contra
su cuello y apretó una vez más el antebrazo de Freddy
para alejarlo, pero este se revolvía como una anguila.
Al elevar un pie para incrementar la fricción, sin embargo, el hombre apoyó el otro sobre el suelo y la lisa
superficie le hizo resbalar y su cuerpo osciló hacia atrás
de una forma extraña.

Morgan extendió una mano para sujetarlo, pero el
peso lo venció y la figura de Freddy cayó por el hoyo de
la escalera un piso tras otro hasta que su grito fue perdiéndose y quedó apagado por un fuerte impacto que
resonó por lo que pareció una eternidad.

Un ahogado silencio siguió a aquello, tan pesado que

apenas se oía el eco de la respiración de Morgan, que jadeaba apoyado contra la balaustrada. Al oír el quejido de Sophia, sin embargo, fue hacia ella tras dirigir una última mirada al vacío y se dejó caer a su lado con un suspiro.

Buscó su mano y la sujetó con tanta fuerza que a ella le habría dolido de no ser porque hacía otro tanto. Enterró los dedos en sus palmas y apoyó la frente sobre su hombro; un sollozo estrangulado escapó de su garganta y cerró los ojos para contenerlo, pero fue un intento vano. A ese siguió un segundo que no alcanzó a reprimir, y luego otro; lo único que supo después fue que los dedos de Morgan apartaban su cabello de su frente y que acariciaban la piel de su mejilla con una suavidad que no hizo más que incrementar la fuerza de su llanto.

Ninguno dijo una palabra; ni siquiera cuando unos minutos después se oyó el ruido de una sirena en el exterior y las puertas de los apartamentos de los pisos inferiores fueron abriéndose una tras otra, seguidas por los murmullos de sus habitantes. Sophia no quería saber lo que ocurría, no en ese momento, lo único que deseaba era permanecer aferrada a la mano de Morgan y que él no la soltara nunca.

El tiempo transcurrió de una forma extraña luego de eso.

Logan se reunió con ellos poco después y ella se vio obligada a abandonar la seguridad de los brazos de Morgan para enfrentar el horror que acababa de vivir. Oyó al detective hacer una pregunta tras otra y a Morgan intentado responder lo mejor posible; para ella no fueron más que un montón de murmullos difíciles de descifrar y a los que no les prestó demasiada atención.

Un pequeño grupo de policías llegó tan solo pasados unos minutos respondiendo al llamado de Logan y fueron acordonando el área y obligando a los residentes a volver a sus casas. Sophia no supo cuándo ocurrió, pero de pronto se vio sujetada por una de las oficiales que le ayudó a ponerse de pie y que la persuadió de bajar para que pudiera atender sus heridas; ella llamó a uno de sus compañeros con un gesto y entre ambos le ayudaron a descender un escalón tras otro hasta llegar al vestíbulo. Allí, tomó una silla y la obligó a sentarse en tanto estudiaba los cardenales que empezaban a aparecer en sus brazos y un leve arañón en su mejilla que no recordaba haberse hecho.

La oficial, al reparar en que atisbaba tras ella con los ojos muy abiertos, angustiada por ver a Morgan, que a su parecer necesitaba mucha más atención que ella, le hizo un gesto para calmarla y le aseguró que podrían reunirse luego, una vez que él hubiera terminado de poner a Logan en antecedentes de lo ocurrido.

Sophia asintió de mala gana y la dejó hacer, siguiendo sus movimientos con semblante pensativo. La joven era muy guapa, de una belleza poco común, advirtió entonces, y también bastante alta; una pequeña sonrisa danzaba en sus labios en tanto la atendía con una destreza sorprendente y, al terminar, le hizo un guiño y llamó a su compañero para que la acompañara a la estación. Antes de que Sophia pudiera abrir la boca para quejarse, sin embargo, se adelantó al asegurar que Morgan se reuniría con ella allí.

El viaje a la estación se le hizo eterno, tanto como las preguntas que debió responder entonces. Pero Morgan llegó poco después, tal y como la oficial prometiera, y eso le ayudó a enfrentar el trance con mayor serenidad.

Él apenas pudo quedarse con ella, sin embargo, aunque se mantuvo a su lado tanto como le fue posible, algo que fue evidente y que a Logan no le hizo mucha gracia porque lo llamó más de una vez haciendo todo tipo de gestos que habrían hecho reír a Sophia en otras circunstancias. Era obvio que intentaba decirle que no debía hacer tan evidente su cercanía, no allí y no en esas circunstancias; pero a ella le alegró comprobar que Morgan no le hizo mucho caso.

Las horas transcurrieron con lentitud y, para cuando terminó de rendir su declaración, sentía que le dolía cada músculo del cuerpo. Aun así, no quiso marcharse cuando le dijeron que podría hacerlo y que la llamarían después, de ser necesario, algo que sin duda ocurriría considerando lo serio del caso. Antes deseaba ver a Morgan, saber que se encontraba bien y cuando menos oír su voz una vez más.

Él fue con ella algo después; la encontró sentada en una banca junto a la recepción y, tras intercambiar unas cuantas palabras con Logan, se detuvo a su lado y tomó su mano entre la suya, provocándole un estremecimiento por el calor que despedía; un calor que ayudó a disolver parte del frío que parecía instalado en sus miembros.

Ella apenas habló entonces, pero no pareció que hiciera falta. Morgan tiró de ella y no puso ninguna queja cuando la guio al estacionamiento y la ayudó a subir al asiento trasero de su coche, ofreciendo que se tendiera si lo deseaba así. Sophia no esperó a que lo pidiera de nuevo; cerró los ojos y se dejó caer con un suspiro, exhausta.

Oyó la voz de Morgan hablando por teléfono, pero no pudo descifrar lo que decía. Cuando el coche se detuvo, parpadeó adormilada pero no atinó a moverse; poco después, oyó a Morgan bajar y abrir la puerta para ayudarla a hacer otro tanto. Él tiraba de ella como si fuera una muñeca de trapo y Sophia se dijo que tendría problemas para subirla en el elevador para llegar a su piso. La idea le impulsó a abrir los ojos de golpe y recordó lo que acababa de suceder allí; la asaltó una oleada de náusea y hubiera caído de no ser porque él la sujetaba. No quería volver allí. No deseaba quedarse sola.

Sin embargo, no hizo falta ni que lo mencionara porque, al mirar a su alrededor con más atención, reparó en que no se encontraban ante su edificio sino en un barrio residencial que no recordaba haber visitado antes. No tuvo tiempo de hacer preguntas, incluso si hubiera conseguido encontrar la voz, sin embargo, porque

Morgan le pasó un brazo por detrás de su cintura y la empujó con suavidad hasta que se encontraron ante la puerta de una casa con un jardincito pequeño y plagado de unas flores que despedían un aroma delicioso.

Cuando él apenas empezaba a rebuscar en sus bolsillos con la mano libre, quizá en busca de una llave, la puerta se abrió de golpe y Sophia tuvo que parpadear un par de veces para asegurarse de que no estaba alucinando.

–¡Dios mío, pero cómo está! ¡Cómo están los dos! ¿Qué le han hecho? ¿Y qué te han hecho a ti? ¿Eso en tu brazo es sangre? Morgan, no dijiste nada de sangre.

Sophia advirtió que Morgan exhalaba un hondo suspiro y que pareció un poco fastidiado al dirigir una mirada de advertencia cuando ella finalmente se hizo a un lado para franquearles el paso. En defensa de la mujer, sin embargo, ella podía decir que no pareció en absoluto intimidada por el malestar de su primo.

–¿Está Lucy en la cama? –preguntó él en tono bajo.

–Durmiendo como un angelito; y no te preocupes, ya sabes que tiene el sueño pesado. Podría invadirnos una horda de elefantes y ella ni se enteraría. –Ester se dirigió a Sophia con una sonrisa de disculpa–. Por supuesto que no pretendo compararte con un elefante, pero captas mi punto.

Ella se encogió de hombros porque no se le ocurrió nada qué decir; estaba demasiado sorprendida por el hecho de que Morgan hubiera decidido llevarla a su casa. Porque sin duda era allí donde se encontraban, supuso al observar lo que le rodeaba un poco por encima; estaba tan cansada y perturbada aún por lo ocurrido en las últimas horas que le costó asimilar del todo el hecho de que estuvieran allí.

Pero sí que pudo apreciar que era un lugar muy cálido y en el que parecía reinar una atmósfera agradable; la clase de ambiente que uno automáticamente relaciona con un hogar donde la gente que vive allí es feliz. Inhaló un aroma similar al que captara en el jardín y el brillo de unos leños encendidos en la pequeña chimenea del salón estuvieron a punto de arrancarle un gemido. Tenía frío, sueño, y nada le provocó tanto como tumbarse en medio de la alfombra y aferrarse a Morgan para dormir durante horas.

Él, que pareció adivinar lo que pensaba, o cuando menos hacerse una idea muy clara al respecto, hizo un gesto a su prima para que dejara de hablar. Ester había empezado a revolotear alrededor de Sophia, sin atinar a hacer nada que no fuera contemplarla con una mezcla de compasión y afecto, apenas extendiendo una mano con el fin de hacerle una caricia pero sin atreverse a ello del todo, quizá por temor a lastimarla.

–¿Preparaste...?

La mujer asintió ante la pregunta de Morgan y encuadró los hombros como si se encontrara ante un general; de pronto pareció decidir que ya había tenido bastante de inamovilidad y que bien valía hacer algo más útil.

–Sí, ya está lista –respondió ella–. ¿Por qué no la traes y yo le ayudo a cambiarse? Tengo algo que podría prestarle para que esté más cómoda.

Sophia no preguntó a qué se referían. Tan solo cerró los ojos al sentir que Morgan le pasaba un brazo por debajo de las rodillas y la alzaba contra su pecho. Fue una sensación tan agradable sentir su corazón latiendo contra su mejilla, el vaho de su aliento rozando su sien, que habría podido quedarse allí por siempre. Pero entonces reparó también en que empezaba a subir unas escaleras y que Ester iba unos peldaños por delante y que esta no dejaba de hablar, aunque su voz había adquirido un tono mucho más bajo y pausado.

–Cuidado con ese escalón; no vayas a golpearle la cabeza en el descanso... eso parece menos romántico de lo que había pensado –susurraba ella apurando el paso para no entorpecer los movimientos de Morgan–. En el cine se ve mucho más sencillo, ¿recuerdas esa escena de *Lo que el viento se llevó*?

Morgan no respondió a la palabrería de su prima, aunque Sophia hubiera podido jurar que sintió su pecho agitarse por la risa; no podía culparlo, de no estar semiinconsciente era probable que ella también hubiera reído.

Al llegar al segundo piso, recorriendo un corto pasillo, Morgan se detuvo un instante ante una puerta que Ester mantenía abierta.

–La cama está recién hecha y he cerrado las cortinas para que no pase frío. –La mujer se inclinó sobre Sophia tan pronto como su primo la dejó caer con suavidad en una cama que se hundió un poco bajo su peso; apoyó la cabeza sobre unas almohadas mullidas y suspiró, agradecida–. Pásame esa camiseta que dejé sobre la silla... ajá... y ya puedes irte. Yo me encargo de ella, ve a darle una mirada a Lucy por si acaso.

Sophia advirtió que Morgan asentía a las palabras de Ester, pero tardó un poco en llevarlas a la práctica. En su lugar, se acercó a ella y rozó sus dedos por encima de la manta; sus ojos entrecerrados se encontraron con los suyos y lo vio esbozar una suave sonrisa. Él no dijo una palabra, pero no hizo falta que lo hiciera; ella entendió que intentaba decirle que se encontraba a salvo y que hablarían luego, cuando se encontrara un poco mejor; que él se mantendría cerca.

Ella no necesitó más. Cerró los ojos del todo cuando lo oyó marcharse y apenas pudo seguir las indicaciones de Ester cuando le ayudó a quitarse el camisón y reemplazarlo por una camiseta y unos pantalones afelpados tan abrigadores que suspiró de gusto al envolverse con ellos. Luego la cubrió con una manta y, tras darle un golpecito en el hombro con la misma dulzura que habría usado con una hermana, se dirigió también a la puerta y, tras apagar las luces, la dejó entornada y sus pasos se perdieron por el pasillo alfombrado.

Si ella o Morgan volvieron durante la noche para vigilar su sueño, eso no habría tenido cómo saberlo porque cayó en un sueño profundo y sin pesadillas.

Sorprendentemente, el mejor que había tenido en mucho tiempo.

Sophia abrió un ojo y luego el otro, pero cerró ambos de golpe al percibir el brillo del sol que se colaba por entre las cortinas corridas. Además, habría jurado que antes de cerrarlos había visto una criatura extraña a los pies de su cama, lo que le llevó a pensar que, si aún era capaz de tener alucinaciones como esa, sin duda debía de encontrarse muy cansada y no le vendría mal dormir un ratito más.

Pero entonces la criatura habló y se vio obligada a mirarla una vez más para asegurarse de que no estaba imaginando cosas. Ciertamente, había una figura allí y aunque tenía el rostro tapado por una máscara que le recordó a un mapache, no tuvo ningún problema para reconocerla.

Lucy.

–¿Estás despierta? Papá dijo que no debía despertarte.

Sophia ahogó un bostezo y se desperezó al tiempo que se incorporaba para apoyar la espalda sobre el respaldar de la cama. Sonrió a la niña e intentó desentrañar por qué Morgan compraba unas pijamas tan raras para su hija: primero el dinosaurio disfrazado de unicornio y ahora el castor con rostro de mapache.

Tal vez él solo tuviera problemas para distinguir los animales, supuso tras encogerse de hombros y hacer un gesto a la niña para que se acercara.

–Estoy despierta; lo estoy desde hace un rato –mintió ella–. Es un pijama muy bonito el que llevas.

–¿Tú crees?

La niña se deshizo de la máscara, un trozo de tela que se metió al bolsillo delantero del pijama, y le sonrió. Tenía los cabellos castaños sueltos y le caían a ambos lados de su rostro; sus ojos le recordaron a los de Morgan más que nunca tanto como la forma en que sus labios se elevaban hacia arriba al sonreír.

–¿Ya estás bien? La tía Ester dijo que estabas enferma y que por eso necesitabas dormir mucho –continuó ella.

Lucy se había acercado hasta situarse al lado de la cama, muy cerca de ella, aunque no se atrevió a sentarse sobre la cama. De cualquier forma, Sophia apreció su gesto preocupado y ensanchó la sonrisa al tiempo que extendía la mano para acariciar su mejilla.

–Estoy muy bien –aseguró ella–. Creo que nunca me he sentido mejor.

–Me alegra oír eso.

Sophia sufrió un pequeño sobresalto al oír la grave voz proveniente de la puerta y, al mirar hacia allí, sus ojos se encontraron con el rostro de Morgan, que miraba a una y otra con gesto impenetrable. Ella no supo qué decir; pero no hizo falta que lo hiciera, no de inmediato; la niña se adelantó al dirigirse a su padre con una mirada de sorpresa al reparar en que llevaba una bandeja con él.

–¿Sophia va a desayunar en la cama? –preguntó ella–. Pero si dice que ya se siente bien y tú solo dejas que desayune en la cama cuando estoy muy mal.

Morgan hizo una mueca y arqueó una ceja antes de dejar su carga sobre una mesita.

–Sí, bueno, tal vez Sophia no se sienta tan bien como cree aun; además, es nuestra invitada y merece que la consientan un poco, ¿no te parece? –mencionó él al vuelo.

La niña frunció el ceño y alternó la mirada de uno a otro con gesto indeciso antes de fijar sus grandes ojos azules en el rostro un poco ruborizado de Sophia. Al final, se encogió de hombros.

–Supongo –dijo ella antes de dirigirse a su padre con nuevos bríos–. ¿Pero comerá con nosotros?

–Quizá –respondió él en tono vago y la miró después con el ceño levemente fruncido–. ¿No dijo tu tía algo de que es la hora de tu baño?

Lucy hizo un mohín de disgusto.

–No.

–¿No? Porque yo juraría que la oí muy claramente. –Él señaló la puerta con una cabezada–. Vamos, ve con ella antes de que empiece a llamarte a gritos. Luego iré contigo.

–¿De verdad?

–Sí.

La niña vaciló y sostuvo la mirada de su padre durante varios segundos antes de asentir de mala gana. Pero antes de marcharse se dirigió a Sophia con gesto serio. Ella, que había seguido el intercambio entre ambos, se sintió un poco abrumada por su complicidad y por el hecho de sentirse como una extraña que no tenía nada que hacer allí. Parte de ella, sin embargo, bramaba por la necesidad de hacerlo siquiera un poco y le sorprendió sentir algo como eso porque todavía no lograba acostumbrarse a aquello. Hasta antes de conocer a Morgan nunca había anhelado tanto el formar parte de algo.

–¿Tú también vendrás después?

Sophia se obligó a volver al presente y clavó sus ojos en los de la niña antes de hacer un gesto incierto; sus ojos se encontraron con los de Morgan y, al verlo asentir con suavidad, hizo otro tanto.

–Seguro –dijo ella–. Luego.

Lucy pareció contentarse con eso y, luego de dirigirle una brillante sonrisa, pasó por el lado de su padre y se marchó sin dejar de menear la cola de su pijama con tanto ímpetu que estuvo a punto de llevarse una lámpara con ella.

Cuando se quedaron a solas, Morgan exhaló un suspiro y sacudió la cabeza antes de dirigirse a las ventanas para correr las cortinas del todo. Sophia parpadeó y se frotó los ojos, parpadeando para acostumbrarse a la luz; solo entonces pudo analizar a gusto el lugar en que se encontraba.

Era una habitación pequeña pero muy acogedora. Había una mecedora junto a la cama y un boudoir muy antiguo pegado al armario; las paredes estaban empapeladas con un tapiz en un tono muy bonito de lila y las mantas que la cubrían hacían juego.

–Ester acostumbra usar esta habitación cuando se queda a dormir –indicó Morgan al notar su curiosidad–. ¿Quieres un poco de café?

Sophia asintió con fervor incluso antes de que él hubiera hecho la oferta y Morgan sonrió al tenderle la taza que había llevado para ella. Mientras bebía a grandes sorbos, lo vio sentarse a los pies de la cama y apoyar las manos sobre las rodillas.

–¿Mejor? –preguntó él al verla tomar hasta la última gota antes de estirarse para dejar la taza vacía en la mesita junto a la cama.

–Mucho mejor –asintió ella.

Ninguno dijo nada de inmediato; al menos hasta que Sophia se aclaró la garganta y buscó su mirada con expresión inquieta.

–¿Qué fue lo que ocurrió anoche, Morgan? –preguntó ella–. Me refiero a que siento que me he perdido muchas cosas. Después de que... cuando él cayó... –Contuvo un escalofrío y continuó con voz quebrada–: No recuerdo nada más. Sé que hablé, pero apenas tengo idea de lo que dije.

Él asintió como si hubiera estado esperando la pregunta y Sophia agradeció que no intentara desviarla ni se mostrara demasiado protector. Tenía derecho a unas respuestas y supo que las obtendría incluso antes de que él se inclinara hacia adelante y sostuviera su mirada antes de hablar.

–Está muerto –indicó Morgan sin mayores ceremonias–. No hace falta entrar en detalles, pero no hubo nada que se pudiera hacer por él, no después de esa caída. Para cuando llegaron los paramédicos lo único que pudieron hacer fue certificar su muerte. Luego de eso... bueno, la investigación aún está en marcha porque Logan necesita confirmar algunas cosas, pero a estas alturas ya podemos asegurar que fue él quien asesinó a Susan.

–E intentó matarme a mí también –intervino ella en un susurro.

Lo vio apretar los labios y extender una mano como si quisiera tomar la suya, pero pareció pensarlo mejor porque la dejó caer sobre la manta con un suspiro.

–Lamento no haber llegado antes.

Ella levantó la mirada de golpe y lo observó con el ceño fruncido.

–¿Antes? –repitió con un jadeo–. Llegaste justo a tiempo. De no haber sido por ti...

No pudo decir más y no hizo falta que lo hiciera; ambos tenían claro lo que hubiera sido de ella si Morgan no hubiera aparecido en el momento en que lo hizo.

Luego de unos minutos en silencio, él carraspeó y habló nuevamente en un tono algo más calmado.

–Creemos que él atacó a Susan antes de que pudiera reunirse con Bill. Aún nos cuesta entender por qué ella aceptó verse allí con él cuando sabía que Alcott estaba ahí y ya lo había reconocido como su acosador –mencionó él.

–Creo que ella esperaba que Bill la defendiera, que se enfrentara a él –indicó ella recordando las palabras de Freddy–. Susan... ella podía ser un poco ingenua a veces; cifraba sus esperanzas en quienes no lo merecían.

Morgan asintió.

–Supongo que tienes razón –dijo él–. De cualquier forma, incluso si él hubiera intervenido... no lo sé, tal vez no hubiera podido con Alcott; era un hombre engañosamente frágil. Hasta anoche nunca hubiera podido imaginarlo. Según averiguó Logan al estudiar su expediente, se trataba de alguien sorprendentemente preparado. Hizo tres años de medicina antes de abandonar la universidad cuando recibió una herencia de un tío lejano y se dedicó a viajar un tiempo; luego tomó cursos de psicología, se mantenía en forma...

Ella frunció el ceño al recordar algo.

–Él dio a entender que había habido otras. Además de Susan. Otras mujeres –recordó ella con voz temblorosa.

–Lo mencionaste anoche Y parecías muy alterada por eso –señaló él–. Logan ya está también tras esa pista; para empezar, hará algunas averiguaciones con otros precintos para estudiar los casos de mujeres asesinadas que concuerden con la descripción de Susan y el método que usó para asesinarla. Quizás encontremos algo allí que pueda ayudarnos a resolver otros crímenes parecidos.

Sophia sintió un sabor amargo en la boca que no tenía nada que ver con el café que acababa de beber y bajó la mirada para fijarla en sus manos unidas sobre la manta; pero casi de inmediato, otra apareció en su campo de visión; otra mucha más grande y morena que sostuvo las suyas con firmeza.

–Sé que no es sencillo, pero lo mejor será que no pienses en eso ahora; solo conseguirás torturarte. –La voz de Morgan se oyó muy cerca y entonces reparó en que él se había inclinado hasta quedar sentado a solo unos centímetros–. Tendremos que hablar de esto en su momento y aunque preferiría que no fuera así, también tendrás que hablar con Logan y algún otro agente para que repitas tu declaración. Pero no tiene que ser ahora.

Ella sorbió por la nariz y asintió con brusquedad, parpadeando para disipar las lágrimas que se habían agolpado en sus ojos. Logan llevó la mano libre a su rostro y lo levantó con suavidad para que lo mirara a sus ojos.

–Todo irá bien; me quedaré contigo todo el tiempo que me necesites –prometió él.

A Sophia le habría encantado ser capaz de mantener la boca cerrada entonces, pero eso era algo que nunca se le había dado bien y, antes de que pudiera siquiera pensarlo, se vio haciendo la pregunta que bullía en su garganta.

–¿Y si te necesito durante mucho tiempo? –inquirió ella– ¿Y si cuando todo esto haya pasado todavía quiero que te quedes conmigo? ¿Qué pasará entonces?

Morgan no respondió de inmediato y ella sintió que su corazón bombeaba con fuerza contra sus oídos; sintió un vacío ante los ojos y los habría cerrado de no ser porque eso le habría impedido continuar mirándolo.

–Si eso es lo que quieres, me quedaré. –Él habló al fin y su voz surgió casi tan queda como la suya–. Me quedaré durante tanto tiempo como quieras.

–¿Tan fácil como eso?

–Si tú quieres –repitió él, y continuó tras exhalar un hondo suspiro–: Sophia, no puedo prometerte que será fácil, no realmente; lo que quiero decir es que estoy dispuesto a intentarlo si tú lo estás también. Por cierto, que eso no habla muy bien de tu criterio porque tengo una vida muy complicada.

Ella rio sin poder evitarlo.

–¿Y crees que la mía es sencilla? –Ella se señaló con la barbilla e hizo una mueca burlona.

Morgan sonrió también y arqueó las cejas.

–Creo que entiendo tu punto –aceptó él–. Y, aun así, no puedo pensar en nada que me gustaría más que compartirla contigo; pero no puedo volverme loco por lo que siento por ti. De ser solo yo no lo pensaría un segundo, pero...

–Pero está Lucy y tienes que pensar en ella –completó Sophia.

Morgan asintió.

–Exacto. Y a ella le gustas mucho –continuó él–. No lo digo por decir. Esta mañana, cuando supo que estabas aquí, ofreció prestarte su cama si necesitabas quedarte y así Ester pudiera hacerlo también. Creo que si cupieras en una de ellas no dudaría en dejarte incluso sus pijamas.

Sophia ahogó una carcajada al imaginar siquiera eso último.

–Eso es muy dulce de su parte –dijo ella mucho más

conmovida de lo que hubiera podido expresar y lo observó con una renovada ilusión–. Entonces... podemos intentarlo.

Morgan carraspeó y apresó sus dedos con mayor fuerza.

–Eso creo –indicó él–. ¿Quién sabe? Tal vez sea divertido.

Sophia tiró del cuello de su camisa y acercó el rostro al suyo.

–Haremos que sea divertido –prometió ella buscando sus labios.

Morgan no respondió; no hizo ninguna falta. Sophia supo que estaba de acuerdo; lo percibió en la mirada que le dirigió antes de cerrar los ojos y en la forma en que sus manos rodearon su espalda para atraerla hacia él.

A veces, había descubierto ya, no hacía falta que dijeran mucho; no eran de los que compartían grandes confesiones y declaraciones de amor dignas de una tarjeta de felicitación. Pero sentían de una forma tan profunda que las palabras terminaban sobrando. Y para ambos eso era más que suficiente.

EPÍLOGO

Siete meses después

–Lucy, cariño, deja de saltar en el asiento y no sujetes las flores de esa forma; acabo de lavar el coche.

Morgan suspiró al caer en la cuenta de que su hija parecía demasiado emocionada como para oírlo y que su presión sobre el ramo que llevaba sobre el regazo no hacía más que incrementarse. Comprobó la hora en su reloj y, aliviado, se tranquilizó al saber que llegarían a tiempo.

Aparcó unos metros detrás de una hilera de coches y, tras ayudar a bajar a la niña, la tomó de la mano que no sostenía las flores y se detuvo un momento para admirar el edificio ante él y a la multitud que iba agolpándose en la entrada.

Sophia había hecho un trabajo estupendo.

Distinguió a algunas de las personas que trabajaban con ella y su sonrisa se acentuó al toparse con el gesto complacido de Maggie, su asistente, que parecía ir de un lado a otro ocupándose de los últimos detalles.

El edificio del ayuntamiento nunca se había visto tan bien, comprobó al ver los grandes listones en la entrada que anunciaban el primer desfile de alta costura organizado en Baltimore con el apoyo de la alcaldía.

Cuando Sophia le dijo que estaba determinada a convencer al gobernador de que le permitiera usar el edificio como sede del evento, le deseó suerte, pero en el fondo dudó de que fuera a conseguirlo. Ahora, visto lo visto, se dijo que a esas alturas debería de haber asimilado ya que no había nada que ella no pudiera hacer cuando estaba determinada a obtenerlo.

Como, por ejemplo, robarle el corazón y en el proceso también hacerse con el de su hija, se dijo al intercambiar una mirada de sorpresa con Lucy, que veía a su alrededor con la boca abierta. La niña apretó las flores contra su pecho y lanzó una mirada analítica a las otras personas que entraban en una ordenada fila; la mayor parte de ellas eran miembros importantes de la ciudad; algunos otros meros curiosos que no habían podido resistirse a comprar sus entradas, pero todos tenían algo en común: se habían esmerado mucho por lucir sus mejores galas.

Desde luego, Morgan y Lucy no se quedaban atrás.

Él llevaba su mejor traje y había aceptado que ella le fijara una de las flores del ramo a la solapa, aunque estaba seguro de que debía de verse un poco ridículo. La niña, en tanto, tenía un vestido nuevo, obsequio de Sophia, del mismo tono rosa que su pijama favorita, y por primera vez, Morgan había conseguido hacerle una trenza que permanecía bien sujeta en lo alto de la cabeza.

Parecía una princesa. Una un poco ansiosa y que corría serio riesgo de manchar su vestido con la savia de las flores, pero princesa al fin.

Oyó un llamado por los altavoces tan pronto como pusieron un pie en el vestíbulo y elevó una mano para saludar al gobernador, que parecía abrumado bajo los reflectores de un grupo de periodistas que hacían una pregunta tras otra. Distinguió el sonido de una suave melodía y vio a una hilera de modelos corriendo para dirigirse al estrado seguidas por un par de hombres con grandes fardos de ropas bajo los brazos.

Sin duda iba a ser un evento en grande, supuso él una vez que logró esquivar a la mayoría de gente y ubicó sus asientos en la segunda fila. Sophia fue muy clara al decir que había reservado esas ubicaciones para ellos; lo bastante cerca como para admirar el desfile sin perderse nada, pero no tanto como para que las celebridades invitadas pudieran sentirse insultadas cuando atrajeran las miradas.

Ella les tenía demasiada fe, pensó Morgan arqueando una ceja, tras intercambiar una sonrisa divertida con su hija una vez que vio a la hilera de gente sentada en la fila de adelante y que no dejaba de gesticular de forma afectada. Tendría que salirle una segunda cabeza para atraer la atención al grado que lo hacían ellos.

Oyó que alguien mencionaba su nombre y al levantar la mirada se topó con el rostro exultante de Ester, que iba tras bambalinas en tanto batallaba por mantener el bajo de su vestido a raya; Lucy se enderezó para saludarla con una mano alzada y su tía sonrió haciendo señas para dar a entender que se reuniría con ellos después.

A Ester tampoco le había ido mal últimamente. Morgan sonrió al recordar lo feliz que era desde que su proyecto fue aceptado por la revista y lanzaron la campaña en la que trabajara tanto; desde entonces, sus fotografías se habían visto en toda la ciudad y recibía un pedido tras otro, aunque ella había aceptado de inmediato la propuesta de Sophia de integrarse a su equipo a tiempo completo. Incluso había empezado a salir con uno de sus compañeros de trabajo del área de contabilidad; alguien que a Morgan le agradaba lo suficiente para considerar que, tal vez, al fin su prima había encontrado a la horma de su zapato.

Habían sido meses muy especiales para todos, recordó él al dar una mirada al lugar sin dejar de sonreír a los comentarios de Lucy e intentar responder a sus preguntas lo mejor que podía.

Cuando él y Sophia se prometieron que intentarían hacer que lo suyo funcionara y que estaban determinados a divertirse en el proceso, nunca hubieran podido imaginar cuánta razón tenían. Porque si algo había sobrado durante todo ese tiempo fueron muchas risas.

Al menos una vez que lograron dejar atrás todo lo relacionado con la muerte de Susan y el papel de Freddy Alcott en ella. Por suerte, las pruebas eran tan contundentes que la investigación no se prolongó más de lo necesario. Una vez que se hicieron las pruebas y considerando el testimonio de Sophia, que era aplastante ya que el asesino confesó su crimen ante ella, Logan pudo cerrar el caso de Susan, aunque aún se encontraba abocado a intentar unir lo dicho por Alcott respecto a esas otras mujeres con los crímenes sin resolver que se contaban por cientos en la ciudad.

Sophia había resistido las entrevistas y el rememorar aquella noche una y otra vez con una valentía encomiable, aunque ella decía con frecuencia que no habría podido hacerlo de no contar con el apoyo de Morgan y su familia.

Durante esos meses pasó mucho tiempo con ellos y su relación se afianzó con una rapidez impresionante; de la misma forma en que Lucy se acostumbró casi de inmediato a su presencia, tanto que era ella quien se afanaba por convencerla de que permaneciera con ellos tanto como sus obligaciones lo permitían.

Para cuando llevaban unos tres o cuatro meses juntos, ella un día simplemente se quedó y la niña fue la más feliz entonces. Aunque Morgan no se quedó muy atrás.

Al comienzo fue extraño compartir esa clase de intimidad con una mujer, pero pronto descubrió que Sophia era una persona con quien era fácil convivir. Aunque podía ser un poco impetuosa y de decisiones rápidas, era también ordenada, considerada y lo bastante divertida para hacer cualquier diferencia más llevadera y fácil de resolver. Y él también había aprendido a ceder y a amoldarse a su carácter hasta que su presencia le resultó tan sencilla como respirar y no habría sabido qué hacer si despertaba una mañana y no la encontraba a su lado.

Sophia llevó algunas de sus posesiones del apartamento a la casa, incluido el gato, para alegría de Lucy; pero lo que más alegró a Morgan fue que decidiera incluir el piano en la mudanza. Había pocas cosas que disfrutaba más que oírla tocar por las noches después de cenar, e incluso había intentado desoxidar sus habilidades para intentar ponerse a la par y acompañarla de vez en cuando. La música se hizo de un lugar importante en su casa y en su corazón, y en donde antes solo había silencio empezó a forjarse el eco de una melodía mucho tiempo dormida.

–Papi, ¿cuándo se las vamos a dar?

La voz de Lucy le obligó a volver al presente y la observó con el entrecejo fruncido, sin comprender; pero cuando vio que la niña sostenía las flores con expresión un poco agobiada, las tomó de sus manos y las llevó a su regazo.

–Más tarde, cuando haya terminado el desfile –respondió él–. Creo que ella saldrá al final o algo así; y si no, la iremos a buscar tras bambalinas.

La niña asintió y esbozó una sonrisa temblorosa.

–¿Crees que diga que sí? –preguntó ella, sonando un poco dudosa.

Morgan hizo un gesto incierto.

–No lo sé. Espero que sí.

–¿Y si dice que no?

–No va a decir que no.

La niña le dirigió una mirada que le recordó a la de Ester.

–Acabas de decir que no lo sabes –recordó ella.

Morgan contuvo un suspiro; lo último que necesitaba era unirse a las dudas de su hija, aunque él las sintiera también, de modo que intentó forzar una sonrisa confiada y se encogió de hombros.

–Bueno, lo descubriremos pronto –dijo él–. Mientras tanto vamos a disfrutar del desfile para contarle luego qué nos ha parecido. Mira, ya están apagando las luces.

La niña pareció olvidar lo que le preocupara hasta

entonces como por arte de magia y llevó sus grandes ojos a la pasarela. Morgan agradeció el respiro y, a diferencia de ella, enfocó en dirección a la abertura por la que supuso que saldrían las modelos. Distinguió una chispa dorada y supo de inmediato que se trataba de Sophia, que atisbaba por entre las cortinas con mirada inquieta. Cuando sus ojos se encontraron, sin embargo, ella sonrió y le hizo un pequeño gesto de saludo que él se apresuró a corresponder.

No se fijó en el precioso vestido negro que llevaba ni en el elegante peinado que sujetaba su cabello a lo alto de la nuca; solo se concentró en sus ojos y recordó la charla que acababa de tener con Lucy. Sus dedos ciñeron la base del ramo que sostenía y se toparon con una pequeña caja atada al arreglo.

Desde luego que podría decir que no, como temiera su hija, supuso él al considerarlo; pero algo le dijo que no sería así. Que una vez que él le hiciera la pregunta que llevaba mucho tiempo planeando, ella le daría la respuesta que esperaba. No podía ser de otra forma. Tenía que ser así; era lo que ambos deseaban y, en el fondo, estaba seguro de que si él no se daba prisa sería Sophia quien terminara por proponerlo.

Y eso a él le pareció muy bien porque era, al fin y al cabo, una constante en lo que a ellos se refería: uno daba un paso y el otro estaba allí para sostenerlo y apoyarlo sin importar cuánto miedo sintieran o lo incierto que pareciera su futuro. En ese momento, incluso, le pareció que se veía más brillante que nunca.

RENACER ENTRE BRUMAS

CLAUDIA CARDOZO

Si bastase con amar, las cosas serían demasiado sencillas.

Albert Camus

1

BALTIMORE, MARYLAND

Había sido un mal día. De los peores que Max podía recordar desde que empezó a servir en la tercera delegación de la policía de Baltimore; y eso no era poco decir.

Las cosas habían empezado relativamente bien, o tanto como era habitual. Llegó cinco minutos tarde porque su auto estaba en el taller y un desfile salido de no sabía dónde retrasó al autobús, pero su capitán no se dio cuenta; él estaba más ocupado riñendo a uno de sus compañeros porque al parecer había olvidado presentar los informes de un arresto del día anterior.

De modo que pudo escabullirse, buscar su uniforme y salir a patrullar sin tener que dar explicaciones por su tardanza, lo que fue un alivio, porque lo último que necesitaba era una mancha en su expediente. Estaba decidido a presentarse a las pruebas para detective ese año y para pasarlas era indispensable que su expediente se mantuviera impecable.

Dio un par de rondas tranquilas por el área que le habían encomendado, tuvo que hacerlo solo porque su compañera, Evelyn, estaba esa mañana en la corte declarando en el juicio de un hombre al que habían arrestado hacía un par de meses. No era tan malo, en realidad, se dijo un par de veces en tanto respondía a unas cuantas llamadas de rutina; incluso, consideró aprovechar el tiempo en la patrulla después del almuerzo para repasar las preguntas para el examen.

Sin embargo, apenas acababa de acomodarse en el asiento del conductor cuando recibió una llamada de aviso de un disturbio en un negocio de la zona y al llegar allí descubrió que la operadora de la central había equivocado el término adecuado para describir lo que estaba ocurriendo.

Lo que encontró ante la puerta de la barbería de la calle Matthews no era un disturbio cualquiera. Era una batalla campal. Y para cuando consiguió poner orden, no solo tenía a tres detenidos en el asiento trasero de la patrulla, también se había ganado un ojo morado, un labio partido y la frustración de saber que, posiblemente, para cuando terminara el día los responsables de aquello estarían de vuelta en casa y listos para volver a las andadas.

De cualquier forma, volvió a la estación y llevó a los detenidos a las celdas en tanto redactaba las órdenes de arresto y el informe del incidente. Se quedó varias horas después de que hubo acabado su turno; no probó bocado ni tuvo tiempo para ir a la enfermería a tratarse las heridas. En realidad, todo aquello le importaba más bien poco, solo quería volver a su apartamento, tomar una ducha caliente y dormir por horas; pero eso tampoco fue posible porque su capitán le pidió que una vez terminara con lo suyo le echara una mano a otro de sus compañeros con sus propios informes, y para cuando pudo dejar el edificio, era casi medianoche, estaba exhausto, hambriento y con un humor de mil demonios.

El día no podía empeorar, se dijo al introducir la llave en la cerradura de su apartamento en el tercer piso de un moderno edificio en Sinclair Lane, al este de la ciudad. Lo recibió un callado silencio que le supo al paraíso después del ajetreo de las últimas horas, pero pronto supo que eso no podía ser del todo bueno. Su compañero de apartamento, Abe, era uno de los hombres más ruidosos que conocía y estaba acostumbrado a toparse con la música a todo volumen al llegar a casa.

Algo definitivamente iba mal.

Y pudo confirmarlo tan pronto como fue en busca de Abe a su habitación y lo encontró rodeado por una montaña de cajas de cartón, ropa desperdigada aquí y allá y una expresión de remordimiento en el rostro que auguró pésimas noticias para él.

Según le explicó Abe una vez que Max halló la voz para preguntarle qué estaba ocurriendo y por qué parecía como si estuviera a punto de mudarse, había conocido a una chica hacía un par de meses y estaba loco por ella; tanto, que no soportaba estar un instante lejos de ella y habían decidido mudarse juntos.

En otras circunstancias, Max se habría alegrado por él. Tal vez Abe no se contara entre sus amigos más cercanos y hasta entonces solo los uniera el hecho de que ambos necesitaban a un compañero con el cual compartir los gastos del alquiler, pero era un buen tipo y nunca le había dado muchos problemas. En ese momento, sin embargo, deseó sacudirlo y meterle dentro de su cabezota que era una locura irse a vivir con una mujer a la que apenas conocía y dejarlo a él en la estacada.

¿Cómo diablos iba a pagar ese piso él solo con su sueldo de policía? Necesitaba un compañero para eso. Fue la razón por la que se buscó uno.

El apartamento era espacioso y estaba ubicado en una muy buena zona de Baltimore. Max se encaprichó con él tan pronto como lo vio, aunque sabía que le sería difícil pagarlo; pero entonces se dijo que eso tenía fácil solución, solo tenía que encontrar a la persona correcta con quien dividir el alquiler. Como un hombre soltero sin mayores responsabilidades, él no tenía muchos gastos entonces, y estaba dispuesto incluso a asumir la mayor parte del alquiler.

Cuando dio con Abe, que era contador en un estudio de abogados, le pareció la opción perfecta. Congeniaron de inmediato y, salvo por su manía de poner la música a todo volumen, y que bebía como una cuba los fines de semana, no habían tenido ningún tipo de problemas en todo el año que llevaban compartiendo piso.

Hasta ese momento.

Max no tuvo corazón para reclamarle tanto como le habría gustado; aunque dejó en claro que le parecía una desconsideración de su parte no haberle avisado con algo más de tiempo para poder encontrar a alguien que ocupara su lugar. Ahora tendría que ocuparse de todos los gastos mientras encontraba otro compañero.

Abe parecía tan ilusionado con la idea de mudarse con su novia que tampoco pareció muy interesado en sus recriminaciones, así que cuando Max terminó de hablar con él, lo dejó con lo suyo y se encerró en su habitación tras agenciarse una bolsa de Doritos y un par de botellas de cerveza para paliar en algo el apetito que, no tenía sentido negarlo, había estado a punto de esfumarse en cuanto recibió la noticia.

Si había algo que pudiera destacarse del carácter de Max, era que no se trataba de un hombre que se dejara derrumbar por las adversidades. Era demasiado práctico para eso. Práctico, en exceso relajado y tal vez quizá demasiado seguro de sí mismo, en opinión de su madre.

Encontraría a alguien para que ocupara el lugar de Abe. ¿Qué tan difícil podía ser? El piso era increíble, la renta estaba muy bien y él, si apartaba la falsa modestia, era un estupendo compañero.

Sí, seguro. Abe podía hacer lo que quisiera y cometer todas las locuras con como fuera que se llamara su novia. Él estaría bien. Aún más, si hubiera habido alguien allí a quien desafiar, no habría dudado en apostarle que tendría un nuevo compañero antes de que terminara la semana. Así de fácil.

***

–No puedo creer lo difícil que es.

Max hizo como si no hubiera visto la sonrisa soca-rrona en el rostro de Evelyn y se enfocó en el algo más serio de Tara, aunque captó una coincidencia en ambas: parecía que las dos se lo estaban pasando muy bien viéndolo sumido en la miseria. No por primera vez, se preguntó en qué pensaba al tenerlas como amigas.

–Bueno, ya te lo había dicho. Tuviste suerte al hallar a Abe tan pronto y que durara tanto tiempo como tu compañero; no es fácil encontrar personas de confianza con las que compartir casa.

–Además, los alquileres están por las nubes y tú eres el único chiflado dispuesto a pagar tanto por el capricho de vivir en un pisito elegante con un sueldo de policía.

Max ignoró nuevamente la acidez de su compañera, aunque no resistió la tentación de arrancarle de las manos las patatas fritas que hasta entonces había permitido que sustrajera sistemáticamente de su plato.

–Pide las tuyas –rumió él entre dientes antes de dirigir su atención a Tara, que miraba de uno a otro con una mueca divertida–. No digo que sea fácil; ahora entiendo que tuve suerte con Abe, está bien. Pero las cosas que he visto... ¿tienes idea de la cantidad de lunáticos con los que he tenido que hablar durante todo el mes?

La que era sin duda su mejor amiga y quien debía de conocerlo casi tan bien como su madre se encogió de hombros y dio un sorbo a su soda antes de responder.

–No dudo de que así fuera, pero es parte del asunto, Max. Tienes que ser muy cuidadoso con la persona con quien vas a vivir –dijo ella arqueando una de sus bien perfiladas cejas–. Podrías terminar compartiendo techo con un psicópata.

–O con un pobre diablo que termine debiendo tres meses de alquiler. De cualquier forma, tú pierdes.

Max masculló una maldición y dirigió a Evelyn una mirada de fastidio que ella sostuvo con total tranquilidad.

–Ve por tus propias patatas –repitió él apartando su plato de ella–. Y deja de ser tan molesta.

–No soy molesta.

–Eres una pesadilla.

Habrían podido continuar discutiendo por horas; en realidad, era posible que incluso disfrutaran hacerlo, una constante en su relación desde que se conocían, pero no tuvieron oportunidad de descubrirlo porque entonces Tara se puso de pie con un movimiento resuelto y ambos la observaron con similares muestras de desconcierto.

–No tengo tiempo para esto –declaró ella después de rebuscar en los pantalones de su uniforme y dejar un billete sobre la mesa–. Ustedes pueden ser unos niños y yo ya tengo uno en casa por el que preocuparme.

Eso era en cierta forma cierto, aunque a Tara también le gustaba comentar que su hijo de cuatro años era algo menos conflictivo que ellos; pero tanto Max como Evelyn agradecieron que se ahorrara comentarlo en ese momento.

La suya era una amistad cuando menos curiosa que, posiblemente, jamás se hubiera dado de no ser por Max. Él y Tara eran amigos desde el jardín de infancia. Fueron a las mismas escuelas y se inscribieron en una academia de policía tan pronto como terminaron el instituto. Habrían empezado a servir juntos una vez que se graduaron de no ser porque Tara se quedó embarazada entonces y decidió tomarse un año para cuidar de su bebé antes de incorporarse al servicio activo. De eso ya habían pasado casi tres y ella no había tenido problemas para ponerse al mismo nivel que otros de sus compañeros que llevaban mucho más tiempo allí.

Lo único malo de aquella entrada a destiempo fue que no la destacaron a la misma comisaría que a Max; ella estaba en la cuarta. Sin embargo, ellos siempre se las arreglaban para encontrar un momento en el que pudieran ponerse al día acerca de cómo iban sus vidas. Por lo general, cuando sus turnos coincidían acordaban reunirse en una cafetería del centro de la ciudad para charlar un rato, la misma en que se encontraban en ese momento. Con el tiempo, se les había unido Evelyn, que llevaba varios años como su compañera y, en opinión de Max, también como amiga molesta y metomentodo.

—¿Te toca cuidarlo esta noche?

Tara recibió la pregunta de Max con un leve encogimiento de hombros y una sonrisa.

—Logan está hasta el cuello con un caso complicado; no creo que lo vea hasta mañana —respondió ella tras asentir—. Dudo de que haya mucha diferencia, de cualquier forma, el pobre regresa muerto a casa; no creo que vuelva a dormir hasta que lo resuelva.

Max cabeceó, comprensivo, aunque no hubiera sido justo no reconocer que también sintió una pequeña punzada de envidia. El marido de Tara, Logan Spencer, era un reputado detective del departamento y una de sus mayores ambiciones era ocupar un puesto tan alto como el suyo. La idea de cambiar los rutinarios turnos de patrullaje por largas y agotadoras jornadas de investigación de casos complejos le emocionaba tanto que dudaba de que volviera a sentirse del todo feliz hasta que consiguiera pasar los exámenes para ser promocionado a detective.

—Se ha quedado atontado de nuevo; le pasa siempre que mencionas el trabajo de tu marido. Lo corroe la envidia.

La voz de Evelyn le llegó muy cerca del oído y Max pegó un respingo antes de dirigirle una mirada de malestar.

—¿Te he dicho que eres una pesadilla? —preguntó él de malos modos.

—Lo acabas de mencionar hace dos minutos.

—Qué alivio. Odiaría dejar pasar un día sin decirlo.

La réplica de Evelyn murió en sus labios porque Tara se les adelantó al chasquear los dedos ante ellos.

—¡Basta! No sé qué voy a hacer con vosotros —ella levantó la mirada antes de dirigirse a Max con una expresión más seria–. Si sé de alguien que necesite un apartamento le daré tu número.

Él sonrió en respuesta.

–Gracias. Saluda a Eric de mi parte; iré a verlo el fin de semana.

–Le encantará. Y tú, Evelyn...

–Iré también.

–Eso estaría genial, pero en realidad quería decirte que no le quites un ojo de encima. –Tara señaló a Max con una cabezada y tomó sus cosas de la mesa–. Se distrae cuando está preocupado.

Evelyn sonrió y asintió con una sonrisa divertida. Sus ojos rasgados de un hermoso tono gris relampaguearon al dirigir a su compañero una mirada sesgada.

–Descuida; lo cuidaré con mi vida. Si es difícil conseguir un compañero de apartamento, imagínate lo complicado que es dar con uno de patrullaje. Aunque sea uno tan idiota.

–Saben que estoy aquí, ¿cierto?

Ambas hicieron como si no hubieran oído el gruñido de Max, y luego de que Tara terminara de despedirse y abandonara el café, este se mantuvo en un silencio pensativo que solo fue roto por el bufido impaciente de su compañera.

–Odio cuando estás así; la seriedad no te sienta bien.

Max esbozó una pequeña sonrisa que le confirió un aire picaresco sin duda mucho más familiar en él y dirigió a su amiga una mirada velada.

–¿Porque soy muy guapo? –replicó él en un tono seductor demasiado afectado como para tomarlo en serio.

Evelyn puso los ojos en blanco.

–No. Porque eres un payaso y estoy acostumbrada a tus malas bromas –replicó ella sin vacilar–. Vamos, deja de darle tantas vueltas; encontrarás a un compañero de apartamento pronto.

Max cogió aire con una mueca de duda.

–¿Estás segura de que no quieres mudarte? Podrías

dejar ese agujero en el que vives y venirte conmigo –sugirió él.

Fue una bala lanzada al vacío, en realidad; algo que decía de cuando en cuando por si se abría el cielo y le caía un rayo de buena suerte. En el fondo, sabía que Evelyn se cortaría la mano antes de aceptar vivir con él; ella era demasiado independiente y preferiría mil veces quedarse en su propio lugar, que en realidad estaba lejos de ser un agujero, antes que compartir espacio con alguien más, sin importar lo bien situado que estuviera.

–Lo siento, Max, pero terminaría matándote, y soy policía, conozco varias maneras de hacerlo –respondió ella al cabo de un momento en tono ligero.

Max se encogió de hombros.

–Tenía que intentarlo –comentó él, resignado.

Evelyn sacudió la cabeza y un mechón de cabello le cayó sobre la frente, pero ella lo apartó con un resoplido. Lo llevaba muy corto y aun así siempre parecía encontrarlo molesto; a veces decía que cualquier día se lo cortaría a rape solo por el gusto de no tener que pelear con él. Max bromeaba entonces comentando que incluso así encontraría algo de lo que quejarse porque no podía vivir sin discutir, fuera con él o incluso consigo misma y que además le habría quedado fatal. Eso no era del todo cierto, sin embargo, porque Evelyn tenía una estructura ósea delicada y armoniosa, así que cualquier corte de cabello le quedaba muy bien; pero Max no habría sido él si no hubiera intentado llevarle la contraria.

–Encontrarás a alguien –repitió ella al verlo suspirar–. Antes de que termine el mes tendrás a un pobre compañero al que hacer su vida miserable y yo disfrutaré de verlo.

Max rio y sacudió la cabeza, pero no dijo nada; en su lugar, se puso de pie, se sacudió uniforme y aguardó a que Evelyn lo imitara antes de despedirse de la camarera, que lo siguió con la mirada al verlo marchar.

A Evelyn le gustaba mofarse al respecto, pero la verdad era que Max era un hombre atractivo. Lo bastante para atraer miradas y arrancar unos cuantos suspiros, comprobó al ir tras él y notar que algunas de las mujeres que ocupaban las mesas del local lo miraban con el mismo interés que la pobre chica del mostrador. Seguro que el uniforme tenía también algo que ver con eso, supuso, sin muchas ganas de mencionarlo en voz alta.

Él ya era lo bastante consciente de eso como para que ella contribuyera a alimentarle el ego.

Para cuando el mes estaba a punto de acabar, Max empezaba a plantearse la posibilidad de aceptar a cualquiera de los lunáticos a los que había entrevistado para que ocupara el lugar de Abe o, de plano, buscar otro apartamento algo más accesible que pudiera pagar sin ayuda.

Pero entonces recibió una llamada de Tara en la que le dijo que había encontrado a alguien. Ella no entró en muchos detalles, solo le aseguró que no se trataba de ningún lunático y que tenía un buen presentimiento. Que nada perdía con probar.

Cuando Max oyó las señas de la persona que Tara había encontrado en ese sorprendente golpe de suerte, estuvo a punto de negarse en redondo. No era en absoluto lo que tenía en mente, pero sabía que estaba en un callejón sin salida y que no podía ponerse exigente. De modo que se lo agradeció a Tara y le dijo que no había problema, que podía darle su número ¡Qué diablos! Estaba desesperado.

Un poco después, sin embargo, luego de que recibiera la llamada en medio de uno de sus turnos y de que acordaran una cita, se preguntó si quizá no estaría cometiendo un error.

2

Rebecca tomó aire y comprobó la dirección que había anotado en el recibo de la cafetería del hospital.

Sí. Ese era el lugar.

Se tomó un momento para estudiar el vecindario y tuvo que reconocer que era mucho mejor de lo que había esperado. Una hilera de árboles flanqueaba la avenida y el sonido de sus ramas meciéndose sobre ella le ayudaron a calmar en parte sus nervios; vio unos cuantos comercios de toldos brillantes y a la gente que iba y venía con un paso tranquilo que le confirmó la idea de que se trataba de una zona segura. Justamente lo que buscaba.

El edificio ante ella se encontraba también muy bien cuidado. El frente, de ladrillos lustrosos y que casi brillaban al contacto con el sol, le recordó a la casa de su tía, y cuando elevó la vista hacia arriba, buscando el último piso, que era donde debía ir, creyó advertir una sombra junto a una ventana que atisbaba hacia abajo.

Al parecer, no era la única que se encontraba un poco nerviosa, se dijo antes de entrar. En cierta forma era un alivio, supuso tras descartar las escaleras y optar por el ascensor que encontró al final del vestíbulo. En otras circunstancias le habría encantado elegir lo primero, pero no deseaba llegar sudorosa al último piso;

después de todo, estaba allí para dar una primera buena impresión.

Cuando el ascensor se detuvo, se dio una última mirada en el reflejo que le devolvió la lámina de acero.

Estaba bien, decidió. Los vaqueros oscuros y la camiseta a rayas le daban un aire un poco joven, pero se había sujetado el cabello en lo alto de la cabeza con unos palillos para dar a su rostro un aire algo más maduro y serio.

Lástima que hubiese olvidado cambiar las zapatillas gastadas que usaba en el hospital por algo mejor, pero ya estaba allí, se dijo ajustando su bolso al hombro para luego dejar atrás el ascensor y buscar la puerta al final del pasillo.

Aspiró un par de veces y cruzó los dedos antes de llamar al timbre.

No tuvo que esperar demasiado, lo que confirmó su impresión de que quien estuviera al otro lado se encontraba tan ansioso como ella y querría terminar con eso lo antes posible.

Cuando la puerta se abrió, sin embargo, exhaló el aire contenido de golpe y se quedó mirando al hombre ante ella con los ojos entrecerrados y una curiosa sensación de incomodidad que no recordaba haber sentido antes.

Tara no dijo que se veía así. Ella solo habló de su amigo policía que necesitaba a un compañero de apartamento y que tal vez estaría lo bastante desesperado como para aceptar a una desconocida siempre y cuando fuera con una buena recomendación.

Pero ese hombre...

Debía de ser uno de los más guapos que había visto en su vida. Y había viajado mucho; había conocido a unos cuantos.

El amigo de Tara tenía un cabello espeso y lustroso de un castaño oscuro que contrastaba con sus ojos de un tono subido de azul. Su rostro parecía sacado de una de esas revistas que anunciaban perfumes para hombre; rasgos perfectamente cincelados, labios carnosos y una barba bien cuidada que habría hecho suspirar a la mayoría de sus conocidas.

Ella no lo hizo, sin embargo. No iba a hacer algo tan idiota como suspirar solo porque se encontraba ante un hombre guapo; no estaba allí para eso. De modo que, tras recuperarse de la impresión, lo que por suerte no le tomó más que unos cuantos segundos, esbozó una sonrisa confiada y aguardó a que él hablara.

–Rebecca, ¿cierto?

Ella asintió. Tenía una voz agradable, no demasiado grave; incluso le pareció la clase de voz que uno esperaría oír en alguien tan seguro de sí mismo que no tenía problemas en mostrarse encantador aun con los desconocidos.

–Soy Max. –Él extendió una mano que ella estrechó un segundo antes de soltarla–. Por favor, pasa.

Rebecca cabeceó una vez más. Iba a tener que abrir la boca en algún momento, se reprendió al ir con él y atravesar el pequeño pasillo que conducía al salón principal. Según avanzaba, miraba de un lado para otro sin disimular su curiosidad; era muy amplio, tal y como dijo Tara. De techos altos y paredes de ladrillo, le pareció un lugar tan acogedor como cómodo. Había una cocina abierta en un extremo del salón y un gran ventanal al otro lado; supuso que tendría una vista excelente del vecindario desde allí.

–Como ves, no tengo muchos muebles; lo que hay vino con el apartamento, pero me pareció que era suficiente. Si llegamos a un arreglo y quieres traer algo no tengo problemas, solo... preferiría que no estuviera todo atiborrado, pero... bueno, seguro que eso lo podemos hablar luego. ¿Te parece si le echas un vistazo a todo antes de que nos sentemos a hablar? No tendrá sentido hacerlo si no te gusta.

Rebecca desvió la mirada del ventanal y lo siguió cuando él se puso en camino sin esperar respuesta.

Era un lugar excelente, se repitió ella por lo menos

un par de veces más según iba recorriendo el apartamento. Tenía dos habitaciones amplias, cada una con un baño propio; armarios en los que su ropa cabría con facilidad y, algo que sí que la llevó a suspirar de gusto, la que sería suya, si conseguía convencer a ese hombre de que la tomara como compañera, tenía un precioso balcón que daba a la calle y en el que pudo imaginarse perfectamente asomándose cada mañana al despertar y al cual acercar una silla por las noches para leer al llegar del trabajo.

Quería eso. Lo quería con todas sus fuerzas.

–Como habrás notado, la que sería tu habitación es un poco más pequeña que la mía, pero como tiene el balcón... a mí no me llamó mucho la atención cuando me mudé, y a mi antiguo compañero le encantó; me volvió loco para que se la dejara.

–Creo que yo habría hecho lo mismo; me gusta mucho.

Era la primera vez que hablaba y le pareció que eso a él le sorprendió un poco, porque la miró con una expresión curiosa; pero no dijo nada, tan solo cabeceó y se encogió de hombros antes de seguir con el resto del recorrido, que fue más bien corto. De allí solo quedaba otra habitación minúscula que usaba como depósito y que estaba casi vacía. Había también otro baño para visitas y aunque no tenía una lavandería en el piso, le informó de que podría usar la que estaba en el sótano y que era, además, la destinada a todos los residentes del edificio. Además, podría subir a la terraza cuando quisiera desde una escalera de incendios a la que se accedía desde la ventana del salón.

Luego de eso, él comentó que podrían sentarse en el salón para conversar un rato y ponerse de acuerdo respecto a si las cosas podrían funcionar. Rebecca no podía dejar de mirarlo mientras se dejaba caer sobre un sillón con las piernas estiradas y los brazos cruzados a la altura del pecho; se veía tan relajado como si se encontrara en compañía de sus amigos mientras veía un partido de fútbol, pero al mismo tiempo advirtió que sus ojos brillaban con una agudeza que estaba lejos de calzar con esa postura indiferente. Intentaba analizarla; adivinar si había algo en ella que le llevara a decidir que tal vez no fuera buena idea darle la oportunidad de hacer una oferta.

Sin embargo, Rebecca no estaba dispuesta a permitir que dudara. Quería ese lugar. Cuando Tara le habló de él le pareció demasiado bueno para ser real, pero ahora estaba segura de que ella no exageró.

–Tara mencionó que eres enfermera.

Él empezó la charla con una voz tranquila que no la engañó; algo le dijo que iba a tener que ser muy cuidadosa con sus respuestas si quería que la aceptara.

–Sí. Estoy en el Johns Hopkins.

–Un buen hospital.

–El mejor.

Lo era. En pocas ocasiones se sintió tan orgullosa en su vida como cuando recibió la llamada que le informaba de que había conseguido un puesto en uno de los hospitales universitarios más renombrados del mundo.

–Y eres inglesa –continuó él observándola con el rostro ladeado–. ¿Qué te llevó a venir hasta aquí para ejercer tu carrera? Seguro que hay buenos hospitales en Gran Bretaña.

–Sí, claro, estupendos; y trabajé en uno de ellos después de graduarme; pero me gusta viajar, conocer nuevos lugares y culturas. El Hopkins es una de las metas de cualquier médico o enfermera, además, y Baltimore es una ciudad muy hermosa.

Vio que Max cabeceaba un par de veces antes de dirigirle una de esas miradas profundas que sin duda debía de reservar para la gente a la que interrogaba.

–¿Y viajas mucho? Me refiero a cuánto tiempo permaneces en un mismo lugar antes de decidir dejarlo e ir a conocer alguno nuevo. –Él debió de notar que la había tomado por sorpresa con esa pregunta y que no la recibió muy bien porque se apresuró a continuar después de esbozar una sonrisa de disculpa–. No es una crítica ni pretendo opinar en lo que no me incumbe; creo que uno es libre de hacer con su vida lo que le venga en gana, pero verás, el que fue mi compañero se fue de un día para otro sin ningún aviso y en verdad necesito que quien ocupe su lugar esté dispuesto a comprometerse por un cierto tiempo, o al menos que se asegure de darme un aviso si un día decide marcharse también.

Rebecca apretó los labios, pero la verdad fue que no pudo dar con nada que objetar a un razonamiento como ese. De modo que, tras considerarlo un momento, asintió y echó un poco el cuerpo hacia adelante para asegurarse de que él la miraba a los ojos y pudiera ver que era sincera al responder.

–No puedo asegurar que vaya a quedarme en Baltimore para siempre; la verdad es que es posible que decida irme más temprano que tarde, pero firmé un contrato con el Hopkins por doce meses y pienso cumplirlo, de modo que puedo prometerte que si me aceptas como tu compañera, nada ni nadie me moverá de este apartamento en… digamos seis meses. Y te avisaré con un mes de antelación si decido irme antes. Es más, firmaré un contrato también contigo si lo prefieres. Ahora mismo.

Creyó que él iba a negarse y se preguntó si no debió mentir y asegurar que su estancia en Baltimore podría prolongarse por mucho más que eso; pero le supo mal engañar a alguien solo para conseguir salirse por la suya. Por mucho que lo deseara.

–De acuerdo. Supongo que es justo.

Antes de que pudiera preguntar qué significaba eso exactamente, Max se puso de pie y fue a una mesita en un extremo del salón, de donde volvió poco después con un trozo de papel y un lápiz. Puso ambos ante ella y volvió al sillón tras dirigirle una sonrisa ladeada que, no tenía sentido negarlo, le aceleró un poco el pulso.

Pero solo un poquito, se reprendió al tomar el lápiz;

lo mismo le habría ocurrido a cualquier otra mujer en su lugar en un rango de ocho a noventa años si un hombre como él le sonriera de esa forma.

—Muy bien. ¿Se supone que tengo que anotarlo aquí? —preguntó ella tras aclararse la garganta.

—Ajá. Pon lo que te parezca. Yo, Rebecca... ¿Cuál era tu apellido?

—Hardy.

—Ya. Yo, Rebecca Hardy, me comprometo a compartir apartamento con Max Joyce durante al menos seis meses desde el día de hoy...

Rebecca detuvo la escritura y levantó la cabeza de golpe.

—¿Eso significa que me aceptas como compañera? —preguntó ella.

—Sí, claro; no te pediría que lo anotaras si no lo hubiera hecho.

—Pero... —Ella se encogió de hombros y volvió a escribir—. De acuerdo. Entonces, me comprometo a quedarme durante seis meses a partir de hoy, y si decidiera mudarme antes de ese periodo de tiempo, te avisaré cuando menos con un mes de anticipación.

—Exacto.

—¿Algo más?

—No lo creo. Ya sabes el precio y lo que puedes esperar. —Él dudó un segundo antes de continuar—. Podrías poner también que te comprometes a ser una buena compañera, ya que estamos.

Rebecca frunció el ceño y le dirigió una mirada recelosa; pero lo anotó de cualquier forma porque le pareció que estaba bromeando.

—¿Y tú? ¿No deberías de comprometerte a eso también? —replicó ella un poco distraída.

Max hizo una mueca antes de asentir y, antes de que Rebecca atinara a decir nada, se puso de pie y fue hacia ella haciendo un gesto para que le dejara sitio en la butaca. Era un espacio pequeño, quizá demasiado; tanto que sus muslos se chocaban y sus brazos se rozaron cuando él extendió una mano para tomar el lápiz de entre sus dedos temblorosos y estudió un momento el papel antes de inclinarse para anotar algo en él.

–Y yo, Max Joyce, me comprometo a ser un buen compañero para Rebecca Hardy –deletreó él con gesto serio.

Rebecca miró el papel; su letra se veía un poco menuda y demasiado femenina al lado de la suya. Max escribía de la misma forma en que parecía hacerlo todo; con una seguridad aplastante.

–Muy bien –dijo ella al cabo de un momento en silencio–. Entonces ¿eso es todo?

Max sonrió y así, estando tan cerca, Rebecca reparó en que debajo de la barba tenía una muesca casi imperceptible en el mentón. Pero no se permitió pensar demasiado en ello porque le pareció que era una tontería ponerse a mirarlo con tanto descaro y, además, advirtió entonces que él sostenía una mano ante ella, pero a diferencia del corto apretón que le dio al llegar, esta vez, cuando ella atinó a tomarla, la mantuvo sujeta durante lo que le pareció mucho tiempo.

–Sí, Rebecca Hardy, me parece que eso es todo. –Él sonrió y ella se vio correspondiendo casi sin darse cuenta de que lo hacía–. Bienvenida a casa.

Cuando Rebecca mencionó que podría hacer la mudanza en un solo viaje y que le bastaría con que le hiciera un lugar en el depósito para dejar un par de cajas además del espacio que iba a ocupar en su habitación, Max creyó que exageraba. Sin embargo, cuando la vio llegar la mañana en que acordaron que él esperaría por ella para darle una mano, tuvo que reconocer que no había sido así.

La vio bajar de una pequeña furgoneta que, sabía, había contratado gracias a una de sus compañeras del hospital. El hermano de ella hacía esa clase de trabajos por unos cuantos dólares de vez en cuando y como era poco lo que tenía que llevar, le salía mucho más barato que contratar una compañía de mudanzas.

Tras unos cuatro o cinco viajes, tuvieron todo en el vestíbulo, y cuando el hombre de la furgoneta se fue, él se ofreció a ayudarle a llevar las cosas a su habitación o al depósito, según ella lo necesitara. Rebecca no lo mencionó entonces, pero fue obvio que no había esperado su oferta.

Tal vez no fuera de la clase de persona que conservaba mucha fe en la humanidad, supuso él. Por lo pronto, era obvio que no se trataba de alguien muy sociable y que no tenía demasiadas amistades.

Ya Tara le había comentado que cuando la conoció en el hospital en una de sus visitas para llevar a un detenido que requería atención médica, había reparado de inmediato en ella porque, aunque eficiente y muy diestra en su trabajo, era también de las enfermeras más calladas del piso. Tal vez fue eso lo que le atrajo de ella en primer lugar, supuso Max al considerar que no tendría nada de raro, porque Tara podía ser también muy reservada.

Aun así, le pareció increíble que se mudara sola. Cuando él llegó a ese apartamento había tenido que rogar a sus hermanos para que lo tomaran con calma y no convocaran a una multitud; pese a eso, contó con ellos, sus padres, un par de sus primos y también con Tara y Logan. Claro que él tenía más que transportar que Rebecca porque su madre había insistido en que se llevara la mayor parte de sus cosas y sumó varias más que consideró imprescindibles para que viviera como un ser humano decente, como mencionó ella entonces.

Mientras ayudaba a Rebecca a acomodar sus cosas, reparó en que las cajas más pesadas estaban repletas de libros y que el objeto que más parecía atesorar era una reluciente bicicleta turquesa con una cesta en la que había sujetado un ramillete de flores artificiales. Al verla, Max no pudo evitar sonreír, porque le recordó a la de una de sus sobrinas.

–Muy bonita. ¿Es nueva?

Rebecca parpadeó al oír su comentario y se pasó una mano por la frente sudorosa antes de responder. Acababan de terminar con todas las cajas y se habían dirigido al salón para beber algo; Max dejó unas cuantas sodas en el refrigerador la noche anterior por si acaso y tenía pensado pedir algo para comer y asegurarse de que ella estaba cómoda en el lugar antes de ir a trabajar esa noche.

–La compré hace un par de meses –respondió ella tras dejarse caer sobre un sillón con un suspiro de alivio–. Me costó medio sueldo, pero vale cada centavo.

–¿Estaba la antigua entre las cosas que te robaron?

La vio cabecear y que una sombra le velaba la mirada al recordarlo.

–Sí, creo que era una de las cosas más valiosas que se llevaron.

–Tara dijo que te estabas quedando en un ático en Orleans Street –recordó él–. No quiero ser entrometido ni dar sermones ¿pero nadie te dijo que no es precisamente el mejor lugar para una mujer que vive sola? ¿En especial para una que no conoce la ciudad?

Rebecca frunció el ceño y Max pensó que estaba a punto de decir algo como que sí que estaba siendo entrometido y que, aun cuando no fuera su intención, sí que parecía que la estaba sermoneando, pero debió de darse cuenta de que no lo hacía con mala intención porque cabeceó de mala gana e incluso esbozó una sonrisa torcida cuando él se sentó ante ella y le tendió una botella fría de la que se apresuró a beber.

–Tal vez alguien lo mencionara –reconoció ella tras encogerse de hombros–; pero he vivido en todo tipo de lugares y nunca tuve ningún problema, no pensé... dentro de todo, fue una suerte que se metieran a robar cuando yo no estaba allí.

Max cabeceó. Aún le costaba creer la tranquilidad con la que ella hablaba de ese asunto. La primera vez que se lo contó, después de que llegaran a un acuerdo para que se quedara en el apartamento, le había parecido la clase de cosas que hubieran hecho que cualquier otra persona en su lugar echara a correr de vuelta a su país de origen. Y sin embargo ella... era evidente que el hecho de llegar a casa y toparse con que se habían llevado la mitad de sus posesiones le había impresionado lo suficiente para decidir que necesitaba buscar un lugar más seguro, pero eso era todo.

Algo le dijo que haría falta mucho más que un delincuente avezado y una mala experiencia para asustar a una mujer como Rebecca. Lo que le inspiró aún más curiosidad por saber la clase de persona que era y qué podría haberle ocurrido para que fuera así.

–Sí, una suerte –coincidió él tras dar un trago a su bebida y darse cuenta de que ella parecía esperar una respuesta–. ¿Y no recuperaron nada?

Ella sacudió la cabeza de un lado a otro y un grueso mechón de cabello oscuro se deslizó por la línea de su cuello.

–Nada de nada. Ni un alfiler –suspiró–. Supongo que era de esperar; no había alarmas o cámaras, nadie pareció ver nada. En fin, por lo menos no se llevaron nada de valor; de valor para mí, digo. Excepto por la bicicleta; pero tenía mucho tiempo y supongo que ya era hora de que la reemplazara.

Max era un hombre curioso. Lo suficiente para haber recurrido a algunos contactos en la comisaría en la que Rebecca hizo la denuncia en su momento para saber cómo iban las investigaciones. Pensó que quizá podría echarle una mano con eso, pero sus colegas dijeron lo mismo que ella, que no tenían ninguna pista de los ladrones y que era poco habitual que se pudieran recuperar las cosas que se robaban en esa zona; se deshacían tan rápido de todo que seguirles la pista era casi imposible.

Algo que le llamó la atención entonces, no obstante, fue que cuando dio una mirada a la lista de las cosas que ella echó en falta se encontraban, además de la bicicleta, algunos objetos que él habría odiado perder porque le hubiera costado mucho reemplazarlos. Pero para ella no tenían mucho valor.

Curiosa mujer.

–Bueno, aquí no tendrás esos problemas –dijo él al fin tras encogerse de hombros–. Es un lugar seguro y tenemos una buena red de vigilancia; pero si ves algo raro algún día no dudes en decírmelo. ¿Acostumbras a usar la bicicleta para ir al trabajo?

–A veces.

–Esa es siempre una buena idea; pero te aconsejaría que varíes tus rutas. Solo por si acaso –sugirió él–. Recuérdame pasarte un par de recorridos seguros; tengo unos folletos que repartimos hace unos meses en la zona...

–Eso estaría bien.

–Y también necesitarás el número del fijo. Porque tenemos un fijo aunque no lo creas. –Él hizo un gesto vago para señalar la mesa bajo la ventana en el salón y en la que reposaba el soporte de un teléfono antiguo–. Por si tu familia quiere ponerse en contacto contigo y no te encuentran en el móvil.

Vio que eso último no le había caído muy bien porque endureció el mentón y desvió la mirada con las pestañas veladas. Unas pestañas sorprendentemente espesas y que parecían ser del mismo color que su cabello, advirtió él entonces.

–Me vendrá muy bien, gracias. Lo dejaré en el hospital; a veces necesitan ponerse en contacto conmigo a cualquier hora y no siempre estoy pendiente.

–Perfecto. Lo dejaré anotado en la nevera –Max le dirigió una última mirada y se puso de pie–. Lo que me recuerda... ¿te gusta la pizza?

Rebecca parpadeó y volvió la atención a su rostro.

–¿No le gusta a todo el mundo? –preguntó ella.

Max esbozó una enorme sonrisa.

–Sabía que había hecho bien al aceptarte.

La dejó riendo mientras él iba a llamar al restaurante, pero de cuando en cuando le lanzaba unas miradas sobre el hombro y no le sorprendió advertir que permanecía pensativa y con los ojos fijos en un punto entre la ventana y la puerta que conducía a su habitación. Se veía como si intentara hacerse a la idea de algo distinto, de que ese era el nuevo espacio al que tendría que aprender a considerar su hogar. Y cuando la vio esbozar una pequeña sonrisa, como si algo hubiera terminado de encajar en su mente, no pudo menos que sonreír de vuelta, aun cuando sabía que ella no podía verlo.

3

–¿Y cómo es?

Max dio una larga mirada a la pila de formularios sobre el escritorio y exhaló un suspiro que hizo volar algunos de los papeles. No hizo como si no entendiera la pregunta de Evelyn, sin embargo; ella llevaba todo el día molestándole con lo mismo y estaba seguro de que no se quedaría tranquila en cuanto no le diera una respuesta.

–Está bien. Es simpática. Habla poco, lee mucho. Esa clase de persona.

Su compañera le dirigió una mirada por encima de la carpeta que fingía estudiar y esbozó una sonrisa ladeada que habría correspondido de no ser porque sabía que en ese momento pretendía burlarse de él.

–*Esa clase de persona* –repitió ella–. Vaya forma de describir a una mujer.

–No es una mujer.

Max gruñó al reparar en lo que había dicho.

–Está bien, sí es una mujer, pero me refería a que la veo más bien como una persona –se apresuró a aclarar él antes de que Evelyn pudiera decir nada–. Y no empieces a convertirlo en algo raro.

–Es que es algo raro. Tú viviendo con una mujer con la que no... ya sabes. –Su compañera arqueó las cejas y

Max puso los ojos en blanco–. Pero no me has respondido. ¿Cómo es? ¿Bonita?

–No me he fijado.

Evelyn soltó una risa.

–Sí, claro.

–Hablo en serio.

–El día que tú no te fijes en algo como eso será el día en que el infierno se congele –comentó ella.

Max garabateó un par de notas en el formulario que tenía abierto ante él antes de responder, y cuando lo hizo fue mirando directamente a los ojos de su compañera.

–De acuerdo. Es bonita –indicó él sin mayor inflexión en la voz–. O al menos eso creo, lo que de ninguna forma quiere decir que la encuentre atractiva, que como sabes no es lo mismo. Por suerte, porque no quiero arruinarlo y que salga corriendo, no es para nada mi tipo.

–¿Seguro?

Max respondió con un bufido y aquello pareció ser suficiente para que su compañera decidiera no decir nada más. Al menos por los siguientes diez minutos en los que trabajaron en silencio rellenando esos informes que debían entregar antes de que terminara su jornada. Cuando Max estaba a punto de recordar que era su turno de preparar café, sin embargo, ella lo sorprendió al extender las manos ante él para hacer a un lado la carpeta en la que trabajaba. A él no le quedó más alternativa que levantar la mirada y buscar la suya con un gesto resignado.

–¿Qué? –preguntó él.

–Quiero conocerla.

El primer instinto de Max fue decir que no, desde luego, pero sabía que Evelyn no lo dejaría en paz hasta que no se hubiera salido con la suya, y tampoco era como si pretendiera ocultar a su nueva compañera de sus amigos, ¿cierto? Mejor salir de eso de una vez. Quizá entonces ella dejara de hacerse ideas y él podría volver a trabajar tranquilo. De modo que asintió de mala gana y se encogió de hombros, lo que ella tomó como la respuesta que esperaba, porque sonrió antes de volver con su propio trabajo y no volvió a mencionarlo hasta que terminó su turno.

Para entonces, Max ya lo había pensado un poco mejor y se preguntaba si no se habría adelantado a aceptar, pero ya no podía echarse atrás y supuso que más valía hacer como si se tratara de una bandita molesta que era necesario arrancar. Después de todo, ¿qué era lo peor que podía pasar?

Rebecca subió el último tramo de escaleras con la sensación de que podría apoyarse en la baranda del rellano, dejarse caer suavemente sobre ella y quedarse dormida en la acolchada moqueta; pero se forzó a no dejarse vencer por el cansancio. Vaya momento para que el elevador estuviera atestado, se dijo mientras buscaba las llaves en su bolso.

Solo quería dormir. Dormir por horas hasta que tuviera que levantarse de nuevo y volver al hospital, algo que le entusiasmaba menos de lo habitual.

Cuando abrió la puerta del apartamento y se dirigió al salón después de dejar sus cosas sobre la mesita del vestíbulo, se dio cuenta de que, a diferencia de lo que había esperado, no tenía el apartamento solo para ella.

Max estaba allí, lo que le recordó que tal vez debería preguntarle acerca de sus horarios, que a veces parecían ser más cambiantes que los suyos. Oyó su voz desde la cocina y habría ido hacia allí de no ser porque se topó con una figura repantigada en la butaca del salón que la miraba con tanto interés que estuvo a punto de dar media vuelta y volver por donde había llegado.

Era una chica muy guapa. El tipo de mujer que no le habría sorprendido ver sobre una pasarela, por ejemplo. Delgada, alta, de facciones delicadas y con un corte de cabello que a ella le habría encantado llevar pero que no le sentaba bien en absoluto, tenía las piernas dobladas bajo las caderas y parecía tan cómoda allí que Rebecca no pudo evitar considerar que era ella quien parecía una extraña.

–Hola.

La chica extendió una mano en gesto de saludo y ella dudó, sin saber qué hacer. Supuso que actuaba como una tonta porque, después de todo, era lógico que Max tuviera una novia a la que acostumbrara llevar a casa. Él no había mencionado nada al respecto, pero seguro que un hombre como él tendría a alguien. Alguien que también pareciera salido del anuncio de una revista, claro.

–Aquí estás; creí que no llegarías hasta mañana. En serio, deberíamos colgar nuestros horarios en la nevera o algo así.

Max se reunió con ellas y su presencia pareció dotar de una calidez agradable al salón. Al menos Rebecca lo sintió así; era algo que ya había notado antes. Él era la clase de persona que provocaba que se sintiera cómoda, como si perteneciera allí.

–¿Ya os habéis presentado? –Él señaló a la mujer sobre la butaca con una cabezada–. Esta es Evelyn Drake, mi compañera. Bueno, mi compañera en el trabajo. Y esta es Rebecca.

La joven se puso de pie con un movimiento fluido que le recordó a una bailarina de ballet y extendió nuevamente su mano; esta vez, Rebecca se las arregló para sonreír y la estrechó con soltura. Al mirarla de cerca, reparó en que era tan guapa como había advertido, pero también se dio cuenta de que tenía una mirada amable y que su sonrisa era menos sardónica de lo que le había parecido antes.

–Me moría por conocerte. –Ella se llevó las manos a las caderas y la estudió sin pizca de discreción–. Apenas he podido sacarle una palabra a Max acerca de ti.

Evelyn tenía una voz sedosa y arrastraba un poco las palabras al hablar, lo que le llevó a suponer que tal vez no fuera de allí, pero no se atrevió a preguntarlo porque no quiso ser indiscreta. Al caer en la forma en que ella aún la miraba, se dijo que tal vez estaba siendo demasiado considerada.

–Bueno, dudo de que él tuviera mucho que decirte, en realidad –respondió una vez que se repuso del todo de la sorpresa–. Apenas llevo una semana aquí.

–Sí, pero aun así... –Evelyn se encogió de hombros–. ¿No te vas a sentar?

Rebecca miró sobre su hombro y se topó con el rostro sonriente de Max, que le hizo un gesto divertido.

–Haz lo que quieras; no tienes que hacerle caso. Si le das la oportunidad, intentará ponerse a dar órdenes, pero nadie le hace caso de cualquier forma, así que...

Evelyn emitió un bufido y Rebecca habría podido jurar que había estado a punto de sacarle la lengua a su compañero, pero debió de considerar que eso hubiera sido pasarse, porque se encogió de hombros en un ademán elegante antes de volver a dejarse caer sobre la butaca.

–Solo intentaba ser amable; después de todo, esta es su casa, no la mía –señaló ella antes de dirigirse nuevamente a Rebecca, esta vez en un tono más suave–. En serio, creo que te vendría bien sentarte; parece que has tenido un día difícil.

Rebecca estuvo a punto de sonreír. Decir que había tenido un día difícil sonaba a eufemismo, pero agradeció que la otra joven lo notara. Sin protestar, se sentó sobre el que se había convertido en su sillón favorito porque daba directamente a la ventana y estiró las piernas con un suspiro.

–Sí, se nota que ha sido difícil –masculló Evelyn luego de lanzarle una segunda mirada, y entonces alzó la voz para dirigirse a Max–. ¿No vas a traerle nada? ¿Comida? ¿Un trago? Parece que la chica está a punto de desmayarse.

Él no le hizo demasiado caso, no de inmediato; pareció más interesado en estudiar el semblante cansado de Rebecca, que tenía los ojos entrecerrados y los alternaba de uno a otro sin estar segura de qué pensar. Tan sumida en sus pensamientos estaba que pegó un brinco cuando Max se acuclilló a su lado y, apoyando una mano sobre el brazo de la butaca, buscó su mirada con rostro serio.

–¿Quieres que te traiga algo o prefieres irte a la cama?

En otras circunstancias tal vez ella habría respondido que no tenía que hablarle como si tuviera ocho años, pero cuando sus ojos se encontraron con los suyos, vio algo en su mirada, un gesto de preocupación sincera, que la llevó a suspirar y asentir. Ni siquiera se planteó qué tan buena idea era reconocer que en verdad se encontraba tan agotada como se veía, en especial frente a su amiga; en ese momento comprendió que no le apetecía mucho quedarse sola en su habitación.

–Creo que me vendría bien beber algo –dijo ella entonces.

Max asintió y se puso de pie con rapidez. Rebecca habría podido jurar que antes de ir a la cocina le hizo un gesto a Evelyn, pero como no pudo verlo con claridad no habría podido decir de qué se trataba.

–Muy bien, suéltalo.

Rebecca parpadeó al oír la voz de Evelyn dirigiéndose a ella.

–¿Perdón? –preguntó ella.

–Cuéntanos acerca de tu día. ¿Qué fue eso tan horrible que te ha dejado como si te acabara de atacar una manada de zombis?

–¿Los zombis van en manada? ¿No son hordas?

Rebecca no pudo evitar esbozar una sonrisa al oír el comentario de Max, a quien oía trastear tras ella en la cocina.

–Hordas. Manadas. Qué más da. –Evelyn hizo un gesto de desagrado.

–La verdad es que no es nada agradable.

–Suerte la tuya, porque estás con dos personas a las que puedes contarle esas cosas. Casi no vemos nada agradable en todo el día ¿cierto, Max? No es como si nos fuéramos a sorprender.

Rebecca dudó, pero entonces Max regresó con un plato en el que había dispuesto algunas galletas y un poco de queso, y también tenía unas cuantas cervezas sujetas contra su pecho. Sus ojos se encontraron nuevamente y él pareció decirle con la mirada lo mismo que hacía un momento.

Haz lo que quieras. Lo que sea que te haga sentir mejor.

Y ella decidió que no era una mala idea. De modo que, tras encogerse de hombros y una vez que él se hubo dejado caer en el asiento a su lado, suspiró y tomó una de las galletas, sosteniéndola ante sus ojos con el ceño fruncido.

–Me asignaron a un nuevo piso hoy; en el hospital –explicó ella; luego de dar un mordisco y que la acidez del queso se deslizara por la garganta, continuó en un tono algo más seguro–. Neonatología. Donde están los prematuros, para ser más precisa.

Oyó a Evelyn chasquear la lengua y al levantar el rostro se topó con su mirada compasiva.

–Ya. Me hago una idea. –La chica sacudió la cabeza de un lado a otro y sus facciones delicadas adquirieron cierta tirantez–. Mi sobrino fue prematuro; mucho ¿te acuerdas? –Ella se dirigió a Max antes de volver su atención a Rebecca–. Jamie nació dos meses antes de tiempo y estuvo semanas internado allí; mi pobre hermana casi se vuelve loca. Se pasaba los días allí, sentada a su lado, con todas esas cosas que le ponían... yo nunca pude ir. No creo que hubiera podido soportarlo. Él lo logró; ahora tiene tres y está bastante bien, pero recuerdo que ella mencionó que había visto cosas horribles y que no tenía idea de cómo los médicos y enfermeras soportaban estar allí todo el tiempo.

Rebecca asintió, aliviada de no tener que explicar cómo eran las cosas allí. Había perdido la cuenta de la cantidad de veces en que alguien hacía algún comentario al respecto sin saber de lo que hablaba y ella se veía obligada a intentar explicarlo aun cuando nunca conseguía encontrar las palabras adecuadas.

Evelyn le cayó un poco mejor entonces tan solo por eso, lo suficiente para que sintiera sus miembros relajándose un poco, aunque ella no dejara de mirarla como si se tratara de un rompecabezas que estuviera ansiosa por armar.

–No siempre es tan malo; se ven también cosas preciosas allí. Son como milagros –indicó ella con voz pensativa luego de dar un largo trago a su bebida.

–Pero hoy no viste ninguno.

Rebecca ladeó el rostro y sacudió la cabeza al toparse con la expresión comprensiva en el rostro de Max.

–No. Hoy no.

Él asintió y, tras intercambiar una rápida mirada con Evelyn, se golpeó las rodillas con las palmas de las manos y el sonido pareció reverberar en el espacio, sacudiendo un poco a ambas mujeres de la modorra en la que parecían sumidas hasta entonces.

–De acuerdo. Ha sido un mal día; mañana será mejor –dijo él, cabeceando–. Pero esta noche... vas a contarnos algunos de esos milagros que has visto. El que quieras, el que te haya dejado más impresionada.

Rebecca frunció el ceño, preguntándose si él hablaría en serio, pero le bastó con ver sus ojos serenos y la forma casi imperceptible en que las comisuras de sus labios se elevaban hacia arriba, para saber que era así.

–No lo sé... –dudó ella entonces.

–Vamos. Ya has oído a Evelyn; no estamos acostumbrados a ver u oír cosas agradables; estaría bien saber algo de eso. –Él se dirigió a su compañera con una ceja arqueada–. ¿Cuándo fue la última vez que te hablaron de un milagro?

La joven sacudió la cabeza e hizo un gesto con las manos.

–No tengo idea. Es posible que nunca.

–¿Ves? –Max echó el cuerpo hacia adelante y la mirada de Rebecca se vio irremediablemente atraída por sus dedos largos y nudosos–. Vamos, comparte alguno con nosotros.

Rebecca solo tuvo que considerarlo un segundo. Tal vez incluso menos que eso. Porque antes de que abriera siquiera la boca ya sabía lo que iba a decir; lo tenía clarísimo. ¿Él quería oír de milagros? Bueno, ella había visto varios. Y no pudo pensar en una noche en que necesitara más recordarlos.

Las historias de Rebecca hicieron lagrimear un poco a Evelyn, aunque Max estaba seguro de que si se le ocurría mencionarlo frente a cualquier otro ser humano, ella lo negaría sin vacilar. Era posible, incluso, que al día siguiente lo mencionara tan solo para asegurarse de que no dijera una palabra al respecto.

Sin embargo, con amenazas de por medio o no, él no hubiera sido capaz de burlarse de su amiga por algo como eso. En realidad, también terminó muy conmovido al oír las cosas que Rebecca había visto en sus turnos en neonatología; aunque ella también habló acerca de otras recuperaciones milagrosas en otras áreas del hospital. En el Hopkins y en los otros en los que había trabajado. Eran cosas que le habría costado creer de no ser porque estaba seguro de que ella nunca exageraría con algo como eso.

Para cuando terminó de hablar, sin embargo, y ya habían dado cuenta de casi todas sus reservas de cerveza, Rebecca apenas podía tenerse en pie. La imagen evocada por Evelyn de que acababa de ser atacada por una horda de zombis hambrientos pareció cobrar un nuevo significado y cuando la vio bostezar por tercera vez en cinco minutos, supo que había sido suficiente.

Luego de intercambiar una rápida mirada con Evelyn, en la que se pusieron de acuerdo respecto a que ya era hora de terminar con su visita, su amiga se estiró con un bostezo exagerado y se puso de pie con esa fluidez tan propia de ella. Después de asegurar que apenas podía con su alma, se despidió de Rebecca y prometió que volvería un día de esos para que pudieran continuar charlando. No pareció como si ella hubiera registrado eso último, sin embargo, porque apenas cabeceó e hizo un gesto de despedida en tanto Max la acompañaba a la puerta.

Una vez allí, ella se detuvo un momento bajo el dintel y lo sorprendió al poner una mano sobre su hombro. Su rostro se veía extrañamente serio; tanto, que él se encontró parpadeando bajo su mirada.

–Esa clase de persona ¿no? –dijo ella entonces.

Max frunció el ceño.

–¿Qué? –preguntó él, un poco confundido.

Su amiga suspiró y sacudió la cabeza de un lado a otro con una pequeña sonrisa.

–Nada, solo... vete con cuidado.

–¿Con cuidado de qué?

Evelyn no respondió, tan solo elevó una mano sobre su cabeza en señal de despedida y se dirigió al elevador sin volver a mirarlo. Max se quedó de pie en medio del pasillo, extrañado por eso último, pero también estaba cansado y a veces Evelyn podía ser un poco rara, así que se encogió de hombros y volvió al apartamento.

Rebecca estaba donde la había dejado, pero ahora tenía los ojos cerrados y la cabeza apoyada sobre el respaldar del sillón; Max se acercó y advirtió que parecía como si estuviese a punto de quedarse dormida, si es que no lo estaba ya.

–Muy bien. Ahora sí te vas a la cama –dijo él, tirando de su brazo con suavidad para ayudarle a ponerse de pie–. Creo que el día ya terminó para ti.

Ella masculló unas palabras que no consiguió entender y fue poniendo un pie adelante del otro cuando él se dirigió a su habitación. La puerta estaba entornada y al entrar lo envolvió un aroma idéntico al que despedía la mujer que apenas conseguía sostener sin envolverla del todo entre sus brazos.

Dudó un momento en medio de la habitación, sin

saber qué hacer, pero entonces decidió que no estaban para remilgos y que tampoco era como si pensara meterla en la cama; bastaría con que le ayudara a tenderse. Y eso fue precisamente lo que hizo.

La sostuvo hasta que se dejó caer sobre las mantas con un hondo suspiro y acomodó las almohadas para que su cabeza estuviera bien apoyada sobre ellas; luego, mientras ella se ovillaba con una tenue sonrisa, tomó una manta del closet y la cubrió con ella hasta la barbilla. Se quedó allí un momento para estudiar su rostro tranquilo y le sorprendió ver que parecía mucho más joven de lo que aparentaba cuando estaba despierta.

Y sí, también le pareció muy bonita con sus mejillas redondeadas y su cabello oscuro cayéndole sobre la frente, pero eso sí que lo había notado antes, así que en realidad no fue un gran descubrimiento y sin duda no era algo que fuera a mencionar a Evelyn pronto.

Milagros, se dijo una vez que consiguió apartar la mirada de su rostro, y se dirigió a la puerta después de apagar la luz y asegurarse de que la ventana estuviera entornada para que no la enfriara el aire de la noche.

Él tampoco podía recordar cuándo fue la última vez que alguien le habló de un milagro. Y esa noche había oído varios. Solo por eso, y también por lo cómodo que empezaba a sentirse con su nueva compañera, se dijo que iba a resultar que había tomado una gran decisión al aceptarla.

4

Para cuando Rebecca llevaba un mes viviendo con Max, tuvo que reconocer que no podía recordar cuándo fue la última vez que se sintió tan a gusto compartiendo el espacio con otro ser humano.

Claro que no era como si se vieran todo el tiempo. En realidad, apenas coincidían durante el día cuando él llegaba de trabajar por la noche y ella salía un poco después porque llevaba un par de semanas en un turno nocturno que la obligaba a pasarse casi todo el tiempo en el hospital. Cuando llegaba a casa, a mediodía, estaba tan cansada que apenas conseguía comer algo y arrastrarse a su habitación para dormir hasta la noche.

Por lo general, para entonces Max ya estaba allí y era habitual que lo encontrara cenando restos de comida del día anterior o alguna cosa que había comprado en el restaurante de comida china que había un par de calles más abajo.

Él siempre le guardaba algo. Y pegaba notitas a la nevera para explicarle dónde estaba qué y qué debería hacer con ello; si bastaba con que lo pusiera en el microondas o si sabría mejor si se tomaba un poco más de tiempo y lo metía al horno.

Rebecca intentaba pagar esos gestos dejando alguna cosa para él. Como los pastelillos que vendían en una cafetería cerca del hospital y que parecían desaparecer como por arte de magia tan pronto como los dejaba sobre la encimera de la cocina.

El tiempo allí empezó a transcurrir con una serena calma apenas alterada por el ajetreo propio del trabajo. Aún le sorprendía que su rutina calzara tan bien con la de un hombre como Max, con quien aparentemente no tenía mucho en común.

Mientras que ella prefería el silencio y no tenía una vida social agitada, por no decir que prácticamente no tenía una, él era todo lo contrario. Max parecía condensar una energía sin límites; hablaba siempre en voz alta y con la risa impresa en cada palabra, como si estuviera siempre inclinado a buscar la diversión en todo. Claro que ella también había notado que eso no quería decir que se tratara de alguien superficial; bastaba con verlo a los ojos para darse cuenta de ello.

Nadie que viera las cosas por encima o que le concediera poca importancia a lo que sucedía a su alrededor sería capaz de mirar de la forma en que él lo hacía. Siempre atento y con una profundidad que a veces la ponía un poco nerviosa; como si fuera capaz de ver mucho más allá de lo que ella se sentía cómoda dejando traslucir.

En cuanto a lo de su vida social... bueno, en realidad no era que saliera mucho. Lo mismo que ella, pasaba la mayor parte de su tiempo libre en casa; pero a diferencia suya, era obvio que él tenía una familia y un buen grupo de amigos con los que acostumbraba reunirse con frecuencia. Era habitual llegar a casa y toparse con Evelyn dando vueltas por allí en tanto aguardaba a que Max terminara de alistarse para salir rumbo al trabajo; o cuando terminaban su turno y ella se quedaba un rato para charlar.

Rebecca sospechaba que eso último tenía mucho que ver con ella porque la amiga de Max no había dejado de intentar sonsacarle su vida desde la primera vez que la vio, pero era difícil encontrarla molesta por eso.

Evelyn era tan amable a pesar de sus maneras a veces un poco bruscas, que Rebecca había terminado por tomarle cariño.

Gracias al hecho de que era menos discreta que ella, además, ahora conocía algunas cosas acerca de ella que habían terminado por convencerla de que se trataba de una buena persona. Tenía tanto tiempo como Max en el cuerpo; entró al servicio un par de meses antes que él proveniente de Kansas, una ciudad en la que, como decía, nunca terminó de encajar, de allí que decidiera dejarla atrás tan pronto como terminó la academia.

Por lo demás, según le había contado, solo tenía un padre con el que hablaba de vez en cuando y un par de hermanos mucho mayores que ella con los que nunca se había llevado del todo bien. Vivía en un apartamento no muy lejos de la estación de policía que aun cuando no era tan elegante como el refugio de Max, como ella acostumbraba decir, era suficiente para vivir cómoda y sin tener que rendirle cuentas a nadie, algo que al parecer le provocaba urticaria.

De allí, además, que no le tentara mucho la idea de entablar relaciones muy cercanas, tal y como ella le confió una noche en que insistió en que vieran una película pese a que Max no había parecido muy contento con la idea. Tenía que estudiar para los exámenes que iba a rendir unas cuantas semanas después y según él estaba tan arriba de trabajo que apenas tenía tiempo para perderlo pegado al televisor, pero Evelyn se mostró entonces tan insistente que él terminó por rendirse. Rebecca se les unió entonces porque aún tenía un par de horas antes de que debiera salir para el hospital y creyó que ver la que a todas luces era una mala película de acción le ayudaría a enfrentar la noche que le esperaba con más ánimos.

Y sí, la película era tan mala como había supuesto que sería; y Max apenas pareció prestarle atención porque pasó la mayor parte del tiempo consultando sus notas en el teléfono en tanto mascullaba entre dientes algo respecto a distancias de tiro, normativa criminal y esa clase de cosas.

En una de esas, cuando estaba a punto de sugerir que lo dejaran estar porque era obvio que nadie parecía prestarle mucha atención a la trama, captó algo en el rostro de Evelyn, que parecía pensativa y golpeaba la superficie del sillón en que se encontraba sentada con la punta de los dedos. Entonces ella se puso de pie de golpe con un movimiento resuelto y se dirigió a la cocina.

Rebecca ni siquiera lo pensó. Fue tras ella y no le extrañó del todo que cuando la vio sacar la cabeza de dentro de la nevera, de donde había tomado una cubeta que sostenía con ademán distraído, pareciera no solo encontrarse muy lejos de allí sino también bastante preocupada.

Ella no se atrevió a preguntar entonces lo que le habría ocurrido; tampoco hizo falta que lo hiciera. Cuando Evelyn reparó en que se encontraba allí, exhaló un hondo suspiro y dejó caer la cubeta sobre la encimera para llevarse luego las manos a la estrecha cintura con un gesto de hastío.

Había discutido con su novia, le dijo. Fue una pelea horrible; ambas habían dicho un montón de cosas de las que sin duda terminarían por arrepentirse pero en ese momento lo único que quería era dar de gritos y no volver a verla nunca más.

Rebecca no se sintió especialmente sorprendida al descubrir que Evelyn era lesbiana. Max no había hecho ningún comentario al respecto ni a ella le dio la impresión nunca de que fuera algo que considerara importante; él siempre hablaba de su amiga como si fuera una molestia a la que quería demasiado como para soñar siquiera en no tenerla revoloteando a su alrededor. Con seguridad, visto lo que conocía de él, estaba segura de que su orientación sexual debía de importarle tanto como si era zurda, diestra, o prefería la pizza con piña. Y como a Rebecca le sucedía exactamente lo mismo, con la diferencia de que, en el fondo, no podía creer que a alguien le gustara la pizza con piña, pero ese era al fin y al cabo un tema muy personal, acusó la información con la normalidad que a su parecer cualquiera debería de sentir en esos casos, y dejó que se desahogara tanto como deseara.

Y vaya que ella lo hizo.

Judy era estudiante de dibujo y camarera en uno de los cafés que ella y Max acostumbraban a visitar al terminar sus turnos. Era encantadora la mayor parte del tiempo, tan bulliciosa como un panal de abejas y la chica más bonita que Evelyn había conocido en su vida. Llevaban casi un año saliendo, aunque su relación estaba lejos de ser exclusiva; a veces discutían y pasaban días sin hablar, incluso habían discutido la posibilidad de dejarlo porque era evidente que ambas tenían un temperamento demasiado explosivo como para congeniar del todo, pero entonces caían una vez más en esa espiral de pasión que les nublaba las ideas y les impedía darse cuenta de que solo conseguían hacerse daño la una a la otra.

Al parecer de Rebecca, la historia de Evelyn tenía todos los ingredientes para convertirse en una tragedia, y no pasaría mucho tiempo antes de que esa relación intermitente se fuera al garete, pero se recordó que esa clase de ideas eran más bien deprimentes y basadas en sus propios traumas y con seguridad su nueva amiga no apreciaría que las compartiera, así que se contentó con oírla y dejar que dejara salir todo eso que la tenía al borde de un ataque de nervios.

También se atrevió a sugerir que se tomara un tiempo alejada de Judy; tan solo un periodo prudente, lo suficiente para que pudiera meditar en lo que realmente sentía por ella y si valía la pena que se dieran otra oportunidad.

Evelyn la oyó con atención, aunque Rebecca estuvo segura de que al final haría lo que a ella le pareciera mejor; no parecía la clase de persona que seguía a pie juntillas los consejos ajenos, pero esperó que cuando menos se hubiese quedado con algo, lo suficiente para que le aclarara un poco el panorama.

Cuando Evelyn se sintió mejor, volvieron al salón y encontraron a Max aún mascullando sobre su teléfono; él movía los dedos ante él como si pretendiera escribir en el aire y Rebecca no pudo menos que sonreír al reparar en una manía tan rara.

–¿Qué?

Al verla sonreír, él la miró con el ceño fruncido y expresión recelosa; sus dedos se habían detenido de golpe y ella no pudo resistir el impulso de darle unas palmaditas en el brazo. No acostumbraba tocar a la gente; era poco presta a las demostraciones de afecto físicas, pero en ese momento le pareció muy natural, la clase de cosas que debía uno hacer cuando alguien que se había ido haciendo un lugar importante en su vida le inspiraba un ramalazo de ternura tan potente que estuvo a punto de quitarle el aliento.

–Nada.

Ella esquivó su mirada y volvió a ocupar su lugar en el sillón, fingiendo que de pronto encontraba muy interesante la carnicería que se veía en la pantalla, donde los protagonistas de la película parecían haber llegado finalmente a la guarida de los villanos. Se ovilló un poco en sí misma y mantuvo la vista fija en la acción, pero incluso mucho tiempo después, cuando la película ya estaba por terminar, y Evelyn empezó a desperezarse y a esbozar una despedida, sintió que sus dedos permanecían entumecidos, como si sufriera un calambre. Pero no era una sensación desagradable, comprendió ella al flexionarlos una y otra vez. Por el contrario, era cálida y, entonces no supo por qué, le dieron ganas de sonreír.

Evelyn siempre decía que Max no tenía idea de cuándo no abrir la boca; lo que resultaba un poco menos preocupante que su incapacidad para no meterse donde no lo llamaban.

Al parecer de Max, sin embargo, aquello podía considerarse una virtud para un policía.

Si ellos no se entrometían cuando veían que algo iba mal, entonces, ¿quién diablos iba a hacerlo?

Por eso, cada vez que se encontraba ante algo que le costaba comprender o, aún peor, que le inspirara desconfianza, no lo pensaba dos veces para actuar.

Como en el caso de la pareja del apartamento en la cuarta planta del viejo edificio en Rivet Street.

En ese lugar vivía una pareja a la que se había visto obligado a tratar al menos media docena de veces debido a diversas llamadas de los vecinos por las constantes peleas que se oían a cualquier hora.

Gritos, cacharros tirados, música a todo volumen; las quejas eran interminables. El problema, para Max y también para Evelyn, que como su compañera solía acompañarlo para atender esas llamadas, era que nunca lograban dar con nada que les permitiera acabar con ese asunto del todo.

Cada vez que se presentaban en el apartamento, los recibía un hombre que parecía salido de un episodio de *Juego de tronos*; enorme y con una actitud de matón, que aseguraba que no había ocurrido nada y que los vecinos le tenían inquina, aunque él no tenía ni idea de a qué podía deberse eso porque era un ciudadano ejemplar.

Max no le creía; y desde luego Evelyn tampoco, pero eso no hacía mucha diferencia porque él nunca les permitía entrar.

Así que no les quedaba más alternativa que dejar unas advertencias y marcharse por donde habían venido.

Así una y otra vez en un lapso de varios meses.

Evelyn estaba convencida de que allí había gato encerrado, lo mismo que él. Creía que podía tratarse de un caso de abuso, un lío aún peor, o ambas cosas; pero estaban atados de manos y lo único que podían hacer era esperar que no hubiera una próxima llamada, lo que, desde luego, era más bien un anhelo vago porque en el fondo ambos sabían que la habría. Más temprano que tarde.

Sin embargo, aunque Max nunca lo decía en voz alta porque sabía que su compañera hubiera pasado horas recriminándolo por ello, lo cierto era que no tenía ninguna intención de permanecer de brazos cruzados respecto a ese asunto y por eso ya había dado algunos pasos para informarse de los antecedentes del hombre en la zona. Solo algunas preguntas discretas entre los vecinos y un par de seguimientos que hasta ahora no habían dado resultados.

Pero Max también era paciente, y si tenía que esperar para dar con algo que le ayudara a resolver ese asunto, estaba dispuesto a hacerlo.

Quizá, incluso, se decía cuando intentaba convencerse de que actuaba a espaldas de Evelyn y sus jefes, aquello terminara por resultar en algo aún más importante de lo que pensaba.

Quizá.

—Oye, ¿no empezaste ese libro ayer?

Max aguardó a que la pregunta calara en el inconsciente de Rebecca; si es que eso ocurría alguna vez, se dijo al verla ladear el rostro y levantar la mirada que tenía puesta hasta entonces en el libro apoyado sobre su regazo. Era evidente que estaba cerca del final, totalmente absorbida por la historia. Pareció como si la hubiera sorprendido, lo que le recordó que tal vez debería comentarle que la mayor parte del tiempo el asombrado era él, porque aún le costaba acostumbrarse a levantarse y toparse con ella tendida en el sillón del salón.

—Ah, sí. Está fantástico; no puedo parar de leer. ¿Quieres que te lo preste luego?

Max sonrió. No se le gustaba mucho leer ficción, en

especial los últimos meses, en que estaba totalmente absorbido por la lectura de los reglamentos y los procedimientos que necesitaba memorizar para hacer un buen examen. Pero ella pareció tan ilusionada con la idea de compartir algo que obviamente le gustaba tanto que no se le ocurrió negarse. No lo pensó entonces, ni siquiera se permitió considerarlo, pero era posible que se hubiera leído la Biblia de cabo a rabo si así conseguía que mantuviera esa expresión de ilusión.

–¿Por qué no? –dijo él entonces–. Necesito algo distinto o mi cabeza va a estallar. ¿Tienes idea de la cantidad de normas que hay respecto a la forma de llenar un formulario luego de un arresto cuando eres detective? Uno pensaría que sería más sencillo...

–¿Cuándo tienes el primer examen?

–En dos semanas, y la verdad es que no creo que esté listo para entonces.

Rebecca le dirigió una mirada ceñuda.

–No digas eso. Claro que lo estarás; seguro que ya lo estás ahora, es solo que te sientes un poco nervioso, eso es todo. –Ella pareció muy confiada al hablar.

Max se encogió de hombros.

–¿Un poco nervioso? – repitió él irónico–. Creo que hace mucho que crucé esa línea, cariño.

No pretendió llamarla así, y mucho menos usar el mismo tono que habría usado con una mujer con la que pretendiera ligar en un bar, por ejemplo; solo se le escapó. Y desde luego que fue una idiotez porque ni estaban en un bar ni él tenía ningún interés en ligar con ella. Se habría tragado la lengua con gusto después de eso, en especial cuando vio que Rebecca parpadeaba un par de veces y asumía un semblante un poco confuso. Incluso contuvo el aire, dispuesto a disculparse, pero entonces ella entrecerró los ojos y le dirigió una mirada de... ¿había sido lástima?

No tuvo tiempo para preguntárselo, sin embargo, porque entonces ella cerró el libro de golpe y se puso de pie con un movimiento resuelto. Era su día libre en el hospital y se veía como si nada le apeteciera más que permanecer remoloneando en casa sin más preocupaciones que el libro de marras; llevaba unos pantalones holgados y una camiseta de tirantes que dejaba al descubierto sus hombros bronceados y tenía el espeso y liso cabello sujeto en un recogido flojo en lo alto de la cabeza.

–¿Sabes lo que necesitas? –preguntó ella entonces al verlo parpadear; y continuó un segundo después ante su falta de respuesta–: Necesitas un simulacro.

–¿Un qué?

–¿Dónde están tus apuntes?

–¿Para qué quieres mis apuntes?

Rebecca fue hacia él y se cruzó de brazos.

–Creo que ha llegado el momento de que tengas un pequeño examen de prueba; solo para saber cómo vas, qué es lo que necesitas reforzar, esas cosas –explicó ella–. ¿Qué dices?

Max arqueó una ceja.

–¿Y se supone que tú me tomarás ese examen? –preguntó, escéptico.

–¿Por qué no?

–No estoy seguro...

Rebecca no permitió que se lo pensara; dio otro paso hacia él y Max se sorprendió mirando sobre su hombro como si estuviera tentado a retroceder. Lo que desde luego era una idiotez, porque no recordaba haber huido nunca de una mujer.

–Vamos, ¿qué tienes que perder? Tal vez te sirva –insistió ella.

–¿Y qué pasa con tu libro? Creí que no podías soltarlo –recordó él.

Rebecca hizo un ademán para restar importancia a eso, pero Max supo que en el fondo sí que lamentaba dejar su lectura en ese momento; y tan solo por eso decidió que habría sido un patán si rechazaba su ayuda.

–Está bien –aceptó él al fin–. Pero considérate advertida: va a ser un desastre.

La sonrisa de Rebecca le dijo que no solo no estaba de acuerdo con eso, sino que confiaba en hacerle tragar sus palabras pronto; y por primera vez en mucho tiempo, Max deseó estar equivocado.

–¡Lo sabía!

Rebecca estudió la pila de anotaciones que había ido haciendo a un lado una a una en la última hora y observó a Max por encima del flequillo que, estaba segura, debía de parecer un nido de pájaros.

–Te lo sabes todo –continuó ella–. ¿Cómo podías pensar que no estás listo? Podrías tomar el examen mañana y lo clavarías todo.

Max no pareció tan contento con eso último como habría cabido pensar; en realidad, pareció un poco superado por la idea. Después de dar un par de vueltas por el salón en tanto Rebecca iba recitando preguntas al azar que Max respondía de forma casi automática, habían terminado por sentarse sobre unos cuantos cojines junto al ventanal. Era un día soleado y soplaba una brisa muy agradable; les llegaba el eco de las voces de algunas personas que cruzaban la acera y de cuando en cuando podía captarse el aroma del pan recién hecho proveniente de una dulcería en la otra calle.

–Esa es solo una fracción de todo lo que implica el examen. –Max tenía las largas piernas extendidas ante él y el borde de sus zapatillas de deporte rozó sus pies desnudos, pero ella no los retiró–. Faltan las pruebas físicas, la parte práctica, la evaluación psicológica, de conducta...

–De acuerdo, entiendo eso, pero aun así... –Rebecca resopló–. Seguro que harás eso tan bien como con todo esto.–Ella señaló las notas antes de empezar a ordenarlas en una cuidada pila–. Lo que ocurre es que lo piensas demasiado.

–Eso es porque lo quiero demasiado.

Rebecca dejó lo que hacía y observó al hombre ante

ella con el corazón encogido. Sí, lo quería muchísimo, comprendió al toparse con su mirada inquieta y la forma en que apretaba el mentón. Sin ser muy consciente de lo que hacía, se deslizó hacia él con un poco de torpeza; el cojín resbalaba bajo ella en tanto intentaba encontrar cierta estabilidad. Al fin, cuando se encontró muy cerca de él, sostuvo su mirada sin parpadear.

–¿Sabes lo que necesitas? –preguntó ella entonces.

Una casi imperceptible sonrisa se dibujó en los labios de Max.

–Lo dices mucho últimamente, ¿no? De haber sabido que eras tan mandona...

Rebecca sacudió una mano ante ambos y frunció el ceño.

–Hablo en serio –dijo ella–. ¿Sabes lo que necesitas?

–No tengo idea, pero creo que estoy a punto de enterarme.

–Tienes que dejar de pensar en todo esto. –Ella dio una palmada a la pila de anotaciones–. Necesitas tomarte un respiro.

–¿Sí?

–Ajá. ¿A qué hora tienes que ir al trabajo?

–A las ocho; empiezo el turno de la noche esta semana.

Rebecca no esperó a que dijera más. Apartó la mirada, lo que en cierta forma fue un alivio porque había descubierto que se le dificultaba mirar a Max a los ojos durante demasiado tiempo sin que sus manos empezaran a temblar, y se puso de pie con muy poca gracia.

–Perfecto. Entonces tenemos tiempo.

–¿Tiempo para qué?

Ella se llevó las manos al talle y lo observó desde su altura con una sonrisa.

–Para dar un paseo.

–¿Un qué?

–Vamos. Llevo meses en Baltimore y apenas conozco la ciudad; tú naciste aquí, seguro que puedes mostrarme algunos lugares interesantes.

Max hizo una mueca.

–¿Quieres un guía gratis?

–Exacto. –Rebecca sonrió, confiada–. De algo tiene que servirme tenerte de compañero.

–Oye...

Rebecca extendió una mano ante él y Max la contempló durante lo que le pareció mucho tiempo antes de emitir un hondo suspiro y ponerse de pie con lentitud.

–Está bien. ¿Qué más da? Odiaría que terminaras en una cuneta con esa cara bicicleta tuya.

No pareció como si a ella le ofendiera eso último; por el contrario, su semblante pareció iluminarse al oír la mención a su bicicleta, y salió corriendo en dirección a su dormitorio antes de que él pudiera decir una palabra. Cuando volvió, la llevaba con ella por el manillar y Max se dijo que bien hubiera podido mantener la boca cerrada.

Como muchas otras, Baltimore era una ciudad de contrastes. Tanto podías encontrarte en un barrio elegante, con sus imponentes casas revestidas en piedra, algunas de ellas con doscientos años a cuestas, como andar un poco y salir a una zona algo más moderna; con centros comerciales y plazas en las que buena parte de los habitantes de la ciudad acostumbraban pasar los días cálidos, como ese.

El verano estaba lejos de acabar y, aunque no había sido tan malo como los anteriores, las temperaturas estaban lejos de ser clementes. Era habitual, además, que a fines de agosto cayeran continuos chubascos, así que la gente estaba acostumbrada a andar con ropas ligeras y un paraguas a mano, solo por si acaso.

Desde luego, esa clase de precauciones no valían para Rebecca, porque cuando él mencionó que si iban a salir bien podrían llevar un paraguas, ella respondió que le parecía una tontería porque no había nada de malo en un poco de lluvia. La gente de Baltimore era una llorona que se moriría de espanto en un invierno londinense, aseguró; y como Max no había estado jamás en Londres no se le ocurrió discutirlo, pero solo por si acaso, tomó uno cuando ella no estaba mirando.

Él había sugerido que no se alejaran demasiado de casa, porque había mucho por ver allí que con seguridad Rebecca no había visitado aún y no quería que se les dificultara volver para llegar a tiempo al trabajo. Ella, que pareció agradecida de que no pusiera demasiadas pegas a que fuera con la bicicleta pese a que él tendría que ir a pie, aceptó sin rechistar.

Pese a que Max había asegurado que el hacer de guía no se le daba nada bien, la verdad era que conocía la ciudad como la palma de su mano, y el hecho de haber crecido allí junto a un par de hermanos tan revoltosos como él, siempre dispuestos a perderse en sus recovecos, le permitió hablarle de la historia del lugar que iban recorriendo así como señalar cosas que por lo general los turistas pasaban por alto.

La llevó a visitar el Charles Theater, y aunque sugirió ver una película en el cine antiguo que pese a haber sido reformado recientemente aún conservaba parte de su encanto, Rebecca rechazó la oferta porque prefería continuar con el recorrido. Ella iba sobre la bicicleta y pedaleaba con lentitud en tanto él no parecía tener problemas para seguirle el paso; a excepción del momento en que llegaron a una calle empinada y Rebecca se deslizó a toda velocidad en tanto Max iba tras ella con una expresión de enfado que la habría engañado de no ser porque rompió a reír en cuanto la vio frenar de golpe para evitar irse de bruces contra una heladería.

Hicieron una parada en Lexington Market para probar el pastel de cangrejo, que era famoso en la zona, y luego iniciaron una lenta caminata en dirección al Federal Hill Park, que como indicaba su nombre, era un parque enorme en el que varios grupos de personas iban de un lado para otro hablando a voces. Algunos se refrescaban sumergiendo sus manos en las fuentes ubicadas alrededor del perímetro, otros corrían por el césped, e incluso había quienes, pese al calor, se animaban a practicar todo tipo de deportes, como fútbol y béisbol.

–¿Ves esa ladera? Salió en *The Wire*; ¿has visto la serie? Uno de los personajes, McNulty, rodó por allí con una borrachera. Te sorprendería la cantidad de gente que ha intentado hacer lo mismo desde entonces; una vez tuvimos que responder a una llamada para ayudar a un hombre que se había quedado enganchado de cabeza. No llevaba pantalones, por cierto.

Rebecca se apartó un mechón de cabello del rostro; tenía la piel un poco sudorosa pero sus ojos brillaban por el interés según oía las historias de Max. Acababan de llegar a un pequeño claro en el parque; el agua surgida de una fuente diminuta sonaba como una nana; las ramas de un olmo se sacudieron llevadas por una suave brisa e hizo un gesto a su compañero para que se detuviera mientras se dejaba caer bajo su sombra con un suspiro de cansancio.

–Bonita imagen –comentó ella una vez que lo vio sentándose a su lado; parecía que él también se sentía aliviado de parar un momento–. ¿Son todos tus recuerdos de la ciudad tan alegres?

Max se las arregló para descansar la espalda sobre el tronco del árbol en tanto Rebecca apoyaba las manos abiertas sobre el césped y echaba el cuerpo hacia atrás para que la luz del sol le diera de lleno en la cara. La bicicleta permanecía tendida de lado y su armazón lanzaba algunos destellos que atrajeron a un par de aves que empezaron a revolotear a su alrededor.

–La mayoría –dijo él–. ¿Y los tuyos?

–Bueno, todavía llevo muy poco aquí, dame tiempo; seguro que cualquier día de estos me toparé con un borracho sin pantalones que necesite mi ayuda. Aunque he visto cosas más sorprendentes en el hospital, ¿sabes?

Max rio y arrancó unas hebras de césped con los dedos.

—Me refiero a tu ciudad —aclaró él.

El semblante de Rebecca adquirió un matiz algo más serio al oírlo.

—¿Qué pasa con mi ciudad?

—No lo sé, dímelo tú. Casi nunca hablas de ella.

Rebecca se encogió de hombros.

—No hay mucho que contar —indicó ella—. No es muy distinta de esta.

—¿Y tu vida?

—¿Mi vida?

—Tampoco hablas mucho de eso.

Rebecca empezó a mover las piernas en un ademán un tanto incómodo. No se trataba tanto de las preguntas como de la forma en que Max la veía en tanto las hacía. Para ella era sencillo responder a casi cualquier cosa cuando él se mostraba bromista y sus labios sonreían como si la provocara para dar una respuesta divertida. Entonces hablaba más de lo que lo había hecho nunca y se sentía también más osada de lo normal.

Pero cuando estaba tan serio... entonces le parecía que era demasiado para ella. Que no sabía qué hacer con ese hombre que podía verse de la forma en que lo hacía él y que la miraba como si estuviera sondeando en su interior sin anestesia. Se sentía desnuda bajo su mirada, casi como si le hubieran vuelto la piel del revés y él pudiera ver sin dificultad absolutamente todo lo que se esmeraba tanto por mantener oculto.

Sin embargo, sabía que él no estaba haciendo nada que no cupiera esperar. Llevaban más de un mes siendo compañeros de apartamento y era lógico que tuviera curiosidad; en especial porque era consciente de que ella no compartía mucho. Por eso, intentó encontrar las palabras adecuadas para dar con una respuesta que no la hiciera sentir demasiado vulnerable y que al mismo tiempo pudiera satisfacerlo.

–Bueno, es que tampoco hay mucho que decir –respondió ella al fin.

–¿Puedo preguntar?

–Me parece que ya lo estás haciendo.

Max suspiró y cruzó los brazos sobre el pecho, con lo que la camiseta gris que llevaba se ciñó a los hombros y a los antebrazos musculosos. A Rebecca aún se le iba un poco la mirada de cuando en cuando al reparar en la buena forma en que estaba; lo que no era del todo raro, claro, se recordaba a veces; el hombre desempeñaba un trabajo muy físico, era importante que lo estuviera.

Ella había atisbado una vez por su habitación y notó que tenía una barra adosada en la pared y que un saco de box colgaba de ella. Había estado tentada a pedirle que le permitiera usarla; siempre había querido golpear uno, pero para eso habría tenido que reconocer que había estado curioseando.

–No quiero ofenderte.

–Ya lo sé; solo tienes curiosidad. –Ella lo señaló de una cabezada e intentó no parecer tan incómoda como se sentía–. Vamos, pregunta.

–De acuerdo. –Él sostuvo su mirada–. ¿Qué pasa con tu familia? Nunca hablas de ellos.

Rebecca dejó escapar el aire contenido. Era una buena pregunta y podía con eso.

–Es que no tengo mucha –indicó ella casi de inmediato–. Solo una tía con la que crecí.

–¿Y tus padres?

–A él no lo conocí; ella murió cuando tenía ocho y entonces me quedé con su hermana. Mi tía Lila.

Allí estaba, se dijo Rebecca al toparse con la expresión en el rostro de Max, pero no se ofendió por ello ni permitió que le afectara más de la cuenta, como le pasaba siempre que hablaba acerca de esas cosas. Odiaba que le tuvieran compasión. Aunque, en defensa de Max, podía decir que fue cosa de un segundo; una vez que acusó la sorpresa y que un gesto de entendimiento afloró a su rostro, vio que pasaba de la compasión a algo más. Lo que fue ese algo no lo tuvo tan seguro, pero no despertó en ella ganas de agachar la cabeza o cambiar de tema con brusquedad, como hacía siempre en esos casos; por el contrario, la asaltó una sensación casi agradable.

–Lo siento mucho.

–Sí, bueno, son cosas que pasan. –Ella se encogió de hombros–. Casi no recuerdo nada de aquella época, así que...

Era una mentira un tanto idiota, y pudo ver que Max se dio cuenta de ello de inmediato, pero tuvo la delicadeza de no insistir demasiado al respecto, lo que ella agradeció. No habría sabido qué decir de haber sido otro el caso.

–Así que creciste en Londres –comentó él al cabo de un momento.

–Sí, con la tía Lila y su... bueno, con su esposo. Ella estaba casada entonces, pero no tenían hijos, así que no dudó en acogerme.

–¿Y no tenías a nadie más? ¿Abuelos...?

–Ya he dicho que no.

Max arqueó una ceja, como si la brusquedad en su voz le hubiera sorprendido un poco, pero no era de los que se ofendían con rapidez, así que lo vio asumir nuevamente un semblante tranquilo antes de continuar.

–Debió de ser duro –dijo tan solo.

–Un poco –ella suspiró e intentó imprimir a su voz de un tono algo más animado al continuar–. Pero no fue malo. Me refiero a que tía Lila fue buena conmigo; lo hizo lo mejor que pudo y le estoy muy agradecida.

–¿Vive ella aún en Londres?

–Sí, pero no hablamos mucho.

Max cabeceó y Rebecca pudo ver que se moría por preguntar a qué se debía eso último, pero debió de adivinar que no era un tema acerca del que ella deseara hablar porque se encogió de hombros y le dirigió una mirada pensativa en la que había ya poco de la curiosidad desbordante que mostrara hasta entonces.

—¿Y cómo fue que decidiste hacerte enfermera?

Rebecca recibió su pregunta con una punzada de alivio. Ese era sin duda un tema acerca del que no tenía problemas en hablar.

—Siempre lo supe —respondió ella—. Durante un tiempo pensé en estudiar medicina, pero luego me di cuenta de que es una carrera muy costosa y exigente, así que opté por la enfermería, que es igual de exigente, pero algo menos costosa. —Sonrió e hizo un mohín resignado al toparse con su intensa mirada puesta en su rostro—. Y me encanta. Es todo lo que he querido hacer.

—Curar a las personas.

—Exacto. Cuando era niña recogía cualquier animal que encontrara en medio de la calle y que pareciera herido; mi tía decía que teníamos suerte de vivir en los suburbios porque de haber estado en una zona más agreste no habría dudado en meter un animal salvaje a la casa.

Max sonrió.

—Puedo imaginarte. —La señaló con una mano.

—¿Sí? Bueno, seguro que lo que no puedes imaginar es que en el fondo les temo a algunos animales y que después de curarlos estaba desesperada por librarme de ellos —replicó ella con una ceja arqueada—. Pero no se trataba solo de animales, también me gustaba ayudar a los chicos en la escuela cuando tenían algún accidente o algo así. Por eso no dudé cuando tuve que elegir una carrera. Supongo que tuve suerte.

—Y desde entonces no has dejado de viajar ¿no? —recordó él, y continuó al toparse con su expresión un tanto confusa—. Lo mencionaste cuando nos conocimos. Que no acostumbras a quedarte mucho tiempo en un solo lugar.

Rebecca se incorporó un poco y llevó las manos a sus rodillas.

—Eso es porque me gusta conocer nuevos lugares y culturas; si hubieras crecido en un mundo tan pequeño como el mío, pensarías igual.

–Bueno, nunca he estado en Londres pero no creo que pueda considerársele pequeño.

–No me refería a la ciudad.

Max ladeó el rostro antes de asentir con semblante pensativo.

–Ya. Así que decidiste ir en busca de un lugar más grande –adivinó él–. Pero por lo que dijiste, parece que todavía no lo has encontrado, ¿no? O no continuarías viajando.

–Tampoco es que esté deseando encontrarlo; quizá eso no sea para mí. –Ella se encogió de hombros y sacudió una brizna de hierba de sus pantalones–. Es posible que prefiera ir de un lugar a otro por siempre.

–¿Por siempre?

Rebecca apretó los labios al darse cuenta de que había hablado con una amargura que sin duda él debió de considerar extraña, porque la veía con el ceño fruncido y una expresión levemente incrédula.

–Es un decir.

Ella se puso de pie sin mirarlo a los ojos y empezó a tirar de su camiseta con ademán nervioso. Le costaba mantener ese exterior calmado que por lo general se le daba tan bien.

–¿Te parece si volvemos? Necesito dejar algunas cosas listas para mañana y seguro que tú quieres descansar un poco antes de salir esta noche para el trabajo.

Si Max encontró algo de raro en ese inesperado pedido, se cuidó bastante de mostrarlo; solo asintió y se incorporó con movimientos lánguidos al tiempo que emitía un sonoro bostezo que habría hecho sonreír a Rebecca de no haberse encontrado tan sumida en sus pensamientos. Con la mirada gacha, fue a por su bicicleta, pero él se le adelantó y la sostuvo ante ella por el manubrio, con lo que no le quedó más alternativa que elevar la cabeza y buscar sus ojos.

Tal vez no debió hacer eso, se dijo ella entonces; porque lo que vio en ellos solo incrementó la sensación de que, de alguna forma muy rara y un tanto molesta, él podía hacerse una idea de muchas cosas que ella habría deseado que permanecieran ocultas.

–Oye, sabes que no tendría nada de malo si decides que a lo mejor y Baltimore es lo bastante grande para ti, ¿no?

Rebecca parpadeó al oír la pregunta, pero no supo qué responder y tampoco le dio la impresión de que él esperara una respuesta propiamente dicha, porque dejó el manubrio en sus manos y, tras dirigirle una mirada de reojo, emprendió el camino de regreso.

5

Max estaba exhausto porque él y Evelyn habían tenido que atender a la llamada de unos compañeros que se habían topado con una escena escalofriante en una de sus rondas en la zona más peligrosa de la ciudad.

Morris y Thompson, que se habían graduado en la misma promoción que Max, eran un par de agentes bastante duros. Pertenecían a una larga estirpe de policías y acostumbraban ufanarse de haberlo visto y oído todo, pero cuando él y Evelyn fueron a su encuentro, se toparon con sus rostros pálidos y preocupados, lo que disparó sus alertas de inmediato.

Según sus compañeros, habían recibido una llamada anónima alertando de un movimiento inusual en uno de los callejones en que acostumbraban producirse intercambios de drogas y algunas reyertas entre pandillas.

Que a alguien le hubiese parecido que ocurría algo aún peor que todo eso les puso la carne de gallina.

Al seguir las indicaciones de los otros oficiales, comprendieron a qué se habían estado refiriendo.

En un principio creyeron que simplemente se trataba de unos fardos que alguien había arrojado.

Fardos que despedían un olor espantoso y que parecían provenir de un basurero, pero nada más que eso.

Sin embargo, según fueron acercándose comprendieron que estaban equivocados.

Evelyn fue la primera en advertir movimiento. Luego, cuando lograron recuperarse de la impresión, ella le confió que había pensado que estaba sufriendo una alucinación. ¿Cómo iban a moverse esas cosas? Era imposible.

Pero lo hacían, comprobó Max cuando siguió el dedo tembloroso de su compañera, que se había quedado paralizada en medio del callejón sin atinar a hacer nada que no fuera mirar la escena con horror.

Max contó nueve fardos; un lío tras otro de mantas malolientes que, al observarlas con atención, comprobó que envolvían los cuerpos consumidos de personas de edades indeterminadas. Le pareció ver un rostro pálido asomando de uno de ellos que bien podría pertenecer a una chiquilla, pero en ese momento era difícil estar seguro.

Él fue el primero en reaccionar.

Superada la sorpresa, empezó a gritar órdenes y estuvo a punto de saltar al cuello de Morris cuando él le dijo que aún no habían mandado llamar una ambulancia porque no estaban seguros de qué se trataban y por eso prefirieron esperar a que ellos llegaran.

Después de tragarse su enfado, Max envió a Evelyn de vuelta al patrullero para que diera el aviso porque iban a necesitar más que una ambulancia para mover a toda esa gente. Eso siempre y cuando aquello aún sirviera de algo.

Su compañera, que se veía conmocionada todavía, pareció aliviada de poder alejarse de la escena, y mientras Max y los otros se ocupaban de comprobar pulsos e intentar dar con alguna respuesta, ella corrió a hacer lo que le había indicado.

Al final, hicieron falta tres ambulancias y siete paramédicos para ocuparse de aquel desastre.

Luego de examinar una a una a las personas regadas por el callejón, comprobaron que, milagrosamente, todos se hallaban con vida, aunque presentaban distintos niveles de deshidratación y otros males que no se vieron capaces de atender en la escena. Se organizó un rápido traslado al hospital y para cuando llegaron allí y dejaron a la gente en manos de los médicos, Max sentía como si acabaran de pegarle una paliza.

Le dolía hasta el último músculo del cuerpo tras haber pasado horas ayudando a los paramédicos a subir las camillas a las ambulancias, pero, sobre todo, le embargaba la sensación de haber asistido a algo terrible a lo que aún no encontraba explicación.

¿Cómo había terminado toda esa gente allí? ¿Qué demonios les había pasado?

Uno de los paramédicos sugirió que podría tratarse de un caso de sobredosis colectiva, lo que en cierta forma tenía sentido porque les bastó con dar una mirada a esa gente e intentar arrancarles algunas palabras para comprobar que no tenían los cinco sentidos. Parecían idos; totalmente abstraídos en esos mundos propios de las personas que se entregaban al abuso de sustancias.

Tendrían que esperar a los resultados del laboratorio, sin embargo, amén de que, por algún milagro de esos que tanto mencionaba Rebeca, alguno de ellos se recuperara lo suficiente para explicar lo que había ocurrido.

Pensar en su compañera de apartamento ayudó a Max a calmarse lo suficiente para enfrentar todo lo que le faltaba aún.

Después de despedirse de los paramédicos, que parecían tan impresionados como él, y de tomar las declaraciones de varios de ellos, él y Evelyn se dirigieron de regreso a la comisaría para redactar sus informes.

Si eso había sido hasta entonces algo que Max odiaba hacer, en ese caso le resultó un martirio, porque nada le apetecía menos que rememorar las escenas de las últimas horas. Sin embargo, cuando al fin se puso con ello, se exprimió el cerebro hasta hacerlo doler para no olvidar ni un solo detalle que pudiera ser de utilidad en la investigación que sabía que se haría para esclarecer ese caso tan extraño.

Una investigación en la que no podría participar, se recordó con una mueca al poner el punto final y enviarla a su capitán junto con la de Evelyn.

Algo como aquello estaría en manos de agentes con mayor experiencia; quizá el mismo Logan y los otros detectives de su jurisdicción. Y aunque la idea en sí le resultó bastante desagradable porque le habría encantado meterse de lleno a investigar el asunto, parte de él se sintió aliviada por no tener que hacerlo.

Ya había tenido bastante de eso por un día.

Rebecca había tenido un día sorprendentemente bueno; lo suficiente, al menos como para que aguardara el fin de su turno con más energías de las acostumbradas. No tuvo un solo deceso, y como mucho debió atender un par de casos sin mayores consecuencias. Ella sabía que, en cierta medida, eso se debía al hecho de que al fin la habían trasladado del piso de neonatología al de emergencias.

No importaba cuánto intentara convencerse de que podía con eso, se dijo más de una vez al considerarlo; no habría suficientes milagros en el mundo que le ayudaran a sobrellevar mejor todo aquello. Además, se le daba mejor trabajar en situaciones límite, por variadas que pudieran ser: habría podido pasar una hora tras otra cosiendo heridas o extrayendo objetos de gente con demasiado tiempo libre y poco sentido común antes que ver a bebés inocentes pasar por la clase de pruebas que había tenido que presenciar el último mes.

Faltaban veinte minutos para las ocho. Solo veinte minutos y podría ir a casa.

Aún le costaba creer la facilidad con la que la palabra acudía a su mente cada vez que pensaba en su domicilio actual. No "el apartamento" o "su habitación": "casa".

Era un poco raro, pero también agradable, así que Rebecca procuraba no pensar demasiado en ello por temor a que si lo hacía tal vez terminara preguntándose qué era exactamente lo que le llevaba a pensar de esa forma.

El ruido de una sirena atrajo su atención y sintió sus manos tensarse por la anticipación; la adrenalina empezó a correr en su torrente sanguíneo incluso antes de que lo notara. El ruido a su alrededor se incrementó y, antes de que se diera cuenta de lo que hacía, ya estaba corriendo en dirección a la entrada con dos de sus compañeras apresurándose a ir tras ella. El médico de guardia, un hombretón algo parlanchín al que llevaba esquivando sus avances desde que entró al hospital, fue el primero en reaccionar, y para cuando Rebecca llegó junto a la ambulancia que acababa de derrapar frente a la entrada de emergencia, él ya estaba recibiendo los datos que un paramédico recitaba a toda velocidad.

La atención de Rebecca se vio dividida entre las palabras del hombre que iba registrando al tiempo que permanecía atenta mientras el médico examinaba con rapidez el cuerpo tendido en la camilla que acababan de bajar de la ambulancia, y una figura familiar que atisbó al surgir de un segundo vehículo.

El uniforme azul de Tara tenía una rasgadura en la pierna y su rostro estaba tiznado de hollín, pero a Rebecca no le pareció que se encontrara herida, al menos no desde esa distancia. La otra mujer captó su mirada casi de inmediato y le hizo un gesto cansado con el que dio a entender que se encontraba bien antes de volverse y continuar con lo que fuera que estuviera haciendo en la ambulancia.

Rebecca recordó entonces que su amiga le había comentado en una de sus charlas que había hecho el curso de paramédico y supuso que estaría ayudando con eso a los otros. El problema era que no tenía idea de lo que había pasado y nadie parecía muy presto a comentarlo; todos estaban volcados a ayudar a los heridos que seguían llegando uno tras otro.

Ella sabía que debía hacer lo mismo, y así fue, pero parte de su mente se mantuvo pendiente, porque temió que si la policía se había visto comprometida en lo que fuera que hubiera ocurrido, eso significaba que Max podría estar herido también.

Horas después, le pareció increíble que hubiera estado soñando con la idea de dejar pasar esos veinte minutos que faltaban para que terminara su turno; al paso que iba era posible que se quedara en el hospital hasta el siguiente, pero no le importó. Había visto tantas cosas que dudaba de que pudiera soñar siquiera con volver a dormir en mucho tiempo.

Según iba pasando el tiempo y las cosas empezaban a aclararse, descubrió lo que había ocurrido. Una fuga de gas en un edificio del centro había provocado una explosión dantesca y tanto el departamento de bomberos como el de policía habían acudido a ayudar, lo que explicaba la presencia de Tara y sus compañeros en el hospital. Ella, con quien finalmente pudo hablar un momento cuando la mayor parte de heridos habían pasado por el triaje y estaban siendo atendidos de acuerdo a sus heridas, le dijo que había sido una de las experiencias más horribles de su vida.

Ya había estado en un incendio antes, pero lo que encontró al llegar al edificio sobrepasaba cualquier cosa que hubiera visto hasta entonces. Llamas por doquier, columnas de humo que se elevaban allí donde uno fijara la vista, heridos desperdigados... había contado al menos dos muertos antes de dar con una familia que permanecía escondida en su apartamento en la tercera planta. Habían conseguido sacarlos uno por uno por una ventana que daba a la escalera de incendios, pero en el camino un bombero había estado a punto de asfixiarse y ella se llevó un buen corte en la pierna, lo que explicaba el desgarrón en su uniforme.

Rebecca se ocupó de curar su herida, que era lo bastante superficial para que no requiriera puntos, pero le advirtió de que se tomara un par de días de descanso.

Para su inmenso alivio, Tara le dijo entonces que su estación había sido la única que acudió a atender la emergencia; no creía que Max y sus compañeros fueran requeridos porque el fuego ya estaba controlado y, a lo sumo, los llamarían de ser necesario para controlar a los curiosos que rondaban por el perímetro.

Aunque Rebecca intentó que no fuera demasiado evidente lo mucho que había temido que no fuera así y la tranquilidad que sintió al oírla, Tara era lo bastante perceptiva como para hacerse una idea. Por suerte, también era discreta por naturaleza, a diferencia de Evelyn, que no habría dudado en ametrallarla a preguntas de encontrarse en su lugar, así que hizo como si no se hubiera dado cuenta, aunque Rebecca sintió su mirada en la nuca mientras permanecía con la mirada gacha terminando de vendar su herida.

Poco después oyó un leve alboroto tras ella y reconoció la voz de Logan, que preguntaba por su esposa a voz en grito, y no pudo evitar esbozar una sonrisa al tiempo que su mirada se encontraba con la de Tara, que pareció tan resignada como divertida.

Rebecca se ocupó de ir en busca del pobre hombre antes de que volviera loco a todo el piso y lo llevó con su mujer tras asegurarle que no había nada por lo que debiera preocuparse. Él no pareció oírla, sin embargo, y cuando al fin se reunió con ella, se detuvo durante una milésima de segundo antes de envolverla entre sus brazos.

Los dejó a solas, tiró de la cortinilla para darles un poco de intimidad. Pero mucho después, cuando ya había terminado con el trabajo, todos los ingresados se hallaban en los pisos a los que habían sido destinados y solo le faltaba rellenar los informes antes de dar por terminado al fin el día, le costó alejar de su mente la imagen de esos dos abrazados como si la vida se les fuera en ello y la forma en que Logan había mirado a Tara antes de hundir el rostro en su cuello.

No había que ser muy perceptivo para darse cuenta

de que se adoraban. Lo hacían de esa forma en que ella conocía por las novelas que acostumbraba leer pero que nunca había visto en la vida real. Esa clase de amor le parecía tan raro como ajeno; la clase de cosas acerca de las que podías leer y quizá, con un poco de suerte, ver en otros alguna vez, como acababa de ocurrirle hacía un momento. ¿Pero experimentarlo? Esa era otra historia, seguro. Y definitivamente no era una historia que fuera a vivir en carne propia.

Al final, decidió quedarse en el hospital porque para cuando terminó con todo lo que tenía que hacer era casi mediodía y tenía que estar de vuelta a las ocho. No le vio sentido a ir a casa para cambiarse y dormir un rato si podía hacerlo en la sala con la que contaban en el hospital para ello; era una forma de ahorrarse el tiempo que perdería en transporte y que podría usar en bajar un rato a la cafetería para comer algo, por malo que fuera.

Con el estómago lleno, se dio una ducha rápida y se puso un uniforme limpio antes de dejarse caer sobre uno de los catres que, en ese momento, al menos, le pareció tan suave como una nube.

Durmió profundamente y, cuando despertó, reparó en que empezaba a oscurecer y que le quedaban tan solo un par de horas antes de empezar el nuevo turno. Se lavó la cara con agua helada para ahuyentar los remanentes del sueño y decidió pasar a ver a Tara antes de ir a cenar algo. Su marido había insistido en que se quedara hasta el día siguiente para asegurarse de que no había nada por lo que debieran preocuparse, y aunque ella insistió en que se encontraba bien, no hubo forma humana de convencerlo de lo contrario. Rebecca sospechaba que, en el fondo, ella apreciaba que él se preocupara tanto y como su hijo había quedado al cuidado de su abuelo, no se le ocurrió ninguna excusa para negarse, así que le habían encontrado una habitación en el último piso. Además, como señaló ella una vez que se resignó a dejar de discutir, tal vez le viniera bien el descanso y el silencio del hospital.

Cuando Rebecca atravesó el corredor que conducía allí, sin embargo, se dijo que tal vez Tara estuviera lejos de encontrar el remanso de calma que había imaginado.

–¿Segura de que no te duele? Porque la enfermera dejó instrucciones de que si te dolía podías tomar unas de estas píldoras... ¿No te parece fantástico que sean lilas? Me encanta el color; una vez vi un atardecer precisamente de este tono.

–¿Y estabas sobria cuando lo viste? Porque recuerdo una vez en que juraste haber visto un hombre con piel verde igualita a la de Yoda; pero eso fue después de que salieras dando tumbos de tu fiesta de cumpleaños.

Max hizo una mueca y su mirada se encontró con la de Tara a través de la habitación. Apenas llevaba diez minutos allí y ya se arrepentía de haber aceptado cuando Evelyn sugirió acompañarlo para visitar a su amiga en el hospital. No que hubiera nada de malo con eso; Evelyn y Tara se llevaban muy bien y sabía que su compañera estaba tan preocupada por ella como él, que había echado a correr tan pronto como supo de la explosión y de que Tara había estado allí.

El problema era que en ese momento también estaba Judy y al parecer ella y Evelyn se encontraban en ese momento de su relación en que no podían dirigirse la una a la otra sin lanzarse dardos ponzoñosos que a ellas no parecían afectarles demasiado pero que hacían sentir incómodos a todos lo que se encontraban a su alrededor. Como le pasaba a él, y a Tara, que parecía tentada a darse de golpes contra el respaldar de la cama en la que la habían encontrado al llegar; su espeso cabello castaño caía a ambos lados de su rostro hasta los hombros y una de sus manos reposaba sobre las mantas en un ademán distraído.

–A lo mejor y tenía hepatitis –señaló ella con una sonrisa antes de que Judy pudiera dar una réplica apropiada a Evelyn–. ¿No te pones verde cuando tienes hepatitis?

–Claro que no. Te pones amarillo.

Max supo que había metido la pata incluso antes de que terminara de hablar. Tara lo miró como si pensara que era un idiota y él también se sintió un poco así. Desde luego que ella sabía que un hombre no se ponía verde por tener hepatitis, solo había intentado hacer un comentario un poco tonto para aligerar el ambiente. Y él acababa de arruinarlo.

¿A qué hora terminaban las visitas?, se preguntó dando una nueva mirada al reloj.

–Bueno, da igual, pudo ser efecto de la luz. –Tara continuó en un tono algo más tenso–. De cualquier forma, no siento dolor; no después de todas esas cosas que me pusieron en emergencias. Creo que no volveré a sentir dolor en lo que me resta de vida.

Evelyn dejó de observar a Judy, que se había acercado a la ventana para mirar al exterior con semblante ausente y se encogió de hombros. Iba de civil, como le gustaba decir, y estaba sentada a los pies de la cama de Tara con las largas piernas apoyadas sobre las mantas; sus vaqueros rasgados dejaban a la vista sus rodillas y el top a rayas apenas le cubría el ombligo.

–¡Qué optimista! –comentó ella.

–Hablo en serio. A menos que tenga otro hijo y decida tenerlo por parto natural, como a Eric; entonces tal vez necesite una tonelada de esas pastillitas púrpuras.

Max sonrió. Él se hallaba de pie junto a la puerta; tenía un hombro apoyado contra el dintel y sus pies marcaban un golpeteo acompasado sobre el suelo de linóleo.

–¿Pensando en agrandar la familia? –preguntó él.

Tara se encogió de hombros.

–No he dicho eso –aclaró ella–. Fue solo una idea.

–Creo que estaría bien. –La voz de Judy llegó a ellos

desde la ventana–. Los expertos recomiendan que los niños de una misma familia no deberían de llevarse muchos años de diferencia. Eric está por cumplir cuatro, ¿no? Sería un buen momento para darle un hermano.

–No tenía idea de que fueras una entendida en esas cosas.

Judy ladeó el rostro para mirar a Evelyn y sus ojos de un tono apagado de azul se fijaron en el rostro de su novia.

–No dije que lo fuera –replicó ella–. He dicho que lo leí en algún lado de unos expertos, pero no sé por qué me sorprende, tú nunca escuchas.

–¿Qué es lo que quieres decir con eso?

–¿Qué te parece que quiero decir?

Max y Tara intercambiaron una mirada desesperada y el primero estaba a punto de mandarlas a callar, un poco harto de esa situación, no tanto porque no estuviera acostumbrado a ello sino porque no creyó que fuera el mejor lugar para entablar una de sus discusiones, cuando captó un aroma familiar que se impuso incluso por encima de ese horroroso olor a desinfectante que siempre había relacionado con los hospitales.

Sacó la cabeza por el dintel de la puerta, sin prestar mucha atención al bullicio, y entonces la vio.

Estaba de pie en medio del corredor y se veía un poco insegura respecto a si moverse o no; pero en cuanto lo vio esbozó una media sonrisa y se puso nuevamente en camino hasta que se encontró a su lado y solo entonces Max reparó en que llevaba el uniforme azulino que le había visto usar a veces antes de salir para el trabajo. Parecía como si acabara de despertar, porque tenía las mejillas sonrosadas, pero captó también una sombra azulada bajo sus ojos e intentó recordar cuándo fue la última vez que la vio en el apartamento.

–Supongo que habrás venido a callarnos.

Rebecca entrecerró los ojos y sacudió la cabeza al tiempo que entraba en la habitación con ese andar pausado y un poco receloso que él había aprendido a reconocer como el que asumía cuando no se sentía del todo cómoda. Sin embargo, tan pronto como vio al pequeño grupo que continuaba allí hablando a voz en grito, su semblante se relajó y Max volvió a su lugar junto a la puerta en tanto ella saludaba a Tara y Evelyn y esta última le presentaba a Judy con una mirada de advertencia.

Max se preguntó qué tanto le habría contado su compañera a Rebecca acerca de su novia; pero como ella era de plano incapaz de cometer alguna indiscreción, solo estrechó su mano con amabilidad y luego volvió su atención a la paciente que en ese momento parecía feliz de verla. Tal vez pensara que sus amigas no podrían continuar discutiendo en presencia de alguien que, al menos para una de ellas, no era más que una extraña.

—¿Cómo vas?

—Muy bien. En serio, ¿por qué todo el mundo continúa preguntando eso? Fue solo un corte, pero Logan actúa como si me hubieran amputado una pierna...

Rebecca ensanchó la sonrisa y dio una rápida mirada a la tablilla a los pies de la cama luego de hacer un gesto a Evelyn para que se hiciera a un lado.

—Es solo por precaución; no puedes culparlo por preocuparse —ella respondió al tiempo que leía lo que fuera que estuviera allí escrito—; pero sí, parece que estás más sana que cualquiera de nosotros.

Tara hizo un gesto que quiso decir algo como ¿lo ven?, y asumió una expresión satisfecha que habría hecho reír a Max si no hubiera estado más interesado en seguir los movimientos de Rebecca.

—Es posible que te den el alta mañana temprano y no creo que tengas problemas en tanto cuides la herida. ¿Te han traído la cena ya?

—Hace media hora, pero Max se comió todo.

Rebecca giró la cabeza con tanta fuerza que un crujido resonó en la estancia; pero el sonido fue acallado por las risas de Evelyn, que señaló el rostro levemente sonrosado de su amigo, que veía de una a otra con los ojos muy abiertos.

–¿En serio? –Rebecca arqueó una ceja–. ¿Te has comido su cena?

–Está exagerando.

–¿Te has comido la cena de una mujer ingresada en un hospital?

Él se encogió de hombros y dirigió a Tara una mirada desesperada, pero ella hizo un gesto para dar a entender que tendría que salir de esa por sí solo, por lo que no le quedó más alternativa que suspirar con gran dramatismo.

–Dijo que no tenía hambre.

–¿Ah, sí?

–Sí, y hubiera sido una lástima que se perdiera.

–Eso es verdad. Leí que se tiran toneladas de comida cada día.

Max señaló a Judy con un ademán triunfante. La chica, que jugaba con uno de los rizos dorados que había escapado de la larga trenza con la que se recogía el cabello, le guiñó un ojo antes de volver su atención a la ventana.

–¿Ves? –señaló él–. Toneladas de comida. ¿Tienes idea de cuánta gente podría alimentarse con eso?

–Gente como tú, supongo.

–No seas tan duro con él; ya te habrás dado cuenta de que siempre tiene hambre.

Max no supo si agradecer o no la intervención de Evelyn, pero ya que no encontró ni pizca de malicia en su rostro, supuso que lo justo era tomarlo como un salvavidas. O algo así.

–Bueno, yo no diría que tengo hambre todo el tiempo.

–Apuesto mi cuello a que la tienes ahora.

–Eso tampoco es verdad.

Max advirtió que Tara sacudía la cabeza de un lado a otro y que Rebecca escondía una sonrisa. Sin pensarlo, se vio cabeceando antes de examinar el rostro de esta última. Aunque descansada por la que supuso una buena siesta, era evidente que todavía se encontraba un poco fatigada o, cuando menos, afectada por el último turno. Ella tenía la misma expresión que le había visto un par de veces antes; cuando parecía que nada le habría apetecido más que borrar hasta el último minuto de una mala guardia.

–Bueno, ¿saben qué? Tal vez Evelyn esté en lo cierto: tengo hambre y no voy a disculparme por eso.

Su compañera asintió y dio unas palmadas en el aire al escucharlo.

–Muy bien. Reconocerlo es el primer paso.

Max la ignoró y se dirigió a Tara.

–¿Te importa si voy a comer algo antes de volver a casa? La hora de visita está a punto de terminar...

–Descuida; me harás un favor –respondió ella sin vacilar–. Tal vez no vuelva a sentir dolor en mi vida, pero tantos calmantes están a punto de noquearme.

Max asintió y se acercó a Tara para depositar un beso sobre su frente. Su despedida fue una señal para que las otras hicieran lo mismo; Judy y Evelyn aseguraron que pasarían al día siguiente por su casa para ver cómo seguía luego de dejar el hospital y Rebecca se excusó diciendo que tenía el tiempo justo para ir a comer algo antes de empezar su turno, pero que pasaría a darle una mirada a lo largo de la noche.

Tomaron el mismo ascensor, pero cuando se encontraron en el vestíbulo, Judy dijo que había quedado en suplir a una compañera en el restaurante y Evelyn se ofreció a acompañarla. Max casi pudo oír los engranajes de la mente de ambas preguntándose qué tan buena idea sería esa; si iban a terminar gritándose durante todo el camino o si por el contrario se enrollarían en el taxi para horror del conductor. Tratándose de ellas, cualquier opción era posible, supuso él al verlas desaparecer calle abajo luego de que las escoltaran a la salida.

Al final, solo quedaron él y Rebecca y tan pronto

como advirtió que ella miraba sobre su hombro en dirección al hospital como si estuviera considerando volver para picotear algo en la cafetería, supo que no podía permitir que fuera de nuevo allí. No tan pronto. Afuera, junto a las luces del luminoso cartel que señalaba la entrada a emergencias, le pareció incluso más joven de lo habitual, y también mucho más cansada.

–Bueno, ¿adónde vamos?

Rebecca parpadeó al oír su pregunta.

–¿Vamos? –repitió ella.

–Sí. Dijiste que tenías hambre y ya que yo también la tengo, pensé que podríamos cenar juntos. Seguro que hay algún buen lugar por aquí.

–Bueno, está la cafetería...

–¿Del hospital? Ni hablar.

Él sacudió la cabeza de un lado a otro y empezó a atisbar de un lado a otro de la acera. Hacía una noche cálida, así que no se preocupó porque ella no llevara abrigo.

–Tiene que haber algún lugar, recuerdo un restaurante... –Max se metió las manos en los bolsillos y buscó la mirada de Rebecca con una sonrisa–. De acuerdo. Reconozco que no tengo idea de adónde ir, así que estamos en tus manos.

–En mis manos.

–Sí. Seguro que conoces algún lugar.

Rebecca se mordió el labio inferior y frunció la nariz antes de encogerse de hombros.

–Bueno, hay un restaurante a unas cuantas calles al que voy a veces cuando no puedo más con la comida del hospital –mencionó ella.

–¿Es ese en el que compras esos pastelillos tan buenos?

–Sí.

La expresión de Max se iluminó con una amplia sonrisa y ella pareció incapaz de resistirse a corresponderle.

–No se diga más; vamos para allá.

Rebecca sacudió la cabeza de un lado a otro como si

hubiera estado tentada a negarse; quizá decir que contaban con el tiempo justo y que la comida del hospital tampoco estaba tan mal, pero debió de considerar que esa habría sido una excusa un poco patética porque terminó por asentir luego de dirigirle una mirada de reojo. Entonces se puso en camino y Max anduvo a su lado con ese paso enérgico que, apreció, había variado lo suficiente para que ella no sintiera la necesidad de apresurarse.

Cuando llegaron al restaurante que, ciertamente, se encontraba a tan solo unas cuantas calles, dieron con una mesa algo alejada de la entrada y después de que ella saludara con un gesto a algunos grupos de compañeros del hospital que al parecer habían decidido también pasar de la cafetería, se sentaron uno frente al otro con similares muestras de alivio.

–Necesitaba esto. –Max hizo un gesto para llamar la atención de una mesera–. Ha sido un día horrible.

Rebecca estaba a punto de contestar cuando la chica llegó para tomar sus pedidos, en realidad, fue impresionante que acudiera tan rápido. Pareció como si hubiera levitado hasta allí tan pronto como vio la mano elevada de Max y mientas anotaba su pedido no dejaba de observarlo por debajo de sus largas pestañas entornadas.

–No puedo creer que hayas pedido también pastelillos. ¿No acabas de devorar la cena de Tara?

Él oyó su reproche con una sonrisa. La camarera había desaparecido con tanta rapidez como había llegado; Max apenas le prestó atención y la chica pareció un poco decepcionada, así que Rebecca se prometió dejarle una buena propina para compensar.

–Fue apenas un poco de sopa... –Él la señaló con un trozo del pan que acababa de tomar de la canastilla–. No deberías de creer todo lo que dice Tara.

–O Evelyn.

–En especial Evelyn –asintió él–. Ya deberías de haberte dado cuenta de que le encanta burlarse de mí.

Rebecca sonrió.

–Bueno, considerando que tú haces exactamente lo mismo, supongo que no es algo acerca de lo que tengas derecho a quejarte.

Max tuvo la gentileza de no discutir eso último; tan solo se encogió de hombros antes de echar una mirada alrededor y Rebecca hizo otro tanto procurando ser un poco más discreta. Advirtió la mirada curiosa de un par de sus compañeras de piso y supuso que la acribillarían a preguntas en cuanto se encontrara de vuelta en el hospital.

Vio también al médico con el que trabajó el último turno en emergencias, el que no había dejado de abordarla para invitarla a salir, y supuso que tras verla en compañía de Max con seguridad se lo pensaría un par de veces antes de insistir. Rebecca nunca había tenido problemas para arreglárselas por sí misma en esa clase de situaciones, pero tuvo que reconocer que la idea de librarse de él sin tener que urdir una excusa tras otra era un pensamiento agradable.

Les trajeron la comida poco después: espagueti para Max y una ensalada de pollo para ella. Para su absoluta sorpresa, él ni siquiera parpadeó antes de dar cuenta de su plato para prestar luego toda su atención al pastel que la camarera dejó ante él, nuevamente, sin que le diera una segunda mirada. "Una buena propina", se repitió Rebecca al verla marchar con pasos tensos y los hombros caídos.

Cuando Max se dio cuenta de la forma en que ella lo miraba, arqueó una ceja y le dirigió una media sonrisa.

–¿Qué? –preguntó él fingiendo sentirse ofendido–. Como mucho cuando estoy ansioso.

–No me digas.

–Ajá. Además, quiero ver si alguien es capaz de comer a gusto mientras tienes a dos mujeres matándose con la mirada cada cinco minutos.

El rostro de Rebecca adquirió un matiz más serio al entender a lo que se refería y evocó la tensión casi palpable entre Evelyn y Judy.

–¿Siempre son así? –preguntó ella entonces.

Max asintió sin vacilar.

–La mayor parte del tiempo –dijo él–. No sé por qué... Evelyn ya te ha hablado del asunto ¿no? –Aguardó a verla cabecear antes de responder–. Es raro, porque ambas son geniales por separado, pero cuando están juntas es como si no pudieran evitar hacerse daño. Lo suyo no es sano, el problema es que ninguna quiere aceptarlo.

–Tal vez se deba a que se aman y no quieren reconocer que les iría mejor si no estuvieran juntas.

Max hizo un gesto indeciso antes de llevarse a la boca un trozo de pastel. El que pidió para Rebecca permanecía indemne ante ella, pero tan pronto como él le dirigió una segunda mirada, tiró del plato y lo puso a buen recaudo, con lo que se ganó una mueca divertida.

–Quizá –él retomó la charla poco después–. Pero aun así... ¿Por qué continuar con alguien que te hace daño? Sin importar lo mucho que lo ames... no sé, me parece un poco masoquista, ¿no crees?

Rebecca frunció el ceño y llevó la mirada a su plato; las hojas de la ensalada se veían un poco mustias y apenas había mordisqueado algunos trozos de pollo.

–Yo no lo diría así –comentó ella al fin–. Me refiero a que visto desde fuera puede parecerlo, pero cuando vives en una relación de esa naturaleza terminas por creer que eso es todo lo que puedes tener y que no está tan mal. Incluso te convences a ti misma de que no encontrarás nada mejor porque nadie más te querrá.

Rebecca oyó el tintinear del tenedor golpeteando contra el borde del plato cuando Max lo dejó caer de golpe; no tuvo que levantar la cabeza para saber que él debía de estar mirándola y se reprendió por haber hablado de esa forma. Pero se sentía tan cómoda a su lado; las palabras surgían con tanta facilidad que no habría sido humana de no haber cedido a la tentación de decir lo que pensaba.

Él se aclaró la garganta con suavidad y habló en un

tono de voz que no le oía a menudo: preocupado y algo indeciso.

–Oye, disculpa si he sido un poco insensible, no quise hacer parecer que no lo entiendo. En serio, nunca he vivido algo como eso, pero puedo hacerme una idea...

–No. La verdad es que no creo que puedas.

–¿Y tú sí?

Rebecca apretó los labios y elevó la mirada tan solo lo suficiente para encontrarse con sus ojos puestos en su rostro.

–Algo así.

Las palabras escaparon de su boca antes de que alcanzara siquiera a pensarlas.

–¿Tú...?

–No. Yo no.

Max asintió y Rebecca habría podido jurar que lo oyó exhalar un suspiro de alivio antes de que hiciera a un lado los platos para apoyar los codos sobre la mesa e inclinar el cuerpo hacia ella.

–¿Quieres hablar de eso? –preguntó él muy serio.

Rebecca suspiró antes de llevarse una mano a la frente y negar con suavidad.

–Quizá otro día –dijo ella–. Ahora tengo que volver al trabajo.

Max entreabrió los labios como si fuera a insistir, pero debió de comprender que ella no apreciaría eso porque terminó por asentir con un gesto brusco antes de llamar a la mesera para que les llevara la cuenta.

No hizo falta que Rebecca se preocupara por dejar a la chica una buena propina; Max se ocupó de eso junto con la cuenta pese a sus protestas porque, tal y como aseguró él una vez que se encontraron fuera del restaurante, hubiera sido un crimen que ella pagara algo considerando que él había comido por ambos.

Hicieron el camino de regreso al hospital en silencio; sus pasos resonando en la acera y las luces del edificio destellando cada vez más cerca hasta que se encontraron nuevamente ante la entrada de emergencias.

El ruido de unas sirenas se oía en la lejanía y algunos miembros del personal con sus uniformes multicolores iban de un lado a otro en ese ajetreo tan propio de las noches que auguraban una jornada movida.

–Gracias por la cena. –Rebecca sonrió–. Y por la compañía.

–No hay problema, fue un placer. Nos veremos luego, supongo.

Ella asintió.

–Espero ir al apartamento mañana temprano; extraño dormir en mi cama. ¿Y tú...?

–Tengo el turno del día, seguro que nos cruzamos un día de estos –él bromeó tras meterse las manos a los bolsillos.

Rebecca sacudió la cabeza de un lado a otro antes de hacer un gesto de despedida y entrar al hospital. Max permaneció allí por algunos minutos y, luego de que su figura desapareciera en el interior, inició el camino de vuelta a casa.

6

—¿Por qué tienes esa cara? ¿Volviste a discutir con Judy?

A Max no le sorprendió tanto el ceño fruncido de Evelyn al oír su pregunta como el hecho de que en realidad no pareciera demasiado disgustada por el comentario. Ella odiaba que le recordaran los tropiezos en su relación tanto como que él adivinara con tanta facilidad cuando las cosas iban mal. Pero en ese momento su mente parecía ir en otra dirección.

—No, no es eso —respondió ella después de dar un trago al contenido a su vaso de cartón—. Estuve hablando con Morris.

Max cabeceó y dio un rodeo al sillón en el que ella estaba sentada para dejarse caer sobre una vieja banqueta que tenía el tapizado raído pero que era su favorita en la sala de descanso de la comisaría.

Bien pensado, todo parecía ser bastante viejo allí; lo único que podía considerarse medianamente moderno era la enorme cafetera que trabajaba a marchas forzadas durante la jornada policial. Eso y el microondas que había salvado a más de un agente durante las largas horas de guardia.

Aunque él no acostumbraba pasar mucho tiempo allí porque prefería aprovechar sus escasos descansos para volver a casa o simplemente alejarse del ambiente viciado de la comisaría, de vez en cuando estaba demasiado cansado como para hacer otra cosa que no fuera beber un poco de ese café que sabía a fango y encogerse en esa butaca para dormir un rato.

Y a Evelyn le ocurría lo mismo; de allí que no le resultara difícil dar con ella cuando no la encontró en su escritorio al final del turno.

—Parece que te contó algo interesante. —Max extendió sus largas piernas ante él y observó a su compañera con una ceja arqueada—. Morris, digo.

Ella asintió, sin parecer sorprendida de que él hubiese llegado a esa conclusión, y tomó otro trago de café con un gesto de repulsión que Max no supo si achacar a lo desagradable de la bebida o a lo que fuera que estuviese pensando.

—Sí... —Evelyn hizo un gesto vago con una de sus manos delgadas—. ¿Te acuerdas de esa gente que encontramos en el callejón el otro día?

—¿Cómo olvidarlos? Todavía tengo pesadillas.

Ella esbozó una mueca al toparse con la expresión ceñuda de Max.

—Me burlaría de ti, pero a mí me ocurre lo mismo —reconoció de mala gana—. El punto es que Morris me contó que había pasado por el hospital para hablar con un conocido que es interno allí y le dijo que ya tenían los resultados de laboratorio.

Max cabeceó y se obligó a prestar atención, aunque hasta hacía unos minutos apenas lograba tenerse en pie por el agotamiento.

—¿Y bien? Tiene algo que ver con drogas, supongo —adelantó él.

—Sí. Y no solo eso. —Evelyn se adelantó en el asiento—. No sé si lo escuchaste entonces, pero uno de los paramédicos mencionó que podía tratarse de algún tipo de intoxicación por estupefacientes...

Ella continuó tras verlo asentir.

—Según los análisis, parece que tenía razón.

–¿Una sobredosis?

–Algo así. Según le dijo a Morris su amigo, en realidad es posible que más que de una sobredosis se tratara de un envenenamiento.

Max arqueó una ceja; su cuerpo se tensó por la anticipación.

–¿Envenenamiento? –repitió él.

–Ajá. –Evelyn terminó la bebida y dejó el vaso sobre una mesita baja con un gesto–. Drogas adulteradas.

Max dejó escapar una palabrota que hizo sonreír a su compañera.

–Ni se te ocurra repetir algo como eso delante de tu madre; te arrancaría la piel y luego te echaría a la calle.

Él se abstuvo de responder que era posible que tuviese razón porque estaba más interesado en lo otro.

–Pero ¿qué tan hijo de puta tienes que ser como para que, además de vender drogas, las adulteres?

–Son criminales, ¿qué esperabas?

–¿Algo de decencia?

Evelyn le dirigió una mirada que indicaba perfectamente lo que pensaba de eso y Max se encogió de hombros porque ¿qué otra cosa iba a hacer?

–De acuerdo –retomó él la charla al cabo de un momento–. Supongamos que es así ¿Tienen alguna pista de quién pudo hacer esto?

Evelyn hizo un gesto vago y se pasó una mano por el corto cabello.

–Miles –dijo ella–, y ninguna sólida. Esto es Baltimore; si levantas una piedra, te topas con un traficante.

–Oye, más respeto por mi ciudad; tal vez tengamos cosas malas por aquí, pero son las que menos. –Max la señaló con un dedo–. Ese pueblito sureño del que provienes tú tampoco es el paraíso.

Su amiga esbozó una sonrisa un tanto amarga, lo que reveló a Max que estaba de acuerdo con aquello y, tras permanecer unos segundos en silencio, lo miró una vez más, ahora con gesto un poco más serio.

–Morris dijo que un contacto suyo en narcóticos está tras la pista de un nuevo traficante –indicó ella.

–¿Aquí?

–Así parece. Según él, se trata de alguien de poca monta, pero con buenos contactos, porque han empezado a circular grandes cantidades de drogas de baja calidad en la zona roja.

Max asintió con lentitud. Era así como llamaban al área de la ciudad en que se encontraban habitualmente los peores elementos de la ciudad. Robos, tráfico, trato de blancas... todo campeaba allí sin importar cuánto se esforzaran el gobierno y el departamento de policía por ponerle un alto.

Cada vez que le ponían las manos encima a un grupúsculo de esos y los ponían tras las rejas, surgían dos o tres nuevos igual de malos. Al final, lo único que podían hacer era controlarlos con redadas frecuentes y una investigación siempre en curso para cortar a las cabezas antes de que tomaran el control del resto de la ciudad.

–Las drogas que se encuentran en la zona roja son siempre de mala calidad –comentó Max al cabo de un momento.

–Sí, bueno, pues parece que esta es aún peor. –Evelyn se desperezó en el asiento con un bostezo–. La gente que encontramos en el callejón provenía de allí; no hay uno solo que no tenga antecedentes.

–¡Qué sorpresa!

Su compañera se encogió de hombros con un gesto que reveló su fastidio. Podía ser agotador vivir en un ambiente como aquel; en el que se topaban día a día con lo peor de la sociedad. Pero ella, lo mismo que Max, tenía un temperamento optimista y había aprendido ya que la única forma de sobrevivir a aquello sin permitir que los hundiese era mantener apartadas sus emociones.

–En fin, el punto es que parece que tenemos un nuevo jugador en la ciudad y el muy hijo de perra está poniendo veneno en las calles para aprovecharse de la gente que compraría cualquier cosa que les asegure un subidón por unos cuantos centavos –dijo ella, resumiendo la situación con su frialdad habitual.

Max asintió un par de veces, pensativo. Pese a su talante relajado, su mente iba a toda velocidad.

Pensaba en la gente con la que se había topado en las últimas semanas y que no había visto antes. En los últimos arrestos que había hecho. Si oyó algo... cualquier cosa que le diera una pista de quién podría estar detrás de todo eso.

En ese momento, sin embargo, no pudo dar con nada claro, pero se prometió que estaría muy atento por si se cruzaba con alguna pista que pudiera ayudarle. Pero no lo mencionó ante Evelyn porque sabía que ella le hubiese dicho que eso no le competía porque estaba lejos de sus atribuciones y que si los detectives de narcóticos asignados al caso lo sabían, le caería una buena.

A veces podía parecerse un poco a su madre.

–Bueno, supongo que ya nos enteraremos de cómo va todo –dijo él, echando la cabeza hacia atrás y con los ojos cerrados–. Creo que me voy a echar una siesta.

Su amiga no respondió y, cuando Max entreabrió un ojo para observarla, notó que ella también se había contraído contra el asiento, su largo cuerpo encogido sobre sí mismo y su cabeza metida bajo un cojín, así que asintió con una sonrisa y se preparó para un descanso que no lo sería tanto porque sin duda despertaría con el cuerpo adolorido por la mala posición; pero bueno, se dijo, a veces simplemente no se podía escoger.

Rebecca no vio a Max al día siguiente, o al siguiente luego de su despedida en el hospital. En realidad, no volvió a verlo hasta cinco días después cuando llegó a casa pasado el medio día luego de terminar con su turno en el hospital y lo encontró sentado en el sillón del salón con expresión pensativa. Parecía encontrarse muy lejos de allí, tanto que ni siquiera parpadeó cuando ella dejó caer las llaves sobre la mesa de la cocina y fue hacia él con el ceño fruncido.

–¿Hola?

Rebecca alzó la voz para llamar su atención y solo entonces él pareció consciente de su presencia. Pestañeó un par de veces y elevó la mirada para fijarla en su rostro; sus ojos le parecieron a ella más expresivos que nunca, tanto que sintió como si hubiera podido hundirse en ellos porque simulaban un mar un poco encrespado. Estaba triste. O enojado. Quizá un poco de ambos.

–Ya llegaste. –Él forzó una sonrisa despreocupada antes de desviar la mirada–. Empezaba a pensar que te habías mudado sin decirme nada. ¿Cuándo fue la última vez que nos vimos?

Rebecca abandonó su bolso sobre una mesilla y se dejó caer a su lado sin dejar de observarlo de reojo.

–En el hospital –ella no quiso perder el tiempo con una plática vacía; no cuando era evidente que algo había ocurrido–. ¿Estás bien?

–Sí, claro.

–Max...

Él exhaló una bocanada de aire y echó el cuerpo hacia atrás en el respaldo. Llevaba una camisa a cuadros de un tono muy similar al de sus ojos y tenía el cabello despeinado como si se hubiera pasado una mano sobre él una y otra vez.

–No es nada –indicó él.

Rebecca apoyó el hombro sobre el sillón y ladeó su cuerpo para que él no pudiera esquivar su mirada.

–Vamos, dime qué ocurrió; parece como si necesitaras contárselo a alguien.

Él suspiro antes de cabecear con pesadez.

–El examen.

No hizo falta que dijera más. Rebecca abrió mucho los ojos al comprender e incluso dio un pequeño bote en el asiento al inclinarse hacia él con expresión ansiosa.

—¿Era hoy? —preguntó buscando en su mente la fecha—. Claro que era hoy. ¿Cómo he podido olvidarlo?

Max esbozó una sonrisa burlona.

—Estoy seguro de que tenías cosas más importantes por las que preocuparte —mencionó él con voz tranquila—. Como salvar vidas, por ejemplo.

Rebecca chasqueó la lengua.

—No seas tonto. Claro que he debido acordarme —dijo ella—. ¿Y cómo te fue?

—No tengo idea.

—¿Cómo que no tienes idea?

Max suspiró y apoyó las manos sobre sus rodillas.

—No me han dado los resultados aún —explicó él.

—Pero debes de tener una idea... ¿respondiste todo? ¿Fue como esperabas? Dime que no te quedaste en blanco. Me pasó una vez en el instituto. Estudié durante semanas para el examen de álgebra y cuando tuve el papel frente a mis narices no hubo forma de que pudiera recordar una palabra...

Max se encogió de hombros y suspiró.

—No me quedé en blanco —aseguró—. Aunque tampoco diría que estaba muy seguro de todo; debo de haberme equivocado, pero no es lo único que importa. Ya te lo dije antes: esta prueba es solo una parte de todo lo que tengo que pasar si quiero el ascenso. Si te soy sincero, son las pruebas de tiro lo que más me preocupan.

Rebecca parpadeó, un poco sorprendida por eso último.

—¿Las pruebas de tiro?

Max asintió.

—¿Qué pasa con las pruebas de tiro? —insistió ella.

Él tardó lo que le pareció mucho tiempo en responder.

—Digamos que tengo algunos problemas con mi puntería.

—Pero eres policía.

–Bueno, sí –Max esbozó una sonrisa torcida y levemente amarga–. Seguro que puedes ver la ironía.

Rebecca imitó su postura al echar el cuerpo hacia atrás y fijar la mirada en el techo.

–¿Tan malo es? –inquirió ella al cabo de un momento.

–Tanto como malo.... –Él vaciló–. No soy un desastre, si a eso te refieres; no me habrían dejado graduarme si lo fuera, pero para ser detective los estándares son un poco más exigentes y la verdad es que estoy un poco en el límite. Podría aprobar como podría no hacerlo.

–¡Ay, Dios!

–Exacto.

Rebecca se mordió el labio inferior, pensando a toda velocidad.

–¿Y ya has hecho ese examen? ¿El de tiro?

–No, ese no lo tengo hasta dentro de un par de semanas.

Ella asintió, aliviada.

–Bueno, entonces tienes tiempo para practicar.

–Rebecca, llevo tres años en el cuerpo; no he dejado de practicar desde que puedo recordarlo. Dudo de que haga mucha diferencia ahora.

Ella no permitió que el desaliento en su voz la disuadiera.

–Ya. Pero ahora vas a practicar conmigo –dijo, convencida.

Max bajó la mirada de golpe para posarla en su rostro.

–¿Me estás diciendo que sabes disparar?

Fue el turno de Rebecca para encogerse de hombros.

–Un poco.

–¿Un poco? –repitió él–. Uno no dispara *un poco*. O lo haces o no.

Ella no contestó; por el contrario, esquivó su mirada y enlazó las manos tras su nuca con un hondo suspiro. No lo dijo entonces, y por suerte tampoco lo mencionó él, pero era posible que tuviera que dar una respuesta a eso más temprano que tarde.

***

–He estado viviendo con Terminator y no lo sabía.

Evelyn sorbió los restos de su café y dejó el vaso de cartón sobre la guantera con un suspiro de satisfacción. Ella y Max se encontraban en una de sus rondas; el calor dentro de la patrulla era cuando menos agobiante, pero ella apenas había parpadeado mientras se bebía el café humeante en unos cuantos tragos.

–No seas dramático.

–Hablo en serio. Debiste verla; no falló un solo tiro y estoy seguro de que ni siquiera se esforzó.

Evelyn estudió el rostro de su compañero con los ojos entrecerrados, intentado descifrar si se veía fascinado u horrorizado por lo que le contaba; era posible que un poco de cada, decidió tras encogerse de hombros en un ademán práctico.

–Bueno, pero eso está bien, ¿no? Tal vez pueda echarte una mano con tu puntería.

–Sí, pero... creo que aún no me repongo de la sorpresa.

–¿Y a qué se debe que te haya dejado tan conmocionado? ¿No imaginaste que una mujer pudiera superarte en algo como eso?

Max bufó y llevó su vaso con café helado a su mejilla; a diferencia de Evelyn, apenas había dado un par de sorbos a la bebida.

–Sí, claro, tengo problemas con las figuras femeninas y su evidente superioridad sobre mí –respondió él en tono sarcástico.

Evelyn entrecerró los ojos como si intentara adivinar si eso podía tener algo que ver con ella, y al final decidió que sí, que era posible que él pretendiera burlarse. Como de cualquier forma Max lo hacía con frecuencia, de la misma forma en que a ella le encantaba convertirlo en el blanco de sus bromas, y visto que él jamás le había dado motivos para suponer que realmente podría encontrar algo negativo en que una mujer pudiera ser tan capaz como él en cualquier cosa, decidió que bien podría dejarlo pasar por esa vez y enfocarse en lo que realmente importaba.

—Muy bien. ¿Entonces qué es lo que te molesta?

Él negó con la cabeza antes de responder.

—No he dicho que me moleste.

—A mí me parece que sí.

Max echó una mirada a la radio como si pretendiera conjurarla para que empezara a sonar y el operador de la central requiriera su atención con alguna emergencia que lo sacara de ese aprieto. Pero no surgió ni un solo sonido de allí y no le quedó más remedio que responder.

—Es solo que... es raro, ¿no? Tienes que reconocer que Rebecca no da el perfil con la clase de persona que tiene por *hobby* disparar —dijo él al fin.

—Ya estás de nuevo con eso.

—¿Qué cosa?

—"La clase de persona" —repitió ella—. Creo que tu problema es que te hiciste una idea demasiado temprano de la clase de persona que es ella y ahora que no dejas de ver que estabas equivocado, eso te está volviendo loco.

Max rio entre dientes, pero no pareció como si lo encontrara gracioso del todo.

—Eso no es verdad.

—Claro que sí. Es como... como *Orgullo y prejuicio*.

—Ay, Dios.

Evelyn se despejó un mechón caído sobre su frente y asintió con fervor.

—Sí, precisamente así. Eres como Darcy o Elizabeth, nunca he tenido claro quién era el prejuicioso y quién el orgulloso, pero captas mi punto —dijo ella con tranquilidad—. Y no te atrevas a negarlo porque sé que has leído el libro.

Max empezó a asentir incluso antes de que ella terminara de hablar.

—Claro que he leído el libro. Fui a la escuela con

Tara, ¿recuerdas? No me habría dejado en paz si no lo hacía; es su favorito –reconoció él de mala gana–. Pero no se trata de eso.

–Bueno, pues ilústrame. –Su compañera lo miró con una ceja arqueada–. Dime de qué se trata.

Max guardó silencio durante todo un minuto, tiempo que usó para mirar por la ventanilla del auto, examinar a un grupo de muchachos al otro lado de la avenida que hablaban a gritos por encima de la música surgida de una tienda de discos, y buscar con desesperación alguna excusa que le ayudara a que Evelyn lo dejara en paz; algo en lo que falló estrepitosamente, desde luego.

Al final, no le quedó más alternativa que responder con la verdad.

–No estoy seguro –reconoció él–. Supongo que tengo curiosidad. Siento que hay tantas cosas que no sé de ella; es como si solo me dejara ver lo que quiere y todo lo demás... está allí, a la vista, pero no puedo ir más allá. Cada vez que me parece que estoy a punto de descubrir algo, ella se encierra en sí misma y soy incapaz de ver nada más.

–He notado que es una mujer muy reservada; diría incluso que es introvertida, pero eso no tiene nada de raro. Tara es también así y nunca me ha parecido que eso suponga un problema entre ustedes.

El razonamiento de Evelyn fue tan sensato, había tan poco de burla en él, que Max se le quedó mirando durante unos segundos con expresión de sorpresa antes de hacer un gesto de enojo.

–Sí, bueno, pero eso es distinto. Tara es distinta. Ella no... nunca he pensado...

–Deja que te ayude –ofreció Evelyn ante su indecisión, esta vez con una buena cuota de mofa en la voz–. A diferencia de lo que te ocurre con Rebecca, nunca has querido acostarte con Tara.

Max abrió y cerró la boca dos veces antes de dar con una respuesta apropiada.

–No se te ocurra volver a decir eso –exigió él.

–¡Pero es tan obvio!

–¿Obvio para quién?

–Para cualquiera menos tú –respondió ella sin vacilar–. Y posiblemente también para ella, supongo, porque no me parece que se haya dado cuenta. Tenías razón en eso; es muy distraída y algo me dice que no le presta mucha atención al efecto que tiene en los demás, así que supongo que puedes considerarte afortunado porque si no ya hubieras hecho el ridículo.

Max, que pese a sus problemas de puntería era uno de los mejores conductores de su promoción, llevó las manos al volante y lo apretó con tanta fuerza que Evelyn no pudo menos que agradecer que decidiera volcar su frustración en él y no en su cuello, como sin duda le habría gustado más. Sin embargo, cuando le pareció que ya llevaba demasiado tiempo callado en lugar de estallar, que era lo que había esperado que hiciera, empezó a preocuparse.

–¿Y bien? –preguntó ella tras dirigirle una mirada de reojo–. ¿No vas a decir nada?

–¿Qué quieres que diga? –replicó él de mala gana.

–No lo sé. Algo. No negarlo, claro, porque ambos sabemos que sería mentira; pero hablando en serio, ¿qué hay de malo con eso? –Se preguntó ella algo más tranquila al advertir que había aflojado el agarre del volante–. Te gusta. Eso está bien porque es una chica estupenda.

–Sé que lo es.

–¿Entonces?

Max echó el cuerpo hacia atrás y se pasó una mano por la cara. Apenas acababan de iniciar el turno y ya estaba exhausto; pero le ocurría casi siempre desde que le asignaron a Evelyn como compañera, recordó con una mueca antes de dar con las palabras con las que responder a su pregunta.

–Entonces nada –dijo él–. Acabo de decírtelo; hay demasiado que no sé de ella y si no se siente cómoda compartiéndolo conmigo es porque tal vez no confía en mí. Y está en todo su derecho de que así sea porque, después de todo, solo nos conocemos desde hace unos meses –recordó él, aunque se cuidó de decir que a veces le parecía como si la hubiera conocido durante toda su vida–. Y como si eso no fuera suficiente, ¡es mi compañera!

–También yo lo soy.

Él hizo como si no la hubiera oído porque ambos tenían claro que era una tontería. Max no se había sentido nunca atraído por ella; la veía de la misma forma en que veía a Tara, como a una hermana molesta.

–Y ya te he hablado de lo poco que le gusta quedarse en un solo lugar –continuó él–. Cualquier día de estos me dirá que ha decidido mudarse a... no sé, Rumania o algo así. No quiero esa clase de complicaciones en mi vida y seguro que ella tampoco. Así que estamos bien así. Como amigos.

Evelyn rio por lo bajo.

–Ya. Pues buena suerte con eso –dijo ella–. Porque si es así como vas a manejar esto te esperan muchas duchas frías en el futuro.

Max estaba a punto de responder, pero entonces ¡gracias a Dios!, la radio empezó a pitar y se oyó la voz de la operadora de la estación informándoles de un altercado en la zona. Sin vacilar, bebió su café en un par de tragos y puso el coche en marcha tras intercambiar una rápida mirada con su compañera.

Si tenía suerte, se dijo él, sería un problema lo bastante serio para que les tomara buena parte de la mañana. Al menos eso esperaba, cualquier cosa que lo librara de tratar nuevamente un tema que estaba decidido a que permaneciera muy al fondo de su mente.

Tal vez asegurar que Rebecca tenía la puntería de Terminator fuera un poco exagerado, pero según fueron pasando los días y Max pudo apreciar con mayor atención la naturalidad con la que ella daba en el blanco cada vez que disparaba en el campo de tiro en que él había conseguido que les dejaran un lugar para practicar, confirmó que lo suyo era cuando menos sobresaliente.

Conocía a pocos compañeros a quienes eso se les diera tan bien; tal vez solo Tara y un par más estuvieran por encima de ella y eso solo porque el disparar formaba parte de su vida. El hecho de que una enfermera venida del otro lado del mundo no les quedara muy a la zaga no dejaba de ser cuando menos extraño, sin importar lo que Evelyn pensara al respecto. Por eso, cuando tuvieron su última práctica antes de que Max se examinara de tiro al día siguiente, se atrevió por fin a hacer la pregunta que llevaba hirviendo en su garganta desde la primera vez que la vio sostener un arma.

Llevaban una hora allí y salvo por un par de hombres que tenían toda la apariencia de ser viejos militares retirados, no había nada más en la hilera de cubículos dispuestos para disparar. Ellos dos se encontraban en uno de ellos, el más alejado de la sala abovedada, y Rebecca se mantenía con la vista al frente y los ojos entrecerrados mientras estudiaba el blanco ante ella con expresión pensativa. Se había quitado los audífonos de protección porque habían dejado de disparar; la idea era alcanzar el punto preciso de concentración para alejar las distracciones y enfocarse en el blanco.

Ella había dicho algunas cosas respecto a lo que sentía al disparar con la intención de que la idea calara en él y le ayudara a despejar lo que fuera que le impedía sacar lo mejor de sí en esa clase de prácticas, pero aunque Max no lo había dicho, dudaba de que eso hiciera una gran diferencia. Desde luego que el dedicar tanto tiempo a esa actividad lejos del trabajo le había ayudado un poco; además de que la compañía de Rebecca tenía la extraña capacidad de infundirle una paz a la que no estaba acostumbrado. Sus continuos silencios, la suavidad con la que se conducía, el hecho de que apenas hablara para hacer alguna sugerencia acertada que parecía aclararle cosas que hasta entonces habían permanecido en penumbra... era un poco raro, pero a su lado sentía como si viera las cosas bajo una luz completamente nueva.

–¿Qué ocurre?

Ella, que pareció advertir la forma en que la veía, echó un poco el cuerpo hacia atrás y le dirigió una rápida mirada de reojo. Max notó que sus dedos vacilaron sobre el gatillo antes de dejar caer el arma sobre la plataforma con un suspiro.

–No he dicho que ocurra nada.

–¿Entonces por qué me ves así?

–Bueno, ya que lo preguntas...

Rebecca cogió aire y apoyó una mano sobre la cadera antes de volver a hablar.

–Max, ya te lo he dicho: solo tomé unas cuantas clases hace unos años. No tienes que actuar como si hubieras descubierto que tu compañera de apartamento es un alien.

Él chasqueó la lengua antes de dejar su arma junto a la suya.

–¿Es eso lo que estoy haciendo?

–Sí. Y empiezas a ponerme nerviosa.

A Max le habría encantado comentar entonces que eso estaba muy bien porque, dijera lo que dijera a Evelyn para quitársela de encima cuando habló acerca de lo que le inspiraba Rebecca, la verdad era que lo mantenía en un estado de nerviosismo tan acentuado que empezaba a volverse un poco loco. Era agradable saber que ella no era del todo indiferente a él aun cuando dudaba de que el motivo de aquello fuera el mismo para ambos.

–Mira...

Él apenas acababa de decir esa palabra cuando ella cogió aire con fuerza y lo señaló con una cabezada tras dar una rápida mirada tras su hombro para asegurarse de que los otros dos ocupantes de la sala se encontraban muy ocupados en lo suyo como para prestarles atención.

—Es bastante sencillo. —Rebecca lo observó con el rostro ladeado y una indiscutible expresión de incomodidad—. Cuando me mudé de la casa de mi tía decidí que necesitaba hacer algo para mantenerme protegida. Fue por eso por lo que decidí tomar las clases de tiro, y cuando lo hice, descubrí que se me daba bastante bien.

—¿Tan solo eso?

—Sí, tan solo eso —respondió ella con voz tensa—. Y también tomé lecciones de defensa personal, por cierto, pero eso se me dio fatal; no podía dar dos pasos sin tropezar con uno de mis compañeros y mi maestro dijo que lo mejor que podía hacer era comprarme un arma y arreglármelas con eso.

Rebecca dijo lo último en un tono algo más relajado, incluso intentó imprimir cierta burla dirigida a sí misma en su voz, pero Max captó algo en ella, en la forma en que mantenía los hombros rígidos, que le dijo que todo aquello era algo que habría preferido no decir. Y sin embargo, él no fue capaz de dejarlo estar; quería más, quería saberlo todo.

—¿Qué te llevó a pensar que necesitabas todo eso? El arma, las clases...

—Acabo de decírtelo: quería mantenerme a salvo.

—¿A salvo de qué?

Rebecca exhaló un hondo suspiro.

—No sé. De todo. De gente como la que me robó cuando me mudé aquí, por ejemplo.

Max entrecerró los ojos y fue su turno para ponerse tenso. La idea de que Rebecca hubiera estado en su apartamento cuando le robaron lo sacudió como si acabara de recibir una descarga eléctrica. En ese momento no lo vio con claridad, pero de no haberse encontrado tan volcado a esa charla habría reparado en que lo que sentía era miedo. Pánico, en realidad.

—¿Habrías disparado de haberte encontrado con ellos entonces? —preguntó él con la boca un poco seca.

Ella vaciló un instante antes de responder.

—Quizá.

–¿Le has disparado alguna vez a alguien?

–No, pero me lo estoy planteando ahora. –Rebecca le dirigió una mirada que dejó muy en claro cuánto le habría gustado eso.

Se sostuvieron la mirada durante varios segundos antes de que Max sacudiera la cabeza de un lado a otro con ademán cansado.

–Lo siento –dijo él–. No debí insistir de esa forma.

Rebecca le dirigió una mirada recelosa antes de asentir.

–Está bien –dijo ella–. Mira, entiendo que pueda parecerte un poco raro, pero tal vez sea hora de asumir que tienes una compañera que lo es un poco, ¿no?

–No eres rara –él se apresuró a negarlo incluso antes de que ella hubiera terminado de hablar–. Eres...

–¿Sí?

–Solo... eres distinta. Especial. –Max se encogió de hombros–. No hay nada de malo en ti, si eso es lo que pretendías implicar.

Rebecca emitió una suave risa y parte de la tensión que pareció dominarla hasta entonces se disolvió de forma casi palpable.

–Lo tendré en cuenta –dijo ella–. Que soy especial, no rara. Y que no hay nada de malo en mí.

Max dudó antes de dar un paso hacia ella, pero al final decidió arriesgarse y aun cuando todo en su interior le dijo que habría sido mejor que lo dejara allí, no pudo resistirse al impulso de buscar una de sus manos y rozar sus dedos; fue un toque muy ligero, y pese a ello le pareció como si acabara de golpearlo un rayo. Y habría podido jurar que a Rebecca le ocurrió otro tanto porque la vio abrir mucho los ojos antes de retroceder, trastabillando con movimientos torpes.

–Oye...

–¿Nos vamos? Tengo que salir para el trabajo en... ¿cuarenta minutos? Dios, ¿adónde se fue la tarde? Necesito un baño y sacar mi uniforme de la lavandería.

Max hizo como si no hubiera reparado en el tono

chillón con que surgió la voz de Rebecca y sacudió la cabeza, tras lo cual exhaló un hondo suspiro. Sabía que debía de sentirse agradecido de que ella acabara con ese momento, que tuviera el bastante sentido común para interrumpirlo antes de que dijera o hiciera algo de lo que pudiera arrepentirse, pero la verdad fue que, por más que lo intentó, no pudo sentir nada que no fuera una profunda sensación de frustración.

Sin embargo, no se le ocurrió insistir o forzar un avance que, estaba visto, ella no apreciaría. En tanto se dirigían de regreso a casa, luego de que él consiguiera convencerla de que fueran juntos porque de cualquier forma él también iba hacia allí y que era lo mínimo que podía hacer luego de que pasara buena parte del día ayudándolo, se dijo que Evelyn había estado en lo cierto en algo. Veía un largo futuro lleno de duchas frías en el horizonte.

7

–¿Qué es eso que he escuchado acerca de que estás metiendo las narices donde no debes, Maxie?

Max hizo una mueca de desagrado y restregó el paño engrasado con el que lubricaba el cañón de su arma.

–Sabes que detesto que me llames así, ¿no?

Tara abrió la ventana de la sala que usaban como depósito en la comisaría y esbozó una amplia sonrisa al tiempo que lo observaba con curiosidad.

–Desde luego que lo sé –replicó ella.

–Solo confirmaba.

La que había sido su mejor amiga desde que podía recordarlo, tiró de un taburete y lo ubicó junto al que ocupaba Max.

Él había ido hasta allí para estar un rato a solas, y aunque intentó convencerse de que era algo normal porque, después de todo, parte de su trabajo consistía en tener en condiciones su arma y solo podía darle un mantenimiento cuidado en ese lugar, lo cierto era que también necesitaba un momento a solas.

Para pensar.

En él y en Rebeca, y en lo raras que parecían estarse poniendo las cosas entre ambos.

Desde luego, Tara no iba a perder la oportunidad de interrumpirlo y molestarlo un poco si estaba en sus manos, rezongó para sí al preguntarse qué la habría llevado hasta allí.

–¿Y qué es exactamente lo que has oído, de cualquier forma? –preguntó él al cabo de un rato de fingir que ella no se estaba allí–. ¿Qué pasa con mi nariz?

Ella no se cortó al responder; sacudió su corta melena cobriza y se inclinó hacia adelante para observarlo con atención.

–Dicen que te estás tomando atribuciones que no te corresponden –indicó ella.

–¿Qué significa eso?

–Max, ¿has estado haciendo preguntas sobre las drogas adulteradas que aparecieron la semana pasada?

Él dejó escapar un bufido y levantó su arma con el cañón hacia arriba.

–¿Esto viene de Logan? –preguntó él.

Tara no se molestó en negarlo.

–¿De quién más? –indicó ella–. Está preocupado. Y yo también.

–No entiendo por qué. No he hecho nada malo.

Su amiga puso los ojos en blanco.

–Otro detective en la comisaría de Logan dijo que un policía de *tu* delegación –ella lo señaló con un dedo–, había estado haciendo preguntas respecto a ese caso, y que no contento con eso, lo habían visto acosando a gente...

–Yo no he acosado a nadie.

Tara lo ignoró y continuó en el mismo tono bajo pero cargado de intensidad que había usado hasta entonces.

– ...gente que se mueve en las calles y que todos saben que está en tratos con los traficantes más conocidos de la ciudad. Lo que no solo es una temeridad y, repito, una atribución que no te corresponde, sino también una absoluta estupidez –su amiga remató la frase con una mueca y lo observó sin ocultar su enojo–. ¿En qué demonios estabas pensando?

–Yo no...

–Déjame adivinar: no pensabas en absoluto porque eres demasiado arrogante para saber cuándo debes mantenerte alejado de los problemas.

Max decidió que ya había tenido suficiente.

Adoraba a Tara y se habría comido la pistola que sostenía en la mano por ella, pero incluso una relación como la suya tenía sus límites, y aunque por lo general ella los respetaba tanto como él, la conocía lo suficiente para saber que su enfado solo enmascaraba una gran preocupación.

Por eso no fue tan duro con ella como habría sido de encontrarse alguien más en su lugar. Como su chismoso marido, por ejemplo.

–Mira, vamos a aclarar algo ¿sí? –Él tomó aire para armarse de paciencia–. No sé qué le habrán dicho a Logan, pero nunca se me ocurriría pasar por encima de los detectives que asignaron al caso; sé que no puedo hacerlo porque mi capitán me suspendería antes de que terminara de abrir la boca. Y tampoco he ido acosando a nadie.

–¿No?

–No. Solo hice algunas preguntas. –Max sostuvo la mirada de su amiga sin parpadear–. Tara, me paso todo el día en las calles. Claro que hablo con la gente. Y sí, tal vez abordé a un par de tipos que ya antes nos han servido de informantes, pero solo hice unas cuantas preguntas acerca de ese tema.

Tara hizo un gesto de frustración y resopló, con lo que el flequillo se elevó unos centímetros dejando al descubierto su frente plegada por la preocupación.

–Pero es que de eso se trata, Max; no deberías haberlo hecho, y no solo porque eso cayera mal entre los detectives asignados al caso, como al final ocurrió, sino porque te has puesto en peligro.

–Tara, soy policía, vivo en peligro –replicó él sin vacilar–. Ayer respondí a una llamada por una pelea de pandillas en la sexta y una chica casi me apuñala con una lima.

Su amiga empezó a dar unos golpecitos sobre su rodilla enfundada en el uniforme de paramédico; un tic nervioso propio muy propio de ella cuando le costaba encontrar qué decir.

–Pero esto es distinto–negó ella al fin–. No creo que hayas estado nunca involucrado en algo tan delicado. Logan dijo que incluso sus compañeros piensan que esto es muy grande. Una organización dispuesta a comerciar semejante cantidad de droga como la que ha entrado en la ciudad y adulterarla sin importarle a cuántos maten en el proceso...

Max forzó una expresión amable al comprender cuán preocupada se encontraba ella.

–Lo sé, lo sé.

Él alzó una mano para llamar su atención y evitar que continuara enumerando todas las desgracias que le podían ocurrir.

–Y sé que no es asunto mío ni que nadie me ha asignado que me ocupe de eso; lo digo en serio. No estoy jugando a Superman ni quiero salvar el día –aseguró él con rapidez para que ella no pudiera interrumpirlo–. Pero no negaré que tengo curiosidad y que creo que tal vez, solo tal vez, el hecho de que pase tanto tiempo en las calles y trate con este tipo de gente, podría ser útil. ¿Qué hay de malo con que haga algunas preguntas? No es que esté planeando hacer nada por mi cuenta. Si diera con cualquier información que me pueda parecer útil, iría de inmediato con los detectives.

Tara le dirigió una mirada desconfiada.

–¿Lo dices en serio? –preguntó ella.

Max miró a su amiga con una ceja arqueada.

–Oye, tú me conoces –dijo él; sus labios curvados en una sonrisa divertida–. Puedo ser imprudente, pero no idiota, y sabes que ya tengo bastante por lo que preocuparme como para además meterme en algo como esto. Si no apruebo ese estúpido examen me colgaré de una viga.

–No bromees con esas cosas.

Tara le dirigió una mirada reprobadora, pero él pudo ver que se sentía un poco más tranquila por sus palabras y, tras permanecer un rato en silencio, lo observó con un gesto algo menos hostil.

–Entonces, si descubres algo, lo que sea...

–Iré corriendo a contárselo a los detectives –resumió él, asintiendo–. ¿Te parece bien? ¿Puedes decirle al amor de tu vida que le baje un poco a la manía de intentar controlarlo todo y que se lo tome con calma? Y que de paso se lo diga a sus compañeros también. No intento robarles su caso.

Tara exhaló un hondo suspiro y asintió con lentitud.

–Logan no intenta controlarlo todo –masculló ella al cabo de un momento.

Max sonrió.

–Es posible que tengas razón –dijo él volviendo su atención a su arma; deslizando el paño engrasado por la recámara con mucho cuidado–. Esa eres tú.

Las protestas de Tara no se hicieron esperar y, después de eso, ella y Max continuaron lanzándose unas cuantas pullas, como hacían siempre, hasta que ella se despidió tras hacerle prometer que iría a cenar a su casa la semana siguiente.

Max la vio marchar con expresión pensativa y continuó trabajando en lo suyo con la mente dividida entre esa charla que acababan de sostener y lo que le había llevado a aislarse en primer lugar.

Rebecca.

Ambas cosas le resultaban igual de confusas, y cuando al fin se dirigió a su puesto para empezar con la ronda del día, se dijo que no estaba seguro de qué era más peligroso.

Rebecca se arrebujó un poco mejor en su abrigo y apartó un mechón de cabello de su rostro. El otoño del que tanto había leído poco antes de decidir mudarse a Baltimore se presentaba en todo su esplendor y ella no pudo menos que sonreír al cruzar una pequeña arboleda de donde algunas cuantas hojas habían empezado a caer. Se agachó para recoger una y le dio vueltas entre los dedos, fascinada por su tacto rugoso y el olor a salvia que brotó cuando la estrujó para llevársela a la nariz.

Era su estación favorita. La época del año en que se sentía irremediablemente de buen humor y cuando más disfrutaba de caminar. Bueno, eso o andar en bicicleta para ir de un lado a otro, pero esa mañana había descubierto que se le había roto una llanta y que debía llevarla al taller antes de poder volver a usarla. Pensaba ocuparse de eso el siguiente fin de semana porque no iba a darle el tiempo en esos días; estaba de vuelta en el piso de neonatología y las labores allí le absorbían tanto que a lo mucho tenía tiempo para llegar al apartamento y tumbarse a dormir por horas antes de que debiera despertar y volver al hospital.

Lo único bueno de todo eso era que le había dado la excusa perfecta para no ver a Max; o cuando menos, verlo tan poco que no se viera obligada a tener una charla demasiado profunda con él. Apenas se habían encontrado un par de veces desde su última visita al campo de tiro y apenas pudo preguntarle cómo le había ido en el examen que tuvo unos días después. Según él, creía haberlo hecho bien, y visto que ya había terminado con las pruebas escritas, solo quedaba esperar a que le dieran los resultados para saber si había pasado el examen o no. Rebecca le pidió entonces que se lo contara en cuanto tuviera alguna noticia y él le prometió que así lo haría.

De eso había pasado casi una semana. Una semana en la que no lo vio ni de casualidad. Cuando mucho lo oyó llegar muy tarde un par de veces cuando ya estaba en su habitación preparada para dormir, y aunque habría jurado oír sus pasos detenerse ante su puerta, él no intentó hablar con ella.

Rebecca había intentado convencerse de que eso

estaba bien. Ella no quería que lo hiciera, ¿cierto? Porque de un tiempo a esa parte sentía que sus charlas con Max eran demasiado profundas para su gusto. Cuando empezaron a vivir juntos él se mostraba como lo habría hecho cualquier otro conocido; alguien que hacía algunos comentarios que eran de esperar, con quien tener una conversación superficial y olvidarlo poco después. Según pasaba el tiempo, sin embargo, y su cercanía se hacía más notoria, todo eso había empezado a cambiar. Era imposible intercambiar una palabra con él, mirarlo a los ojos y no verse forzada a soltar un montón de cosas que necesitaba mantener a buen recaudo en su interior; le provocaba pavor que él pudiera ver en sus ojos todo lo que inspiraba en ella y que se esforzaba tanto por esconder.

De allí el alivio de que apenas se encontraran aunque, en el fondo, sabía también que lo echaba de menos; pero como era muy consciente de que no se podía tener todo en la vida y que debía elegir entre su paz mental y disfrutar de su presencia, intentaba convencerse de que eso era todo a lo que podía aspirar.

Ese día, por ejemplo, había terminado su turno a tiempo y en lugar de dirigirse a casa, donde sabía que posiblemente podría encontrarse con él, decidió que lo mejor era retrasar el regreso un poco más. Por eso, se dirigió al café en el que trabajaba Judy, que se había convertido en su favorito de la ciudad sin discusión. Era un negocio regentado por una pareja de holandeses apasionados del café que habían convertido su pequeño espacio en uno de los mejores del área. Y a Rebecca le encantaba el café.

Judy estaba atendiendo una mesa cuando llegó, pero volteó a mirar cuando la campanilla sonó al atravesar la puerta y le hizo un gesto para que ocupara una mesa en tanto se reunía con ella.

Rebecca eligió la que se hallaba de cara al cristal que daba a la calle y se dejó caer sobre una silla tapizada con un hermoso diseño *vintage* sin dejar de aspirar el aire con ganas. El aroma del café recién molido inundaba el espacio y se dijo que habría salido flotando con ganas en dirección a la cafetera como en una caricatura.

No hizo falta que se lamentara por no poder hacer eso, sin embargo, porque apenas unos minutos después, Judy se reunió con ella y dejó una taza humeante sobre la mesa. Luego, ocupó la silla contraria y sacudió los hombros con suavidad. Se había quitado el delantal blanco y su inmaculado uniforme de un tono encendido de turquesa hizo un simpático contraste con el mantel a cuadros.

–Tienes un don de la oportunidad fantástico –dijo ella al toparse con su mirada extrañada–. Has llegado justo en mi descanso.

Rebecca sonrió y dio un sorbo al café antes de responder.

–¿Y no prefieres aprovecharlo para dar un paseo? –preguntó ella.

–¡Dios, no! Lo último que quiero es caminar; llevo cuatro horas de pie. Si hubiera una cama por aquí me tiraría sobre ella sin pensarlo.

–Seguro que a tu jefe eso no le hace gracia.

–Sí, bueno, pero él no está aquí y tampoco la cama, así que nunca lo sabremos.

Rebecca se encogió de hombros y le dirigió una mirada divertida. Le agradaba mucho Judy; era una chica que siempre parecía tener una respuesta para todo, por lo general todas muy ingeniosas. La primera vez que visitó el local, una tarde en que iba camino al hospital y se le ocurrió variar el lugar en el que se había abastecía de café para sobrellevar mejor el turno, se había sorprendido al encontrarla allí e incluso se sintió un poco insegura acerca de cómo dirigirse a ella porque hasta entonces solo la había visto en una ocasión y en medio de una de sus discusiones con Evelyn, pero le bastó con tratarla unos minutos para darse cuenta de que era realmente agradable.

Desde entonces procuraba ir por allí cuando podía

y no había habido una sola ocasión en que no hubieran podido charlar un rato reafirmando su impresión de que era alguien con quien se sentía bastante cómoda y a quien no tenía problemas en considerar una amiga.

–¿Vas camino a casa?

Judy aguardó a que Rebecca terminara con su café para pedir un segundo a una de sus compañeras antes de hablar nuevamente y ella asintió con un gesto de deleite al ver las rosquillas que le habían dejado junto a la taza.

–Terminé temprano hoy. Bueno, no temprano, a mi hora, pero ya sabes cómo es; salir cuando se supone que debo de hacerlo es tan raro que cuando lo hago siento como si me hubieran dado un premio o algo así.

Judy asintió.

–Lo imagino –dijo ella–. Sé que no es lo mismo, pero aquí siempre es un poco así; nos quedamos hasta terminar. Lo bueno es que al menos eso nos asegura un extra por las propinas.

–Propinas... –Rebecca paladeó la palabra con un gesto gracioso–. No tengo idea de qué es eso.

Ambas rieron y empezaron a intercambiar información acerca de cómo les habían ido las cosas desde la última vez que se vieron. Rebecca le habló de las duras jornadas en el hospital y Judy la oyó con atención antes de despacharse con la que había sido lo que ella llamó una semana de terror.

No solo había tenido que suplir a una de sus compañeras que estaba postrada por una gripe fulminante, con lo que había pasado buena parte de sus días en el café, sino que eso le había impedido asistir a dos de las clases de dibujo que tomaba en la escuela de arte, lo que le había asegurado una buena regañina de su profesor, que amenazó con suspenderla si volvía a faltar. Y como si eso no fuera suficiente, había peleado con Evelyn tras cancelar sus planes de ir a cenar la noche anterior.

–Es que... ¿no te parece una idiotez? Cualquiera pensaría que ella debería entenderlo, ¿no? También tiene turnos horribles y he perdido la cuenta de la cantidad de las veces en que ha cancelado planes de un momento para otro; pero basta con que yo lo haga una vez...

Judy chasqueó la lengua y Rebecca frunció un poco el ceño. De alguna u otra forma, más temprano que tarde, sus charlas siempre terminaban por llegar a ese punto. Su mala relación con Evelyn y lo mal que se le daba a ambas conciliar cuando había algo en lo que no se encontraban de acuerdo. Para ella era un poco incómodo oírla, porque consideraba a las dos sus amigas y no deseaba tomar partido por ninguna, en especial porque era evidente que ambas tenían cierta responsabilidad en esos continuos encontronazos. Sin embargo, de la misma forma en que hacía cuando Evelyn le hablaba al respecto, lo que por suerte ocurría cada vez con menos frecuencia porque la veía aún menos que a Max, procuró ser justa y hablar con tanta honestidad como le fue posible sin herir sus sentimientos.

—Tal vez solo estuviera disgustada porque quería pasar tiempo contigo —comentó ella luego de dar una mirada a la calle a través del ventanal.

Judy se encogió de hombros, un gesto con el que pareció intentar restar importancia al tema, pero Rebecca ya la conocía lo suficiente para darse cuenta de que eso no era del todo cierto. Le importaba. Y mucho. Lo vio en sus ojos velados y en la forma en que las comisuras de sus labios se inclinaron hacia abajo antes de responder.

—Bueno, pues pudo decirlo en lugar de acusarme de ser una desconsiderada que utiliza cualquier excusa para no que no estemos juntas.

Rebecca asintió y terminó con la última rosquilla.

—Creo que a ella no se le da muy bien poner en palabras sus sentimientos, pero...

—Déjalo. En serio, sé que lo haces con buena intención, pero la conozco mejor que tú y sé bien lo que quiso decir.

Rebecca hizo un gesto de incomodidad.

—¿De verdad no han pensado...?

Dejó la pregunta en el aire porque sabía que Judy podría adivinar el resto. La había hecho antes y aunque la primera vez que se atrevió a mencionarlo le dio un poco de reparo porque sintió que se estaba entrometiendo más allá de lo que debería, sentía ya la bastante confianza para saber que ella no lo tomaría a mal. Y así fue, descubrió al verla esbozar una mueca amarga antes de cabecear con brusquedad.

–Deberíamos, ¿no? –preguntó ella a su vez y continuando sin esperar respuesta; ambas sabían que no hacía falta–. Terminar con lo que sea que tengamos. Cualquiera con dos dedos de frente lo haría, pero es que nosotras... –Ella suspiró–. Era genial al comienzo, en serio; creo que nunca he conocido a nadie con quien me llevara mejor. Sé que ahora parece ridículo porque no podemos dejar de pelear cada cinco minutos, pero entonces era perfecto y me gustaría tanto que pudiéramos volver a eso...

–¿Pero no lo han hablado? ¿No le has dicho cómo te sientes?

–Claro que sí. Y ella parece entenderlo, y me dice que también lo echa de menos, y nos juramos que lo vamos a intentar, pero entonces...

Judy hizo un gesto resignado y Rebecca esbozó una sonrisa triste.

–Supongo que un día tan solo nos daremos por vencidas; lo hará ella o lo haré yo, no lo sé, pero alguna tiene que decirlo y entonces... –Judy dejó caer los hombros–; bueno, supongo que entonces todo habrá terminado y seguro que eso será lo mejor para ambas.

–Lo siento.

Judy cabeceó antes de sacudir la cabeza de un lado a otro y, poco después, empezó a parlotear a toda velocidad acerca del proyecto en el que trabajaba y con el que esperaba congraciarse con su profesor en la academia de arte. Al parecer, había convencido a dos de sus compañeros del café para que posaran para ella en una sesión de dibujo al natural, y aunque era algo avanzado para el nivel en que se encontraba aun, se sentía lo bastante segura para intentarlo.

–Te lo habría pedido también, pero algo me dice que no te sentirías cómoda posando desnuda.

Rebecca sonrió al oír a su amiga; Judy dijo aquello como si pretendiera disculparse por no haberlo sugerido antes, pero la verdad era que tenía mucha razón. No podía imaginarse posando como Dios la trajo al mundo para ser inmortalizada en un dibujo; tan solo pensarlo le provocaba escalofríos.

–Descuida –respondió ella–. Pero me encantará ver el resultado cuando lo tengas terminado.

Judy le prometió que así sería y pareció tentada a contarle lo que tenía planeado para ese trabajo, pero entonces miró el reloj y se levantó como impulsada por un resorte porque se había pasado su hora de descanso y no importaba cuánto se burlara de sus jefes a veces, era una trabajadora bastante responsable. Se despidió de Rebecca, no sin antes dejarle un tercer café y poco después ella se marchó para ponerse de camino a casa.

El apartamento estaba desierto cuando llegó y por un instante lamentó que así fuera. Echaba de menos encontrarse con el rostro sonriente de Max, oírlo trastear en su habitación antes de aparecer dando vueltas por la cocina como un huracán, apurado por salir a trabajar en tanto le preguntaba por su día.

Con un suspiro, se dirigió a su habitación y, luego de tomar un par de cosas, fue directamente al baño. El agua de la ducha le ayudó a despejar su mente y relajar sus músculos cansados, pero no podía dejar de pensar en su charla con Judy y lo que dijo respecto al punto al que habían llegado las cosas con Evelyn. Se preguntó si Max sabría algo de eso por su compañera y lo que pensaría al respecto; le habría gustado hablar de ese tema con él, saber lo que opinaba y si todo aquello le provocaba tanta tristeza como a ella.

Se envolvió en una bata afelpada y se dirigió a la cocina para prepararse un té, pero al pasar por la habitación

de Max reparó en que la puerta se encontraba entreabierta y no pudo resistir la tentación de entrar.

Sabía que estaba mal, pero sus pies parecieron cobrar vida propia y un momento se hallaba de pie en
medio del pasillo y al siguiente dentro de la habitación.
Dio un vistazo alrededor, en absoluto sorprendida por
las prendas tiradas aquí y allá porque ya había notado
que Max no era precisamente el hombre más ordenado
del mundo. Resistió el impulso de poner las cosas en su
lugar y se acercó con pasos titubeantes al mueble junto
a la cama, donde había dispuestas algunas fotografías
que estudió con mirada pensativa.

Max estaba en casi todas ellas. En algunas, lo acom-
pañaban otros dos hombres tan atractivos como él y
con un parecido tan notorio que solo podían ser sus
hermanos; en otras rodeaba los hombros de los que
debían de ser sus padres, un hombre alto y corpulento pese a su evidente edad y una mujer mayor con un
cabello tan oscuro como el suyo y ojos brillantes. Había una del día de su graduación en que sonreía junto
a Tara y otra en la que parecía apenas haber dejado la
pubertad y en la que sostenía un perro enorme entre
los brazos.

El gesto de Rebecca fue mutando de la diversión a
la ternura y de allí, no hubiera tenido sentido negarlo,
a una casi imperceptible cuota de envidia. ¿Qué se sentiría crecer en un hogar como ese y rodeado por tanto
amor? Podía ver mucho de eso último en cada fotografía, incluso en aquellas en las que Max tenía una mueca un poco fastidiada por ser presa de las burlas de sus
hermanos. Toda esa gente se quería y eso estaba impreso en todos y cada uno de los retratos.

Rebecca acarició el rostro de Max con la punta de
los dedos y delineó su sonrisa al tiempo que un hondo
suspiro escapaba de sus labios. Luego, apartó la mirada
y se alejó del mueble sin ver nada más; ya había sido lo
bastante indiscreta, comprendió un poco avergonzada
por haberse dejado llevar de esa forma.

Dejó la puerta como la encontró, pero de pronto se le fueron las ganas de beber nada más; en su lugar, se dirigió a su propia habitación y cerró la puerta tras ella con firmeza. Buscó su móvil para comprobar la hora y vio que tenía un par de mensajes de su tía, pero los borró sin leerlos; tal vez la llamara antes de que terminara la semana para saber cómo estaba, se prometió con una desagradable sensación en el estómago.

Luego se puso un pijama y se metió a la cama; le costó dormirse; no fue capaz de hacerlo hasta que oyó el sonido de la puerta al cerrarse y supo que Max estaba de vuelta. Solo entonces cayó en un sueño inquieto y plagado de pesadillas que fue incapaz de recordar al día siguiente.

Parecía que la oficina administrativa del departamento de policía andaba un poco escasa de personal, se dijo Max no por primera vez en lo que iba de la semana al comprobar nuevamente su correo y ver que no le habían enviado aún los resultados de los exámenes de ascenso.

Nada. Ni siquiera un *no debiste molestarte*.

Eso, por deprimente que hubiera podido parecer, habría sido incluso mejor que continuar sumido en la incertidumbre y preguntándose cómo lo había hecho. Si lo había logrado o se había quedado en el camino; cualquier cosa que lo ayudara a dejar de pensar en todo lo que podría haber hecho mal.

Incluso Evelyn empezaba a parecer un poco harta de verlo comprobando el correo cada hora; tanto, que había optado por buscarse otro escritorio para mantenerse lejos de él porque, como dijo, empezaba a ponerla de los nervios y aún tenía mucho trabajo del que ocuparse.

De modo que él estaba solo y concentrado en lo suyo en tanto ella permanecía varios metros más allá rumiando porque tampoco podía concentrarse del todo ya que, y eso sí que había tenido que oírlo Max sin quejarse, había vuelto a discutir con Judy.

Él ya no se molestaba en dar opiniones respecto a lo absurdo de esa situación; solo esperaba que en algún momento tuviera un ataque de claridad y actuara como la mujer adulta que era. O tal vez fuera Judy quien tendría que hacerlo; en realidad daba igual siempre y cuando acabaran con todo eso.

Max se pasó una mano por la cara y se frotó los ojos cansados, preguntándose si no habría tenido ya bastante de eso y si no sería buen momento para volver a casa. Su turno había terminado una hora antes, pero decidió quedarse para adelantar el papeleo; ahora, sin embargo, le pareció que no había sido una idea muy inteligente porque mientras se encontrara allí no podría dejar de pensar en los resultados de los exámenes y oír las quejas de Evelyn. En casa, sin embargo...

Era posible que Rebecca ya estuviera allí y la sola idea de verla pareció actuar como un bálsamo sobre sus nervios alterados. Se preguntó cómo se encontraría, si habría olvidado su última charla o si, aún mejor, estaría dispuesta a retomarla porque él no podía dejar de pensar en lo que dijo ella entonces y lo mucho que deseaba que confiara en él lo suficiente para contarle algo de su pasado y de por qué parecía como si el evocarlo le provocara tanto dolor.

Decidido, apagó el ordenador y se puso de pie, buscando su chaqueta. Luego, se despidió de Evelyn, que respondió con un gruñido y se dirigió a la salida, pero apenas acababa de llegar el vestíbulo cuando se topó con un rostro familiar.

Logan Spencer, el marido de Tara, estaba ante el escritorio del oficial ocupado de la recepción, pero en cuanto lo vio, le hizo un gesto para que aguardara y poco después se reunió con él.

Max recordaba bien la última charla que sostuvo con su amiga respecto a lo que le había dicho Logan sobre sus pesquisas respecto a las drogas adulteradas de las que no habían tenido nuevas noticias en los últimos días.

Aunque sabía que Logan no había actuado de mala fe al preocuparse por eso y contárselo a su mujer, lo cierto era que Max no pudo sentir un aguijonazo de incomodidad al verlo allí. Se preguntó si tal vez querría decirle algo respecto a eso, lo que en verdad no le apetecía nada.

–¿Vas de salida? –Logan lo miró cuando llegó a su lado.

Max cabeceó y se adelantó a atravesar las puertas; Logan lo siguió en silencio hasta que se encontraron fuera del edificio y lo observó con semblante pensativo en tanto sacudía los hombros y elevaba la cabeza hacia el cielo para que los últimos rayos del sol le pegaran directo en la cara.

–Parece que has tenido un mal día.

Max esbozó una sonrisa cansada.

–Diría más bien que una mala semana –comentó él tras dirigirle una mirada de reojo–. ¿Y cómo vas tú?

–Nada fuera de lo habitual. Las cosas han estado un poco tranquilas, en realidad, lo que significa que en cualquier momento estallará algo grande.

Max cabeceó y empezó a andar con las manos en los bolsillos; era consciente de que Logan lo veía con demasiada fijeza y se preguntó si su presencia en la comisaría tendría que ver con algún asunto entre dependencias o, como había pensado, estaba allí para hablar con él.

Con Logan era difícil hacerse una idea clara de nada, se dijo no por primera vez al dirigir una mirada a su semblante calmado. Cuando se enteró de que su mejor amiga se había involucrado con ese hombre que no solo le sacaba casi una década sino que además tenía un temperamento tan distinto al suyo, le costó un poco imaginar cómo diablos había ocurrido eso. Con el tiempo, al tratarlo más, comprendió que en realidad se parecían más de lo que creyó y que, en cualquier caso,

eso daba más bien igual, porque estaban tan enamorados que hubieran podido ser de distintas especies y
habrían terminado juntos de una forma u otra.

A su parecer, además, el tiempo junto a Tara había
suavizado de forma notoria a Logan y era mucho más
abierto de lo que le había parecido cuando lo conoció.
Claro que eso no impedía que continuara encontrando
un poco exasperante que la mayor parte del tiempo lo
tratara como a un hermano menor al que debía sermo-
near de vez en cuando. Max ya tenía dos de esos, sin
contar a sus padres; no necesitaba otra figura de esa naturaleza en su vida. Pero Logan le agradaba demasiado
como para no apreciar sus esfuerzos.

–¿Cómo sigue Tara?

Logan recibió su pregunta con un gesto incierto e
hizo como si no supiera perfectamente que Max estaba más que enterado al respecto; después de todo, él y
Tara se habían visto hacía no mucho tiempo.

–Mejor. La herida parece haber cicatrizado bien y
según ella apenas le duele; pero todavía tiene un par
de semanas más de licencia, gracias al cielo.

Max sonrió.

–Porque si no fuera así ya estaría dentro de su patrulla de nuevo.

–Absolutamente. Ya sabes cómo es; toma más en
cuenta las recomendaciones de sus superiores que las
mías.

–Eso es porque ella es muy testaruda y tú un poco
pesado.

Logan entrecerró los ojos, pero tuvo la sensatez de
no discutir eso; no cuando ambos sabían que era cierto.
En su lugar, se encogió de hombros y llevó los brazos
cruzados al pecho.

–¿Y cómo han ido las cosas con tu nueva compañera? –preguntó él entonces.

¿En serio? ¿Por allí iban a ir las cosas? Max estuvo a
punto de reír. Había esperado que Logan fuera a insistir
respecto a las inconveniencias de que continuara invo-

lucrándose en la investigación de los estupefacientes adulterados, pero en su lugar, parecía que lo que pretendía era involucrarse en su vida privada.

¡Dios! Max se pasó una mano por la cara y se dijo que necesitaba nuevos amigos. Unos que no fueran tan entrometidos.

–Tan bien como siempre –respondió él al cabo de un momento porque sabía que tenía que decir algo–. ¿Por qué?

–Por nada.

–Claro.

–Fue solo una pregunta.

Max exhaló un hondo suspiro y se llevó las manos a las caderas.

–Ya. En serio, Logan, ¿por qué estás aquí?

Logan se acomodó las gafas sobre el puente de la nariz antes de responder.

–Tenía que dejar unos documentos de un caso que Morgan me asignó...

–¿Sí?

–Sí. Y se me ocurrió pasar un momento a saludar. ¿Hay algún problema con eso?

Max lo observó con los ojos entrecerrados.

–Lo es cuando sé que es una mentira.

Logan se encogió de hombros.

–Es posible que Tara haya mencionado que le parece que estás un poco raro –reconoció él al fin sin que pareciera muy contento de haberlo hecho.

–¿Raro?

–Sí, y ella piensa que tiene algo que ver con Rebecca porque siempre estás hablando de ella...

–Eso no es cierto.

Logan hizo como si no lo hubiera oído, aunque esbozó una sonrisa torcida; como si fuera la clase de cosa que habría dicho él de haberse encontrado en su lugar.

– ... y eso no es muy común en ti, porque nunca nos ha parecido que le des tanta importancia a nada o nadie.

–¿Disculpa?

–No es una crítica –lo apaciguó él al oír su tono ofendido–. Siempre he admirado que te tomes las cosas con calma y que no permitas que nada te afecte demasiado. Pero es precisamente por eso por lo que creo que Tara tiene razón: ella dijo que jamás te había visto así, y aunque no te conozco tanto como ella, estoy de acuerdo. ¿Cuándo fue la última vez que saliste con alguien?

Max sabía bien a lo que se refería, pero prefirió hacer como si no con la esperanza de que si lo tomaba por idiota, tal vez pudiera sacárselo de encima.

–Salgo todo el tiempo.

–Me refería a salir con una mujer–no pareció como hubiera engañado a Logan, pero él tuvo la gentileza de no hacérselo notar–. Hasta antes de la llegada de Rebecca no había un fin de semana en que no se te viera con una distinta.

–Oye, eso ha sonado muy mal.

–Sí, porque en cierta forma lo está; pero sabes que es verdad. Ahora, en cambio, tu mundo parece haberse reducido al trabajo y a ella.

Max frunció el ceño, dispuesto a negar eso último que le pareció injusto, pero entonces reparó en que tal vez tuviera algo de razón. Solo un poco. O mucho, qué diablos. Intentó recordar la última vez que quedó con una mujer, cuándo fue a casa de su madre para atender a una de sus mil y un llamadas para que fuera a cenar con la familia, y no pudo recordarlo.

Apenas veía a Rebecca y aun así parecía como si anduviera en una constante espera. Aguardando esos minutos en los que se cruzaban antes de que uno se marchara al trabajo o cuando al llegar a casa la oía canturrear al otro lado de la puerta de su habitación; o esas ocasiones en que se topaba con el libro que estuviera leyendo y que había dejado olvidado en el salón. Él entonces hacía la cosa más ridícula: delineaba las letras del título como estaba seguro que ella debía de haber hecho muchas veces y procuraba memorizarlo para averiguar de qué iba y poder sentirse así un poco más cerca de su dueña.

Pero no iba a decirle nada de eso a Logan. Porque era una idiotez y porque se habría dejado matar antes que reconocer que una mujer que a veces le parecía aún una absoluta desconocida lo tenía en semejante estado. Así que cuando respondió lo hizo con un tono confiado que incluso le engañó un poco a sí mismo y con la actitud despreocupada que al parecer había granjeado tantas opiniones entre sus amigos.

–Mira, Logan, aprecio tu preocupación, y la de Tara, pero entre Rebecca y yo no hay nada de eso.

–¿Estás seguro?

–Sí. Y, aun cuando no fuera así, no creo estar en edad de oír sermones.

–No pretendía que lo fuera, solo quería darte un consejo. Y uno nunca es demasiado mayor para oír el consejo de un amigo.

Max suspiró, conmovido a su pesar. De acuerdo, se dijo entonces: había logrado sobrevivir con dos hermanos entrometidos, seguro que podría con uno más.

–Bueno, pero no hace falta, ¿está bien? Aunque lo agradezco, en serio; pero lo están viendo todo mal. Ni actúo raro ni veo a Rebecca como nada que no sea una compañera; cuando mucho una amiga que, por cierto, es posible que a lo sumo se quede en el apartamento para cumplir con el contrato y luego desaparezca de la misma forma en que llegó –él intentó que su voz no dejara traslucir lo poco que le gustaba esa posibilidad y continuó en un tono algo más animado–. Lo único que me preocupa ahora es saber si pasé o no los exámenes de ascenso. No sabrás nada de eso, ¿no?

Logan lo observó con los ojos entrecerrados, como si se debatiera entre insistir en lo que había ido a decir o tomar ese cabo que él le tendía para alejarse de esas aguas más turbulentas y en las que, era evidente, Max no iba a permitir que se sumergiera más. Al final, pareció decantarse por lo segundo, porque se encogió de hombros y resopló con pesadez, apartando unos rizos oscuros de su frente.

–No, lo siento; no es para nada mi departamento –negó él–. Pero seguro que tendrás noticias pronto. Si quieres, puedo pedir a Morgan que haga algunas preguntas...

Max no tuvo que pensarlo demasiado. Lo último que quería era meter a Logan en un problema y mucho menos que se viera impelido a pedir un favor en su nombre a su superior que tal vez fuera uno de sus amigos más cercanos, pero también era alguien a quien no tenía mucho interés en incordiar, de modo que negó con la cabeza y se encogió de hombros antes de responder.

–No te preocupes, no hace falta; lo sabré en cualquier momento –aseguró él–. Y respecto a lo otro...

Logan sonrió.

–Le diré a Tara que se meta en sus asuntos –dijo él.

–Sí, por favor –Max asintió–. Y ya que estamos, no quiero ser grosero, pero creo que podríamos aprovechar la ocasión para hablar acerca de tu incapacidad para mantenerte lejos de los que no te conciernen. Puedes decir lo que quieras de Tara, pero tú no eres muy distinto a ella.

Su amigo arqueó una ceja y pareció desconcertado por unos segundos, antes de que una expresión de entendimiento cruzara sus facciones.

Claro que iba a entenderlo, se dijo Max en tanto se sostenían la mirada. Logan habría tenido que ser muy ingenuo para no imaginar que ese tema saldría. Cierto que él le había mandado un mensaje con Tara, tal y como pretendía enviarle uno a ella en ese momento, pero creyó que sería aún mejor si dejaban el asunto en claro cara a cara.

Porque a Max le importaba lo que Logan pensara de él. No solo porque lo consideraba un buen amigo sino porque lo respetaba como detective y creyó que ese era un buen momento tan bueno como cualquier otro para hablarle acerca de esas ideas que no dejaban de acosarlo respecto a esa investigación a la que no tenía acceso, pero acerca de la que le habría encantado discutir.

Por eso, apenas vaciló en rodear sus hombros con un brazo y, cuando Logan lo observó con cierta curiosidad, él esbozó una sonrisa confiada y le dio un apretón amistoso.

—Está bien; olvidemos eso, ya te he perdonado, pero voy a necesitar que me des tu opinión acerca de algo —dijo él.

Logan esbozó una mueca escéptica.

—¿Por casualidad se tratará de algo que implique que termine arrestado? —preguntó él.

—No, para nada.

Logan pareció aliviado; al menos hasta que Max remató la frase con una sonrisa torcida.

—Eres demasiado honrado para que ocurra algo así. Lo más seguro es que si alguna vez uno de nosotros es arrestado, ese sin duda seré yo.

—Ya. Eso me hace sentir mucho mejor.

8

La había oído llorar. Al menos, estaba seguro de que ese era el sonido que advirtió al cerrar la puerta del apartamento tras él y dirigirse a su habitación. Se detuvo de golpe en el pasillo y desanduvo sus pasos para acercarse a la de Rebecca; entonces, el sonido pareció desaparecer como si ella hubiera reparado en su presencia y temiera que pudiera oírla.

Max sabía que lo más cortés hubiera sido hacer como si se hubiera equivocado y seguir con lo suyo; ella era una mujer reservada, seguro que lo último que deseaba era ponerse en evidencia frente a él, pero no pudo hacerlo. Todo lo contrario. Apoyó la sien sobre la puerta y vaciló solo un instante antes de golpear con suavidad. Una, dos veces antes de recibir respuesta.

–¿Necesitas algo?

Max sintió un nudo en el estómago al oír su voz enronquecida por el llanto.

–¿Estás bien? –preguntó él a su vez.

Detectó el sonido de sus pasos al acercarse a la puerta, pero ella no respondió nada.

–Rebecca, ¿me dejarías entrar? ¿Por favor?

–Estaba a punto de irme a dormir.

Mentirosa. Él se tragó la palabra y sacudió la cabeza un par de veces antes de emitir un hondo suspiro que ella debió de oír porque habría podido asegurar que vio su sombra por la rendija de la puerta.

—No pasa nada...

Él fingió no oír eso último que, además, le pareció una frase tan vacía y falsa que habría tenido que estar loco para creérsela. Algo le dijo que ella lo necesitaba. Tal vez ni siquiera a él, no en verdad; no era tan presuntuoso como para pensarlo, pero sí que estaba seguro de que habría sido un crimen dejarla sola en ese momento. Así que llevó una mano al pomo de la puerta e intentó imprimir su voz del tono más persuasivo que pudo; era el que según Evelyn usaba para seducir a las mujeres por las que se sentía atraído. La diferencia era que en ese momento no pretendía seducir a ninguna, solo ayudar a la que de pronto parecía haberse convertido en la única que le importaba.

—Solo un minuto —pidió él—. Habla conmigo solo uno y te dejaré en paz; seguro que tienes un minuto para mí.

Max aguardó durante lo que le pareció mucho tiempo antes oírla correr el pasador de la puerta y girar el pomo que él se apresuró a soltar en cuanto la hoja empezó a abrirse.

Rebecca no lo miró a los ojos al hacerse a un lado para dejarlo pasar, pero Max pudo advertir sin problemas que tenía el rostro hinchado como si llevara mucho tiempo llorando y que sus ojos estaban irritados. Vestía unos pantalones de franela holgados y una camiseta con el logo de lo que a todas luces parecía un programa de televisión que jamás había visto; el cabello le caía sobre la cara y él apenas consiguió contener el impulso de acariciar los largos mechones oscuros entre los dedos.

No estás aquí para eso, se reprendió al apartar la mirada y buscar un lugar en el que sentarse.

A diferencia de él, Rebecca era muy ordenada, así que no había ropa tirada sobre todas las superficies a la vista. Al final, optó por una butaca junto a la ventana en tanto ella se dejaba caer con un movimiento pesaroso sobre la cama.

–¿Te enojarás si pregunto?

Rebecca posó la mirada en su rostro y Max advirtió una mueca irónica en sus labios carnosos.

–¿Te ha detenido eso alguna vez?

Max se encogió de hombros. No, la verdad era que nunca lo había hecho, y le alegró que a ella eso no pareciera molestarle mucho; al menos no tanto como para que lo mandara de paseo.

–¿Qué ha ocurrido?

Rebecca llevó la mirada tras su hombro para posarla en el exterior. La ventana se hallaba entreabierta y una suave brisa se colaba en la habitación.

–Hablé con mi tía.

Max cabeceó. Recordaba lo que ella dijo acerca de esa tía que era su única familia y con quien parecía tener una relación difícil.

–¿Malas noticias? –preguntó él.

–Algo así.

–¿Está ella bien?

–Eso creo. –Rebecca se encogió de hombros–. Pero...

Max advirtió el instante preciso en que su rostro adquirió un cariz oscuro y su voz pareció endurecerse hasta que no pareció suya; pero no la apresuró, prefirió dejar que ella lo dijera cuando lo creyera conveniente, lo que ocurrió poco después de emitir un leve suspiro.

–Su esposo está enfermo. Mucho. Es posible que no le queden más que unas semanas de vida; al menos eso fue lo que los médicos le dijeron.

–Lo siento.

–Yo no.

Max frunció el ceño y la observó con mayor atención, si cabía.

–¿No te agrada?

Rebecca hizo un gesto vago, sin responder, lo que lo alentó a insistir.

–Creí que sería lo contrario, visto que has estado llorando –anotó él.

–No fue por él, no porque lo lamentara, es solo... la noticia me hizo recordar algunas cosas y...

–¿Cosas tristes?

–Mucho.

Max asintió y, tras considerarlo un momento, se puso de pie y se dejó caer a sus pies sobre la moqueta; tan cerca que los pies de Rebecca rozaron sus rodillas al cruzar las piernas ante ella.

–¿Qué estás...?

–Cuéntamelo –pidió él–. Dime por qué te ha afectado tanto esto y por qué parece como si te acabaran de romper el corazón.

Ella lo observó con una expresión tan triste que él habría dado cualquier cosa, lo que fuera, por borrarla de su rostro para siempre.

–Ya estaba roto mucho antes de hoy, Max; lleva estándolo casi desde que puedo recordarlo.

El susurro de Rebecca se difuminó en el aire y él buscó una de sus manos para apretar sus dedos entre los suyos con una expresión calmada que no dejó ver lo mucho que le había afectado lo que dijo.

–Cuéntamelo –insistió él entonces.

Ella vaciló solo un segundo antes de asentir con un ademán cansado.

–No sé cómo.

–Como sea. Dímelo como quieras, como te sea más fácil.

–Es que no lo es, no es algo acerca de lo que acostumbre hablar... –Rebecca se humedeció los labios antes de continuar en un tono indeciso–. La tía Lila... ella era la hermana menor de mamá, pero llevaba varios años casada cuando ella murió. No podía tener hijos y aunque había hecho varias solicitudes para que le permitieran adoptar, no obtuvo nunca respuesta, así que creo que pensó que le había caído del cielo cuando me entregaron a ella porque no había ningún otro familiar que se ocupara de mí. Pero su esposo no estaba tan contento...

Las rodillas de Rebecca empezaron a oscilar de un lado a otro con suavidad; un movimiento provocado por el nerviosismo, supuso Max.

–Él... su nombre era... es Antón. A veces me gusta imaginar que está muerto –se excusó ella con una sonrisa amarga antes de continuar–. Bueno, a él no le hizo mucha gracia que lo obligaran a hacerse cargo de una niña a la que apenas conocía. Supongo que eso explica que nunca les dieran el permiso de adopción; era demasiado obvio que él no tenía ningún interés en convertirse en padre. Al comienzo, sin embargo, apenas me di cuenta; estaba demasiado afectada por la muerte de mis padres y mi tía se esmeró mucho por hacerme sentir bienvenida. Pero luego...

Rebecca carraspeó y bajó la mirada a sus manos enlazadas con el ceño fruncido; tal vez no se diera cuenta hasta entonces de que Max la tenía sujeta, pero no pareció como si la idea la disgustara.

–Mi madre jamás me había golpeado. Nunca. Podía llamarme la atención si creía que había hecho algo mal, pero eso era todo; él, en cambio...

Max cerró los ojos durante un segundo y apretó los dientes con tanta fuerza que pareció estar a punto de quebrárselos. No quería oír lo que ella estaba a punto de decir, lo supo incluso antes de verla entreabrir los labios para continuar; pero se quedó allí, inmóvil, sosteniendo su mano, y se preguntó si no sería ella quien lo sostenía a él.

–La tía Lila decía que solo intentaba corregirme, ayudarme a ser una niña buena, que habría hecho lo mismo con cualquiera de sus hijos de haberlos tenido. –Rebecca se encogió de hombros y esbozó una sonrisa amarga–. En fin, no quiero decir que lo hiciera todo el tiempo, solo cuando creía que me había portado mal o... cuando estaba molesto por algo. Según crecía me dije muchas veces que habría preferido que me llevaran a un albergue o a algún lugar así; que no podía ser peor que eso.

—¿Y ella nunca hizo nada?

A Max le costó reconocer esa voz como suya, y por la forma en que Rebecca alzó la cara para mirarlo, pareció como si a ella también le ocurriera otro tanto. Pero debió de comprender que era una reacción natural ante una revelación como aquella porque tan solo sacudió la cabeza de un lado a otro antes de desviar la vista nuevamente a sus manos.

—No, cuando mucho me llevaba a tomar un helado luego —ella suspiró—. Creo que le tenía tanto miedo como yo, aunque no recuerdo que le pusiera nunca una mano encima. Él... no sé por qué parecía odiarme tanto, nunca le hice nada; supongo que no podía soportar verme allí. Creo que le habría que gustado que desapareciera; a mí me pasaba lo mismo, solo que a mí no me importaba si era él quien se esfumaba o lo hacía yo; cualquier cosa que me mantuviera a salvo.

Rebecca frunció el ceño y uno de sus dedos empezó a trazar círculos sobre el dorso de la mano de Max, que sentía como si se estuviera ahogando, dividido entre la rabia visceral que le corroía las entrañas y la calidez del efecto de su toque sobre su piel.

—Las cosas mejoraron un poco cuando crecí; creo que porque fue entonces que empecé a hacerle frente. Un par de veces lo amenacé con ir a la policía —continuó ella—. Pero sabía que tenía que hacer algo, que no podía quedarme allí por siempre; así que me fui tan pronto como terminé el instituto. Mi tía me rogó que no lo hiciera, pero no hubiera podido quedarme un segundo más. Una amiga me acogió en su casa y fue quien me ayudó a prepararme para hacer el examen en la escuela de enfermería después de solicitar una beca; mientras, trabajé haciendo de todo un poco. Fue raro valerme por mí misma, pero nunca me había sentido mejor o más libre.

Max asintió sin ser muy consciente de que lo hacía.

Podía entenderlo, desde luego; incluso más: salvando las distancias, era capaz de sentirse identificado con ella porque apreciaba su independencia, pero las cosas por las que había pasado... no podía ni empezar a imaginarlo. Recorrió su rostro intentando ver en ella a la niña que fue alguna vez y le revolvió el estómago pensar en el miedo que debió sentir mientras vivía en el infierno que fue su hogar durante tanto tiempo. La imaginó como una chiquilla determinada a salir de allí aunque tuviera que llevarse al mundo por delante y se sintió un poco idiota por haber pensado alguna vez que era demasiado frágil para protegerse a sí misma.

Comprendió que pertenecía a ese pequeño grupo de gente que había sufrido tantas injusticias a lo largo de su vida que había aprendido qué batallas valía la pena luchar y cuáles dejar pasar. Y la admiró por eso tanto como lo atenazó el impulso de gritar, romper cosas y, sobre todo, arar hasta el último confín de la tierra para dar con el hombre que la había lastimado de esa forma para hacerlo pedazos.

–¿No vas a decir nada?

Max comprendió que había permanecido en silencio durante demasiado tiempo y que, no solo eso, la miraba con el rostro demudado, tan sobrepasado por su historia que parecía incapaz de reaccionar. Pero se esforzó por retomar el control y asintió con cierta brusquedad tras asegurarse de que su rostro no dejaba traslucir la furia que sentía. Ella no tenía por qué verla; algo le dijo que si confió en él no fue para inspirar su lástima o su indignación: solo quería que la entendiera. Y él lo hizo. No solo eso. Se sintió tan cerca a ella como no le había ocurrido nunca con otro ser humano en su vida.

–¿Fue por eso por lo que decidiste aprender a disparar y tomaste esas clases de defensa personal? –preguntó él entonces.

Rebecca hizo una mueca y asintió; pareció como si le avergonzara un poco reconocerlo.

–Fue una tontería, pero por un tiempo pensé que necesitaba saber todas esas cosas por si...

Max adivinó lo que había estado a punto de decir antes de callar: *por si él me buscaba e intentaba hacerme daño de nuevo*. Cerró los ojos un instante porque sintió que aún estaba lejos de haber recuperado la calma y que cualquier mención, la más mínima referencia a ese hombre lo llevaba más allá de la razón y no deseaba que esa furia se trasluciera ante ella.

–No fue una tontería –su voz surgió un poco tembloroso y tuvo que aclararse la garganta para oírse nuevamente como él mismo–. Hiciste lo que pensaste que era necesario entonces, y eso está muy bien. Nadie tiene por qué... nunca...

Max parpadeó al advertir que Rebecca lo contemplaba con ternura y una suave sonrisa danzando en sus labios agrietados.

–No tienes ni idea de qué decir, ¿cierto?

Él se encontró correspondiendo a su sonrisa, aunque lo suyo fue más una mueca un tanto apenada.

–No, la verdad es que no –reconoció él, y la frustración fue casi palpable en su voz–. Nunca me había sentido tan inútil como en este momento.

–No digas eso.

–Es la verdad. Lo que has dicho, por lo que has tenido que pasar; nunca pensé...

–Lo sé. No es algo acerca de lo que me guste pensar mucho tampoco; a veces siento que le ocurrió a alguien más. –Ella se encogió de hombros–. Por eso, cuando mi tía llamó para contarme lo que pasa... no sé, supongo que lo recordé todo de nuevo y me di cuenta de que no importa cuánto lo intente, siempre estará allí.

Max tuvo un instante de claridad y pudo ver por encima de la furia y la impotencia que experimentaba algo de lo que ella debía de sentir y que no sabía cómo nombrar, fuera porque no lo había pensado o porque incluso tal vez le avergonzara ponerlo en palabras. Y supo que no podía permitirlo. Por eso, sostuvo su mano con mayor firmeza aún y acercó el rostro al suyo casi hasta que sus frentes se rozaron.

Ella, que no pareció esperar un gesto como ese, dio un pequeño bote por la sorpresa, pero casi de inmediato su cuerpo se relajó hasta que Max sintió la suavidad de su piel en contacto con la suya y el latido acompasado de su corazón tan cercano que le dio la impresión de que palpitaba dentro de su propio pecho.

–Nada de eso te define, Rebecca –susurró él–. Tal vez influyera en la persona que eres, sí, pero no eres tú. Lo que ese hombre hiciera, lo que tu tía permitió... eso los define a ellos, no a ti. Tú eres distinta, muchas otras cosas...

–¿Qué clase de cosas?

Max sonrió.

–¿Quieres una lista de todas tus cualidades? –preguntó él con suavidad–. Porque si es así nos quedaremos aquí durante mucho tiempo.

Rebecca sacudió la cabeza de un lado a otro y lo sorprendió al rodear sus hombros con las manos y estrecharlo con tanta fuerza que Max estuvo a punto de irse hacia atrás por la sorpresa.

–Me basta con un abrazo –musitó ella, y su aliento, cálido y suave, le erizó la piel del cuello.

Max vaciló un instante antes de corresponder. No porque no lo deseara; dudaba de que alguna vez hubiera querido tanto algo como no fuera fundirse en un abrazo con ella. Titubeó porque algo en su interior le dijo que si lo hacía entonces no iba a poder soltarla nunca; pero al final terminó por rendirse porque habría preferido cortarse un brazo antes que perder la oportunidad de sentirla de esa forma aun cuando fuera solo unos segundos.

La abrazó con tanta fuerza que no habría sabido decir dónde empezaba ella y dónde terminaba él. Sintió la piel de su cintura suave bajo sus dedos y tuvo que contener un gemido de anhelo cuando ella ciñó su espalda tras exhalar un hondo suspiro que pareció colarse en su interior hasta asentarse allí, haciéndose parte de él.

Permanecieron así, uno aferrado al otro sin ser conscientes del paso del tiempo o del impacto de las revelaciones de Rebecca en ambos; así como tampoco de todo lo que habían llegado a decirse sin palabras o lo que habría de significar eso en su futuro.

9

La última llamada que Max y Evelyn recibieron esa semana fue del apartamento en Rivet Street.

Otra vez.

A él le bastó con oír la dirección que les dio la operadora de la central para que una expresión oscura asomara a su semblante, y cuando al fin se encontraron allí, ante la puerta cuyas muescas hubiera podido describir con los ojos cerrados, sintió que un nudo de rabia se le asentaba en el estómago.

Desde que habló con Rebecca acerca de su pasado, de todo lo que había tenido que soportar cuando era una chiquilla a manos de sus tíos, lo que le había dejado una profunda herida que ahora le parecía más visible que nunca, reaccionaba a esas llamadas de forma distinta.

Siempre le habían indignado; cada vez que se encontraba ante un escenario como aquel debía echar mano de todo su autocontrol para conservar el profesionalismo y no permitir que su temperamento le ganara la partida. Ahora, sin embargo, lo único que quería era despojarse del uniforme y dar una pateadura a quien fuera que se atreviera a lastimar a alguien aprovechándose de su fuerza.

Evelyn debió de ver algo de eso en su cara cuando

respondieron a la llamada porque, al golpear la puerta en medio del pesado silencio que en ese momento permanecía asentado en el largo corredor del piso, le dirigió una mirada de advertencia y dio un paso al frente para dar a entender que pensaba ser ella quien manejara la situación.

No tardaron demasiado en responder.

La puerta se abrió con brusquedad y la amplia figura que asomó al otro lado los contempló con una mezcla de enfado y aprensión.

—¿Qué?

Max mantuvo el aire contenido al oír el tono rudo con el que el hombre se dirigió a ellos, pero antes de que pudiese decir una palabra, Evelyn se le adelantó.

Ella, que no se amedrentaba con facilidad, echó los hombros hacia atrás y respondió a la brusca pregunta con voz fría.

—Recibimos una llamada por ruidos molestos, ¿hay algún problema? —inquirió.

Max aprovechó su altura para atisbar sobre el hombro de su compañera en tanto ella aguardaba respuesta, pero lo único que logró ver tras aquel hombre fue un vestíbulo diminuto y desierto y, habría podido jurar, los restos de un jarrón roto sobre la corroída moqueta.

—¿Qué clase de problema?

—Eso es lo que esperamos que nos diga usted.

Max volvió su atención al intercambio de palabras hecho en un tono cauteloso que lo llevó también a mostrarse más desconfiado de lo habitual, pero no intentó adelantar a Evelyn ni interrumpir de cualquier forma. Ella podía con eso y, mientras tanto, él quería aprovechar para estudiar el terreno con cuidado. De modo que mantuvo su atención dividida entre la rápida y álgida conversación que sostenían su compañera y el sospechoso y todo lo que les rodeaba.

Pese a que habían sido varios los vecinos que habían llamado para comunicar las quejas de un altercado en el apartamento, en ese momento no se veía ni un alma en las cercanías, aunque Max estaba seguro de que habría más de una oreja pegada a las puertas de aquel piso.

Por otra parte, notó también que el hombre con el que hablaba Evelyn se mantenía tenso como el arco de un violín mientras fingía oírla con un aire arrepentido que a todas luces resultaba falso. Lo vio en sus puños cerrados a los lados y en el rictus de enfado que le deformó la cara, ya de por sí adusta. No advirtió que pareciera dispuesto a pelear, sin embargo, pero le inquietó un poco que se mantuviera tan rígido bajo el vano de la puerta, como custodiando algo o a alguien que deseara mantener lejos de su vista.

El espacio tras él, además de desierto, se veía oscuro, pero hubo un instante en que a Max le pareció vislumbrar una sombra que atisbaba a su vez tras una puerta entornada al final del pasillo y que desapareció casi tan rápido como había surgido cuando advirtió su inspección.

La vista de Max voló a los pies del hombre, donde había visto los restos del jarrón destrozado y su ceño fruncido se acentuó. Estaba a punto de señalárselo a Evelyn cuando ella atisbó sobre su hombro buscando su mirada y vio una sombra de pesar en sus ojos despiertos.

–Le decía al señor Lark que nos resulta complicado creer que no hay nada por lo que debamos preocuparnos, como asegura, si esta es la ¿tercera vez? que venimos alertados por los ruidos en los últimos dos meses.

–Cuarta vez –corrigió Max fijando su atención en ella con una mirada de entendimiento.

–Tienes razón, cuarta. –Evelyn observó al hombre que los veía con gesto hostil–. ¿Se da cuenta? Son demasiadas quejas.

El aludido cruzó sus gruesos brazos y asumió una expresión desafiante.

–¿Quejas de quién? Yo no veo a nadie. –Él señaló el pasillo desierto–. La gente siempre está inventando cosas.

–¿Para perjudicarlo?

–No tienen nada mejor que hacer, pero no me importa; si ustedes quieren perder su tiempo haciéndoles caso, es su problema. Pero ahora tengo que pedirles que se marchen porque yo sí tengo trabajo de verdad que hacer.

Max reprimió una ácida respuesta; como que no daba la impresión de que hubiese hecho ni un solo trabajo ni remotamente legal en su vida, y miró a Evelyn con intención, seguro de que entendería lo que pretendía sugerir con ese gesto.

Ella, desde luego, no lo decepcionó, porque luego de asentir con rapidez, volvió su atención al tal Lark y habló con voz monótona.

–Nos sentiríamos más tranquilos si nos permitiera echar un vistazo a su casa –indicó ella.

El hombre bufó y una de sus manos asió el filo de la puerta con fuerza.

–¿Tiene una orden? –replicó él.

Max percibió la tensión en su compañera, que de pronto parecía tan enfadada como él, pero era obvio que en lo que al trabajo se refería, al menos, ella tenía una capacidad mayor de contención que la suya porque cuando habló nuevamente lo hizo en el mismo tono formal y carente de emoción.

–No, no la tenemos, pero apelamos a su buena voluntad.

–Si es así, van a tener que quedarse esperando; no meto a cualquier a mi casa –espetó el otro–. ¿Necesitan algo más?

Evelyn miró una vez más a Max y este apretó los labios, pero no dijo nada; ambos sabían que estaban atados de manos. Sin la presencia de quien fuera que hubiera hecho la llamada para refrendar la queja y visto que no había rastros de ese brutal altercado por el que habían sido requeridos, era poco lo que podían hacer.

Meterse en la casa de alguien sin una orden o sin que se hallara en delito flagrante no solo lo convertiría en una víctima, sino que a ellos los metería en grandes problemas. Así que solo les quedó tragarse su molestia.

Poco después, cuando abandonaron el edificio después de que Max dejara caer unas discretas amenazas al hombre y este les cerrara la puerta en la cara con una mirada de odio, ambos se quedaron un rato en la acera estudiando las cercanías por si alguien daba muestras de querer acercarse a hablar con ellos, pero nadie lo hizo.

Aun así, antes de entrar a la patrulla y reanudar su ronda, Max notó dos cosas.

La primera, que había un par de hombres junto a la entrada al edificio que se le antojaron conocidos, lo que disparó sus alarmas y, sin vacilar, almacenó la información en su mente para hacer un par de comprobaciones en cuanto estuviera ante el ordenador en la comisaría.

Y la segunda, la que le inquietó más, fue que cuando miró hacia la ventana del apartamento que acababan de visitar, advirtió que las cortinas se movían para dar paso a una figura pequeña y delgada que parecía espiarlos hasta que desapareció en un parpadeo dejándolo con la sensación de que aquella no sería la última vez que se vieran obligados a acudir a ese lugar.

Las pesquisas de Max respecto a los hombres que había visto en las cercanías del edificio en que vivía el hombre al que sus vecinos acusaban de armar grandes escándalos dio como resultado unas cuantas sorpresas interesantes.

Tal y como había sospechado, aquel par eran nada más y nada menos que conocidos traficantes de la ciudad, además de ladrones de poca monta que de vez en cuando terminaban en la comisaría acusados de cargos menores de los que se libraban pagando fianzas irrisorias.

Él y Evelyn los habían arrestado una vez un par de años antes al encontrarlos rondando cerca de una escuela secundaria en posesión de una cantidad de drogas mayor a la que se consideraba legal para consumo, pero como en sí no los hallaron comercializando, apenas permanecieron un par de horas detenidos.

Gente como ellos siempre parecían contar con abogados surgidos de la nada para sacarlos de problemas; leguleyos con tan mala reputación como la suya dispuestos a hacer cualquier cosa para ganar dinero fácil siguiendo unos procedimientos que, al parecer de Max, hacía mucho que deberían haber sido modificados.

Tras confirmar la identidad de esos dos hombres, Max lo notificó a su capitán, pero él no le dio demasiada importancia. Que un par de delincuentes rondaran por las calles era habitual; tenían que estar en algún lugar y el departamento de policía no podía asignarles un oficial a cada persona con antecedentes en la ciudad para que se asegurara de que no cometiera algún delito. Si hacían algo lo sabrían en su momento, aseguró, y aunque Max sabía que tenía razón, no logró quitarse de encima la sensación de que había algo que se le estaba pasando y a lo que debía prestar atención.

Parte de él sabía que esa inesperada obsesión con ese asunto estaba relacionada con el hecho de que en cierta forma le permitía enfocarse en algo que le distraía de otras cosas en las que prefería no pensar.

Como en el resultado de sus exámenes, que continuaba sin recibir.

Pero había algo más. Algo más grande, más perturbador. Algo que parecía rondarle como un alma en pena.

Rebecca.

Rebecca y lo mucho que la deseaba.

Ella parecía haberse adueñado hasta del último de sus pensamientos y eso estaba a punto de volverlo loco.

No había un momento del día en que no conjurara su rostro o su voz y más de una vez se había sentido agradecido de que coincidieran tan poco en el apartamento porque de verla más seguido hubiera terminado por cometer alguna estupidez.

Como besarla, por ejemplo, y pedirle que le contara

hasta el último detalle de su vida para lograr así entenderla del todo.

Max se subió el cuello del abrigo hasta el mentón y el dorso de su mano recorrió su mejilla áspera por la falta de afeitado. Había pasado las últimas cuarenta y ocho horas metido en la comisaría; apenas dejaba su escritorio para cumplir con sus rondas, comer y dar algunas cabezadas en la sala de descanso.

El resto del tiempo lo pasaba sumergido en los expedientes que había logrado encontrar de esos hombres con los que se topó en los alrededores del edificio en Rivet Street y también cobrando algunos favores para que un colega en Texas, de donde provenía ese hombre, Lark, le hiciera llegar sus antecedentes porque no podía creer que él no encontrara nada por su cuenta y estaba convencido de que no se trataba de trigo limpio. Aquel tipo escondía algo que iba más allá de los altercados en su apartamento y su mala actitud; lo sentía en sus huesos.

Al fin, sin embargo, tuvo que dejarlo todo porque apenas se tenía en pie y Evelyn le pegó tal sermón cuando volcó su café sobre los informes en los que estaba trabajando que no le quedó otra alternativa que reconocer que si no dormía iba a terminar por colapsar.

Se arrastró fuera del edificio que albergaba la comisaría y tomó un taxi para llegar a casa porque estaba tan cansado que no se creía capaz de conducir. Por suerte, o no, dependía de cómo se viese, no había rastros de Rebecca cuando entró en su apartamento.

Lo que sí halló fue una bandeja con bollos sobre la encimera y una nota en el refrigerador para avisarle de que había un trozo de lasaña para él.

Max se detuvo en medio de la estrecha cocina aspirando con profundidad como si creyera que así sería capaz de percibir algún vestigio del perfume de su compañera de piso, cualquier cosa que le recordara a ella y le hiciera sentir menos solo, como le ocurrió entonces.

Al comprender que actuaba como un demente, sacudió la cabeza de un lado a otro y se dirigió a su habitación mordisqueando un bollo de mala gana mientras se iba despojando de la ropa.

Rebecca bajó un poco el volumen de la música al oír cerrarse la puerta del vestíbulo y trató de contener la ráfaga de excitación que se le asentó en el vientre al pensar que solo podía tratarse de Max.

Exhaló un hondo suspiro y miró el plumero que sostenía con una mano temblorosa.

Había pasado la última hora limpiando su habitación porque unos obreros calle abajo habían levantado lo que le parecieron toneladas de tierra para demoler una vieja casa y cuando regresó de trabajar se encontró con que prácticamente todas sus cosas estaban cubiertas por una fina capa de polvo, lo que le hizo soltar un par de maldiciones y retrasar su plan de darse un buen baño y prepararse una cena caliente.

Ahora todo se veía un poco mejor, comprobó con alivio al dar una mirada alrededor, y se estiró para soltar sus músculos tensos. No había esperado que Max volviera tan pronto, pero al mirar el reloj comprobó que era más tarde de lo que había calculado. La idea de verlo la sedujo tanto como le provocó un aguijonazo de ansiedad, pero al comprender que no podía quedarse recluida allí para siempre, decidió comportarse como la mujer adulta que era.

Las cosas entre ellos estaban un poco raras últimamente, sí, y la tensión cada vez que se encontraban en la misma habitación podía cortarse con un cuchillo, pero eso no era culpa suya, y bien pensado, tampoco lo era de Max.

Era solo...

Ella se llevó una mano a la nuca y la masajeó con brusquedad al tiempo que salía de la habitación para dirigirse a la cocina, atraída por un olor delicioso que le despertó el estómago.

Era solo que él era increíble, se dijo sin poder contener un suspiro más propio de una adolescente embelesada que de la madura mujer que creía ser cuando se topó con la imagen de Max moviéndose por la cocina con esa soltura tan propia de él.

–Hola, extraña, ¿nos conocemos?

Rebecca tragó saliva al toparse con su sonrisa y se forzó a devolverse el gesto; él no tenía la culpa de que se le acelerara el corazón cada vez que lo veía. Más aún, era posible que se asustara un poco de saberlo.

–Hola –dijo ella acercándose para estudiar el contenido de las cajas que estaban apiladas sobre la encimera–. ¿Eso es comida china?

–Banquete para dos.

Max asintió y dio media vuelta para buscar unos platos en el aparador mientras Rebecca alternaba la mirada de su ancha espalda cubierta por una camiseta entallada a una cajita que olía especialmente bien.

–¿Cómo sabías que iba a estar aquí? –preguntó ella ocupando un taburete ante la mesa.

–No lo sabía. Pensaba dejarte algo en el refrigerador; pero ya que estás en casa...

Casa.

Rebecca parpadeó, asombrada por lo poco que le incomodó aquello. Hasta hacía no mucho tiempo, se tomaba un poco a mal cualquier mención de ese tipo sin importar quién la hiciese.

Ella no tenía una casa; no quería una. Eso sonaba demasiado serio, demasiado... importante. A veces una casa podía engullirte como había sentido mientras crecía con su tía Lila y su marido. A veces cuatro paredes podían convertirse en una prisión.

Y, sin embargo, cuando sus ojos se encontraron con los de Max, brillantes y divertidos mientras la veía engullir el contenido de un envase con los palillos chinos en frágil equilibrio, se sorprendió pensando en que no era eso lo que sentía en ese momento.

En realidad, si dejaba de lado el calor que le recorría

de pies a cabeza cada vez que su mirada se posaba sobre el hombre ante ella, lo cierto era que la idea no era tan desagradable.

Jamás se había sentido menos atrapada que en ese momento, como no se anduviera con cuidado, terminaría por creer que era capaz de volar, se reprendió apartando la mirada para posarla en la superficie de la mesa

—¿Qué tal tu día?

—Bastante bien. —Rebecca se aclaró la garganta con suavidad y le alegró comprobar que no sonaba tan rara como había temido—. ¿Y el tuyo?

—Igual.

Ella detectó algo, una ligerísima alteración en su voz que le ayudó a darse cuenta de que no era del todo sincero y se sorprendió al comprobar de lo bien que había logrado aprender a conocerlo en el poco tiempo que llevaban viviendo bajo el mismo techo.

—¿Pero?

—Pero ¿qué?

Rebecca arqueó una ceja y dirigió a Max una mirada entendida.

—Algo te preocupa. —Ella se adelantó antes de que él pudiera abrir la boca—. Y no me digas que se trata solo del examen porque ambos sabemos que no es verdad.

Max sostuvo su mirada y, al cabo de un momento, dejó escapar un bufido, aunque Rebecca advirtió que, más que disgustado, parecía un tanto aliviado de que ella lo mencionara.

—De haber sabido que podías leer la mente, habría puesto otra cláusula en el contrato —masculló él.

—No leo la mente; es solo que es muy fácil adivinar cuando algo te preocupa.

—¿Sí? Supongo que eso me convierte en alguien bastante aburrido.

Rebecca sonrió sin poder evitarlo. Lo cierto era que Max debía de ser el hombre menos aburrido con el que se había topado en su vida; todo en él era imprevisible y excitante, pero eso no pensaba decirlo porque él ya se lo tenía bastante creído y porque no deseaba dejarse en evidencia.

Así que solo se encogió de hombros y le sostuvo la mirada sin parpadear.

–Hay defectos peores –dijo tan solo en tono vago–. ¿Y bien? ¿Me lo vas a contar?

Él vaciló.

–Te aburrirás –advirtió.

–Lo dudo. Vamos, cuéntamelo; tal vez te ayude a sentirte mejor.

Permaneció unos segundos en silencio, él cabeceó y ella se sintió ridícula por lo contenta que le puso haber ganado esa pequeña batalla; pero intentó que no se le notara y procuró permanecer muy atenta mientras Max le contaba acerca de los casos en los que había trabajado esas semanas y, en particular, el asunto de ese hombre al que estaba investigando y que creía que tenía alguna relación con los otros dos que había visto rondando cerca de su edificio.

–¿Piensas que él también podría estar involucrado en ese asunto de las drogas? –preguntó ella cuando Max terminó de hablar.

Él bebió un largo trago de la cola que acababa de sacar del refrigerador e hizo un gesto vago.

–No estoy seguro, pero es una posibilidad –indicó–. Eso sí, no tengo pruebas y si se me ocurriera mencionárselo a mi capitán me mandaría de paseo.

–Eso no suena muy justo.

–Quizá, pero puedo ponerme en su lugar. Somos pocos agentes con mucho trabajo y si destinara recursos a seguir las corazonadas de todos no le daría el presupuesto ni para llegar al primer trimestre.

Ella asintió, comprensiva. Le agradó comprobar cuán leal podía ser Max incluso cuando no se hallaba de acuerdo con alguien.

–¿Y qué harás entonces?

–Continuar con mi trabajo, claro, ¿qué más?

Él se encogió de hombros y tomó la última galleta de la suerte del envase con expresión pensativa.

–Pero no vas a dejarlo ¿no? –replicó ella, segura de que no se equivocaba–. Seguirás investigando a esa gente por tu cuenta.

–Ya estás otra vez. –Él le dirigió una mirada acusadora y la señaló con un dedo–. Leyéndome la mente.

Ella sonrió.

–Ya te he dicho que no hace falta; eres transparente como un cristal.

Max acusó sus palabras con una mirada extraña y a ella se le secó la boca de golpe. Vio tantas cosas en su rostro en ese momento: cosas que podía adivinar y otras que no estuvo segura de si eran reales o solo un reflejo de sus propios deseos. Pero la sensación se esfumó tan pronto como había aparecido dejándola temblorosa e inquieta.

Él, que no había apartado la mirada de su rostro, dejó caer los palillos dentro de la caja vacía y se puso de pie con brusquedad.

–Creo que ya he tenido suficiente; lo que necesito ahora es tomar un baño y dormir un poco –indicó al tiempo que echaba los recipientes de cartón en la basura.

Rebecca dejó salir el aire que no se había dado cuenta de que había estado conteniendo y asintió con pesadez.

–Claro. Yo también voy. –Ella se aclaró la garganta y continuó muy rápido al darse cuenta de lo raro que había sonado eso–. A mi habitación, digo; a darme un baño. Y a dormir. En mi cama.

Ella no podía verlo porque le daba la espalda, pero habría podido jurar que estaba sonriendo, y cuando al fin se volvió para hablarle, captó un brillo divertido en sus pupilas.

–Creo que es una buena idea; ¿tienes turno mañana? –preguntó él.

–Sí, pero no tengo que ir hasta mediodía.

–Genial, yo entro temprano; intentaré no hacer mucho ruido para no despertarte.

Rebecca asintió en señal de agradecimiento y permaneció unos segundos en silencio, indecisa, sin saber qué decir o hacer.

Algo tan sencillo como unas cuantas palabras, un gesto considerado tan propio de Max, la conmovieron de una forma que no habría sabido explicar.

Le picaron los párpados y se sorprendió al sentir la humedad de las lágrimas asomando a sus ojos, por lo que apartó la vista con rapidez, musitó una despedida, se encaminó a su habitación y no pudo respirar con normalidad hasta que pasó el seguro y se dejó caer sobre la cama.

Un montón de imágenes asomaron a su mente en ese momento.

Una jaula con la puerta abierta y un ave echando vuelo entre ellas, lo que le hizo pensar que tal vez estuviese aun más cansada de lo que creía y que por eso le había afectado tanto ese intercambio con Max.

Después de todo ¿qué podía saber él de sus sentimientos y de lo mucho que significaba para ella las cosas que decía?

Como que gracias a él ahora sentía que por primera vez en su vida tenía un hogar de verdad.

–¡Lo sabía!

–Detesto que tengas razón; te pones insoportable.

Max ignoró los rezongos de Evelyn y leyó nuevamente el correo que su amigo del departamento de policía en Arizona le había enviado esa mañana.

–Arrestado por posesión... –indicó él.

–Por lo que dijiste, una cantidad muy pequeña como para que negociara con ella.

–Antecedentes de violencia...

–Lo que lo convierte en un cerdo, pero nadie presentó cargos por eso.

Max se llevó una mano a la sien y observó a su compañera con el ceño fruncido.

–¿Vas a desestimar todo lo que diga? –preguntó él en tono enfadado.

Evelyn compuso una mirada algo menos belicosa y se detuvo de golpe bajo un arce que los cobijó bajo sus ramas, inertes en esa mañana un tanto calurosa.

Estaban en medio de la pista de carreras que rodeaba el complejo policial al que acostumbraban acudir una vez por semana para hacer un poco de ejercicio. Correr y nadar eran algunas de sus actividades favoritas, y aunque a veces, como ocurría entonces, terminaban en alguna discusión, lo cierto era que por lo general se trataba más bien de un juego.

En ese momento, sin embargo, mientras Max se pasaba la manga de la camiseta por la frente sudorosa tras una larga carrera, se dijo que no había nada de divertido en el hecho de que a Evelyn pareciera resultarle tan difícil respaldar sus suposiciones.

Él había estado muy entusiasmado mientras hacía malabares para seguir el recorrido de la ruta, sorteando algunos obstáculos, al tiempo que leía en voz alta un correo que su amigo le había enviado en el que confirmaba que aquel hombre, Lark, tenía antecedentes en su ciudad de origen. Pero según fue dejando caer la información, el rostro de Evelyn fue adquiriendo esa mueca burlona tan propia de ella cuando algo no terminaba de convencerla y su emoción fue dejando paso al fastidio.

Con razón ella y Judy tenían tantos problemas, se dijo; esa mujer podía ser insoportable.

Ahora, mientras ambos procuraban recuperar la respiración, un tenso silencio recayó a su alrededor hasta que ella exhaló un hondo suspiro y lo observó con lo que pareció una sombra de arrepentimiento.

–Está bien –dijo–. Entiendo tu punto, en serio, y no quiero quitarle importancia...

–¡No me digas!

–Hablo en serio –insistió ella–. Creo que es lógico que te preocupes por esto; también estoy furiosa por no tener algo que nos permita arrestar a ese hombre, pero no puedes obsesionarte de esa forma.

–No estoy obsesionado.

Esta vez fue Evelyn quien lo ignoró.

–¿Qué pasa si ese hombre se entera de todo esto y decide denunciarte por acoso? –inquirió ella–. Sabes que es posible; no sería la primera vez que un policía termina suspendido o, aún peor, despedido, porque un delincuente decide aprovecharse de los vacíos. No puedes acechar a alguien, por sucio que parezca ser, solo llevándote por una corazonada.

Max aguardó a que ella terminara de hablar y se cruzó de brazos.

–No estoy acechando a nadie; ni siquiera he vuelto a pasar por el edificio –aclaró él.

–Quizá, pero continúas investigando...

–Eso no es un delito, y nadie lo llamaría «acechar»; solo sigo una investigación.

–Que nadie te encargó hacer.

Él puso los ojos en blanco.

–Eso ya lo sé –indicó–. Pero no me convertí en policía solo para seguir indicaciones.

–Díselo al capitán.

–A veces –continuó él como si no la hubiera oído–, solo tienes que hacer lo que te parece correcto. Es tan simple como eso.

Evelyn le devolvió una mirada en la que él creyó atisbar cierta inquietud, algo poco habitual en ella. Eso le sorprendió tanto como verla dar un paso hacia él, ya sin rastros de burla en su rostro; cuando habló, lo hizo en un tono más bien impaciente.

–No quisiera que te metas en problemas –indicó ella.

Max arqueó una ceja y le dirigió una mirada divertida.

–¿Porque estás preocupada por mí? –preguntó él en tono socarrón.

La mirada de Evelyn se endureció.

–No. Porque si te suspenden me pondrán a alguien aún más idiota de compañero y no creo que vaya a poder aguantarlo –afirmó ella.

Max sacudió la cabeza de un lado a otro y extendió una mano para pegarle un leve golpe en el hombro.

–No pasa nada porque reconozcas que me quieres –bromeó él.

Evelyn apartó su mano con un gesto brusco y se apartó del árbol para enrumbar nuevamente por la ruta trazada en la pista.

–Te lo dije: eres un idiota –refunfuñó ella para que la siguiera–. ¿Podemos ahora terminar con el recorrido? No he desayunado y me estoy muriendo de hambre.

Max no respondió, pero fue tras ella y se puso a su altura sin esfuerzo. Después de aquello, continuaron trotando por media hora más hasta que decidieron dar la carrera por terminada. Mientras se dirigían a las duchas, él se mantuvo pensativo, aunque no volvió a tratar el tema de sus pesquisas.

En el fondo, sin embargo, fue eso en lo único en lo que logró pensar, incluso mientras devoraba el desayuno que les sirvieron en la cafetería del complejo.

Estaba preocupado y no lograba deshacerse de la sensación de que se hallaba cerca de algo importante que veía casi al alcance de la mano.

Solo necesitaba confirmar un par de cosas y luego, con un poco de suerte, podría resolver ese asunto de una vez por todas.

Max recordó lo mucho que le había ofendido que Evelyn usara la palabra «acechar» para referirse a su método de investigación de los movimientos del hombre del edificio; pero visto donde se hallaba en ese momento y lo que tenía en mente hacer, a él no le quedaba más alternativa que reconocer que tal vez ella estuviera en lo cierto con eso.

Luego de apartar una rama que le hacía cosquillas en la nariz, se encorvó para mantenerse cubierto por uno de los arbustos que rodeaban el parque no muy lejos del lugar en que vivía Lark y observó a la mujer que cruzaba un sendero en dirección a una pileta con forma de querubín que llevaba mucho tiempo destrozada y de la que había dejado de brotar agua.

Aun así, era bonita y conservaba su encanto, lo que supuso Max la convertiría en un punto de recreo tan bueno como cualquier otro; en especial para alguien que apenas veía la calle como ocurría con esa mujer a la que llevaba al menos media hora siguiendo.

Sabía quién era. O al menos lo sospechaba. Aún más, estaba seguro de que no era la primera vez que la veía; ya antes había tenido un atisbo de ella y de su mirada asustada.

Cuando él y Evelyn respondieron a una de las últimas llamadas por los disturbios en la casa de Lark y a él le pareció que ella lo observaba desde un rincón de la sala mientras interrogaban a aquel hombre.

Ahora, visto lo que había averiguado acerca de él y sus sospechas, que no hacían sino aumentar según pasaban las horas, decidió que había llegado el momento de dar el último paso para confirmar sus teorías.

Por eso, no dudó esa mañana en aprovechar que estaba de descanso para dirigirse al lugar y aguardar fuera del edificio hasta verla salir. Ella iba con los hombros echados hacia abajo y un gorro le cubría la frente, pero su intuición le ayudó a reconocerla.

Ahora, inquieto ante la posibilidad de que pudiera no tener otra ocasión de encontrarse a solas con ella, aspiró aire, abandonó su punto de vigilancia y fue a su encuentro cuando la vio sentarse en el borde de la fuente derruida.

–Hola.

La mujer se sobresaltó como si alguien hubiese dejado caer un yunque a sus pies. Max notó que dio un paso hacia atrás como si pretendiera dar media vuelta y huir, pero él se le adelantó al extender una mano al tiempo que esbozaba una sonrisa tranquilizadora.

–Disculpa, no quería asustarte; es solo que necesito hablar un momento contigo.

Ella se detuvo y lo observó con el miedo bullendo en sus pupilas, examinándolo como si le pareciera un ser extraño que había surgido de la nada para atacarla y, al mismo tiempo, creyó vislumbrar un leve atisbo de curiosidad.

Max aprovechó ese momento de indecisión para examinarla. Se trataba de una mujer que debía de estar dejando atrás los cuarenta; y aunque conservaba aun cierta lozanía y alguien poco observador se hubiera enfocado tan solo en que era bastante atractiva, a él le gustaba pensar que era mejor que eso.

Era guapa, sí, y llamativa con su cabello rojizo y el rostro muy maquillado, pero también se veía apocada y un velo de sabiduría entremezclada con pesar parecía emanar de sus poros. Max no recordaba haber visto a alguien que pareciera tan desengañada de la vida.

Cuando el silencio empezó a hacerse incómodo y ella miró una vez más sobre su hombro, como si calculara sus posibilidades de salir corriendo sin darle tiempo a que la alcanzara, él dio otro paso hacia adelante para llamar su atención.

–Mira, no me conoces y no tienes que hablar conmigo si no quieres, pero necesito hacerte unas preguntas y agradecería mucho que aceptaras responderlas –dijo.

La mujer se humedeció los labios y dirigió la mirada a sus manos con nerviosismo; pero no dijo una palabra y Max decidió que bien podía continuar.

–Estoy… digamos que estoy investigando algunas cosas relacionadas con el hombre con el que vives y necesito que me ayudes con eso.

Un vistazo de pánico asomó a las pupilas de la mujer y Max se reprendió por haber hablado de esa forma, pero por otra parte ¿qué otra cosa hubiera podido decir? No había una manera delicada de preguntar a alguien si convivía con un delincuente.

–Por favor –Max se forzó a continuar al verla dar unos pasitos trastabillantes hacia atrás–. Serán solo un par de preguntas, te lo prometo; nadie tiene que saber que hablamos.

–No...

La sílaba surgió en un tono de voz tan bajo que por un momento a Max le pareció que lo había imaginado, pero se dio cuenta de inmediato de que no había sido así. Y algo tan sencillo como eso, que ella fuera capaz de emitir siquiera un sonido cuando era evidente que se encontraba aterrorizada, le infundió una oleada de esperanza que lo llevó a enviar sus dudas de paseo y, sin vacilar, se atrevió a posar una mano sobre su hombro delgado y dirigirle una mirada cargada de simpatía.

–Solo dos preguntas –insistió él en un tono persuasivo–. Dos preguntas y no tendremos que volver a hablar si así lo quieres. Puedo ayudarte, lo juro.

La vio dudar durante lo que le pareció mucho tiempo, pero no dijo nada, ni una palabra. Era consciente de que se hallaba en un punto muy frágil; casi como si se hallara apoyado sobre una capa de hielo delgadísima que podría quebrarse bajo sus pies en cualquier momento.

La voz de Evelyn diciéndole que cometía un error resonó en sus oídos, pero la reemplazó de inmediato con otra más dulce, una que se había convertido en tan familiar como la de su compañera y que a veces pensaba que de alguna forma extraña formaba parte de él.

Rebecca.

Rebecca, que parecía creer en él como no lo había hecho nunca nadie antes.

Rebecca, que lo veía siempre como si lo creyera capaz de lograrlo todo.

Por eso, no dudó en sostener la mirada de la mujer un minuto tras otro y cuando al fin la vio asentir, aun evidentemente asustada, pero segura, no dudó en exhalar un largo suspiro de alivio.

***

Max estudió el rostro de su capitán y aguardó con el corazón encogido a que dijera algo; cualquier cosa que rompiera ese silencio atronador en que se había sumergido luego de dejarlo despacharse a gusto cuando fue a buscarlo a su oficina y le dijo que tenía información que podía ser importante.

El resultado de sus pesquisas acerca del hombre del edificio en Rivet Street le había llevado a suponer que tenía una base sólida para hablar con el capitán, en especial después de hablar con la mujer que vivía con él, pero al ver la mueca escéptica que asomaba a la faz del viejo policía se dijo que tal vez había pecado de optimista.

Cuando este se decidió finalmente a hablar, Max consideró que hubiera preferido que se quedara callado.

–A ver si te he entendido, Joyce: te levantaste un día y decidiste ponerte a jugar al detective; en el proceso, has roto no sé cuántas reglas, te tomaste atribuciones que no te corresponden y, como si eso no fuera suficiente, expusiste al departamento de policía a una demanda por acoso solo por seguir... ¿Cómo lo llamaste? Una corazonada. –Su jefe abrió las manos y lo observó con el ceño tan fruncido que sus tupidas cejas casi se tocaban–. ¿Me he dejado algo?

Max suspiró. Definitivamente las cosas no iban como las había planeado.

–No fue exactamente así, señor –él carraspeó y frunció el ceño–. Los indicios señalan...

–Señalan lo que tú quieres que señalen –lo interrumpió el otro hombre en tono brusco.

–No, señor. Señalan lo que ya estaba allí; yo solo hilé los puntos para armar un panorama completo.

Un largo suspiro escapó de la garganta del capitán y Max creyó vislumbrar un leve rastro de admiración en su mirada. Él no se atrevió a preguntar, y sin duda su jefe no pensaba mencionarlo, pero Max era lo bastante listo y estaba tan familiarizado con sus maneras y gestos, que estuvo seguro de que tanta terquedad y convicción le inspiraban cierta admiración.

Pero también lo volvía loco, claro, y eso lo notó también cuando se puso de pie con brusquedad y apoyó sus nudosas palmas sobre la superficie del escritorio que los separaba.

—Eres un buen agente, Joyce —indicó él con una entonación calmada en la voz.

Max agradeció el halago con una cabezada, pero no dijo nada; sabía que aún le faltaba mucho por oír.

—Y soy consciente de que te esfuerzas mucho por ascender. Es más, me sorprende que hayas dedicado tanto tiempo a este asunto cuando pensaba que estarías totalmente enfocado en prepararte para el examen de detective —comentó él.

Max tensó los hombros.

—Claro que me he preparado, señor —aseguró él.

—Pues no lo parece. Entre tu trabajo y tus actividades extra, me sorprende que tuvieras tiempo para dormir.

—Duermo poco, señor.

El capitán no pareció encontrar divertido el comentario porque su ceño se acentuó aun más y lo observó con expresión airada.

—Este es un trabajo serio, Joyce —indicó él en tono helado.

—Lo sé, señor.

El otro lo ignoró.

—Y siempre te he tenido por un hombre sensato; al menos la mayor parte del tiempo. Respeto tus ambiciones y creí que no haría falta que tuviéramos esta charla —continuó el oficial—, pero parece que no me dejas alternativa.

Max aguardó a que continuara con el rostro pétreo; ni un músculo se movió en su semblante mientras lo veía con ojos vacíos.

—Estás muy cerca, Joyce, y tienes todo lo necesario para ascender hasta donde sea que ambiciones llegar, pero harías mal en suponer que eso es todo lo que se necesita para lograrlo. Un buen policía es más que talento y agallas –señaló el hombre–. Es sobre todo respeto por la institución y mucha obediencia. ¿Entiendes lo que quiero decir?

Max apretó los labios y asintió.

–Ahora, sé que eso último no va con tu temperamento, y puedo entenderlo; aún eres joven y piensas que tienes mucho por demostrar, pero la mejor forma de hacerlo es cumplir con lo que te indican y hacer tu trabajo según el reglamento –continuó apenas sin respirar–. Así que te voy a dar una orden y espero que la acates sin poner un solo «pero». Vas a seguir con lo tuyo y a enfocarte en tu preparación para el examen; pero sobre todo vas a olvidarte de ese jueguecito a lo Sherlock Holmes en que has estado metido estas semanas, ¿entendido?

Un sinnúmero de respuestas, ninguna muy amable, treparon por la garganta de Max, pero él las contuvo con un esfuerzo sobrehumano y asintió, lo que pareció complacer a su capitán porque parte del enfado fue disolviéndose en su rostro y se dejó caer una vez más sobre su silla.

Cuando Max abandonó la oficina poco después, sintió el sabor amargo de la impotencia asentado en su paladar, pero también se vio lleno de una oleada de determinación que le indicó que sin importar lo que acabara de prometer, aún le quedaban algunas cosas más por resolver sin importar cuánto fuera a afectar aquello su futuro.

10

El interior de la patrulla se sentía pesado y no precisamente por el calor, advirtió Max mientas lanzaba una larga mirada de reojo a Evelyn.

Su compañera puso el grito en el cielo cuando lo vio ignorar la ruta que se suponía debían recorrer ese día y, en su lugar, tomó el camino que conducía a la zona en que habían encontrado a ese grupo de gente intoxicada por las drogas adulteradas.

–Debí conducir yo –masculló ella cuando él aparcaba el vehículo junto a la acera.

–Lo hiciste ayer.

Max respondió con tranquilidad y un falso tono despreocupado mientras barría el área con la mirada.

–Si lo que quieres es buscar información, debiste usar otro coche; a la gente de por aquí le aterran las patrullas –mencionó ella al cabo de un momento en silencio.

–Lo sé. –Él estiró el cuello, alerta, cuando vio un movimiento tras un contenedor al final del callejón–. Eso es lo que quiero.

–¿Aterrarlos?

Max se encogió de hombros y esbozó una mueca.

–La gente asustada está más dispuesta a hablar. No tienes que acompañarme.

Evelyn le dirigió una mirada ofendida y se soltó el cinturón con tal brusquedad que chasqueó sobre el asiento.

–Ya, claro; como si te fuera a dejar solo –rezongó ella.

Él sonrió; un gesto que desde luego Evelyn no tenía interés en corresponder en ese momento, y la siguió fuera del coche con un andar lento y calmado.

Ella había tenido razón al señalar que llamaban la atención. Y no solo por el coche. Ambos iban uniformados y no hicieron ningún esfuerzo por ocultar que se hallaban en medio de su jornada policial.

A Max no le extrañó ver que las calles estrechas y descuidadas empezaban a vaciarse, o que los pocos que procuraban fingir que no les importaba su presencia los veían con distintos niveles de odio.

Era parte del trabajo.

–¿Qué es lo que buscamos exactamente?

La pregunta de Evelyn resonó en su oído cuando ella se inclinó hacia él para susurrarla.

–Quiero saber quién vendió las drogas a esa gente –respondió él en tono similar.

–¿Y piensas que aquí te lo van a decir? Ni siquiera los afectados han querido delatar a los vendedores y estuvieron a punto de morir –negó ella.

–Pero es que ellos tenían mucho que perder. Aquí, en cambio...

Max echó otra mirada con los ojos entrecerrados para protegerlos del sol. No era un área grande, pero estaba tan congestionada con construcciones precarias y botes de basura dispersos aquí y allá que le resultaba difícil registrar todo lo que ocurría, en especial cuando la gente en su campo de visión actuaba como si tuviera algo que ocultar.

Continuaron en ese lento ir y venir al menos por una media hora hasta que Evelyn se llevó una mano a la cintura y se detuvo junto a una caja que alguien había dejado tirada bajo un farol.

–¿Ahora qué? Vamos, Max, no podemos quedarnos todo el día aquí; recuerda lo que dijo el capitán. No quiero ni pensar en lo que dirá si se entera de que has desobedecido una orden directa; no puedes...

Ella calló de golpe al notar que su compañero no parecía oírla. Él estaba muy concentrado en observar a un trío de hombres varios metros más allá, bajo un arco de piedra semiderruido, los rastros de un edificio abandonado.

–Voy a necesitar que hagas algo –pidió él en voz muy baja.

Evelyn lo observó con atención; fue obvio que no le alegró oír ese pedido, pero apenas vaciló antes de asentir con gesto serio, atenta a sus palabras. Parecía que al fin iban a llevar a la práctica lo que fuera que Max estuviese planeando.

Max anduvo con paso seguro y despreocupado en dirección a donde el pequeño grupo hablaba entre cuchicheos y miradas desconfiadas, absorbiendo hasta el más mínimo detalle sin bajar la guardia.

Eran tres; todos en un rango de entre dieciocho y treinta años, calculó; su atención se vio atraída de inmediato por el más joven y quien se veía más nervioso.

Todos lo miraron con el ceño fruncido cuando lo vieron acercarse, pero no se movieron. Max dedujo que salir corriendo ante la presencia de un solo policía debía de ser pésimo para su reputación.

–Hola.

Max alternó la mirada de uno a otro, pero el único que bajó los ojos fue precisamente el que había supuesto más frágil y asustado; los otros dos lo vieron con una hostilidad casi palpable.

–¿Qué quieres?

–¿Por qué piensan que quiero algo?

Max respondió a la brusca pregunta con una sonrisa desenfadada, lo que pareció enervarlos aún más porque el más alto y fornido dio un paso hacia él con las manos empuñadas a los lados.

–No vendrás a decir que quieres pasar el rato con nosotros –espetó él.

Max sostuvo su mirada sin parpadear; aunque su postura era despreocupada, sus ojos brillaban, alertas, y una de sus manos permanecía firmemente asentada sobre la culata del arma que llevaba en la cadera.

–Algo así, en realidad –respondió él sin que su sonrisa se alterara ni un milímetro–. Pero lo que en verdad quiero es charlar.

Los tres le dirigieron distintas miradas de extrañeza antes de que el que parecía llevar la voz cantante, el más hostil, se acercara a él con una mano en alto.

–Mira, no buscamos problemas; solo estamos conversando –indicó él como si lo desafiara a asegurar lo contrario.

Max no recogió el guante; no quería enfrascarse en una discusión innecesaria; era consciente de que en verdad no los había visto hacer nada malo. Sin embargo, conocía lo suficiente de las calles y los tipos como ellos para saber que un grupito de chulos conflictivos siempre se enteraba de todo lo que ocurría en su zona. Y Max necesitaba saber un par de cosas.

–Estupendo. Yo también quiero conversar con ustedes –indicó él en tono ligero.

–Pero serás...

–¿Qué dices tú? –Max señaló al más joven, el que no había abierto la boca hasta entonces–. ¿No quieres hablar conmigo?

El muchacho negó un par de veces y dio un paso hacia atrás, pero Max no le quitó la vista de encima. Sus hermanos odiaban cuando hacía eso; decían que era como ser observados por un halcón hambriento.

El mayor dio un golpe en el hombro al que se hallaba a su lado, como instándolo a marcharse, y el chico tomó aquello como un aviso porque retrocedió aún más con la mirada puesta sobre Max como si esperara que intentara detenerlo, pero él no hizo nada de eso.

Por el contrario, permaneció inmóvil sobre la acera, lo que pareció aliviarlos porque sus rostros perdieron parte de la tensión que habían mostrado hasta entonces. Quizá creyeran que solo había ido para molestar y que ya se había aburrido; pero cuando estaban dando media vuelta para perderse por el callejón, otra figura se acercó a ellos por el otro lado, truncando sus pasos.

–A ver, señores, no sean maleducados; mi compañero todavía no les ha hecho las preguntas.

Max esbozó una amplia sonrisa al mirar a Evelyn, que se alzó sobre el pequeño grupo con esa seguridad tan propia de ella y que parecía intimidar hasta al hombre más valiente.

Cuando sus ojos se encontraron, él dio una lenta cabezada en señal de agradecimiento y volvió su atención a aquel trío, cuyas miradas se vieron asoladas por la resignación.

–Ahora sí que vamos a hablar, ¿no? –indicó él sin ocultar su satisfacción.

–Te lo dije, te lo dije, te lo dije.

–Vuelve a repetir eso y hago que te comas el volante.

Max apenas se inmutó por la ácida réplica de Evelyn; estaba demasiado contento para hacer algo que no fuera revolverse sobre el asiento y dar golpecitos al borde de ese volante que su amiga le había amenazado con hacer tragar.

La rápida conversación con esos tres hombres había sido precisamente eso: un breve intercambio en el que Max dejó caer las preguntas precisas para disipar del todo sus sospechas, y ellos se vieron obligados a responder con la verdad; o con toda la verdad con que lo hacían tipos de esa naturaleza, pero había bastado.

Lo tenía. Al fin se sentía tan cerca que casi podía tocarlo.

–¿Te das cuenta?

Max habló al cabo de unos segundos en silencio como si Evelyn no acabara de hablarle como si deseara desaparecerlo.

–¿De qué? –replicó ella de mala gana–. ¿De que pareces determinado a arruinar tu carrera?

–¡No! De que tuvimos razón todo el tiempo.

–Tú la tuviste; a mí no me metas en esto. Cuando el capitán te suspenda yo diré que lo hiciste todo a mis espaldas.

Max sabía que ella sería incapaz de hacer algo como eso, pero dudó de que Evelyn fuera a apreciar que halagara su lealtad en ese momento.

Se habían detenido a solo unos metros de la comisaría para hablar con más intimidad antes de entrar a elaborar sus informes del día.

–Vamos, deja tu enfado por un minuto y dime que esto no te emociona –pidió él.

–No me emociona.

–Te dije que dejaras tu enfado.

Ella tomó aire y dejó salir un murmullo estrangulado al tiempo que echaba la cabeza hacia atrás. Tenía la cara tensa por la preocupación y un mechón de su corto cabello le tapaba un ojo. Ni siquiera se giró a mirarlo, mantuvo la atención en el parabrisas como si pensara que si lo miraba durante suficiente tiempo lograría hacerlo estallar.

–Muy bien –dijo al cabo de un momento, y aunque su voz sonó disgustada, tampoco pareció que planeara saltarle al cuello–. Creo que has dado con información importante.

Max exhaló un suspiro de alivio.

–Gracias.

Ella apenas pareció oírlo.

–Y también pienso que es hora de que dejes esto en manos de quien corresponde para que se ocupen de ello –continuó–. Ya has hecho suficiente, Max, es hora de que lo dejes estar.

–Pero...

–¡Pero nada! ¿Acaso piensas que, si incluso esto resulta en un arresto, de lo que no podemos estar seguros, el capitán te dará una estrella al mérito y te dirá que está orgulloso de ti? –Evelyn se adelantó antes de que él pudiera abrir la boca–. ¡No, no lo hará! Porque estará demasiado furioso de que lo hayas desobedecido como para que le importe. Es posible que te suspenda... aún peor, quizá te despida.

Max endureció el semblante y buscó su mirada con expresión pétrea.

–¿Por hacer mi trabajo? –preguntó él.

–No. Por hacer lo que piensas que es tu trabajo cuando no lo es, pero sobre todo por ser tan arrogante que no sabes cuándo parar.

Un tenso silencio se instaló entre ambos después de que ella dejara salir eso último. Max apartó la mirada de su rostro y la fijó en la calle; podía ver a varias patrullas alineándose ante el edificio que albergaba la comisaría. Por un instante consideró mandar todo a paseo, decir a Evelyn que tenía razón y arrastrarse ante el capitán para disculparse por haber actuado de esa forma.

Pero la idea apenas osciló en su mente durante un par de segundos. No podía hacer eso; y no porque fuera arrogante, como había dicho su compañera, sino porque sabía que había hecho lo correcto.

Lo había pensado mientras seguía el rastro de esa gente y continuaba haciéndolo. Más aún, tras haber hablado con la mujer que vivía con Lark, estaba más convencido que nunca de que ese hombre tenía muchas cosas por las que pagar y que él no podía quedarse de brazos cruzados esperando a que le cayera un rayo sobre la cabeza.

Él quería ser ese rayo.

Cuando pareció que el silencio se hacía interminable, oyó un suave carraspeo proveniente de Evelyn y al mirar en su dirección se topó con sus ojos fijos sobre su rostro.

Ella lo observaba con una expresión mezcla de tozudez y arrepentimiento; se mordía el labio inferior como hacía siempre que no estaba segura de qué decir y a Max se le disolvió buena parte del enfado que le había provocado con sus palabras. En especial cuando ella dejó caer las manos abiertas sobre su regazo y se dirigió a él con la sombra de una sonrisa.

–Lo siento –dijo, casi como si le arrancaran las palabras desde lo más hondo–. No he debido decir esas cosas. No eres un arrogante y tampoco un idiota.

Max hizo una mueca.

–No dijiste que fuera un idiota.

–Pero lo pensaba. –La sonrisa se ensanchó–. Es solo que estoy preocupada por ti, Max; a veces puedes ser demasiado vehemente y aunque lo cierto es que admiro mucho eso, también es bastante peligroso.

Él hizo un gesto vago porque no se le ocurrió nada que decir para negar aquello; sabía que ella tenía razón. En su lugar, con la intención de dejar atrás esa discusión, le obsequió con una brillante sonrisa que pareció disolver parte de la tensión entre ambos, y le dio un golpecito en el hombro con el suyo.

–Así que me admiras –dijo él con un retintín divertido.

Evelyn entrecerró los ojos y sacudió la cabeza de un lado a otro.

–¡Qué idiota eres! –masculló ella.

–¡Sabía que ibas a terminar por decirlo!

Max la oyó soltar una palabrota entre dientes, pero luego pareció que no podía resistirse más y terminó por echarse a reír. Él la acompañó sin poder evitarlo; de pronto, algo tan sencillo como reír se le antojó necesario y en cierta forma le ayudó a sentirse un poco mejor tras las tensiones del día y de la certeza de que aún le faltaba mucho por enfrentar.

Así que, después de que las risas fueron apagándose, él miró a su compañera con una ceja arqueada y señaló la entrada a la comisaría con una cabezada.

–¿Lista? –preguntó él.

Ella apenas vaciló antes de asentir y Max se sintió agradecido al comprobar que parecía dispuesta a mantenerse a su lado pese a todo.

Cuando dejaron el vehículo en la entrada y fueron en dirección a la oficina del capitán, sintió un retortijón en el estómago, pero nadie habría podido adivinar que en el fondo se moría de miedo porque el brillo de sus ojos solo revelaba una profunda determinación.

Desde luego, el capitán no se tomó muy bien que Max y Evelyn se presentaran de buenas a primeras en su oficina para informarle de que el primero había decidido desobedecer sus órdenes directas y continuar con la investigación por su cuenta.

Max había sido tajante en ese punto: la mayor parte de la responsabilidad debía recaer sobre él. Y no porque intentara con ello proteger a Evelyn. Como ambos sabían, ella no lo necesitaba. No. Debían hacerlo así porque era lo justo.

Su compañera jamás se habría involucrado en ese enredo de no ser por él, y además había pasado horas procurando convencerlo de que lo dejara. La posibilidad de que ella pagara de alguna forma por sus actos le provocaba una aversión tan poderosa que se habría puesto con gusto ante una bala para evitarlo.

Y, en cierta forma, fue eso lo que terminó por hacer.

Porque tan pronto como el capitán terminó de oír su explicación, lo miró a los ojos y Max supo que estaba en grandes problemas; pero no se le movió ni un músculo del rostro cuando lo enfrentó para aclarar una vez más que prefería mantener a su compañera apartada de ese asunto.

El capitán tardó un momento en decidir, pero cuando al fin asintió, Max sintió como si acabaran de quitarle un gran peso de encima.

Despidió a Evelyn y ellos se quedaron a solas, momento que Max aprovechó para poner en orden sus ideas y, cuando el capitán le pidió que repitiera todo lo que acababa de decir, pudo hacerlo con un poco más de claridad siguiendo un orden de los acontecimientos que le permitieron armar una línea de tiempo más o menos coherente.

Según él y Evelyn habían logrado averiguar ese día, Max había estado en lo cierto al suponer que alguien en la zona en que habían sido encontradas todas esas personas drogadas con los estupefacientes adulterados debían de saber algo al respecto.

Así, lograron arrancar a los hombres que cercaron en el callejón algunos datos que confirmaron su teoría. Como que los hombres que traficaban en la zona y que eran conocidos por tener contactos en la frontera sur, de donde provenía buena parte de las drogas que se consumían en la ciudad, habían sido quienes pusieron la mercancía adulterada en las calles.

Y dos de los hombres que pertenecían a ese grupo, y a quienes tenían bien fichados en el sistema, eran precisamente aquellos a los que Max había visto rondando en el edificio de Lark varia semanas atrás.

No era para nada descabellado suponer que Lark, que provenía de la misma área que las drogas y que poseía un engrosado legajo de antecedentes por esa clase de crimen, estuviese involucrado.

Todo calzaba, intentó explicar Max.

La llegada de Lark a la ciudad coincidía con el tiempo que la droga adulterada llevaba circulando en las calles. Él había hecho averiguaciones respecto a las fuentes de ingreso de ese hombre y no había nada que explicara el hecho de que llevara una vida más que holgada sin el menor indicio de que se dedicara a algo que no fuera quedarse buena parte del día en casa aterrando a sus vecinos y a la mujer que vivía con él.

Eso último fue un punto que Max trató con mucho tacto. Aunque reconoció ante el capitán que había abordado a la mujer de Lark, y que había logrado arrancarle un par de cosas respecto a las actividades de este último, como que efectivamente contaba con esos antecedentes y que aún continuaba involucrado con hechos no del todo lícitos, se guardó todo lo que ella le había dicho respecto a su relación porque no pensó que tuviera mucho que ver con lo que en verdad importaba respecto al caso.

Ella, Juliana Morris, como se había presentado después de que consintiera en hablar con Max, era también originaria de Phoenix y llevaba al menos dos años con Lark. Se habían conocido en un bar y aunque al principio ella se había sentido muy atraída por ese hombre atractivo pese a su brusquedad y sus turbios manejos, con el tiempo había descubierto que se trataba de alguien peligroso.

Juliana confesó a Max que había considerado dejar la relación cuando él le dijo que pensaba viajar a Baltimore para residir allí, pero él la convenció para que le diera otra oportunidad con la promesa de que todo mejoraría cuando estuvieran en un ambiente distinto, que estaba decidido a dejar los que habían sido sus negocios hasta entonces y que quería iniciar una nueva vida.

Por supuesto, ella descubrió pronto que la había engañado y aunque odiaba la idea de permanecer a su lado, en especial tras comprobar que andaba cada vez en pasos más peligrosos, le tenía demasiado miedo como para dejarlo.

La presencia de Max había supuesto cierto alivio para ella porque le permitió poner en palabras muchas de las cosas que le torturaban, además de que, ella no había intentado negarlo, guardaba la esperanza de que él pudiera encontrar la forma de desenmascarar a Lark y librarla de su presencia para siempre.

Sin embargo, aunque Max insistió mucho al respecto, no logró convencerla de que aceptara irse con él pese a que le juró que haría todo lo que estuviera en sus manos para protegerla. Ella tenía demasiado miedo.

Cuando Max la vio marchar, sintió que se le quedaba un nudo asentado en el estómago y se prometió que intentaría ayudarla.

Ahora, al hablar con el capitán, y mencionar un tanto al vuelo la naturaleza de esa relación, recordó su promesa y se dijo que, pasara lo que pasara, se mantendría atento a Juliana para ir en su ayuda cuando todo eso terminara.

Una vez que Max hubo dejado caer la última palabra, observó a su capitán, que no había dejado de tomar notas en cuanto Evelyn se marchó y que lo veía de tanto en tanto con el ceño fruncido cada vez más y los labios apretados hasta que simularon una herida.

Él esperaba una buena regañina. Quizá una suspensión, pero lo que nunca imaginó fue que él tan solo iba a señalarlo con uno de sus dedos rugosos y, tras abrir la boca como si se tratara de la guarida de un dragón, ladrara una sola palabra que le puso los pelos de punta.

–Fuera.

Las cosas habían cambiado.

Rebecca lo supo antes de caer en la cuenta de ello. Era posible incluso que lo supiera antes de que ocurriera, cuando decidió contar a Max parte de su historia. Y aunque al comienzo fue un poco raro porque nunca había confiado en alguien como para abrirse de esa forma, desnudando los recuerdos más terribles de su vida, no sentía ni el más leve ápice de arrepentimiento.

Le alegraba haberlo hecho porque pese a lo que Max había dicho, todo eso formaba parte de ella y habría odiado que él no pudiera verlo. Quería que conociera lo bueno y lo malo; las cosas que le hacían reír y las que le provocaban ovillarse en un rincón y llorar durante horas. El por qué, bueno, eso no lo tenía tan claro; o tal vez sí, pero tampoco deseaba explorar demasiado en ello porque le daba un poco de miedo lo que pudiera descubrir.

Tras esa charla, Max había empezado a pasar más tiempo en casa y ella tampoco se esforzó por encontrar excusas para evitarlo, tal y como había hecho hasta entonces. Sentía que no había nada de ella que necesitara ocultar y que, fuera que estuviera feliz o triste, si necesitaba su espacio o un poco de bullicio, en realidad daba igual porque no le molestaba en absoluto que él se encontrara cerca; por el contrario, deseaba que lo estuviera. Y él parecía saberlo así como ella sabía también que le gustaba tenerla allí. Ninguno decía nada al respecto, claro, pero parecía sobreentendido; una verdad intangible que los envolvía y los llevaba a buscarse el uno al otro casi como si fuera una necesidad.

Nunca como hasta entonces Rebecca reparó en la habilidad de Max para saber qué decir o hacer según debiera.

Pese a que era un hombre de maneras tan desbordantes, con una energía capaz de absorber el mundo, cuando se encontraba a su lado parecía bastarle tan solo con una mirada para saber qué era exactamente lo que debía hacer o decir. O si bastaba con que no dijera una palabra. Bajo su mirada se sentía calibrada como si se hallara bajo un microscopio; él era capaz de captar hasta el más leve matiz en su rostro y en su voz y se conducía de acuerdo a ello. Era un remolino de voluntad cuando ella parecía necesitar que la envolviera en él y la arrastrara de ese talante melancólico que a veces parecía dominarla, y se mostraba también como una apacible tarde de verano, todo calma y silencios que ella apreciaba porque podía compartirlos con él.

Reanudaron sus paseos por Baltimore y Max fue el mejor guía que alguien habría podido desear. Le mostró un lugar tras otro y compartió tanta información acerca de cada uno que luego Rebecca no pudo recordar ni la mitad, pero no le importó porque lo consideró una excusa perfecta para pedirle que lo repitieran y se lo contara todo de nuevo. Y él lo hizo con gusto.

En una ocasión, arregló que fuera a la comisaría para que conociera el lugar en que trabajaba y se lo pasó en grande comentando a sus compañeros que ella disparaba mejor que él y que más les valía no hacerla enfadar porque podría ponerles una bala en medio de la frente en un parpadeo. A todos eso pareció hacerles mucha gracia, menos a Evelyn, que sabía que había algo de verdad en eso y no se habría burlado de un tema tan serio; además, aunque ella no lo mencionó entonces, fue evidente que parecía tan complacida como inquieta ante esa nueva dinámica entre su amigo y su compañera de apartamento. Lo que sí hizo fue sugerir que se unieran a ella y Judy para ir a ver un partido de béisbol en el estadio cerca del puerto; según les dijo, se divertirían más si iban en grupo, pero tanto Max como Rebecca adivinaron que en realidad ella no deseaba estar a solas con su novia porque temía que de hacerlo terminarían por discutir, como siempre.

Pasaron un día muy divertido, sin peleas de por medio y para cuando volvieron a casa, Rebecca estaba exhausta y harta de comida callejera, pero ni siquiera entonces fue capaz de irse a la cama. Prefirió quedarse en el salón, dar una ojeada distraída al libro que había empezado el día anterior y mirar a Max mientras deambulaba de un lado a otro para prepararse para ir a trabajar.

Esa se había convertido en la sencilla rutina que compartían día a día y que ambos parecían apreciar. Pero habría sido imposible negar la tensión latente cada vez que se hallaban en el mismo lugar y que estaba incluso por encima de ese aire de camaradería que se proyectaba de forma superficial la mayor parte del tiempo. Había mucho más allí de lo que se veía a simple vista y Rebecca ansiaba tanto explorarlo como mantenerlo bien escondido bajo siete llaves en lo más profundo de su corazón.

Lo deseaba.

Recordaba el tacto de su piel bajo sus dedos, el calor que la envolviera cuando lo abrazó y cuánto había anhelado entonces fundirse en él; lo mucho que lo deseaba aún.

Quería conocerlo todo acerca de Max; sondear en su interior de la misma forma en que sentía que parecía hacerlo él con ella. Se preguntó cómo se sentiría si un día iba hacia él y, en lugar de despedirse con un gesto como hacía siempre, buscaba sus labios y le decía que quería quedarse con él. Llevarlo a su cama para conocer lo que era capaz de hacerle sentir. Tan solo una vez. Solo una.

Pero nunca se atrevía. Le provocaba terror la idea de que la rechazara; descubrir que había imaginado que él ansiaba lo mismo y que en realidad solo la veía como a una amiga con la que se veía obligado a interactuar porque al fin y al cabo vivía con ella y que si se había mostrado tan amable hasta entonces era porque le inspiraba lástima.

No habría podido soportarlo.

De modo que aun cuando había decidido dejar caer buena parte de las murallas que mantuviera alzadas hasta entonces, aún conservaba algunas asentadas entre ambos. Tan solo para mantenerse a salvo y conservar algo de la dignidad que le daba pánico arriesgar.

Habría podido seguir durante mucho, mucho tiempo; quizá ni siquiera se hubiera atrevido a decir una palabra al respecto de no ser por esa llamada.

Reconoció el número de su tía en la pantalla y estuvo a punto de dejarlo pasar, hacer como que no lo había visto y enviarle luego un mensaje de texto con un saludo breve y apurado; lo había hecho muchas veces antes para evitar hablar con ella. Pero tras considerar lo que le había dicho la última vez, no creyó que estuviera bien que lo hiciera aun cuando no mereciera esa consideración de su parte.

De modo que respondió. Y tan pronto como oyó la voz de su tía sumida en mar de llanto, supo lo que había ocurrido.

No sintió ninguna alegría al descubrir que su tío Antón había muerto, ni la más mínima satisfacción cuando su tía le contó que él la mencionó en sus últimas horas para decir que lamentaba la forma en que la había tratado. Le dio más bien igual, en realidad; y pese a ello, no pudo evitar experimentar un raro vacío en su pecho, como si le hubieran arrancado una pesada carga asentada allí con la que llevaba tanto tiempo cargando que había terminado por acostumbrarse a ella.

Dejó que su tía dijera lo que deseaba aunque buena parte de su atención estaba lejos de allí; cuando mucho logró centrarse para negarse en redondo cuando ella sugirió que volviera a Londres para asistir al funeral. Para entonces, sentía que ya había oído suficiente y, aún más, que se había mostrado más considerada de lo que merecía; así que no dudó al cortar la llamada después de decir nuevamente que lo sentía por ella y que ya hablarían de nuevo pronto, cuando todo eso hubiera pasado.

Se quedó con el teléfono en la mano temblorosa durante varios minutos; su respiración surgía agitada y le entraron unas ganas tremendas de encerrarse a su habitación y llorar, pero como ya había hecho antes y lo último que deseaba era hundirse en la autocompasión, decidió que lo mejor sería que saliera. Tenía el resto del día libre, así que se puso unas zapatillas cómodas, tomó su bolso y salió a la calle, dispuesta a recorrer nuevamente algunos de los lugares que Max le había mostrado durante sus paseos.

Max.

Le habría gustado tanto que estuviera allí. Incluso si no hubiera sabido qué decir, como ocurrió cuando le habló de la que había sido su vida junto a sus tíos, habría bastado con un abrazo suyo o con una de sus miradas para que se sintiera mejor.

Pero iba a tener que arreglárselas sin él en esa ocasión, se dijo ella en tanto empezaba a andar calle abajo intentando recordar cuál era el camino al parque que tanto le había gustado cuando lo visitó la primera vez.

Era algo a lo que estaba acostumbrada: sobrellevar esas cosas sin necesidad de ayuda o compañía. El problema era que en los últimos meses se había sentido menos sola que nunca y temía haber perdido esa capacidad. Tal vez ahora necesitara un hombro en el cual llorar. Y no cualquiera. El de Max, supuso con una mueca de enojo dirigida a sí misma; porque ¿qué sería de ella si eso era así? Algún día se iría; lo hacía siempre; quizá incluso terminara por poner un océano entre ambos. ¿Y entonces qué? ¿Iba a echar en falta siempre la compañía de un hombre que, después de todo, no era más que un amigo y que no había hecho nada que la llevara a pensar que deseara ser otra cosa?

Rebecca exhaló un hondo suspiro y metió las manos en los bolsillos, apurando el paso con la esperanza de que el viento que empezaba a flotar con furia le ayudara a despejar sus pensamientos.

Un paseo tendría que ayudar, intentó convencerse. Le gustara reconocerlo o no, la conversación con su tía le había afectado más de lo que imaginó y por eso se sentía más melancólica de lo habitual. Seguro que para cuando terminara el día no quedaría nada de esa sensación; entonces podría volver a casa sin el temor de encontrarse con Max y caer en la tentación de lanzarse a sus brazos.

Max abandonó la comisaría algo más temprano de lo habitual ese día. Y no porque le hubieran premiado con ello o porque no tuviera nada más que hacer allí; todo lo contrario, no importaba cuánto hiciera, siempre tenía una pila de formularios por llenar y algún lugar al cual ir.

No. No se fue temprano porque lo deseara sino porque no tuvo otra alternativa.

El asunto de Lark tuvo una resolución mucho más inesperada de lo que Max hubiera podido suponer, y lo cierto fue que, en el fondo, habría deseado que las cosas se sucedieran de forma muy distinta a como terminaron ocurriendo.

El día empezó de lo más normal.

Él y Evelyn salieron a hacer sus rondas, como siempre; fue una mañana tranquila, cuando mucho atendieron un par de altercados en el centro que no tuvieron problemas en resolver. Almorzaron en una cafetería cercana y Max pasó media hora oyéndola quejarse porque Judy le había pedido que se tomaran un tiempo, esta vez en serio, para que ambas pudieran pensar en si merecía la pena o no seguir con lo que tenían y si estaban dispuestas a luchar por ello.

Su compañera no estaba muy entusiasmada con la idea, pero era lo bastante justa para reconocer que Judy había hecho lo correcto y lo que posiblemente ella nunca se hubiera atrevido de haber estado la decisión solo en sus manos. Eso no impedía que se despachara con lo mucho que odiaba todo, claro, y cuánto la echaba de menos.

Max no hizo muchos comentarios entonces, salvo para sugerir que hiciera lo que debía; es decir, que lo pensara con calma para que esa separación sirviera para algo. Fuera para que se dieran cuenta de que, por mucho que se quisieran, las cosas no iban a funcionar entre ambas, o que estaba dispuesta a darle otra oportunidad y a corregir lo que hiciera falta en su relación.

Para cuando dejaron la cafetería, Max temía que lo esperara otra sesión de consejería en la patrulla, pero por suerte, o no, él no tenía cómo saber entonces lo que le tenía deparado el día, recibieron una alerta de un nuevo altercado doméstico en Rivet Street.

Max sintió un tirón en el estómago al recordar todo lo que había logrado averiguar en las últimas semanas acerca de los habitantes de ese lugar, en las amenazas de su capitán y su esperanza de poder al fin encontrar algo, la más mínima prueba, que les permitiera encerrar a Lark. Pero, sobre todo, pensó en el rostro de Juliana, la mujer que vivía allí como una suerte de rehén.

Se detuvieron ante el viejo edificio de apartamentos; subieron los siete pisos por las escaleras porque el ascensor estaba averiado y jadeaban al detenerse en el descanso; pero cualquier rastro de cansancio desapareció en cuanto oyeron el barullo tras una de las estrechas puertas al final de un largo y descuidado corredor.

Era la primera vez que se encontraban en la escena cuando se desarrollaba un lío de esos.

Vieron un par de caras de los vecinos surgir de las puertas aledañas; Max supuso que alguno de ellos fue quien llamó y tanto Evelyn como él les hicieron gestos para indicarles que volvieran a lo suyo y que ellos se encargarían desde ese momento.

Vaya novedad, se dijo él al recordar que hasta entonces siempre se habían mantenido bien escondidos para huir de la ira de Lark.

No les abrieron a la primera llamada, y tampoco a la segunda. Tuvieron que tocar tres veces hasta que las voces al otro lado de la puerta callaron de golpe y solo entonces se oyeron unos pasos apagados, y cuando al fin la hoja se abrió, Max supo que las cosas no serían sencillas.

Lark estaba allí. Furioso y tan enorme como lo recordaban. Su expresión era tan fiera que Max vio a Evelyn llevar la mano a su arma en un gesto reflejo que estuvo a punto de imitar; pero algo le dijo que, en su caso, tal vez le conviniera más tener ambas manos libres.

Informaron al hombre de las quejas por el ruido y él, como cabía esperar, respondió que la gente exageraba, que no había habido ninguno como para que molestara a nadie y aquello pareció erizar a Evelyn tanto que Max tuvo que contenerla con una mirada.

Él se tragó la rabia que ese hombre le inspiraba, consciente de que cualquier paso en falso podría arruinar todo en lo que llevaba tanto tiempo trabajando. Dio un paso adelante y pidió al hombre que les permitiera entrar.

Este, que entonces pareció reparar en que era casi tan fornido como él y no mucho más bajo, le dirigió una mirada de enojo y masculló unas cuantas maldiciones. Max casi pudo oír los engranajes de su cerebro funcionando a toda velocidad. Aguardó tenso a que les pidiera una orden, como había hecho antes, y hubiera terminado por hacerlo, frustrando cualquier paso que ellos hubieran podido dar, de no ser por el largo lamento que se oyó proveniente del interior.

Max ni siquiera lo pensó, y aunque no se detuvo a comprobarlo, con seguridad tampoco Evelyn lo hizo.

Sin vacilar, hizo a Lark a un lado y avanzó como una fiera hasta perderse en el interior del apartamento, recorriendo cada estancia con mirada alerta.

No vio nada fuera de lo común de inmediato; era un lugar sucio y desordenado; un olor a quemado proveniente de lo que parecía ser la cocina inundaba la habitación, pero fuera de eso no había nada más a simple vista, ni rastro de la mujer que sabía que vivía allí.

Max no permitió que aquello lo disuadiera de continuar; tras intercambiar una rápida mirada con Evelyn, la dejó con Lark e, ignorando sus quejas, se adentró en el apartamento.

La encontró bajo la cama.

Al verla le pareció un ovillo de ropa mal envuelta que alguien había tirado allí para despejar el camino, pero al acuclillarse junto a ella, reparó en que se movía, y al extender una mano, el bulto se agitó y se topó con los ojos oscuros de Juliana, que lo dejaron paralizado durante varios segundos antes de recuperar el temple y extender una mano para ayudarla a salir.

No lo había considerado con claridad la primera ocasión en la que la vio, pero debía de tener la edad de su madre, estimó él entonces, aunque al mirarla con más atención le pareció que en realidad tal vez fuera algo menor. Ella pareció aterrada al reparar en su presencia; se veía confusa, como si apenas lo reconociera, y Max tuvo que sujetarla del brazo para evitar que echara a correr; el movimiento dejó a la vista la totalidad de su rostro y él reparó entonces en el largo cardenal que iba del mentón a la sien. Tenía también un ojo amoratado y habría podido jurar que hacía un gesto de dolor al permanecer de pie.

Él no necesitó ver más. De pronto, el rostro ante él fue reemplazado por otro totalmente distinto. Unas mejillas más llenas, unos ojos más claros; pero las marcas y el miedo en la mirada fueron los mismos y aquello le nubló totalmente el pensamiento.

Sin vacilar, hizo un gesto a la mujer para que permaneciera allí y volvió a la sala, donde Evelyn discutía con Lark, siempre con la mano puesta sobre su arma en señal de advertencia; ella apenas reparó en su llegada y, cuando lo hizo, debió de ver algo en su rostro que le impresionó lo suficiente para dar unos pasos hacia atrás, lo que fue un acierto porque de no haberlo hecho Max hubiera terminado por llevársela por delante al ir hacia el hombre para estamparle su puño en la cara.

El crujido de un hueso al quebrarse resonó en el espacio, pero no pareció que aquello fuera a detener a Max. Continuó golpeando y se llevó un empujón que lo hizo trastabillar contra una mesa; pero eso no le impidió ir hacia adelante en una nueva andanada como un toro furioso. Habría jurado que oyó la voz de Evelyn tras él, pero no entendió lo que dijo; en realidad, le dio más bien igual, no quería saberlo porque eso solo lo habría distraído.

El otro hombre, una vez repuesto de la sorpresa, levantó una mano para cubrir su rostro y usó la otra para tirar de su hombro y empujarlo contra el suelo; Max reaccionó con rapidez y giró para que fuera él quien terminara boca arriba, y el sonido de su nuca al golpear contra la moqueta retumbó como un tambor. Debió detenerse entonces, pero estaba más allá del sentido común; no podía dejar de ver el rostro de la mujer bajo la cama y este se entremezclaba con el de Rebecca. Dijo algunas cosas entonces, pero no tenía idea de cuáles fueron, tal vez algo respecto a si le gustaba golpear mujeres y lo valiente que se sentía en ese momento.

Hubiera podido seguir por horas de no ser porque

sintió un golpe sordo en la nuca y, al girar el rostro, se topó con la expresión entre horrorizada y furiosa de Evelyn, que sostenía el arma ante él y parecida determinada a usarla de nuevo, y esta vez no solo para golpearlo. Su mirada, el grito que pegó entonces llamándolo por su nombre, parecieron adentrarse lo suficiente en su subconsciente para hacerle comprender lo que estaba haciendo. Aun furioso, pero tan sorprendido como ella, dejó caer las manos y se alejó de Lark con pasos vacilantes; respiraba con dificultad y le costó reconocerse en ese amasijo de violencia que parecía bullir por cada uno de sus poros. Miró al hombre a sus pies y le dio la espalda, dirigiéndose a la salida porque le pareció que si se quedaba allí terminaría por cometer una locura; eso si no lo había hecho ya.

Permaneció en el corredor hasta que Evelyn salió poco después. Llevaba al hombre del brazo; le había puesto las esposas y Max sintió cierto alivio al ver que, aunque tenía el rostro ensangrentado y andaba con tiento, no parecía tener problemas para mantenerse en pie. Atisbó tras la puerta el rostro de Juliana y, cuando sus ojos se encontraron, vio tantas cosas en ella, tantas emociones que se solapaban la una a la otra que no supo qué pensar.

El viaje a la estación fue breve, pero a Max le pareció que se le hacía eterno. El detenido, que iba en la parte trasera de la patrulla junto a Evelyn en tanto Max conducía con Juliana como copiloto, había empezado a maldecir entre dientes tan pronto como se pusieron en camino, pero nadie le prestó atención. Aunque su compañera no había dicho una palabra salvo para dar órdenes desde que dejaron el edificio, Max sabía que era tan consciente como él de lo que les esperaba.

Una vez que llegaron a la comisaría, todo se sucedió con bastante rapidez.

Llevaron al hombre para que fuera atendido en la enfermería antes de ficharlo y en tanto, luego de dejar a la maltrecha mujer en manos de una trabajadora social, ellos se ocuparon de presentar el informe ante su capitán. Habría de pasar mucho tiempo para que Max consiguiera olvidar la mirada de su superior cuando le relató todo lo ocurrido durante la intervención. Aunque Evelyn había intentado adelantársele, él la interrumpió porque no deseaba que intentara suavizar las cosas u ocultar nada; ni tenía intención de esquivar su responsabilidad ni quería verla perjudicada por sus actos; es más, se aseguró de dejar en claro que ella no había tenido nada que ver con su proceder y que, de no haber sido por su intervención, las cosas hubieran podido ir peor.

El capitán no gritó tanto como esperaba, pero dijo que no podía ni deseaba cubrir el incidente; esperaba que ambos lo incluyeran al detalle en sus informes y, en tanto, lo mejor sería que Max se fuera a casa porque estaba suspendido hasta que el asunto fuera evaluado y se decidiera por cuánto tiempo se prolongaría el castigo. Eso siempre y cuando el hombre al que había atacado no presentara cargos y llevara todo ese asunto al juzgado, con lo que podría incluso perder su placa.

Max era consciente de que lo merecía, pero aun así le costó quitarse el sinsabor que permaneció asentado en su paladar desde el momento en que entregó su arma y abandonó la estación. Evelyn se había mantenido fielmente a su lado a cada momento, pero Max sabía que, aun cuando hubiera hecho cualquier cosa por él para evitarle ese trance, estaba aún consternada y furiosa por su reacción. Él, sin embargo, no intentó excusarse porque para ello habría tenido que hablarle de lo que Rebecca le contó y cómo todo eso había terminado por nublar su juicio; esa no era su historia y no le correspondía a él contarla, mucho menos para librarse del problema en que se había metido por sí mismo.

Tras echar una larga mirada al edificio que albergaba la comisaría, Max puso el coche en marcha y condujo durante casi una hora por las calles de Baltimore. No sabía adónde ir; aún era temprano y temía volver a casa porque entonces no podría continuar escapando de pensar en lo que había hecho y en las consecuencias que eso podría tener en su futuro y en todo por lo que llevaba tanto tiempo luchando. Hasta el día anterior, su mayor preocupación relacionada con su trabajo era saber de una vez por todas si había pasado los exámenes de ascenso y si había tenido razón al volcarse de la forma en que lo había hecho para investigar a Lark; ahora, no solo era posible que eso careciera de importancia, sino que quizá estuviera a punto de perder su empleo.

Su familia lo haría trizas en cuanto lo supieran, se dijo al comprobar una vez más la hora. Eran casi las siete y la tarde empezaba a morir para dejar paso a una noche fría; una leve ventisca sacudía las copas de los árboles y estaba a punto de rendirse y volver finalmente a casa cuando advirtió una figura familiar frente a un escaparate y, a pesar de lo preocupado que se encontraba y de que había empezado a dolerle el golpe en la nuca y los arañazos que tenía en las manos, se sorprendió al mirar su reflejo en el espejo retrovisor y ver que estaba sonriendo.

Hizo una rápida maniobra para adelantar a otro conductor y aparcó el coche junto a la joven que solo entonces pareció reparar en él. Ella miró sobre su hombro al advertir el frenazo y oírlo pronunciar su nombre; sus ojos se abrieron al máximo y esbozó una sonrisa de reconocimiento que pareció iluminar la calle. O al menos así fue como lo sintió Max. Y no solo la calle, en realidad, comprendió él luego de verla ponerse en camino para ir hacia él. También le pareció que las sombras en su corazón retrocedían un poco; no del todo, pero sí lo suficiente para que el día le pareciera menos malo y el futuro menos oscuro.

11

–¿De verdad no me vas a decir qué te ocurrió?

Rebecca estudió el rostro de Max con el ceño fruncido. Había algo raro en él que iba mucho más allá de ese cardenal que había advertido en su cuello y que él había achacado a una intervención que se había puesto un poco violenta. Rebecca también notó casi de inmediato que sus nudillos empezaban a adquirir un tono violeta y cierta tensión en sus movimientos que delataban un dolor constante; el problema era que ni él parecía desear o necesitar una enfermera ni contarle qué diablos era exactamente lo que había pasado.

Después de que ella se subiera al auto y le dirigiera una mirada de asombro, no había hecho más que preguntarle por su día y parlotear para desviar su atención cada vez que intentaba adentrarse por ese sendero. Como en ese momento, en que se encogió de hombros e hizo un gesto con la mano que no sostenía el volante para restar importancia al asunto.

–Ya te he dicho que no es nada de lo que valga la pena hablar –dijo él tras mirar con rapidez por el retrovisor–. Prefiero oírte a ti.

–Pero si no he dejado de hablar de mí desde hace media hora –recordó ella, y esbozó una mueca contrariada como si acabara de darse cuenta de algo–. Por cierto ¿por qué llevas tanto tiempo conduciendo? El apartamento estaba muy cerca... ¿has estado dando vueltas?

Max suspiró y asintió; una leve sonrisa traviesa asomó a sus labios y Rebecca no pudo evitar reconocer, aun cuando fuera solo para sí misma, que le parecía irresistible cuando sonreía de esa forma.

–Esperaba que no te dieras cuenta –comentó él sin que pareciera que la idea en sí le preocupara mucho–. Lo siento; es que no tengo ganas de volver a casa todavía. ¿Tú tienes turno esta noche?

–No. No hasta mañana temprano. Había pensado en comer fuera o algo así; la verdad es que tampoco tenía muchas ganas de volver.

Max cabeceó y le dirigió una mirada de reojo. Pareció como si apenas entonces reparara en su semblante algo apagado y en la forma en que esquivaba su mirada.

–Tampoco has tenido un buen día, ¿no?

Rebecca sacudió la cabeza de un lado a otro y estuvo a punto de urdir alguna excusa al respecto, cualquier cosa que la salvara de hablarle acerca de la llamada de su tía, pero antes de que se diera cuenta de lo que hacía, se sorprendió contándole precisamente eso. Le contó de la muerte de su tío que, aun cuando no fuera algo que no esperara, no había dejado de afectarle aunque fuera solo por los recuerdos que había terminado por despertar. Y en cómo se había negado a volver a Londres pese a que su tía se lo había rogado; no se arrepentía de haber tomado esa decisión pero en el fondo se sentía un poco culpable y llevaba toda la tarde batallando con esa sensación.

Max no dijo una palabra para interrumpirla; la dejó hablar y cuando mucho adquirió un semblante pensativo al escucharla, si bien Rebecca advirtió que apretaba las manos sobre el volante cada tantos segundos. Luego, cuando ella terminó de hablar, permanecieron un rato en silencio hasta que él carraspeó y le dirigió una rápida mirada de reojo.

–Ya. Diría que lo siento, pero...

Rebecca se encogió de hombros e hizo una mueca.

–Está bien. Tampoco yo lo siento, y me gustaría que no me importara en absoluto; sé que no debería, pero no puedo...

–Lo sé. –Él suspiró–. Así que por eso decidiste vagabundear por allí. Para no pensar.

–Bueno, no estaba vagabundeando, hacía turismo.

–Turismo.

–Ajá. Incluso pensaba ir a ese parque al que fuimos el otro día y probar a lanzarme por la ladera como ese personaje del que hablaste.

Max rio y Rebecca sintió un orgullo ridículo por haber conseguido que abandonara esa expresión tan seria que había mantenido hasta entonces.

–¿Y pensabas hacerlo con o sin pantalones?

–Bueno, no lo había considerado; creo que necesitaría cuando menos un par de cervezas antes de eso.

Max le dirigió otra mirada de reojo algo distinta a la anterior. Más que pensativo pareció entonces cautivado por la forma en que se le habían coloreado las mejillas y Rebecca tuvo que desviar la mirada por la ventanilla al reparar en la forma en que ojos recorrían la curva de su pecho y sus piernas recogidas sobre el asiento.

Al cabo de un rato en silencio, cuando estaba a punto de sugerir que tal vez fuera buena idea volver porque, después de todo, no importaba qué tan mal hubiera sido su día, no podían quedarse dando vueltas por la ciudad por siempre, él la sorprendió al dar un rápido giro al volante tomar una dirección que, estaba segura, no había tomado antes.

–¿Adónde vamos?

–Dijiste que no has cenado.

Rebecca parpadeó, un poco confusa.

–¿Vamos a comer fuera?

–Algo así.

–¿Qué quiere decir eso?

Él no respondió hasta que hubieron transcurrido algunos minutos y Rebecca llevó la vista a la ventanilla para intentar recordar si había estado antes en esa zona de la ciudad. Era un lugar bonito, comprobó al descubrir las extensas arboledas y los comercios a un lado y otro de la calle que bullía de actividad.

Max detuvo el coche ante un restaurante que parecía abarcar buena parte de la manzana; era una construcción antigua de fachada azul y cubierta por un toldo gris bajo el que un grupo de personas hablaba a voces antes de adentrarse en el local.

–¿Quieres comer allí?

Rebecca señaló la entrada y se preguntó si, visto lo popular que parecía ser el lugar, encontrarían una mesa para ellos sin haber hecho una reserva. Pero, de nuevo, Max se mantuvo en un obstinado silencio por un rato antes de asentir como si acabara de tomar una decisión importante.

–Voy a necesitar que esperes un minuto en el coche –anunció él.

Rebecca parpadeó.

–¿Por qué?

–Solo un minuto.

–Pero...

Max bajó del coche, pero antes de dirigirse al restaurante, se detuvo un momento para meter la cabeza en la ventanilla y buscó su mirada hasta que a Rebecca le pareció que el mundo a su alrededor desaparecía y solo estaban ellos dos en medio de la nada.

–Oye, no tienes que tomarte todos esos problemas –dijo ella al fin cuando encontró la voz para hablar aunque esta surgió un poco ronca y quebrada–. Puedo comer cualquier cosa, no quiero molestar...

–Rebecca, tú nunca podrías molestar a nadie –negó él de inmediato antes de sonreír con un leve tinte indeciso y, ella no lo entendió entonces, quizá incluso avergonzado–. La verdad es que necesito asegurarme de que nadie te moleste a ti. Vuelvo en un minuto.

Ella no tuvo tiempo de preguntar a qué se refería con algo como eso porque él se alejó del coche y no le quedó más alternativa que quedarse allí y esperar como le había pedido. Claro que, cuando al fin obtuvo su respuesta, debió reconocer que habría dado igual lo que él hubiera dicho: nada la habría preparado para lo que le esperaba.

Max rogó por que el restaurante estuviera lo bastante abarrotado para que su familia no pudiera prestarle demasiada atención. Deseó que, por un azar misericordioso del destino, su madre hubiera decidido tomarse esa noche de descanso y, a ser posible, que sus hermanos simplemente se hubieran esfumado. Cuando llegó a la barra, sin embargo, y atisbó entre la gente que había empezado a agolparse allí, supo que no tendría tanta suerte.

–¡Maxie!

No importaba la edad que tuviera, Max nunca superaría que su madre diera gritos cada vez que lo veía y que lo llamara por ese diminutivo que aún le ocasionaba pesadillas. Cierto que con los años la humillación que sentía en la adolescencia cada vez que lo ponía en evidencia frente a sus compañeros había dado paso a una ternura algo más tolerante, pero aún así... hacían falta nervios de acero para conservar la compostura cuando tu madre persistía en tratarte como si tuvieras cinco años en un lugar atestado de personas.

–¿De dónde has salido y por qué no contestas a mis llamadas? Llevo semanas pidiéndote que vengas por aquí. ¿Qué es eso que tienes en el cuello?

La señora Joyce era una mujer delgada, de ademanes exuberantes y rostro expresivo; sus hijos le tenían un respeto casi reverencial que, sin embargo, no les impedía quejarse porque tenía la costumbre de hurgar en su vida con la misma determinación de un sabueso.

–No es nada, son cosas del trabajo... –Max dejó que

lo abrazara y para cuando ella lo soltó sintió que se había quedado sin aire–. ¿Habrá alguna mesa libre que pueda tomar?

–¿Para qué querrías una? Cuando hayamos terminado podemos cenar todos allí atrás. –Ella se refería al espacio reservado para la familia que solo usaban ellos y algunos amigos de confianza–. Pero si tienes hambre ahora puedes ir a la cocina y pedir a Freddy que te sirva algo. Está preparando albóndigas...

Max sacudió la cabeza de un lado a otro y contuvo un suspiro, pero como no podía quedarse allí por siempre, tomó a su madre por los hombros y acercó el rostro al suyo con una mirada seria que la hizo parpadear.

–Necesito una mesa –repitió él–. Tengo a una amiga allí afuera y pensé que podría cenar con ella aquí.

Los ojos de su madre, de un tono muy similar al suyo, se abrieron desmesuradamente, y Max se dijo que tal vez, solo tal vez, acababa de cometer un error.

–Es Rebecca –se apresuró a explicar él antes de que su madre abriera la boca–. Mi compañera de apartamento, ya te he hablado de ella. Acabo de encontrármela, dijo que no había cenado y pensé... no te hagas ideas y, por lo que más quieras, no digas nada que pueda avergonzarla.

La señora Joyce se sacudió del agarre de su hijo y echó el cuello hacia atrás, con lo que adquirió una postura imperiosa que casi hizo sonreír a Max porque le recordó a cuando eran niños y los tenía a él y sus hermanos marchando a su ritmo cuando cometían alguna travesura.

–¿De cuándo acá he avergonzado a alguien?

–Mamá...

–¿Lo he hecho contigo alguna vez?

–No he dicho...

–Tu padre y tus hermanos están en la oficina ¿deberíamos llamarlos para preguntarles si están de acuerdo contigo?

Max estuvo tentado a dar un beso a su madre, despedirse y correr en dirección contraria. Había un estupendo restaurante marroquí dos calles más abajo, pero le ganó la lealtad y, además, sabía que la fachada ofendida de su madre escondía una curiosidad casi palpable que no la dejaría tranquila hasta que pudiera satisfacerla. Bueno, él no pensaba hacer nada de eso, pero por lo menos podía darle una explicación que ayudara a todos.

De modo que, tras suspirar con pesadez, se inclinó hacia ella hasta quedar a su altura y acercó el rostro al suyo con una mirada grave.

—Mamá, Rebecca lo ha pasado muy mal —dijo él—. Quisiera que tenga una noche agradable. ¿Puedes ayudarme con eso?

La señora Joyce no tardó más de unos segundos en responder, y cuando lo hizo, tras apretar los labios y entrecerrar los ojos con expresión de sospecha que, de cualquier forma, tuvo a bien contener antes de cabecear con un ademán decidido.

—Muy bien —dijo ella—. Trae a esa pobre chica aquí; es increíble que lleve meses viviendo contigo y nunca la haya visto. No crie a mis hijos para que fueran tan desconsiderados...

Max dejó a su madre rumiando entre dientes y se apresuró a ir en busca de Rebecca, rogando porque su idea no terminara ocasionando un desastre.

—Este debe de ser el mejor filete que he probado en mi vida.

Rebecca bebió un sorbo del vino que la señora Joyce en persona había dejado en la mesa antes de despedirse para recibir a unos amigos que acababan de llegar al restaurante. Todavía no conseguía reponerse del todo de la sorpresa que significó para ella enterarse de que se encontraban en el negocio de la familia de Max, pero debía reconocer que según pasaba el tiempo se sentía cada vez más a gusto.

Al comienzo se había sentido un poco abrumada por la presencia de la señora Joyce, que la envolvió en un apretado abrazo apenas la vio, tras lo cual revoloteó a su alrededor hasta asegurarse de que ocupaban una mesa apartada junto a una ventana y que tenían todo lo que necesitaban. La señora hablaba a toda velocidad y gesticulaba con una gran sonrisa en el rostro según le iba contando de la clase de comida que hacían allí, cuánto tiempo llevaba frente al negocio y, desde luego, las ganas que tenía de conocerla porque, aunque Maxie le había hablado con frecuencia de ella, era una verdadera lástima que no se hubieran visto antes.

Rebecca registró todas y cada de las palabras de la señora y procuró dar una respuesta apropiada, aunque con seguridad iba a tardar un tiempo en asumir tanta información, en especial eso de Maxie. Pero la señora era agradable y la trató con tanta dulzura que ella no pudo menos que sentirse arropada de una forma en que no le había ocurrido nunca antes. Cuando ella se marchó después de asegurarse de que les habían llevado la orden y tras hacerles prometer que se despedirían antes de irse, exhaló un hondo suspiro y probó su comida.

Max, en tanto, la observaba con expresión tranquila aunque Rebecca ya había notado que miraba de cuando en cuando sobre su hombro como si esperara un ataque en cualquier momento.

–A Freddy le gustará saber eso. –Él sonrió al ver su expresión confusa–. Es el jefe de cocina. Lleva con nosotros desde… creo que desde antes de que yo naciera.

–¿Tanto tiempo tiene este lugar?

Max asintió.

–Lo abrió mi abuelo; el padre de mamá. No lo conocí, murió un par de años antes de que naciera, pero fue uno de los primeros en abrir un negocio en esta calle –explicó él tras mordisquear un trozo de pan–. Mis padres se conocieron aquí cuando él vino en busca de trabajo. El abuelo había puesto un anuncio para contratar un administrador porque el negocio había empezado a crecer y a él se le daba muy mal la contabilidad; lo suyo era la cocina.

Rebecca parpadeó y dio una larga mirada al techo alto de vigas de roble. Percibió en el espacio la misma calidez que había sentido al tratar a la madre de Max; todo a su alrededor exudaba un ambiente familiar que la envolvió de una forma un poco rara pero muy agradable.

–¿Fue así como se enamoraron? –preguntó ella.

Max sonrió y se encogió de hombros.

–Eventualmente –dijo él–. Según ellos, al comienzo no se soportaban. Mi madre no lo quería aquí porque ella estaba segura de que podía llevar el negocio sin ayuda, y él pensaba que le faltaba mucho por aprender. Al final, llegaron a un arreglo.

–Lo imagino.

–Sí, yo también, aunque procuro no pensar mucho en eso. –Max fingió un escalofrío, pero su rostro adquirió una expresión cargada de afecto antes de continuar–: Y no lo han hecho mal. Llevan treinta y cinco años juntos y han criado a tres hijos además de llevar el negocio. Papá se encarga de la administración y mamá de tratar con los proveedores y los clientes... siempre se le ha dado bien dar órdenes.

–¿Y tus hermanos trabajan con ellos?

–Sí. Nicholas y Patrick –asintió él–. Ambos apoyan a papá en la oficina, aunque a Pat siempre se le ha dado bien la cocina; creemos que en cuanto Freddy se retire tal vez se anime a tomar su lugar.

Rebecca miró su plato y se sorprendió al ver que casi había acabado con todo lo que la señora Joyce le puso al frente. No recordaba cuándo fue la última vez que disfrutó de comida de ese tipo y, aun más, que se encontrara tan absorbida en una conversación que ni se diera cuenta de lo que se llevaba a la boca.

–¿Y tú? –preguntó ella entonces–. ¿Eres el único que se ha alejado del negocio familiar?

Max ladeó el rostro y le dirigió una larga mirada antes de asentir con sencillez.

–Supongo que eso me convierte en la oveja negra –comentó él.

–No me parece que tu madre te trate como si tuviera nada que reprocharte... Maxie.

Él gimió y dejó caer la cabeza; sus hombros se sacudieron debido a la risa y Rebecca se encontró riendo de la misma forma que él: con ganas y como si no hubiera nada en el mundo por lo que debiera preocuparse. Nada que no fueran ellos dos una noche cualquiera en medio de un salón atestado de charlas a media voz y la tenue luz que los iluminaba.

–Te morías por mencionarlo, ¿no? –preguntó él una vez que recuperó el aire.

Rebecca hizo un mohín.

–Lo siento; tenía que decirlo o iba a reventar –reconoció ella–. Pero me gusta. Maxie.

–No dirías lo mismo si estuvieras en mi lugar –señaló él–. ¿Sabes que fue así como me llamó el día en que me gradué de la academia? Estaba allí, con mi uniforme, en medio de mis superiores y a punto de recibir mi diploma, y entonces la oí: *¡Maxie, date la vuelta para que el tío Harold te haga una foto!*

Rebecca rio nuevamente sin poder evitarlo; no lo dijo entonces, pero la verdad fue que pudo hacerse una idea muy clara de cómo debió ser eso.

Imaginó a Max despavorido por la vergüenza y, pese a ello, no dudó de que hubiera hecho lo que su madre le pidiera.

–Lo siento, pero no creo que fuera tan terrible –dijo ella poco después.

–¿No? Tal vez tenga que mostrarte unas fotografías de ese día para que te hagas una idea de cómo fue todo.

–Me encantaría verlas.

Max dudó como si no hubiera dicho eso en serio, pero debió de ver la ilusión en su rostro porque suspiró, rendido, antes de encogerse de hombros.

–Te las conseguiré –prometió–; pero no se te ocurra mencionarlo a mi madre o insistirá en ser ella quien te las muestre y eso ya sería demasiado para mí.

Rebecca asintió y sonrió encantada al ver que el camarero se acercaba para retirar sus platos y dejar una enorme tajada de tarta de chocolate ante ella. Debía de ser el pedazo más grande que había tenido para ella sola alguna vez; era lustroso, olía al cielo, y estaba coronado por una bola de helado también de chocolate que le provocó aplaudir.

Max observó el plato con una ceja arqueada y desvió la mirada a su propia porción de tarta de queso, mucho más pequeña aunque igual de apetitosa.

–Debes de haberle caído muy bien –señaló él en tono pensativo.

–¿Eso crees?

Max cabeceó mientras ella hundía la cuchara en el helado y se llevaba un trozo a la boca con expresión extasiada.

–Mamá solo nos permitía comer así en nuestros cumpleaños –recordó él.

–Ya. Pero supongo que con lo que te gusta comer no habrías tenido problemas para hacerlo cuando ella no miraba.

–Le prestas demasiada atención a Tara; no deberías de creer todo lo que dice.

–No hace falta que lo haga. Vivo contigo, ¿recuerdas? Te he visto comer.

Max se llevó una mano al pecho como si se encontrara muy ofendido, pero sonreía y la expresión de contento en su rostro no hacía más que expandirse cada vez que la miraba.

–Sí, bueno, pero no me parece que tengas mucha autoridad para criticarme en este momento.

Rebecca bajó la mirada al plato que él señalaba y sus mejillas adquirieron un tono rojizo al reparar en que ya había dado cuenta de la mitad. Sin pensar, tomó su servilleta, un níveo trozo de lino con el monograma del restaurante grabado, y se lo lanzó al rostro antes de volver su atención al postre.

Max atrapó la servilleta en el aire y la señaló con ella como si estuviera a punto de devolverle el gesto, pero entonces reparó en un movimiento tras él y le bastó con dar una mirada sobre su hombro para darse cuenta de qué se trataba. O de quiénes, mejor dicho.

Al parecer, su madre no había estado tan dispuesta como dijo a mantenerse al margen, pero eso no le sorprendió del todo; en realidad, había tardado más de lo esperado y no pudo menos que agradecer que al menos les permitiera llegar al postre. Cuando sintió una pesada mano sobre su hombro y se giró para recibir a los recién llegados, exhaló un hondo suspiro cargado de resignación y buscó la mirada de Rebecca tras esbozar una sonrisa de disculpa.

–Me gustaría presentarte a mis hermanos –anunció él.

Ella levantó la mirada de golpe y, tras alternarla de uno a otro de los hombres que se habían situado tras él con idénticas y en absoluto discretas muestras de curiosidad, cabeceó un par de veces antes de sonreír. A Max le bastó con sentir el torpe golpe de su hermano mayor en el brazo y ver la mueca de reconocimiento en el rostro del otro, Pat, cuando se apresuró a tomar la mano que Rebecca le tendió para saber que, lo mismo que con su madre, ella ya se los había echado al bolsillo. No le sorprendería saber que cuando al fin se marcharan ella lo hiciera con otra porción de tarta de chocolate en la mano.

No fue sencillo, pero Max logró que él y Rebecca dejaran el restaurante poco después de prometer que volverían cualquier día de esos y que se quedarían a charlar entonces porque en ese momento estaban escasos de tiempo, cosa que, desde luego, nadie creyó. Sin embargo, debió reconocer, en especial en el caso de su madre, que insistió menos de lo que habría cabido esperar. Eso, y que tuvo a bien no llamarlo Maxie cuando le dio un abrazo antes de que se marcharan.

Hicieron el camino de vuelta al apartamento en un ambiente mucho más relajado que antes; parecía como si las horas pasadas les hubieran ayudado a ahuyentar los remanentes de ese día tan difícil para ambos y cuando al fin estuvieron en casa intercambiaron una mirada de comprensión antes de que Rebecca recordara que tenía que guardar la comida que la señora Joyce había insistido en que llevaran con ellos. Había un poco de las albóndigas favoritas de Max, pasta y, a su parecer lo mejor de todo, un gran trozo de tarta de chocolate que la señora había insistido en que era solo para ella.

Max la observó con una sonrisa en tanto le hacía un sitio a todo en la nevera y metió las manos en los bolsillos antes de dirigirse a la ventana del salón. Tenía el ceño fruncido y alternaba el peso de un pie a otro como si estuviera indeciso de qué hacer a continuación. Y así era.

Recorría el rostro de Rebecca con la mirada perdida; se sentía fascinado por la forma en que sus ojos parecían brillar desde que dejaron el restaurante. Sus mejillas estaban sonrojadas y sus labios le parecieron más seductores que nunca; le cosquilleaban los dedos por la necesidad de tocarla y habría dado lo que fuera porque ese pequeño momento se prolongara por siempre. Ambos allí sin más compañía que el silencio y envueltos por la camaradería que no había dejado de acompañarles durante toda la noche. Y sin embargo, también había algo más.

Deseo. Y quizá un poco de miedo. En lo que a él se refería, al menos, había una buena cuota de ambos. Se moría por dar ese paso que llevaba tiempo anhelando y al mismo tiempo se preguntaba si no sería un riesgo demasiado grande.

–¿Crees que sería demasiado si me llevara un trozo de esa tarta al hospital mañana?

Max parpadeó e intentó enfocar con claridad el rostro ante él. Rebecca se había acercado hasta encontrarse muy cerca; peligrosamente cerca, incluso, al menos para él, y le costó entender lo que decía. Lo único que pudo advertir fue la forma en que su pecho oscilaba de arriba abajo y la serenidad con que lo veía.

–¿Qué? –preguntó ella viéndose de pronto un poco confusa –. Ya sé que tu madre dijo que era solo para mí, pero no creas que voy a dejarte sin nada...

Max no permitió que terminara. No habría podido hacerlo ni aunque lo hubiera deseado; al verla allí, al alcance de su mano, con su aroma envolviéndolos y esa sonrisa que, empezaba a pensar, se había hecho un hueco en lo más hondo de su corazón, no fue capaz de resistirse por más tiempo. La atrajo hacia sí y buscó sus labios con un gemido.

Ella se quedó inmóvil por la sorpresa, pero fue cosa de un segundo o incluso menos; después fue como si de alguna forma lo hubiera estado esperando y el contacto de su boca sobre la suya obrara el milagro de despertarla de un sueño.

Max sintió sus manos rodear su cuello y sus labios abriéndose bajo los suyos; exploró el interior de su boca sin dejar de abrazarla. La sintió estremecerse y se preguntó si él también estaría haciéndolo porque le pareció que sus dedos temblaban un poco al enterrarse en su espalda. Ella sabía tan bien como imaginó: a tarta de chocolate y a sal; su piel era suave y tersa allí donde la tocaba; sus manos iban de la curva de su cuello a sus brazos desnudos y quiso absorber de alguna forma el calor que despedía. Lo quería todo de ella.

Cuando se separaron para tomar aire, él mantuvo el rostro muy cerca del suyo; su frente apoyada sobre su mejilla y sus manos aferradas a sus codos como si temiera que fuera a desaparecer si la soltaba. El aliento de Rebecca sobre su cuello le provocó un leve cosquilleo y al ladear la mirada sus ojos se encontraron con los suyos.

–¿Por qué ha sido eso?

Su voz le sonó un poco rara y al mismo tiempo el sonido más hermoso que había oído en su vida. Se encontró sonriendo sin poder evitarlo y su corazón se expandió al máximo al verla sonreírle de vuelta.

–Por nada en particular. O tal vez por todo –respondió él en un susurro–. ¿Te ha molestado?

Ella sacudió la cabeza de un lado a otro y llevó una de sus manos a sus labios, recorriéndolos con la yema de los dedos.

–Hazlo de nuevo –pidió ella.

Max no necesitó que lo repitiera. Reclamó su boca incluso con más ímpetu que antes, pero esta vez Rebecca lo recibió con la misma pasión que mostraba él; mordisqueó sus labios con suavidad y emitió un largo gemido cuando Max la tomó por las caderas para pegarla a su cuerpo. Ella era toda curvas suaves que parecían amoldarse a cada uno de sus ángulos; su corazón latía a toda velocidad contra el suyo y sintió más que vio la forma en que se ponía de puntillas para buscarlo en un arrebato desesperado que le arrancó una sonrisa.

Buscó su mano y tiró de ella sin dejar de besarla; estuvo a punto de tenderla sobre el sofá, pero no quiso que la primera vez entre ellos fuera así, se cuestionó un poco atontado cuando logró ordenar a sus pies que siguieran caminando hasta llegar a su dormitorio.

Rebecca no vaciló en ir con él; cuando mucho trastabilló un par de veces antes de cerrar la puerta tras ambos y quedarse de pie con las manos caídas a los lados, su respiración agitada y una expresión anhelante en el rostro que atrajo a Max como el canto de una sirena.

Ella dio una larga mirada alrededor; sus ojos fueron de la ventana entreabierta a la cama y de allí de vuelta al rostro de Max, que la veía con una muda pregunta danzando en sus ojos. Supo entonces que habría podido dar media vuelta y marcharse y que él no habría hecho nada por detenerla, que la decisión era toda suya. Aquello, que en otras circunstancias quizá la hubiera hecho correr, asustada ante la idea de dar un paso como aquel porque nada le inspiraba más miedo que abrir su corazón, le dio las fuerzas para decidir, y cuando lo hizo supo que pasara lo que pasara luego no se arrepentiría nunca de lo que estaba a punto de hacer.

Fue hacia él y sus manos se apoyaron sobre sus hombros; Max deslizó los dedos por el frente de su blusa, descendiendo de la piel descubierta del cuello al borde de la cintura. Ella suspiró y entreabrió los labios mientras él empezaba a soltar los botones con suavidad; de arriba abajo y posando la yema de los dedos en cada trozo de piel que iba dejando a la vista.

La respiración de Max surgía acompasada; quizá demasiado, le pareció a ella, al menos si se le comparaba con la suya, que brotaba de sus labios con leves resuellos que solo se incrementaron cuando él deslizó la blusa por sus hombros para dejarla caer a sus pies.

Hacía frío, pero Rebecca supo que el estremecimiento que sintió entonces no tenía nada que ver con la temperatura; lo provocaba su mirada y la forma en que sus manos permanecían asentadas alrededor de su cintura. Sus dedos se deslizaron de arriba abajo hasta que empezaron a subir por su espalda y la acercaron a su pecho. Ella se humedeció los labios y llevó las manos de sus hombros a sus clavículas y sus pectorales, fascinada por el tacto de su piel y el cosquilleo que le produjo el vello de su pecho bajo sus dedos.

Max soltó su sujetador y Rebecca arqueó la espalda para liberarse de él; sus pechos se endurecieron bajo su mirada y empezó a dar golpecitos sobre la moqueta con la punta de los pies llevada por el nerviosismo. No debería de verla de esa forma, se dijo ella cuando estaba a punto de emitir un gemido por la necesidad de que la tocara, y él, que pareció hacerse una idea de lo que le pasaba por la mente, sonrió, inclinó la cabeza y lamió su piel dejando un reguero de fuego a su paso.

Rebecca echó la cabeza hacia atrás y se sostuvo de sus antebrazos para evitar caer, aunque Max aún la sostenía por las caderas; sus manos tiraron del cierre de sus pantalones y los sintió deslizarse alrededor de sus piernas con un susurro.

Debería de haberse depilado, se dijo en medio de la maraña de pensamientos aislados en que se había convertido su mente, pero acalló a esa voz molesta al recordar que no había esperado nada de eso. Lo deseó, claro; lo había querido desde el primer día en que puso un pie en ese apartamento y se encontró con Max en la puerta de entrada, pero jamás pensó que ocurriría. Y aun cuando se le ocurrían mil motivos por lo que era un gran error, acalló esa idea también. No quería pensar en eso. Solo lo quería a él.

Max la observó durante lo que le pareció una eternidad antes de buscar sus ojos. Rebecca halló nuevamente en ellos una callada pregunta y, sin titubear, asintió un par de veces antes de llevar las manos al frente de sus pantalones. Sus dedos resbalaron con el cierre y él rio, ayudándola sin desviar la mirada de su rostro; parecía como si estuviera tan seguro como ella de adónde deseaba que aquello los llevara y Rebecca rogó por que ninguno terminara por arrepentirse.

No supo si fue ella la que se dejó caer sobre la cama o si fue Max quien la empujó; lo único que tuvo claro fue que un segundo estaba allí de pie junto a él y al siguiente sintió el mullido colchón bajo su espalda; las mantas le proveyeron de un calor que en realidad estaba lejos de necesitar. No creía que fuera capaz de volver a sentir frío nunca más en la vida; no con Max sobre ella y mirándola de la forma en que lo hacía.

Él se mantenía apoyado sobre las rodillas; sus dedos estaban en todas partes, iban de su cuello a la línea de su pecho y la curva de sus caderas. Y en tanto, su boca seguía la senda trazada por sus manos sin descanso. Sus labios lamieron su hombro y apresaron sus pezones entre los dientes con suavidad hasta hacerla resoplar. Jamás había sentido nada como eso.

El sexo... Para Rebecca, el sexo estaba bien, pero

poco más. Tal vez se debiera a que lo consideraba una necesidad más que era fácil ignorar la mayor parte del tiempo y que cuando decidía satisfacer la dejaba siempre con la sensación de que se estaba perdiendo de algo y que sin duda eso era culpa suya. Un compañero del hospital en Londres con el que se había acostado una vez después de una fiesta de año nuevo le dijo que parecía como si estuviera siguiendo un manual y que ningún hombre podría sentirse cómodo con una mujer que parecía determinada a acabar lo antes posible.

Tal vez él tuviera razón, o quizá fuera un pelmazo; en realidad daba igual porque a ella no le importó demasiado entonces. Ni siquiera le gustaba mucho; él había sido muy insistente y ella estaba un poco borracha. Luego, sumergió el recuerdo al fondo de su mente, como había hecho a lo largo de su vida con muchos otros; pero en ese momento, bajo las caricias de Max, se dijo que no había nada en el mundo que deseara menos que eso acabara pronto; le habría gustado que durara por siempre.

Max buscó sus labios y ella decidió que ya había pensado suficiente; que, en todo caso, ya tendría tiempo para eso luego, y correspondió a su beso con todo el deseo que sentía abrasando su vientre. Inhaló su aroma un poco salado y con rastros del perfume que nunca podría volver a oler sin relacionarlo con él y saboreó el gusto de su boca, enredando su lengua con la suya, feliz más allá de las palabras al oírlo emitir un gemido de placer.

Arqueó las caderas al sentirlo tirar de sus bragas y pataleó con torpeza hasta librarse de ellas. Luego, él hizo otro tanto con sus bóxers hasta que no hubo ninguna barrera entre ambos, solo su piel en contacto con la suya y el calor que despedía y que empezaba a abrasarla.

Los dedos de Max empezaron a hurgar entre sus piernas y Rebecca pegó un bote al sentirlo internarse en su interior; él parecía saber exactamente qué hacer, qué puntos tocar y cuándo parar para convertirla en una criatura gelatinosa que se deshacía bajo sus caricias. Rebecca apretó los ojos con fuerza cuando el nudo que se había mantenido apretado en su estómago estalló en mil pedazos y unas lucecitas empezaron a titilar; no volvió a abrirlos hasta que las oleadas fueron menguando; incluso entonces, su respiración pareció sobrepasar lo que cualquiera habría considerado medianamente normal y hubiera permanecido así, segura de que nunca volvería a ser ella misma de nuevo después de aquello, cuando sintió el cuerpo de Max abandonar el suyo, y al abrir los ojos, sobresaltada por la sensación de pérdida que experimentó entonces, lo vio hurgar con brusquedad en el cajón del velador para volver poco después con la respiración agitada.

Ella suspiró, un poco confusa pero agradecida de que él fuera capaz de conservar el control lo suficiente para actuar con algo del sentido común que a ella parecía haberla abandonado hacía mucho. Max se tendió a lo largo de su cuerpo; pareció como si no quedara un centímetro de su piel que no tocara, ni la más mínima fibra de nervios que no consiguiera despertar, y Rebecca enredó los dedos en su cabello, conmovida por la forma en que sus ojos permanecían fijos en los suyos. Él no dejó de mirarla ni siquiera mientras se hundía en ella, arrancándole en leve grito que se apresuró a acallar con un beso apasionado.

Rebecca se abrazó a su espalda como a una tabla de salvación en medio de una tormenta y sus gemidos y los de Max adquirieron un compás casi musical. Él apoyaba las palmas de las manos sobre las mantas a cada lado de su cabeza para no aplastarla bajo su peso y acometía una y otra vez, primero con un ritmo pausado y luego con mayor velocidad; sus caderas golpeaban contra las suyas y el nudo en su estómago pareció apretarse nuevamente hasta producir un dolor delicioso que la llevó a arquear la espalda buscando más.

En un momento, cuando creyó que no iba a poder

continuar así durante mucho tiempo más, asustada y fascinada a partes iguales por todas esas sensaciones, sintió que sus pies se enroscaban de una forma extraña y que su corazón bombeaba a toda velocidad; le pareció un milagro que no estallara en mil pedazos. Los músculos de la espalda de Max se tensaron bajo sus dedos y habría encontrado muy curiosa la forma en que él la miró entonces, como si la viera bajo una nueva luz o hubiese encontrado algo sorprendente en su rostro, de no ser porque tuvo que cerrar los ojos de golpe sobrepasada por las sensaciones que la asaltaron entonces.

Ni un solo resquicio de su cuerpo permaneció indemne a la que había sido sin duda la experiencia más impresionante de su vida y tiempo después, cuando Max había terminado de sacudirse sobre ella en una retahíla de temblores convulsos y susurros incomprensibles, se sorprendió sonriendo. Entonces no supo si se debía a la sorpresa, la satisfacción, o a ambas cosas, pero estuvo segura de algo: atesoraría ese recuerdo hasta el último día de su vida.

12

El sol parecía haber salido hacía mucho cuando Max despertó, pero se quedó un rato en la cama y con la vista en el techo, rememorando las últimas horas junto a Rebecca antes de que ella se despidiera al amanecer para ir al hospital.

Había sido una noche memorable; posiblemente la mejor de su vida, reconoció él con un suspiro al tiempo que se cubría los ojos con la palma de la mano.

Rebecca era todo lo que había imaginado que sería en las constantes ocasiones en que había acariciado la idea de acostarse con ella. Era apasionada, divertida, y estaba seguro de que, sin importar cuánto tiempo pasara, siempre encontraría algo nuevo en ella, una manía o un rasgo de su carácter que no había visto antes que lo mantendría fascinado y anhelante de profundizar en ello hasta hacerlo un poco suyo.

Porque, en cierta forma, era así como sentía que se habían dado las cosas entre ellos la noche anterior: ella le había entregado parte de lo que era de la misma forma en que lo hizo él. Guardaba en su interior un poco de Rebecca y esperaba que ella lo sintiera igual, que fuera capaz de percibir que esa mañana, al abandonar el apartamento, se había llevado también un trozo de él.

Max sacudió la cabeza y se frotó el rostro con las manos con un gesto brusco, preguntándose desde cuándo tenía unas ideas tan raras. Evelyn lo destrozaría si lo supiera.

El recuerdo de su compañera y de lo ocurrido el día anterior en el trabajo ensombreció su semblante. No le había dicho una palabra a Rebecca acerca de eso o de su suspensión; sabía que ella se las arreglaría para sonsacarle el por qué de su reacción con aquel hombre y no deseaba que se sintiera de alguna forma responsable. Él no creía que lo fuera, pero sabía que ella no lo vería así y no había nada que deseara menos en el mundo que ocasionarle algún dolor o despertar los recuerdos que se esforzaba tanto por mantener a raya.

Cuando ella lo besó antes de marcharse, le había asegurado que estaría allí cuando volviera, pero se cuidó mucho de mencionar que eso sería así porque no pensaba ir a ninguna parte; en lo que a él se refería, y hasta nuevo aviso, se dijo al abandonar la cama con paso pesaroso, no tenía un trabajo al cual acudir.

Se dio una larga ducha y dedicó buena parte de la mañana a revisar los informes del arresto del día anterior para enviarlos a su capitán; releyó cada palabra y se aseguró de ser tan honesto como le fue posible reconociendo su error al quebrar el reglamento por haber usado la fuerza de forma desproporcionada, pero hizo hincapié en las circunstancias en las que encontraron a la novia de Lark y cómo la indignación por aquello se le había ido de las manos. Claro que eso no era precisamente lo que cabía esperar de un policía con cierta experiencia, reconoció antes de enviar el documento por correo, pero era lo mejor que podía hacer.

Comió algo de las sobras que trajeron del restaurante la noche anterior y pasó el resto de la tarde tendido en el sofá con uno de los libros de Rebecca. Ella había dicho que podía tomar el que quisiera de sus estantes abarrotados y él optó por uno de Ágatha Christie porque estaba seguro de que nada lo distraería más de sus preocupaciones que meterse de lleno en alguno de sus misterios.

Sin embargo, cuando iba por la mitad y ya había dado con la identidad del asesino, recordó por qué se le daban tan bien esas cosas y lo mucho que disfrutaba aplicando su afilada intuición en el trabajo. La posibilidad de que no pudiera hacerlo más, de que su carrera en el cuerpo de policía hubiera terminado cuando ni siquiera había rozado todo lo que sabía que podía lograr, le revolvió el estómago y lo llevó a buscar una película que le disipara la mente. Ese definitivamente no era un buen día para leer a Ágatha.

Rebecca regresó cuando empezaba a oscurecer. Max oyó el sonido de la cerradura y apagó el televisor con un suspiro antes de ir a su encuentro. Se veía tan exhausta como siempre, pero al mismo tiempo le pareció que irradiaba una luz que no había estado allí antes. Se detuvo un momento ante ella, sin saber cómo se tomaría que la tuviera entre sus brazos, que era lo que deseaba hacer, pero no hizo falta que lo pensara demasiado porque entonces fue ella quien se echó a los suyos y enterró el rostro en la curva de su cuello.

–¿Esto quiere decir que me has extrañado?

La oyó reír, que era lo que buscaba al decir aquello, pero no le dio tiempo de responder porque buscó sus labios con apremio, un poco sorprendido por la necesidad que lo embargó entonces. ¿Cuándo fue la última vez que la besó? ¿Hacía diez horas? ¿Y por qué se sentía como si hubiera pasado una eternidad desde eso? Aspiró su aroma, absorbió el sabor de su boca y gimió al frotar su cuerpo contra el suyo; Rebecca emitía unos sonidos de lo más graciosos en tanto se retorcía entre sus brazos para despojarse del bolso y el abrigo sin dejar de besarlo.

Max la llevó al sofá y la tendió sobre él; sus piernas apresaron sus caderas y dejó de pensar. Se olvidó del trabajo, de lo que diría el capitán cuando leyera su informe y de cualquier cosa que no fuera el suave cuerpo de Rebecca sobre él, sus manos recorriendo su espalda y la sensación de encontrarse muy lejos de todo, rendidos el uno al otro.

–¿Todavía no hay noticias?

Rebecca sacudió una casi imperceptible mota de polvo de su edición favorita de *Jane Eyre* y miró a Max por encima del plumero que sacudía ante sus ojos con ademán concentrado. Había decidido dedicar su día libre a limpiar el apartamento y él se había ofrecido a hacer su parte; no era común que coincidieran en su tiempo libre y por eso no se había dado ocasión de que compartieran una jornada de aquellas, pero últimamente a Rebecca le parecía que estaba allí todo el tiempo.

No que se quejara por eso; todo lo contrario. Nada la hacía más feliz que llegar a casa después de un largo turno en el hospital y encontrárselo allí esperando por ella. Así había sido durante toda la semana y no recordaba cuándo fue la última vez que deseó tanto terminar con su trabajo para volver a casa; era posible que nunca le hubiera ocurrido, reconoció al considerarlo.

Por lo general, Max la aguardaba con algo de comida caliente o la invitación para ir por allí a dar un paseo, aunque casi siempre ella terminaba por sugerir que se quedaran en casa, algo que a él parecía encantarle porque podían pasar más tiempo haciendo el amor y charlando sin necesidad de vestirse.

Era algo nuevo para ella. Compartir el espacio con un hombre de una forma tan íntima era algo a lo que no estaba acostumbrada, y si alguien le hubiera dicho que le parecería lo más natural del mundo, habría considerado que se trataba de una tontería. Pero allí estaba, trabajando codo a codo con Max, viéndolo ir de un lado a otro en tanto hablaba a voces con esa energía tan suya que de alguna forma había pasado a ser parte de ella también. Él le sonreía y se detenía un momento para besarla antes de continuar con lo suyo, dejándola un poco mareada y con problemas para recordar lo que hacía allí.

En ese momento, sin embargo, a continuación de que hiciera esa pregunta, él no pareció muy animado ni tener muchas ganas de ir hacia ella; por el contrario, mantuvo la mirada obstinadamente puesta en las baldas que había destinado para albergar sus libros y estudiaba un título tras otro con ademán concentrado.

–No. No he sabido nada –él contestó cuando pensó que ya no diría nada, y su voz le pareció más seria de lo habitual–. Oye, ¿y qué tal con este Rothfuss? He oído algunas cosas de él, pero nunca he sido de leer fantasía...

Rebecca ladeó el rostro para mirar por la ventana; estaba abierta de palmo a palmo y un aire frío se colaba en la habitación, pero era una sensación agradable. Si se asomaba un poco al balcón podía ver a las personas que andaban de un lado a otro por la calle, y oír el barullo de las aves sobre los árboles; algunas de ellas incluso se posaban de cuando en cuando sobre la barandilla y Max ya le había advertido de que no les dejara comida o terminarían haciendo un desastre.

–Rothfuss es fantástico; deberías de probar con él. Puedes llevártelo cuando quieras; me gustará saber qué te parece. –Ella apartó la mirada de la ventana y fue hacia él hasta que se encontró lo bastante cerca para inspeccionar su rostro distraído–. ¿Es común que tarden tanto en entregar los resultados de los exámenes? Creía que te los daban la semana pasada.

Max dejó el libro que había estado observando hasta entonces y Rebecca le dio una larga mirada a la cubierta con la que estaba tan familiarizada antes de fijar su atención en el semblante del hombre ante ella.

–La verdad es que no lo sé; es la primera vez que aplico a uno, así que... –Él se encogió de hombros en un ademán despreocupado–. Supongo que lo sabré pronto, pero ahora no quiero pensar en eso.

–¿Por qué no?

–No lo sé... tal vez es que ya no me parece tan importante –dijo él.

Rebecca frunció el ceño.

–Claro que es importante; es lo que siempre has querido.

–Sí, pero... –Max hizo un gesto de frustración–. Mira, continúo queriéndolo, lo digo en serio; pero ahora... ¿no quieres dar un paseo?

Rebecca parpadeó, sorprendida por ese brusco cambio de tema.

–¿Un paseo? –repitió ella, y continuó tras verlo asentir. –¿Adónde? ¿No íbamos a limpiar?

–Podemos hacerlo al volver.

–¿Pero al volver de dónde?

–De donde sea. –Max dio un paso hacia ella y tomó su rostro entre las manos; sonreía y Rebecca fue incapaz de apartar la mirada de sus ojos brillantes–. Del parque. O del estadio. También podemos ir al cine o a comer en el puerto. ¿Qué dices? ¿Vienes conmigo?

Rebecca estuvo a punto de responder que habría ido con él incluso si no sabía adónde; que lo seguiría al fin del mundo con gusto si así se aseguraba de permanecer a su lado.

Permanecer, se repitió una y otra vez entonces, un poco asustada por la necesidad que la asaltó cuando las palabras se atragantaron en su garganta mientras las contenía con todas sus fuerzas. ¿Qué sabía ella de permanecer en un lugar? Si no lo había deseado nunca.

–¿Rebecca? –Max deslizó sus dedos sobre sus mejillas y los roles parecieron cambiar de golpe; era él quien la veía ahora con extrañeza–. ¿Qué sucede?

Ella sacudió la cabeza y desvió la mirada a la moqueta con los labios contraídos.

–Nada. Solo estaba pensando –dijo ella tras exhalar un hondo suspiro y forzar una sonrisa al volver a mirarlo–. De acuerdo. Vamos adonde sea.

Max sostuvo su mirada y pareció a punto de decir algo, pero cambió de opinión y se encogió de hombros antes de sonreír con la misma alegría que ella había aprendido a adorar y que no podía imaginar fuera de su vida. De nuevo, la idea de permanencia, de mantenerse en un solo lugar, le provocó un aguijonazo en el estómago. En ese momento no supo si se debía al anhelo o el miedo; tal vez un poco de ambos, pero sí estuvo segura de algo: cuando estaba cerca de Max y él la veía de la forma en que lo hacía en ese momento, se sentía capaz de apartar cualquier temor que pudiera sentir y permitirse, al menos por un segundo, soñar con que todo era posible.

Max no lo supo hasta un tiempo después, pero mientras él irrumpía en el apartamento de Lark para moler a este último a golpes tras descubrir a Juliana agazapada bajo la cama, había todo un destacamento de detectives a la redonda que habían empezado a trazar un plan para detenerlo gracias a la información que él le había hecho llegar a su capitán.

Los actos de Max terminaron por acelerarlo todo, como se encargó de hacerle saber el jefe de la misión luego de que su capitán le informara de que estaba suspendido.

Sus pesquisas les habían permitido confirmar que las suposiciones de Max no estaban en absoluto desencaminadas.

Efectivamente, Lark contaba con un abultado prontuario que iba mucho más allá de lo que el amigo de Max le había confiado cuando acudió a él. A los delitos de poca monta registrados en la policía de Phoenix se sumaban varios otros, mucho más graves, que permanecían sellados a cal y canto en la jefatura del departamento de narcóticos que le venía siguiendo la pista desde hacía casi una década.

El traslado de su sospechoso a Baltimore había sido un duro golpe para ellos porque lo puso fuera de su alcance; por eso, cuando sus colegas en la ciudad se comunicaron con ellos para hablarles de sus sospechas de que pudiera estar involucrado en un feo asunto de intoxicación masiva por efecto de drogas adulteradas, sintieron que se acababan de ganar la lotería.

Hechas las gestiones necesarias para obtener el permiso de la jefatura que les permitiera obrar fuera de su jurisdicción, montaron una base de operaciones no muy lejos de la comisaría en la que trabajaba Max, que ignorante de todo esto, continuaba con lo suyo sin imaginar lo que acababa de desatar.

Resultó que Lark tenía una larga relación con un cartel en la frontera que le proveía de esporádicos cargamentos a precios bajos debido a que la mercancía que comerciaban era de muy baja calidad. Venenosa, incluso; pero como las drogas de por sí resultaban tan dañinas, a nadie se le ocurrió mostrar el más mínimo escrúpulo en comercializarla a diestro y siniestro.

Lark se hizo de una pésima reputación en Phoenix debido a esos negocios porque incluso los otros traficantes creían que el riesgo era demasiado alto y que los continuos reportes de envenenamiento solo atraían una atención indeseada sobre ellos; así que se encargaron de hacerle saber que ya no era bienvenido en la ciudad.

En cierta forma, eso no sorprendió a Lark, que bravucón y todo era también lo bastante listo para saber cuándo era buen momento para hacer lo que le decían. Así que tomó rumbo a Baltimore, donde arrastró a su infortunada compañera y una vez allí no tardó mucho en volver a las andadas.

Como aún conservaba el contacto con los proveedores de la frontera, no le costó mucho encontrar unos cuantos cómplices en la ciudad para empezar a distribuir la mercancía.

Dos de esos cómplices eran precisamente los hombres a los que Max había visto rondando por su edificio y a quienes relacionó de inmediato con él. Con sus antecedentes, que a él le habían permitido hacerse una idea de lo peligrosos que eran, no fue difícil para Lark hacerse con un pequeño lugar en las zonas más marginadas de la ciudad, donde podía poner en riesgo las vidas de sus habitantes sin que nadie protestara.

Así, habían aparecido eventuales víctimas de sus estupefacientes adulterados, pero con seguridad, la intoxicación fue algo que se le escapó de las manos y que, según se enteraron gracias a las investigaciones, se debió más a un descuido de sus cómplices.

Pero lo que en verdad significó el fin para él fue el martirio al que sometía a la mujer con la que vivía.

Cuando sus vecinos llamaban a la estación para quejarse por los escándalos provenientes de su apartamento, en los que nunca intervenían directamente porque le tenían pánico a ese hombre gigante que parecía siempre dispuesto a atacar a quien le dirigiera la palabra, no podían imaginar quién se ocultaba realmente tras esa puerta.

Para ellos, era tan solo un vecino molesto que a su parecer debía ser encarcelado por la forma en que trataba a su compañera.

Si Max no se lo hubiera tomado como un asunto personal. Si no hubiera decidido seguir sus instintos. Y después, de no ser porque luego de hablar con aquella mujer y ver parte de su sufrimiento y su miedo reflejados en la historia de Rebecca, se sintió más que nunca comprometido a detener a aquel hombre, el resultado de todo aquello pudo ser muy distinto.

Ninguno de los detectives se puso en contacto con Max una vez que apresaron a Lark; ni siquiera la hicieron llegar una nota para agradecerle por sus pesquisas, pero a él no le importó. No lo esperaba ni lo hizo con el fin de lograr nada para sí.

Estaba bastante preocupado entonces por lo que su conducta iba a perjudicar sus aspiraciones para ascender; siempre y cuando tuviera alguna aún.

Pero sí que recibió una nota, después de todo. Un compañero de la estación le envió a su apartamento un sobre que habían dejado para él unos días después de que lo suspendieran.

Era de Juliana.

Según la mujer, que ya casi se encontraba recuperada de la paliza que le había dado Lark, pensaba dejar la ciudad de inmediato y dirigirse a Boston, donde tenía unos primos que le habían ofrecido que fuera a quedarse con ellos por un tiempo. Luego de dar su manifestación a los detectives que la interrogaron y asegurar que estaba dispuesta a presentarse en el juicio que le entablaran a Lark cuando la requirieran, decidió que necesitaba empezar de nuevo para intentar olvidar el infierno por el que había pasado.

Solo se detuvo un momento camino de la estación de autobuses para dejar esa nota a Max en la que le agradecía por su ayuda y le aseguraba que nunca olvidaría todo lo que había hecho por ella.

Cuando Max leyó esas breves líneas, sintió que se le expandía el pecho y que de pronto el futuro, aunque oscuro aún, le angustiaba un poco menos.

¿Qué más daba si lo suspendían por meses o directamente lo despedían?

Las palabras de esa mujer habían dotado a sus últimos actos de un valor que nunca hubiera podido imaginar cuando empezó todo aquello.

Había hecho lo correcto, comprendió, y ocurriera lo que ocurriera, eso era lo único que importaba.

Rebecca había estado posponiendo una visita al café en que trabajaba Judy por un par de razones. En primer lugar, temía que ella pudiera adivinar el cambio que había dado su relación con Max y no se sentía preparada para hablar con nadie al respecto. Y por otro, creía que visto los propios problemas que tenía su amiga con Evelyn, tal vez no apreciara verla rondando por allí con cara de tonta y más distraída de lo habitual.

Sin embargo, sabía que estaba siendo injusta y que

aun cuando ella no se sintiera cómoda desnudando sus sentimientos así como así, tal vez ella sí necesitara a alguien con quien desfogarse y compartir lo que le preocupaba. Después de todo, pese a que Judy era algo más extrovertida que ella, también podía ser un poco reservada y hasta donde sabía, casi todos sus amigos habían llegado a su vida gracias a su relación con Evelyn. Tal vez fuera Rebecca la única de su círculo que se había visto atraída por su personalidad y con quien había desarrollado una amistad un poco aparte del grupo.

De modo que, tan pronto como terminó la semana y aprovechando una salida temprano al cumplir el turno de la noche, Rebecca decidió que no iba a matarla dormir un par de horas menos. Con esa idea, se dirigió al café, pero no hizo falta que entrara en busca de Judy; ella estaba fuera del local con la espalda apoyada en el muro contiguo al ventanal y la mirada perdida en la acera. Se había quitado el delantal del uniforme y sus rizos se enroscaban alborotados alrededor de su rostro.

Ella no pareció verla de inmediato y entonces Rebecca reparó en que sostenía un cigarrillo entre los dedos temblorosos; pero no se lo llevó ni una sola vez a los labios en el tiempo que le tomó cruzar la calle e ir hacia ella. Cuando llegó a su lado, pareció sufrir un pequeño sobresalto y levantó la mirada con los ojos muy abiertos.

–¿Desde cuándo fumas?

Judy recibió la pregunta con una mueca.

–No lo hago –dijo ella una vez repuesta de la sorpresa–. Solo estaba probando… ¿has oído eso de que cuando intentas dejar una adicción ayuda buscarte otra algo menos dañina?

–¿Como la gente que deja fumar y se engancha a los caramelos de limón?

–Algo así.

–Bueno, pero tú lo has dicho: algo menos dañino. –Rebecca señaló la colilla con una cabezada–. El cigarrillo de por sí es bastante malo. ¿Qué puede haber peor que eso?

Judy le dirigió una mirada pensativa y esbozó un rictus amargo que parecieron responder por ella y Rebecca supo que acababa de decir una tontería. Podía imaginar perfectamente qué clase de adicción intentaba dejar Judy y cómo esta podía ser mucho más peligrosa que toda la nicotina del mundo.

–Vaya –dijo ella al calibrar su silencio.

–Sí. Vaya.

Rebecca la vio tirar la colilla al suelo y darle un buen pisotón antes de agacharse para recogerla y tirarla a un contenedor con expresión de desagrado.

–Me estoy tomando un descanso –dijo ella tras mirar sobre su hombro–. ¿Vienes?

Rebecca asintió y la siguió al verla ponerse en camino. Anduvieron por unos minutos en silencio, cada una concentrada en sus propios pensamientos, hasta que Judy se aclaró la garganta y rodeó su cintura con los brazos; tenía la mirada fija en sus zapatos y pareció como si se encontrara muy lejos de allí.

–Hemos terminado –dijo ella al fin–. Ahora sí, en serio. No vamos a retomarlo luego ni nada de eso.

Rebecca suspiró.

–Lo siento –dijo ella–. De verdad. Lo siento mucho.

Judy asintió y se encogió de hombros.

–Anoche vino a casa. Estuvimos un par de semanas sin vernos; creímos que nos haría bien, que nos ayudaría a darnos cuenta de lo que queríamos para nosotras. Cuando la vi de nuevo fue como Navidad –Judy exhaló una suave risa y Rebecca sonrió a medias al toparse con su mirada un poco triste–. Estaba tan contenta, la había extrañado tanto, y creo que ella también me extrañó. Por unas horas todo fue genial; me hizo recordar a cuando nos conocimos; nunca había deseado tanto estar con alguien.

Rebecca echó los hombros hacia adelante y se arrebujó mejor en el abrigo para protegerse del viento frío que había empezado a soplar y estuvo a punto de sugerir que volvieran porque Judy iba poco abrigada, pero ella parecía tan poco consciente del clima y sí tan necesitada de poner en palabras lo que sentía que se tragó sus palabras.

–Pero luego... –Judy retomó la conversación poco después y sin detener el paso–. De pronto me di cuenta de que tenía miedo. Aunque la extrañé una barbaridad estas semanas, creo que hacía mucho que no me sentía tan tranquila; sin preocuparme porque en cualquier momento las cosas se pondrían difíciles entre ambas, pude ser solo yo de nuevo. Me aterraba la idea de que todo volviera a ser como antes; sabía... sé que es así como sería si continuáramos juntas. Todo parecería ir perfecto hasta la primera discusión, y luego la otra y la otra. Y yo no quiero nada de eso. No lo merezco y ella tampoco. ¿Sabes lo que es querer a alguien con todo tu corazón y al mismo tiempo saber que no puedes estar con ella porque no pueden hacer más que lastimarse?

Rebecca negó con la cabeza. La verdad era que no lo sabía; jamás se había involucrado en una relación tan profunda como para experimentar algo como eso. A menos... el recuerdo de Max se abrió paso en su mente, pero eso tampoco le aclaró las cosas ni le ayudó a sentirse identificada, porque aun cuando no había nada que deseara más en el mundo que estar a su lado, jamás sintió que no hubiera algo por lo que no debieran estar juntos. Él jamás la había herido o se mostró injusto con ella; por el contrario: a veces le parecía que Max había llegado a su vida para arrancarla de esa constante sensación de desamparo que la había acompañado desde que podía recordarlo.

–En fin. Me di cuenta de eso y supe que no podía continuar, así que se lo dije. Ya te puedes imaginar que no fue bonito –Judy continuó al comprender que no diría nada–. No creo que ella lo tenga aún tan claro como yo, pero supongo que lo verá con el tiempo. No quiero decir que espero que seamos grandes amigas o algo así; después de lo que hemos tenido... pero quizá algún día deje de odiarme. De verdad no quiero que me odie.

Rebecca suspiró y apoyó una mano sobre su hombro con una mirada compasiva. Podía entender eso: la necesidad de alejarse de algo que le hacía daño y al mismo tiempo lamentar todo lo que habría de perder en el proceso aunque sabía que era lo mejor. Fue lo mismo que sintió ella cuando decidió abandonar la casa de su tía y buscarse una vida alejada de ella, de su marido y sus constantes maltratos.

—Estoy segura de que ella lo entenderá en su momento —dijo ella.

No fue una frase vacía; en verdad lo pensaba. Evelyn podía ser impetuosa y con frecuencia obraba sin calibrar del todo bien lo que sus actos podían ocasionar, pero también era noble y, estaba segura, amaba a Judy más de lo que ella misma podía imaginar. Con seguridad ese rompimiento le afectaría enormemente, pero sería incapaz de odiar a alguien nunca, mucho menos a ella.

Judy, que de pronto parecía haber empezado a lamentar no haber llevado un abrigo, dio unos saltitos sobre la acera para entrar en calor y le hizo un gesto para hacer el camino de regreso. Al cabo de un rato en silencio, exhaló un hondo suspiro y le dirigió una mirada de reojo.

—Supongo que no las has visto últimamente —dijo ella.

Rebecca negó con la cabeza; en realidad, no veía a Evelyn desde hacía semanas, se dio cuenta al considerarlo. Había estado tan volcada a Max, al tiempo pasado a su lado y los momentos compartidos que no se había detenido a pensar en lo raro que era eso cuando lo habitual era tener a Evelyn revoloteando por allí. Ahora entendía que fue un poco egoísta y se preguntó si Max sabría de lo ocurrido entre su amiga y Judy; si ella se lo habría contado y si él sabría qué decir para ayudarla a sentirse mejor.

Al reparar en la mirada anhelante de Judy, forzó una sonrisa calmada y se encogió de hombros.

–No, no la he visto –indicó ella–; pero seguro que Max sí. ¿Te gustaría que le dijera algo de tu parte para que él se lo comente a ella? Quizá necesites algo...

–No hace falta, creo que ya dejamos todo claro anoche. Tengo algunas cosas en su apartamento que me gustaría recuperar y ella también dejó algunas suyas en el mío, pero creo que lo mejor será que nos demos un tiempo antes de ponernos con eso; yo, al menos, no creo que pueda soportarlo ahora. –Judy hizo un mohín–. Además, no quiero molestar a Max con eso.

–Estoy segura de que a él no le importaría.

–No, claro que no. Porque es un buen amigo y sería incapaz de negarse, pero no creo que sea justo pedírselo, en especial ahora.

Rebecca frunció el ceño, un tanto confusa por eso último. ¿Se refería Judy a lo que ocurría entre ellos? ¿Cómo podía saberlo?

Ella, que pareció adivinar su confusión, se encogió de hombros y le dirigió una mirada apenada.

–Evelyn me lo comentó anoche antes de... –chasqueó la lengua y continuó antes de que Rebecca llegara a encontrar algo para decir–. Es un asco.

Rebecca parpadeó y apretó los labios, desviando la mirada y sin saber qué responder a algo como eso. Seguro que Judy no podía referirse de esa forma al vuelco que había dado su relación con Max, ¿no?

–No importa cómo lo veas, no es nada justo. –Ella pareció interpretar sus gestos como una confirmación a lo que pensaba y sonó aun más disgustada al continuar–. No sé mucho acerca de cómo hacen las cosas en la policía, pero creo que han exagerado. Me refiero a que yo habría hecho lo mismo que él de haber estado en su lugar ¿quién no? Aun más, creo que se quedó corto; Evelyn me dijo que habría matado a ese tipo con gusto si no hubiera estado tan preocupada por evitar que Max lo hiciera primero. Sí, ya sé que eso suena un poco raro, pero supongo que para ella tenía sentido...

–¿De qué estás hablando?

La interrupción de Rebecca surgió más brusca de lo que hubiera deseado, pero no pudo evitarlo. Le pareció que lo que Judy decía no tenía ningún sentido; aún peor: fue como si supiera algo que ella desconocía, algo importante y relacionado con Max que, comprendió, él había decidido ocultarle.

–¿No lo sabes?

Judy se detuvo de golpe en medio de la acera y la miró con el ceño fruncido.

–Es obvio que no –la voz de Rebecca sonó un poco amarga al responder–; pero me gustaría saberlo ahora.

–Pero...

–Judy, ¿qué fue lo que te dijo Evelyn que ocurrió con Max?

Su amiga vaciló un instante y Rebecca comprendió que habría deseado hacer un hoyo en la acera y hundirse en él. Bueno, esa era una sensación con la que podía sentirse identificada, pero estaba loca si pensaba que iba a permitírselo.

–Judy...

–Está bien –dijo ella tras morderse el labio inferior con fuerza y mirar sobre su hombro como si temiera que alguien pudiera oírla–; pero, por favor, no le digas que yo te lo conté.

Rebecca asintió y se cruzó de brazos, a la espera, pero incluso antes de que Judy empezara a hablar, supo que no iba a gustarle lo que estaba a punto de oír.

–No puedo creer que no me lo dijeras.

Max cerró los ojos un momento antes de abrirlos nuevamente con expresión resignada. Debió saber que algo de eso ocurriría pronto, se dijo al desperezarse sobre el sillón y tomar el mando a distancia para apagar el televisor.

Rebecca acababa de entrar al apartamento tras cerrar la puerta tras ella con tantas fuerzas que hizo chirriar los goznes y en ese momento, tras tirar sus cosas sobre la alfombra con brusquedad, se irguió ante él con las manos en las caderas y un gesto que le recordó peligrosamente al que asumía su madre antes de reprocharle algo.

–¿Quién te lo contó? –preguntó él, en absoluto tentado a negarlo.

–Eso no importa.

Ella ni siquiera se había quitado el abrigo; pudo ver el borde de sus pantalones del uniforme asomando bajo el nudo flojo en su cintura y algo le dijo que había ido hasta allí corriendo porque tenía el cabello despeinado y las mejillas arreboladas; aunque eso último también podía deberse a la furia, supuso él.

–Mira...

–No. No se te ocurra ponerte condescendiente conmigo ahora; no me hables como si te diera miedo decir algo que pueda lastimarme. Quiero que me digas la verdad.

–Pero es que acabas de decirla. –Señaló él procurando mantener la calma–. No te dije nada porque sabía que iba a afectarte así.

–Porque es mi culpa.

–¡No! ¡Claro que no! ¿Cómo iba a ser culpa tuya?

Max se puso de pie y fue hacia ella con intención de abrazarla, pero Rebecca dio un paso hacia atrás y extendió una mano entre ambos con expresión atormentada.

–¿Vas a decirme que no estuviste a punto de matar a un hombre debido a lo que te conté?

–No iba a matar a nadie...

–No. Solo molerlo a golpes.

–¡Se lo merecía! –Max se pasó la mano por el cabello y aspiró con fuerza para controlar su propio enojo; su voz surgió algo más conciliadora al continuar–. Rebecca, sé que hice mal al no contártelo, y lo siento, pero acabábamos de... no quería que nada arruinara lo que está pasando entre nosotros.

La vio apretar los labios y reparó entonces en que

tenía los ojos empañados y que las manos que mantenía caídas a los lados se agitaban levemente. Habría deseado tocarla, hacer cualquier cosa que la hiciera sentir mejor, pero no se atrevió; algo le dijo que ella lo rechazaría y la idea le pareció tan dolorosa que le quitó el aliento.

–¿Y qué es eso, Max? –Su voz surgió en un tono apagado que reverberó en el espacio como un vidrio al quebrarse–. ¿Qué puede haber entre nosotros cuando ni siquiera eres capaz de compartir algo tan importante conmigo? No he hecho más que preguntarte una y otra vez por qué no tenías noticias de tus resultados, segura de que ibas a la estación cada día mientras tú me mentías...

–¿Crees que no sé que está mal?

–Pero lo hiciste igual.

Él hizo un gesto de frustración.

–Porque no quería esto –dijo él–. Porque sabía que lo tomarías de esta forma.

–¿Y cómo diablos ibas a saberlo? No me diste la oportunidad –negó ella–. Tal vez solo te hubiera apoyado, pero tú preferiste asumir que hacías lo mejor porque soy demasiado débil como para soportar algo como esto. Que me pondría a llorar y a echarme la culpa de todo....

–Rebecca, no pienso que seas débil; sé que no lo eres. –Él dio un paso más hacia ella e intentó tomar su brazo, pero lo apartó de un manotazo–. Pero ya has pasado por demasiadas cosas; no quería recordarte todo eso, y sí, sé que te habrías sentido culpable. Te guste reconocerlo o no, ambos sabemos que te sientes culpable ahora, y eso no es justo porque esto es todo mi responsabilidad. Si me echan del cuerpo, será toda mi culpa, no tuya.

–¿Van a echarte?

–No lo sé. Quizá.

Ella guardó silencio durante lo que pareció mucho tiempo antes de suspirar y el sonido surgió entrecortado, casi como si le costara respirar con normalidad. Max vio muchas cosas en su rostro en ese momento: la ira latente al descubrir todo lo que le había ocultado y también el dolor al comprender lo que eso significaba.

–Pero aun si no te echaran, no te ascenderán, ¿cierto? Incluso si pasas los exámenes...

Max se encogió de hombros.

–Los pasé –dijo él entonces en voz muy baja y con una mueca amarga–. Me enviaron el correo hace un par de horas. Lo pasé todo.

Rebecca sacudió la cabeza de un lado a otro y sus ojos buscaron lo suyos; Max se habría sentido aliviado de que pareciera menos enojada de lo que estaba al llegar, pero entonces reparó en que ahora se veía tan dolida que le estrujó el corazón.

–No es justo.

Max esbozó una sonrisa triste.

–Eso no importa ahora –dijo él.

–¿Cómo no va a importar? Es lo que más quieres en el mundo.

–Rebecca, eso no es cierto. Tal vez lo fuera antes, pero ahora... –Max sostuvo su mirada y vaciló antes de continuar, preguntándose cómo de desquiciado estaría para poner en palabras lo que deseaba decir–. Las cosas han cambiado. Yo he cambiado. Porque estás tú.

Él vio asomar una expresión de terror en su mirada que habría echado atrás a un hombre menos valiente y menos desesperado.

–No...

–Estará bien. Lo del trabajo. Sé que de alguna u otra forma estará bien; pero ahora solo puedo pensar en nosotros.

Esta vez ella no intentó apartarlo cuando Max buscó su mano. La sintió fría entre sus dedos, y la apretó para infundirle calor pero Rebecca no correspondió al gesto.

–Max, no puedo.

–¿Qué es lo que no puedes?

–No me mires así, no digas esas cosas, ¿no te das cuenta...? –Ella tomó aire y posó la mirada en su hombro–. Sabes que voy a irme. Mi contrato en el hospital terminará en unos cuantos meses y yo llevo casi cinco aquí; prometí que me quedaría durante al menos seis, ¿recuerdas? Escribimos ese contrato...

Max parpadeó y por un instante no pudo hacer nada que no fuera observarla con semblante confundido, pero entonces entendió y cualquier atisbo de la necesidad que sintiera hasta entonces de explicar sus sentimientos, de decirle lo que sentía por ella y por qué lo único que le importaba en el mundo era que lo amara de la forma en que la amaba él, pareció desaparecer y ser reemplazado por una rabia ciega que le nubló la vista.

–¿Estás diciéndome que has pensado en marcharte a pesar de todo lo que ha pasado entre nosotros? ¿Que llevas la cuenta semana a semana de cuánto falta para que puedas largarte sin romper ese maldito contrato?

Fue Max quien se sintió furioso entonces. Tanto como no creía haberle ocurrido nunca porque era la primera vez en su vida que la ira se fundía con el desengaño y esa horrible sensación de que se daba de cabezazos contra una tapia, porque era así como se sentía desnudar tu corazón frente a alguien a quien has aprendido a amar y que ese alguien te lo aventara a la cara luego de pisotearlo sin piedad.

–No es así...

Él hizo un gesto de enojo y ella calló de golpe.

–Creo que sí lo es. –Max buscó su mirada y a él no le quedó más alternativa que sostenerla; de haberse encontrado menos dolido, habría visto el reflejo de su propio sufrimiento en ella–. Tú me lo dijiste entonces: no te gusta quedarte en un solo lugar, por eso la insistencia en hacer un contrato tan corto. Bien pensado, hice lo correcto al insistir en que hicieras uno o a estas alturas ya te habrías marchado, ¿cierto?

Rebecca sacudió la cabeza de un lado a otro.

–Nunca me hubiera ido sin decírtelo antes –susurró ella.

–¿Y esperas que te felicite por eso? Porque tengo que decírtelo: me importa una mierda. Porque no me interesa lo responsable que te haga sentir eso o adónde pensaras ir luego –dijo él casi escupiendo las palabras–. Lo único en lo que puedo pensar es que te irás y que no te importa para nada lo que dejes atrás. ¿A cuántas personas has dejado tras de ti, Rebecca? ¿Cuántos a quienes les importabas, que te querían...?

Fue ella entonces quien se acercó a él entonces, pero Max hizo un gesto de frustración y dio media vuelta para darle la espalda. Cuando habló de nuevo, lo hizo por encima del hombro y antes de ponerse camino a su dormitorio.

–¿Sabes qué? No tienes que cumplir el contrato, y olvida el aviso: puedes irte cuando quieras; cuanto antes, mejor –dijo él con voz decidida–. Será lo mejor para ambos.

La puerta de la habitación resonó con fuerza al cerrarla tras él y el eco pareció perdurar y extenderse durante mucho tiempo hasta que se asentó incluso por encima del silencio en que Rebecca se sumió al quedarse sola.

13

Aunque la idea de mudarse de inmediato rondó a Rebecca durante varios días, no se vio capaz de llevarla a la práctica. Intentó convencerse de que no era justo que lo hiciera porque su contrato aún no había expirado y tenía derecho a quedarse hasta el último día; pero sabía que esa no era la única razón ni mucho menos la más importante. Se quedó porque no podía soportar el alejarse tanto de Max aun cuando la verdad era que nunca se había sentido más lejos de él que durante las semanas que transcurrieron desde su horrible pelea.

Parecían dos extraños obligados a vivir bajo el mismo techo pero que no soportaban la idea de tratarse el uno al otro. Se cruzaban en contadas ocasiones y, en cada una de ellas, a Rebecca le había supuesto un esfuerzo sobrehumano hacer como si no le afectara su presencia. Pero lo hacía, desde luego; verlo y no poder tocarlo, o hablarle, le hacía sentir como si estuvieran arrancándole el corazón. Recorría el rostro de Max cuando él no miraba y se sumergía en los recuerdos de cada uno de los instantes que compartieran antes de que el pequeño mundo que habían construido para ambos estallara en mil pedazos.

Recordaba la forma en que él la había mirado entonces: como si fuera lo más precioso que hubiera visto nunca; la entonación de su voz al hablar, apasionada y tan suave que era como si la acariciara cada vez que pronunciaba una palabra.

Y lo había perdido todo. Si eso era su culpa o la suya; incluso si fuera de ambos, eso daba más bien igual: ya no lo tenía.

Nunca como hasta entonces apreció lo absorbente del trabajo porque eso le permitió tener su mente ocupada la mayor parte del tiempo. Incluso se ofreció a cubrir los turnos de algunas de sus compañeras y fueran varias las noches en las que prefirió quedarse a dormir en la sala de personal con tal de no volver a casa y tener que enfrentar nuevamente la indiferencia de Max y su propio dolor.

Su contrato en el hospital estaba cerca de concluir y su jefa había deslizado la posibilidad de prolongarlo por un año más, pero Rebecca no había explorado esa posibilidad porque no habría sabido qué hacer si se concretaba la propuesta. En otras circunstancias, quizá habría considerado quedarse un poco más; pese a lo difícil que podía ser a veces, le gustaba trabajar allí; la paga era buena y había aprendido mucho en los últimos meses. Hubiera sido la primera vez desde que se graduó en que habría permanecido tanto tiempo en un mismo lugar, pero estaba segura de que hubiera valido la pena.

En ese momento, sin embargo, quedarse en la misma ciudad en la que vivía Max después de lo ocurrido entre ambos le parecía insoportable. Baltimore había perdido el color y todo lo que la había hecho parecer hermosa a sus ojos porque la conoció gracias a él.

Rebecca tenía una tradición. Cuando había decidido que ya era tiempo de dejar el lugar en que había estado viviendo, cogía un mapa y lo desplegaba ante ella para elegir su próximo destino. Una vez que daba con un lugar que le llamaba la atención, investigaba acerca de él, veía si era posible que encontrara un puesto en algún hospital de la zona y empezaba a hacer planes.

–Todo irá bien –dijo ella, y su voz sonó demasiado entusiasta para parecer del todo sincera.

Max osciló la cabeza de un lado a otro y permaneció en silencio; tiempo que su compañera pareció aprovechar para observarlo con atención.

–Parece como si te hubiera golpeado un tornado –dijo ella al fin tras vacilar un segundo, algo poco habitual para su acostumbrada rudeza al dar sus opiniones–. Supongo que no tiene sentido que te pregunte por qué, ¿no?

–No, preferiría que no lo hicieras –replicó él de inmediato, no sin antes dirigirle una mirada de reconocimiento muy similar–. Te prometo que yo tampoco diré nada de lo mal que te ves tú.

Evelyn esbozó una sonrisa que pareció más una mueca resignada y se apartó el flequillo de la frente antes de asentir.

–Me parece justo –dijo ella.

Max no lo mencionó entonces pero apreció que ella no se lo pusiera difícil; habría odiado verse obligado a una discusión porque sabía que era en eso lo que terminaría cualquier comentario que Evelyn hubiera podido hacer respecto a por qué parecía el superviviente de una hecatombe. Ella debía de hacerse una idea del motivo, de cualquier forma; tanto como que tenía poco que ver con su incierta situación en el cuerpo y sí mucho con el estado de sus relaciones con Rebecca. Pero como él también había sido muy discreto en las últimas semanas respecto al alcance de lo mucho que le afectó su ruptura con Judy, supuso que ella solo intentaba devolverle el favor.

Hablaron un rato de los últimos casos que ella había tenido que atender y de lo aburrido que era todo cuando él no estaba cerca; en su ausencia le habían destinado a un par de compañeros, pero a su parecer todos eran o muy lentos o muy estúpidos y ambos habían rogado porque los consignaran a otras unidades tras unas cuantas rondas con ella; de modo que se encontraba trabajando sola, lo que, como dijo ella, era como prefería permanecer hasta que él se reintegrara a su puesto.

El capitán llegó poco después y no hubo tiempo de hablar más; Evelyn le hizo un gesto con los pulgares en alto cuando Max se despidió para seguirlo a su oficina y él rogó porque tantos buenos deseos tuvieran algún tipo de influencia en lo que le esperaba.

La reunión fue breve y el capitán tan conciso como siempre; era un hombre cerca de la jubilación y que siempre les recordaba la importancia de seguir los procedimientos al detalle, lo que en cierta forma explicaba por qué el comité disciplinario había tardado tanto en dar una sentencia a su caso. Max suponía que él debía de haber insistido en que recibiera una sanción adecuada para su falta, pero no pudo enfadarse por eso; sabía que en cierta forma tenía razón. Además, por estricto que pudiera ser, el capitán era también justo y se desvivía por los agentes a su cargo, así que incluso antes de que empezara a hablar, Max supo que lo que estaba a punto de decir era tan importante para él como para sí mismo.

Entre las muchas que dijo entonces hubo una nueva andanada de reproches, un par de amenazas y, sorprendentemente, también una recopilación de todo lo que había ocurrido en el caso de Lark desde su arresto. Desde luego, Max se cuidó de mencionar que él ya se había enterado de eso último por su lado; lo dejó hablar y no pudo evitar sentir una pequeñísima oleada de orgullo cuando su capitán mencionó que tenía buenos instintos y que pese a su irresponsabilidad, como le llamó él, aquel asunto había tenido un final más satisfactorio de lo esperado.

Cuando Max abandonó su despacho poco después, tan pronto como hubo cerrado la puerta tras él, permaneció un momento de pie y con la cabeza gacha, pensativo. Hubiera podido quedarse así durante mucho tiempo de no ser porque Evelyn salió a su encuentro y, al encontrarse sus miradas, dedujo que ella habría estado esperando durante todo lo que duró la reunión.

Era una buena amiga, se dijo Max al esbozar una leve sonrisa que terminó por ampliarse en cuanto se topó con su expresión impaciente.

–¿Y bien? –preguntó ella.

Max se cruzó de brazos y ladeó el rostro, dispuesto a responder porque le pareció un crimen jugar más con sus nervios. Era posible que después de la reunión que acababa de sostener, los suyos, al menos, nunca volvieran a ser los mismos.

Rebecca apoyó su bicicleta en el vestíbulo del edificio en tanto aguardaba el ascensor. Tenía la respiración agitada porque había hecho todo el camino desde el hospital pedaleando a toda velocidad. No tenía idea de qué le había pasado. Por lo general era muy cauta al conducir entre las calles de la ciudad; procuraba ir con lentitud para cuidarse de los coches y no incordiar a los transeúntes, pero cuando estaba a unos metros del hospital sus pies habían empezado a pedalear cada vez más rápido hasta que pasó como una flecha al lado de una calle tras otra. Y lo más extraño: no dejó de reír durante todo el camino porque sentía como si estuviera dejando algo atrás, algo que hasta entonces la había mantenido atada. El problema era que no tenía idea de qué era eso.

Ahora, algo más calmada, se secó la frente perlada de sudor con la manga del cárdigan y resopló para recuperar el aliento. El ascensor tardaba una eternidad, pero no tenía fuerzas para intentar subir la bicicleta por la escalera, así que buscó con la mirada una columna contra la cual apoyarse y cerró los ojos dando cortas aspiraciones hasta que su pulso recuperó el ritmo normal.

Pasó así dos, tres minutos, hasta reparar en que ya no se encontraba sola en el vestíbulo, y aún más, que ese alguien que acababa de llegar la observaba. Desde luego, supo que se trataba de él mucho antes de abrir los ojos; lo habría sabido incluso aunque se hubieran encontrado en medio de una multitud.

Max la veía desde el otro extremo del vestíbulo pero, a diferencia de lo que había hecho durante las últimas semanas, no apartó la mirada cuando sus ojos se encontraron ni hizo amago de poner distancia entre ambos. Por el contrario: recorrió su rostro de una forma que le hizo temblar las rodillas y fue Rebecca quien se vio impelida a ladear el rostro para huir de esa inspección. Su respiración surgió nuevamente con dificultad y exhaló un hondo suspiro de alivio al oír el sonido del ascensor

Aguardó a que los ocupantes del aparato bajaran para entrar con cuidado de apoyar la bicicleta contra su costado, y aunque era algo de esperar, su corazón dio un vuelco cuando Max entró tras ella.

Él no dijo una palabra y Rebecca aprovechó el silencio para recuperar la calma. Mientras él permanecía con la vista fija en las hojas del ascensor, ella aprovechó para estudiar su rostro, pero no pudo ver nada en él que delatara su humor; parecía muy tranquilo, no enfadado ni herido como le había parecido la última vez que hablaron pero aún estaba lejos de parecer alegre. A veces le parecía que nunca volvería a oírlo reír de la forma en que lo hacía antes de que las cosas se estropearan entre ellos.

Recorrió su perfil y la línea de su pecho con las mejillas arreboladas por el recuerdo de su piel bajo sus dedos y del ardor con el que él la había abrazado más de una vez. Bastaba con que cerrara los ojos para recrear cada rincón de su cuerpo y el sonido de su voz sobre su oído cuando le susurraba todas esas cosas que le habían llevado a creer que quizá, al menos por un breve periodo de tiempo y siempre y cuando se encontrara entre sus brazos, podía ser completamente feliz.

El ascensor se detuvo de golpe y tuvo que parpadear

para ahuyentar los recuerdos, avergonzada por haber permitido que su mente tomara ese rumbo, en especial porque no le pareció que Max se encontrara tan alterado por su presencia. Y sin embargo, pese a que él hacía como si ella fuera cualquier otra persona con la que hubiera podido toparse en una circunstancia parecida, tuvo la gentileza de mantener apretado el botón para que pudiera maniobrar con la bicicleta y sacarla al rellano.

Rebecca no se detuvo hasta llegar a la puerta del apartamento y empezó a rebuscar entre sus bolsillos, pero no daba con la estúpida llave y estaba a punto de echarse a llorar por la frustración y el enojo de esa situación ridícula cuando Max se adelantó para abrir la puerta y la sostuvo abierta ante ella para que pasara primero.

Ella hizo un brusco asentimiento en señal de gratitud aunque por dentro había empezado a gritar. Odiaba que la tratara de esa forma. Ella no era una extraña a la que estaba obligado a tratar con cortesía; ella era...

¿Qué demonios era ella?, se preguntó al verlo cerrar la puerta, dejar su chaqueta en el perchero del salón y dirigirse a su dormitorio tras vacilar un momento.

Era... era algo, ¿no? Algo para él, al menos, algo para ambos. Durante un tiempo pensó que cuando se encontraban juntos lo era todo para él, así como Max lo era para ella.

Quería eso de nuevo. Quería ser otra vez ella misma, comprendió con las manos aferradas al timón de la bicicleta y el corazón desbocado. Quería sentir, creer que había un mañana en su vida más allá de ese continuo escapar que la obligaba a empezar de cero una y otra vez hasta que ya no estaba segura de quién era realmente debajo de todas esas capas de las que se cubría para mantenerse a salvo.

No necesitaba nada de eso con Max. Nunca se había sentido más segura en su vida que cuando se hallaba a su lado; era solo ella, con sus miedos y sus malos recuerdos, pero despierta, viva, y con su corazón desnudo.

Porque lo amaba y, no tenía idea de cómo, o por qué loco azar del destino había ocurrido, sabía que él la amaba también.

Las manos de Rebecca empezaron a temblar y apoyó la bicicleta con torpeza contra el sillón. Parpadeó para despejar las lágrimas que habían empezado a caer por sus mejillas y terminó por secarlas de un manotazo. ¿Por qué estaba llorando?, se reprendió al sacudir sus brazos a los lados como si se preparara para una carrera.

Lo que debería hacer era dejar de dudar y moverse, entendió tras desprenderse de su abrigo y tirarlo de mala manera sobre la alfombra. Luego, inhaló un par de veces y se dirigió a la habitación de Max.

Él había dejado la puerta entreabierta, de modo que pudo verlo rebuscando en el armario junto a la ventana antes de entrar. Ni siquiera tocó; no se le pasó por la cabeza ponerse una diana en el pecho para que él la echara, lo que sin duda tendría bien merecido. En su lugar, ignoró su expresión sorprendida cuando la vio aparecer de la nada y fue hacia él sin darle tiempo a reaccionar.

Se aferró a sus hombros y buscó sus labios sin titubear, cerrando los ojos al sentir su lengua internándose en su boca una vez que se recuperó del asombro. Él pareció entonces tan desesperado como ella; no dijo una palabra, solo la abrazó contra su pecho y sus manos se perdieron en el interior de su camiseta, buscando su piel y dejando un camino tatuado a fuego allí donde la tocaba.

Era como estar en casa, se dijo Rebecca cuando llevó los dedos a su rostro para recorrer sus pómulos y la línea afilada de su mentón. Sus nervios reconocían cada milímetro de ese hombre y despertaban hasta dejarla convertida en un hervidero de tensión; brincaba cada vez que la tocaba y habría deseado fundirse con él para que su cuerpo permaneciera así por siempre. Vivo hasta la locura.

Lo quería. Lo quería como no había querido nunca a nadie e intentó con todas sus fuerzas hacérselo saber con sus besos y con la entrega que puso en cada caricia, en cada suspiro que nacía en sus labios y moría en los suyos.

Max rio contra su cuello cuando logró deshacerse de su camiseta y a Rebecca la pareció el sonido más hermoso del mundo. Trastabillaron hasta caer sobre la cama y sin dejar de reír en tanto ella se retorcía como una serpiente entre sus brazos para despojarlo de todas esas capas de ropa que le impedían sentirlo del todo.

Cuando al fin se encontraron desnudos y Rebecca rodeó sus caderas con sus piernas, la risa de Max murió de golpe y sus ojos buscaron los suyos. Ella se humedeció los labios y arqueó el cuello hacia atrás sin dejar de mirarlo como si intentara ofrecerle hasta el último rincón de su cuerpo, decirle que estaba allí con él porque lo deseaba y que no habría nunca en ella ni la más leve brizna de arrepentimiento, que sentía haberlo herido de la misma forma en que odiaba haberse hecho daño también a sí misma en el proceso.

Y él pareció entenderlo. De alguna asombrosa forma que no le interesó desentrañar, Max pareció ser capaz de ver todo aquello en sus ojos porque asintió con suavidad y la besó como no lo había hecho nunca antes. Con una dulzura que la hizo llorar de nuevo hasta que ambos terminaron sorbiendo sus lágrimas; entonces Max se apartó solo lo suficiente para rodear sus mejillas con las manos y el mundo pareció detenerse para ambos.

Permaneció así, estancado durante una eternidad mientras él entraba en ella y Rebecca se aferraba a su espalda, deshecha en un millón de partículas que parecieron explosionar con cada movimiento, cada suspiro, hasta que ese infinito que los cobijara se reanudó haciendo que el tiempo transcurriera a toda velocidad.

Pero eso no pareció importarles; estaban del todo perdidos el uno en el otro y cuando al fin llegaron a ese punto en que sus corazones parecieron estallar, Rebecca cerró los ojos con fuerza y se sorprendió sonriendo mientras Max susurraba a su oído todas esas palabras que ella aún no se había atrevido a pronunciar pero que en ese momento empezaron a acudir a su garganta una tras otra para brotar en una cascada de *te quiero* y *quédate siempre conmigo.*

Ella, que nunca se lo había dicho a nadie, que temía a la idea de aferrarse a otro ser humano por el miedo a perderlo, a ser defraudada, diciendo todas esas cosas y creyéndolas de todo corazón. Porque lo quería, y mientras yacía entre sus brazos, se dijo que sí, que no solo eso, también quería quedarse por siempre a su lado.

—No sé cómo puedes estar tan tranquilo. ¿No te molesta tener que esperar todo un año para poder aplicar nuevamente al ascenso?

Max meditó un momento la pregunta y procuró que no fuera demasiado evidente lo mucho que le divertía la expresión preocupada en el rostro de Rebecca, pero ella terminó por darse cuenta, claro ¿no lo hacía siempre? Parecía como si fuera capaz de leer en su rostro como en un libro abierto y esa no fue una excepción; pero él la sostuvo contra sí en cuanto la vio esbozar un mohín indignado y hacer amago de apartarse.

No dejaría que lo hiciera de nuevo, se dijo rodeando sus hombros desnudos y tras buscar su mirada, poniéndose serio de golpe para que ella viera que aun cuando pudiera bromear al respecto, le hablaba con la verdad.

—No, no me molesta —respondió él en tono firme—. En primer lugar, porque lo tengo bien merecido. He tenido tiempo para pensar en eso durante estas semanas y aunque intenté convencerme de que hice lo correcto, que ese hombre merecía eso y mucho más, sé que cometí un gran error. Si quiero ser un buen policía, tengo que aprender a separar mis sentimientos de mi trabajo; no importa lo difícil que sea. Y antes de que digas nada, no, tuvo mucho menos que ver contigo de lo que piensas; fue un impulso idiota de mi parte y no dejaré que ocurra de nuevo.

Rebecca frunció el ceño y dejó de retorcerse entre sus brazos; a Max le pareció que no se veía del todo convencida, pero no le preocupó demasiado, era consciente de que a ella le costaría aceptarlo y estaba determinado a ayudarla a hacerlo porque odiaba la idea de que pudiera sentirse responsable. Sin embargo, no insistió más en ese momento; en su lugar, esbozó una sonrisa confiada y recorrió la línea de su nariz con suavidad.

Estaban en la cama. No se habían movido de allí después de hacer el amor de esa forma tan apasionada cuando ella fue en su busca. Hubiera sido una mentira de su parte no reconocer que lo había cogido con la guardia baja pese a que tan pronto como sus miradas se encontraron en el vestíbulo del edificio advirtió que algo había cambiado en ella; entonces vio una nueva luz, cierta claridad que no había estado allí antes, pero no se atrevió a albergar esperanzas o decir una palabra, no mientras ella no lo hiciera primero.

Y cuando Rebecca fue a su encuentro, supo que no se había equivocado; que esa luz estaba allí y que, de alguna forma, entonces no supo cómo, habían llegado a un punto en que ya no había lugar para las dudas o el miedo. Ella lo quería de la misma forma en que la quería él, y lo demás... bueno, lo demás irían resolviéndolo sobre la marcha. Juntos.

–¿Y lo otro?

Max parpadeó para centrar sus ideas y la observó con el ceño fruncido.

–¿Lo otro? –preguntó él.

–Sí, antes dijiste *en primer lugar* –recordó ella–. ¿Qué pasa con lo otro que hace que no te moleste tanto tener que esperar otro año para volver a examinarte?

–Ah, eso. Bueno, pensaba que eso me dará tiempo para afinar mi puntería –comentó él sonriendo.

Rebecca entreabrió los labios y lo observó como si creyera que estaba loco; pero terminó por reír también tras sacudir la cabeza de un lado a otro.

–Eres un tonto.

–No, no lo soy. Solo piénsalo: todo un año para practicar. Si me aplico, no tendré problemas para superar a todos mis compañeros.

–¿Eso crees?

–Claro. Además, tengo algo que ellos no.

Ella entrecerró los ojos y apoyó las palmas abiertas sobre su pecho para mirarlo con curiosidad.

–¿Y qué es eso?

–A ti –respondió él sin dudar–. Te tengo a ti. ¿Cuántos otros podrían alardear de contar con una instructora de tiro particular?

–¿Instructora de tiro?

–Entre otras cosas.

Rebecca sonrió y acarició su rostro.

–Me pregunto qué serán todas esas cosas.

–Las que tú quieras –respondió él–. Puedes ser lo que quieras.

–¿Cualquier cosa?

Max asintió y atrapó uno de sus dedos con los dientes, arrancándole una carcajada hasta que ella apoyó la frente sobre la suya; sus piernas permanecían enroscadas alrededor de las suyas y él sintió la forma en que se amoldaba a su cuerpo. Calzaban como si hubieran sido creados el uno para el otro; sus formas encajaban en cada una de las suyas, y le hizo sentir como un rompecabezas que hubiera permanecido inconcluso durante mucho tiempo hasta que al fin consiguió reunir las piezas que necesitaba para sentirse completo, lleno de ella.

–Dime lo que quieres y haré lo que sea porque lo tengas –susurró él ante su silencio–. Cualquier cosa que te haga feliz.

Rebecca batió las pestañas y esbozó una suave sonrisa.

–Estás aquí, ¿qué más podría querer? Eres lo único que quiero –dijo ella al fin en un susurro.

–¿Segura?

Ella asintió y llevó una de sus manos a su corazón; el tacto de sus dedos sobre su piel le provocó un sobresalto y Max sintió que empezaba a latir con fuerza. Sus músculos se tensaron bajo su toque y empezó a acariciar sus muslos, subiendo hasta perderse entre sus pliegues; sus gemidos resonaron en sus oídos y echó la cabeza hacia atrás para inundarse de ese sonido.

Rebecca pasó una pierna sobre sus caderas y acopló su cuerpo al suyo, buscándolo con dedos temblorosos para llevarlo a su interior y Max la sostuvo por las caderas para ayudarla hasta que lo sintió llenarla por completo. Ella empezó a moverse en un suave vaivén y él acompasó sus embestidas, llevando una de sus manos a la curva de su pecho e impulsándose para tomar uno de sus pezones entre los dientes, arrancándole un grito, y luego otro, hasta que el universo estalló de nuevo dejándolos agotados y felices, uno en brazos del otro.

Mucho después, cuando ambos recuperaron la respiración, él buscó su mirada y se encontró con su gesto pensativo.

–¿Qué? –preguntó él–. ¿En qué piensas que parece tan serio?

Ella no respondió de inmediato, y cuando lo hizo, fue con una entonación extraña en la voz. A Max le pareció al comienzo que parecía preocupada, incluso un poco temerosa; pero luego se dio cuenta de que aun cuando había un poco de eso, cualquier sentimiento negativo palidecía ante la expresión de seguridad que vio en sus ojos, la absoluta certeza de que estaba donde debía estar.

–¿Y si nunca nos hubiéramos encontrado? Pienso en eso y me parece una locura. –Ella abrió los ojos al máximo y los posó sobre su rostro–. ¿Puedes imaginar que fuéramos de esas personas? ¿Los que pasan la vida buscándose sin saber que lo hacen y al final ni siquiera dan el uno con el otro?

–Pero ellos en realidad no lo saben.

Rebecca sonrió con ternura y se tendió sobre él; su mejilla perlada por el sudor cubrió la suya y Max sintió que su pecho se contraía en un espasmo.

–Yo lo sabría –susurró ella sobre su oído–. De alguna u otra forma, yo lo sabría.

Max no respondió nada. No habría sabido qué decir incluso de haber encontrado la voz para hacerlo; tan solo la abrazó con todas sus fuerzas y supo que ella tenía razón. Claro que lo sabría. Y él lo habría sabido también.

Pero eso no era algo por lo que ninguno tuviera que preocuparse nunca, se dijo al sentir la respiración acompasada de Rebecca: habían tenido suerte. Se encontraron. Contra toda lógica, estaban juntos y era así como iban a continuar; no tenía idea de cómo, o con cuántas cosas tendrían que lidiar en el futuro, pero sí que supo una cosa con seguridad: iban a estar bien.

EPÍLOGO

Max no tuvo que esperar todo un año para hacer nuevamente el examen de ascenso a detective. En realidad, ni siquiera tuvo que hacer el examen propiamente dicho: el destino se ocupó de que eso no fuera necesario.

Unos siete meses después de que fuera reincorporado al trabajo, él y Evelyn respondieron a un aviso de la central para que intervinieran en un incidente que, descubrieron tan pronto como se presentaron en el lugar, era a todas luces un atentado en toda regla. Unos manifestantes extremistas habían tomado por asalto la embajada de un país del Medio Oriente, y aunque esa era la clase de incidente que le correspondía tratar al FBI, ellos se vieron obligados a intervenir para ayudar en el rescate del pequeño grupo de rehenes que habían tomado.

Todo ocurrió con mucha celeridad y, al parecer de Max, por primera vez el ímpetu de su compañera les fue muy útil porque de otra forma quizá habrían dudado antes de dar un paso en una situación tan complicada. Pero cuando él vio que ella se lanzaba de cabeza al edificio sin esperar refuerzos, no dudó en seguirla y así fue como lograron sorprender a los asaltantes, que no debieron de calcular una intervención tan repentina y menos de dos policías que en otras circunstancias lo hubieran pensado mil veces antes de adelantársele al ejército que ellos esperaban.

Max se llevó una bala en el brazo; apenas un roce que en el momento ni siquiera sintió; sus constantes prácticas con Rebecca habían afinado su puntería lo suficiente para que no fallara al librarse de su atacante y de otros dos más, en tanto que Evelyn tuvo un poco más de suerte porque a lo sumo resultó con unos cuantos moratones y un dedo fracturado. El de en medio, desde luego, que fue el que enseñó a sus atacantes antes de disparar como una lunática.

Aquella intervención, de la que, como mencionó su capitán una vez que todo hubo terminado y se encontraron ante él cuando fue a visitarlos al hospital, habían salido vivos de milagro, les supuso un buen rapapolvo por no haber esperado refuerzos o seguido el procedimiento, pero también les aseguró una medalla y, en el caso de Max, un ascenso inmediato. Y a Evelyn le habrían dado uno también, pero ella declinó la oferta porque como comentó a Max en un aparte, adoraba su uniforme y no estaba lista para asumir esa responsabilidad; quizá en un par de años, mencionó entonces. Tan pronto como estuviera lista.

Max no intentó persuadirla porque podía identificarse completamente con ella: había aprendido que a veces es importante esperar el momento preciso para hacer lo que sabes que es correcto. A él hasta entonces le había funcionado bien, y estaba seguro de que le ocurriría lo mismo a Evelyn en su momento.

De modo que, un día, sin ningún aviso y antes de lo que había imaginado, se vio listo para emprender un nuevo camino, uno por el que le parecía que llevaba toda la vida aguardando, el más importante.

Bueno, quizá no el más importante. Ya no, se corrigió de inmediato al considerarlo la mañana en que debía presentarse para ocupar su nuevo puesto en la división de detectives. A diferencia de Evelyn, él no le tenía tanta estima a su uniforme, así que no le supuso un gran sacrificio cambiarlo por el traje. Además, no solo tenía una fantástica instructora de tiro que se había ocupado de ayudarlo a afinar su puntería a la perfección; ella era también la mejor consejera en cualquier aspecto que un hombre pudiera desear.

—No, ni hablar, no puedes usar una corbata verde; ese color te sienta fatal. Mejor una azul para que vaya con tus ojos.

Max observó su reflejo en el espejo de la habitación que había dejado de ser solo suya muchos meses antes cuando Rebecca anunció que se mudaba allí porque le daba pereza ir de una a otra cuando se pasaba todo el tiempo en su cama y que la que quedaría desocupada podría ser una biblioteca estupenda, y se encogió de hombros con ademán despreocupado.

—¿Me queda mal el verde? Nunca me había fijado —comentó el sin que la idea le inquietara mucho.

—¡Qué sorpresa! —comentó ella empinándose para darle una nueva mirada—. Pero así estás muy bien.

—¿Segura?

—Claro. Te ves muy atractivo.

—Gracias, pero no estoy seguro de que eso sea bueno considerando el sitio al que voy. —Dudó él con una sonrisa—. ¿No sería mejor que me viera peligroso?

Rebecca ladeó el rostro y lo observó con los ojos entrecerrados.

—Bueno, te ves también bastante peligroso para mí.

—¿Si?

—Todo el tiempo —asintió ella—. Es más, creo que deberías andar con un cartel de advertencia solo por si acaso.

—Muy graciosa.

Max suspiró y aseguró su placa al cinturón antes de tomar su chaqueta y dirigirse al salón. Rebecca fue con él sin dejar de parlotear y él no pudo menos que sorprenderse de lo mucho que parecía haber cambiado en los últimos meses. O, mejor dicho, lo libre que se veía ahora, porque en esencia era ella, siempre lo sería para él. Y sin embargo, sí, había cosas distintas en ella, cosas que parecían hacerla más feliz de lo que le había visto nunca.

Si antes se conducía siempre como si de alguna forma estuviera conteniéndose, desde que las cosas se solucionaron entre ambos había empezado a actuar con una naturalidad que en un inicio le había parecido asombrosa. Todas esas particularidades de su carácter que él se había esmerado tanto por explorar cuando la conoció con la sensación de que apenas había logrado escarbar la superficie, ahora relucían ante él como brotes surgiendo de la tierra hasta que pudo apreciarla como la extraordinaria persona que era en toda su dimensión.

Era más que seguro que la terapia también hubiera ayudado con eso, supuso al recordar lo mucho que le había sorprendido saber que Rebecca nunca había buscado ayuda para tratar las secuelas que le había dejado su dura infancia. Por fortuna, no fue difícil convencerla de que considerara ir con un especialista que la guiara en la mejor forma de manejar sus recuerdos; incluso había aceptado acompañarla en sus primeras sesiones, pero tan pronto como se sintió más cómoda, acordaron que se ocuparía de ese asunto sola.

El afecto de su familia y amigos también había sumado para ayudarla a superar buena parte de las cosas que hasta entonces le habían impedido estrechar lazos durante su vida adulta. Los Joyce prácticamente la habían adoptado luego de su segunda visita al restaurante; Max empezaba a pensar, incluso, que su madre la quería más que a él. Sus hermanos le jugaban bromas con la misma naturalidad con la que lo habrían hecho si ella hubiera crecido en la casa contigua y Rebecca se había adaptado con bastante rapidez al ritmo frenético de pertenecer a un grupo como aquel.

La presencia de Evelyn, Tara, e incluso el mismo Logan, había contribuido también a que su vida adquiriera un equilibrio que Rebecca parecía apreciar. Incluso, estaba a punto de aceptar una nueva extensión del contrato en el hospital. Con eso iría ya por el tercer año, lo que, como mencionó ella un poco sorprendida la noche anterior, era todo un récord para su currículo.

–Recuerda que vamos a cenar esta noche con Judy y Nancy; está muy emocionada por que la conozcamos.

Max sacudió la cabeza para despejar sus ideas y sus ojos buscaron los de Rebecca luego de exhalar un suspiro resignado.

–Sabes que a Evelyn no le hace ninguna gracia que vayamos a conocer a la nueva novia de su ex, ¿no? –comentó tras asegurarse que llevaba sus llaves.

–Puedo imaginarlo; pero la última vez que hablamos dijo que entendía que Judy también es nuestra amiga y que, después de todo, ya ha pasado mucho tiempo desde que terminaron. Según ella ya casi lo ha superado.

–Ya. No le habrás creído.

–Por supuesto que no –dijo Rebecca, tras suspirar–. Pero hice como que sí porque sé que es importante para ella.

Max se encogió de hombros. Eso era algo que le preocupaba un poco; la incapacidad de Evelyn para reconocer que aun le afectaba su rompimiento con Judy, en especial porque era evidente que ella ya había retomado su vida. Pero en eso Rebecca tenía razón: Judy también era su amiga, ambos le tenían mucho cariño y se habían esmerado por conservar su amistad luego de lo sucedido con Evelyn.

–Bueno, seguro que lo hará en su momento –comentó él dirigiéndose a la puerta–. Evelyn es así: tarda un poco en asumir las cosas, pero siempre lo hace. Cualquier día de estos nos saldrá con que ha conocido a alguien.

–Eso espero.

Rebecca suspiró y fue tras él; lo acompañó al ascensor y se detuvo a su lado en tanto esperaban que subiera.

–¿Estás nervioso?

Max sonrió al oír la pregunta. Había estado esperándola casi desde que abrió los ojos esa mañana porque sabía que ella lo señalaría en algún momento. Y la amó por eso. Por eso y mil y un otras cosas más que en ese momento no se le ocurrió mencionar porque al comprobar la hora cayó en la cuenta de que iba un poco retrasado.

Pero como ni siquiera eso hubiera podido persuadirlo de demostrarle cuando menos un ápice de todo lo que sentía por ella, no dudó en atraerla hacia sí y besarla como si la vida se le fuera en ello. Bien pensado, a veces se sentía un poco así, comprobó cuando Rebecca le pasó los brazos alrededor del cuello y mordisqueó la comisura de sus labios. Besarla era como morir un poco y regresar nuevamente, más vivo que nunca.

—Estás nervioso —ella habló sobre sus labios respondiendo a su pregunta poco después—. Sabes que todo va a estar bien, ¿no?

Max asintió y sorbió su aliento como si pretendiera llenarse de él antes de soltarla con un gesto renuente. El ascensor acababa de detenerse tras ellos y oyó el sonido de las hojas abrirse; se apresuró a ir hacia él para mantener apretado el botón y entró de un salto en tanto Rebecca se quedaba al otro lado, observándolo con una sonrisa tranquila. Tenía las mejillas sonrosadas y sus ojos refulgían; Max supo que esa imagen lo acompañaría durante toda su vida.

—Claro que irá bien. —Él detuvo la puerta del ascensor con el codo en tanto sacaba medio cuerpo del aparato para darle un último y rápido beso—. Nos veremos esta noche.

Ella se despidió levantando una mano y en cuanto el ascensor se cerró, él sacudió los hombros, mentalizándose para el día que le esperaba, aunque no hubo un solo minuto en el que el recuerdo de Rebecca no le acompañara.

Una constante en su vida, se dijo esbozando una sonrisa satisfecha. La mejor y la más importante de todas.

TÍTULOS PUBLICADOS EN TIFFANY

La melodía del silencio

Morgan creyó que lo tenía todo: una esposa a la que amaba, una familia y una vida feliz por delante; pero el destino le jugó una mala pasada y, de golpe, esa música que había regido sus días se interrumpió dejándolo en el más absoluto silencio. Hasta que alguien apareció para recordarle que aún vibraba en su interior.

Sophia se había esforzado siempre por parecer perfecta. Su vida carente de amor y alegrías le pesaba como una losa, y cuando al fin se había resignado, Morgan apareció en las circunstancias más extrañas para mostrarle todo lo que el amor es capaz de lograr.

Renacer entre brumas

Max solo ha tenido un sueño en toda su vida: convertirse en el mejor detective que ha visto la ciudad. No dispone de tiempo para involucrarse en nada que lo distraiga de su objetivo, ni siquiera para esa chica tan rara que irrumpe en su vida en el momento más inesperado.

Rebecca carga con un pasado que la ha convertido en una mujer desconfiada que huye de los compromisos y del amor, y lo último que busca es entablar una relación con un hombre como Max que, con su encanto y su atractivo, parece capaz de derretir el témpano de hielo con el que procura mantener a salvo su corazón…

N.º 168

BIANCA

Él reclamará su empresa.
¿Pero puede reclamarla a ella también?

LA SEDUCCIÓN DEL SUR

EMMY GRAYSON

N.º 210

Everleigh Bradford no cederá fácilmente el control del viñedo familiar que espera heredar. Ya ha perdido demasiado. Si debe enfrentarse al nuevo y rico propietario, Adrián Cabrera, ¡lo hará! aunque tenga que luchar contra su ardiente respuesta al inquietante millonario.

Traer a Everleigh a su casa en el sur para demostrar que protegerá su herencia es esencial para su relación laboral, pero es peligroso. La inocencia de Everleigh es embriagadora y ella merece todo lo que el pasado de Adrián y su férreo autocontrol no le permiten darle. Por muy tentadora que sea...

DESEO

Trabajaban tan bien juntos...
¡Y de tan diversas formas...!

DOBLE ESCÁNDALO

JULES BENNETT

N.° 223

La vida de Nick Campbell había dado un vuelco. Su odiado rival resultó ser el padre que nunca había conocido, y la arquitecta con la que trabajaba para el *resort* de su madre, Silvia Lane, estaba esperando un hijo suyo. Era hora de retomar el control.

Lo primero era conseguir que Silvia se casase con él. Pero ella no estaba por la labor. Tenía sus propios planes sobre cómo debían suceder las cosas y quería un amor verdadero. No se iba a conformar con cualquier cosa.